Das Buch

Als stabil erfolgloser Schauspieler landet Joachim Meyerhoff in c
tiefsten Provinz. Dort begegnet er Hanna, einer ehrgeizigen und bli
gescheiten Studentin. Es ist die erste große Liebe seines Lebens. Weni
Wochen später tritt Franka in Erscheinung, eine Tänzerin mit unwid
stehlichem Hang, die Nächte durchzufeiern. Und dann ist da auch no
Ilse, eine füllige Bäckersfrau, in deren Backstube er sich so glückli
fühlt wie sonst nirgends. Die Gleichzeitigkeit der Ereignisse ist physis
und logistisch kaum zu meistern. Kann das gut gehen? Die Antwort i
nein.

Der Autor

Joachim Meyerhoff, geboren 1967 in Homburg/Saar, aufgewachs
in Schleswig, war vierzehn Jahre lang Ensemblemitglied des Wier
Burgtheaters. In seinem sechsteiligen Zyklus »Alle Toten fliegen hoc
trat er als Erzähler auf die Bühne und wurde zum Theatertreffen 20
eingeladen. Seine Romane wurden mit zahlreichen Preisen ausgezeic
net. Seit 2019 ist Joachim Meyerhoff Ensemblemitglied der Berlin
Schaubühne.

Die Zweisamkeit der Einzelgänger

Joachim Meyerhoff

Die Zweisamkeit der Einzelgänger

Alle Toten fliegen hoch Teil 4

Roman

Kiepenheuer & Witsch

Für meine Mutter
und meinen Bruder

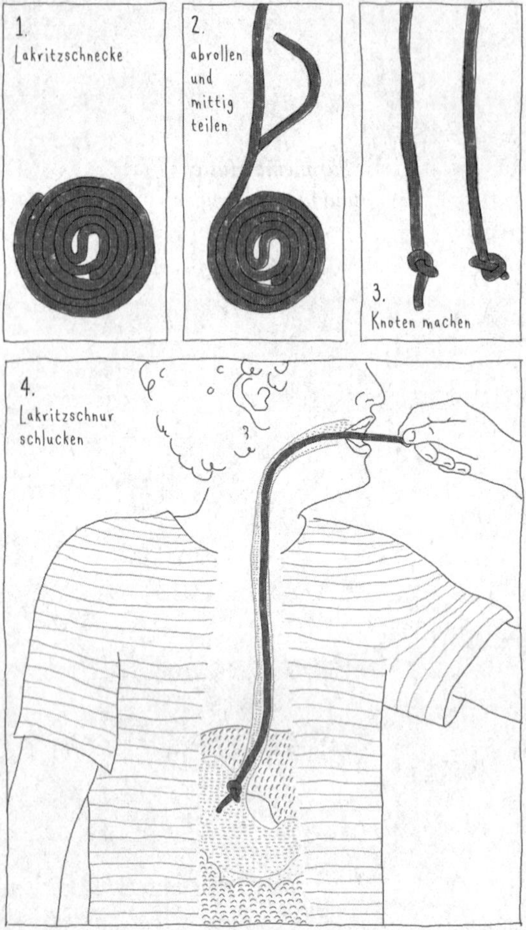
1.
Lakritzschnecke
2.
abrollen
und
mittig
teilen
3.
Knoten machen
4.
Lakritzschnur
schlucken

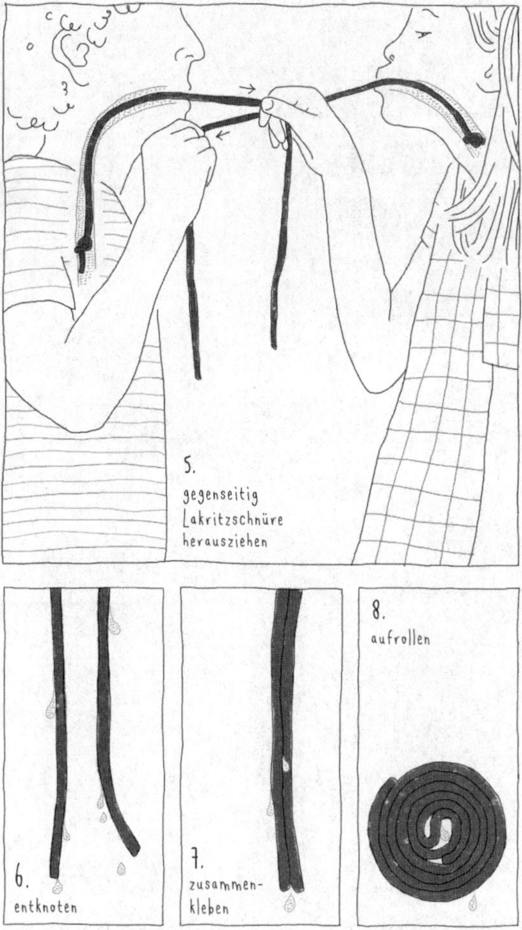
5.
gegenseitig
Lakritzschnüre
herausziehen
6.
entknoten
7.
zusammen-
kleben
8.
aufrollen

Mit dreiundzwanzig ging ich nach Bielefeld an das dortige Stadttheater. Um eine Unterkunft zu finden, hatte ich in der Innenstadt auf Stromkästen, Laternen und Ampelmasten fotokopierte Wohnungsgesuche geklebt, den unteren Rand sorgsam zu Zettelchen mit der Telefonnummer meiner Mutter eingeschnitten. Vierundfünfzig hoffnungsvoll flatternde Zahlenklaviere. Am Abend lief ich eine erste Kontrollrunde, neugierig, ob schon der ein oder andere Papierstreifen abgerissen worden war. Ich hatte mich für den denkbar einfachsten Text entschieden:

Junger Schauspieler sucht ab sofort:
kleine, helle, ruhige Wohnung!

Ewig hatte ich über die Abfolge der Adjektive nachgedacht, sie gedreht und gewendet, als hinge allein davon der Erfolg meiner Suche ab.

Ich wanderte durch die fremde Stadt. Alle Blätter unversehrt. Doch eine Anzeige war durch einen Zusatz ergänzt worden. Mit dickem Filzstift hatte jemand unter meinen Satz geschrieben:

Zum Sterben

Junger Schauspieler sucht ab sofort: kleine, helle, ruhige Wohnung zum Sterben!

Das als ein gutes Vorzeichen zu deuten, gelang selbst mir nicht.

Dann allerdings, kurz bevor ich nach nur zehn bitteren Monaten Bielefeld Richtung Dortmund wieder verließ, lernte ich jemanden kennen.

Die erste große Liebe meines Lebens.

1.

»Willst du dich umbringen?« Das war der erste Satz, den sie zu mir sagte, und ich habe mich später noch oft gefragt, ob mir das eine Warnung hätte sein sollen. Ich hatte sie den ganzen Abend über während der faden Premierenfeier beobachtet, fasziniert von ihrem Aussehen. Zu große Zähne, zu große Augen, zu platte Nase, verdammt kurze Haare. Sie gefiel mir sofort. Immer wieder sahen wir uns an und tatsächlich – sie lächelte ein bisschen. Ihr Kopf bewegte sich seltsam mechanisch, auch die Arme und Hände, alles wie einzeln, unabhängig voneinander, als passe kein Körperteil zum anderen. Dadurch sah ich sie aber umso deutlicher. Elegant, aber doch auch steif, ja fast ein wenig roboterhaft hob sie die Bierflasche zum Mund. Ihr eines Auge wurde je nach Kopfhaltung mal mehr, mal weniger von fallenden Strähnen verdeckt, das Haar im Nacken hingegen war ausrasiert. Sie trug eine weiße Bluse mit eigenwilligem Kragen, einen dunkelblauen Bundfaltenrock, dessen Kanten und Knicke in gut organisierten Wellen hin und her schwangen, eine dunkle Strumpfhose und altmodische Schuhe mit abgerundeten Schuhspitzen. Es kostete mich einige Mühe, sie momentweise aus den Augen zu lassen, sie nicht ununterbrochen anzustarren. Etwas an ihr war komplett eigenartig. Aber was es genau war, konnte ich nicht sagen. War es die von Sommersprossen überstreuselte, wie von einem schweren Boxhieb eingedrückte Nase oder der sehr rot geschminkte, aufgeworfene Mund? Waren es die etwas zu dick gezogenen schwarzen Lidstriche? Seltsam zusammengewürfelt war dieses Gesicht: Mund, Augen, Nase überdimensioniert, und in der Summe hätte diese Anordnung leicht ein grobschlächtiges Gesamtes ergeben können. Tat sie aber nicht. Ich war mir nicht sicher, sah sie fantastisch aus oder grotesk?

Egal, wo ich mich während der Feier aufhielt, ich wusste immer, wo sie war. Eine innere Magnetnadel zeigte stur in ihre Richtung. Drehte ich mich ab, musste ich das gegen einen Widerstand tun, so als würde ich versuchen, mich aus einem Kraftfeld herauszuarbeiten. Drehte ich mich wieder zu ihr, wirbelte es mich regelrecht herum. Im Laufe des Abends wuchs ihre Gravitation auf mich. Meine Füße wollten zu ihr, einfach losmarschieren und sich vor sie stellen. Doch völlig ohne Plan, ohne wohlüberlegte Sätze schien mir das eine zu waghalsige Annäherung zu sein, und erst als ich mich mit dem Arm in ein Geländer einhakte, eine der Streben fest umfasst hatte, fühlte ich mich sicher, nicht gegen meinen Willen ihrer Anziehungskraft zu erliegen. Ich unterhielt mich mit einem Kollegen über die Aufführung, ob sie ein Erfolg gewesen war oder nicht, ob die verhaltene Reaktion des Publikums Ergriffenheit oder doch eher Langeweile bedeutet hatte. Während des Gespräches sah ich ihr auf der gegenüberliegenden Seite des Raumes ohne meinen Satz zu unterbrechen direkt in die Augen. Das war von einer betörenden Beiläufigkeit und Intensität. Immer und immer wieder trafen sich unsere Blicke.

Ich schlenderte ihr hinterher zur Tanzfläche. Noch nie hatte ich jemanden so tanzen gesehen. So ungelenk. Die Hände zu Fäusten geballt, sah es aus, als würde sie mit unsichtbaren Skistöcken herumhantieren, dazu stapfte sie unrhythmisch auf der Stelle herum. So, dachte ich, präparieren Camper welliges Gelände, bevor sie ihre Zelte aufbauen. War das ihr Ernst? Machte sie sich über sich selbst lustig? Oder war das wirklich ihre Art zu tanzen? Mit ironisch verführerischem Blick sah sie zu mir herüber, warf sich mit einem kurzen Kopfwischer lässig die hellblonden Haare aus der Stirn, beugte und streckte die Arme, als teste sie neue Gelenke, und machte große Augen. Ich musste lachen. Augenblicklich verfinsterte sich ihr Ausdruck und sie drehte mir den Rücken zu. Ich erschrak, hatte ich sie gekränkt?

Da ich vor der Premiere sehr aufgeregt gewesen

war, hatte ich zu essen vergessen. Mein vernachlässigter Magen knurrte mich an, und ich ging in den Nebenraum, wo das Buffet zwar noch aufgebaut, aber bereits von einer Horde hungriger Hunnen überfallen worden war. Auf den leer gefressenen Tabletts lagen nur noch die zerfetzten Salatblätter der Dekoration, zerrissen und zermatscht, wie die noch nicht abtransportierten Schwerverwundeten nach einer brutal gekämpften Buffetschlacht. In einem der Zinksärge litten ein paar panierte Hähnchenschnitzel vor sich hin, die letzte Reserve, knapp der Meute entronnen, ganz bisschen warm noch, aber kurz vor dem Labbrigkeitstod. Während ich mir das dritte Hähnchenschnitzel auf den Pappteller stapelte, war ich mir plötzlich sicher, dass sie in meiner Nähe war. Aber ich drehte mich nicht um, war gebannt von einer Kraft in meinem Rücken, einer wohltuenden Gefahr. Es war, als wäre ich rückwärts an eine Schlucht herangetreten, oder richtiger, als wäre der Abgrund zu mir gekommen. Direkt hinter meinen Fersen schien ein Krater zu klaffen.

»Willst du dich umbringen?« Ihr Satz riss mich herum. Ihr Blick war klar und angriffslustig wie nach einem heftigen Streit und traf mich voll. Ich schmeckte, was ich nicht begriff: Rauch. In meinem Rachen kratzte es. Beißender Qualm wie von einem Lagerfeuer, geschichtet aus nassem, zu jungem Holz. Ich räusperte mich mehrmals. Woher kam nur dieser

Aschegeschmack? »He, ich hab dir eine Frage gestellt. Willst du dich umbringen?« »Nein, eigentlich nicht, sollte ich?« »Vielleicht.« »Warum?« Sie zuckte mit den ohnehin schon ein wenig hochgezogenen Schultern und antwortete: »Erfahrungen sammeln.« Da ich größer war als sie, sah ich auf sie hinab. Gleich oberhalb der Nase war ihre Stirn hart und eben, eine kreisrunde Fläche. Eine bockige, ja störrische kleine Platte. Da, dachte ich, wäre genau die richtige Stelle für ein Horn, genau so sähe es aus, hätte man ihr das Horn präzise über der Stirn abgesägt und dann die Schnittstelle mit Stirnschleifpapier glatt geschmirgelt.

»Willst du wirklich drei von diesen ekelhaften Hühnerschnitzeln essen? Das ist doch Selbstmord. Da gibt es doch elegantere Möglichkeiten. Oder hast du Kopfschmerzen?« »Was bitte?« »Na, ob du Kopfschmerzen hast!« Ich zögerte. Da legte sie los: »In der Massentierhaltung werden die Hühner so eng zusammengepfercht, dass sie sich gegenseitig wund scheuern und offene Stellen an den Flügeln bekommen. Der Schmerz macht sie aggressiv, und deswegen hacken sie sich gegenseitig die Augen aus oder töten sich. Also bekommen sie Schmerzmittel ins Futter gemengt. Dann spüren sie wenigstens ihre Verletzungen nicht mehr und halten still. Von den Wachstumshormonen werden sie so fett, dass sich ihre Gelenke entzünden. Da bekommen sie auch noch Antibiotika. Zur Massenexekution humpeln sie ahnungslos durch dunkle Gänge und gackern leise miteinander. Würde irgendjemand ihre Sprache sprechen, könnte man Sätze aufschnappen wie ›Mir haben sie gesagt, sie bringen uns auf eine herrlich grüne Wiese‹ oder ›Macht euch keine Sorgen, jeder wird sein eigenes Nest bekommen‹. Lieb, wie sie sind, trippeln sie gutgläubig ihrem neuen Leben entgegen, immer weiter. Dann aber fallen sie durch Löcher auf Förderbänder, werden fixiert, maschinell geköpft, überbrüht, gerupft, aufgeschlitzt und ausgeweidet. Zu Tausenden auf Haken gespießt. Splitterfasernackt, kopfüber, kopflos ruckeln sie im Todeskarussell aus der Todesfabrik in den Verpackungstrakt. Noch in derselben Nacht werden die zerteilten Körper, die amputierten Schenkel und Flügel auf Styroporbettchen aufgebahrt, in Folie eingeschweißt und von Tiefkühllastern im Morgengrauen über menschenleere Autobahnen ins ganze Land ausgeliefert. Frisch aus dem Regal auf deinen Tisch. Vollgepumpt mit Medikamenten!«

Sie tippte mit ihrem lackierten Fingernagel auf die Panade meines Hühnerschnitzels. »Das ganze Zeug lagert sich im Fleisch ab. Also genau genommen hilft schon ein winziger Happs dieser gefolterten Schuhsohlen nicht nur gegen Kopfweh, sondern auch gegen Husten und Fieber. Eigentlich dürfte es die nur in der Apotheke auf Rezept geben. Von den

Hormonen kann es sein, dass du Brüste bekommst, dir die Haare ausfallen und wichtige Körperteile verschrumpeln. Also ich an deiner Stelle würde mir das gut überlegen. Guten Appetit.«

Ich kam mir vor, als wäre ich in ein hochprofessionelles Spiel eingewechselt worden, dessen Regeln ich nicht kannte. Kein Mensch konnte so viele Bälle auf einmal fangen, geschweige denn zurückspielen. »Nein, es gibt …«, ich suchte nach Worten, blätterte hektisch in meinem Gehirnduden, aber alle Seiten verklebt, »eigentlich hab ich einfach nur …« Doch bevor ich meinen Satz zu Ende sprechen konnte, rief sie: »Sag bitte nicht: Hunger. Bitte, bitte, nicht. Das wäre so langweilig. Du wolltest nicht sagen, dass du Hunger hast, oder?« So ging das nicht weiter. Ich musste jetzt langsam mal aufwachen, irgendeinen Motor anwerfen, von dem ich noch gar nicht wusste, dass ich ihn überhaupt hatte. Doch die einzige Antwort, die mir einfiel, war mir nicht ganz geheuer. Egal. »Ehrlich gesagt«, ich zögerte, sorgte ein wenig für Spannung, »hab ich die Hähnchenschnitzel für *dich* geholt, da ich dachte, *du* könntest vielleicht hungrig vom Tanzen sein!« Sie kniff die Augen zusammen, blitzartig, taxierte mich mit grünem Klapperschlangenblick, was ihr für einen Moment eine Madame-Tussaud-artige Maskenhaftigkeit verlieh. Sie hob den Kopf, die flache Stirn spannte sich, die Stelle, wo sie ihr das Horn abgesägt hatten, zielte zwischen meine Augen. Es sah tatsächlich so aus, als würde sie mir gleich den finalen Kopfstoß verpassen, mich mit etwas Unsichtbarem durchbohren. »Ist das die Wahrheit?« Ich nickte. »Du wolltest mir diese drei Hähnchenschnitzel zur Tanzfläche bringen?« »Klar, magst du eines?« »Du lügst! Ich sehe es dir an.« »Warum sollte ich lügen? Hier, greif zu.« Ich hielt ihr den Teller hin. So war ich noch nie angesehen worden. Selbst Zwinkern schien ein Zeichen von Schwäche zu sein, das mich in die Defensive bringen könnte. Eigentlich hätte ich sie einfach nur gerne kennengelernt und das ein oder andere süffige Bonmot wie einen Ballon elegant mit dem Finger durch die Luft zu ihr hinübergestupst. Doch bereits nach den ersten fünf gemeinsam verbrachten Minuten ging es um nichts anderes mehr, als ihr standzuhalten, ihr gewachsen zu sein, sich nicht zum Idioten zu machen. Sie war schlagfertig und ich hatte Schlagseite. Ihr Atem ging schnell, und ich fragte mich, ob sie ihre Bluse bewusst oder fahrlässig den einen entscheidenden Knopf zu weit aufgeknöpft trug. Unsere Blicke waren kollidiert und hatten sich unlösbar ineinander verkeilt. Wer sollte die je wieder trennen?

»Ich frag dich jetzt noch ein allerletztes Mal«, ihre Stimme war ernst, ohne Betonungen flog der Satz heraus, »hast du diese drei Hähnchenschnitzel wirklich, also ich meine wirklich, für mich geholt?« Bei dem Wort *wirklich* hatte sie sich beim W so überdeutlich mit den hasengroßen Schneidezähnen in die Unterlippe gebissen, dass die Zahnkanten nun wie die Feuerkuppen von Streichhölzern ein klein wenig vom Lippenstift rot gefärbt worden waren. Plötzlich schien es hier um so viel mehr als die drei mittlerweile erkalteten und von mir immer noch wie von einem fossilen, aus dem Fels herausgeklopften Steinzeitkellner dargebotenen Hähnchenschnitzelleichen zu gehen. Ihre Augen hatten sich verändert. Unsicher und gespannt sah sie mich an. Ich versuchte, mich zu konzentrieren. Was war die richtige Antwort?

»Gut«, sagte ich, »wenn du wirklich, also ich meine wirklich die Wahrheit wissen willst ...« Ich imitierte sie, biss ebenfalls mit den Zähnen in das W der Wirklichkeit. »Sie sind«, ich holte theatralisch Luft, »für mich. Alle drei! Denn ich habe unglaublichen Hunger.« Ich nahm mir das oberste Hähnchenschnitzel und biss hinein wie ein kerniger Landwirt aus der Geflügelwerbung.

Sie strahlte mich an, strahlte und zuckte zusammen. »Autsch, immer wenn ich zu dolle grinse, reißen mir die Mundwinkel ein. So ein Mist. Ich bin eine Fehlkonstruktion. Ich kann nicht mal richtig lachen, wenn mich mal was freut. Aber du hast es geschafft mit deiner grandiosen Hähnchenschnitzelnummer. Danke für den Schmerz.« Tatsächlich sammelte sich in ihrem Mundwinkel ein bisschen Blut. Mit breitem Vampirgrinsen sah sie mich an. Ich gab ihr eine Serviette vom Buffettisch. Sie tupfte sich die pralle Blutperle aus dem Mundwinkel heraus. Auf dem Weiß des saugstarken Papiers breitete sich zeitrafferrasant ein kreisrunder Fleck aus. Triumphal schwenkte sie das blutige Fähnlein in meine Richtung. So einfach also, dachte ich, bastelt man sich eine japanische Flagge. »Wusstest du, dass in der russischen Sprache das Wort *Blut* auch *Schönheit* bedeutet? Wenn man also sagt ›Ich liebe deine Schönheit‹, sagt man auch ›Ich liebe dein Blut‹. Oder wenn sich jemand die Pulsadern aufschneidet. Die russische Mutter tritt die Badezimmertür ein, findet ihre Tochter und schreit los: ›Oh mein Kind! Mein über alles geliebtes Kind. Überall Blut!‹ Dann heißt das eben auch: ›Oh mein Kind! Mein über alles geliebtes Kind. Überall Schönheit!‹« Wieder machte sie ihre großen Augen. Das schien ihr Gesichtsfavorit zu sein, diese abenteuerlichen Glupschaugen, dieser Milchglasmurmelblick mit viel makellosem Weiß um die Iris. Abermals wischte sie sich den Mundwinkel sauber: »Mein Gott, ich kann kein Blut sehen, ich glaub, ich werd ohnmächtig!« Katastrophal schlecht, aber dadurch umso bezaubernder, spielte sie die drohende Ohnmacht. Wie eine Volltrunkene ließ sie den Kopf nach hinten wegsacken und schwankte mit dem Oberkörper hin und her. Ihre Haarsträhne, von der ich mich fragte, ob sie blondiert sei, so unnatürlich hell war sie, fiel ihr über die Augen. »Hilfe, zu Hilfe. Ich verblute!«

Da krallte sie sich plötzlich in meinen Unterarm, schloss die Augen, stand reglos da und wurde kreideweiß. »Mist. Warte, warte kurz.« Nach einer Weile, während der sie behutsam ein- und ausgeatmet hatte, flüsterte sie: »Oh je, oh je. Mir ist schlecht. Ist das okay, wenn wir hier einen Moment so stehen? Geht gleich wieder. Mon dieu. Ich hab überhaupt nichts gegessen.« Sie hatte ihren festen Griff gelöst, locker lag ihre Hand auf meinem Arm, als warte sie darauf, von mir zu einem höfischen Tanz geführt zu werden. Sie hatte kurze, kräftige Finger, alle Nägel abgekaut, bis tief hinein in das nicht für die Luft bestimmte hellrosa Nagelfleisch.

»Kann ich irgendwas tun? Soll ich dir ein Glas Wasser holen?«, fragte ich besorgt. »Nur noch einen Augenblick. Mir ist total schummerig.« Ich wollte etwas sagen, doch sie hörte mich einatmen und machte sogleich: »Psssst.« Und hauchte: »Nous nous arrêtons et la terre continue à tourner.« Ich verstand kein Wort. Und so standen wir da, ein Marmorpaar im Gewirr der Gäste. Ein paarmal presste sie ihren Daumen in meinen Unterarm, sehr sachlich, eher so wie man eine Avocado prüft. Mir war rätselhaft, was das sollte. War es eine Zärtlichkeit oder ein Test? Die Minuten vergingen, und wenn ich auch nur das Gewicht verlagerte, zischelte sie: »Pss-pss-pss …« Wie eine desorientierte Blinde tastete sie mit der Hand in der Luft herum, stieß gegen den Pappteller, nahm sich ein Schnitzel und schlenkerte es vor ihrem Gesicht hin und her, schwenkte den Fächer aus Fleisch. »Luft, Luft. Ich brauche Luft!« Sie schlug die Augen auf, wobei es mehr war als nur ein bloßes Augenöffnen, es war, als ob etwas aus ihr heraussprang. Sie schaute nicht nur, ihr Blick schoss wie durch brennende Reifen ins Freie. Sie lachte los. »Haaaa, haaaa, haaaa!«, und klang dabei wirr, wie ein durchgeknallter Diktator im Schundfilm. »Hast du es etwa geglaubt?« Ich war ratlos und auch müde geworden vom langen Herumstehen. »Du hast es geglaubt!« Ihre sehr helle, eindeutig empfindliche Haut verfärbte sich triumphrosa. »Gut gespielt, oder?« Ich nickte. »Absolut, bin voll drauf reingefallen.« »Komm, jetzt guck nicht so geknickt. War doch 'ne nette Pause.« Sie sperrte den Mund auf, stieß ihre kerngesunden Schneidezähne in mein Schnitzel, zerrte ausgehungert daran herum, bis sie gut die Hälfte abgerissen hatte. Kauend, kaum verständlich, fragte sie mich: »Darf ich eventuell von deinem Hähnchenschnitzel abbeißen?« Überdeutlich antwortete ich: »NEIN!«, und dann »Du hast doch nicht etwa Hunger?«. Ohne auch nur einen Moment überlegen zu müssen, schmatzte sie die Antwort wie in einer gut geölten Komödie heraus. »Ach Quatsch, ich hab total Kopfschmerzen.« Wir lachten beide, und es geschah etwas höchst Befremdliches. Ich sah sie zwar lachen, hörte es aber nicht, mein eigenes Lachen hingegen schien sehr laut und kräftig zu sein. Die einzige Erklärung für dieses wiehernde Klangwellenwunder konnte nur sein, dass sie exakt auf meiner Frequenz gelacht hatte. Dass wir wie zwei perfekt gestimmte Instrumente denselben Ton angeschlagen hatten und zu einem einzigen Lachton verschmolzen waren. Da sie ihren eingerissenen Mundwinkel schonen wollte, versuchte sie nur halbseitig zu lachen. Das verlieh ihr einen irren Gesichtsausdruck und ließ sie wie eine extrem gut gelaunte Hexe aussehen.

»Wenn das so weitergeht, muss ich noch zum Mundwinkelchirurgen, meine große Klappe zunähen lassen.«

»Hast du vielleicht Lust, spazieren zu gehen?«

Ich war genauso fassungslos über den Satz wie sie. Meine Frage war ohne Ausweispapiere an allen Kontrollpunkten und Sicherheitsschleusen vorbei dreist von meiner Zunge aus ins Freie gesprungen. Kein Gedanke war diesem Satz vorausgegangen.

Vielleicht, dachte ich später, trägt jeder Mensch so ein paar Sätze in sich, von denen er gar nichts weiß, die unbemerkt in ihm schlummern und das ganze Leben verändern können. So einen kleinen handlichen Trommelwortrevolver, dessen Kugeln sich unerwartet lösen und unleugbar, unumstößlich ins Dasein knallen. Natürlich kann man auch nach monatelangen Qualen und Hunderten heimlich absolvierter Therapiesitzungen sagen: ›Ich kann nicht mehr mit dir leben.‹ Aber es kann eben auch passieren, dass sich solch ein Satz wie ein Schuss löst, eine unbekannte tiefer gelegene Macht den Hahn spannt und ansatzlos die Worte beim Abwaschen abfeuert. ›Ich verlasse dich‹ oder ›Ich hasse euch‹. ›Was bitte?‹ ›Ja, ich kündige. Ich pack jetzt meine Sachen und komme nie wieder.‹ Diese Vorstellung ist gleichermaßen erschreckend wie befreiend, da diese Sätze hinterrücks ein ganzes Leben zunichtemachen, aber auch etwas in Bewegung setzen können, was desillusioniert, außerhalb der eigenen Möglichkeiten zu liegen schien. Nun klingt die Frage ›Hast du vielleicht Lust, spazieren zu gehen?‹ nicht gerade nach einer Lebenswendemarke. Aber für mich war es eine, denn ich war in diesen Dingen alles andere als mutig. Geplant und im Hirn zurechtgeschliffen, hätte solch ein Satz mit absoluter Sicherheit niemals meinen Mund verlassen, wäre vielmehr herabgesunken, am Herz vorbei, tiefer und tiefer ins Dunkle, auf den bereits gut belegten Friedhof der verpassten Möglichkeiten.

»Hast du vielleicht Lust, spazieren zu gehen?«

Sie riss die Augen auf, sah aus wie ein fassungsloser Kobold, vor dessen Höhle jemand nach Jahrhunderten den Stein weggerollt hatte. Sie wandte sich ein wenig von mir ab und begann zu sprechen, führte ein Selbstgespräch, in rasendem Tempo ging es mit verstellter Stimme hin und her. »Du, ich bin gerade gefragt worden, ob ich einen Spaziergang machen möchte.« »Wie, einfach so?« »Ja, stell dir vor. Oh mein Gott!« »Mensch, sei bloß vorsichtig, du kennst den doch gar nicht! Es ist mitten in der Nacht.« »Glaubst du, der ist gefährlich?« »Man weiß ja nie.« »Also, er macht auf mich einen extrem harmlosen Eindruck.« »Harmlos oder eher langweilig?« »Ich bin mir nicht ganz sicher.« »Sieht er denn wenigstens gut aus?« Sie sah prüfend an mir hoch und runter: »Na ja, geht so.« »Also dann, klares Nein.« »Immerhin, er hat mich zum Lachen gebracht.« »Na dann, wenn du unbedingt willst, mach es halt!« Sie nickte mir zu und sagte betont nüchtern: »Ich darf.«

»Freut mich.« »Sind da noch welche von den Schnitzeln in der Wanne? Die sind lecker.« Ungeschickt klapperte sie den Deckel herunter und griff sich mit jeder Hand zwei weitere Stücke Fleisch. »Proviant!«, rief sie. »Guck mal, das eine sieht aus wie Korsika und das andere wie Sri Lanka. Obwohl …«, sie knabberte am Fleisch herum, »die Landzunge muss noch weg. Oh Mist. Zu viel. Jetzt sieht es aus wie Ungarn. Wir brauchen auch noch was zu trinken. Geh du mal Bier klauen und ich besorg Zigaretten. Les cigarettes transforment les pensées en rêves. Ich hol meinen Mantel.«

Ich ging zur Bar und war unsicher, wie viele Flaschen ich kaufen sollte. Plötzlich schien die Anzahl der Bierflaschen der Gradmesser meiner Erwartungen für den noch ausstehenden Abend zu sein. Zwei

Flaschen sahen schwer nach Halbe-Stunde-noch-dann-geh-ich aus. Zwei für jeden ist vernünftig, dachte ich, aber was, wenn sie noch gerne eine dritte hätte, und alleine trinken lassen wollte ich sie auch nicht. »Sechs Flaschen Bier, bitte.« Ich war schon immer jemand, der durch seine vorauspreschenden Vorstellungen Situationen in Sekundenschnelle ins Irrationale zu potenzieren verstand. Zwei Gedanken, vier Gedanken, acht Gedanken, sechzehn, zweiunddreißig. Jetzt geriet ich zum Beispiel in Sorge darüber, wie ich im Fall der Fälle ihre Hand halten oder sie gar umarmen sollte, wenn ich sechs verdammte Bierflaschen durch die Nacht schaukeln musste. Während ich wartete, geriet ich tiefer und tiefer in Gedankenspannungen, die mit Wechselstrom betrieben wurden. Minus: Ihre französischen Satzhäppchen ärgerten mich. Plus: Ihre Gedankenschnelle begeisterte mich. Minus: Ihr permanentes Hakenschlagen machte mich nervös. Plus: Ihre aufgerissenen Augen platzten fast vor Ungestüm. Minus: Fand sie mich wirklich hässlich? Plus: Ich hatte sie zum Lachen gebracht. Minus: Sie würde die sechs Bierflaschen sehen und denken, ich würde etwas im Schilde führen.

Jemand versetzte mir einen Hieb auf die Schulter: »Schönen guten Abend. Ich glaub, wir sind verabredet!« Sie sah die Bierflaschen. »Ich hatte eigentlich eine Nachtwanderung gebucht und kein Besäufnis. Los, komm.« Ohne uns von irgendjemandem zu verabschieden, verließen wir das Theater. Sie schien tatsächlich allein auf der Premierenfeier gewesen zu sein. Sie kommt mir vor, dachte ich beim Treppenhinabsteigen, wie jemand, den zu Hause die Einsamkeit übermannt haben könnte, und der sich in einem Kraftakt aufgerafft und sich schön gemacht hatte, um so auf andere Gedanken zu kommen. Um mit dem Zuschlagen der Wohnungstür auch in sich selbst etwas für einige Stunden zu verschließen.

Sie stieg die Stufen auffallend unbeholfen hinunter. Jeden Schritt setzte sie einzeln und hielt sich dabei am Geländer fest. Als sie meinen fragenden Blick sah, sagte sie: »Treppen und ich, das ist eine traurige Geschichte. Wir stehen auf Kriegsfuß.« »Kann ich was tun?« »Wenn dir was Gutes einfällt, gerne.« Ich wurschtelte mit den Flaschen herum und stützte sie. Stufe für Stufe half ich ihr hinab.

2.

Es war noch erstaunlich warm draußen, und wir spazierten scheinbar ziellos durch die Stadt. Durch Bielefeld. Ich hatte mir die Flaschenhälse zwischen die Finger geklemmt, drei pro Hand. Sie lächelte und sagte nur ein einziges Wort: »Biertatzen.« Es war angenehm, neben ihr zu gehen. Unsere Schrittlängen verstanden sich gut. Wir setzten uns auf eine Bank, auf der in breiter Sprühdosenschrift *Sachbeschädigung verboten* stand, ich reihte die Flaschen vor uns auf und wir aßen die entwendeten Hähnchenschnitzel. Geschickt ploppte ich an einer scharfkantigen Metallstrebe der Rückenlehne die beiden Kronkorken hinunter und bekam dafür einen anerkennenden und doch auch belustigten Blick mit einseitig hochgezogener Augenbraue. Sie sagte »Oh hauahauaha«, nahm das Bier und trank mit geschlossenen Augen, wobei sie Ober- und Unterlippe wie ein Kleinkind über den Flaschenhals stülpte. So suggelte sie die halbe Flasche leer. »Ahhhh.« Andauernd wirkte das, was sie tat oder wie sie mich ansah, wie ein Zitat von etwas anderem. Sie machte nicht nur ›Ahhhh!‹ wie jemand, der durstig mehrere Schlucke Bier getrunken hat. Sie machte ›Ahhhh!‹ wie jemand, der jemanden nachmacht, der ›Ahhhh!‹ macht.

Sie spuckte auf ihre Serviette: »Entschuldige, ich kann das nicht länger mitansehen. Du bist ja noch total geschminkt.« Und eh ich mich wegdrehen oder etwas sagen konnte, war sie an mich herangerückt und wischte mir mit einem nassen Zipfel am Augenlid herum. »Keine Sorge, ich mach das täglich bei mir. Halt mal still.« Akribisch reinigte sie mir die Augen. Sie roch gut, sehr dezent nach sich selbst und nach etwas anderem. Aber da war wieder dieses rauchige Kratzen in meinem Hals, diese Nervosität im Rachen, ein Kribbeln im Kehlkopf, ein nicht wegzuschluckender Aschegeschmack. »Siehst ja bisschen transig aus. Ob Bielefeld die richtige Stadt für solche Aufmachungen ist, wage ich zu bezweifeln. Oder ist das etwa Absicht?«

Da hatte sie tatsächlich ins Schwarze getroffen. Ich mochte es, mich nicht vollständig abzuschminken und nach der Vorstellung mit Lidstrich und dunklen Wimpern herumzulaufen. »Nee, aber das ist immer so mühsam«, rechtfertigte ich mich. »Bist du fertig?« »Gleich.« Immer wieder sah ich, wie ihre Zungenspitze reptilienschnell zwischen den Lippen hervorschoss und die schon arg verschmierte Serviette einspeichelte. Ich roch ihre Spucke in meinem Gesicht.

»So, guck mich mal an. Ja, besser. Wie wäre es mit einer Zigarette?« »Gerne.«

Es war mir trotz massiver Widerstände meines durch viele Jahre Sport, ja Hochleistungssport, trainierten Körpers gelungen, mich von einem reinen Gelegenheitsraucher zu einem stabilen Gewohnheitsraucher zu steigern. Anfänglich war meine kerngesunde Physis geradezu entrüstet, wenn ich rauchte. Mir wurde übel, meine Lunge krampfte sich empört zusammen, jedes Lungenbläschen rief und jede Bronchie brüllte ›Was machst du denn da? Spinnst du? Lass das!‹, und mein im Kleinkindmodus stecken gebliebener Geschmackssinn meldete ›Alarmstufe Rot‹. Mein Vater hatte jahrzehntelang Roth-Händle geraucht, und seine Krankheit, sein viel zu früher Tod hatte sicherlich auch mit den außerordentlich starken Zigaretten zu tun gehabt. Diese Tatsache zu ignorieren, wider besseres Wissen zu rauchen, war ein Genuss für mich, ein Vernunfttrotz, der im Laufe der nächsten Wochen und Monate noch auf andere Lebensbereiche übergreifen sollte. Das Falsche zum Richtigen umzuwidmen, wurde zu einer echten Obsession.

»Es tut mir leid, dass ich voll verpasst habe, dich zu fragen, wie du eigentlich heißt. Jetzt ist das ja fast schon peinlich.« Sie gab mir eine Zigarette und sagte: »Oh wie schön, jetzt kann ich einen der ganz großen Sätze des zwanzigsten Jahrhunderts sagen:

Hast du mal Feuer?« Ich klopfte mir auf die Hosentaschen: »Nee, Mist.« »Ich aber.« Sie griff in die Tasche ihres Mantels, eines schwarzen secondhand verlebten Trenchcoats, dessen Kragen sie aufschlug. Sie hielt mir das brennende Feuerzeug hin, machte ein detektivisches Gesicht, zog die eine Augenbraue hoch, Zigarette im Mundwinkel, und blies cool den Rauch über die Kragenkante. Das mochte ich sofort sehr an ihr, dass sie in jedem Augenblick spielbereit war, dass sie all die Klischees, die uns umgeben, die uns niederzudrücken drohen, durch ihre rastlosen Volten, ihre ironischen Verspiegelungen unschädlich machte. »Also, sagst du mir deinen Namen?« »Rate mal.« »Was?« »Das heißt: Wie bitte!« »Wie bitte?« »Rate mal.« »Das ist unmöglich. Wie soll das gehen?« »Na komm, das schaffst du schon. Welcher Name passt zu mir?« »Mein Gott!«, rief ich in den laternenhellen Nachthimmel, in dem lichtverwirrt eine Amsel zwitscherte, »es gibt eine Million Namen. Wie soll ich ausgerechnet deinen erraten?« »Wir kennen uns doch schon eine Ewigkeit. Versuch es mal.« »Wie soll das gehen? Das ist absurd!« Sie wandte sich ab: »Siehst du, hab ich dir doch gesagt. Der Typ ist voll der Langweiler!« »Also gut. Ich versuche es.« Ich trank einen Schluck, knibbelte am Etikett der Flasche herum und sagte: »Rumpelstilzchen!« Sie unterdrückte ein kleines Lächeln, das sah ich sehr wohl. »Sehr witzig. Los, sag mir, wie ich heiße.« Sie meinte es wirklich ernst. »Gut, du musst mir aber ein bisschen Zeit geben.« »Na klar. Nous sommes jeunes et nous avons le temps éternel. Hauptsache, du schaffst es.« »Bevor ich es versuche, möchte ich dich noch darüber informieren, dass ich absolut kein Französisch spreche.« »Ist doch egal. Ich versteh auch nicht alles, was du redest. Los, jetzt sag mir endlich, wie ich heiße.«

Was wusste ich über sie? So gut wie nichts. Sie konnte nicht tanzen, hatte Probleme mit Treppen. Aber aus motorischen Auffälligkeiten auf Namen zu schließen, war müßig. Fällt eine Hannelore eher die Treppe herunter als eine Rita? Einzig und allein ihre französischen Einwürfe, die für mich perfekt muttersprachlich geklungen hatten, ließen eventuell den Schluss zu, dass sie etwas mit Frankreich zu tun hatte. Was für eine magere Fährte, aber die einzige Spur weit und breit. Welche französischen Namen kannte ich? Ich musste etwas Besonderes finden, das nicht zu bizarr war. Sieht man aus wie der Name, den man hat? Kann schon vorkommen. Aber ich war immer eher erstaunt darüber, wie ein zu hundert Prozent unsäglicher Name durch seinen Namensträger entschärft, ja veredelt werden konnte, und ohne die geringste Irritation sagt man dann ›Hallo Herbert‹ oder ›Hallo Detlef‹. Mir war klar, dass ich ihn nicht erraten konnte, aber ich nahm mir vor, wenigstens einen Namen zu nennen, der ihr schmeicheln, der ein Kompliment sein würde. Da entzündete ein herumstiebender Neuronenfunke meine Erinnerung. Meine Eltern hatten eine Schallplatte besessen, auf der eine Frau französische Chansons sang. Ihr dichtes schwarzes Haar rahmte das kleopatrahaft frei geschnittene Gesicht ein, die Augen dramatisch geschminkt. Ich machte mich auf die Suche nach dem Namen, formte mit der Zunge in meinem geschlossenen Mund Buchstabe für Buchstabe des Alphabets. Schon oft war ich durch diese Methode auf Verschollenes gestoßen. So als wäre die Zunge ein Fühler des Gehirns, der durch das Abtasten der Anfangsbuchstaben den gesamten Namen enttarnt. Ich war schon bei H angekommen, ohne auch nur den Hauch einer Verbindung zwischen Zunge und Namenslücke gespürt zu haben, als es bei J eine heftige Rückkoppelung gab. Ich hängte rein phonetisch verschiedene zweite Buchstaben an. Je – Ja – Jo – Ju? – Ju? Peng! Treffer: Juliette Gréco.

»Okay, ich hab einen Namen.« Sie warf die Zigarette weg, setzte sich aufrecht hin, bereit für ihre Sommernachtstaufe. Ich zögerte kurz, war überrascht, dass ich es nun tatsächlich für möglich hielt, ihren richtigen Namen gefunden zu haben. Ich versuchte ihn so französisch wie möglich auszusprechen: »Juliette.« Weder sah sie mich an noch sagte sie etwas. Wie nach einer erschütternden Diagnose saß sie da, den Rücken erbärmlich gekrümmt. Nach einer Weile schüttelte sie kraftlos den Kopf. Sollte ich mich jetzt wirklich dafür schämen, dass es mir nicht gelungen war, ihren Namen zu erraten? Ich kannte sie erst seit circa hundert Minuten, und schon sollte ich für eine derart herbe Enttäuschung verantwortlich sein? »Ja, tut mir leid.« Ich zündete mir eine nächste Zigarette an, während sie leise zum Gehweg sprach: »Gibt halt keine Wunder.« »Tja. Ich sag ja, es tut mir leid.« Wir schwiegen. Da richtete sie sich auf: »Versuch es noch mal. Na los, eine Chance gebe ich dir noch.« Ich imitierte einen flehentlichen Tonfall, wimmerte: »Bitte, Schluss jetzt damit. Es ist unmöglich!« »Quatsch. Schau mal, einen Namen kannst du jetzt schon mal ausschließen. Das macht es doch wesentlich leichter. Du bist gar nicht so schlecht gewesen!« »Ach wirklich? Wie wäre es mit: Jutta?« »Komm, nicht gemein werden.« Sie boxte mich auf den Oberarm, und ich war mir sofort sicher, dass sie mindestens einen älteren Bruder haben musste, so treffsicher fand sie die Stelle am Muskel, die schmerzte. Wir wurden beide ein wenig hysterisch, was ich ganz angenehm fand.

»Also los, nutze deine letzte Chance. Mein Gott, stell dich doch nicht so blöd an. Das kann doch nicht so schwer sein. Spuck endlich meinen Namen aus!« Ich hielt mir die Hände vor das Gesicht und rief in die Handflächen: »Äääähhhh – Judith!« »Stimmt.« Ich wandte mich ihr zu, ruckartig, und spürte den Alkohol. »Quatsch, oder? Das kann nicht dein Ernst sein! Du heißt Judith?« Sie sah mich bestürzt an, die Nasenflügel ihrer eingedrückten Nase bebten so, wie ich das noch nie bei einem Menschen gesehen hatte. Es sah eher aus wie ein Trick, mit dem man in geselliger Runde punkten kann, etwas in der Art wie Ohrenwackeln oder Zunge an die Nasenspitze. Ihre Nasenflügel flatterten und ihre Augen schimmerten. Vorsichtig fragte ich: »Du heißt wirklich Judith? Also wirklich?« Sie nickte, und da raste mein Herz los, etwas in meinem Hirn begann zu glänzen und ich konnte nicht anders, als breit zu grinsen. Ein, wie ich mich augenblicklich sorgte, dümmliches Lächeln, das ich aber nicht zu unterdrücken vermochte. Hätte man mir in diesem Augenblick Löcher in den Schädel gebohrt, wäre aus jeder einzelnen Öffnung ein gebündelter Lichtstrahl geschossen. »Was ist denn mit dir los? Warum grinst du so krass?« »Es ist absolut unfassbar, was da gerade passiert ist«, strahlte ich, »ich habe deinen Namen erraten! Das ist der helle Wahnsinn.« »Na ja, so schwer war es nun auch nicht. Wenn Jutta und Juliette nicht stimmen, bleibt ja nicht mehr viel übrig. La vérité appartient à ceux qui la cherchent. Ich habe dir den Namen doch wie einen abgeschlagenen Kopf auf dem Präsentierteller serviert.« In einem Anfall von Hybris rief ich: »So, und wo wir schon mal dabei sind: Jetzt rate ich auch noch deinen Nachnamen. Schau mich mal an. Warte.« Ich nagte auf meiner Oberlippe herum, spielte Abwägen und hoffte wie ein Wissenschaftler auszusehen, der ein seltenes Insekt begutachtet. Ich kam ihrem Gesicht ganz nah – woher kam nur immer dieser Waldbrandgeruch –, nahm wieder abschätzend Abstand und sagte: »Konradi. Judith Konradi? Stimmt, oder?« Gegen ihren Willen lachte sie los: »Absolut. Du bist ein Hellseher. Wow, was für ein Kack-Name. Klingt für mich eher wie jemand, der von der Polizei gesucht wird. Gestern gegen Mittag wurde Judith Konradi zum letzten Mal gesehen. Sie trägt eine rote Wollmütze. Ein Gewaltverbrechen kann nicht mehr ausgeschlossen werden. Aber wir bitten Sie nicht um Ihre Mithilfe, denn sie wird von niemandem vermisst. Sollte Ihnen Judith Konradi auf der Straße begegnen, behalten Sie es bitte für sich. Übrigens bekommt Frau Konradi langsam einen kalten Hintern. Wollen wir mal weiter?« Sie kannte sich in der Stadt wesentlich besser aus als ich, lief zielstrebig in enger werdende Gassen hinein.

Ich hatte mir, als ich nach Bielefeld gekommen war, fest vorgenommen, meine jahrelange Unbedarftheit in modischen Angelegenheiten mutig abzuwerfen, um endlich so etwas wie einen eigenen Stil zu kreieren. Von meinen unkontrollierbar aus zwei Wirbeln herauswuchernden Hinterkopflocken hatte ich mich endgültig getrennt und mir sogar eine eigene Haarschneidemaschine zugelegt, mit der ich mich auf dem Boden kniend selbst scheren konnte. Alles eine Länge: 0,3 Millimeter. Die Stoppelhärchen, die ich mit den Handflächen zusammenschob und zum Mülleimer trug, sahen eher so aus, als hätte man einen blonden Maulwurf rasiert und nicht einen markanten Nachwuchsschauspieler frisiert. Jedes Mal aufs Neue kam mir dieses Häuflein Haare elend vor und jedes Mal aufs Neue war ich ein Häuflein Elend, wenn ich diese Haare sah. Farblich hatte ich mich von allem irgendwie Buntem getrennt und mich ganz und gar in Schwarz gehüllt. Sehr enges schwarzes T-Shirt, das den Bizeps ansehnlich aus dem Bündchen hervorschauen ließ, darüber einen schwarzen, ebenfalls möglichst engen Pullover mit V-Ausschnitt, unter dem aber der T-Shirt-Kragen niemals zu sehen sein durfte. Enge schwarze Jeans mit Gürtel und fetter silberner Gürtelschnalle. Ich hatte zwei Modelle zur Auswahl. Ein verschlungenes Schlangenmotiv à la Medusa und eine Schnalle, die ich mir aus meinem Austauschjahr in Laramie, Wyoming, mitgebracht hatte: Rodeo-Cowboy mitten im Sprung. Bei den Schuhen war etwas schiefgelaufen, das jetzt, da ich durch die stillen Straßen wanderte, mehr und mehr hervortrat. Ich hatte mir sogenannte Biker-Boots gekauft, halbhohe schwarze Lederstiefel mit breiten Riemen über Ferse und Spann. Der Verkäufer hatte mir, um die Haltbarkeit der Sohlen zu verlängern, nahegelegt, sie mit Eisen zu beschlagen, was ich dann auch begeistert bei einem Schuster in Auftrag gegeben hatte. Dieser Schuster hatte, als ich die Stiefel abholte, beide Arme in Gips und sein linkes Auge war komplett von seiner blaugrünlila geschwollenen Gesichtshälfte verschluckt worden. Entzückend altmodisch hatten Glöckchen beim Eintreten gebimmelt und dann das. Er stellte mir die Schuhe einzeln mit den Zähnen auf den Tresen, nannte den Preis, und ich musste den Betrag selbst in die Kasse legen und mir das Wechselgeld herauszählen. Währenddessen stand er hinter mir wie ein verkloppter Zyklop und überwachte mich. Schon eine Minute nachdem ich das Geschäft wieder verlassen hatte, konnte ich kaum noch glauben, was ich gerade erlebt hatte. Aber die beschlagenen Stiefel machten mir nur, wenn ich regungslos dastand, Freude. Wenn ich ging, klackerten sie bei jedem Schritt penetrant laut auf dem Boden und wenn ich mich beeilte, klang es gar, als wäre ich ein zweibeiniges Pferd in Zeitnot. Durch extremes Nach-oben-Drücken der Zehen versuchte ich jetzt das Klappern zu mildern, die Sohlen sanft auf den Asphalt zu setzen. Dadurch lief ich allerdings so eigenartig neben ihr her, dass sie schließlich stehen blieb und mich fragte: »Sag mal, was veranstaltest du da eigentlich?« Ertappt blieb ich stehen. »Warum schleichst du denn so komisch neben mir rum? Was ist denn mit deinen Schuhen los?« »Vier Flaschen Bier haben wir noch«, sagte ich, um irgendetwas zu sagen. »Gut gezählt, Fred Astaire!«

Um mich aus der Sackgasse zu befreien, in die mich meine lächerlichen Stiefel hineingesteppt hatten, schnitt ich ein Thema an, das bis jetzt, ob absichtlich oder aus Gedankenlosigkeit, noch gar nicht angesprochen worden war.

»Wie hat dir eigentlich die Premiere heute Abend gefallen?« Ich spielte den Tybalt und hatte die letzten Wochen mit stundenlangem Fechttraining verbracht. Sie nahm einen Schluck Bier, sah mich wohlwollend an und sagte: »Grauenhaft. So was Armseliges wie diese Aufführung habe ich schon lange nicht mehr gesehen.« Ich war mir nicht ganz sicher, ob ich sie richtig verstanden hatte, oder ob das, was ich meinte, verstanden zu haben, ernst gemeint war.

Es waren mühsame Proben gewesen. Der Jungregisseur kam aus Berlin, trug an jedem Finger einen klobigen Totenkopf-Ring und hatte alle Schauspieler durch seine coole Ahnungslosigkeit zur Verzweiflung gebracht. Immer wieder hatte er unsägliche Einträge aus seinem Tagebuch vorgelesen. Ich erinnere mich an den Satz: »Die Landschaft hinter Magdeburg zum Ficken so schön.« Auch mich hatte er angebrüllt: »Ik seh dein Schmerz nich, Alter!« Eine Woche vor der Premiere war er plötzlich in Tränen ausgebrochen und hatte uns regelrecht angebettelt, ihm zu helfen, ihn nicht im Stich zu lassen. Weinend lag er zwischen den Sitzreihen im Zuschauerraum und winselte: »Ik schaff dit nich. Ik schaff dit nich ohne euch.« Wir hatten uns zusammengerauft und die letzten Tage ununterbrochen gearbeitet. Ich fand den Abend durchaus gelungen. Sie war anderer Meinung. »Ich wusste gar nicht, wo ich hingucken sollte, so peinlich war mir das alles. Diese Julia!«, rief sie. »Das geht doch nicht, dass 'ne Dreißigjährige, die aussieht wie 'ne Vierzigjährige, 'ne Vierzehnjährige spielt. Und dann macht die sich auch noch nackt. Hüpft da rum mit ihrem Hängebusen und ruft: ›Romeo! Oh Romeo!‹ Ich hab geglaubt, die ist irre geworden, die ruft nach ihrem Kind. Und der Romeo, der ist doch schwul, oder? Wie der gefochten hat! Pieks, pieks, pieks. Wie 'ne Volltunte. Nee, wirklich, also wirklich, kein einziger schöner Moment. Nix. Keine Liebe, keine Magie, kein Hass, keine Pest, keine Politik, keine Form. Unsäglicher Quatsch. Shakespeares Sprache, Shakespeares Sätze, das sind Billardkugeln. Die müssen aufeinanderprallen. Da müssen Kräfte frei und übertragen werden. Da muss Reibung entstehen. Hitze in der Sprache. Die Sprache ist der Ort der Hitze und nicht, dass Julia, entstellt von Laster und Geburt« – das waren tatsächlich ihre Worte, ›entstellt von Laster und Geburt‹ –, »auf einem schwulen Romeo rumrutscht. Und noch in der letzten Reihe sieht man, dass die sich voreinander ekeln. Da könnt ich kotzen, wenn ich so was sehe. Das kann doch …«

Um nicht völlig von ihrer Wortlawine verschüttet zu werden, um nicht für immer unter der zentnerschweren Schneelast ihrer Entrüstung zu verstummen, rief ich: »Du weißt schon, dass ich da auch mitgemacht habe?«

Sie sah mich an, geradezu liebevoll. Nie hätte ich es für möglich gehalten, und auch später hat mich das jedes Mal aufs Neue aus der Fassung gebracht, dass jemand mit einem so entwaffnenden Gesichtsausdruck solche Gemeinheiten von sich geben konnte: »Willst du die Wahrheit wissen? Also, ich meine wirklich die Wahrheit?« Ich nickte: »Na klar!« »Also gut«, sagte sie sanft, »du warst der Schlimmste von allen. In deiner zu engen schwarzen Lederhose. Mit freiem Oberkörper. Tickst du noch ganz richtig? Das ist ein Theaterstück und kein Fechtturnier! Und kannst du mir mal verraten, warum Tybalt mit norddeutschem Akzent gesprochen hat? Kommt Tybalt aus Hamburg oder aus Husum? ›Romeo, ich sstech dich doot.‹ Und wie du gestorben bist!« Sie lachte los. Dieses Lachen! Es hörte sich an wie mein eigenes Lachen. Obwohl mir absolut nicht zum Lachen zumute war, fühlte es sich so an, als wenn nicht sie, sondern ich selbst lachen würde. Ich lachte mich aus. »Wie du dich da minutenlang am Boden gewälzt hast. Nur weil du selbst so laut geschrien hast, hast du nicht gehört, wie die Leute gekichert haben.«

Während sie mich beschimpfte, wurde sie schöner und schöner, blühte regelrecht auf. Langsam machten sich ihre Fliegenpilzworte in mir breit, entfalteten ihre giftige Wirkung, und ich spürte, wie mein Beleidigtsein mehr und mehr wuchs, sich ätzend durch die Fassade meines dümmlich nickenden Äußeren durchfraß. Ich war verletzt, sprachlos, wollte sie schubsen und wegrennen und war doch gelähmt durch ihre toxischen Worte. Das Schlimmste von allem: In mir regte sich die bittere Erkenntnis, dass sie recht haben könnte. »Die Leute haben gelacht, als ich gestorben bin?« »Allerdings! Hast du im Todeskampf gar nicht mitbekommen, hm?« Gekränkte Stille. »Na komm!« Sie klapperte mit ihren großen Zähnen. »Mir wird kalt. Gehen wir mal ein bisschen schneller?«

Wieder spielte sie, den Kopf hin und her wendend, ihr Selbstgesprächsspiel: »Du hast ihn verletzt!« »Was kann ich denn dafür? Er wollte doch die Wahrheit wissen. Ich hab doch sogar extra noch mal nachgefragt.« »War die Aufführung denn echt so schlimm?« »Also, unter uns, die war der größte Scheiß, den ich je gesehen habe.« »Egal, du musst jetzt irgendwas machen, sonst rennt er dir weg!« »Ja, aber was denn?« Sie stellte sich vor mich, machte einen Schritt auf mich zu und umarmte mich. Ihr Haar war direkt unter meiner Nase, aber ich roch kaum etwas. Im Mund war wieder dieser Geschmack von Verbranntem. Prüfend schob ich meine Zunge am Gaumen hin und her. Lagerfeuerromantik zum Essen. Woher kam das nur? War sie eine Pyromanin?

Trug sie angekokelte Unterwäsche? Sie flüsterte: »Du bist ja ganz zerbrechlich.«

Das hatte noch nie jemand zu mir gesagt! »Du bist ja ganz zerbrechlich.« Das war ein Satz, das wusste ich sofort, den ich niemals wieder vergessen würde. Ein Satz, der in Bezug auf mich außerhalb aller Möglichkeiten gelegen hatte, den ich niemals als einen für mich in Betracht kommenden Satz zu denken gewagt hätte. Und doch hatte ich mich nach genau diesem Satz gesehnt. Im ersten Augenblick dachte ich noch: Was ist denn das für ein sentimentaler Quatschsatz? Aber dann glitt er in mich hinein, fand seinen Platz, eine freie Stelle, die wie gemacht war für ihn. Ausnahmslos alles, was Regisseure oder Kollegen zu mir sagten, egal ob Lob oder Kritisches, empfand ich auf eine unangenehme Art als sperrig. Es verkantete sich in mir, und zwanghaft hatte ich das Gefühl, mich positionieren, ja, mich wehren zu müssen. Aber dieser Satz passte, passte perfekt. Genauso wie jeder Mensch ein paar Sätze mit sich herumträgt, die aus ihm herauswollen, genauso, dachte ich, gibt es auch ein paar Sätze, auf die ein Mensch wartet, Worte, von denen er nicht ahnt, dass sie auf ihn zutreffen könnten, und die ihm dann aber ermöglichen, sich selbst völlig neu zu denken. »Du bist ja ganz zerbrechlich.«

Sie ließ die Hände über meinen Rücken gleiten, drückte links und rechts der Wirbelsäule ein wenig mit den Fingern auf mir herum. Das hatte etwas Medizinisches, fühlte sich an wie das Maßnehmen für eine Wirbelsäulenoperation. Auch ich legte meine Arme um sie. Lange schlaffe Affenarme. Sie sah auf, öffnete die Augen so weit, dass ihre Stirn nicht mehr wusste, wohin mit all der Haut, die sich in zig Falten wellte, und legte ihren Kopf an meine Brust. Wie schon auf der Premierenfeier standen wir bewegungslos da. Ob ihre Gedanken genauso rasten wie meine? Ich jedenfalls war äußerlich ein umarmtes Monument und innerlich ein Ameisenhaufen im Ausnahmezustand. Ich schloss meine Augen und wurde schlagartig schläfrig, so als würde mir das Dunkel mit dem Handrücken über die Stirn streichen, um mich zu beruhigen. Minute für Minute ging dahin. Wobei ich vermutete, dass auch die Minuten selbst nicht mehr so genau wussten, wie lang sie eigentlich dauerten, wann exakt eine Minute zu Ende war und sie Platz machen sollte für die nächste Minute, die schon ungeduldig in der Schlange stand, um ihrerseits endlich dranzukommen, sich an uns zu schmiegen und ihr kurzes Minutenleben gemeinsam mit uns zu verbringen. Ich stellte sie mir vor, diese lange Schlange der Minuten, die sich genau uns ausgesucht hatte, ein Paar in einer lauwarmen Nacht, das sich aus unerfindlichen Gründen nicht vom Fleck rührte. Und weil es so schön mit uns ist, fängt eine Minute an zu schummeln und klammert sich fest, versucht doch ein wenig länger zu bleiben, und die anderen Minuten rufen: ›Schluss jetzt, du bist vorbei, bist verronnen. Hau ab! Jetzt sind wir dran.‹ ›Nein, ich will noch bleiben. Eine Minute ist viel länger, als ihr denkt.‹ ›Kommt nicht infrage, mach, dass du wegkommst, jetzt beginnt unsere große Zeit.‹ Hunderte Sekunden werden angelockt und schwirren winzig und enervierend um die Minuten herum. Wenn wir noch lange so dastehen würden, käme vielleicht sogar majestätisch eine Stunde daher, schweifte ich weiter ab, würde die lästigen Minuten mit kraftvoller Pranke verscheuchen und uns zuraunen: ›Lasst euch Zeit. Ich bin es: eine ganze Stunde.‹ Oh je, Gedankenlawinen gingen ab in unzugänglichsten Hirnregionen. Vorsichtig hob ich die Augenlider und sah mich, ohne den Kopf zu bewegen, um. Unspektakulärer ging es nicht. Gehweg, Straße, Fassaden, Hauseingänge, parkende Autos. Sie und ich, dachte ich, sind sicherlich das Aufregendste, was dieser Nullachtfünfzehnweltenecke seit Langem widerfahren ist. Zig Jahre war diese trostlose Straßenansicht nicht zu Ende gepuzzelt worden. Doch jetzt endlich waren die letzten beiden entscheidenden Teilchen eingefügt – ein Sieteilchen und ein Ichteilchen – und passten genau. Da, wo ihr Ohr auf meiner Brust lag, war es durch den Stoff hindurch so warm geworden, als hätte mir jemand einen frisch gegossenen, noch nicht ganz ausgekühlten Orden angeheftet, und auch unter ihren Händen auf meinem Rücken staute sich fingerförmige Wärme. Ich hätte sie gerne an mich gedrückt, aber es ging nicht. Sie bestimmte Abstand und Dauer. Ich war hin- und hergerissen. Mal dachte ich: Ist doch herrlich, hier zu stehen. Von mir aus auch die ganze Nacht, bis es hell wird. Dann allerdings: So, jetzt reicht es aber auch, ich muss mich mal bewegen. In mir machte sich unangenehm unromantische Nervosität breit, die ich versuchte niederzuhalten und wegzudrücken. Wer war diese Frau da in meinem Arm? Wir standen und standen, und die Zeit schien sich nicht mehr für uns zu interessieren, war gelangweilt weitergetrottet.

Da sagte sie »Tausend«, löste sich von mir, nahm meine Hand und zog mich aus dem Bild heraus. Tausend? Was sollte das? Hatte sie tausend Männer so umarmt? War ich ihr tausendster Mann? Quatsch, das konnte unmöglich sein. »Was meinst du mit *tausend?*« »Dein Herz«, sagte sie, »macht aber seltsame Sachen.« »Warum?« »Mal rast es, dann holpert es, dann bleibt es fast stehen. Klingt ein bisschen desorientiert.« »Du hast mitgezählt?« Sie nickte und ich fragte: »Wirklich? Also ich meine: wirklich? Bis tausend?« Sie freute sich sichtlich, dass wir schon ein eigenes kleines Spiel gefunden hatten. »Na klar: wirklich.«

Wir gingen Hand in Hand einfach immer weiter, und es war seit Jahren das erste Mal, dass ich mir dieses Hand-in-Hand-Gehen gefallen ließ. Nie hatte ich es gemocht, wie ein Kind von jemandem herumgeführt zu werden. Es hatte mich gestört und aus dem Rhythmus gebracht. Früheren Freundinnen hatte ich stets meine Hand entzogen und erklärt, ich fände das eine lächerliche, den Einzelnen kleinmachende Angelegenheit. Händchenhalten wäre eine Albernheit. Mein Fazit: Kinder gehen bei Mami an der Hand, Männer gehen allein durch die Welt. Aber mit ihr war es überraschend angenehm. »Und weißt du, was das Alleraller-, also wirklich, wirklich Allerschlimmste war, was du gemacht hast?« Ansatzlos setzte sie die Unterhaltung fort, die wir vor einer halben Stunde unterbrochen hatten. »Nein. Aber ich bin mir sicher, du wirst es mir sagen.« »Obwohl du eine Stunde vor Stückende gestorben bist, hast du dich mit freiem Oberkörper verbeugt. Das ist so eitel. Da schüttelt es mich, wenn ich dran denke. Und deine Perücke!« Wieder bekam sie einen Lachkrampf, schlug sich klatschend die freie Hand vor den aufgerissenen Mund und schrie in ihr eigenes Lachen hinein, da sie abermals der Mundwinkelschmerz durchzuckte. Ich versuchte mitzulachen, aber es gelang mir nicht recht.

Wir liefen einfach weiter, ohne je über den Weg zu reden. Kreuz und quer durch die Innenstadt. Die Straßen wurden erst steiler, dann schmaler und mehr und mehr Häuser hatten Gärten. Sie zog sich den Trenchcoat aus und warf ihn mir zu. »Geh weiter, ich komm gleich.« Sie verlagerte das Gewicht von einem Fuß auf den anderen, wackelte mit dem Po und begann mitten auf dem Bürgersteig den Rock zu lüpfen. Ich war so perplex, dass ich mich nicht von der Stelle rührte. Sie scheuchte mich mit wedelnder Hand davon: »Mensch, geh mal weiter. Ich muss mal. Was bist du denn für einer? Polizei! Polizei!« Ich eilte ein paar Schritte voran und blieb stehen. Ich hörte sie pinkeln. Es klang erstaunlich druckvoll. Ich sah mich kurz um. Sie war zwischen den Autos verschwunden. Hätte ich nicht gewusst, wer da pinkelt, hätte ich eher auf einen dicken Kerl getippt, einen abgefüllten Oktoberfestbesucher, der zehn Maß Bier intus hat. Ich hörte ihre Schritte auf dem Gehweg hinter mir und drehte mich um. Sie ruckelte sich noch den Rock zurecht und stopfte sich die Bluse unter den Bund. Wir bogen in eine Sackgasse ab, in der nur noch vereinzelt Villen standen. »Hier wohnen die richtig reichen Bielefelder. In einem dieser Paläste ist vor Kurzem eine Frau gefunden worden. Tot. Zusammen mit ihrem mumifizierten Hündchen. Kein reicher Nachbar hat was mitbekommen. Sie hatte sich selbst im Bett aufgebahrt, lag da mit all ihrem Schmuck behängt und dem zusammengerollten Hund neben sich. Beide vollkommen skelettiert. An jedem Knochenfinger hatte sie mehrere Ringe. Geschmückt lag sie da, wie eine Reliquie. Überall Vasen mit vertrockneten Blumen. Sie trug ein Seidennachthemd, das so weich war, dass es tief zwischen jede einzelne Rippe eingesunken war. Ich frage mich, ob sie den Hund selbst umgebracht hat oder der sich an seine tote Herrin geschmiegt hat, bis er selbst gestorben und vertrocknet ist. Besonders merkwürdig war, dass die Suppe, die auf dem Tisch stand, noch warm war, als man sie fand. Und da irgendwo«, sie deutete den Hang hinauf, »wohnt Doktor Oetker.« Weit unterhalb der steil abfallenden Gärten lag die Stadt, sehr mit sich zufrieden, voller schläfriger Lichter. Das Sträßchen endete an einem Wendekreis umstanden von Bäumen, dahinter ein stockdunkler Wald.

»Komm!« Sie zog mich durch meinen Kopf streifende Blätter in die Finsternis hinein. »Ich sehe nichts. Nicht mal dich!«, sagte ich leise, eingeschüchtert durch die Kühle atmende Undurchdringlichkeit. »Wir müssen nur kurz warten, bis sich unsere Augen gewöhnt haben und die Blindheit verfliegt.« Während wir dastanden, kam mir ein Gedanke, doch ich zögerte, ihn zu äußern, da ich mir nicht ansatzweise sicher war, an ihre Eloquenz heranzureichen. »Mein Vater hat in einer Psychiatrie gearbeitet«, begann ich vorsichtig. »Wir haben direkt auf dem riesigen Anstaltsgelände gewohnt. Nachts haben die Patienten geschrien. Richtig laut. Ich mochte das.« »Du hast es gemocht, dass da jemand rumgebrüllt hat?« »Ja, absolut. Ich kannte es ja nicht anders. Ich bin gerne dabei eingeschlafen. Wenn es so dunkel und still ist wie jetzt gerade, muss ich an damals denken, an das Geschrei der Patienten. Dunkelheit und Stille – passen die wirklich so gut zusammen? Mir kommt es dann so vor, als wären die Kranken alle geknebelt, verstummt oder längst tot.« Sie antwortete nicht, aber ihr Schattenriss schien durchaus wohlwollend. Aus der Schwärze rings um uns tauchten die Konturen eines Weges auf und übervorsichtig tappten wir in die Dunkelheit hinein. Schritt für Schritt wurden wir sicherer, verließ uns die Sorge, gleich gegen einen Ast zu stoßen.

Ich hatte ein wenig Mut gefasst. »Kennst du das, auf einem Bürgersteig oder auch auf einem Platz die Augen zu schließen und zu versuchen, möglichst viele Schritte zu gehen, ohne sie wieder zu öffnen?« »Nö, was soll das bringen?« »Ich hab es immer erstaunlich gefunden, wie schnell sich im Inneren die Panik ausbreitet, ein archaisches Misstrauen, das einem gegen den Willen die Lider aufschiebt. Der Körper fängt an, sich zu verkrümmen, windet sich wie ein Wurm in die Ungewissheit hinein, und nach dreißig Schritten ist man gelähmt vor Angst.« Sie ließ meine Hand los und fing zu zählen an. Ich sah, wie sie bereits nach drei Metern abzudriften begann. Aufrecht und forsch schritt sie voran. »Sechs, sieben, acht, neun.« Kurz hatte ich den Impuls, sie zu warnen, doch wozu? War das meine Aufgabe? Ich ließ sie laufen. »Zehn, elf, zwölf, dreizehn.« Sie war bereits in die ersten Zweige geraten. »Vorsicht!« »Vierzehn, fünfzehn.« Äste knackten. Sie brach durchs Unterholz wie ein aufgescheuchtes Wildschwein. Ich verlor sie aus den Augen. »Sechzehn, siebzehn, achtzehn.« Ich hörte ein dumpf-hölzernes Geräusch und einen tiefen Einatmer. Stille. Die spinnt ja, dachte ich und rief: »Judith? Alles in Ordnung?« Es raschelte, und zwischen den Stämmen entdeckte ich einen sich wälzenden Schatten. Ich ging in ihre Richtung. Sie rappelte sich auf. »Neunzehn, zwanzig, einundzwanzig.« Sie zählte einfach weiter, und es sah aus, als würde sie durch die Bäume hindurchgehen, sich ihr Umriss durch die Stämme schieben. Da gab es den nächsten Kopf-trifft-Rinde-Schlag. Doch sie zählte weiter. »Achtundzwanzig, neunundzwanzig, dreißig. Geschafft. Ich hab es geschafft. Wo bist du?« Ich tastete mich vor. »Geht's, Judith?« »Wie bitte? Ach so, ja! Dreißig Schritte Ungewissheit. Das hat was. Huch, wo bin ich denn gelandet?« »Hast du gemerkt, wie die Panik wächst?« »Und ob, als wäre jeder Schritt der letzte. Seiltanz ins Nirwana. Höchst befremdlich und erhellend. Es war, als würde jedes Organ seinen ganz eigenen Schreck bekommen.«

Ich nahm sie am Ellenbogen und gebückt kämpften wir uns Zweige biegend zurück auf den Weg. Sie strich sich den Rock glatt, pflückte sich Blätter von der Strumpfhose und aus den Haaren. »Du hast vollkommen recht. Nach drei Schritten fängt die Ungewissheit wie wild in einem zu jucken an. Jeder weitere Schritt macht es schlimmer, zieht die Schlinge zu und füttert die Sorge. Mein Magen hatte vollkommen anders Angst als meine Lunge. Und meine Milz war überhaupt der größte Feigling! Danke.« »Hattest du wirklich die ganze Zeit über die Augen zu?« »Na klar, und als ich sie aufgemacht habe, war es immer noch dunkel, aber trotzdem war die Panik weg.« »Ist dir nichts passiert? Ich hab so ein komisches Geräusch gehört.« Sie antwortete nicht, nahm meine Hand und zog mich weiter.

Ewig lange wanderten wir den Waldweg entlang. An einer Gabelung entdeckte ich ein primitives, an einen Baum genageltes Holzschild. Ich hielt ihr Feuerzeug in die Höhe, und wie in einer Wirtshaus-im-Spessart-Verfilmung flackerte die eingebrannte Schrift auf: *Zum Eisernen Anton 2 km.* Die Luft im Wald war wesentlich kühler als in der Stadt und es gab eiskalte, nach Granit riechende, scharf begrenzte Luftschwaden, in die wir mit nur einem einzigen Schritt hineingerieten, als würde man an einer geöffneten Gefriertruhe vorbeieilen. »Schön und gruselig gleichzeitig«, sagte sie, und das doppelte Weiß ihrer Augen schwebte unnatürlich und kugelrund im von der Nacht verwischten Gesicht. »Hier muss es sein.« Sie ließ meine Hand los. Lief ein paar Schritte vor, wieder zurück und verschwand wie in einem Zaubertrick. »Hier, komm, hier durch.« Ein noch schmalerer Weg führte steil bergauf, und mehrmals stolperten wir über Wurzeln, die im Dunkel aussahen wie versteinerte Elefantenrüssel, die sich durch das Erdreich wanden. Die beiden verbliebenen Bierflaschen schlugen aneinander, gläserne Kastagnetten, und ich hörte mich vor Anstrengung keuchen.

3.

»Gleich haben wir es geschafft.« Wir traten aus dem Wald hinaus, gingen durch hohes Gras und erreichten die Mitte einer Lichtung. Sie ließ meine Hand los, die daraufhin merkwürdig aus dem Zusammenhang gerissen an meinem Unterarm herumbaumelte. »So, angekommen. Was siehst du?« »Wie meinst du das?« »Ich meine gar nichts. Ich habe dir eine einfache Frage gestellt. Was siehst du?« Ich begriff, was sie wollte, und begann eher unwillig: »Wir sind auf einer Lichtung.« »Stimmt. Der Punkt geht an dich. Und weiter?« »Dahinten sehe ich einen Haufen gestapelter Baumscheite und tja … Wald.« Sie war unzufrieden mit mir: »Genauer!« »Es ist doch noch total dunkel«, sagte ich, obwohl ich sah, wie sich ganz entfernt der Himmel rötlich zu verfärben begann. »Streng dich an. Was siehst du?« »Ich sehe diesen Holzstoß.« Ich starrte in die Nacht. »Der Umriss des gesamten Stapels ist, glaube ich, mit einer Sprühdose markiert.« »Schon besser. Weiter!« »Ich sehe die Wiese.« »Welche Farbe hat die Wiese?« »Grün.« »Ja, findest du?«

»Nein, stimmt, du hast recht, eigentlich ist sie noch schwarz.« »Warum hast du grün gesagt?« »Ich weiß auch nicht.« »Aber ich weiß es. Weil du von einer Wiese nun mal erwartest, dass sie grün ist. Egal, ob am Tag oder in der Nacht. Was für ein Schwarz? Ist die Wiese tiefschwarz oder glänzend schwarz, samtschwarz oder kohlpechrabenschwarz?« »Ich weiß nicht«, antwortete ich, »nachtschwarz vielleicht.« »Was siehst du noch?« »Ich sehe die Bäume.« »Was für Bäume sind das? Erkennst du sie an ihren Silhouetten?« »Nein, oder doch, warte. Es könnten Buchen sein. Ich erkenne die glatten Stämme. Und das da drüben könnten Tannen oder Fichten sein!« »Ja, ich glaube auch, dass das da Buchen sind. Aber die da, mit den weit ausladenden Armen, an deren Ende die Nadeln wie Fasern sich im Finsteren verfangen, ich würde sagen, das ist eine Tränenkiefer.« Ach du liebes bisschen, dachte ich, ich würde eine Tränenkiefer nicht mal am Tag erkennen. Wir standen im Gras, um uns herum der Schattenwald. Judith fragte und fragte: »Was siehst du?«, »Was riechst du?«, »Was hörst du?« Ich beschrieb die Büsche: »Schau mal, was für komische Frisuren die haben.« Über uns die verblassenden Sterne. Ich zeigte in den Himmel: »Wenn du über dem zweiten Stern der Deichsel des Großen Wagens den klitzekleinen Stern sehen kannst, den sogenannten Reiter, brauchst du keine Brille.« »Ich sehe ihn! Ich sehe ihn!«, rief sie. Mit Erstaunen in der Stimme lobte sie mich: »Das kannte ich noch gar nicht. Danke. Tritt mal das Gras platt, damit wir uns setzen können.«

Sie breitete ihren Mantel aus. Obwohl ich mit meiner einen Pobacke auf der feuchten Wiese saß und fühlte, wie meine Unterhose kalt wurde, genoss ich es, endlich eine Pause zu machen. Rechts von uns, zwischen und über den Baumkronen dimmte und dämmerte es. Eher eine Ahnung als der Beginn des Morgens. Winzige Schlieren von dunklem Rot, offensichtlich noch chancenlos im übermächtigen Schwarz. »Eigentlich mag ich die Sterne nicht besonders«, sagte sie, »sie sind eiskalte Lügner.« »Wie meinst du das?« »Keine Ahnung, klingt aber gut. All diese sogenannten Sternbilder sind doch nur Zufallsprodukte unserer verengten Perspektive, unserer Sehnsucht nach Zusammenhang. Den ganzen Nachthimmel hängen wir uns voller hübscher Bilder, dabei sind alle Sterne Einzelgänger. Komplett allein.«

Sie fragte mich, ob ich mir darüber im Klaren sei, dass wir an einem historisch höchst brisanten Ort säßen. Ich hatte keinen blassen Schimmer. Sie tat entsetzt, schien von meiner Unbildung irritiert. »Wie, du weißt wirklich nicht, wo ich dich hingebracht habe?« »Nee, null.« »Hier in dieser Gegend, ja wahrscheinlich genau auf diesem Hügelkamm, haben die Römer unter Varus gegen die Germanen die alles entscheidende Schlacht verloren. Drei Tage lang hat hier der Cherusker Arminius mit seinen Horden um die zwanzigtausend Römer niedergemetzelt. Die Römer hatten keine Ahnung, wie man im Wald kämpft, und wurden in einen Hinterhalt gelockt. Hunderte berittene Kämpfer in ihren schweren Rüstungen. Dann sind die Germanen wie die Irren aus dem Wald gestürmt, haben geschrien und getrommelt und Tausende Römer abgeschlachtet. Die Wahrscheinlichkeit, dass genau an der Stelle, wo wir jetzt sitzen, sich Soldaten im Todeskampf gewälzt haben, liegt, würde ich mal behaupten, bei neunundneunzig Prozent. Es wurde so viel Blut vergossen, dass es in Sturzbächen durch die Täler floss, bis in die Weser heißt es, ja, sogar bis in die Nordsee hinein verfärbte sich das Wasser rot. Hier ganz in der Nähe ist das Hermannsdenkmal. Scheußliches Ding.« »Was denn für ein Hermann?« »Na, so haben die Deutschen Arminius genannt. Kleist! Hermannsschlacht! Schon mal gehört, Herr Schauspieler?« »Mein Vater hieß auch Hermann.« Sie prustete los. »Nicht dein Ernst?« »Und mein ältester Bruder, der heißt auch Hermann.« »Na, da hab ich ja noch mal Glück gehabt, dass du nicht dein Bruder bist.« »Findest du Hermann so schlimm? Wie heißt denn dein Vater?« »Sag ich nicht.« »Na los.« »Knuti.« Das amüsierte uns längere Zeit. Ich ließ mich rückwärts ins Weiche fallen. Übertrieben laut rief sie »Gutes Kopfkissen, dieser Erdball«, und ich ergänzte ohne lange nachzudenken »Globus aus Gras«.

Sie rückte näher an mich heran. In die wachsende Stille hinein sagte ich: »Mein Vater ist vor zwei Jahren gestorben. Krebs. Mein mittlerer Bruder bei einem Autounfall. Meine Großeltern letztes Jahr kurz nacheinander.«

Sie schwieg. Lange lagen wir da und sahen in den Nachthimmel.

Und dann kam der Morgen. Woher kam nur plötzlich dieses Licht? Es kam nicht von oben. Nicht von außen. Vielmehr begann alles von innen heraus zu glimmen, zu strahlen. Es war überwältigend. Und die Vögel. »Sei mal still«, flüsterte sie. »Was war das für einer? Das gibt es doch nicht. Sei doch mal still!« Ich war still. Ich hatte eine halb nasse Unterhose und war vollkommen still. »Das ist doch, das kann doch unmöglich wahr sein …«, flüsterte sie, »eine Nachtigall! Oder ist das ein Sprosser? Weißt du, der Sprosser imitiert die Nachtigall.« Einer der Singvögel hatte vollkommen andere Variationsmöglichkeiten als die anderen, die mehr oder weniger Gefangene ihrer artspezifischen Tonfolgen waren. Eine Vogelstimme variierte ununterbrochen. »Hörst du den Unterschied zu all den anderen Vögeln? Der eine da, der singt nicht, der komponiert!« Mehr und mehr Vögel stimmten mit ein und es war kaum zu glauben, wie laut es wurde. Piepen und Schrillen, Zirpen und Tirilieren. Ich fragte: »Was ist denn hier los?« Sie antwortete: »Vogelhochzeit.« Die Bäume, eben noch gezirkelte Schattenrisse, gewannen durch die ersten Sonnenstrahlen dreidimensionale Fülle. Leise, wie von etwas Sakralem ergriffen, sagte sie: »Ich hab mal von einem Stück gehört, da kommt, glaube ich, auch eine Nachtigall vor.« »Echt? Worum geht's denn da?« »Um …« Ich war gespannt, ob sie sich für Ernsthaftigkeit oder Ironie entscheiden würde. »Es geht um«, sie überlegte, »… einen eitlen Affen, der saugut fechten kann und von einem wunderschönen Schwulen getötet wird und …« Sie brach ab, fand es wohl selbst nicht ganz passend. »Schau da«, sagte sie, »wie das Gras das Morgenlicht aufsaugt und grün wird. Als wäre jeder Grashalm ein Strohhalm, der Licht trinkt.« Auch die Stämme der von uns richtig erkannten Buchen begannen rindengrau zu leuchten. Das Morgenlicht floss über die Wiese auf uns zu, erreichte uns.

Noch nie hatte ich einen heranbrechenden Tag so bewusst an mir hochklettern gesehen. Über die Beine, den Bauch, hoch zu unseren Köpfen. Das Zusammenzucken der Pupillen, die so lange ins Dunkel gestarrt hatten, tat fast ein bisschen weh. Die Sonne brannte mir in den Augen. Die Vögel waren schlagartig verstummt, so als hätte ein ornithologisch versierter Dirigent die Symphonie beendet. Wir sahen uns an. Ihre kurzen Haare glühten weißblond und der auffallend breite, flache Nasenrücken erstrahlte wie ein Miniaturbergkamm im ersten Licht. Es kam mir so vor, als könnte ich dabei zusehen, wie sich ihre Sommersprossen vermehrten. Unter den schwarz geschminkten Lidern hatte sie tiefe Ringe und in den Augenwinkeln dunkle Grübchen, wie ein krankes, völlig übermüdetes Kind. Auf ihrer Stirn waren mehrere Kratzer und eine schmutzige Beule. »So, jetzt bist du mal an der Reihe«, sagte ich, »was siehst du?« Sie war ganz ernst. »Dich«, sagte sie, »ich sehe dich!« Ich beugte mich vor, wollte sie küssen. Ihre Lippen sahen aus der Nähe rau aus. Aufgesprungen. Was war das? Eingetrocknete Partikel ihres knallroten Lippenstiftes? Erst Wochen später begriff ich, warum ihre Lippen immer so spröde waren. Sie bekam wegen ihrer riesigen Zähne den Mund nie ganz zu. Ich kam ihr noch näher, sie wich seitlich aus. »Vorsicht!«, flüsterte sie, »mein Mundwinkel! Ich muss erst mal wieder ganz gesund werden.« »Ich pass auf.« »Na, das ist so einer der Sätze, bei denen Frauen hellhörig werden sollten.«

Die Wiese war nass, überschwemmt vom Tau. Sie stand auf, strich mit Daumen und Zeigefinger ein paar Falten ihres Rockes glatt. »Also Bier kann ich nicht mehr trinken. Ich hab schon einen Blubberbauch.« Wir zogen unsere Schuhe und Socken aus und machten uns auf den Rückweg. Sie schlug eine völlig andere Richtung ein als die, aus der wir gekommen waren. Ich ließ ihre Hand los und sagte »Warte, ich bin gleich wieder da. Ich muss mal.« Ich machte einige Schritte in den Wald hinein und zog den Reißverschluss hinunter. Doch dann war es mir zu nah und ich lief um noch ein paar Stämme herum. Ich hatte nicht damit gerechnet, so nötig zu müssen. Minutenlang stand ich im Paradies und pieselte wie ein Springbrunnen vor mich hin, pinkelte und pinkelte. Männeken Piss im Teutoburger Wald. Als ich zurückging, sah ich Judith, bevor sie mich sah. Die Ausgesetztheit, mit der sie dastand, versetzte mir einen Stich. Ich blieb stehen und beobachtete sie. Alle Gewitztheit, aller Mut war von ihr abgefallen. Mit den Fingerkuppen drückte sie auf ihrer Beule herum. Ich trat hinter dem Baum hervor, sie sah auf und mit einem Ruck, einem freudigen Erwachen ihrer Gesichtszüge kam sie mir entgegen. »Wo warst du denn so lange? Dachte schon, du hättest die Flucht ergriffen. Was hast du denn da so lange gemacht? Oh Gott, ich will es gar nicht wissen. Erbarmen. Brauchst du vielleicht ein Taschentuch?« »Spinnst du? Ich musste voll nötig von dem ganzen Bier!« Sie sah mich naserümpfend an. »Na hoffentlich!« Ich konnte gar nicht glauben, worauf sie anspielte. Wir erreichten eine schmale Straße. Und für ein paar Schritte hinterließen wir, gleich einem nassen Tier, eine vierfüßige feuchte Spur auf dem Asphalt. »Aber warum«, fragte ich, »wenn du es so miserabel …«

»Schönes Wort!«, unterbrach sie mich, »man trifft nicht oft Menschen, die ›miserabel‹ sagen.« »Meine Großmutter hat oft ›miserabel‹ gesagt. Immer, wenn ich sie nach ihrem Bein gefragt habe. Also, warum, wenn du es so miserabel fandst«, setzte ich erneut an, »hast du mich dann auf der Premierenfeier so freundlich angelächelt?« »Meinst du es oder mich?« »Was?« »Lautet deine Frage: Wenn du *es* so miserabel fandst? Oder: Wenn du *mich* so miserabel fandst?« Das ging mir schon bei diesem ersten gemeinsamen Spaziergang wahnsinnig auf die Nerven, dass sie nie einfach antworten konnte, ohne zuvor die Frage zu analysieren. »Ich sag dir, warum ich dich angelächelt habe. Du warst der Einzige, der wenigstens hin und wieder unglücklich ausgesehen hat. Dem es nicht zu hundert Prozent gelungen ist, seine Scham und sein Unglück auf der Bühne zu verbergen.« »Ich war aber nicht unglücklich. Mir hat das Spaß gemacht gestern Abend.« Sie drückte meine Hand, kurz, mehrmals. »Vielleicht habe ich ja ein Unglück gesehen, von dem du gar nichts weißt. Es gab mehrere Momente, da sahst du todunglücklich aus. Allerdings nie, wenn du dran warst. Du warst gestern Abend nur dann gut, wenn du dachtest, man guckt nicht auf dich. Tja, Pech gehabt.« Dann milder: »Aber letztlich ist die Aufführung nicht an dir so erbärmlich gescheitert. So wichtig ist Tybalt nun auch wieder nicht. Oh, ich war so froh, als die endlich alle tot waren. Man muss sich doch wünschen, dass die sich kriegen. Das ist doch eine Katastrophe, die da passiert. Da verpassen sich zwei Liebende!« Schweigend liefen wir nebeneinanderher.

Plötzlich ließ sie meine Hand los: »Warum hast du wieder damit angefangen?« Ich wusste nicht, was ich sagen sollte. »Das war doch gestern«, sagte sie, »heute ist doch ein neuer Tag. So ein schöner offener Morgen. Jetzt hab ich schon wieder diese Scheißaufführung im Kopf. Warum hast du wieder damit angefangen?« Sie bewarf mich mit Worten. »Warum, sag mir, warum?« Sie setzte sich auf die Straße und zog ruppig ihre Schuhe an. Als sie die Schleifen in einer mir unbekannten Technik zugezogen hatte, blieb sie mit gesenktem Kopf am Boden sitzen, machte einen völlig verzagten, ja desillusionierten Eindruck auf mich. Sie sah zu mir herauf, kopfschüttelnd. »Warum hast du nur wieder damit angefangen? Du bist ja doch langweilig.« Sie stand auf, sah sich um und rannte auf und davon. Einfach so.

Ich sah ihr nach. Waren ihre Beine nicht gleich lang, die eine Schulter tiefer als die andere? Sie lief so ungelenk, drehte sich nicht mehr um, bog um eine Ecke und war verschwunden. Ich hatte keine Ahnung, wo ich war. Über zwei Stunden brauchte ich zurück in die Innenstadt. Als ich zu Bett ging, war es bereits taghell.

In der Wohnung über mir trampelten die Kinder

herum. Ich lag da, angezogen, und dachte an sie. Judith? Hieß sie wirklich so? Mehrmals musste ich lachen, wenn mir etwas einfiel, was sie gesagt oder getan hatte. Ihre Selbstgespräche, oder wie sie mir die Augen gereinigt hatte mit dieser vollgesabberten Serviette. Warum klang ihr Lachen wie meines? So viele Tote: die geköpften Hühner aus der Todesfabrik, Romeo und Julia, mein sterbender Tybalt, die blutenden Römer, die mumifizierte Leiche der Frau samt Hündchen in der Villa. Warum um Himmels willen hatte ich ihr meine Verluste aufgezählt? Einfach so, wie einen todtraurigen Einkaufszettel. Woher kam dieser Drang, ihr das anzuvertrauen? Auch das bohrende Gekränktsein war wieder da. In lauter wunde Punkte bohrten sich ihre rücksichtslosen Diagnosen. Ihr belehrender Tonfall war kaum auszuhalten, ihre mich niederbügelnden Redekaskaden unerträglich, und wie sie mich einfach stehen gelassen hatte, eine Unverschämtheit. »Die spinnt doch«, murmelte ich, und »Sterne sind eiskalte Lügner«. Ich dachte an sie, und da erschrak ich. Es war ein regelrechter, mich durch und durch erhellender Schreck, gefolgt von einer unumstößlichen Erkenntnis: Ich hatte mich verliebt.

Drei Stunden später wachte ich genauso fassungslos wieder auf, wie ich eingeschlafen war. Zwei Veränderungen gab es allerdings. Zum einen stand mein

Mund offen, war geradezu aufgerissen, als hätte ich einen auf mich zurasenden Himmelskörper angestaunt. Der Gaumen, der Rachen ausgetrocknet, rau, Hornhaut im Hals und die Zunge dattelig eingeschrumpelt. Zum anderen registrierte ich in der zu engen schwarzen Jeans, die ich immer noch anhatte, eine verkrümmte, gefangene Spannung, die gegen den Reißverschluss pochte. Ich mühte mich hoch, musste dringend pinkeln, was mir aber nicht gelang, nicht gelingen konnte, da das verantwortliche Organ stur und starr zur Deckenlampe wies. Ich ging im Badezimmer herum, trank ein wenig, wässerte den ausgedörrten Mundraum, putzte Zähne, atmete am offenen Fenster ein und aus, doch mein Zustand blieb extrem und stabil, war von allen Ablenkungsmanövern unbeeindruckt. Ich drückte und bog ein wenig an mir herum. Das allerdings führte zu einer lustvollen, die Genitalstatik noch steigernden Trotzreaktion. Ich hielt mich an mir selbst fest, hangelte mich an der Reling meiner Erregung entlang und brachte mich zurück ins Bett. Ich hatte keine andere Wahl und machte es mir gemütlich. Auf meinem Weg zurück in die Weichheit hätte ich gerne vor mich hin geträumt, Bilder der letzten Nacht herbeifantasiert, aber der Harndrang war schier unerträglich und trieb mich vor sich her. Das Ganze wurde eine eher bilderlose, mechanische Angelegenheit. Ich bebte ein wenig, schnaufte ein wenig, wischte ein wenig, wartete ein wenig und konnte endlich Pipi machen. Ich zog mich aus, krabbelte unter die Decke und schlief umfassend erleichtert wieder ein. Doch einen letzten Satz dachte ich noch, bevor ich abtauchte. »Judith? Was für ein Blödsinn! Nie und nimmer heißt die Judith.«

4.

Drei lange Jahre hatte ich während der Schauspielschule bei meinen Großeltern in München gewohnt. Drei Jahre Enthaltsamkeit waren für einen Anfang Zwanzigjährigen eine verstörend lange Zeit. Diese drei langen Jahre im Haus der Großelternvilla hatten mich einerseits gerettet, andererseits in einen zölibatären Schüchterling verwandelt. Man muss das so drastisch formulieren: Es gab keinen geborgeneren Ort als die großelterliche Villa, aber eben auch keinen, der weniger zu sexuellen Handlungen, allein oder mit wem auch immer, animierte als diese windstille, vom Alter erfüllte Seniorenresidenz. Oft hatte ich mich in der gestärkten rosafarbenen Bettwäsche nach einer versifften Matratze auf dem Boden einer Studentenbude gesehnt, wo eine krustige Stelle mehr im Laken auch schon egal gewesen wäre. Eine Erektion im sogenannten rosa Zimmer war ein fleischliches No-Go, und wohl kaum hätte mich meine Großmutter für einen Fleck im Damast gelobt. Doch wer weiß? Vielleicht hielt ich sie für verklemmter, als sie war, vielleicht hätte sie mir auch applaudiert: »Mooaahhh, du verrückter kleiner Lieberling, was für ein toller Fleck. Wie schön, dass du dich bei uns wohlfühlst.« Und dann in das Arbeitszimmer des Großvaters hinübergerufen: »Hermann, endlich, er hat einen Fleck ins rosa Bettlaken gemacht.« Mein Großvater hätte seine Schelling- oder Kantstudien unterbrochen, wäre aus seinem Arbeitszimmer gekommen, hätte die Decke zurückgeschlagen und freudig mit seinem Lieblingswort salutiert: »Respekt.« Aber nein! Niemals wäre es so gekommen, denn sie waren schlicht und ergreifend zu vornehm für unterhalb der Gürtellinie zu verortende Bedürfnisse. Alles Erotische war im Großelternhaus fehl am Platz und von deren ritualisierter Eleganz absorbiert worden. Dass ich hin und wieder vom strammen Alkoholprogramm schwer mitgenommen meine eigene Großmutter sexy gefunden hatte, gab mir noch immer zu denken. Aber sie hatte natürlich auch fantastisch ausgesehen. Wenn ich des Nachts allein war und daran dachte, es mir unter der Bettdecke mit mir selbst gut gehen zu lassen, verschwand alle Lust beim Gedanken an die ehrwürdigen Herrschaften nur zwei Zimmer weiter in ihrem neunten Lebensjahrzehnt. Wie lang ist es her, fragte ich mich oft, dass sich in dieser Villa ein Paar heiß geliebt hat, und was bedeutet es eigentlich, wenn man zum letzten Mal miteinander schläft? Die letzte Liebesnacht hat, soviel ich weiß, bei Weitem nicht den Stellenwert wie die erste. Dabei ist doch das Verebben, Versanden und allmähliche Versiegen verschiedenster Praktiken ein gleichfalls dramatischer Vorgang und deren Entdeckung und Verfeinerung durchaus ebenbürtig.

Oft hatte ich versucht, im positiven Sinne Hand an mich zu legen, doch jedes Mal befiel mich eine hündische Panik, die mich ständig aufhorchen und in die wie auf mich gerichtete Stille hineinlauschen ließ. Es ging einfach nicht. Das rosafarbene Ambiente lähmte den Trieb. Ich spürte die auf dem Rücken atmenden Großeltern, ihre morschen Knochen, ihre uralten, seit ewiger Zeit schlagenden Herzen, und wie sie aus trüben Augen gegen ihre geschlossenen Lider starrten.

Die Schauspielschule hingegen war das genaue Gegenteil gewesen. In einem drei Jahre währenden ununterbrochenen Nähespektakel – grapschen, tatschen, anpatschen – wurde aller Körperzauber profanisiert. Tagein, tagaus massierten wir einander, umarmten, küssten oder schubsten uns in Improvisationen herum. In diesem Schraubstock zwischen Schauspielschule – von allem zu viel – und Großelternvilla – von allem zu wenig – war ich zu einem früh vergreisten Mönch zerquetscht worden. Dabei war ich ja kein Schrat, kein abstoßender Kauz, war groß und schlank, und das permanente Scheitern in der Ausbildung hatte sich als markante Ernsthaftigkeit in meine Gesichtszüge gegraben.

Doch selbst als ich München verließ und in Kassel landete, blieb ich weitgehend isoliert. Eigenartig, dachte ich oft, wie schnell sich in den Gliedmaßen und im Gehirn die Unmöglichkeit körperlicher Nähe einnistet und zur Selbstverständlichkeit wird. Mich nackt auf einen anderen Menschen zu legen und mich dort zu bewegen, mutete mir schon bald recht absonderlich an.

Vor acht Monaten war ich nach Bielefeld gekommen, und es war kaum ein Tag vergangen, an dem ich es nicht bitter bereut hatte. Obwohl ich etwas bessere Rollen spielen durfte, war das Theater noch grauenhafter, als es das ohnehin schon grauenhafte Theater in Kassel gewesen war. Das Ensemble bestand zum Großteil aus munter auch während der Arbeitszeit praktizierenden Trinkern, Exalkoholikern und jüngeren Kollegen, die alle nur das Eine wollten: so schnell wie möglich wieder weg. Es wurde behauptet, Bielefeld sei schon immer ein sogenanntes Sprungbrett gewesen, es fühlte sich aber nicht so an. Ganz im Gegenteil: Sprungbrett gegen die Wand, wenn nicht sogar in den Tod, wäre die passendere Bezeichnung gewesen. Manche Kollegen waren wie aus dem Versandkatalog für Theaterfaktoten. Eine in die Jahre gekommene Provinzdiva mit roter Hennamähne, die vor zwanzig Rentnerinnen Rilke rezitierte, als wäre sie von einer theatralischen Tarantel gestochen worden, gab es genauso wie den dicklichen Mittvierziger im mittelalterlichen Rupfenhemd, der selbst gedrehte Zigaretten rauchte. Er platzte fast vor Stolz auf seinen kirchhalligen Bass. Natürlich hatte er eine Tischlerlehre absolviert, und auf einem Fest bei ihm zu Hause hatte ich Bekanntschaft mit seinen Möbeln gemacht. Wie ein Borkenkäfer saß ich in seiner Höhle aus Holz den ganzen langen Abend über in einem grobschlächtigen Monsterstuhl mit Rinde auf den Armlehnen. Sogar die wellige Klobrille hatte er selbst geschnitzt. Er hatte allerdings eine unfassbar gut aussehende Frau von raumgreifender Sinnlichkeit, deren zur Hochform auflaufendes Dekolleté mich – beim Käsespätzleessen und Fädenziehen – mit tiefem Neid erfüllte. Wie war diese Knallcharge zu solch einer Hammerfrau gekommen? Dann gab es noch den trockenen Trinker, der vor jeder Probe dreißig Kilometer durch den Teutoburger Wald rannte, spindeldürr mit tief liegenden Augen. Das durchtrainierteste Gespenst, dem ich je begegnet bin. Und einen bezaubernden muskelprallen Bulgaren, der in seiner Garderobe auf engstem Raum mit Kurz- und Langhanteln hantierte und versuchte, mir beim Weihnachtsmärchen leistungssteigernde Pulver anzudrehen. Er griff mir an die Oberarme. »Was man da alles draufpacken könnte, mein Freund!« Er erlangte überregional einige Berühmtheit, da er bei Freilichtspielen jahrelang als Winnetou agierte. Das war seine Lebensrolle. Leider war es von da an ganz egal, in welchem Stück er auftrat oder was für eine Perücke man ihm klebte – Winnetou schimmerte unter jeder Kostümierung durch. Immer spielte er den edlen Indianer und sagte einmal zu mir in seinem warm bulgarisch das R rollenden Akzent den schönen Satz: »Mein Freund, jammerschade, dass es in deutschen Theaterstücken so wenig Pferde gibt.« Meine besondere Verachtung aber galt einem weihevoll ergrauten, klein gewachsenen Großdarsteller mit Schlapphut, der in der Einkaufsstraße herumstolzierte und nach links und rechts ins Leere grüßte. Er war eine gestaucht elegante Erscheinung, seine Bescheidenheit allerdings war reine Eitelkeit.

Dieser Schauspieler – und das ist nur eine exemplarische Bielefelder Begebenheit, die hier stellvertretend für hundert ähnliche geschildert werden soll – spielte Faust 1 und 2. Ein Geschenk des Intendanten zu seinem siebzigsten Geburtstag. Doch dann gab es einen üblen Plakatzusammenprall. Er hatte für die nordrhein-westfälische Handwerkerinnung an einer umfangreichen Werbeaktion teilgenommen, sicher eine deftige Gage eingestrichen und sich nicht weiter Gedanken gemacht. Durch einen hundsgemeinen, ja eigentlich müsste man wagen zu sagen, durch einen pudelbösen Zufall wurden beide Kampagnen, das Theaterposter und jene der Handwerkerinnung, stadtweit in derselben Nacht plakatiert. Selten wurden wohl die hohen, ja höchsten Kunstansprüche und die banale, ja niedere Lebensrealität eines Darstellers so entlarvend direkt nebeneinandergeklebt. Auf dem Theaterplakat sah man den Darsteller mit grimmigem Blick dem Betrachter – Schande über die Werbeabteilung! – mit der *Faust* drohen. Auf den Handwerkerplakaten drosch er sich mit einem Hammer auf den Finger, stürzte fast von einem Dachfirst, steckte mit einem Fuß im Farbeimer fest oder montierte schweißgebadet eine Toilette in ein Badezimmer, in dem die Kacheln von den Wänden fielen. Über jedem der Handwerker-Plakate stand groß: »Wir legen Wert auf Wertarbeit vom Fachmann.« Über dem Faustplakat stand ebenfalls groß: »Zwar weiß ich viel, doch will ich alles wissen!« Die Schrifttype war ähnlich und wenn man nicht weiter darüber nachdachte, wovon bei flüchtiger Wahrnehmung der vorbeifahrenden und vorbeieilenden Bielefelder auszugehen war, sah es so aus, als wäre Faust ein zu jedem noch so blöden Scherz aufgelegter Idiot, der, wenn es seine Studien erlaubten, auch gerne mal eine Toilette einbaute. Faust mit Hammer, Faust mit Klo, Faust im Eimer, Faust mit Faust, Faust auf dem Dach. Kein Gelehrter, kein Getriebener, sondern ein Heimwerker war dieser Faust, ein verstrubbelter Volltrottel im Blaumann. Zwar weiß ich viel, doch will ich alles wissen! Auch wenn man das Wort *schlimm* nicht steigern sollte, das war schlimm, das war schlimmer, das war am schlimmsten.

Mir selbst war einige Wochen vor der Premiere von ›Romeo und Julia‹ etwas zugestoßen, das mich tief verunsichert hatte. In einer mehrstündigen Aufführung war ich, während meiner mehrstündigen Pause, in eine peinigende Notsituation geraten. Nach einem kurzen ersten Auftritt zu Beginn des Dramas *Trauer muss Elektra tragen* dauerte es bis zu meinem ebenfalls winzigen letzten Auftritt über vier Stunden. Während dieser nicht enden wollenden Zeitspanne war es mir verboten, das Theater zu verlassen. Ich lag in meiner stinkenden Garderobe, und aus der Mithöranlage wurde ich mit den Stimmen meiner durchaus bemühten, aber unerträglichen Kollegen gefoltert. Die Dialoge klangen abgeschmackt, falsch, nach Theater aus der Mottenkiste. Das Entscheidende aber war, dass mir nach einiger Zeit des Zuhörenmüssens klar wurde, dass ich selbst auf der Bühne genauso, ja, wahrscheinlich sogar wie der Schlimmste von allen klang. Ich war nicht etwa besser, ich war ein Teil dieser aufgeblasenen Deklamierhölle. In den von den Körpern abgeschnittenen Lautsprecherstimmen traten die Unfähigkeiten, die Marotten und Albernheiten der Mitspieler ungeschönt zutage. Es war ein Oratorium selbstverliebter Dilettanten. Wie von einem verlogenen Olymp hinunter, bevölkert von abgehalfterten Göttern, dröhnte es nervtötend auf mich nieder. Noch vor der Pause stand ich von der Liege auf, zog mein Kostüm aus, löste die mies geknüpfte Perücke und skalpierte mich. Auf einer gut geölten Wippe schnellten in mir rhythmisch, mal schwer, mal leicht, Zorn und Kummer hoch und runter. So, dachte ich, jetzt stochere ich diesen Lautsprecher mit dem Stuhlbein aus dem Gewölbe und trete ihm so lange ins vergitterte Gewebe, bis die Membrane bricht, beherrschte mich aber und zog mich weiter aus. Kleidungsstück für Kleidungsstück keimte und spross ein Entschluss aus dem reichhaltigen Nährboden meiner Unzufriedenheit hervor. Endlich war ich nackt, hatte die Unterhose, in die mein Name eingenäht war, auf den Kostümhaufen geworfen. Früher hatte es mir immer Freude bereitet, mich zu verkleiden, jetzt, nach nur drei Jahren Theaterbetrieb, hatte sich dieser Vorgang umgekehrt. So geht das nicht weiter, haderte ich, hier stirbst du. Ich war schon immer jemand, der lange gut durchhielt, dann aber ansatzlos in die Katastrophe rutschte, in katastrophalen Zorn oder katastrophale Verzagtheit. Meist kam zuerst der Furor, gefolgt von einer breiartigen Traurigkeit, die mich wie Treibsand umblubberte und herabzog. Nackt und nahtlos weiß lag ich auf der von Heerscharen in die Sackgasse dieser Garderobe hineingeratenen Darstellern durchgelegenen Liege. Lag da im fiesen Nieselregen der falschen Töne.

Ich muss hier weg, wurde mir ruckartig klar. Ich zog meine eigene Unterhose an, meine eigene Hose, meinen eigenen Pullover, meine eigenen Schuhe. Setzte mich wieder. Das Zellenartige des Raumes wuchs. Ich schob so leise wie möglich den Schminktisch unter die hochgelegenen Lichtluken, stellte einen Stuhl darauf, kletterte hinauf, hängte einen Eisenbügel aus, der zum Kippen des Fensters diente, und klappte es auf. Ich zog mich in die Höhe, wuchtete mich über den scharfkantigen Rand des Alufensterrahmens, griff ins Freie und drückte die Handflächen außen gegen die Mauer. Stück für Stück ruckelte ich mich hinaus an die Luft. Circa einen Meter über dem Gehweg gebar, ja, kalbte ich mich aus dem Theater heraus ans Tageslicht. Ich zerkratzte mir den Bauch, trat mit den Füßen nach der muffigen Garderobenluft unter mir und landete schließlich mit einem abgerollten Handstand auf dem Gehweg. Die körperliche Anstrengung hatte etwas Beflügelndes. Ich rappelte mich auf, orientierte mich, war überrascht wie ein Ausbrecherkönig, der am Tunnelende den Kopf aus der Wiese steckt, und lief los. Sing Sing, ade!

Ich rannte vor auf den Niederwall, weiter bis zur Bahnhofstraße, erreichte gute zehn Minuten später den Hauptbahnhof, überflog die Anzeigetafel, flitzte von Gleis zu Gleis, riss eine Waggontür auf, sprang hinein und warf mich auf einen freien Fensterplatz. Los, fahr ab, dachte ich und hätte es gerne geschrien, fahr schon ab. Doch nichts geschah. Ich sah mich um. Kein anderer Fahrgast zu sehen. Ich rannte vor zur Waggontür, streckte den erhitzten Kopf heraus und sah auf die Anzeigetafel. »Nicht einsteigen. Der Zug endet hier.« In diesem Moment fuhr am gegenüberliegenden Gleis ein Zug ein. Aus dem einen raus, in den anderen hinein, fünf gesprungene Schritte über den Bahnsteig. Umsteigeweltrekord! Und diesmal fuhr er ab.

Fünf Minuten später rollte ich aus dem Bahnhof hinaus in die schönste Abenddämmerung hinein. Ich war euphorisch, presste mein Gesicht gegen die Scheibe und schwor: »Geschafft, mich siehst du nie, nie wieder.« Wer genau mit diesem *du* gemeint war, war mir selbst nicht ganz klar. War es die Stadt, die ich da verächtlich duzte, das Theater selbst, war ich es oder war es die Theaterfigur, die ich im Stich gelassen hatte und für immer verabschiedete? Im Netz vor mir steckte der Faltplan der Zugroute. Als ich den Zielbahnhof las, konnte ich nicht anders, als vor Glück zu zappeln, mich in meinem Sitz vor und zurück zu werfen und mit dem Papier zu rascheln, den Plan wie eine Ziehharmonika zu quetschen und zu ziehen. Es war ein kleiner regelrechter Anfall, ein Befreiungsbeben. ›Berlin, ich fahr nach Berlin, das ist genau der Ort, wo ich hinwill, wo ich noch nie war.‹ Mir kam es so vor, als hätte ich soeben zum ersten Mal seit Jahren die richtige Richtung eingeschlagen, als hätte ich mit meiner Flucht feierlich ein wie bei einer Brückeneinweihung gespanntes Band durchschnitten. Wüst und wüster steigerte ich mich in mein neues Leben hinein, dem ich mit jeder weiteren Minute entgegenratterte. Ich würde bei meinem Bruder wohnen, überlegte ich, mir einen Job suchen, einfach irgendetwas, das nichts mit der Schauspielerei zu tun haben würde. Niemals wieder werde ich ein Theater betreten, schwor ich mir. Ich muss jetzt mal das echte, das ungekünstelte, ja das ungeschminkte Leben kennenlernen. Grundschule, Gymnasium, Schauspielschule, Theater? Seit zwanzig Jahren bekam ich jeden Tag gesagt, wann ich was wo mit wem zu machen hätte. Zwanzig Jahre lang Pläne. Aber eben keine eigenen Pläne, sondern immer nur Stundenpläne, Probenpläne, Spielpläne. Wollte ich das wirklich? Würde ich die Entschlossenheit und den Mut aufbringen? So hatte ich lange nicht mehr mit mir gestritten, ein Disput auf Messers Schneide ließ die Zeit verrauschen.

Da klatschte mir eine Durchsage wie kaltes Wasser ins Gesicht. Ernüchterung, mit einem Schlag: *Wir erreichen in wenigen Minuten Hannover.* Ich schnappte mir den zerfledderten Faltplan. Hannover war der letzte Halt vor Berlin-Spandau. Wenn du jetzt sitzen bleibst, dann wirst du es nicht mehr zurück nach Bielefeld schaffen, wenn du jetzt nicht aus diesem Zug aussteigst, dann wird Berlin dein Schicksal sein. Dann gibt es kein Zurück mehr. In dem Augenblick, da sich der erste Zweifel regte, war ich eigentlich schon verloren. War es nicht komplett größenwahnsinnig und auch asozial den Kollegen gegenüber, sie so im Stich zu lassen? Was würde geschehen? Meine Mitspieler würden auf der Bühne stehen, warten und warten und, wie es im Schauspielerjargon hieß, wenn jemand ein Stichwort vergaß oder zu spät zu seinem Auftritt erschien, verhungern. Vier Stunden hätten sie gespielt, um am Ende von mir im Stich gelassen und in den Hungertod gestoßen zu werden. Der Zug wurde langsamer. Vielleicht würde ich auch eine Strafe zahlen müssen, mit ewigem Berufsverbot belegt werden und für immer als unberechenbarer Chaot gelten. Der Zug rollte in den Bahnhof ein. Los, bleib sitzen und krall dich an den Lehnen fest!, befahl ich mir. Was soll schon passieren? Der Zug wurde langsamer, stand, und ich drückte meinen Kopf an die Rückenlehne, als würde es mit Höllentempo auf einen Looping zugehen. Pro und Kontra bissen sich halb tot.

Ich hieb mit der Faust gegen den Vordersitz, schnellte hoch und sprang in letzter Sekunde aus dem Zug, desertierte vor der eigenen Courage. Voller Verachtung über meine Rückgratlosigkeit fauchte mich die zuschnaubende Waggontür an. Ich sah den Rücklichtern nach, bis sie verschwanden. Wer oder was hatte mir so gekonnt diesen Entschluss entwunden? Die Waffe war doch schon entsichert gewesen und jetzt also doch wieder entschärft. Auf dem Gleis, wo ich saß, würde schon in einer Stunde der nächste Zug nach Berlin fahren, würde mich weit über die Dauer der Aufführung hinweg in Sicherheit bringen. Doch auf dem Gleis in meinem Rücken, das hatte ich bereits registriert, das hatte der in mir rund um die Uhr patrouillierende Polizist längst entdeckt, fuhr in zehn Minuten ein Zug zurück nach Bielefeld. Vor mir lag das Unvorhersehbare und hinter mir das inszenierte Leben mit einem festgefügten, von jemand anderem erfundenen Stück. Das hat eine nicht von der Hand zu weisende Symbolik, dachte ich auf dem Bahnsteig sitzend, das Ende der Vorstellung in Bielefeld wird so sein wie immer, mein Auftritt wird so sein wie immer, meine Sätze, die Gesichter der Mitspieler: alles wie immer. Ein gehässiges Hamsterrad der Verabredungen. In Berlin wüsste ich nicht einmal, wie ich zu meinem Bruder kommen sollte. Vielleicht würde ich ja auch versuchen, eine ehemalige Schülerin der Schauspielschule zu erreichen. Die laute Regina war natürlich nach Berlin gezogen, drehte Filme und spielte an der sagenumwobenen Volksbühne, wo, das hatte sie mir am Telefon erzählt, die zugekoksten Schauspieler auf einer Premierenfeier Sex im Bühnenbild gehabt hatten. Wenn die zu faul sind, aufs Klo zu gehen, hatte sie frohlockt, pinkeln sie ins leere Champagnerglas. Doch obwohl ich nicht zurückwollte, obwohl mein Wunsch abzuhauen unermesslich war, ich konnte nicht anders.

Etwas lenkte mich, ja führte mich regelrecht ab und schubste mich in den Zug zurück nach Bielefeld. Wie gefällt lag ich im Sitz. Wie konnte es nur sein, dass meine Sehnsucht so schwächlich und anämisch war? Warum bin ich kein Abenteurer, fragte ich mich, warum kein Haudegen, kein Vagabund, warum bin ich ein von seinem aus Ängstlichkeit gespeisten Verantwortungsgefühl kastrierter Duckmäuser? Mit wildem Wind in den Segeln war ich himmelhochjauchzend aufgebrochen – und dann Mastbruch, Flaute. Zu Tode betrübt tuckerte ich wieder in den Bielefelder Bahnhof ein. Der Weg zurück zum Theater, der sich unter meinen springenden Füßen zur Kurzstrecke verdichtet hatte, wurde nun unter jedem verzagt gesetzten, ja missmutig hingestampften Schritt zur Langstrecke. Das war gelebte Relativitätstheorie. Ein und dieselbe Distanz mal als Sprint, mal als Marathon. Ich schlich mich an der Fassade entlang am Bühneneingang samt Pförtner vorbei und kam nach wenigen Metern zu meiner geöffneten Garderobenluke. Ich sah mich kurz um und kroch, Kopf voran, zurück in meinen Gefängnisbau. Geradezu artistisch fand ich mit den Armen Halt auf der Sitzlehne des auf dem Tisch stehenden Stuhls, schrammte abermals mit dem Bauch über den Alufensterrahmen und glitt hinein. So zwängte sich an diesem Abend der in freier Wildbahn nicht lebensfähige Darsteller durch den Geburtskanal zurück in den Mutterschoß des Theaters. Der abgestreifte Kostümhaufen lag unangetastet auf dem Boden und aus dem Lautsprecher rieselte leise das sentimentale Gesäusel einer Abschiedsszene. Der lange Theaterabend schwurbelte sich seinem Ende entgegen und mein Auftritt kam näher.

Ich zog mich nackt aus, stand nackt da und zögerte nackt. Denn ich wusste, jetzt würde der schmerzlichste Teil meines grandios gescheiterten Befreiungsversuches kommen. Ich musste zurück ins Kostüm. Und so beendete denn der Nachtfalter seinen Flugversuch, legte die arg zerfledderten Flügel wieder an, ganz eng, machte sich wieder klein, zog die verbeulten Fühler ein und zwängte sich, ja schlüpfte zurück in die Enge seiner krustigen Larvenhülle. The Engerling was back.

Genau so, durchfuhr es mich mit hämischer Selbsterkenntnis, ist mein ganzes Leben, festgezurrt in einen unveränderlichen Seinszustand, der Chance auf grundlegende Veränderungen beraubt, beraubt durch einen völlig verkorksten Begriff von Vernunft, der mich seit jeher vor allem Unkalkulierbaren warnt, mich auf markierten Wegen an der Leine führt und aufschreit, sobald ich einen einzigen Fuß auf unbekanntes Gelände setze. Masochistisch bohrte ich mich tiefer in meine Unzulänglichkeiten hinein und erkannte, dass ich nie etwas erleben würde, das ich nicht vorher in meiner Vorstellung bereits zu hundert Prozent eingeschätzt hatte. Das war dann aber eben kein Erlebnis mehr, sondern nichts weiter als das Abtanzen einer festgelegten Choreografie. Niemals Jäger, oder meinetwegen auch Gejagter, immer alles nur Safari. Nichts schien mich mehr zu schädigen als diese unknackbare Ausgewogenheit. Ich setzte mir meine Perücke auf und klebte sie fest.

Mein Einruf erschallte. »Herr Meyerhoff, bitte zur Bühne. Noch circa fünf Minuten bis zum Auftritt.« Ich musste lachen, eine durch und durch zynische Freude erfüllte mich. »Herr Meyerhoff, bitte zum Schafott. Noch circa fünf Minuten bis zu Ihrer Hinrichtung.« Ich spielte meine kleine Szene an diesem Abend vor den bereits arg gelichteten Reihen ohne jeglichen Gestaltungswillen, lieferte monoton den Text ab, und doch lobte mich in der Kantine einer der Kollegen für meinen Auftritt mit dem Satz: »Du warst heute toll. So pur.« Ich kaute auf einer Frikadelle herum und fühlte mich geschmeichelt. Wer wollte schon nicht gerne pur sein? Egal wie, wurde mir nach diesem Abend klar, ich musste den Einsatz erhöhen.

Am nächsten Tag schrieb ich dreißig Bewerbungen

an dreißig Theater, offenbarte in einem offenherzigen Brief all meine Bedenken dem heutigen Theaterbetrieb gegenüber und bekam genau eine Antwort. Dortmund lud mich zu einem Vorsprechen ein.

5.

Obwohl ich nichts über Judith wusste, war ich mir sicher, sie schon bald wiederzusehen. Ich spazierte durch die Straßen Bielefelds und rechnete jeden Augenblick mit einem Zusammentreffen. Zufall als verlässliche Größe würde uns einander begegnen lassen. Wie ein Wünschelrutengänger in eigener Sache ließ ich mich durch die Stadt lenken, blieb an jeder Ecke, vor jedem Geschäftseingang stehen und erspürte den Weg, der uns zusammenprallen lassen würde. Doch überraschenderweise verpassten wir uns. Der erste Tag verging, der zweite, der dritte, und allmählich erlahmte mein hellseherischer Optimismus. Einmal war ich sogar mitten in der Nacht wieder aufgestanden und hatte mich auf den Weg zu einem Platz gemacht, da ich in einer prächtig dreidimensional animierten Vision deutlich vor mir gesehen hatte, wie sie sich auf ebendiesen Platz zubewegte. Zwei rote Punkte im Bielefelder Stadtplan, aufeinander zustrebend zur vorherbestimmten Kollision. Doch als ich unseren Schicksalsort erreichte, stieß ich mit nichts anderem zusammen als mit ihrem Ausbleiben und knallte frontal gegen eine Leerstelle von erstaunlicher Präsenz. Es blieb mir nichts anderes übrig, als sie aktiv zu suchen, was mich etwas ernüchterte, da ich mir eine kosmischere, von höheren Kräften gefügte Wiederbegegnung gewünscht hätte. Der vierte Tag verging, der fünfte. Immer und überall hielt ich Ausschau nach ihr, suchte zwischen Passanten und Autos nach ihren weißblonden Haaren, nach dem schwarzen Trenchcoat. Am sechsten Tag nach meiner Premiere fuhr ich in die Universität und aß in der Mensa zu Mittag. Obwohl viele der Studenten älter waren als ich, kam ich mir wie ein betriebsfremder Eindringling vor. Ich ließ mir Zeit, observierte meine Umgebung und verbrachte gute zwei Stunden mit einer vorzüglichen Kohlroulade und einer roten Grütze. Oder war sie etwa noch auf der Schule, durchfuhr es mich, war sie jünger, als ich sie geschätzt hatte? Ich hatte keine Proben und beschloss, die Stadt, die mir vor jener Nacht luftabschnürend klein vorgekommen war, nun aber doch groß genug zu sein schien, um sich permanent zu verpassen, mit einer gewissen Systematik abzusuchen. Bei gutem Wetter würde ich mich den Morgen über in verschiedenen Parks aufhalten, dann die Fußgängerzone abwandern, erneut den Campus überwachen, am späten Nachmittag ins Freibad gehen, am Abend Studentenkneipen besuchen und vielleicht die Suche in einer Diskothek ausklingen lassen.

Da geschah etwas, das mich überraschte: Die Stadt gefiel mir von Tag zu Tag besser. Orte, die ich bis dahin nicht gekannt hatte, wurden durch die Möglichkeit, ihr zu begegnen, aufgewertet und verheißungsvoll. Nie war ich Bielefeld mit Neugier, immer nur mit Vorbehalten begegnet, jetzt, da ich ein halber Liebender war, blühte die Stadt nicht nur wegen der ersten Maitage auf. Die Parks lagen voller wie von einer Frühlingsexplosion kreuz und quer in das Gras geschleuderter Körper.

Im Freibad döste ich rauchend auf meinem Handtuch dahin und dachte über die zurückliegende Woche nach. Wahrscheinlich würde ich sie erst treffen, wenn ich nicht mehr nach ihr suchen würde. Mehr und mehr misstraute ich dem Eindruck, dass ich ihr etwas bedeutete. Oder hatte sie mich längst abgehakt und gedacht: Du liebe Güte, was war denn das für ein todlangweiliger Schwachkopf.

Auf einem für die Öffentlichkeit gesperrten Sprungturm trainierte ein Paar, beide braun gebrannt. Er mit weißem Haar und weißer Badehose, sie mit weißer Haube und rotem Badeanzug. Die ersten Sprünge hatte ich, ganz in Judith-Gedanken versunken, nur beiläufig verfolgt, doch als sie vom Einmeterbrett auf das Dreimeterbrett wechselten, erregten sie auch mein Interesse. Sie sprangen abwechselnd, der eine stand am Beckenrand und verfolgte den Sprung des anderen. Erste Badegäste hatten sich um das Sprungbecken versammelt und bestaunten die zunehmend artistischeren Sprünge des Paares. Etwas war eigenartig an den beiden. In der Luft waren sie geschmeidig, aber wenn sie sich aus dem Wasser wuchteten und insbesondere wenn sie die Leiter des Sprungturmes hinaufkletterten, wirkten sie schwerfällig, ja gehandicapt. Ich drückte meine Zigarette in die Wiese, stand auf und schlenderte zum Becken hinüber. Ich sah, wie der Mann mühsam den Fünfmeterturm erklomm. Er stellte sich an die Kante, wischte sich mit einem Tuch den hageren durchtrainierten Körper ab und warf den Lappen von der Plattform – ein Ritual, das ich auch im Folgenden nicht begreifen sollte – und machte sich für seinen Sprung bereit. Er breitete die Arme aus, stand da und die Sonne erleuchtete ihn, warf einen extragrellen Strahl auf seine gebräunte Haut, seine weiße Badehose, in sein dichtes weißes Haar hinein. Er sprang ab, drehte sich aus einer doppelten Schraube heraus in einen zweifachen Salto – fallende Kastanie! – und tauchte spritzerlos ins Wasser ein. Die Freibadbesucher klatschten. Als er aus dem Wasser kletterte, war wieder die Anstrengung deutlich sichtbar, und als er zu seiner Sprungpartnerin ging, traute ich meinen Augen kaum. Er war ein alter, ja uralter Mann, und auch sie war eine hochbetagte Frau. Nun war sie an der Reihe. Ein wenig füllig geworden, kletterte sie den Sprungturm hinauf, pausierte alle fünf, sechs

Sprossen, wischte sich oben angekommen mit dem Lappen über Arme und Beine und stellte sich rücklings an die Kante. Ruckelte sich noch ein wenig weiter hinaus, sodass ihre Fersen frei in der Luft schwebten. Auf den Zehenspitzen drückte sie sich nach oben und sprang einen dreifachen Rückwärtssalto. Wieder Applaus, sobald sie auftauchte. So wie die Zuschauer war auch ich in einer Mischung aus Bewunderung und Sensationslust gebannt von den beiden fliegenden Alten. Jemand sagte neben mir: »Toll, oder? Und beide über achtzig.« Der Körper des Mannes hatte in seiner sehnigen Durchtrainiertheit etwas Befremdliches. Die Gebrechlichkeit, die beim Erklimmen des Turmes nicht zu verbergen war, löste sich während des Sprungs jedes Mal in Luft auf, in von Perfektion erfüllte Luft.

Ich stellte mir mehrere Fragen: Würde ich jemals so alt werden? Würde ich jemals drei Sekunden meines Lebens mit diesem Quantum an Können füllen? Würde ich jemals jemanden finden, der mir bei dem, was ich versuche, zusieht, jemanden, der tatsächlich Kriterien für das hat, was mich umtreibt? Oder würde ich so ein leicht verschrobener Einzelgänger werden, der lebenslang nur Arschbombe vom Startblock macht? Wie so oft verfiel ich in driftende Tagträume, die Sehschärfe verschob sich zugunsten der inneren Bilder, und nur noch schemenhaft sah ich die beiden braun gebrannten Flugkörper durch mein von Visionen getrübtes Sichtfeld stürzen. Warum nur suchte ich seit Tagen wie ein Besessener nach dieser Frau? Was wollte ich eigentlich von der? Das war doch realitätsferner Quatsch! Dieser brennende Rauchgeruch, wenn sie mir nahe gekommen war, woher kam der nur? Dachte sie überhaupt hin und wieder an mich? Wann würden die beiden zum letzten Mal in ihrem Leben springen? Würde der eine ohne den anderen überhaupt springen können? Vielleicht, malte ich mir aus, würden sie eines Tages, wenn sie merkten, dass sie es schon bald nicht mehr auf den Turm hinaufschafften, sich in ein Flugzeug setzen und ohne Fallschirm beidseitig von den Tragflächenspitzen in die Tiefe hüpfen. Er in Badehose, sie im Badeanzug, und dann eine Schraube nach der anderen drehen, unzählige Saltos schlagen, synchron in Luftpirouetten auf die Erde zurasen, um sich in einem wahnwitzigen Taumel aus Vollkommenheit und Schwindel aufzulösen. Den knallharten sogenannten Boden der Realität nie erreichen, niemals aufschlagen, sondern auf ewig abstürzen. Mich faszinierte der Gedanke: die eigenen Atome zu zentrifugieren, sich im Mixer der Unendlichkeit klein zu häckseln und sich auf ewig als beseelte Partikel in den Äther zu blasen. Ja, das war es wohl, was man versuchen musste, den unabwendbaren tagtäglichen Sturz mit möglichst vielen Kunststücken zu verzieren, und wenn man Riesenglück hatte, dabei nicht alleine zu sein.

Applaus weckte mich. Die beiden standen nun tatsächlich nebeneinander, hoch oben auf dem Zehner, als hätte ich das mit meinem Tagtraum heraufbeschworen, und hielten sich an den Händen. Sie sprangen gemeinsam, jeder die Kopie des anderen, zwei Saltos, eine Schraube, keine Spritzer. Ich drehte mich um und ging. Es wurde mir zu viel der akrobatischen Zweisamkeit für diesen Nachmittag.

Die zweite Woche meiner Suche ging auf ihr Ende zu. Jetzt blieben eigentlich nur noch hollywoodartige Aktionen übrig. Kondensstreifen mit *J+J* oder Kleinflugzeug mit Spruchbanner *Ich weiß, dass du nicht Judith heißt,* mit dem Lautsprecherlaster durch die Straßen fahren, die Stadt mit Steckbriefen zupflastern oder am besten gleich zur Polizei gehen, sie als vermisst melden und ein Phantombild anfertigen. Wusste ich überhaupt noch, wie sie aussah? Ja, das wusste ich. Das wusste ich genau. Das würde ich auch noch in hundert Jahren wissen. Wie eine Holografie drehte sich ihr Kopf in meinem. Von allen Seiten konnte ich sie zu jeder Tag- und Nachtzeit in meiner prächtig illuminierten Gehirnvitrine betrachten.

Ich fuhr nach Dortmund zum Vorsprechen. Der offensichtlich hochfragile Intendant hatte zarte Löckchen, die wie spiralartige Fühler wippten, wenn er vorsichtig lachte oder hüstelte. Er saß zusammengekauert da, ließ sich eine dampfende Tasse bringen, drückte mit dem Kinn den wild verschlungenen Seidenschal ein wenig herunter und pustete mit geschürzten Lippen eine wellige Landschaft auf die Oberfläche seines Tees. Sein Mund hatte etwas Unanständiges, erinnerte mich an das saugende Maul des großen Fensterputzerfisches, der die Scheiben im Aquarium meines Bruders sauber gesuckelt hatte. »Wie freundlich von dir, dass du die Mühe auf dich genommen hast, zu uns nach Dortmund zu reisen.« Ich konnte ihn kaum verstehen, so leise sprach er. Ich spielte meine Rollen vor, und nach jeder einzelnen lobte er mich, was mir ungemein wohltat, sagte dann allerdings, nachdem ich Hamlet in Unterhose gegeben hatte, auch: »Wow, du hast ja irre schöne Beine!«

Ich war am Morgen mit dem Zug nach Dortmund gekommen, und vom ersten Augenblick an hatte mir die Stadt in ihrer, wie es mir vorkam, ehrlichen Hässlichkeit gefallen. Auf der Heimfahrt zurück nach Bielefeld überlegte ich, was ich machen sollte, falls mich das Theater in Dortmund engagierte, und ich wunderte mich über meine Unentschiedenheit. Alles ist besser als Bielefeld, ermahnte ich mich, na klar gehst du nach Dortmund, wenn die dich wollen. Aber etwas haderte in mir, und als ich begriff, dass es immer noch jene Nacht war, deren Echo nach mir rief, es immer noch die Hoffnung war, sie zu finden, die mich fesselte, forderte ich mich auf, endlich einen Schlussstrich unter diese ganze aberwitzige

Verirrung zu ziehen. Es gibt sie nicht!, beschwor ich mich, es hat sie nie gegeben, sie ist ein Phantom. Eine plattnasige Fata Morgana. Nach einer halben Stunde autosuggestiver Überzeugungsarbeit trennte ich mich von ihr, machte mental Schluss und erreichte erleichtert Bielefeld.

Eine letzte Sache aber wollte ich noch tun, im Grunde ein Abschiedsgeschenk an mich selbst, an meinen Irrglauben, sie jemals wieder zu Gesicht zu bekommen. Ich wollte die Lichtung besuchen, auf der wir an jenem Morgen gelandet waren. Ich kaufte mir einen Stadtplan, brach frühmorgens auf und irrte umher. Doch kein einziger Weg kam mir auch nur ansatzweise bekannt vor. Ich wanderte zum Hermannsdenkmal und machte mich von dort auf die Suche nach dem Wegweiser, den ich in der Nacht mit ihrem Feuerzeug erhellt hatte. Nichts. Alle Wegrekonstruktionen liefen ins Leere. Ich arbeitete mich in Holzwege hinein und kehrte wieder um. Mehrmals erkletterte ich aus einem akuten anfallartigen Gefühl von Vertrautheit mit dem Gelände steile Hänge. »Da oben, da ist die Lichtung!« Crocodile Dundee im Teutoburger Wald. Doch genauso schockartig, wie die Gewissheit der Orientierung über mich gekommen war, verließ sie mich wieder, und ich wusste nicht einmal mehr, in welcher Richtung die Stadt lag. Weder fand ich die Villen, einen der Wege, die wir gegangen waren, noch die Lichtung.

Am späten Nachmittag kehrte ich durstig und zornig in meine Wohnung zurück, aß eine ganze Packung Cornflakes und beendete das Thema Judith. Die Tatsache allerdings, dass ich mittlerweile todsicher war, dass sie nicht Judith hieß, dass das der unsinnigste Name überhaupt war, dass sie mich belogen hatte und ich sie niemals namentlich verfluchen konnte, nie sagen konnte »Fahr zur Hölle, Judith!«, machte mich halb und in ein paar Momenten ganz wahnsinnig.

6.

Zwei Tage später, es war wieder ein Samstag und ich trug jetzt immer ein T-Shirt beim Schlussapplaus von Romeo und Julia, saß sie, als ich nach der Vorstellung aus dem Theater kam, gegenüber auf dem Rand eines Brunnens.

Ich hatte, wie es meine Gewohnheit geworden war, auf der obersten Treppenstufe des Ausganges innegehalten, tief eingeatmet und ›Wieder eine Vorstellung geschafft‹ gedacht, ›endlich draußen‹. Keine Theaterluft mehr schnuppern zu müssen, sondern nächtliche Stadtluft, tat mir gut.

Bevor ich sie im Licht der Straßenlaternen an ihrem Trenchcoat und den Haaren erkannte, traf mich schon ihre geballte Eigenartigkeit. Etwas an ihrer Erscheinung war schneller, als es meine Gedanken sortieren und auswerten konnten. Die Druckwelle ihrer Ausstrahlung ließ mich kurz völlig entkernt und hirnlos dastehen. Erst als ich begriff, dass sie sie war, machte ich mich, von Schritt zu Schritt zorniger werdend, auf den Weg. Was denkt die sich denn?

Spinnt die, hier nach drei Wochen einfach wieder so aufzutauchen?

Noch bevor ich bei ihr war, legte ich los: »Sag mal, wo warst du denn die ganze Zeit? Du kannst doch nicht einfach so abhauen und nicht mehr auftauchen. Ich hab dich überall gesucht.« Sie hob den Kopf, minimale Schräglage, und sah mich mit weit geöffneten Augen an. »Nette Begrüßung!« Ich vergaloppierte mich und stauchte sie zusammen. »Das gibt's doch nicht, dass du komplett verschwindest. In der Uni bist du nicht, im Park nicht, im Schwimmbad nicht, in keiner einzigen Kneipe!« Ich fuchtelte südländisch mit den Händen herum. »Verdammt noch mal, wo warst du?« Ihr Gesicht legte einen geschmeidigen Umschwung hin, weiche Blende von Fassungslosigkeit zu Amüsement. Breit grinsend fragte sie: »Du hast mich überall gesucht?« »Mensch, na klar hab ich dich gesucht. Was denkst du denn? Ich hab sogar einen ganzen Tag lang diese Dreckslichtung im Wald gesucht. Bin da im Unterholz rumgekrabbelt wie der letzte Depp. Wo warst du?«

Da geschah etwas, das sich mit ihr noch oft wiederholen sollte. Genauso wie das Gefunkel ihrer Augen meine Wut befeuern, mich ihre Überheblichkeit zur Weißglut bringen konnte, genauso zog ihr auf mir ruhender Blick meinem Zorn komplett den Stöpsel. Ich blubberte und gurgelte noch ein wenig, und schon war alle Wutenergie durch ihre sperrangelweit geöffneten Augen abgeflossen. Still und beschämt stand ich vor ihr. »Du hast mich gesucht? Wirklich?« »Na ja, sicher wirklich, was denkst du denn?« »Das ist aber schön.« »Hast du eine Zigarette für mich?« »Klar, hier. Komm, setz dich.« Noch bevor ich den Rauch inhalierte, war da schon wieder dieser Aschegeschmack in meinem Hals. Das muss ihr Parfüm sein, dachte ich, ein Duft aus verkohlten Zutaten. Oder sie zündet irgendetwas an sich an, bevor sie das Haus verlässt, brennt sich Härchen von Armen und Beinen.

Sie nahm meine Hand. »Komm, ich hab Hunger. Ich weiß, wo man noch etwas zu essen bekommt.« Ich drückte ihre Hand, fester und fester, bis sie mich ansah. »Ich gehe hier keinen Schritt weg, bevor du mir nicht deinen Namen sagst.« »Ich wusste nicht, dass es in Bielefeld überhaupt ein Freibad gibt. Musst du mir mal zeigen.« »Los jetzt, sag mir, wie du heißt.« »Würdest du bitte aufhören, meine Hand zu zerquetschen.« Ich sprang auf. »Kein Problem. Gerne!« Mit zügigen Schritten lief ich los. Da hörte ich ihre Stimme hinter mir. »Hanna.« Ich wandte mich um, und es verstrich ein fein geschliffener Moment, in dem wir uns ansahen und etwas von uns beiden vollkommen blank und ungeschützt offenlag. »Also, gehen wir jetzt was essen?«, fragte sie. »Na klar«, ich nickte, »das machen wir. Hanna.«

Sie stand auf, kam näher, spielte kurz, dass sie sich

davor fürchten würde, mir erneut die Hand zu reichen, ergriff sie dann doch und wir wanderten los. Sie brachte mich in eine Kellerkneipe. In die Tischkante meines Platzes hatte jemand mit einem Messer sieben tiefe Kerben geschnitzt, was mir wie ein Zeichen vorkam, das ich nicht zu deuten vermochte. Wir bestellten Bier, das Hanna der Kellnerin direkt vom Tablett nahm und gierig halb leer trank. Die Gläser waren bauchig und noppig geschliffen, und sie mit den Handflächen zu umschließen, war angenehm. Ich hatte Hunger, aber eine Speisekarte gab es nicht. »Die Pizza hier ist gar nicht mal so übel.« Zwei Minuten später wurde sie frisch aus der Mikrowelle hitzeblubbernd auf einem Pappteller serviert. Noch bevor ich zu essen angefangen hatte, griff eine Hand über meine Schulter hinweg, nahm sich eine Pizzaschnitte herunter und fragte: »Darf ich mal beißen?« Ich wandte mich um. Vor mir stand ein angesoffener Typ um die fünfzig mit flusigem Bartflaum im Schlabberpullover. Das Stück Pizza hing in seiner Hand über meiner Schulter und tropfte. »Darf ich mal beißen, riecht so lecker.« Aus einer Kombination aus Verdutztheit und Überforderung heraus nickte ich, obwohl ich wütend war. »Na klar«, antwortete ich freundlich, »nimm dir ein Stück.« Als würde mich jemand mit flüssigem Wachs piesacken, brannten auf meiner Schulter durch den Stoff des T-Shirts hindurch die Käsetropfen. Ich versuchte mir nichts anmerken zu lassen und atmete flach in der völlig verrauchten Kneipe den Schmerz weg. »Echt nett von dir, Alter. Danke. Hab voll den Kohldampf. Krieg ich von dir auch ein Stück?« Er machte sich lang, beugte sich weit über mich, streckte seinen Arm aus und war kurz davor, Hannas Pappteller zu erreichen. Mit einer weit ausholenden, tennisähnlichen Schlagbewegung drosch sie ihm die Hand weg, sprang auf, rammte wie ein Gorilla die Fäuste auf die Tischmitte und brüllte los: »Sag mal, du blödes Arschloch, du spinnst ja wohl! Nimm die Finger von meiner Pizza, du Penner. Glaubst du, ich ess die noch, wenn du da mit deinen Drecksfingern dran rumgrapschst?« Vor Schreck fiel ihm das bereits ergatterte Stück aus der Hand und landete käseabwärts auf meinem Oberschenkel, flatschte mir saftig auf die Jeans. Wie bei einer hinterhältigen Bügeleisenattacke bohrte sich mir der tortenstückgroße Schmerz in die Haut und katapultierte mich aus dem Stuhl. Hanna sah aus, als zerrten epileptische Teufel an ihrem Gesicht. Ihre Augen waren aufgerissen vor Wut, die Nasenflügel bebten, und durch den schreienden Mund ging es höllenschlundartig in den nassroten Rachen hinab.

Während ich zuckend und hüpfend versuchte, den heißen Käse von der Hose zu wischen, sah ich Hanna schreien, und trotz meines Pizzatanzes, trotz der hartnäckigen Käsekonsistenz war ich beeindruckt von ihren entfesselt in die Luft beißenden Zähnen.

Wie in einem Biologiebuch, in dem verschiedene Gesichtsausdrücke von Wildkatzen nebeneinandergestellt werden, neugierig, satt, drohend, zeigte Hanna in jeder Facette das vollkommene Bild einer kurz bevorstehenden animalischen Attacke. Es hätte mich nicht gewundert, wenn sie noch einen rot geschwollenen Kamm herausgeklappt oder ein bedrohlich gemustertes Rad aufgeschlagen hätte. Die glattharte Stelle auf ihrer Stirn spannte sich, als würde jeden Augenblick von innen das Horn durchstoßen, sich ein tödlicher Dolch aus ihrem Kopf schieben. Ich hatte mir ein Messer genommen und zog damit den Käse vom Stoff. Hosenraclette. Das Beste an ihrem Ausbruch, dachte ich, sind ihre Zähne, sind diese beiden riesigen, strahlend weißen Schneidezähne, die biberstark unter der lippenstiftroten Oberlippe hervorglänzten, prächtige Porzellanhauer, die den Pizzadieb bedrohten. Ich war komplett verschossen in dieses Zahnpaar, und da der Käse endlich kalt, bestmöglich verteilt und heruntergestrichen war, Hanna aber weiter den Wicht zusammenfaltete, staunte ich ihre Zähne an. Eine noch nie da gewesene Lust überkam mich. Den ein oder anderen Po hatte ich gestreichelt, die ein oder andere Brust berührt, den ein oder anderen Mund geküsst – das alles allerdings wesentlich seltener, wesentlich weniger ausgiebig, als ich es mir gewünscht hätte. Aber mich danach zu sehnen, ein paar Schneidezähne anzufassen, sie zwischen Daumen und Zeigefinger zu nehmen, daran zu ziehen, das hatte ich noch nie. Ich wollte diese Zähne anfassen, ihr in den Mund greifen, sie mit meiner Zunge abtasten.

Das zusammengestauchte Männchen trat den Rückzug an, blaffte dabei in die kurzen Pausen hinein, die Hanna ihm ließ. »Beruhig dich mal. Dann friss deine scheiß Pizza eben alleine.« Hanna war vom Konkreten ins Allgemeine gewechselt. »Hau endlich ab, Mensch. Merkst du eigentlich, was für ein Vollasi du bist?« In der Kneipe war es schön still geworden. Vierzig Gäste und eine Furie. »Jetzt ist mal gut!«, rief jemand vom Tresen herüber. »Wieso gut?«, rief Hanna, augenblicklich wieder angestachelt. »Der Typ latscht hier zu uns rüber, ja? Wir haben noch nicht mal angefangen, da grapscht der mit seinen Drecksfingern in unser Essen rein. Das ist doch widerlich. Die Pizza sieht eh schon so scheiße aus hier!« Ich war hin- und hergerissen zwischen prickelnder Eklatfreude und Beklommenheit, da sich alle Blicke auf uns richteten, sich die Bedienung auf den Weg zu uns machte und der Verursacher des Ganzen jetzt auch mich ansprach. »Sag mal, was hast du denn da für 'ne durchgedrehte Schnalle am Start?« Hanna schob mit den Oberschenkeln den Tisch beiseite. »Was hast du da gerade gesagt. Los, wiederhol das noch mal, du Witzfigur. Du bist ja das größte Arschloch, das mir je begegnet ist!« Mit geballten Fäusten ging sie auf den Kerl zu. Die Bedienung stellte sich ihr in den Weg, hob Schiedsrichter-beschwichtigend die Hände, mehrere Gäste riefen »Jetzt macht mal Schluss«, »Ihr nervt!« oder »Fresst eure Pizza draußen«. Hanna wischte sich mehrmals über den Kopf, zerstrubbelte ihre Frisur, schien mit den Händen von außen etwas in ihrem Hirn einzurenken, gab mir ein Zeichen, und wir stiegen die Kellertreppe hoch. Auf der obersten Stufe blieb sie stehen, drehte sich zu mir um, war plötzlich so groß wie ich, grinste siegesfreudig, ja geradezu unverschämt und zog ein durchweg positives Resümee: »Na immerhin, zwei Bier umsonst.«

Hand in Hand liefen wir weiter. Ich hätte sie gerne zu mir gedreht, sie geküsst. So vorsichtig wie ein Dompteur, der im Zirkus seinen Kopf in den Krokodilrachen legt, meine Zunge zwischen ihren Zähnen hindurch in ihren Mund geschoben. »Das war ja wie im Wilden Westen«, sagte ich, »um ein Haar hätte es eine Schlägerei im Saloon gegeben. So mit Flasche über den Kopf und über den Tresen geworfen werden.« »Und du? Warum hast du überhaupt nichts gesagt? Du wolltest dem sogar was abgeben. Ich fass es nicht.« »Der hatte sich das Stück doch schon genommen. Was soll ich denn da sagen? Leg das bitte wieder zurück?« »Du lässt dir von so einem Ferkeltyp das Essen vom Teller klauen?« »Ich hab den doch gar nicht gesehen. Plötzlich war er da und hat zugegriffen.« Sie schüttelte den Kopf über mich. »Man muss sich wehren. Immer und überall. Sonst macht man sich zum Idioten.« »Was hättest du denn gemacht?«, fragte ich, »wenn der Kellner nicht dazwischengegangen wäre?« »Keine Ahnung! Ihn erwürgt. Ach, wäre das herrlich gewesen. Du hättest mich wegziehen müssen. Ich hätte um mich geschlagen und du hättest mich aus der Kneipe getragen. Verdammt, wir haben die Geschichte nicht ausgereizt, nicht ansatzweise anständig zu Ende erzählt. Da war noch viel mehr zu holen. Ich hätte auch noch die scheiß Pizza an die Wand klatschen sollen. Oh nein, so ein Mist, und wir zwei hätten uns natürlich auch noch prügeln müssen. Die Polizei wäre gekommen. Ich hätte dagelegen, blutend, meine Bluse ganz zerrissen. Sie hätten mir die Arme verdreht, meinen Kopf runtergedrückt und mich in den Polizeiwagen gestoßen. Du wärst neben dem Auto hergerannt, schneller, immer schneller, und hättest verzweifelt an die Scheiben gehämmert. Aus einer Platzwunde an deinem Kopf wäre Blut geflossen. Und ich hätte ganz langsam die Augen aufgeschlagen und dir eine Kusshand durch die regennasse Scheibe zugeworfen. Tja, wir haben das Ganze zu früh abgebrochen. Hätte, hätte, hätte! Wie immer das meiste aus Feigheit verpasst.« Sie war bestens gelaunt: »Und du? Warum siehst du eigentlich schon wieder aus wie Pola Negri? Komm, ich mach dir die Augen sauber.«

Wir setzten uns auf die Stufe eines Hauseingangs und sie wischte mit dem Saum ihrer herausgezogenen Bluse an mir herum. Kurz sah ich ihren Bauch, und da war er wieder, dieser verwirrende Geruch. Wurde gerade irgendwo in Bielefeld Kaffee geröstet oder brannte eine Tabakfabrik ab? Dieser Duft war kaum wahrnehmbar und dennoch intensiv. Meine Lust sie anzufassen wurde mit jedem Atemzug größer, schwoll mit jeder inhalierten Dosis dieses wie aphrodisierend wirkenden Gases. Konnte das ein Parfüm sein? Pyromane Nr. 8 von Kokell? Ihr Gesicht war direkt vor mir. Ich sah sie voller vorsätzlich hochgefahrener Intensität an, sie aber wischte an mir herum, als wäre ich ein lebloses, zu reinigendes Objekt. Putztag in der Glyptothek. Komm, küss mich, dachte ich beschwörend, küss mich jetzt endlich. Ich brüllte in Gedanken, versuchte sie mit der Strahlkraft meiner Pupillen zu mir zu ziehen, aber nichts geschah. »Und was machen wir jetzt? Bisschen Zeit hab ich noch, dann muss ich zurück an den Schreibtisch.« »Wie, heute Abend noch?« »Beste Zeit. Kleine Nachtschicht.« »Was arbeitest du denn?« »Dies und das.«

An diesem Abend erfuhr ich einiges, viel war es nicht, über Hanna, aber immer nur auf Umwegen. Eine ihrer zahlreichen Marotten war, dass sie nie direkt antworten wollte oder konnte. Ich fragte sie: »Studierst du?« Sie antwortete: »Nein, ich arbeite im

Kindergarten.« Vor Unglauben verzog ich mein Gesicht. »Echt, du arbeitest in einem Kindergarten? Was soll denn das bitte für eine Nachtschicht sein?« »Für Babys mit Jetlag.« Ich sah sie nur an. »Okay, okay, ich bin Krankenschwester.« »Na, was denn jetzt, Kindergärtnerin oder Krankenschwester?« Ich hatte ein primitives und unleugbares Faible für Krankenschwestern, sie schienen mir diejenigen zu sein, die Erregung und Entspannung oder, von mir aus auch eins drastischer, Geilheit und Heilung in einem guten Gleichgewicht halten würden. »Was glaubst du?« Ich wollte sie nicht verletzen, nicht sagen, du bist doch nie und nimmer eine Krankenschwester. Wenn sie wirklich eine wäre, könnte ich das kaum wiedergutmachen. »Ich würde sagen Krankenschwester. Du den ganzen Tag mit Kindern, das kann ich mir nicht vorstellen.« »Aha, warum das denn nicht? Das klingt ja nach einem prächtigen Vorurteil. Warum soll so jemand wie ich denn nicht Kindergärtnerin sein?« »Weiß nicht. Wenn überhaupt, dann tippe ich auf Krankenschwester.« »Warum grinst du eigentlich jedes Mal so belämmert, wenn du das Wort Krankenschwester aussprichst?« »Ich mag Krankenschwestern.« »Um Gottes willen! Höre ich da etwa so ganz dezent eine den ganzen Berufsstand diffamierende, äußerst plumpe erotische Anspielung heraus?« »Quatsch. Ich bin mit Hunderten von Krankenschwestern in meiner Nähe aufgewachsen.

Ist mir halt vertraut.« »Und du glaubst wirklich, ich könnte eine Krankenschwester sein?« »Nein, das glaube ich nicht. Du studierst hier, stimmt's?« Sie nickte, machte einen mitleidheischenden Mund. »Ja, es lässt sich wohl nicht länger leugnen.« »Wie alt bist du denn?« »Herr Richter, ich bin vierundvierzig.« »So ein Quatsch.« »Na, wenn du immer alles besser weißt, dann sag du mir, wie alt ich bin.« »Ich tippe auf zweiundzwanzig?« »So 'ne alte Schachtel? Außerdem bin ich kein Lottoschein.« »Einundzwanzig?« »Kommt hin.« »Aber gut, dass ich noch mal nachgefragt habe. Jemand weniger Hartnäckiges würde jetzt glauben, mit einer vierundvierzigjährigen Kindergärtnerin namens Judith durch die Stadt zu schlendern.« »Wäre vielleicht netter.« »Was studierst du denn?« »Theologie.« »Theologie? Das hätte ich jetzt nicht gedacht.« Entrüstetes Lippenflattern ihrerseits. »Oh mein Gott, ich studiere doch nicht Theologie. Spinnst du? Wie kannst du so was nur glauben. Ich studiere Medizin.« Sie überlegte kurz. »Ich möchte Psychiaterin werden. Weißt du, ich bin in einer riesigen Anstalt aufgewachsen, wo nachts die Irren rumgebrüllt haben. Meine Mutter war da die Direktorin.« »Die Geschichte kommt mir irgendwie bekannt vor.« »Nein, ich möchte Traumaforscherin werden. Wusstest du, dass es sein kann, dass deine Angst vor Hunden daher rührt, dass dein Urururururgroßvater im Jahr 1678 an einem schönen Sommertag von einem räudigen Köter angefallen wurde, der ihm das Bein zerfleischte? Der Schreck war so groß, dass er eben nicht nur für den Rest seines Lebens in seinem Gehirn gelandet, sondern schnurstracks in die DNA eingesickert und nun durch Generationen hindurch bei dir angekommen ist.« »Ich habe aber keine Angst vor Hunden.« »Hallo! Betonkopf. Das war ein Beispiel. BEISPIEL!! Wovor hast du Angst?« »Hm«, ich überlegte, wollte unbedingt etwas Originelles zum Besten geben und sagte: »Vor Kuchen.« Die Antwort gefiel ihr. Mit therapeutisch gesenkter Stimme fragte sie: »Junger Mann, warum haben Sie Angst vor Kuchen?« »Ich habe mal einen Kuchen gebacken. Da war ich ungefähr zehn und allein zu Hause.« »Aha. Also los, Kevin, erzähl mir die Geschichte vom geheimnisvollen Kuchen.«

»Ich versuche es. Also: Ich dachte, ich mache meiner Familie eine Freude und backe ihnen einen Kuchen. Alle Zutaten waren da, außer Backpulver. Ich nahm es gelassen. Na, das kann ja nicht so schlimm sein, einen kleinen Löffel Backpulver wegzulassen. Der Teig schmeckte gut, genauso wie bei meiner Mutter. Ich füllte ihn in die Form und stellte sie in den Ofen. Es begann im Haus zu duften, ich öffnete die Klappe und – das fand ich schon immer toll – steckte ein Messer in den Kuchen, um zu sehen, ob noch Reste an der Schneide kleben bleiben würden. Ich zog das Messer heraus und es war vollkommen verschmiert. Ich drehte die Temperatur höher und testete alle zehn Minuten den Kuchen. Er wurde dunkler und dunkler. Aber im Inneren blieb er flüssig. Hatte ich zu viel Milch genommen, zu wenig Mehl? Nach zwei Stunden, er wurde schon sehr dunkel, nahm ich ihn heraus. Ich hatte eine Tante, Tante Tia, die fantastisch backen konnte. Ihre Kuchen mussten in Alufolie eingewickelt mehrere Tage in der Speisekammer durchziehen. Vielleicht, hoffte ich, ist das ja bei meinem Kuchen auch der Fall. Ich wickelte die Form dick mit Alufolie ein, brachte sie in mein Zimmer und versteckte sie hinter meinen Pullovern im Schrank. Ich war mir noch immer sicher, einen grandiosen Kuchen gebacken zu haben. In ein paar Tagen würde ich meiner Familie den saftigsten, durchgezogensten Kuchen aller Zeiten auf dem Tisch anrichten. Ich öffnete die Fenster, um mich nicht zu verraten. Meine Anziehsachen dufteten wie die eines Konditors. Hin und wieder sah ich nach ihm. Aber es tat sich nichts. Dann vergaß ich ihn, bis meine Mutter eines Abends beim Zubettbringen sagte: ›Es tut mir leid, mein Lieber, aber irgendwas stinkt hier in deinem Zimmer ganz widerwärtig.‹ Meinen Brüdern war es auch schon aufgefallen, und mein mittlerer Bruder hatte zu mir gesagt: ›Du weißt schon, dass wir, wenn das Klo mal besetzt ist, noch ein Gästeklo haben.‹ Ich hatte ihn aus dem Zimmer geschoben. Meine Mutter ging durch den Raum und erschnüffelte den Gestanksherd. Sie kniete sich hin und schob den Kopf unter mein Bett, sie roch am Schreibtisch und schließlich am Schrank. Sie öffnete die Schranktür. Ich schrie los: ›Nein, nein, das ist doch eine Überraschung.‹ Ihr schlug eine Welle von Gestank entgegen, eine stinkende Geruchsfaust voll auf die Nase. Angeekelt verzog sie das Gesicht. Ich hatte schon seit Tagen nicht mehr gewagt, nach dem Kuchen zu schauen. ›Was ist denn dadrin, mein Lieber? Wahhh, das riecht ja furchtbar.‹ Sie schob die Pullover beiseite. ›Was ist das denn?‹ Ich brüllte sie an. ›Das ist mein Schrank. Mach die Tür zu. Es ist eine Überraschung. Los, mach schon die Tür zu.‹ Meine Brüder kamen aus ihren Zimmern. ›Warum tickt der denn schon wieder aus?‹ ›Da ist irgendwas in seinem Schrank, das stinkt, und er will nicht, dass ich es sehe.‹ Sie schoben vorsichtig ihre Nasen ins Zimmer, schnüffelten angewidert in Richtung Schrank. ›Boahh, Alter, was ist denn da hinter deinen Pullovern? Stinkt ja so, als hättest du ein totes Tier versteckt.‹ Mein mittlerer Bruder ließ sich solche Vorlagen nicht entgehen: ›Ich geh mal kurz die Meerschweinchen durchzählen. Bin gleich wieder da.‹ Ich brüllte: ›Raus, haut alle ab, es ist eine Überraschung!‹ Mein ältester Bruder konnte auf seine verträumte Art auch gemein sein: ›Also, die Überraschung, die kannst du schön behalten. Die will keiner haben, da bin ich mir sicher.‹ Mein mittlerer Bruder gab mir den Rest, eher leise, aber dafür treffsicher: ›Der hat seine Kacke im Schrank versteckt. Der ist pervers.‹«

Hanna lachte, und diesmal klang sie nicht wie ich. Keinen einzigen Moment lang zweifelte ich daran, dass die Geschichte bei ihr gut aufgehoben sein würde. Ihr Zuhören war wie ein aktives Zusichziehen meiner Worte. Ich bildete mir ein, es regelrecht zu spüren, wie sie meine Erzählung einsog, sie aus mir herauszog. Ihr Interesse formte meine Sätze. Ich hatte nur eine kurze Pause gemacht. »Was ist los? Was ist dann passiert? Schläfst du? Erzähl weiter!«, forderte mich Hanna ungeduldig auf.

»Meine Mutter griff sich den Pulloverstapel und warf ihn auf den Flur. Meine Brüder ekelten sich und alberten herum. Ich war auf dem Boden zusammengebrochen, hatte mich noch ein wenig gewälzt, war dann aber unter mein Bett gekrochen, um zu weinen und mir die Augen zuzuhalten. Es wurde still und ich wusste, jetzt entdecken sie die Form, ich flüsterte: ›Es ist doch eine Überraschung. Der braucht noch.‹ ›Was ist das denn da?‹, hörte ich meine Mutter fragen. Meine Brüder sprachen mit nasalen Stimmen: ›Was ist denn da, Mama?‹ und ›Was siehst du?‹. Höchstwahrscheinlich hielten sie sich die Nasen zu. ›Er hat da irgendwas in Alufolie eingepackt.‹ ›Sag mal, wie krank im Kopf ist der eigentlich?‹, fragte mein mittlerer Bruder. ›Was ist das, Josse? Was um alles in der

Welt ist das?‹ Ich schluchzte unterm Bett. ›Er braucht noch ein paar Tage, bis er gut ist. Er braucht noch!‹«

Hanna fragte: »Das hast du gesagt. Wirklich?« »Ich glaube schon.« »Und wenn nicht, auch egal. Weiter!« Sie hakte sich bei mir ein, was sich im ersten Augenblick eigenartig anfühlte, altbacken, dann aber schön war, da ich sie näher bei mir hatte. Ich wiederholte meinen letzten Satz. »›Er braucht noch ein paar Tage, bis er gut ist.‹ ›Wer ist ER?‹, wollte mein mittlerer Bruder wissen. Er tippte mit dem Schuh gegen meine unter dem Bett herausschauende Fußsohle: ›Wer ist ER? Haben wir ihn gekannt? Wann haben wir ihn zum letzten Mal gesehen? Was hast du da wieder für einen Mist gebaut?‹ Wimmernd kroch ich tiefer unter das Bett. Mein ältester Bruder plädierte dafür, die Polizei zu rufen. Da stieß ich mit dem Ellenbogen gegen ein Heft, einen schon längere Zeit von mir vermissten Tarzan-Comic. Ich schlug ihn auf, schluchzte aber leise weiter und sah mir im Dämmerlicht die Bilder an. In der Oberwelt berieten sie, wie sie das unbekannte Stinkobjekt aus dem Schrank holen sollten, denn anfassen wollte es niemand. ›Vielleicht hat er ja versucht, einen Satelliten aus Kacke zu bauen.‹ ›Holt mal den Mülleimer her. Dann schieben wir es da direkt rein.‹ Ich hörte den Hund ins Zimmer hecheln. Er schnüffelte und schnaubte unter das Bett und kratzte auf dem Teppich herum. Plötzlich hörte ich die Stimme meines mittleren Bruders ganz nah. Er hatte sich auf den Bauch gelegt und sah zu mir in mein Versteck hinein. ›Was machst du denn da?‹ Schnell klappte ich den Comic zu und weinte lauter. ›Ey, der liest da unterm Bett seelenruhig in irgendeinem Heftchen, während wir hier seine Ekelaktionen beseitigen müssen. Los, raus mit dir.‹ Mit langen Armen griffen sie unter das Bett, packten mich an den Füßen und zogen mich wie einen verzweifelten Dachs im Schlafanzug aus seinem Bau heraus. Ich versuchte mich noch in den Teppich zu krallen, aber es half nichts. Der Hund bellte laut, schnappte nach meinen Beinen. Meine Mutter kam mit dem Mülleimer und fuhr meine Brüder an: ›Was macht ihr denn da mit ihm? Lasst ihn sofort los.‹ Sie trug einen einzelnen Gartenhandschuh, ruckelte die Kuchenform an den Rand des Regalbrettes, hob den Eimer unter die Kante. Doch im Fallen verschob sich die Alufolie, riss auf und ein von Schimmel hellgelb überwucherter Brei ergoss sich über den Müll. Meinen Brüdern entglitten vor Ekel grotesk die Gesichtszüge. Ich sehe sie noch genau vor mir, wie sie Kotzgeräusche machend, wild rudernd, gleichzeitig durch meine Tür in den Flur hinausflohen. Meine Mutter ließ angewidert den Eimer fallen, und der Hund leckte und stupste im Müllmatsch herum. Jetzt reichte es mir. Ich rappelte mich auf, schaufelte beidhändig die verschmierten Joghurtbecher, die Eierschalen, den geplatzten Kaffeefilter und den Schimmelkuchenbrei zurück in den Eimer und stellte ihn in den Flur hinaus. Ich zog wild und von meiner eigenen Kraft beeindruckt den Teppich unter den Bettstützen heraus, rollte und klappte ihn über dem glitschigen Fleck zusammen und warf ihn ebenfalls in den Flur. Meine Mutter beobachtete mich, wusste aus Erfahrung, dass es das Beste war, mich bei einem bestimmten Gesichtsausdruck einfach machen zu lassen. Meine Brüder waren in ihre Zimmer geflüchtet. Nach getaner Säuberungsaktion ging ich duschen. Als ich aus dem Bad kam, waren Eimer und Teppich verschwunden. Tatsächlich roch es in meinem Zimmer anders. Besser. Ich hatte in keinster Weise mitbekommen, dass es so stank, aber dass es jetzt nicht mehr stank, fiel mir sofort auf. Was ja nur daran gelegen haben konnte, dass es jeden Tag, jede Stunde, ja, jede Minute ein bisschen mehr gestunken und dadurch meine Nase den Moment, Alarm zu schlagen, verpasst hatte.«

Die Geschichte war vorbei, aber Hanna reagierte nicht. Hatte sie mir überhaupt zugehört? Hatte ich das Ende verhunzt? Vielleicht brauchte es noch eine abschließende Moral? »Schleichende Katastrophen sind ja viel schwerer zu erkennen als diejenigen, die Hals über Kopf über uns hereinbrechen. So, zu Ende.«

Doch Hanna schwieg, ihre Hand lag leblos in meiner, was sich befremdlich anfühlte, so als würde ich ihre vom restlichen Körper abgetrennte Hanna-Hand durch die Stadt transportieren. Gleich rennt sie mir wieder weg, sorgte ich mich, komm, rede einfach weiter, egal was, du musst jetzt diese hungrige Stille, die sich an deiner Tatenlosigkeit vollfrisst, mit Worten besänftigen, sonst haut sie dir wieder ab. Bring sie zum Lachen, laber einfach drauflos. Oder war das genau der falsche Weg? Ging es ihr gut? »Natürlich haben mich meine Brüder noch jahrelang damit traktiert. Andauernd sagten sie Sätze wie ›Hättest du nicht Lust, mal wieder was zu backen?‹ oder ›Wie ging noch mal das Rezept für deinen Kuchen? Ein Kilo Kakao, kein Backpulver, zwei Kilo Kacke und ein Jahr in den Schrank stellen?‹« Da sah Hanna auf ihre Uhr und schrie auf. »Oh nein, Mist verdammter! Schon so spät. Ich muss arbeiten.« Sie entzog mir ihre Hand und rannte davon. »Warte, Hanna, warte!« Ich sah ihr nach und rief: »Hanna, bitte!« Jetzt haut die schon wieder ab, dachte ich ihr nachsehend, ist ja nicht zu fassen. Ohne sich noch einmal umzudrehen, hampelte sie auf ihre unnachahmliche Art davon und verschwand in einer Seitengasse.

Auf dem Nachhauseweg, den ich mir erst wieder mühsam erlaufen musste – mehrmals versuchte ich mich auf den Ausschnitten der Stadtpläne an Bushaltestellen zu orientieren –, verfestigte sich mehr und mehr die Überzeugung, dass meine Erzählung sie vertrieben hatte. Na, immerhin weiß ich jetzt, wie sie heißt, dachte ich, aber Medizin und Traumaforscherin, nie und nimmer. Als ich in dieser Nacht in der Küche saß, war ich zuversichtlich, Hanna diesmal wesentlich schneller wiederzubegegnen. Es sprach einiges dagegen, aber da war ein Faden, ein durchsichtiger feiner Faden, der sich wie eine Angelsehne von mir an meinem Tisch zu ihr an ihrem Schreibtisch durch die Stadt spann. Diese Sehne verband ihr Gehirn und meines und wenn ich mit einem Gedanken an meinem straff gespannten Ende zog, dann ruckte es in ihrem Kopf.

7.

Nur drei Tage später hatte ich wieder Vorstellung und selbst während ich mich als Tybalt im Todeskampf wand, vermochte ich es nicht, den Anflug vorfreudigen Lächelns von meinem Gesicht zu tilgen, so vollkommen sicher war ich mir, Hanna würde nach dem Theater vor dem Theater auf mich warten. Ich starb voller Vorfreude. Ich schminkte mich noch nachlässiger ab als sonst und rannte wie zu einem fest verabredeten Rendezvous die Treppen hinunter auf den Bühneneingang zu. Durch das Wegwischen aller Zweifel zwang ich sie quasi, meinem Wunsch zu entsprechen. Das war eine mir durchaus vertraute Technik der Glücksbeschwörung: sich so sehr in eine Vorfreude hineinzusteigern, dass sie für zwei reicht.

Ich stürzte ins Freie. Nichts. Weit und breit keine Hanna. Enttäuschung hat ja viele Temperaturen, vom absoluten Gefrierpunkt, eine kein Leben mehr zulassende Tiefkühlenttäuschung, bei der man zu Eis erstarrt und zur Seite wegkippt, bis hin zur zäh und glühend über einen hinwegwalzenden Lavaenttäuschung. Auch nicht weniger peinigend ist die Enttäuschung, die einem jeden Tag Hunderte Male wie ein federleichtes Vögelchen mit spitzem Schnabel in das Gehirn pickt und einen, egal wie man sich plagt und um Ablenkung müht, nicht in Ruhe lässt. Ich habe auch Menschen getroffen, die mit ihrer Enttäuschung in glücklicher Symbiose leben und selbst mitten in der Nacht aufstehen, um mit ihr eine Runde Gassi zu gehen, sie mit ein paar Häppchen Kummer zu füttern. Hanna war nicht da und es versetzte mir einen solchen Stich, dass ich zum ersten Mal begriff, dass das nicht nur so dahingesagt war mit dem in zwei Teile zerspringenden Herzen.

Da kam sie mit flatternden Rockschößen auf einem Fahrrad um die Ecke. Sie sah mich von Weitem, winkte und rollte auf mich zu. »Bin ich zu spät? Oh, das tut mir leid. Bist du schon fertig? Oh Mann, ist mir warm.« Sie stieg ab und zupfte sich mit Daumen und Zeigefinger mehrmals die Bluse von der Brust. Schon dieser Anblick genügte, mich in helle, ja grelle Aufregung zu versetzen, da sich der dünne Stoff in schnellem Wechsel blähte und an sie schmiegte. Sie klappte den Fahrradständer heraus, sah mich dabei an und hob eine Augenbraue, spielte schon wieder, es ging so in Richtung: Hey, schau mal, wie locker ich den Ständer rausgeklappt habe. Ich lief auf sie zu und umarmte sie, drückte sie an mich. Sie legte mir beide Hände auf den Hinterkopf, strich mir über die frisch rasierten Stoppeln. In mir rieselte und flirrte es, großes Knistern im gesamten Nervenkostüm. Lange standen wir so da, und als wir uns voneinander lösten, strahlte Hanna. Ich bekam kaum noch Luft, ihr Ascheduft lag mir würzig auf der Zunge, rauchte mir in die Lunge. Es folgte einer ihrer kurzen Dialoge mit sich selbst: »Schau dir das an, er hat schon wieder diese Nosferatuaugen.« »Ich glaube, das macht er absichtlich.« »Warum sollte er das machen?« »Na, dreimal darfst du raten!«

Sie setzte sich auf den Gepäckträger. »Na los, steig schon auf. Ich hab richtig Hunger.« »Pizza?« »Nö, Erbarmen. Die hatten ihre Chance. Ich zeig dir, wo's langgeht.« Sie lachte, wiederholte den Satz wie im Western. »Komm, Greenhorn, ich zeig dir, wo's langgeht.« Ungestüm hämmerte sie mir mit den Fäusten auf den Rücken, trommelte zur Abfahrt. Wir schlingerten los, und erst als das Rad schneller wurde, gelang es mir, es im Gleichgewicht zu halten. Mal rupfte sie links an meiner Jacke, mal rechts, und lenkte mich so zu einem chinesischen Imbiss.

Wir bestellten uns Bier und unterhielten uns. Über Bücher. Sie kannte so viele, viel mehr als ich. Die Namen prasselten nur so auf mich ein, alle durcheinander. Von Tolstoi zu Zola, von Flaubert zu Mann, von Balzac zu Bachmann. Sie ereiferte sich, machte keinerlei Unterschied zwischen Romanautoren und ihren Romanfiguren. Sprach mit derselben bohrenden

Intensität über Gesine Cresspahl, von der ich noch nie gehört hatte, wie über Uwe Johnson selbst, dessen Name mir ebenfalls unbekannt war. Ich rannte wie im Spiegellabyrinth gegen die Scheiben, konnte ihr nicht folgen, suchte tastend meinen Weg und verlor den Überblick. War Marina Zwetajewa eine erfundene Figur oder eine Dichterin? Lebte sie noch oder war sie längst tot? Ich hatte keine Chance, kam mir vor wie jemand, der mit einem Eierbecher Wasser aus seinem bereits knietief überfluteten Keller schöpft. Konnte es sein, dass ein gewisser Raskolnikov einer gewissen Madame Bovary den Schädel zertrümmert hatte? Meine Gehirngänge waren schlichtweg zu langsam, der Durchmesser meiner Gehirnwindungen zu gering, um solche Mengen an Informationen verarbeiten zu können. Hatte ich das richtig verstanden, dass ein gewisser Heimito von Doderer eine gewisse Bettina von Arnim durch eine Kontaktanzeige kennengelernt hatte? Ich rief: »›Effi Briest‹ ist mein Lieblingsbuch!« »Oh wirklich? Das liebe ich auch so sehr. Einer der schönsten Selbstmorde überhaupt.« »Voll!«, pflichtete ich ihr bei, ohne dass ich überhaupt bis zum Ende des Romans gekommen wäre. Immer und immer wieder riss sie entsetzt ihre großen Augen auf und rief: »Wie, du kennst ›Der Untergeher‹ nicht?« »Wie, du kennst ›Der Fall Franza‹ nicht?« »Wie, du kennst Thomas Wolfe nicht?« Peinlich berührt wie ein Hündchen mit Parkinson schüttelte ich ausdauernd den Kopf. Unzählige Male wurde ich, knorpelige Ente süß-sauer kauend, von ihr in meine klaftertiefen Leselücken geschubst. »Wie bitte? Das kann nicht dein Ernst sein. Du hast ›Anna Karenina‹ nicht gelesen? Lewyn? Kitty? Graf Bronsky?« Kopfschütteln. »Aber hatten wir zu Hause«, murmelte ich. »Duras?« »Nee.« »Sartre?« »Nee.« »Canetti?« »Nee!« »Wie, du kennst den ›Törless‹ nicht?« Kopfschütteln. »Wie, du kennst den ›Zauberberg‹ nicht? Hans und seinen Freund, der so heißt wie du?« »Doch, kenn ich, hatte mein Vater!« Wenn ich ein anderes Werk des Autors gelesen hatte, konnte ich immerhin kontern und erwidern: »Bin gespannt, ob der ›Zauberberg‹ so gut wie ›Felix Krull‹ ist!« Hanna drückte auf meinen Kopf wie auf eine Moulinette und häckselte die Weltliteratur klein.

Regelrecht traurig wurde sie, wenn ich von der gesamten Existenz eines Schriftstellers nichts wusste, der ihr viel bedeutete. Mitleidig sah sie mich an, mit fundamentaler Enttäuschung: »Das kann nicht dein Ernst sein! Du kennst Anna Achmatowa nicht?« »Nein, tut mir leid, noch nie gehört.« Und ihr geräuschvolles Ausatmen ließ mich befürchten, es wäre vielleicht unmöglich für sie, mit jemandem zusammen zu sein, der Anna Achmatowa nicht kannte. Dann fragte sie mich, ein letzter Versuch: »Und Sylvia Plath?« »Nein«, gestand ich, »wer ist das?« Sie stand auf, bohrte wie ein Torero ihre Stäbchen in die

Nudeln mit Huhn und sah mich an, tief getroffen: »Also, wenn du die Glasglocke nicht kennst, dann … dann …« Meine Unbildung hatte ihr die Sprache verschlagen und den Appetit verdorben. »Ich werde es lesen, versprochen.«

Da mich ihr Mund so in seinen Bann zog, verstand ich kaum noch ihre Sätze, die mir wie Schrotkugeln um die Ohren pfiffen. Hör doch endlich auf zu reden und küss mich, beschwor ich ihre Lippen. Komm, beug dich nur ein wenig zu mir über den versifften Tisch und küss mich. Aber Hanna war im Wortwahn und fuhr Schuss und Slalom gleichzeitig. Erst als wir aufgefordert wurden zu zahlen, registrierte ich, dass um uns herum schon die Stühle verkehrt herum auf die Tische gestellt worden waren und ihre wie tot abstehenden Stuhlbeine in die asiatische Sperrstunde streckten. Doch Hanna ließ sich von solchen Nebensächlichkeiten nicht unterbrechen, fiebrig ging es durch die Stromschnellen ihrer Gedanken. Selbst als schon unter uns gewischt wurde, ich mit in der Luft hängenden Füßen wie ein Kleinkind dasaß, feuerte sie weiter mit riskant konstruierten Wortgebilden und Satzkaskaden um sich.

Sie kam zu einem Thema, das auch bei unseren nächsten Treffen eine immense Rolle spielen sollte. Direkt hinter uns wurde die Imbisstür abgeschlossen. Wir wanderten los, und Hanna rief eine ganze Heerschar von Schriftstellern auf den Plan, die eine Eigenschaft vereinte. »Kleist, Celan, Plath, Szondi, Trakl, Saxton, Woolf? Die haben sich alle umgebracht. Und es ist doch offensichtlich, dass die nicht anders konnten, dass ihr Genie unrettbar mit ihren Selbstmorden verbunden ist. Natürlich gibt es auch immer ganz konkrete Anlässe. Kein Geld, sitzen gelassen werden, Horror um sie herum, keine künstlerische Perspektive. Aber wenn man die Biografien studiert, ist das von Anfang an da. Das ganze Leben nur Aufschub bis zur Tat, das ganze Leben im Grunde nichts anderes als ein Training, eine Annäherung an den Tod, ein erschütterndes Mutmachen, sich selbst zu erlösen, die eigenen Ängste, die eigene Unzulänglichkeit endlich auszulöschen.«

Mir wurde mulmig, da ihre Begeisterung von etwas Schmerzlichem unterwandert wurde, das sie selbst zu betreffen schien. »Was denkst du«, wandte sie sich plötzlich an mich, »glaubst du, dass ein Selbstmord für manche Menschen unumgänglich ist?« »Ich finde vor allem, dass es nichts damit zu tun hat, ob jemand ein Genie ist oder nicht. Ein Selbstmord ist doch genauso schrecklich, wenn sich ein Fußballer, eine Anwältin, ein Maurer oder ein Dichter umbringt.« »Ja, eh klar, aber glaubst du, dass es manchen Menschen in die Wiege gelegt ist, sich eines Tages umzubringen?«

Ich wusste sofort, dass ich nicht wahrheitsgemäß würde antworten können. Im Nachhinein wurde mir klar, dass diese Frage genau den Moment markierte, da ich in Sorge um sie geriet und deshalb eine beschwichtigende Antwort gab. Denn natürlich wusste ich, dass es Menschen gab, deren Leben immer am seidenen Faden ihrer Verzweiflung hing, die auch ohne Krankheit oder schreckliche Umstände in einer alle Zukunft verneinenden Ausweglosigkeit feststeckten. Natürlich wusste ich, dass selbst Medikamente ihre Wirkung verlieren und das Gehirn erbärmlich im Stich lassen konnten. Aber ich konnte und wollte das an diesem wunderschönen Abend nicht sagen. Ich wollte Hanna küssen, ich wollte herumalbern und mit scharfer Klinge lustvoll Wortgefechte auskämpfen. Und doch fiel mir mit meiner Antwort eine Rolle zu, aus der ich nie mehr wieder herauskommen sollte. Von dieser Antwort an war ich der lebensbejahende, der optimistische, der potenzielle Kümmerer.

»Los, jetzt antworte mir mal. Ist es manchen Menschen in die Wiege gelegt, sich selbst zu töten?« Ich dachte, ja, das ist es, und log: »Nein, das glaube ich nicht. Ich bin fest davon überzeugt, dass jeder Mensch alle Möglichkeiten hat, glücklich zu werden. Es wäre ja absurd zu leugnen, dass einen bestimmte Umstände ins Unglück stürzen könnten, aber Dinge können wieder gut werden, auch wenn man das nicht für möglich hält.« »Klingt ganz schön nach Durchhalteparole. Aber du glaubst das wirklich?

Also: wirklich?« Ich nickte. Es war meine erste Lüge Hanna gegenüber.

Wir gingen in eine Bar und tranken weiter Bier, rauchten eine Zigarette nach der anderen. Hanna sah bezaubernd aus, lachte, fuchtelte übermütig herum, blies sich die Haare aus dem Gesicht. Mit sprunghafter Ausgelassenheit sprachen wir über die dunkelsten Themen, mit strahlenden Gesichtern über Tod und Verdammnis. »Kennst du dieses aufregende Ziehen im Körper, wenn man an einem Gleis steht und von Weitem den Zug hört, der gleich einfährt? Es hat etwas Soghaftes, dieses Wissen, dass da ein Ungetüm aus Eisen, Krach und Wind heranbrausen wird. Kennst du das?« Ich nickte bedeutungsvoll, kannte es aber kaum. Jedenfalls nicht als zu verbalisierende Erfahrung. »Bevor der Zug einfährt, muss ich immer ein paar Schritte zurücktreten, um mich aus dieser geheimnisvollen Anziehung zu retten. Du kennst das auch, nicht wahr?« Wieder nickte ich. Hanna hatte jede Menge Beispiele parat. »Die nur bauchnabelhohen Geländer auf Kirchtürmen, die Tiefe, wie herrlich der Abgrund in den Fingerspitzen kribbelt und im Magen ein flaues Gefühl, als ob …« Sie zögerte und suchte nach dem richtigen Bild. Ich sagte: »Als ob man bei McDonald's war?« »Genau, so eine mulmig perverse Befriedigung. Oder im Auto, wenn man mit nur einem Finger lenkt und der Fuß immer verantwortungsloser das Gaspedal drückt. Mit einer Handbewegung alles zunichtezumachen. Es heißt doch: Gelegenheit macht Diebe. Vielleicht ist da etwas in uns, das schneller sein möchte als unser Überlebenswille, etwas, das sich in die Arme einer zufällig vorbeispazierenden Auslöschung wirft, bevor wir Vorsicht rufen können. Eine Sehnsucht, die schneller schießt als der eigene Schatten. Dafür gibt es einen Begriff: Lapsus melancholicus.« Die Spitzen von Hannas Elan gerieten in fanatische Gefilde. »Wie unberechenbar das alles ist, was sich da oben abspielt.« Sie klopfte sich an den Kopf, der hart und hölzern klang, klopfte wie jemand, der zornig darüber war, nicht eingelassen zu werden. »Plötzlich liegt ein zu scharfes Messer auf dem Küchentisch und das herrlich Konkrete der silbernen geschliffenen Schneide verbindet sich ansatzlos mit einer versteckten, ewig vagen Schwermut und zack – alles voller Blut, alles voller Schönheit.«

In mir fielen Hannas Vorstellungen auf fruchtbaren norddeutschen Boden und wuchsen mit Tropentempo in luftige Höhen. Doch die Früchte, die ich erntete, waren nichts als Sorgen. Ich fieberte mit, speicherte aber lauter Vorsichtsmaßnahmen ab. »Jemand wandert über eine Brücke und mit demselben Schwung, mit dem er das Mäuerchen zu Nachbars Gärtchen überspringen würde, stürzt er sich in eine hundert Meter tiefe Schlucht. Und schon nach einem

Meter Fall denkt er: ›Oh nein, was sollte das jetzt?‹« Wir redeten und redeten. Mein Verlangen nach ihrem Mund nahm bedenkliche Züge an. Wie ein Kind, welches dadurch, dass es etwas partout nicht haben darf, aufgestachelt wird, wurde ich immer gieriger nach ihrer Zunge, ihren Zähnen, ihren Lippen. Meine Begierde war kaum noch zu bändigen. Aber was tun, wenn man kein Draufgänger ist, wenn genau die Prise Dreistigkeit, der es in einem solchen Augenblick bedurft hätte, nicht mit den verinnerlichten Ansprüchen von sensibler Zurückhaltung in Einklang zu bringen ist? Oh, dieses verlogene Selbstbild! Die Wahrheit war: außen palavernde Plaudertasche, innen brünftiger Gorilla.

Hanna hatte das natürlich registriert und sah mich überrascht an, lachte los: »Wie du guckst! Da glaubt man gar nicht, dass es ganz nett ist, sich mit dir zu unterhalten!« Sie nahm den Zuckerstreuer und rieselte eine Linie quer über den Tisch, teilte die Fläche in ihre und meine Seite ein. »So, bleib du mal schön da drüben, verstanden. Hier bei mir ist absolute Tabuzone.«

Der süße Grenzstreifen machte alles nur noch schlimmer. Das Hemmnis, das bis jetzt eine reine Kopfangelegenheit gewesen war, hatte sich auf provozierende Art materialisiert. Ich wollte nur noch eines, diese lächerliche Linie vom Tisch fegen und sie küssen. Während Hanna von einer Dame namens Elisabeth Bronfen sprach, von Leichen und dem Weiblichen, von zwei Körpern innerhalb eines Königs und dem grandiosen Ballett der Hysterikerinnen in einem Krankenhaus in Paris, wo ihnen langbärtige alte Säcke, so Hanna, mit einem perversen Griff die Gebärmutter zurechtschoben, drückte ich beiläufig mit der Kuppe meines Zeigefingers an mehreren Stellen leichte Dellen in den Zucker, um den Frontverlauf zu beeinflussen.

»Ich hab mal von einem Mann gehört, der …«, fing ich eine Geschichte an, deren Ende ich nicht im Geringsten wusste, die nur dazu dienen sollte, sie von meinen im Geheimen agierenden Händen abzulenken, »der wollte sich umbringen, weil ihn seine Frau betrog. Er hatte aber so eine Heidenangst davor, dass sein Selbstmord misslingen würde, dass er sich dreifach absichern wollte. Er war ein geschickter Handwerker und plante, erst Tabletten zu nehmen, sich dann am Dachbalken aufzuhängen und sich schließlich durch eine eigenhändig installierte Selbstschussanlage mit einer Kugel ins Herz zu töten. Seine Füße sollten in eine Lichtschranke baumeln. Doch es ging schrecklich schief. Er hatte die Tabletten schon genommen, als es an der Haustür klingelte. Er rannte hinunter. Es war der Liebhaber seiner Frau, der, wie heißt das doch so schön, mal in Ruhe über die ganze vertrackte Situation sprechen wollte. Er bat ihn herein, bot ihm einen Sessel an, brachte ihm, nun schon todmüde, ein Glas Sprudelwasser und sagte, er würde sich sehr über den Besuch freuen und sei gleich wieder da. Der Mann schleppte sich mit schweren Gliedern die Treppe hoch, gab sich Backpfeifen, erreichte den Dachboden und robbte mit schon geschlossenen Lidern Richtung Stuhl. Doch dann war es um ihn geschehen. Er schaffte es gerade noch bis zum Sitz, wollte nach der Schlinge greifen und schlief ein. Nach einer Viertelstunde im Sessel machte sich der Liebhaber auf die Suche nach dem Mann, fand ihn, entdeckte entsetzt die geknüpfte Schlinge, stieg auf den Stuhl, löste die Lichtschranke aus und wurde mit einem präzisen Schuss in die Schulter vom Hocker gehauen. Kurze Zeit später öffnete die Frau die Wohnungstür, rief den Namen des Mannes, sah die Jacke des Liebhabers an der Garderobe hängen, rief den Namen des Liebhabers. Von einer Sorgewallung überwältigt, rannte sie durch die Zimmer, erreichte den Dachboden, wo ihr Mann schnarchend auf dem Boden lag und ihr Liebhaber in einer Blutlache vor sich hin röchelte. Sie raste die Treppe hinunter und rief den Notarzt, der kurz darauf mit heulender Sirene in die Auffahrt einbog. Während der Fahrt ins Krankenhaus saß sie zwischen den Krankenliegen und hielt je eine Hand. Sie war sich nun sicher, dass ihr komplett in die Sackgasse geratenes Leben sich nie mehr würde einrenken lassen. Im Krankenhaus wurde in einer Notoperation dem Liebhaber die Kugel aus der Schulter gezogen und der Mann durch gespritzte Gegenmittel und Magenauspumpen am endgültigen Einschlafen gehindert. Zwischen den Krankenzimmern eilte die Frau hin und her. Jeweils am Bett des einen, hatte sie das bestürzend sichere Gefühl, jetzt würde der andere seinen letzten Atemzug tun. Die Ärzte gaben ihren Bitten nach und die Männer wurden zusammengelegt.« Ich holte Luft, denn nun standen, was den Ausgang der Geschichte betraf, schwerwiegende Entscheidungen bevor. Meine Zuckerlinieneroberung hatte ich dabei aber nicht vernachlässigt. Mit zwei, drei unbemerkten Attacken war es mir gelungen, mit der Handkante erst die linke, dann die rechte Flanke gute zwanzig Zentimeter auf sie zuzuschieben. Meine Tischhälfte wurde größer und größer, ihre dagegen schrumpfte merklich. Meine Geländegewinne reduzierten ihr Tischterritorium, kesselten sie ein. Ich lenkte sie ab und redete weiter. »Stunden verbrachte sie zwischen ihrem Mann und ihrem Liebhaber. Da wurde ihr bewusst, wie sehr sie ihren Mann noch liebte.« Hanna fiel mir ins Wort: »Oh nein! Bitte nicht die Kitschvariante. Sie kommen wieder zusammen, der Liebhaber stirbt und ihr Mann vergibt ihr. Sag mal, muss der Mann ins Gefängnis?« »Die Sache war juristisch nicht so einfach zu entscheiden. Es war weder heimtückisch geplant noch im Affekt ausgeführt. Er wurde freigesprochen. Erzähl du die Geschichte zu Ende. Ich schenk sie dir. Gut veranlagt ist sie allemal. Du kannst auch gerne den Mann sterben lassen und der Liebhaber überlebt.«

Hanna überlegte. Fast hatte ich den Zuckerverlauf auf dem Tisch bis an ihre Kante vorgeschoben, sogar an zwei Stellen den winzigen Wall durchbrochen, indem ich meine Fingerkuppe angeleckt, in den Zucker getippt und abgeleckt hatte, als sie eine ruckartige Kopfdrehung von mir missverstand. Ich hatte sie nur gemacht, da ich dachte, sie würde mich in diesem Moment als Zucker-Guerilla enttarnen, und sie beugte sich vor und drückte mir ihre Lippen auf den Mund. Erschrocken hielten wir inne. Wer hatte jetzt wen geküsst? Wir zuckten zurück und sahen uns an. Ich hob meine Hand und legte sie an ihre Wange und beugte mich vor. Ihre Lippen waren rau, voller piksender Partikel, meine vibrierten noch von den vielen Worten. Ich schob meine Finger hinter ihren Kopf und drückte Hanna fester auf meinen Mund. Da war wieder der Geruch nach brennendem Holz, nach harzigem Qualm, Feuer aus dem Flacon, der sich in meiner Luftröhre zu einem Korken aus Rauch zusammenballte.

Da es mir leider im Laufe meiner Kusskarriere nicht gelungen war, einen eigenen Kussstil zu kreieren, musste ich mein Heil in der Antizipation suchen. Gucken, was reinkommt, und dann so gut wie möglich mitmischen. Meine Kusserfahrungen hatten mich gelehrt, dass es neben profanen Begrüßungsküsschen und routinierten Alltagsschmatzern zwei grundsätzlich verschiedene Kussschulen, ja sogar Kusstraditionen gab. Den Verschmelzungskuss, der im Grunde schon eine Vorwegnahme des Aktes ist, sozusagen nasses Training ein Stockwerk höher, und den Erkundungskuss, der eher dazu dient, sich näher kennenzulernen. Beim Verschmelzungskuss herrscht leichter Unterdruck, wodurch sich die Zungen auf engem Raum gut eingespeichelt aneinander festsaugen und umeinanderschlingen. Der Mund ist weit geöffnet, die Lippen dienen dazu, das neu entstandene Biotop luftdicht zu versiegeln. Beim Erkundungskuss überwiegt die Vorsicht. Der unbekannte Mund wird mit der Zunge eher besichtigt als bewohnt. Man zieht nicht gleich mit allem, was man dabeihat, in den anderen ein, sondern die Zungen sind längliche Besucher mit Manieren und tippen mal da und dort an. Ich mochte beides und hatte bei meinen bisherigen Küssen immer versucht, mich den Gebräuchen der Zunge des Gegenübers anzupassen.

Doch so, wie mich Hanna küsste, war ich noch nie geküsst worden. Wie ich meinen Kopf auch drehte und wendete, klackend stießen ihre Zähne gegen meine. Es war, als ob ich von ihr eine Perlenkette zu essen bekam. Ihre Schneidezähne bewachten den Mundraum, und meine Zunge kam nicht sehr weit, stieß zwischen ihren Lippen gegen die glatte Zahnschmelzwand. Noch nie war mir das Wechselspiel zweier wendiger Zungen zwischen über sechzig harten Hauern so unvereinbar vorgekommen. Ich hatte momentweise tatsächlich Angst um meine Zunge, Sorge um meine Zähne, denn dass Hannas Gebiss meinem an Gesundheit, Härte und Größe überlegen war, darüber konnten nicht die geringsten Zweifel bestehen. Meine Zähne waren eine brachliegende Großbaustelle, auf der schon lange kein Bauarbeiter mehr gesichtet worden war. Sämtliche Zahnärzte hatten sich durch das von mir eigenhändig aufgestellte Schild ›Baustelle! Betreten verboten‹ von mir abgewandt. Mit Krone über die Brücke meiner Lücke wollte ich gegen Hannas makelloses Riesengebiss zu Felde ziehen, und das war keine gute Idee. Lange küssten wir uns, bissen knirschend aufeinander herum. Wie die Schimpansen, dachte ich. So imitieren Affen im Zoo ein Liebespaar, das sich vor ihrem Käfig küsst. Es war der misslungenste Kuss, den ich je geküsst hatte, und doch der aufregendste von allen.

Wie nach getaner Arbeit trank sie unmittelbar nach Kussende ihr Bierglas aus und seufzte zufrieden. Wenn ich diese Frau ein Jahr lang täglich küsse, dachte ich, dann hab ich keine Zähne mehr. Genau an der Stelle, an der wir unser Gespräch beendet, es der Kuss durchschnitten hatte, setzte sie wieder ein. »Also, ich würde sagen, die Frau erkennt, dass sie weder ihren Mann noch den Liebhaber will. Außerdem hat sie keine Lust, andauernd im Gefängnis den einen und dann in der Reha den anderen zu besuchen. Das Gejammer der Männer macht sie krank. Sie zündet das Haus an und fährt laut lachend mit zweihundert Sachen im Cabrio ihres Ex gegen die nächstbeste Wand. Sie wird aus dem Auto geschleudert, fliegt hoch in die Luft, kracht durch eine Fensterscheibe in das Bett eines Schönheitschirurgen. Ihr Gesicht ist zerschnitten. Er fährt mit ihr in seine Praxis und operiert sie. Sie ist schöner denn je.« »Was für ein hanebüchener Blödsinn«, lachte ich. Es war herrlich, mit ihr Unsinn zu verzapfen. »Okay«, willigte ich ein, »dann lernen sich aber die beiden Männer kennen und werden Freunde. Da die Frau das Haus angezündet hat, lässt der Liebhaber ihn bei sich wohnen. Sie entdecken viele Gemeinsamkeiten und eröffnen ein kleines Café.« »Kitsch!«, rief Hanna. »Du bist ja voll die Kitschtante. Es muss schlecht ausgehen, sonst hat es keine Bedeutung.«

Der Satz fuhr mir ins Hirn wie ein Splitter unter den Fingernagel. Wir bestellten uns jeder noch ein Bier, ließen die Geschichte ungelöst im Stich, sprangen wahllos von Thema zu Thema und ereiferten uns immer mehr. Dann küssten wir uns wieder, rieben die Zähne aneinander und tippten uns mit unseren Zungen an. Hanna analysierte alles, was ich sagte, und war von unerbittlicher Unnachgiebigkeit. »Wie meinst du das? Was soll denn das heißen?« Nie hatte ich so um die Schärfe meiner Argumente gerungen, nie hatte ich mit solcher Lust meinen Standpunkt bis zur Weißglut verteidigt wie mit ihr. Nie war mein Mund, waren meine Lippen so zwischen Küssen und Worten hin- und hergesprungen.

Ich prahlte damit, dass ›Moby Dick‹ eines meiner Lieblingsbücher sei. Als sie Moby Dick hörte, ließ sie sich vornüber auf die Tischplatte in den verwischten Zucker fallen, richtete sich wieder auf, Zuckerkristalle auf der Stirn und der eingedrückten Nase, und rief: »Na bravo, das musste ja früher oder später kommen!« Sie fand das Buch widerlich und nannte es eine präpotente Männerallmachtsfantasie. Das Meer sei das Weibliche, so Hanna, auf dem diese riesige weiße Vagina ihr Unwesen treibe. Eine schwimmende, bewegliche, nicht verfügbare Riesenmuschi sei dieser Wal. »Und Kapitän Ahab«, rief sie zornig und schwenkte ihr Glas, »fährt über alle sieben Weltmeere, um dieser Sekrete in den Himmel spritzenden Walmöse seinen Harpunenschwanz reinzurammen.« Wir küssten uns. Den Beginn des nächsten Satzes sprach sie noch in meine Mundhöhle hinein. »Und warum? Um sich zu rächen? Ein Schiff voller verwegener Männer, die monatelang keinen Geschlechtsverkehr hatten und an nichts anderes denken, als ihre Harpunen in etwas Großes, Nasses zu stoßen, das nur selten auftaucht! Dieses Buch ist so verklemmt, so voller verkappter Anspielungen. Zum einen ist da das Atemloch des Wales, zum anderen hat Ahab, diese arme Wurst, sich ein Loch ins Oberdeck bohren lassen, damit er bei Sturm sein Holzbein reinstecken kann und nicht umkippt. Um seine offensichtliche Impotenz zu kompensieren, penetriert er sein eigenes Schiff mit diesem für ihn maßgeschnitzten Holzbeindildo. Wie krank ist das denn?«

Als ich lachte, wurde Hanna wütend. Sie beschimpfte mich regelrecht, rief, dass ein Buch, in dem ständig Männer brüllen ›Da bläst er!‹, der letzte lächerliche Dreck sei. »Das klingt doch voll nach Porno. Hat jemand vielleicht den Hauptdarsteller gesehen? Wo ist eigentlich Gregory Peck? Na hinten. Was macht er denn schon wieder hinten? Da bläst er! Und allein schon dieser Titel: ›Moby Dick‹! Du weißt, was das bedeutet, oder? Richtig übersetzt müsste das Buch ›Moby Schwanz‹ heißen. Alles in diesem Buch ist sexuell konnotiert. Niemals hätte das eine Frau schreiben können. Das ist Männerliteratur, par excellence! Merde banale!« Ich mochte es, wenn sie in Rage geriet, eloquent, brillant und obszön war.

»Hanna, das ist eines der tollsten Bücher, die je geschrieben wurden. Allein was man da über den Walfang erfährt. Ich finde dieses Gerede über Männer- und Frauenliteratur komplett lächerlich. Es gibt gute und schlechte Bücher, ist doch egal, wer sie geschrieben hat!« »Lächerlich? Hast du gerade lächerlich gesagt? Tausend Seiten hat dieses Buch! Tausend Seiten über einen weißen Fisch!« Da machte ich einen Fehler und platzierte die gängigste aller Besserwissereien wie aus einem Reflex heraus in ihren Aufruhr hinein. »Ein Wal ist kein Fisch.« Sie verstummte mit offenem Mund und mir war sofort klar, dass sie an diesem Abend kein einziges Wort mehr mit mir wechseln würde.

Hanna riss ihren Trenchcoat von der Sessellehne und rief der Kellnerin zu: »Ich will zahlen!« Die Bedienung kam und fragte: »Getrennt oder zusammen?« Hanna fuhr sie an. »Was geht dich denn das an, du blöde Kuh, ob wir getrennt sind oder zusammen. Wir wissen das doch selbst nicht so genau.« Sie warf mit großer Geste einen Geldschein auf den Tisch und schwankte, ohne mir noch einen versöhnlichen Blick zu schenken, aus dem Lokal. Wie immer auf und davon.

8.

Zwei Wochen später liefen wir durch die Bielefelder Einkaufsstraße und wurden Zeuge einer tragischen Performance. Ich hatte Hanna zum ersten Mal am Nachmittag getroffen, was sich eigenartig anfühlte, da uns die Tageszeit dazu aufforderte, etwas anderes zu unternehmen, als uns in die nächstbeste Kneipe zu setzen. Ich war unruhig, denn ich hielt es für durchaus denkbar, dass wir nur zu einer bestimmten Tageszeit, bei einem bestimmten Licht in die Gemütsverfassung gerieten, die uns einander nah sein ließ. Ich hatte von Krankenschwestern und Ärzten gehört, die sich während der Nachtschicht verlieben und einander hingeben. Die Patienten schlafen, der Tropf tröpfelt verlässlich und das riesige Krankenhaus brummt schläfrig vor sich hin, und sie sind sich sicher, füreinander bestimmt zu sein. Krankenschwestern und Ärzte, die dann aber verstört erkennen müssen, dass sich ihre Liebe am Tag, im Sonnenlicht schal anfühlt und einen Atmosphärenwechsel niemals überstehen würde.

Hanna sagte, sie bräuchte neues Papier für ihren Drucker, und da ich mir nichts Schöneres auf der Welt vorstellen konnte, als mit ihr Druckerpapier zu kaufen, stimmte ich begeistert zu. Permanent war ich bemüht, ihr gegenüber nicht zu euphorisch zu wirken, mir einen Rest von Gelassenheit zu bewahren. Meine schwarzen Stiefel, deren Eisenbeschläge ich längst mit einem Messer herausgestemmt hatte, meine knallenge schwarze Jeans, der schwarze Pullover bedurften einer gewissen Coolness, um nicht lächerlich zu wirken. Wenn ich mit Hanna zusammen war, geriet ich über jede Lappalie in eine kaum zu unterdrückende Fröhlichkeit, in einen luftigen Leichtsinn, wie er mich schon seit Jahren nicht mehr beflügelt hatte. Ich strahlte. »Na klar, machen wir. Druckerpapier! Fantastisch. Komm, lass uns los.« Ich wäre mit derselben Hingabe auch Klopapier einkaufen gegangen. Hanna lachte mich offen aus: »Du bist ja kaum noch zu halten, wenn du das Wort Druckerpapier hörst.« »Absolut. Es ist der weltschönste Ausdruck, den ich kenne.« Das knödelnde Stimmklischee einer untergegangenen Theaterepoche imitierend, deklamierte ich los: »Druckerpapier! Druuuuckerpapier! Druuuuuuuckerpapiiiiier!« Passanten drehten sich nach mir um, und ich rief im selben Duktus: »Jawohl, Herrschaften, ich gehe heute Druckerpapier besorgen.« Ich deutete kleine Tanzschritte an, schob mich vor und zurück, grüßte mit unsichtbarem Zylinder. Hie und da freundliches Kopfschütteln und auf den Gesichtern jede Menge Nachsicht mit einem eindeutig aus dem Ruder laufenden glücklichen Menschen.

Ohne es zu merken, waren wir durch den dicht zusammenstehenden Halbkreis von Schaulustigen in die Freifläche einer Straßendarbietung geraten. Lauter Menschen um uns herum, die etwas zu erwarten schienen. Den Schritt beschleunigend, zog ich Hanna voran, was ihr ganz offensichtlich missfiel, denn sie blieb bockig stehen. »Lass doch mal gucken.«

Wir mischten uns unter die Leute. Hanna wollte in vorderster Reihe stehen, was mir durch meine Größe von jeher versagt war. Familienfotos, Straßentheater, ja selbst in der Schule, immer hieß es für mich, ab nach hinten, letzte Reihe. Wir trennten uns. Erst jetzt sah ich mir die beiden Männer, die uns ganz offensichtlich etwas vorführen wollten, näher an. Ihre entblößten Oberkörper waren mit verpfuschten und teilweise unvollendeten Tätowierungen übersät. Ihre Bäuche hingen wabbelig über die Gürtel der versifften Hosen. Der eine hatte eine Glatze und einen üppigen Bart, ihm fehlte ein Zahn, der andere zottelige Haare, in denen sägespanartige Krümel hingen. Beide waren eindeutig schwere Trinker. Die Augen gerötet, geschwollen, die Nasen großporig geknubbelt. Auch jetzt waren sie angesoffen und die anfeuernde Rede des Glatzkopfes an die Passanten klang lallig und prollig. Von einer Supershow war die Rede, die nichts für Schwuchteln werden würde, von Perlen vor die Säue und auch davon, dass wir Zuschauer schon mal unsere verkackten Geldbörsen bereithalten sollten. Er war heiser, und wenn es im Märchen hieß, der Wolf habe Kreide gefressen, um seine Stimme hell und rein zu machen, so hatte dieser Kerl Nägel und Schrauben gefressen, so sehr schepperte es aus seinem zerkratzten Hals heraus.

Ich sah Hannas ausrasierten Nacken und ihre leicht hochgezogenen Schultern. Starr verfolgte sie das Geschehen. Ich war gespannt, was wir zu sehen bekommen würden, denn eigentlich traute ich ihnen nichts zu. Ich tippte auf eine armselige Muskelmannnummer à la Eisenstange verbiegen oder sich gegenseitig in die Wampe boxen. Aber vielleicht waren es ja auch ehemals geniale, durch hiobartige Umstände ins Unglück geratene Topartisten, die gleich allen Neugierigen durch eine atemberaubende Jongliernummer den Atem verschlagen würden. Oder möglicherweise, malte ich mir ruckzuck aus, hatten sie während einer langen gemeinsam verbrachten Haftstrafe zaubern gelernt und würden sich abwechselnd in Luft auflösen. Der verzottelte Typ hob die Hände und drückte pantomimisch die Menge zurück. Daraufhin schraubte er einen Benzinkanister auf, tränkte einen mit einem Fetzen umwickelten Knüppel und entzündete ihn. Er nahm einen großen Schluck direkt aus dem militärgrünen Metallkanister, stellte sich in eine stabile Position, die Füße breitbeinig fest auf das Pflaster gedrückt, und blies eine prustende Wolke in die Flamme der Fackel. Sein Bauch zog sich mit einer massiven Fettkontraktion zusammen, gab kurz den Blick auf den Gürtel frei und schwappte zurück.

Die Wucht der Stichflamme überraschte die Menge. Es gab ein Verpuffungsgeräusch, mich trafen eine heiße Windwoge und der Geruch von Benzin im Gesicht. Mehrere Meter war der gelbschwarze Feuerball in die Höhe geschossen. Schwarzer Rauch stieg unschuldig zart in einem feinen Faden auf, als wollte er mit der ganzen Sache nicht in Verbindung gebracht werden. Die Leute klatschten. Ein zweites Mal setzte der Feuerspucker den Kanister an, spielte, dass er das Benzin in großen Schlucken trinken würde. Kinder lachten. Wieder bat er uns, Abstand zu nehmen, dem diesmal nach der Erfahrung der ersten Explosion mit wohligem ›Besser is wohl‹-Gemurmel Folge geleistet wurde. Er blies das Benzin gegen die kleine Flamme der qualmenden Fackel und es gab einen gewaltigen, sich in die Höhe wegsaugenden Feuerball. Er spuckte angewidert aus, trank aus seiner Bierdose, wischte sich mit einer Handvoll Sägespäne über das Gesicht, kniete sich in die Mitte des Kreises und hob die Hände in die Höhe. Ballte wie ein Hooligan nach einem gelungenen Wochenende die Fäuste gen Himmel. Seinen übertheatralischen, martialischen Dank und den doch eher spärlichen Applaus trennten jede Menge Einheiten auf der Skala, in welcher Intensität gemessen wird.

Jetzt schob sich der Glatzkopf ins Halbrund. Er hatte einen Sack dabei. Die gesamte Szene spielte sich vor den riesigen Fenstern eines Bekleidungsgeschäftes ab, aus dem, wie ich bemerkte, Leute nach draußen sahen. Er öffnete den Sack und zog eine einzelne Flasche heraus, senkte ihn, ließ uns Zuschauer hineinsehen: weitere Flaschen. Nun fasste er die Sackenden zusammen, hob ihn über den Kopf und drosch ihn auf das Pflaster. Was sollte das für ein Kunststück sein? Altglas zerdeppern? Erste Eltern nahmen ihre Kinder an den Schultern und drehten sie weg, gingen davon. Zigmal hob der bärtige Schrat wie ein vollalkoholisierter Weihnachtsmann den Stoffsack hoch über sich und schlug ihn klirrend vor sich auf den Boden. Erste Splitter schnitten von innen durch den Rupfen, staken spitz nach außen durch. Er verbeugte sich. Und tatsächlich, es gab Applaus.

Jetzt öffnete er den Sack und schüttete die Scherben aus, verteilte und formte sie mit dem Schuh zu einer gut drei Meter langen Bahn. Ich ahnte, was kommen würde. Er zog sich die Schuhe aus, dann die schmutzstarren Socken, nahm einen Schluck aus einer furchtbar fuselig aussehenden Schnapsflasche, schlug sich mehrmals in alle Zuschauerrichtungen klatschend die Hände auf den Fettbauch und lief in kleinen Vogelschrittchen und mit schmerzverzerrtem Gesicht über die Scherbenbahn. Kaum hatte er deren Ende erreicht, ließ er einen gellenden Schrei los und verbeugte sich. Er humpelte zurück zu seinen Schuhen, seine Füße hinterließen Blutspuren auf dem Boden. Immer mehr Leute wandten sich irritiert ab. Er rief: »Ey, ihr Ärsche, die Show ist noch nicht vorbei!«

Sein Kumpan kam herangetorkelt, hatte seit seiner Benzinnummer wohl noch nachgetankt, und umarmte ihn. Sie bezogen Position am Glasscherbenbeet, der eine links, der andere rechts, hoben wie Kunstturner den Arm und legten sich der Länge nach rücklings in das Splitterbett hinein. Ich sah, wie sich ihre Körper versteiften, sie die Augen zusammenkniffen, vor Pein zitterten. Der eine brüllte los, und sie rollten sich zur Seite ab. Schwer wie bei Schweinen im Koben, die seitlich schlafen, schwabbelten ihre Bäuche auf die Einkaufsstraße. Mühsam kamen sie auf die Beine und gaben sich die Hände. Diese liebevolle Geste rührte mich. So standen sie da, sichtlich stolz und erleichtert, ihre Aufführung hinter sich gebracht zu haben. Mehrere Zuschauer, die im Geschäft hinter ihnen alles beobachteten, machten erschrockene Gesichter. Das sah ich selbst durch die Reflexionen hindurch. Kurz darauf wusste ich auch, warum. In den Rücken der beiden Artisten steckten Scherben und in etlichen Rinnsalen lief ihnen das

Blut in den Hosenbund. Doch auch das gehörte noch zur Nummer. Der Glatzkopf zog seinem Fakirpartner einzelne Splitter aus der Schulter und lief eine Runde mit geöffneter Hand an den verbliebenen Zuschauern entlang, präsentierte die Beweise der krassen Darbietung, drehte sich sogar mit dem Rücken zu einer Gruppe von Schülern und forderte sie auf, ihm die braunen, grünen und weißen Glasstücke herauszuziehen.

Hanna hatte sich schon seit Minuten nicht mehr bewegt. Wieder und wieder präsentierten die Männer ihre zerschundenen Rücken, und auch, wenn wenig geklatscht wurde, die Zuschauermenge war groß und größer geworden. Auch mich zog der Anblick der beiden in seinen Bann: das über die Tätowierungen rinnende Blut, die Ausgelassenheit der beiden besoffenen Männer, das offensichtlich völlig Kaputte der Fakirnummer. Sie rieben ihre Rücken mit Schnaps ab, leckten sich ab und lachten, schrien, weil es so brannte, schlugen sich wieder auf die Bäuche und nahmen sich jeder eine leere Hundefutterdose und sammelten Geld ein. Der eine rief »Wir nehmen auch Scheine!« und »Einfach abhauen is nich!«. Ich griff in meine Jackentasche, fummelte das Portemonnaie heraus und warf zwei Mark in die Dose. Der Typ hatte eine unfassbare Fahne und hätte sicher auch ohne Benzin eine ansehnliche Stichflamme hinbekommen.

Ich ging zu Hanna und legte ihr die Hand auf die Schulter. Sie drehte sich um, sah vollkommen erloschen aus und ließ ihren Kopf an meine Brust sinken. Sie weinte, sagte etwas, das ich nicht verstand, das im Schlucken und Hochziehen der Tränen unterging. Ich strich ihr über den Kopf, und bei jeder Berührung, bei jedem neuerlichen Aufschluchzen rückte meine Zuneigung zu ihr näher an sie heran. Ihr Kummer traf meinen Kummer, keinen bestimmten, einfach nur denjenigen, den ich immer mit mir herumtrug, und auch in mir begann etwas instabil zu werden und leicht an mir zu rütteln. Sie stotterte: »Was für ein Wahnsinn war das denn? Das war das Traurigste, was ich je gesehen habe.« Wir umarmten uns. Über ihren Kopf hinweg sah ich die beiden Blutakrobaten, die es sich auf ausgerollten Schlafsäcken gemeinsam mit zwei Hunden bequem gemacht hatten. Sie zählten das Geld, rotgesichtig und prächtig gelaunt, sahen aus wie Halunken aus dem Mittelalter. Hanna weinte, stellte sich auf die Zehenspitzen und vergrub ihren Kopf in meiner Halsbeuge. Es wurde mir zu viel. »Wollen wir jetzt vielleicht mal dein Druckerpapier kaufen gehen und dann bei mir zu Hause Kuchen essen?« Sie nickte, und wir machten uns auf den Weg.

Es sollte die erste Nacht werden, die wir zusammen verbrachten. Von da an beschleunigte Hanna die Ereignisse. Keine drei Tage später hatte sie schon einen Schlüssel zu meiner Wohnung und arbeitete bei mir, während ich allmorgendlich zu den Proben meiner letzten Theaterproduktion in Bielefeld aufbrach. Sie kam mit einem Lastentaxi, und wir schleppten mehrere Kartons mit Büchern und ihren Computer hinein. Ich hatte Hanna nicht erzählt, dass ich schon bald nach Dortmund umziehen würde. Ich ahnte, dass es ein Drama geben würde, und kein Moment schien mehr der passende zu sein, es zu erwähnen. Sie war glücklich bei mir, da sie ihr Zimmer im Studentenheim, das sie immer nur ›meinen Schreibsarg‹ nannte, hasste. Ich konnte das Ende jeder einzelnen Probe kaum erwarten, was groteskerweise gut zu meiner Figur passte. Um mich nach meiner Kündigung zu demütigen, musste ich in meiner letzten Rolle, einer unsäglichen deutschen Uraufführung, eine Taschenuhr spielen. Es ging allgemein um das Thema Zeit, darum, wie der Kolonialismus die Welt mit Breiten- und Längengraden überzogen und Uhren bis in die letzten Winkel der Welt entsandt hatte. Meinen gesamten Text hatte ich in weniger als einer Sekunde gelernt. Ich hatte nichts weiter zu sagen als ›Ticketacketicketacketicketacke‹.

Nach den Proben rannte ich, ein erlöster Derwisch, der sich endlich nicht mehr im Kreis um sich selbst drehen musste, sondern ein Ziel hatte, noch dazu ein lebendiges Ziel, eines aus Fleisch und

Blut, kreuz und quer durch die Stadt nach Hause zu Hanna. Vor Aufregung fand ich den richtigen Schlüssel nicht und bekam dann den richtigen Schlüssel nicht ins Schloss, stocherte nervös und glücklich in der Haustür herum. Sie kam mir schon im Flur entgegengestürmt. Wir rannten, fielen uns in die Arme, knallten unsere Zähne gegeneinander, pressten uns mit aller Macht aneinander und quetschten noch den letzten Rest von Abstand zwischen uns heraus.

Ich erzählte Hanna oft von meiner Familie, unserem Haus inmitten des Psychiatriegeländes, erzählte ihr von den Patienten, von der Krankheit meines Vaters, dem Unfall meines mittleren Bruders und den schlimm-schönen Jahren, die ich während der Schauspielschule bei meinen Großeltern verbracht hatte. »Oh, die hätte ich wirklich gerne kennengelernt«, sagte Hanna, »und deinen Vater auch.« »Der hätte dir gefallen, der war so lustig und schlau. Mit dem hättest du dich zehnmal besser über Bücher unterhalten können als mit mir. Der kannte alles.« Erst jetzt, da Hanna viel bei mir war, wurde mir klar, wie unendlich einsam ich die letzten Monate über gewesen war und mich in ein bereits zur Selbstverständlichkeit gewordenes permanentes Selbstgespräch eingesponnen hatte. Nach und nach erfuhr ich auch ein paar Dinge über sie. Jede Information war das Ergebnis einer mühsamen Recherche, da Hanna stets

Wahrheitsumwege brauchte, was Tatsächlichkeiten ihrer selbst betraf. Nach Tel Aviv, Paris, Lemberg, Buenos Aires und Reykjavík kam sie schließlich aus Braunschweig. Nach zwei älteren Geschwistern, drei jüngeren Brüdern, hartem Einzelkindschicksal blieb ein glaubwürdiger jüngerer Bruder übrig. »Was machen deine Eltern?« »Die sind beide Jäger.« »Hanna, bitte, das ist so ein Blödsinn.« »Sei dir da mal nicht so sicher.« »Ich tippe auf Lehrer.« »Um Gottes willen. Meine Mutter ist Geigerin und mein Vater Trompeter.« Ich ließ abwägend meinen Kopf hin- und herpendeln. Scheinbar ratlos hob sie die Handflächen: »Tja, was soll ich machen, so ist es halt.« Erst wenn sie es geschafft hatte, dass ich wieder auf sie hereingefallen war, machte sie den Weg frei zu einer wahrhaftigen Antwort. Wir liebten diese Biografiescharaden. Geigerin und Trompeter kam mir nicht abwegig vor, und Hanna sah es voller Genugtuung mit an, wie der Glaube an ihre Aussage in mir wuchs. Ich stellte ihr weitere Fragen. »Wo spielen sie denn?« »Spielst du denn kein Instrument?« »Nur klassische Musik?« Sie beantwortete alle Fragen, ohne je nachzudenken, mit größter Selbstverständlichkeit und verfiel sogar in demonstrative Langeweile, sich mit so profanen Dingen beschäftigen zu müssen. Als ich dann endlich sagte »Gut, also Geigerin und Trompeter«, sprang sie auf und krümmte sich vor Lachen, führte einen gehässigen Veitstanz ihres Triumphes über meine

Gutgläubigkeit auf. »Mein Vater ein Trompeter, was ist das denn für ein wahnsinniger Blödsinn! Hey, hat irgendjemand meine Trompete gesehen, ich muss zum Konzert. Du, ich glaub, die liegt oben bei meiner Geige.« Sie warf sich vor Freude auf mein Bett, kugelte herum. Es war kränkend, radikal unverschämt, frech bis zur Dreistigkeit und doch charmant. Hanna hatte eine für mich befremdliche Ausdauer beim Erfinden, Verdrehen, Zurechtbiegen und Gestehen. Ihre Gabe, sich in von ihr erfundene Szenarien hineinzusteigern, jedes Mal die Baumgrenze hinter sich zu lassen und so weit aufzusteigen, bis es nicht mehr weiterging, war frappant. Dann trauerte sie ihren Erfindungen hinterher. »Das ist doch unendlich schlimm, dass ich nicht aus Tel Aviv bin, dass ich nicht vier Brüder habe, deren Schläfenlocken wippen beim Charossetfuttern, dass meine Eltern keine jüdischen Musiker sind und ich nicht auf riesigen Familienfesten tanze. Warum bin ich keine geniale junge Rechtsanwältin in Rom, die es mit der Mafia aufnimmt? Warum keine blendend aussehende Neurologin aus Santiago de Chile, die den alles entscheidenden Botenstoff extrahiert? Das wäre doch alles hundertmal aufregender als das, was ich mache.« Sie war ein phänomenaler Wahrheitsmörser, zog in Sekundenschnelle ganze Lebenslinien und löschte sie wieder aus. »Oder ich wäre eine Geigerin aus Harlem. Würde tagein, tagaus in einer winzigen Küche üben. Rostige Feuerleitern zerschneiden die Aussicht in den Hinterhof voller bunter Wäsche. Dann würde ich auf der Juilliard School angenommen. Mein Vater, der ein Hafenarbeiter ist, würde weinen. Ich hätte eine Stradivari, eine unbändige schwarze Mähne und einen tollen hohen Hintern.« Hanna legte sich die Hand über die Augen, schirmte ihre Wunschvorstellung gegen das helle Licht der Wirklichkeit ab. »Warum bin ich ich? Oder noch lieber hätte ich in einer anderen Zeit gelebt. Vor hundert Jahren in Prag vielleicht. Jeden Tag hätte ich traurige Briefe geschrieben und noch traurigere bekommen. Dann hätte ich von der Mitte der Karlsbrücke aus die zerrissenen Briefe in die Moldau flattern lassen. Mein Unglück wäre noch eine echte Maßanfertigung gewesen, nur auf mich zugeschnitten und sonst niemanden, keine Massenware wie heute. Unsere Leiden sind doch nichts weiter als Konfektionsware. Tränen von der Stange.« Mal war sie als Diplomatenkind in einem Straßengraben im Taxi in Nairobi geboren worden, während dürre Kühe die Scheiben anprusteten, mal war sie eine holländische Vollwaise, deren Eltern bei einem Bootsausflug verschollen waren. »Hanna, ich flehe dich an. Sag mir die Wahrheit, wirklich die Wahrheit. Wo leben deine Eltern? Was haben sie für Berufe?« Sie sah mir an, dass ich hin und wieder eine Verlässlichkeit brauchte, einen biografischen Anker, um nicht vollkommen aus der Wahrheitskurve zu fliegen. Sie setzte sich aufrecht hin, drückte ihre Schultern nach unten, sehr leise knirschte es in ihren Schulterblättern. »Also gut!« Warum nur, fragte ich mich, widerstrebte es ihr so massiv, die banalsten Lebensumstände preiszugeben? Ihr körperliches Unbehagen schien immens. Konnte man von der Wahrheit Verspannungen bekommen? »Ich hasse all diese unumstößlichen Tatsachen abgrundtief. Jede Biografie ist eine Kreuzigung. Also gut, du hast es nicht anders gewollt. Mein Vater arbeitet bei einer Versicherung als Justiziar und meine Mutter ist Lehrerin.« »Ja und«, fragte ich, »was ist denn daran so schlimm? Ist doch gut.« »Gut?« Hannas Stirn senkte sich. »Stinklangweilig ist das. Gott sei Dank stimmt es nicht.« War sie kurz davor zu weinen? »Mein lieber Vater ist Architekt, hat ein eigenes Büro, und meine liebe Mutter verkauft ihre Seele in einer Werbeagentur.« Sie presste die Lippen fest aufeinander, so sehr, dass sie blass wurden, und sah mürrisch zu Boden, aber ich hörte sehr wohl, was sie sagte: »Wieder eine Gewissheit mehr. Wieder ein Geheimnis weniger.«

Ich versuchte, die Bücher zu lesen – egal, ob Fachbücher oder Romane –, die Hanna las, stellte ihr Fragen und hörte ihr zu. Oft schimpfte sie regelrecht mit mir, da ich so begriffsstutzig war. Sie warf mir vor, mich dumm zu stellen. Ich würde, so Hanna wörtlich, »dramatisch unter meinen Möglichkeiten bleiben«.

Das sei das Schlimmste, was ein Mensch tun könne. Ich würde – und das war tatsächlich der Ausdruck, mit dem sie mich bedachte – ›Transzendenzverrat‹ begehen. Ich verstand nicht ganz, was sie meinte, war aber schon gerührt, dass sie mir etwas so kompliziert Klingendes wie Transzendenzverrat überhaupt zutraute.

Ich liebte es, wenn sie rundrückig an meinem Schreibtisch saß und arbeitete. Hanna genoss es, sich von mir bedienen zu lassen. Sie drehte sich zu mir um, ich lag meistens auf dem Bett, machte ihr große Augen und sagte: »Hunger.« Ich schmierte ihr Brote mit ihrer bevorzugten Pfeffersalami, von der sie mit zupfenden Fingern den Pfefferrand ablöste, und kochte ihr Tee, den sie zu trinken vergaß und dann ohne sich umzusehen sagte: »Du, der Tee ist ja nur lauwarm.« Unermüdlich arbeitete sie an mehreren Hausarbeiten gleichzeitig. Außer meinem Großvater war mir noch nie ein so fleißiger Mensch begegnet. Aber sie litt unter ihren angeblichen Unzulänglichkeiten. Mich deprimierte es, ihre Arbeiten zu lesen, da mich der wissenschaftliche Duktus überforderte. Es waren endlose Abhandlungen über semantische Fragen, über den Begriff der Natur im Werk von Georges Perec, über linguistische Problemstellungen, die meinen begrenzten Horizont schmerzlich überstiegen. Es gab Tage, da keine zehn Minuten vergingen, ohne dass mindestens einer der Namen

Foucault, Derrida, Lacan, Chomsky, Barth oder Bronfen fiel.

Peinlicher Zwischenfall am Rande. Ich hatte gesagt: »Wie läuft es mit deiner Arbeit über Nikolaus Luhmann?« Woraufhin Hanna, ohne vom Bildschirm aufzusehen, geantwortet hatte: »Danke der Nachfrage. Niklas Luhmann geht es ausgezeichnet und der Nikolaus kommt am 6. Dezember.« Jedes Mal aufs Neue versuchte ich, mich in Hannas Arbeiten hineinzulesen, ihr ein anregender, Hinweise gebender Vertrauter zu werden, doch jedes Mal hatte ich spätestens auf Seite drei Brei im Kopf. Zeichensalat mit Affirmationsdressing.

Hanna verstand die Fragen, die ich ihr stellte, kaum, da sie so weit entfernt waren von den Problemstellungen, mit denen sie sich beschäftigte. Es war so, als ob man einen Astrophysiker fragen würde, wie man das Licht anknipst, oder einen Neurologen, ob man seinen Hut richtig herum aufhat. Ich würde niemals ein Intellektueller sein oder werden. Es war ein irritierendes Gefühl, wie sie mich in meiner eigenen Wohnung durch ihre Geistesanstrengungen an die Wand drückte. Hanna saß an meinem Schreibtisch und glühte vor Komplexität, und ich kauerte auf dem Bett, ein kahl rasiertes Heimchen, und schälte so leise wie möglich Karotten für das Abendessen. Doch es waren die glücklichsten Tage seit Langem.

Die Nächte waren komplizierter. Viel unbeholfenes Hin und Her, mehr Sehnsüchte als Möglichkeiten und beiderseitig weit weniger Lust als erhofft. Eindeutigkeiten waren ihr zu plump, Zweideutigkeiten ließen sie erstarren. Zu viele Gedanken trommelten durch unsere Gehirne und irritierten die klammernden Körper. Nur wenn wir mitten in der Nacht aufwachten und uns im Halbschlaf liebten, gedimmt und das Begehren eher träge als wild, war es gut. Manchmal, wenn wir miteinander schliefen, machte Hanna Schnalzgeräusche, so wie man ein Pferd von der Weide zum Zaun lockt. Warum auch immer? Um mich anzutreiben, mich rhythmisch zu belehren, sich selbst zu ermahnen, sich nicht ablenken zu lassen? Das, was uns in Gedanken und Worten verband, uns voran- und zueinandertrieb, geriet unter der Bettdecke regelmäßig ins Stottern und mündete meist in Sprachlosigkeit und enttäuschter Stille.

Hanna konnte auf unnachahmliche Weise vor sich hin starren, kam der Welt offenen Auges abhanden. Wenn ich mutwillig in diese Leere hineintrat, sie mit der Hand zu verscheuchen versuchte, bemerkte sie mich nicht. Wie eine Schliere schwamm ich durch ihr Blickfeld. Besonders neben ihr im Bett liegend machten mir diese Wachkomamomente schwer zu schaffen. Sie lag da und starrte nicht nur an, sondern durch die Decke hindurch. Von einer gemütlichen Tagträumerei war das meilenweit entfernt. Es war mir unmöglich, es nicht auf mich zu beziehen, auf meine

Ungeschicklichkeit, meine Plumpheit, mein Weißnichtwas. Der sich bleiern über uns ausbreitende Raum machte mich nervös. Aus Solidarität starrte auch ich in das kalte Universum und simulierte kosmische Geworfenheit. Daraus entwickelte sich schnell meine Unfähigkeit, vor ihr einzuschlafen. Nie hat Hanna mich schlafen gesehen. Ich wurde zum Dunkelspezialisten im Deuten ihres Atmens, kannte genau die Geräusche, wenn sich ihre Brust gleichmäßiger hob und senkte, kannte den Ton, mit dem sich ihr Mund öffnete, circa drei Minuten nachdem sie eingeschlafen war, und aus den Lippen die Spannung entwich. Sogar das Rascheln des Kissens, wenn ihr Kopf tiefer einsank, da die Muskeln im Nacken sich dem Schlaf ergaben, war mir vertraut. Morgens um fünf Uhr läutete der Wecker, dann machte sich Hanna Kaffee, trank ihn in einem Zug schlaftrunken aus und legte sich wieder zu mir, um dann um sechs Uhr durch das Koffein beim zweiten Weckerklingeln leichter aus dem Bett zu kommen. Es kam auch vor, dass sie vom Schreibtischstuhl aufsprang und mich anfuhr: »Das geht einfach nicht. Wenn du da immer so hinter mir rumlungerst, das geht einfach nicht.« Ich musste mich zwingen, mich nicht unterwürfig zu entschuldigen und völlig zur Zimmerpflanze zu mutieren. »Es ist meine Wohnung, verdammt noch mal! Ich werde ja wohl noch aufs Klo gehen dürfen!« Da schob sie überstürzt ihre Texte zusammen, stopfte alles wüst in eine Tasche und verschwand für zwei oder mehr Tage in ihr Studentenwohnheim.

Doch Hannas Unberechenbarkeit zog mich magisch an. Wenn wir etwas planten, ein Essen, einen Spaziergang, einen Theater- oder Kinobesuch, kam immer etwas dazwischen. Es gab eine anarchische Kraft in ihr, die jedes auch nur ansatzweise mit Verlässlichkeit oder Organisation zusammenhängende Vorhaben torpedierte. In ihrer Arbeit war sie die Ausdauerndste und Akribischste, allem fest mit mir Verabredeten dagegen machte sie durch ihre Chaotik den Garaus. Nur selten wusste sie den Wochentag. War ich froh, das Theater pünktlich erreicht zu haben, fragte sie plötzlich in das Dunkel: »Sag mal, ist heute Mittwoch oder Donnerstag?« »Donnerstag.« »Oh, verdammt. Ich dachte, Mittwoch. Ich muss bis morgen meinen Eschatologie-Essay über Derrida fertig haben. Verdammt, verdammt, verdammt. Bis später.« Und weg war sie. Ich hockte im schlecht besuchten Zuschauerraum, und ihr überhastetes Verschwinden hatte eine bohrendere Konsistenz, als wenn ich von vornherein allein unterwegs gewesen wäre. Oder ich hatte etwas für sie gekocht, den Tisch gedeckt, ihrem »Ich bin bis spätestens neun da« aus Sicherheitsgründen eine Stunde aufgeschlagen und das Essen für zehn vorbereitet. Hanna kam nicht. Ich rief im Studentenwohnheim an, was ich hasste, da mich das Tempo, mit dem das schnurlose Telefon zu ihrem Zimmer getragen wurde, aggressiv machte. Aber auch da war sie nicht. Gegen zwölf hörte ich den Schlüssel in meiner Wohnungstür und Hanna sah mich erstaunt an. »Mensch, wo warst du denn? ›Betty Blue‹ war fantastisch.« »Wir wollten morgen in ›Betty Blue‹ gehen und heute hab ich was für dich gekocht.« »Mhhh, das riecht aber gut. Ist noch was da?« Je weniger ich plante, desto besser. Nur in der Schwebe und durch Zufall konnte ich ihrer habhaft werden, dann allerdings ereigneten sich wahre Sensationen.

9.

Wo Hanna war, waren Wunder nicht weit. Ihr Zusammengewürfeltsein aus Wirrnis und Intelligenz war ein intensiv duftender Köder für das Unerwartbare. Eines Nachts saß Hanna wie so oft seit Stunden in eine Decke gehüllt und mit Mütze an meinem Schreibtisch und sah Anfang Mai aus wie Sir Francis Scott bei seinem letzten Tagebucheintrag. Sie kam zu mir ans Bett und rüttelte mich an der Schulter, obwohl ich hellwach war. »Komm, wir machen einen Spaziergang. Ich brauche frische Luft.« »Wie viel Uhr ist es denn?« »Gleich drei. Na los, komm schon.« Augenblicklich hellwach, zog ich mich an und wir machten uns auf den Weg.

Wir wanderten durch die Einkaufsstraße und sahen uns die Schaufenster an. Wir interessierten uns für alles. Juweliere: »Schau mal da, der Ring!« »Viertausend Mark. Die spinnen ja.« »Aber schön ist er schon.« »Für Uhren interessiere ich mich ja null.« »Die Frage ist doch, ob Uhren die Zeit messen oder produzieren.« Elektroauslagen: »So einen Weltempfänger hatte mein Vater. In dem kleinen Gehäuse steckt das Rauschen der ganzen Welt.« »Fällt dir etwas Anstrengenderes ein, als ein Weltempfänger sein zu müssen?« »Ist doch jeder Mensch.« Bekleidungsgeschäfte: »Ist das alles scheußlich.« »Wo hast du eigentlich deine ganzen schönen Sachen her?« »Mailand, Paris, New York.« »Wer's glaubt, wird selig.« Und natürlich unser beider Favorit: Buchhandlungen. »Wow, die haben schon den neuen DeLillo, muss ich mir gleich morgen holen.« »Das Cover ist aber nicht schön, finde ich.« »Das da von Ingo Schulze soll gut sein.« »›Das grüne Akkordeon‹, gefällt dir der Titel?« »Geht so, ›Morgen in der Schlacht denk an mich‹ ist auf alle Fälle zehnmal besser.«

Wir kamen zu einem Schuhgeschäft, dessen Schaufenster beidseitig weit nach innen auf die Eingangstür zuliefen, links die Herren-, rechts die Damenschuhe, ein mehrere Meter langer Schuhtunnel. Wir begannen bei den Damenschuhen. Paar für Paar kommentierten wir und gerieten dabei immer tiefer in den Gang. »Ich brauche unbedingt schöne Herbststiefel. Aus festem Leder, die aber nicht wie Reitstiefel …« Da öffnete sich die Schiebetür, glitt mit der größten Selbstverständlichkeit beiseite. Hanna und ich sahen uns an. Sie trat einen Schritt zurück, und die Schiebetür schloss sich wieder. Wieder einen Schritt vor. Das gleiche leise mechanische Schauspiel. Die große Glasfläche schob sich magisch zur Seite.

Hanna sah sich um, gab mir ein Zeichen und ging in den Laden hinein. Mit drei Schritten war ich bei ihr. Noch war die Schiebetür auf. Sie zog mich einen weiteren Schritt ins Innere des Geschäftes. Die Glastür schloss sich, schob sich dünn, gläsern und endgültig zwischen uns und die Außenwelt, als hätten wir nach dem Besuch eines unbewohnten Planeten unser Raumschiff betreten. Gebannt standen wir da. So extrem hatte ich den Unterschied zwischen draußen und drinnen schon lange nicht mehr gefühlt. Hanna flüsterte: »Hoffentlich geht das Licht nicht an, wenn wir uns bewegen.« Langsam und steif wie zwei Figuren eines Glockenspiels drehten wir uns um hundertachtzig Grad in die schuhvollgestellte Stille des weitläufigen Geschäftes hinein. Hanna nahm meine Hand. »Hey, du schwitzt ja. Schön hier, ne? Komm.« Schritt für Schritt schlichen wir an den Regalen vorbei und die Wahrscheinlichkeit, meine niedergehaltene Angst nicht mehr länger kontrollieren zu können, wuchs sekündlich. »Komm, setz dich.« Hanna drückte mich auf einen gepolsterten Hocker. »Rück mal.« Wir schwiegen. Um uns herum standen Hunderte Schuhe in langen Reihen und vielleicht war auch dadurch die Stille so tief und satt, da alle diese Schuhe dafür gemacht waren, loszulaufen, über Gehwege zu stöckeln, Treppen hoch- und runterzuhasten, tanzen oder wandern zu gehen. »Mal sehen, was im ersten Stock ist.« Wir erreichten die Kinderabteilung. In der gesamten Etage funzelten zwei winzige Nachtlämpchen ihr schwefelgelbes Licht über die Schuhe, weiter hinten ein großes Fenster. Hier und da glitzerten Strasssterne auf Turnschuhen oder Sandalen. »Schau mal da«, wies ich Hanna eine Richtung, »eine Spielecke.« Um einen niedrigen Tisch herum standen vier Plastiksessel, im Tisch eingelassene Schalen mit Bauklötzen. Daneben ein in der Wand versenkter Fernseher mit einer Matte davor und mehreren Kissen.

Ich zog Hanna ins Kinderparadies und wir küssten uns. Hannas Atem rauschte mir ins Ohr. »Wie angenehm das ist«, sagte sie, »dass sich gleich etwas ereignen wird, das wir niemals wieder vergessen werden.« Leise, wie plötzlich von der Müdigkeit überwältigte Diebe, zogen wir uns aus. Das hatte ich oft gelesen und immer gemocht: wenn Einbrecher morgens in den Betten von Villenbesitzern im Tiefschlaf überrascht werden. Ruft man dann besser gleich die Polizei und lässt den Dieb noch ein bisschen schlafen oder weckt man ihn selbst? Meine plötzliche Nacktheit im Schuhgeschäft hatte eine durchaus erhebende Wirkung auf mich. Hanna lag entspannt hingestreckt auf der Kindermatte. Ich legte mich zu ihr, wir umarmten uns, und tatsächlich: Wir schliefen miteinander und es war für unsere Verhältnisse einfach und gemeinsam.

Langsam fasste ich nudistischen Mut und stolzierte eine Runde zwischen den Regalen herum. Vorsichtig näherte ich mich der Fensterfront, welche in einiger Höhe auf die Einkaufsstraße hinausging. Da überkam mich ein in dieser Stärke selten zuvor erlebtes Glücksgefühl. Ich stand nackt im Schuhladen und hatte für ein paar Sekunden die Zuversicht, den Dingen gewachsen zu sein. Trotz meiner goudagelben Haut war da viel Kraft in mir. Es kam mir so vor, als ob das Nächtliche, Verbotene, Außergewöhnliche des Ortes mich von außen klarer formte. Ich gehörte hier absolut nicht hin, und gerade dadurch gewann ich an Kontur. Mit skulpturaler Gelassenheit stand ich da. Ein marmorner David bei Deichmann. Hanna kam zu mir, ich umarmte sie und sog durch die Nase tief ihren nach wie vor rätselhaften Duft ein. Feuergeruch aus dem Flacon. Unten auf der Straße trödelte ein Mann mit müdem Hund vorbei. »Wie gefällt dir unsere neue Wohnung?«, fragte Hanna. »Großartig.« »Hast du was dagegen, wenn ich morgen ein paar von unseren Schuhen ausmiste?« »Absolut nicht.« »Schade, dass wir jetzt nicht noch ein bisschen Fernsehen gucken können. Warte, ich bin gleich wieder da.« Vollkommen unbekleidet lief Hanna die Treppe in das Erdgeschoss hinunter und kam kurz darauf mit mehreren Kartons zurück. »Wenn wa schon ma da sind, ne!« Sie machte ihre großen Augen und nahm ein paar Stiefel aus der Schachtel, zog sie an und ging auf und ab. »So richtig kann man die Farbe bei dem

Licht nicht erkennen. Passen sie denn?« »Nö.« Mir ging es immer besser. Die Frau, die ich liebte, wurde mir wohlig klar, läuft als nackter Schatten weit nach Mitternacht in Stiefeln vor mir im Schuhgeschäft auf und ab. Das würde einer der Momente sein, die man dabeihaben sollte, wenn einen das letzte Boot über den Acheron schippert. Das, so hoffte und dachte ich, sind die Bilder, die nicht verloren gehen können, Erinnerungsschnipsel von unbegrenzter Haltbarkeit.

Hanna entschied sich für ein kniehohes Stiefelpaar. »Brauchst du auch noch was?« »Nein. Ich glaube, wir sollten jetzt mal gehen.« Letztlich war immer ich derjenige, der die Dinge aus der Luft fischte, um sie wieder auf den Boden der Tatsachen zu stellen. Wir zogen uns an, lachten, da ich meine Hose nur im Liegen anbekam, mit in Richtung Decke stoßenden Füßen, so eng war sie. Ich knöpfte Hannas Bluse zu, küsste ihren Hals, und wir schlichen die Treppe hinunter. »Warte, ich brauch noch ein paar Gummistiefel. Besorg du mir eine Tüte. Die liegen bestimmt hinter der Kasse.« In dem Augenblick, da ich allein hinter dem Tresen herumsuchte, kam die Nervosität zurück. Im oberen Stockwerk hatte ich mich sicher gefühlt. In der Nähe des Ausgangs war es schrecklich. Jeden Augenblick würde eine Alarmanlage losschrillen oder mich das Licht einer Taschenlampe blenden. Hanna kam mit einem Paar Gummistiefel, zog Schubladen auf und knallte sie wieder zu. »Was ist denn das hier für ein Saftladen? Haben die denn nicht mal 'ne kleine Tüte? Wir können doch nicht mit den Kartons rauslatschen.« Sie fand einen Stoffbeutel voller Probiersöckchen, kippte sie auf den Boden und stopfte die Gummistiefel hinein. »Mist, zu klein.« »Hanna, jetzt komm endlich. Wir müssen schleunigst raus hier.« Ein Banküberfall sollte nie länger als drei Minuten dauern. Woher hatte ich das? Wie lange waren wir schon hier drin? Eine Stunde? Zwei Stunden? Mein Zeitgefühl hatte sich zwischen Hunderten Sohlen, Schnürbändern und Reißverschlüssen verflüchtigt. Ich nahm Hanna am Arm und zog sie zu mir: »Jetzt komm. Ich will endlich weg hier.« »Warte, ich glaube, ich kann die vier Stiefel alle in einen Karton packen.« In aller Hannaruhe, mit größter Hannakonzentration, puzzelte sie die Schuhe in die Schachtel. Drehte den einen noch mal so rum, dann noch mal raus und dann so rum wieder rein. Mit dem Fuß schob ich die zerknüllten Söckchen unter den Kassentresen. »Mensch, verdammt noch mal, jetzt komm endlich!« »Nicht so laut! Beruhig dich mal. Hab es gleich. Ah, so ein Imprägnierspray nehme ich mir auch noch mit.«

Ich riss ihr den Karton aus dem Arm und schob sie zur Tür. Um nicht von außen gesehen zu werden und selbst erst einen Blick auf die Einkaufsstraße werfen zu können, zog ich sie seitlich zur Schiebetür. Niemand zu sehen. Wir traten vor das Glas, und nichts geschah. Wie konnte das sein? Hunderte mit Panik gefüllte Maiskörner hüpften mir gegen die Schädeldecke und explodierten. Im Nu war mein Kopf prallvoll mit hysterischem Popcorn. Was war mit der Lichtschranke los? Waren wir gefangen? Wie ein Schizzo beim Großangriff seiner Dämonen fuchtelte ich winkend und schneidend mit den Händen durch die Luft. Hanna begann neben mir zu lachen. »Beruhig dich mal, Bruce Lee. Vielleicht stehen wir zu nah dran?« Sie trat einen Schritt zurück. Nichts. Noch einen. Die Schiebetür schob sich mit einem erleichterten Seufzer zur Seite. »Na siehst du! Man muss einen Tatort immer erhobenen Hauptes verlassen. Komm her.« Sie streckte die Hand nach mir aus. Gemeinsam im Gleichschritt, mit dem Diebesgut unter dem Arm, verließen wir den Schuhladen, schritten durch den Schaufenstertunnel wie auf einen Altar zu und betraten ungeheuer festlich gelaunt die Bielefelder Nacht.

Als wir zu Hause waren, stellte Hanna den Karton auf meinen Küchentisch und zog den Deckel ab. Ich sah sofort, dass ihr die Lederstiefel missfielen. »Oh nee, was ist das denn für 'ne Farbe?« Das war natürlich wieder ein Fall für den Beschönigungsgroßmeister: »Wieso, die sehen doch toll aus. Wie weich das Leder ist.« Hanna sah mich an. »Sag mir die Wahrheit. Findest du die wirklich schön? Also wirklich?« Ich gab einen hohen verzweifelten Ton von mir.

»Nein, du hast vollkommen recht. Die Farbe ist eine Katastrophe. Wie nennt man diese Farbe?« »Das ist Ocker. Hellocker. Was Schlimmeres gibt es nicht.« Sie drehte den Schuh um und staunte den zwischen Hacke und Sohle geklebten Preis an. »Zweihundertachtundachtzig Mark! Du liebes bisschen.« Hanna machte eine ihrer Grimassen, die mich stets ein wenig unangenehm berührten, weil sie dann richtig hässlich aussehen konnte. Sie zog die Lippen hoch, bleckte die Zähne wie ein schreiender Esel und glupschte ihre Augäpfel aus dem Kopf. »Weißt du, was ich morgen machen werde?« Ich schüttelte den Kopf. »Morgen geh ich in den Laden und tausch die um!« Sie hatte es ernst gemeint, aber als der Satz wie eine Luftschlange in bunten Spiralen zu Boden sank, begriff sie selbst, wie absurd der Plan war. »Na immerhin, die Gummistiefel sehen ganz passabel aus.« Sie sah auf die Küchenuhr. »Oh Gott, ich muss ja gleich schon wieder aufstehen. Komm schnell ins Bett.« Unter der Bettdecke streichelte ich Hannas Rücken, malte ihr mit der Fingerspitze verschiedene Schuhmodelle auf die Haut. »Was ist das?« »Turnschuh?« »Nein, Sandale. Und das?« Langsam glitt mein Zeigefinger in Kurven und Linien über sie hinweg. Wenn ich, was ich absichtlich tat, ihre Rippen oder Flanken berührte, bog sie sich hin und her. Das sah ich gerne, wie ihre Wirbelsäule sich wand, sich die einzelnen Rückenpartien gegeneinander verschoben. Hanna wurde schläfrig. »Was soll denn das sein? So riesig und fett?« Ich malte noch ein wenig weiter und gab dann die Lösung preis: »Watstiefel.« »Igitt! Wie soll ich bitte schön mit einem Watstiefel auf dem Rücken schlafen? Ich hätte gerne ein paar Mokassins aus ganz weichem Leder.« Mit dem minimalsten Kontakt zwischen Fingerkuppe und Haut, der mir möglich war, strich ich ihr den bestellten Schuh auf den Rücken. Sie atmete ein, und das Letzte, was sie sagte, war: »Danke für den schönen Abend.«

10.

Hanna liebte es, wenn ich ihr beim Einschlafen Geschichten erzählte. Über die Psychiatrie, mein Austauschjahr in Amerika, die Großeltern. Ob wahr oder nicht, war ihr vollkommen egal. Es kam regelmäßig vor, dass sie in eine Geschichte eingriff und eine bestimmte Wendung einforderte, sich mit dem Ende einer Erzählung nicht zufriedengeben wollte. Anfangs fand ich das befremdlich. Ich begann beispielsweise mit: »Auf dem Psychiatriegelände gab es einen Jungen, der es liebte, auf Bäume zu klettern. Stundenlang hockte er in Baumkronen, und die Pfleger standen unten, versuchten ihn mit Belohnungen herunterzulocken. Mit Schokolade oder mit Gummibärchen.« Hanna unterbrach mich: »Aber er spuckte ihnen auf ihre Köpfe und ließ sich nicht bestechen.« »Doch, er liebte Süßigkeiten, und sie waren der eigentliche Grund, warum er auf die Bäume kletterte.« »Also, ich fände es aber auch gut«, schlug Hanna vor, und jeder Vokal machte sie ein wenig müder, reizte sie zum Gähnen, »wenn er nicht nur einfach so lieb da oben rumklettert und dann, kaum hört er das Wort Gummibärchen, wieder runterklettert. Bisschen mehr Renitenz würde Tarzan schon vertragen.«

»Von mir aus. Also auf dem Psychiatriegelände gab es einen Jungen, der gerne auf Bäume kletterte. Sobald sich Pfleger unter den Baum stellten, spuckte er auf sie. Die einzige Möglichkeit, ihn herunterzulocken, waren Gummibärchen, denn die liebte der Junge.« Wieder unterbrach mich Hanna. Den Kopf im Kissen, die Augen schon geschlossen, murmelte sie: »Pinkeln fände ich eigentlich auch noch gut. Er pinkelt aus dem Baum auf die Pfleger.« Das gefiel auch mir. »Also. Auf dem Psychiatriegelände stand ein riesiger Baum. Eine mächtige Kastanie. Es gab einen Jungen, der, sobald er für einen Augenblick unbeobachtet war, zur Kastanie rannte und mit gibbonartiger Geschicklichkeit auf die höchsten Äste kletterte. Niemand traute sich zu ihm hinauf. Sobald sich ein Pfleger dem Stamm näherte, spuckte der Junge geschickt von oben durch die Zweige hinunter.« Hanna grinste zufrieden im Halbschlaf. »Stunden verbrachte er so in luftigen Höhen, und besonders mochte er es, wenn ein kräftiger Wind die Baumkrone hin- und herschwanken ließ. Mit einer Hand hielt er sich fest, mit der anderen öffnete er seine Hose und, den herrlichen Ausblick über das Gelände genießend, über die halbe Stadt bis zum Schleswiger Dom hin, pinkelte er vom Kastanienbaum herunter. Der gelbe Regen wurde vom Wind zu einer gischtigen Pipiwolke verweht und …« Hanna war eingeschlafen.

Hin und wieder musste ich mich regelrecht wehren, wenn sie sich mit Tatsachen meiner Erzählungen unzufrieden zeigte. »Nein, Hanna, unser Hund war und bleibt ein riesiger freundlicher Landseer. Ich mach den nicht kleiner, nur weil du Angst vor großen Hunden hast.« Schon bald behauptete Hanna, sie könne ohne meine Stimme nicht mehr einschlafen, und Abend für Abend, selbst wenn ich spät von Vorstellungen nach Hause kam, musste ich erzählen. Ich war überrascht, wie Hannas andauernde Nachfragen, Einmischungen und Änderungsvorschläge meine Erinnerung vertieften, meine Erzählmöglichkeiten erweiterten. An viele Begebenheiten hatte ich schon Jahre, ja jahrzehntelang nicht mehr gedacht. Eines Abends begann ich von Martina zu erzählen, einem Mädchen aus meiner Nachbarschaft. Ich erzählte, und die Geschichte entwickelte einen Magnetismus, der andere Begebenheiten nach sich zog. Selbst als Hanna schon schlief, erzählte ich weiter. Ich ging im Zimmer auf und ab und sprach murmelnd vor mich hin. Dann nahm ich mir ein Blatt aus Hannas Drucker und setzte mich in die Küche. Wenn ich mich recht erinnere, war dies tatsächlich eine der ersten Geschichten, die ich schrieb.

Sommer unter Rotorblättern

Das Gelände der Psychiatrie war so weitläufig, dass es selbst für mich, der ich es wie sonst niemand kannte, noch Ecken zu entdecken gab, deren Existenz mich überraschte, da ich sie gleich einem Ägyptologen, der meinte, seine Pyramide bereits bis in den letzten Winkel austopografiert zu haben, in meiner Vorstellung des Geländes nicht unterzubringen vermochte. Einer dieser Orte voller Überraschungen war ein von Gestrüpp umwucherter Platz, eingeklemmt zwischen der fensterlosen Fassade des anstaltseigenen Kohleheizwerks und der Psychiatriemauer. Hier türmten sich ausrangierte Gitterbettskelette zu einem sperrigen Haufen, so verkeilt, als hätten sie sich in einem Kampf untrennbar ineinander verbissen, als wären sie entkräftet verendet. In diesem Metallwirrwarr schien sich die verzweifelte Kraft, die Wildheit der Auseinandersetzung konserviert zu haben. Die gelben Schaumstoffmatratzen hatte das Ungetüm abgeschüttelt. Sie lagen in den Brennnesseln und waren so verschmutzt, dass ihr Anblick selbst mich, den in Ekeldingen eine meine beiden älteren Brüder oft an ihre Grenzen bringende Robustheit auszeichnete, zurückweichen ließ. Die von hell- bis dunkelbraun großflächig überkrusteten Flecken konnten keinen Zweifel daran lassen, dass beim Thema ›Hygiene in der Psychiatrie‹ noch einiges im Argen lag. Wie beim Dosenwerfen für Riesen lagen verbeulte und durchgerostete Essenstonnen herum. Deren Deckel konnten fliegen wie Frisbees aus Eisen und legten markerschütternd laute Schepperlandungen hin, besonders wenn ich sie mit aller Kraft gegen die Backsteinmauer des Heizwerkes schleuderte. Sie dienten mir auch als Schilde oder Spiegel. Bis hoch hinauf auf den Schornstein konnte ich den Sonnenreflex wandern lassen. Ich saß auf Bergen von herausgerissenen vielfarbigen Linoleumfetzen, deren Formen mich an Luftaufnahmen schroffer Inseln erinnerten. Höhepunkt dieser Aus-den-Augen-aus-dem-Sinn-Halde war ein ausrangiertes Hubschrauber-Klettergerüst mit vier mächtigen gesprossten Rotorblättern zum Hangeln oder Hängen. Ich kannte den Hubschrauber von einer der hoch umzäunten Spielwiesen der Patienten. Dort war ein neuer Pavillon entstanden, und ich hatte mich oft gefragt, was mit dem Klettergestell wohl geschehen war, das ich sehnsuchtsvoll durch den Zaun gesehen hatte. Stets war ich enttäuscht darüber gewesen, wie wenig es von den Patienten genutzt worden war, die meist nur kurz von einem der Pfleger an eine Stange gehoben wurden oder teilnahmslos vor- und zurückwippend im rund geschwungenen Stangencockpit saßen. Ich wäre wie ein Affe in dem Ding herumgeturnt. Doch jetzt hatte ich den Hubschrauber gefunden, hinter Büschen, und bis auf ein paar durchgerostete Stellen in der bunten Rohrkonstruktion und eine seitlich weggebogene Kufe war er unversehrt.

In wenigen Wochen würde ich elf werden und in diesen mir unvergesslichen Sommerferien verbrachte ich ganze Nachmittage auf dem Psychiatrieschrottplatz. Allerdings nicht allein. Ein Mädchen aus der Nachbarschaft, das ich schon seit dem Kindergarten kannte – sie wohnte unmittelbar an der Psychiatriemauer –, leistete mir Gesellschaft.

Trotz aller von der Grundschullehrerin vorgebrachten Gegenargumente war ich auf das Gymnasium geschickt worden. Jahre später berichtete meine Mutter mir, die sich durch die genau erinnerten Worte der Lehrerin verlässlich aufbringen ließ, von diesem Beratungsgespräch. »Stell dir vor«, erklärte sie erbost, »die hat die Frechheit besessen, zu behaupten, du wärest zurückgeblieben und würdest auf die Hauptschule gehören.« Das Wort ›zurückgeblieben‹ hat mich so ausdauernd verfolgt wie ein herrenloser räudiger Straßenköter, den man mit Beeftatar verwöhnt hat. Das Gymnasium allerdings stellte sich tatsächlich als eine einzige Überforderung für mich heraus. Als Psychopendler zwischen lernresistentem Zappelphilipp und somnambul weggedriftetem Tagträumer hatte ich ein erstes schreckliches Schuljahr hinter mich gebracht und war in einem ausufernden System von Nachhilfestunden gelandet. Kein Tag verging, an dem ich nicht zu pensionierten Oberstudienräten in ihre muffigen Arbeitszimmer im ausgebauten Dachboden hinauf- oder in den Keller hinabsteigen musste. Doch es hatte alles nichts genützt. Am ersten Tag nach den Sommerferien würde ich Nachprüfungen in Mathematik und Englisch machen müssen. Alle Reisen waren abgesagt worden, kein Zeltlager in den Dünen, keine Fahrradtour mit dem besten Freund und dessen Eltern.

Während meine Brüder mit meiner Mutter drei Wochen bei den Großeltern verbrachten, blieb ich mit Vater und Hund zurück in Schleswig. Mein Vater verließ das Haus gegen halb neun, weckte mich, indem er sich über mein Bett beugte und meine Nase mit dem frei baumelnden Ende seiner Krawatte kitzelte. »Lern gut, mein Lieber. Wir treffen uns um eins in der Kantine. Es gibt Hühnerfrikassee.« Mein Vater hatte tatsächlich dafür gesorgt, dass es eines meiner Lieblingsessen geben würde. Dreihundert Mitarbeiter und tausendfünfhundert Patienten durften oder mussten Gerichte essen, die ich, der Sohn des Direktors, mochte. Mein Vater versuchte so, die Enttäuschung über die abgesagten Reisen und über den durch die Nachhilfe verdorbenen Sommer zu mildern. Nur einer Bestellung, Rehrücken mit Preiselbeeren, hatte er aus Kostengründen eine Absage erteilt. Am Vormittag hatte ich drei Stunden Nachhilfe bei einer Studentin und ab zwei Uhr war ich bis zum Abend mir selbst überlassen.

Die Nachhilfelehrerin hieß Silke, war riesig, blond und kräftig. Sie trug weiße Jeans, deren Nähte unter der Spannung ihrer Oberschenkel und des Pos ordentlich zu tun hatten, und enge, ebenfalls sehr weiße T-Shirts. Sie sah aus wie eine gut gebräunte Sanitäterin, eine für die Härtefälle, und war somit genau das, was ich brauchen würde. Erste Hilfe in Mathe und Englisch. Wenn sie klingelte, raste unser sonst apathischer Hund zur Tür, da sie ihm jedes Mal ein Würstchen mitbrachte. Mein Vater nannte sie gerne Silke Knackwurst. »Und hat dir Silke Knackwurst ordentlich was beigebracht?«

Wir setzten uns im Wohnzimmer an den Esstisch. Hin und wieder streckte sie sich, drückte die ineinander verhakten Finger Richtung Decke, ging ins Hohlkreuz, seufzte und ließ den

Kopf kreisen. Ihr von der Seite in den auf die Aufgaben gerichteten Blick hereinschwingender Busen war dann direkt vor meinen mathemüden Augen: eine fleischgewordene Antithese all meiner Bemühungen in Sachen Algebra. Ohne genau zu wissen, warum, interessierte ich mich seit einigen Wochen intensiv für Brüste. Selbst meine bescheidenen Malkünste reichten aus, um mich scharf zu machen. Zwei in zwei Sekunden gezeichnete pralle Beutel mit jeweils einem dunkel gekrickelten Kügelchen erregten mich maßlos. Ich war süchtig nach dieser hochwirksamen, äußerst primitiven Höhlenmalerei und zeichnete das zum Symbol kondensierte Brustpaar in alle meine Hefte auf die letzte Seite. Aber natürlich durfte es da nicht bleiben, musste vielmehr nach kurzer Betrachtung zu einem unverfänglichen Bild umgestaltet werden. Doch auch da blieben meine zeichnerischen Fähigkeiten weit hinter der Vielfalt meiner Einfälle zurück. Ich gab mir Mühe, das Brüstepaar, das sich in dieser Schlichtheit auch Knackis gerne mit einer Nadel auf den Handrücken tätowieren, bis zur Unkenntlichkeit abzuwandeln. Brüste als Schlappohren von Hunden, als florales Ornament, als Wolken, als Gesicht unter doppelt geschwungener Frisur. Doch sosehr ich sie auch in Motiven versteckte, ich sah sie, es blieben Brüste. Es war unmöglich, ihren sexuellen Schlüsselreiz auf mich auszulöschen. Gerne zeichnete ich zu einem ersten Brustpaar ein zweites größeres dazu und dann noch ein weiteres, wiederum pralleres. Ich zeichnete mich hinein in ein Paradies der Riesenbrüste, und die Größenrelationen befeuerten meine gierige Vorstellungskraft. Wäre ich Michelangelo gewesen, ich hätte das Gewölbe der Sixtinischen Kapelle mit Hunderten Brüsten verziert. In allen Größen und Formen hätte ich sie mir in den Himmel aus Stein gehängt, um darunter zu lustwandeln.

Es gab noch ein anderes nicht auszuradierendes Bild in meiner Umgebung. Sobald ich auf meinem Schulweg das Psychiatriegelände verlassen hatte, kam ich am Finanzamt vorbei. Dort lief auf der gesamten Front weit oben über den Fenstern des zweiten Stocks ein aus Backsteinen eingelassenes Hakenkreuzband über das Mauerwerk. Mein Vater hatte mir die Hakenkreuze gezeigt, und es verging kein Schulweg, ohne dass ich kurz einmal den Blick hob und sie mir ansah. Doch dann wurde der Mäander beseitigt, indem man einzelne Teile der Kreuze herausstemmte und sie anders gedreht wieder in das Mauerwerk einließ. Ich allerdings sah die Hakenkreuze durch das Umorganisieren einzelner Steine, die hellen Fugenlinien jetzt nur noch deutlicher. Mein Gehirn konnte nicht anders, als das Bild zu reparieren. Der Versuch, sie verschwinden zu lassen, löschte zwar den rein aufs Äußere beschränkten Anblick aus, nicht aber die Allmacht des verinnerlichten Bildes. Sosehr mich die Übereinstimmung der beiden Beispiele auch irritierte, sie ließ sich nicht leugnen.

Sich in Fragen solcher Art zu verlieren, machte es mir unmöglich, mich auf den Nachhilfeunterricht mit Silke zu konzentrieren. Wenn wir ihrer Ansicht nach genug gelernt hatten, was relativ schnell der Fall war und mich freute, obwohl ich rein gar nichts begriffen hatte, machte sie fantastische Experimente mit mir. Sie verdiente sich neben dem Studium nicht nur durch Nachhilfe etwas dazu, sondern war auch als Schokoriegel-Testerin unterwegs. Ich klappte das Mathebuch zu, und sie klappte ihren Koffer auf. Mal testete ich Balisto, mal Mars, Nuts oder Bounty. Die Riegel waren einzeln in unbedruckte Knisterhüllen eingeschweißt, nummeriert und wesentlich kleiner als die im Handel erhältlichen. Silke breitete die Fragebögen vor sich aus und stellte mir, nachdem ich von zwei unterschiedlichen Riegeln derselben Sorte abgebissen hatte, unzählige Fragen. War Nummer eins cremiger oder Nummer zwei? Ich überlegte und nannte eine Zahl. Kaum jemals schmeckte ich einen Unterschied. War Nummer eins knuspriger oder Nummer zwei? War bei Nummer eins die Schokolade weicher oder bei Nummer zwei? Wesentlich konzentrierter als bei den Englischaufgaben trug Silke meine Urteile ein und ich schmeckte und schmatzte mich durch die Versuchsreihen. Bei jedem Vorbeugen richtete sie sich minimal auf, um mit ihrem Busen nicht die Tischkante zu rammen, und legte ihn dann auf der Platte ab. Mehrmals hatte diese weiche Landung bei mir eine Assoziation heraufbeschworen, die ich als eigenartig empfand. Wenn mein ältester Bruder von der einmal im Monat veranstalteten Zierfischbörse heimkehrte, präsentierte er uns seine Einkäufe in durchsichtigen, mit Wasser gefüllten Plastikbeuteln. Wie diese beim Absetzen auf dem Tisch wogten und sich weiteten, stand in unmittelbarer Verwandtschaft zur Busenlandung. »Auf einer Skala von eins bis zehn: Wie süß findest du dieses Bounty? Eins: gar nicht süß. Zehn: viel zu süß.« Mir machte das Spaß, diese Mischung aus Willkür und Wichtigkeit. »Sechs, nein warte mal …« Ich biss wieder ab, kaute, drückte den Kokosbrei gegen den Gaumen, zog die Schokospucke durch die Zahnzwischenräume. »Nein, doch eher eine Sieben.« Waren die drei Stunden um, häuften sich auf dem Tisch die Verpackungen und ich rutschte vom Stuhl auf den braunen Teppichboden und rieb mir den Bauch. Wieder was gelernt!

Silke machte mich auch mit einem großartigen Trick vertraut, mit dem man umsonst zu den unterschiedlichsten Produkten kommen könne. Man müsse nur einen Brief an den Hersteller schicken und sich beschweren, dass etwas nicht in Ordnung gewesen sei. Sie selbst hatte sich bei einem Chipshersteller beschwert.

»Was hast du denn da geschrieben?« »Na, ich hab einfach gesagt, bei einer Party sei mir etwas sehr Unangenehmes passiert. Ich hätte meinen Gästen Chips angeboten und da wäre plötzlich so ein harter Klumpen dabei gewesen. Einer der Gäste hätte sich fast den Zahn ausgebissen.« Wichtig sei allerdings, erklärte mir Silke, dass man auf keinen Fall etwas fordern solle. Es käme immer gut an, wenn man behauptete, das Produkt zu lieben und man wolle nur einen Hinweis geben. »Und stell dir vor! Ein paar Tage später habe ich ein riesiges Paket mit Chips bekommen. Zweiundzwanzig Tüten und einen total netten Brief.« Noch am selben Tag hatte ich mich an die Schreibmaschine gesetzt und einen Brief aufgesetzt. So gut es ging, hielt ich mich an Silkes Formulierungen.

»Meine sehr verehrten Damen und Herren, ich

mag Ihre Fünf-Minuten-Terrine sehr gerne. Toll, dass es nur fünf Minuten dauert, bis die Suppe fertig ist. Fünf Minuten sind sehr, sehr wenig für eine gute Suppe. Neulich hatte ich Gäste und leider hat einer von ihnen in der Schale einen harten Klumpen gefunden und sich den Zahn ausgebissen. Dies nur als Hinweis. Sie brauchen mir nichts zu schicken. Mit freundlichen Grüßen Joachim Meyerhoff.«

Doch leider kam kein Paket. Mein Ehrgeiz war geweckt, und ich schrieb an alle möglichen Firmen. Harte Klumpen in Gummibärchentüten, zuckerige Verklumpungen in Schokoküssen, unzerkaubare Brocken im Vanillepudding. Da ich keinen Erfolg hatte, erhöhte ich den Druck.

»Liebe Mitarbeiter der Böklunder Würstchenfabrik,

seit vielen Jahren esse ich fast täglich Ihre Würstchen. Mein Sohn hat seinen achten Geburtstag gefeiert. In mehreren Würstchen war was Hartes. Drei seiner besten Freunde haben sich die Zähne ausgebissen. Wenn ich das nicht weitererzähle, würde ich mich sehr freuen.«

Doch auch das führte nicht zum Erfolg. Ein einziger Brief kam von Haribo, in dem sie sich für den harten Klumpen entschuldigten und ausschlossen, dass dieser in der Fabrik in die Tüte gelangt sei.

»Wir sind sicher, dass die von Ihnen beschriebene Verunreinigung erst nach Öffnen der Tüte in die Gummibären gelangt sein kann.« Das fand ich eine solche Frechheit, dass ich in einem Antwortbrief damit drohte, den Konzern wegen böswilliger Unterstellung zu verklagen.

Sobald der Nachhilfeunterricht beendet war, rannte ich aus dem Haus in die Kantine zum Essen. Nach dem Pudding verließ ich das Anstaltsgelände und holte meine Freundin ab. Ihre Eltern waren beide Ärzte und arbeiteten, wie ich das damals mit Sicherheit formuliert hätte, für meinen Vater. Die Mutter stammte aus einer angeblich unermesslich reichen südafrikanischen Familie. Zum ersten Mal hörte ich das Wort Buren. Sie war Anästhesistin und brachte von jeder Heimreise Unmengen von intensiv schmeckenden und riechenden Fleischstreifen mit. Diese ledrigen, dunkelbraun getrockneten Dinger seien, so meine Freundin, der Lieblingssnack afrikanischer Kinder. Sie nagte, kaute und lutschte ununterbrochen an ihnen herum. Für mich roch das Ganze eher wie die getrockneten Schweineohren, die unser Hund zu seinem Geburtstag bekam. Das Mädchen hieß ganz unafrikanisch Martina. Sie hatte – und das ist mir bis heute eine schöne Unerklärlichkeit – einen goldenen Schneidezahn. Welche Eltern verpassen ihrer zehn- oder elfjährigen Tochter einen Goldzahn?

Während dieser Sommerferien gerieten Martina und ich in eine uns unbekannte Spannung. Die Kinderspiele, mit denen wir jahrelang unsere Nachmittage verbracht hatten, langweilten uns, aber ein Ersatz war nicht in Sicht. Auf jener Schrotthalde mitten auf dem Psychiatriegelände erfanden wir verschiedene Ersatzhandlungen für unsere Unruhe. Als mir diese jetzt wieder einfielen, war ich erstaunt, wie radikal wir dabei vorgingen.

Für mich war es zum damaligen Zeitpunkt völlig unvorstellbar, ein Mädchen zu küssen. Sah ich Kussszenen im Fernsehen, bekam ich Ganzkörperkrämpfe vor Ekel. Aber immerhin schloss ich nicht mehr kategorisch aus, dass es mir einmal gefallen könnte. Das ging mir mit vielen Dingen so. Lange war ich mir sicher, niemals Käse zu mögen. Jetzt mochte ich ihn zwar noch immer nicht, aber die Vorstellung, ihn irgendwann einmal zu mögen, kam mir nicht mehr vollkommen aberwitzig vor. Küsse und Käse waren winzig klein am Horizont der Möglichkeiten aufgetaucht.

Mit meiner Freundin, die wie ein Junge im Stehen aus dem Hosenschlitz heraus an die Mauer pinkeln konnte, was mir ein anatomisches Rätsel aufgab, saß ich eines Nachmittags auf meiner Geheimhalde voller ausrangierter Gitterbetten und spielte ›Ausatmen-Einatmen‹. Wir setzten uns dicht voreinander, die Münder ganz nah, leichter Nasenspitzenkontakt, schlossen die Augen und atmeten abwechselnd ein und aus, inhalierten die Atemluft des anderen. Der Sauerstoff wurde mit jedem Austausch weniger und der Kohlendioxidanteil wuchs. Die Luft, die ich einsog, roch nach afrikanischem Trockenfleisch. Raubtieratem. Nach einer Weile wurde mir übel und ich spürte mein Gehirn. Lauwarmes Rührei. Je länger wir uns so begasten, desto mulmiger wurde mir. Doch unter oder hinter oder neben, nein, am ehesten um die Übelkeit herum, war da auch ein waberndes Hochgefühl, eine sauerstoffarme Lust, die ich noch nicht kannte. Wenn ich die Augen kurz öffnete, was gegen die Verabredung war, sah ich Martinas blasses Gesicht, ihren offenen Mund, unter der Oberlippe die Kante des Goldzahnes. Irgendwann ließen wir uns nach hinten kippen und sahen in den Himmel. Schöne Schwindelwolken, die im Kreis flogen, und dankbar saugende Bronchien im Frischluftglück.

Am nächsten Tag gingen wir noch einen Schritt weiter. Ich stellte mich mit dem Rücken vor Martina, atmete dreißigmal kurz ein und aus,

dann zehnmal ganz tief, dann noch zehnmal kurz. Verschränkte die Arme und hielt die Luft an. Meine Atemkameradin griff mich von hinten und zog mich mit aller Kraft an den verschränkten Armen in die Höhe, wodurch mein Brustkorb blitzartig zusammengequetscht wurde. Was dann folgte, machte uns beide süchtig. Der Proband sackte zusammen und fiel in Ohnmacht. Nicht lange, zwei, drei Sekunden. Aber man war kurz ausgeknipst. Ich wusste gar nicht, was ich mehr mochte, sie völlig erschlafft am Boden liegen zu sehen oder mich selbst ins Zweisekunden-Nirwana zu schießen. Wieder waren der Preis Übelkeit und Schädelbrummen, aber der Moment, in dem man durch sich selbst hindurchzufallen schien, war neu und herrlich. Das Zurückdriften war wie ein Auftauchen aus blutfarbener Stille hinein in mattierte Unschärfe. Die verschieden lackierten Streben der Rotorblätter, unter denen wir zusammenbrachen, gewannen an Schärfe, surrten aus verschwimmenden Flächen zurück in ihre starre Sprossenstruktur.
Martina war neugierig und feuerte mich an, sie doller zusammenzupressen, sie wilder in die Höhe zu reißen. Sie wollte fünf Sekunden Koma schaffen. Sie brach zusammen, die Augen verdreht, und ich erschrak, bekam Angst und rüt-

telte sie am Arm. Ihr Kopf fiel schwer zur Seite. Sie kam zu sich und flüsterte benommen, mit Erde an der Wange: »Noch mal.« Es gab einige andere Methoden, die wir in diesem Sommer perfektionierten. Luftanhalten, Kopf abwärts hängen am Klettergerüst, bis die Birne so rot wie eine Tomate wird. Sich an den Händen fassen und im Kreis drehen, schneller und schneller, bis einen die Fliehkraft auseinanderreißt. Aber ›Ohnmacht‹ blieb unser Favorit. Obwohl? Wir beide liebten Lakritzschnecken. Man konnte sie abrollen und mittig teilen, da die Schnecke aus zwei Lakritzschnüren bestand. In die Enden der Schnüre hinein machten wir einen Knoten, steckten ihn in den Mund und schluckten. Es dauerte, bis man ihn endlich unten hatte. Mit jedem Schlucker glitt der Lakritzknoten tiefer die Speiseröhre hinab und das Lakritzband, das aus dem Mund hing, wurde kürzer und kürzer. Wir hielten es mit Daumen und Zeigefinger fest. Angelten mit dem Lakritzköder in unseren Mägen. Wenn meine Freundin sah, dass nur noch ein wenig Band aus meinem Mund heraushing, bekam sie einen Lachanfall. Doch der gemeinsame Höhepunkt kam erst noch. Eine postkindliche vorpubertäre Gratwanderung zwischen Quatsch und Sinnlichkeit. Wir übergaben einander die Lakritzschnurenden. Jetzt hielt ich ihr

Ende dicht vor ihren Lippen und sie meines. Behutsam begannen wir damit, den Knoten wieder hochzuziehen, den Lakritzanker im Inneren des anderen zu lichten. Schleimig schwarz schimmernd kam das Band wieder ans Licht. Sie zog. Ich zog. Beide die Münder geöffnet. Ich spürte die Innenwände meiner Speiseröhre, wenn sie der Knoten streifte. Der letzte Zentimeter war der Eigenartigste. Der Knoten steckte im Hals fest, wollte nicht über die Barriere, nicht wieder hinaus. Wir sahen uns an, und mit einem gemeinsam stumm vereinbarten Ruck ploppten wir die Enden aus unseren Mündern. Kurzes Nachwürgen, Lachen und Knoten in Richtung des anderen Schleudern. Die Lakritzbänder rochen leicht nach Magensäure. Doch das störte uns nicht. Wir aßen sie auf oder lösten vorsichtig die Knoten und klebten die nassen Kabel der Länge nach wieder zusammen und rollten sie zur Schnecke auf.

Dass man dieser kaum ansah, dass sie entrollt, geteilt, geknotet, in uns hinabgetaucht, wieder ans Licht gezerrt, geklebt und aufgerollt worden war, mochten wir. Die Lakritzschnecke hatte etwas erlebt, das man ihr nicht ansah, war ein schwarz glänzender, säuerlich duftender Geheimnisträger. Das hatte etwas Wegweisendes. Ende.

Am folgenden Abend bat ich Hanna, ihr das Verfasste vorlesen zu dürfen, woraufhin sie sagte: »Mein lieber Lieber, lieber nicht. Denn wenn mir die Geschichte nicht gefällt, bist du gekränkt. Ich sehe es dir ja an, dass es dir viel bedeutet, aber ich kann nicht lügen. Ich würde es besser finden, wenn du mir die Geschichten erzählst.« »Heißt das, du hältst es gar nicht für möglich, dass es dir gefallen könnte?« Hanna schnitt eines ihrer Ratlosgesichter. »Doch, doch. Aber sehr wahrscheinlich ist es nicht.« »Ich bin nicht gekränkt. Mein Gott, es ist doch nur ein Versuch.« »Also gut, dann lies es mir vor. Aber ich garantiere für nichts.«

Ich setzte mich, nahm die vollgeschriebenen Seiten und war überrascht, wie aufgeregt ich war. Die Blätter zitterten in meiner Hand. Hanna sah mich an. »Komm, lassen wir es. Das geht schief. Ich bin sicher.« Ich fing zu lesen an. Hanna saß da, den Blick schräg vor sich auf den Boden gerichtet. Dass ich schon nach vier Sätzen außer Atem kam, konnte nur damit zu tun haben, dass die Worte wie in ein Vakuum gesprochen nach kurzer Flugstrecke entkräftet zu Boden sanken. Da war keinerlei Wohlwollen, welches den Formulierungen Auftrieb zu geben vermochte. Gleich die erste Geschichte ausgesetzt in Unwirtlichkeit, aus dem Ei direkt in die Antarktis. Während ich las, stemmte sich Hannas innerer Widerstand gegen meinen Text. Mich hatte in der Nacht während des Schreibens euphorische Nervosität getrieben. Ein unbekannter Zustand: hundertprozentige Autonomie ohne Einsamkeit. Mehrere Stunden lang hatte ich mit meinem Kopf Erinnerungen aus ihren Verstecken herausgekegelt. Niemals hätte ich es für möglich gehalten, dass meine Geschichte so ein selbstmitleidig kuschendes Hündchen sein könnte. Ich kämpfte mich durch den Text, sprach die letzten Sätze, das letzte Wort. Stille wie in einem pleitegegangenen Beerdigungsinstitut. Wie hatte ich nur glauben können, dass das, was ich aufgeschrieben hatte, einen Wert haben könnte. Noch bevor Hanna etwas sagte, war die Erzählung bereits verwelkt, war sie während des Lesens vom prächtigsten aller Hochzeitssträuße zum mickrigsten aller Beileidsgebinde verkümmert. Entsetzt über meine Fehleinschätzung, peinlich berührt davon, mich ausgebreitet zu haben, saß ich da. Im Zimmer hielt sich, schal wie abgestandene Luft, das muffige Echo meiner Stimme. So als hätte mein Selbstzensor ein Raumspray der Duftnote ›Miese Erzählung‹ großzügig in der Wohnung versprüht.

Ich entschuldigte mich bei Hanna: »Das war grauenhaft. Verzeih, dass ich dich mit meinen Ergüssen behelligt habe.« Sie sah zu mir auf und grinste: »Ich finde das eine etwas arg anzügliche Entschuldigung für den Mann, mit dem ich meine Nächte verbringe.« »Wie fandst du es?«

Sobald es um etwas ging, sah Hanna fantastisch

aus, jede Form von Banalität hingegen schien ihre Schönheit auszulöschen. Wenn sie müde mit mir in der Schlange vor einer Supermarktkasse wartete, konnte sie so unattraktiv sein, dass ich sie kaum anzugucken vermochte, und jedes Mal schämte ich mich dann für diese Aversion, da sie nicht meinem Selbstbild entsprach, meinem Ideal, den geliebten Menschen immer und ausnahmslos zu lieben. Doch sobald sie in Rage geriet, ihre Gedanken brennbares Material fanden, sie Alkohol antrieb oder ihr gutes Essen aufgetischt wurde, wenn sie in Spiellaune kam und lichtschnell zwischen Ironie, Ernst, Brillanz und Unsinn wechselte, gefiel sie mir so sehr wie niemand zuvor. »Willst du die Wahrheit wissen? Also, wirklich die Wahrheit.« »Mildere sie vielleicht ein wenig ab und bring es mir schonend bei. Ich neige zu unkontrollierten Gewaltausbrüchen. Begib dich nicht unnötig in Lebensgefahr.« »Silke und Martina? Das ist schon hart.« »Die hießen so, was soll ich machen. Wie fandst du die Geschichte, Hanna?« »Ich bin total eifersüchtig geworden auf diese beiden blöden Weiber.« War das jetzt gut oder schlecht, fragte ich mich.

»Du hast es so gewollt. Ich sag dir die Wahrheit. Das mit der Nachhilfelehrerin fand ich banal. Diese ganzen Tittenassoziationen irgendwie verklemmt. Nicht Fisch, nicht Fleisch. Das mit den Hakenkreuzen in Kombination mit den Brüsten geht gar nicht. Außerdem null Form.« Sie zögerte, sah mich liebevoll an, und als wäre es ein nach monatelangen Verhandlungen, unter immensen inneren Widerständen abgerungenes Zugeständnis, sagte Hanna: »Das mit dem runtergeschluckten Lakritzknoten ist ganz gut.« »Ganz gut oder richtig gut?« »Richtig gut.«

Sie stand auf und verbeugte sich. »So, genug der Lobeshymnen. Machen wir einen Abendspaziergang und rauchen unter Laternen?«

11.

In mir tickte unaufhörlich der verheimlichte Dortmunder Countdown. Längst hätte ich mich um eine Wohnung kümmern müssen, aber es fehlte mir der Mut, den Garten Eden, in den Hanna und ich hineingeraten waren, mit einer Hiobsbotschaft abzuholzen. Hanna arbeitete und ich las und las. Ich raste durch die von ihr für mich ausgesuchten Bücher, wühlte mich durch Romane, von denen ich wusste, dass sie mein toter Vater, mein toter Bruder, meine tote Großmutter gemocht hatten. All meine Unkonzentriertheit, all die Anstrengung, die es mich stets gekostet hatte zu lesen, war durch Hanna, an meinem Schreibtisch vertieft in ihre Arbeit, wie ausradiert. Es war, als ob ich mich wie ein Schmarotzer, eine Mistel oder ein Pilotfisch an ihrem Fleiß, ihrer Gabe zur allumfassenden Vertiefung festsaugte und endlich die Nahrung fand, nach der ich mich verzehrt hatte. Sobald ich ein Buch fertig gelesen hatte, griff ich mir das nächste vom Stapel. Hanna stellte mir Fragen, und weil ich das wusste, las ich anders, genauer.

Fast jeden Tag befragte mich Hanna, schwankend zwischen Heiterkeit und Ernst, zu meiner Lektüre. Egal wie lange es her war, dass sie ein Buch gelesen hatte, sie wusste alles, konnte sich, was ich ein wenig unheimlich fand, auch daran erinnern, wo genau ein bestimmter Satz im Buch gestanden hatte. Sie wusste die Seitenzahl. Ich war auf der Suche nach einer bestimmten Stelle im Zauberberg und Hanna sagte: »Das steht auf Seite 363, letzter Satz ist: ›Naphtas Blick verlor sich in inneren Welten.‹« So war es dann auch. »Wie kann es sein«, fragte ich sie, »dass du dich so genau erinnerst?« »Ich muss mich nicht erinnern«, antwortete sie, »ich sehe es einfach vor mir. Erinnerung ist was für Dummköpfe. Ist doch immer alles gleichzeitig da.« »Bei mir nicht«, gab ich zu, »ich weiß so viel nicht mehr. Ganze Jahre sind verschwunden, zusammengeschnurrt zu atmosphärischen Ahnungen.« »Ach was, das glaube ich dir nicht. Vergesslichkeit ist nichts als Faulheit.« Natürlich wusste Hanna, dass das nicht stimmte, aber sie mochte Gespräche, die sich aus solch steilen Thesen ergaben, sie mochte es, mir durch überspitzte Behauptungen Angebote zu machen. Nächtelang las ich, Hanna tippte in die Tastatur ihres Computers, sprach mit sich selbst, stöhnte, lachte, rieb sich die Augen, und wenn ich vom Buch aufblickte, konnte es die Geschichte, in der ich mich im wirklichen Leben befand, mit denen aus den Romanwelten mit Leichtigkeit aufnehmen.

Es war ein traumhafter Sommer und das Wetter war uns vollkommen egal. Kein Tag verging ohne Sensation. Ich schleuste Hanna durch einen Hintereingang in die Oper ein. Wir saßen weit oben über der Bühne auf der höchsten Beleuchtungsbrücke, sahen den Darstellern auf die Köpfe, aßen Hamburger und Pommes und hörten Nabucco. Der halbe Chor versteckte sich hinter einem Bühnenhäuschen, sang nicht mit, und wir bewarfen den faulenzenden Gefangenenchor mit Fritten.

Wir packten zwei Plastiktüten voll mit Bier, Büchern, Salami, Brot, Kissen und einer Decke. Hanna brachte mich durch die Stadt und den Wald zurück auf die Lichtung. Wir verbrachten dort Stunden, schliefen miteinander, und als es zu regnen begann, flohen wir unter eine Linde. Ich las Hanna vor, ein Buch mit dem Titel ›Die seligen Jahre der Züchtigung‹. Es roch fast zu intensiv nach den Blüten der Linde, und winzige Tröpfchen verklebten die Buchseiten so stark, dass sich jede einmal umgeblätterte für immer verschloss. So versiegelt und verklebt war das Buch nicht mehr lesbar, und wir ließen es unter dem Baum, stellten es aufrecht zwischen zwei Wurzeln. Ununterbrochen redend wanderten wir zurück, und als wir vor meiner Haustür standen, da war es, als hätten uns die Worte mit einem Katapult nach Hause geschossen.

Mitten in der Nacht wachte ich auf und befühlte

mühsam mit den Fingern meinen Rücken. Zwischen den Schulterblättern stieß ich auf einen prallen Hubbel. Ich knipste das Licht an, stellte mich rücklings nackt vor den Spiegel und verdrehte den Kopf. Sieben Zecken hatten sich an mir festgesogen, eine davon auf der Pobacke. Ich weckte Hanna: »Bitte erschrick nicht. Aber ich glaube, ich brauche deine Hilfe.« Hanna gab einen von ergriffenem Ekel erfüllten Ton von sich. »Was soll ich denn machen? Du musst ins Krankenhaus.« »Ich kann doch nicht wegen Zecken ins Krankenhaus gehen.« »Oder wir lassen einen Kammerjäger kommen, der streut Gift auf deinen Rücken.« »Hanna, tu was.« »Geh morgen zum Arzt.« »Nie und nimmer leg ich mich so wieder ins Bett. Kein Mensch kann mit sieben Zecken auf dem Rücken schlafen.« Hanna hielt einen gewissen Sicherheitsabstand zu mir ein. »Muss man die nicht in eine bestimmte Richtung drehen, damit der Kopf nicht abreißt?«, fragte sie und fällte ihr ungnädiges Urteil: »Die Wahrscheinlichkeit, an Gehirnhautentzündung zu erkranken, beträgt eins zu sieben!« »Na danke.« Ich versuchte durch Sachlichkeit ihren Widerwillen zu dämpfen. »Ich hab mal gehört, dass man sie mit Butter oder Uhu einschmieren muss, damit sie ersticken und loslassen.« »Das funktioniert übrigens auch bei Männern.« »Bitte, Hanna, mach jetzt was. Ich hab das Gefühl, die werden jede Sekunde fetter.« Ich legte mich nackt auf den Boden, und unter unaufhörlichen Ekelbekundungen lief sie zu meinem Schreibtisch und kam mit einer Flasche Klebstoff zurück. Wir stritten uns noch ein wenig, wie genau die Behandlung durchzuführen sei, aber schließlich setzte sie sich neben mich und versiegelte Tropfen für Tropfen die Blutsauger. »Warte, ich hole den Föhn. Die brutzeln wir richtig ein. Das dauert ja sonst ewig.« Sie machte es sich bequem auf meinem Po und pustete die Zecken an. Es roch gut. Nach heißem Klebstoff und elektrischer Föhnluft. Wie bei allem, was Hanna als Aufgabe annahm, tat sie es mit größter Akkuratesse. Mit einer Pinzette klopfte sie auf die Uhu-Hubbel, und erst als es ein trockenes Geräusch gab, beendete sie den Föhneinsatz. Und natürlich war sie schon längst in ihrer Rolle als Zeckenärztin, als weltweit bedeutendste Zeckenkoryphäe, aufgegangen. Sie sprach mit leicht verstellter Stimme. »Sie haben außerordentliches Glück, dass man Sie rechtzeitig eingeliefert hat. Sieben Zecken, junger Mann! Sind Sie ein Waldarbeiter?« Ich lag da, den Kopf seitlich flach auf dem Boden. »Ja, das bin ich. Ich hab mich verlaufen und musste im Freien übernachten.« »Also, ich habe die Zecken jetzt unschädlich gemacht. Gleich werde ich sie einzeln herausdrehen. Nur wenige kennen die richtige Richtung. Man muss linksherum drehen.« Sie spielte Verwirrtheit. »Oder war es rechts? Wissen Sie, wenn man falsch dreht, erbricht die Zecke einen hochinfektiösen Virusbrei direkt in Ihre Blutbahn. Sie kotzt Ihnen sozusagen ins Gewebe.« »Bitte, Hanna, hör auf, ich bekomm Panik.« Ich hob den Kopf. »Na, werden Sie wohl liegen bleiben!« Brutal drückte sie mir ihren Unterarm in den Nacken. »Ich muss noch einen kleinen Test machen und herausfinden, ob Sie sich meiner Könnerschaft überhaupt als würdig erweisen. Halten Sie jetzt bitte ganz still.« Da biss sie mir in den Po, haute mir ihre Pavianhauer in den Hintern. Ich bäumte mich auf und schrie los. Ihre Knie bohrten sich in meine Unterschenkel, und schon durchfuhr mich der nächste Schmerzblitz. Sie biss mir in den Nacken und zerrte an mir. »Bist du irre geworden!«, brüllte ich und versuchte sie abzuschütteln, doch mit jeder meiner Bewegungen biss sie fester zu. »Lass los! Verdammt noch mal. HANNA!!!« Ich warf mich hin und her, aber das stachelte sie nur noch mehr an. Wie ein Beutetier im Todeskampf zuckte ich unter ihr herum. Doch erst als ich aufgegeben hatte und bewegungslos dalag, öffnete Hanna allmählich ihren Kiefer. Ich spürte heißen Atem im Genick, ihre warmen Hände auf den Schultern, und sie schnaufte schwer. Mit einer Hand rieb ich mir die Bisswunden und wunderte mich, dass sie kein Stückchen Fleisch aus meinem Nacken herausgerissen hatte. In ihren Augen flackerte animalische Besessenheit. Das, dachte ich später, war genau wie dieser Moment, der mich schon als Kind in Tierfilmen fasziniert hatte.

Die wilde Jagd ist vorbei, die schweren Pranken des Löwen liegen auf dem sich noch unter letzten Atemzügen hebenden Brustkorb der sandfarbenen Gazelle und der Blick der Raubkatze schweift gelassen in die Weite der Savanne ab. Diese mit Kraft und Stolz beseelte Pause vor dem großen Fressen, dem blutigen und geierumflatterten Gezerre und Gekaue und Genage, hatte mich stets begeistert.

Hanna setzte sich zurecht. »Also, ich beginne jetzt mit der Entfernung.« Ich fühlte einen Druck und dann rann mir etwas warm über den Rücken. »Was ist das? Was machst du da?« »Ja, in der Tat, ich habe da ein kleines Problem. Zecke Nummer eins ist leider zerplatzt.« Sie lief davon, kam mit Klopapier zurück und tupfte an mir rum. »Es tut mir leid, aber ich bin gerade zu einem sehr wichtigen Termin gerufen worden. Auf Wiedersehen.« In ihrer eigenen Stimme klang sie dann ehrlich verzweifelt. »Dieser Arzt war ja 'ne Katastrophe. Der hat das Vieh voll zerquetscht.« Sie beugte sich über meinen Rücken. »Oh nein, da ist was Schwarzes unter deiner Haut. Das muss der Kopf sein. Ich – äh – also er hat den Kopf abgerissen.« Überall da, wo sich der getrocknete Klebstoff zusammenzog, spannte und brannte meine Haut. Hanna küsste meinen kahl rasierten Kopf. »Es tut mir leid, aber ich bin die Falsche für diese Art von Problemen. Soll ich dir was vorlesen?« »Okay. Wird schon nicht so schlimm sein. Morgen gehe ich zum Arzt.« »Wenn ich ein Affe wäre«, sagte sie, »würde ich die Biester einfach mit den Zähnen rausrupfen und runterschlucken. Die lieben die bestimmt: knusprig und mit Blut gefüllt.«

Lange konnte ich nicht einschlafen. Während Hanna mir den Rücken zuwandte und weit von mir abgerückt an die Wand atmete, gärten in mir schlimme Fantasien. Ich spürte regelrecht, wie die sechs übriggebliebenen Zeckenköpfe sich mit ihren Zangen und Beinchen weiter in meine Haut gruben, sich tiefer ins Fleisch schoben, um ihre tödliche Spucke in mich hineinzutröpfeln. Mehrmals stand ich auf, verrenkte mich, sah mir meine blutsaugenden Feinde im Spiegel an und zwirbelte behutsam die Klebetropfen zwischen den Fingern.

Als ich am Morgen aufwachte, war keine einzige Zecke mehr auf meinem Rücken. Wie in Bernstein eingeschlossene Insekten lagen sie verstreut auf der Matratze. Fasziniert hielten wir sie gegen das Licht und Hanna reihte sie auf der Fensterbank auf. Dort blieben sie wochenlang liegen. Hanna weigerte sich, sie aus dem Fenster zu werfen. »Die sehen doch schön aus. Vielleicht lass ich mir daraus eine Kette machen. Perlenketten sind out, 'ne Zeckenkette, das wär mal was Besonderes.«

Hannas Spezialität blieb das völlig ansatzlose Wegrennen oder Wegschicken. Aus heiterem Himmel sagte sie: »Geh jetzt, ich halt dich nicht mehr aus.« Nie war auf sie Verlass. War es schön mit ihr, konnte es blitzschnell schrecklich werden. Als ich ihr sagte »Ich liebe dich«, bekam sie einen kleinen Nervenzusammenbruch und heulte. Hanna konnte in Zustände geraten, in denen sie für mich unerreichbar war. Apathie und hysterische Verzweiflung wechselten dann schlagartig. Ich hatte stets Sorge, dass sie sich etwas antun würde. Sie war scheu, wollte nur selten unter Menschen gehen. Immer war alles zu laut, zu viel, machte ihr Angst – und doch, wenn sie sich über etwas freute, konnte diese Freude so sehr Besitz von ihr ergreifen, wie ich es nie wieder erlebt habe.

Ich schenkte ihr eine Sonnenbrille vom Flohmarkt. Sie hatte lange nach einer gesucht, und als sie die Brille sah, rief sie: »Das ist sie! Das ist sie!« Sie umarmte mich, sprang mir auf den Arm, warf mich um, setzte sich die Sonnenbrille auf, sah in den Spiegel und hüpfte auf der Stelle, klatschte in die Hände: »Ist die schön! Jesus und Maria! Ist die schön!« Sie sprach mit der Sonnenbrille: »Du bist so schön, willst du bei mir bleiben? Ich pass gut auf dich auf! Komm!« Sie zog sich die Jacke an. »Ich will sehen, wie die Stadt durch diese Brille aussieht!« Sie ging geziert langsam, machte betont große Schritte und führte ihre Brille spazieren. Doch das Gegenteil konnte eben auch passieren. Ich brachte ihr Blumen mit. Drei langstielige Lilien. »Ich hasse weiße Lilien. Die stinken und sehen aus wie aus Plastik.« Sie stopfte sie in den Küchenmüll. Ich stand hinter ihr und sah, wie sie mit den kurz vorm Aufblühen stehenden Lilienknospen den Müll zusammenstauchte und die Stängel niederbrach.

Einmal sagte ich zu ihr: »Mein Gott, Hanna, jetzt sei doch nicht immer so empfindlich.« »Was soll das denn heißen?« »Warum muss denn alles immer so kompliziert sein?« Da legte sie los: »Was soll ich nicht sein? Ich soll nicht so empfindlich sein. Nicht so kompliziert? Hast du das eben zu mir gesagt? Ich soll nicht so empfindlich sein? Ich will dir mal was sagen, du Vollidiot. Das Einzige, was mich überhaupt irgendwie am Leben hält, ist meine Empfindlichkeit. Was soll ich denn deiner Meinung nach sein? Unempfindlich vielleicht? Nein, ich will empfindlich sein. Ich will sogar noch viel empfindlicher werden, als ich jetzt bin. Ich bin ja noch lange nicht empfindlich genug, du blödes Arschloch. Ich bin ja von allem nicht genug. Wir sind doch von allem nie genug. Nicht zornig genug, nicht verzweifelt genug, nicht gemein genug, nicht kompliziert genug, nicht lustig genug und eben auch nicht empfindlich genug. Sag das nie wieder zu mir, ja, hast du das verstanden? Verlange nie wieder von mir, nicht so empfindlich zu sein. Meine Empfindlichkeit ist das Einzige, was mir bleibt, und ich weiß wirklich nicht, wie lange sie es noch aushält, von solchen Ignoranten wie dir auf die Probe gestellt und beleidigt zu werden. Merk dir das ein für alle Mal: Unkompliziert ist unter meiner Würde.«

Das war schon anstrengend. Aber genau das mochte ich, dass sie sich nicht mit mir zufriedengab, so wie ich war, und das auch permanent von mir verlangte, mich nicht mit mir zufriedenzugeben.

Eines Abends gestand ich Hanna, ich hatte mich schon viel zu lange davor gedrückt, dass ich am Ende der Spielzeit nach Dortmund ans Theater wechseln würde. Für einen kurzen Moment schien sie die Information nicht im Geringsten zu tangieren. Sie zuckte nur leicht mit den Schultern, mehr nicht. Wir saßen in einem italienischen Lokal und alles um mich herum machte jäh einen gekränkten Eindruck. Die Lasagne, zwischen deren einzelnen Teigschichten eben noch saftig das Hackfleisch herausgequollen war, sah nach meinem Geständnis aus wie das Krankenhausessen eines Dahinsiechenden. Der eben noch köstliche Duft der Béchamelsoße hatte eine penetrante Note bekommen und roch beleidigt. Selbst mein eben noch bequemer Stuhl hatte sich verformt, und ich schob unruhig meinen verknöcherten Hintern herum. Hanna starrte hannaverloren vor sich hin ins Hannanirwana. Ihre Nasenflügel begannen zu zittern. Das war schon erstaunlich, wie ich mit einem einzigen Satz das Wohlwollen aus der gesamten Umgebung, inklusive Hanna, abgezapft hatte. Ich hatte mein Geständnis wie ein mit Schwung unter einer reich gedeckten Tafel weggerissenes Tischtuch platzieren wollen: Nichts sollte umfallen und alles sollte an seinem Platz bleiben, unser Glück, unsere Heiterkeit, unsere Zusammengehörigkeit. Doch ein Blick auf Hannas verkrümmten Oberkörper, ihren unbeweglichen Kopf, die bebenden Nasenflügel waren unleugbare Anzeichen für das Misslingen meiner Strategie. Hatte ich alles krachend zu Boden geworfen und das, was sich in den letzten Wochen korallenschön zwischen uns verästelt hatte, mit einem Schlag zerbrochen und zerschlagen? Hanna nahm ihr bauchig-halbvolles Weinglas, kippte es und legte es auf den Tisch. Unbewegt sah sie zu, wie sich die Flüssigkeit über den Tisch ergoss und rötliche Finger bildete, die über das Holz krochen. Sie hob ihre Hand, ballte sie zur Faust und schlug mit den Fingerknöcheln voran auf das Weinglas. Mit einem schon nicht mehr ganz so kontrollierten Wischer fegte sie die Scherben, den gesplitterten Glashals in meine Richtung, sprang auf und rannte aus dem Lokal. Ich war mir nicht sicher, ob ich sie jemals wiedersehen würde.

12.

Am nächsten Morgen fuhr ich mit dem Zug nach Dortmund, kaufte mir eine Immobilienzeitung, strich einige Anzeigen an, ließ mir in einem Kiosk auf eine Schachtel Zigaretten jede Menge Kleingeld herausgeben, suchte mir eine Telefonzelle und begann mit der Annonce, die am verheißungsvollsten geklungen hatte: *Nette, sehr kleine Wohnung im Hinterhaus, ein Zimmer, sehr günstig zu vermieten.*

Ich wählte die Nummer, ein Mann mit breitem Ruhrpott-Dialekt begrüßte mich auf das Freundlichste und sagte: »Ich komme in fünf Minuten. Der Besichtigungstermin ist zwar erst morgen, aber ich muss noch etwas aus der Wohnung holen. Wenn Sie wollen, gebe ich Ihnen die Adresse.« Ich nahm mir ein Taxi und vorbei ging es an lückenlos scheußlicher Fünfziger- und Sechzigerjahre-Architektur. Gebäude so trostlos, dass sich aller Optimismus vor ihrer grauen Einfallslosigkeit entmutigt abwandte. Noch nie konnte ich mich auf solchen Fahrten der Vorstellung, wie die Menschen hinter den Vorhängen ihr Leben fristeten, entziehen. All diese Sofas und Fernseher, all diese Kühlschränke voller Essen, diese Betten und Toiletten, und neben jedem Klo wartet das heraushängende Klopapier auf seinen nächsten Besucher, die nasse Klobürste auf einen weiteren Tauchgang. All diese perforierten Leben. Kaserniert in Hunderte rechteckige Behälter, geschmacklose Gehäuse um vor sich hin arbeitende Organe. »Unter jedem Dach ein Ach«, war der Lieblingsausruf meiner Großmutter, wenn es mit dem Auto durch die Stadt ging. »Unter jedem Dach ein Ach.«

Wir bogen in die Straße ein, die auf meinem Zettel stand: Kreuzstraße. Plötzlich war ich in einer anderen Stadt. Links und rechts herrschaftliche Altbauten. Das Taxi hielt vor einem der prächtigsten Häuser. Ich zahlte, ging durch die Einfahrt hindurch und stand vor einem von Bäumen beschatteten Hinterhaus. Ich stieg zwei Treppen hinauf und klingelte. Ein älterer Herr öffnete mir. Seine Haare waren weiß, mittig gescheitelt, zwei gepflegte schulterlange Wellen, auch der Bart hell, ins Gelbliche changierend. »In der Wohnung hat mein Sohn gewohnt, der geht jetzt aber für ein Auslandssemester nach Bordeaux. Mein mittlerer ist in Australien und meine Tochter studiert Psychologie in Wien. Vielleicht will sie aber auch Polizistin werden. Was verschlägt Sie nach Dortmund?«

»Ich fange hier nach dem Sommer am Theater an.«

Seine Augen erstrahlten. »Als was denn, wenn man

fragen darf?« »Als Schauspieler.« Es fiel mir stets schwer, diese Berufsbezeichnung auszusprechen, etwas an ihr war mir zutiefst zuwider. Er jedoch war begeistert. Sein Dialekt war ein kumpelhafter Singsang, eine melodiöse Umarmung. »Das ist ja wunderbar. Ich habe jahrelang in einer Laienspielgruppe gespielt. In Dortmund-Hörde. Das war immer das Schönste für mich. Ich war sogar mal Volpone.« Er hob eine Hand, wie Totholz stand der Arm von seinem Körper ab, und deklamierte wie im Freilichttheater: »Ah, Sonne, Morgenlicht auf den Kanälen. Komm, bad' mein Angesicht in deinem Gold.« Er war gerührt von sich selbst. »Das war ja eigentlich das Tollste, was ich je gemacht habe.« Während ich ihm zuhörte, linste ich über seine Schneefrisur hinweg in das Zimmer hinein. Blätterschatten auf den Wänden, ein hohes Fenster mit alten Griffen. »Wissen Sie denn schon, was Sie zuerst in Dortmund spielen werden? Man sagt ja immer, Dortmund sei ein Sprungbrett.« »Ja, wahrscheinlich bin ich in den Räubern von Schiller dabei. Vorher aber noch ein Musical. Anatevka.« »Fantastisch! Franz oder Karl, das ist hier die Frage?« Er lachte, und als seine Lunge zu rasseln begann, sagte er den eigenartigen Satz »Der Lungenwurm hat Hunger« und zog ein Päckchen Zigaretten aus der Tasche. »Mögen Sie auch eine?« »Gerne.« »Also, was spielen Sie? Karl oder Franz?« »Leider weder noch. Ratzmann heißt meine Figur. Er ist der Jüngste in der Räuberbande.« »Ach, schade. Sie wären doch ein toller Karl Moor.«

In einem ganzen Jahr Bielefeld war mir kein einziger so liebenswürdiger Mensch begegnet. Ich war sogar hin und wieder aus lauter Mangel an Empathie zur berühmten Bielefelder Psychiatrie Bethel gefahren, hatte mich dort auf eine Bank gesetzt und mit den Patienten geplaudert. »Schauen Sie sich in aller Ruhe die Wohnung an. Sie ist sehr klein, aber ruhig. Zum Textlernen ideal. Das war hier früher eine Weberei. Das wäre ja ein Glück, wenn sie Ihnen gefällt. Sie bräuchten keinen Makler zahlen, denn sie gehört ja mir.«

Ich sah mich um. Da geschah etwas, das mich schon längere Zeit gefährdete, wenn jemand unverhofft herzlich war, etwas wider Erwarten gut verlief. Mir kamen die Tränen. Jeder noch so winzige Geborgenheitsaugenblick traf mich voll und zog mir den Teppich samt allen unverbindlichen Alltagsfloskeln unter den großen Füßen weg. Ich sah aus dem Fenster und schluckte und schmatzte an meinen aufsteigenden Tränen herum. Er legte mir die Hand auf die Schulter. »Alles in Ordnung? Gefällt es Ihnen nicht?« Ich hätte gerne etwas gesagt, aber viel gelang nicht. »Doch, doch …« Dachte er wirklich, ich würde weinen, weil ich seine Wohnung hässlich fand? »Sie können es sich gerne bis morgen überlegen. Da kommen erst die ganzen anderen Interessenten.« Durch meine

Gedanken flackerten in solch entpanzerten Momenten, besorgten Gespenstern gleich, meine Gestorbenen heran. So wenig stockend wie möglich antwortete ich. »Ich finde die Wohnung wunderschön. Ich glaube, hier könnte ich endlich …« Ich brachte den Satz nicht zu Ende. Ich hörte Schritte hinter mir und dann flog ein Taschentuch in mein Blickfeld. Er stellte sich neben mich, öffnete das Fenster und wir aschten in den Innenhof. »Es würde mich wirklich freuen, wenn Sie hier einziehen. Wissen Sie, ich vermisse meine Kinder, und vielleicht können wir ab und zu ein wenig plaudern.« Ich atmete und versuchte durch Gleichmäßigkeit des Luftstroms die Tränen nicht weiter aufsteigen zu lassen. Er blies mir Zigarettenatem in den Nacken und legte mir wieder seine Hand auf die Schulter, die intensiv nach Tabak roch. So muss es sich anfühlen, dachte ich, wenn man von einem Plantagenbesitzer getröstet wird. »Ja, man hat es nicht leicht«, hörte ich ihn sagen. Ob zu mir, ob zu sich selbst, war nicht ganz klar. »Man hat es nie leicht. Also abgemacht. Sie nehmen die Wohnung?« Ich nickte. »Ich lasse Ihnen die Schlüssel gleich da. Das mit dem Mietvertrag machen wir dann einfach, wenn Sie endgültig nach Dortmund kommen.«

So fuhr ich bereits um zwölf Uhr mit einem Wohnungsschlüssel in der Hosentasche zurück nach Bielefeld.

Als ich an diesem Abend nicht einschlafen konnte, da mir Hanna fehlte, so sehr fehlte, dass ich wie ein in den Bergen von der Einsamkeit durchgeknallter Ziegenhirte mit ihr zu reden begann und Sachen sagte wie »Stell dir vor, ich habe in Dortmund den lieben Gott getroffen. Er hat mir seine Wohnung vermietet. Die wird dir gefallen!«, beschloss ich, ihr einen Besuch abzustatten.

Ich fuhr zum Studentenwohnheim, klingelte Sturm, ließ den blendend aussehenden Studenten, der mir die Tür öffnete, im Flur stehen, lief durch den langen Gang zu Hannas Tür, klopfte an und betrat, ohne eine Antwort abzuwarten, ihr Zimmer. Sie saß wie immer am Schreibtisch, fuhr energisch herum, sprang auf und sah mich böse an. Sie senkte den Kopf, hielt mich mit ihrem unsichtbaren Horn auf Abstand. Doch ich sah, wie ihr Zorn, den sie ganz offensichtlich schon für etwas Selbstverständliches und Stabiles gehalten hatte, durch meinen Anblick ins Wanken geriet und erste Anzeichen von Nachsicht wie feiner Sand aus ihrer verhärteten Fassade zu rieseln begannen. Ich machte einen Schritt auf sie zu, einen weiteren und noch einen kleinen. Ich hoffte, sie würde sich endlich Hals über Kopf in meine Arme werfen. Aber da kannte ich Hanna schlecht. Vielleicht war es sogar die Zuneigung, die sie in sich auffächern fühlte, die nun ihre Entschlossenheit noch beförderte. Sie senkte ihren Kopf weiter und rannte auf mich zu. Ich wusste nicht, ob es Spaß oder pure Verzweiflung war. Wie ein feiger Matador sprang ich beiseite und lenkte sie mit den Händen an mir vorbei. Doch Hanna wendete und stürzte erneut, den Kopf voran, wie ein gereizter Stier auf mich zu. Mit voller Wucht traf sie mich seitlich in die Rippen. Sie schnaubte, sprach kein Wort und nahm wieder Anlauf. Es gelang mir, sie zu packen und in den Schwitzkasten zu nehmen. Sie trat um sich, schlug nach mir und biss mir in den Arm. Ich schrie auf und ließ sie fallen. An meinem Unterarm sah ich den Abdruck ihrer Riesenhauer, zwei blutunterlaufene Zahnreihen. Hanna war nun vollkommen stumm, kein Schnaufer war zu hören, und ihre Entschlossenheit hatte etwas Metallisches, Glattes, Unabwendbares. Erneut ging sie auf Abstand, senkte die Stirn und machte sich bereit für die nächste Attacke. In diesem Augenblick kam der Schmerz ihres Bisses erst in meinem Kopf an und machte meine Hemmungen, mich zu wehren, zunichte. Auf ihre durch die Wut, wie endgültig freigeschält, motorisch eigentümliche Art stampfte sie auf mich zu. Ich bereitete mich auf die Kollision vor, platzierte meine Füße und spannte alle Muskeln. In dem Augenblick, da Hanna mich erreichte, wich ich ihr mit einem geschickten Ausfallschritt aus und rammte ihr mit aller Macht meinen Oberkörper in die Seite. Das Zusammenspiel ihrer entfesselten Vorwärtsbewegung und meines gnadenlosen Seitentacklings ließ Hanna abheben und durch die Luft fliegen. Krachend prallte sie, den Kopf voran, gegen ihr Bücherregal und sank zu Boden. Ich schrie auf, klang dabei, das hörte ich wohl, wie ein verängstigtes Tier von beträchtlicher Größe und beugte mich über sie. Die perfide Perfektion, mit der ich sie wie ein Eishockeyspieler umgenietet hatte, brannte als helle Scham in jeder Körperregion. Sogar meine Zehen in den Biker Boots krümmten sich vor Mitleid mit ihr zusammen. Hanna lag wie tot unter Fachliteratur begraben. »Hanna! Mein Gott, Hanna.« Ich ging vor ihr in die Hocke. Sie drehte sich auf den Rücken, die Augen verborgen unter einem über dem Gesicht angewinkelten Arm. Ihre Mundwinkel bluteten und auf ihrer Stirn verfärbte sich eine anschwellende Beule ins Bläuliche. Ich beugte mich über sie. Nahm einen Foucault-Band von ihrem Bauch, schob einen Lacan-Band von ihrer Brust. Da geschahen zwei Dinge simultan. In dem Moment, als ich bemerkte, dass sie mich unter der Armbeuge hindurch mit einem Auge fixierte, traf mich bereits ihr Schuh im Gesicht.

Es wurde an die Tür geklopft. Der Tritt hatte mich voll erwischt. Ich tastete mit den Händen nach dem Boden, setzte mich und ließ mich auf den Rücken gleiten. Ich hörte Hanna surreale Geräusche machen. Es klang, als würde sie leise rückwärts singen, sich mit einer leiernden Litanei beruhigen. Jemand rief von draußen: »Hanna, ist alles in Ordnung?« Mit großer Selbstverständlichkeit antwortete sie: »Alles paletti. Nur was umgekippt.« »Bist du sicher?« »Absolut.«

Während ich dalag, kam es mir so vor, als würde nach wie vor jemand mit seinem Schuh in meinem Gesicht stehen. Stirn, Auge, Wange glühten unter einer pulsierenden, genoppten Last. Hanna setzte sich auf, sah zu mir herüber, und alle Anspannung war aus ihrem Gesicht gewichen. Sie sah schlimm und zufrieden aus. Sie bewegte nacheinander ihre Beine und Arme, die Finger, große Knocheninventur, und ich krabbelte zu ihr hinüber, setzte mich neben sie und ließ meine Stirn auf ihre Brust sinken. Ich zuckte leicht zusammen, da sich mehrere meiner Rippen verhakt hatten und spitz nach innen zu stechen schienen. So saßen wir da, und durch meinen Kopf ratterte friedlich ein ewig langer Güterzug, einer von denen, die es nur in Amerika gibt, die so lang sind, dass man zwischen Lokomotive und letztem Waggon vor der Schranke im Auto ein Nickerchen machen kann, er ratterte durch meinen Kopf und auf jeder einzelnen Ladefläche thronte sicher vertäut meine Liebe zu Hanna.

Einen Monat später zog ich nach Dortmund.

Als ich Hanna kennengelernt und wir die ersten Nächte miteinander verbracht hatten, war sie morgens stets aus dem Schlaf hochgeschreckt, als wäre sie soeben einem Albtraum entronnen. Mit einem schrillen Schrei klappte sie frankensteinmäßig im Bett hoch und blickte mit aufgerissenen Augen desorientiert im Zimmer herum. Für mich sehr befremdlich war die Tatsache, dass sie sich, wenn sie mich sah, nicht etwa beruhigte, sondern ihre Erschütterung in totale Konsterniertheit umschlug. So als könnte mein Anblick nicht ansatzweise Rettung bieten, als wäre mein Gesicht die schlechteste aller Adressen für Albtraumgeplagte. »Meine Nacht war fürchterlich, aber du bist auch nicht besser«, schien dieser Blick mir zu sagen. Wie über alles sie unmittelbar selbst Betreffende wollte Hanna nicht über ihre Albträume sprechen. Sie behauptete, sich niemals auch nur an das Geringste erinnern zu können. Einzig und allein, dass es schrecklich gewesen sein musste, würde ihr ihre tiefe Erschöpfung direkt nach dem Aufwachen beweisen. »Es ist«, sagte Hanna, »als würde ich unter Vollnarkose operiert, so als würden mir perverse Ärzte Organe entnehmen oder mir irgendeinen kranken Scheiß implantieren. Schon immer war Schlafen für mich eine Gefährdung. Das Einzige, was hilft, ist, so früh wie möglich aufzustehen, um den Träumen zuvorzukommen. Niemals darfst du mich ausschlafen lassen. Träume am Morgen zwischen acht und zehn sind Gift für mich, so gemütlich das sein mag, mich frisst da die Apokalypse zum Frühstück.«

Ich fragte sie, ob sie sich tatsächlich an rein gar nichts erinnern könne, denn es kam mir unglaublich vor, dass sich ausgerechnet die schlimmsten Träume im Wachzustand verflüchtigen sollten. Aber Hanna bejahte dies. »Ich weiß wirklich nichts mehr«, schwor sie, »jeden Morgen mit dem Aufschrecken fällt da eine schwere Eisentür zu. Eine schalldichte Luke verschließt den Traumkerker, in dem ich gefoltert werde. Ich fühle mich gerädert, wie zerschlagen, aber habe keine Bilder dazu. Wer sich an seine Albträume erinnern kann, hat es gut, der kann es erzählen, aber meine nächtlichen Dämonen sind geschickter, sie lösen sich in Luft auf, in dünne unschuldige Luft.«

Hanna fragte mich, ob sie unruhig schlafen, sich hin und her werfen oder sogar im Traum sprechen oder schreien würde. Ich verneinte, und sie sah sich bestätigt darin, dass in ihr etwas tobte, was nicht nach außen gelangen könne. »Da gibt es etwas in mir«, versuchte Hanna für das, was sie umtrieb, ein Bild zu finden, »das schlüpfen will, aus mir herauswill, aber nicht kann, das in der ewigen Finsternis Nacht für Nacht mit zig Schnäbeln gegen eine eiserne Eierschale hackt.«

Doch mit jeder gemeinsam verbrachten Nacht wachte sie weniger gepeinigt auf und mit jeder weiteren gemeinsam verbrachten Nacht schien sie sich weniger darüber zu wundern, mich neben sich zu sehen. »Das Letzte, was ich am Ende eines Tages hören will«, sagte sie eines Abends, nachdem wir schon das Licht ausgeknipst hatten, »ist deine Stimme, und das Erste, was ich morgens sehen will, ist dein Gesicht. So nehmen wir die nächtlichen Monster in die Zange. Und zwar so lange, bis sie sich nicht mehr heraustrauen, um in meinem Gehirn mit Steinen zu werfen und meine Muskeln zu fressen.«

Nach meinem Dortmund-Geständnis hatte Hanna einen schweren Albtraumrückfall, und wenn sie mich ansah, kroch ihr eine eiskalte Verachtung in die noch vom Schlaf verquollenen Augen. Jetzt war ich schuld. In zig Selbstgesprächen versuchte ich mir Ablass zu gewähren, musste ich mir vergegenwärtigen, dass ich nichts Schlimmes getan hatte. Es ist für einen Schauspieler das Selbstverständlichste von der Welt, ein Theater zu verlassen und sich ein neues zu suchen, erklärte ich Hanna. »Du selbst hast dich doch oft genug darüber lustig gemacht, wie grauenhaft du meine Aufführungen findest«, verteidigte ich mich. Aber Hanna ließ sich auf keinerlei Gespräch ein. Dies mochte zum einen daher rühren, dass sie sich jederzeit im Klaren darüber war, diesen Anspruch an mich nicht zu haben, zum anderen war es ihr höchst suspekt, sich in eine wie auch immer geartete Abhängigkeit zu begeben.

Mit Staunen registrierte ich, wie ich mich schleichend auf immer mehr Gebieten verantwortlich, ja sogar schuldig fühlte. Da waren zum Beispiel Hannas Haare. Es verging kein Tag, an dem Hanna nicht mit ihren oder über ihre Haare sprach. Sie stand vor dem Spiegel, fuhr sich mit den Fingern über den Kopf und beklagte sich. »Ich habe wirklich die hässlichsten Haare der Welt. Nichts kann man mit diesen Haaren machen.« Natürlich widersprach ich. »Hanna, ich liebe deine Haare. Das Erste, was ich dachte, als ich dich auf der Premierenfeier gesehen habe, war: Ist das eine tolle Frisur.« Sie lachte mich aus. »Weißt du, wie die mich in der Grundschule genannt haben? Fusselbirne! Diese Haare sind ein Horror. Wie von einer Toten. Dass ich immer aussehe wie ein blasses Gespenst, wie eine ausgebuddelte Oma, liegt an diesen Haaren. Ich wäre gerne eine Italienerin mit einer schwarzen Mähne, die einem schwer über die Schultern fällt, die man nach dem Haarewaschen mit beiden Händen auswringen muss und dann zu einem dicken feuchten Zopf flicht, der den ganzen Tag an einem dranhängt wie ein muskulöser Känguruschwanz, der einen stabilisiert und Kraft gibt. Aber das hier«, sie blies sich die Strähne vom Auge, »das ist einfach nur traurig. Blonde Spinnweben.« Hanna hatte gute und schlechte Haartage, und plötzlich war ich es, der auf die Beschaffenheit ihrer Frisur den entscheidenden Einfluss zu haben schien. Mein Weggang nach Dortmund hatte unmittelbare Auswirkungen auf die Spannkraft. Sie kämmte, sprühte, schnippelte an sich herum, blickte mich vorwurfsvoll aus dem Spiegel heraus an und sagte: »Na danke! Hoffnungslos!« Gingen wir aus dem Haus und es regnete, sagte sie: »Es ist ja schlechtes Wetter, Joachim!« So als hätte ich höchstpersönlich die grauen Wolken über ihren Kopf gehängt. Selbst wenn eine Glühbirne durchbrannte, konnte mich Hanna so ansehen, dass ich dachte, warum um alles in der Welt hab ich nur in Dortmund zugesagt. Würden wir gemeinsam für alle Zeit in Bielefeld bleiben, Hanna könnte prächtig schlafen, würde butterweich erwachen, rapunzelverträumt ihr Haar kämmen und alle Glühbirnen würden uns in friedliches Licht tauchen bis zum Sankt-Nimmerleins-Tag.

In diesen Wochen steigerte sich etwas, das schon auf der Schauspielschule seinen Anfang genommen hatte. Ich geriet in eine innere Hellhörigkeit, die mit dem äußeren Anblick, den ich bot, nicht mehr das Geringste zu tun hatte. Mein Denken und das, was ich sagte, klafften auseinander, und kaum etwas, das ich aussprach, war spontan. Immerzu plante und verfertigte ich Sätze, analysierte und bewertete ich Situationen. Dieser Mechanismus fand in den Gesprächen mit Hanna seinen Antrieb und seine umfassendste Ausprägung. Mein Sprechen war keine natürliche Fortsetzung des Denkens mehr, nein, es diente dazu, mich strategisch zu positionieren. Jeder Gedanke wurde gesiebt, bevor ich ihn aussprach. Ich wollte

Hanna gefallen, wollte ihr gewachsen sein, wollte sie herausfordern, und dafür musste ich hellwach und wendig sein. Ich geriet in eine permanente Habachtstellung, ein hochgespanntes Auf-der-Hut-Sein, um mich anzupirschen und im richtigen Augenblick verbal zuzuschlagen. Beim geringsten Fehler stellte mich Hanna an die Wand, fesselte mich mit Bandwurmsätzen und schoss mir eine Salve Fremdwörter um die Ohren. Je wortkarger ich wurde, desto mehr raste mein Hirn. Ohne Unterlass beobachtete ich sie, und wie ein Chemiker goss ich in das Reagenzglas ihrer Befindlichkeiten meine Substanzen hinein. Ich wusste genau, was sie beruhigte, was sie zum Lachen brachte und was sie explodieren ließ. Um mit Hanna leben zu können – und das wollte ich unbedingt –, brauchte ich ein zweites Ich, das ich ihr zu hundert Prozent vorenthielt. Ich brauchte Verstärkung, ein Außen-Ich für Hanna und ein streng geheimes Innen-Ich ganz allein für mich.

Hanna half mir beim Umzug nach Dortmund. Auf unserer Fahrt mit dem gemieteten Kleintransporter waren wir in bester Stimmung. Wir rauchten, tranken abwechselnd aus einer Bierdose, drehten das Radio auf volle Lautstärke, und Hanna schnallte sich ab und tanzte auf ihrem Sitz herum. Ein fettes Insekt knackte vor ihr gegen die Scheibe, blieb schillernd kleben, und grüner Brei rann über das Glas, wurde vom Fahrtwind vertikal durch unseren angewiderten Blick geschoben. Hanna warf sich im Sitz hin und her, ekelte sich bis zur Glückseligkeit und rief: »Tu was! Tu doch irgendwas!« Ich schaltete den Scheibenwischer ein, doch der machte es nur noch schlimmer. In mehreren Wischbewegungen verteilte er den Insektenmatsch bogenförmig über die gesamte Windschutzscheibe. Winkende Innereien. Und dann: großer rätselhafter Hannamoment. Sie nahm meine Jacke, goss einen Schwung Bier aus der Dose über den Stoff und wischte damit von innen über das Glas, rubbelte hin und her. Ich sah es mir einen Moment lang an und fragte: »Hanna, was bitte machst du da?« »Sauber.« Ich versuchte mich auf die Fahrbahn zu konzentrieren, an Hannas wischender Hand, meiner herumhängenden Jacke vorbeizusehen. Sie wiederholte ihr Vorhaben, sprach im Duktus einer putzmanischen Heimleiterin: »Sauber muss das Haus sein. Sauber. Alles muss ganz, ganz sauber sein.« Ob sie es tatsächlich für möglich hielt, die Scheibe von innen zu säubern, blieb mir ein Rätsel. Ich befürchtete allerdings, dass die Antwort Ja! lauten musste.

Wir kamen nach Dortmund, und ich traute es mir nicht zu, rückwärts mit dem Transporter durch die sehr enge Einfahrt in den Hinterhof zu fahren. Hanna stieß mich vom Fahrersitz und setzte sich ans Steuer. Ich war mir sicher, dass sie es nicht schaffen würde. Neben den Spiegeln waren jeweils keine zehn Zentimeter bis zur Mauer. Ich stellte mich in den Hof, um ihr Zeichen zu geben, hörte, wie der Motor aufheulte, Hanna auf das Gas stieg, zurücksetzte und mit Vollkaracho durch die Einfahrt auf mich zuschoss. Ich sprang zur Seite, und mit einer Vollbremsung, bei der auf der Ladefläche meine Möbel und Kisten herumflogen, blieb der Laster stehen. Ich rannte zur Beifahrertür und riss sie auf. Drinnen saß Hanna mit geschlossenen Augen. »Ist was passiert? Bin ich heil durchgekommen?« »Bist du wahnsinnig? Du kannst doch da nicht einfach so durchbrettern!« »Alles heil, oder?« »Na hoffentlich!« »Langsam hätten wir das nie geschafft. Es gibt Momente, da ist zögerliches Herumrangieren das Dümmste, was man tun kann, da heißt es Augen fest zu und durch.« »Hanna, das kann nicht dein Ernst sein. Du hattest die Augen zu?« Sie reckte die Fäuste jubelnd in die Höhe. »Na klar hatte ich das! Glaubst du, ich mach da so einen Vorundzurückkleinscheiß? So, und jetzt schleppen wir deine Sachen hoch.«

Mit Hanna Möbel im engen Treppenhaus um die Ecken zu wuchten, war ein hoffnungsloses Unterfangen. Einerseits konnte sie weder Distanzen noch Drehwinkel berechnen, andererseits war es ihr vollkommen egal, wenn wir mit dem Schrank die Mauern rammten. Es machte ihr sichtlich Spaß, grob zu sein. Wir verkeilten uns hoffnungslos im Treppenhaus, und der herrliche Furnierschrank aus Palisanderholz, ein Erbstück meiner Großeltern, war an den Kanten putzweiß, hatte tiefe Scharten in die Wände gefurcht. Erst als der freundliche Besitzer auftauchte, gelang es mir gemeinsam mit ihm, den Schrank in die Wohnung zu befördern. »Es tut mir so leid, aber wir haben im Treppenhaus die Wand beschädigt.« Rauchend besah er sich die Schäden. »Ach, das ist doch kein Problem. Da kaufen Sie sich Spachtelmasse und fertig.« Konnte man in diesem Ruhrpottsingsang überhaupt zornig werden, fragte ich mich. Probleme, welcher Beschaffenheit auch immer, schienen wie mit einem Zauberstab angetippt, durch das Dortmunder Idiom zu Bagatellen zusammenzuschnurren. Er bekam einen schlimmen Hustenanfall, seine weiße Mähne schaukelte vor und zurück, und Hanna und ich klopften ihm auf den Rücken. Wir brachten ihm Wasser, und als er wieder besser Luft bekam, bedankte er sich überschwänglich für unsere Fürsorglichkeit.

Nachdem wir alle Kisten oben hatten, den Tisch, zwei Stühle, das Bett, die unhandliche Matratze, die bei mehreren Wabbelfluchtversuchen unseren Händen entglitt und sich vor der neuen Wohnung zu fürchten schien, brachte uns der Besitzer als Willkommensgeschenk eine Flasche Wein. »Ich wünsche euch von Herzen einen schönen Abend. Glühbirnen habe ich da auf die Fensterbank gelegt. Toll, dass ihr nun endlich da seid. Ich hab euch einen Korkenzieher schon in die Flasche gedreht. Falls ihr euren in all den Kisten nicht findet.« Da hob er wieder seine Deklamierhand und legte los. »Zertreten will ich das Gewürm. Sie sollen sich vor Bosheit krümmen wie ich mich vor Lachen! Aber vorwärts jetzt!« Er lächelte Hanna an, verbeugte sich leicht und schwebte unter seinen wundervollen weißen Föhnwellen aus der Wohnung hinaus.

Ich schloss die Tür hinter ihm, legte mich zu Hanna auf die Matratze, und wir schwiegen. Obwohl es schon dämmerte, war es noch hell in der Wohnung, und von unserem Platz aus konnten wir in die Baumkrone vorm Fenster sehen. Es roch herrlich nach Hanna und ekelhaft nach Umzugskartons. Wir klackerten unsere Zähne aneinander und strichen uns über die kahl rasierten Nacken. »Wie schön wir es hier haben«, flüsterte Hanna so nah an meinem Ohr, als wäre es ein Geheimnis, das niemand außer mir hören durfte, »es fühlt sich so an, als ob ich gerade mit jemandem zusammengezogen wäre. Nie hätte ich es für möglich gehalten, dass mir das mit jemandem gefallen könnte.« »Darf dieser Jemand dich küssen?« »Aber nur, wenn dieser Jemand es auch ernst meint.« »Dieser Jemand meint es sogar sehr ernst.« »Jemand könnte mich auch mal ausziehen.« Im Zimmer wurde es dunkel und Hanna und ich lagen eng umschlungen auf der unbezogenen

Matratze. Um uns herum die gestapelten Kisten, deren Schattentürme aussahen wie verschachtelte Hochhäuser einer Stadt bei Stromausfall. Wir konnten nicht anders, als leise zu sprechen, etwas Sakrales zwang uns, die Stimme zu senken. Es entspann sich einer jener Dialoge, in denen das Gesagte, Gefragte, Geantwortete ohne Hürde und Schwelle vom einen zum anderen geht. Und während wir ignorierten, dass unsere Haut an den Stellen, die wir nicht aneinanderdrückten, auskühlte, zog jeder Satz einen anderen Satz nach sich.

Ich: Was wäre, wenn wir hier einfach für immer so liegen blieben?
Hanna: Gerne. *Pause.* Schöner kann es ja nun leider nicht mehr werden.
Ich: Warten, bis es hell wird und dann wieder dunkel.
Sie: Und wieder hell und wieder dunkel.
Ich: Mal schläft der eine, dann der andere.
Sie: Wie lange würden wir das schaffen? *Pause.* Darf man aufs Klo?
Ich: Klar. Willst du einen Schluck Wein?
Sie: Klar. *Lange Pause.* Glaubst du, wir würden genau im selben Moment sterben?
Ich: Natürlich, exakt in derselben Sekunde.
Sie: So wie Esmeralda und Quasimodo?
Ich: Da würde ich dann aber schon gerne Esmeralda sein.

Sie: Von mir aus. Ich bin gerne das Monster. Die beiden hat man zusammen gefunden. Zwei Skelette in inniger Umarmung. Die Knochen ineinander verhakt. Sie waren nicht zu trennen. Von wegen: Bis dass der Tod euch scheidet! Umarmten sich einfach immer weiter. Da hat man sie gemeinsam begraben. Als Knochenwirrwarr.
Wir tranken abwechselnd aus einem Glas.
Ich: Hanna, du klapperst ja mit den Zähnen.
Sie: Klingt doch schön. Wie ein steppendes Gerippe. Mach mal mit.
Ich entspannte meinen Kiefer, und schon schlugen meine Zähne aufeinander.
Ich: Und jetzt abwechselnd.

So lagen wir da und musizierten mit unseren Gebissen, schliefen miteinander und schlotterten uns in den Schlaf. Mitten in der Nacht wachte ich auf. Vollkommen durchgefroren. Hannas Haut war so kalt, als hätte sie nach Jahrhunderten ein Gletscher freigegeben. Ich schob sie zur Seite, knetete meine fühllosen Handflächen ineinander und streckte die Arme in die Dunkelheit. Ich stand auf, war orientierungslos und rumpelte die Karton-Hochhäuser um. Doch Hanna schien einfach weiterzuschlafen und tiefgefroren in ihren unerinnerbaren Albträumen unterwegs zu sein. Ich klappte und riss an den Kisten herum, bis ich endlich fündig wurde und meine Bettdecke herauszog. Ich wickelte uns beide ein, stopfte jeden Zipfel unter uns und rieb so lange die Knie aneinander, als könnte ich dadurch ein kleines Feuer entfachen. Es dauerte lange, doch dann kam ganz allmählich die Wärme zurück.

Am nächsten Morgen brachte ich Hanna zum Zug. Ausgelassen und verliebt spielten wir ein großes Abschiedsdrama. Ich malte mit dem Finger vom Bahnsteig aus ein Herz in den Schmutz der Scheibe, hinter der Hanna saß, und sie presste ihr Gesicht an das Glas, machte verzerrte Grimassen, die so hässlich waren, dass andere Reisende kopfschüttelnd wegsahen. Hanna sabberte an das Glas und bog sich ihre platte Nase auf, sodass ich tief in ihre Nasenlöcher hineinsehen konnte. Sie küsste die Scheibe. Ich lief neben dem Zug her und spielte, dass ich gegen eine Laterne knallen würde, Hanna wiederum spielte riesiges Entsetzen und sperrte in Zeitlupe den Mund auf zu einem stummen Schrei. Munch meets Chaplin. Kurz wurden wir ernst und winkten beide. Der Zug fuhr davon. Ich war überrascht, wie partnerschaftlich sich zwei Empfindungen in mir regten: Ich vermisste sie bereits, war aber auch heilfroh, dass sie endlich weg war.

13.

Die erste Rolle, die ich in Dortmund spielen durfte, war ein junger Lehrer namens Perchik in dem Musical ›Anatevka‹. Es war eine Gemeinschaftsproduktion aller drei Sparten. Drei Schauspieler, fünf Opernsänger, der Chor und jede Menge Tänzer standen zusammen auf der Bühne und dazu das Dortmunder Orchester in großer Besetzung. Es sollte die das gesamte Haus in seiner Vielfalt präsentierende festliche Eröffnungspremiere werden. Der Intendant führte selbst Regie, und freudig saß ich bei der ersten Konzeptionsprobe zwischen über sechzig Mitwirkenden. Die Sänger waren äußerst unterschiedlich. Jede Stimmlage hatte in langwierigen evolutionsverwandten Prozessen ihren unverwechselbaren Phänotyp hervorgebracht. Lauter Prachtexemplare. Der Bass lachte selbstbewusst und resonanzverliebt aus seinem riesigen Brustkorb heraus. Er schien so sein sängerisches Territorium abzustecken, ein kapitaler röhrender Opernhirsch. Beim Tenor konnte ich vom ersten Moment, da ich ihn erblickte, einer unangenehmen Assoziation nicht mehr Herr werden. Sein Mund war so rund, klein und muskulös wie ein Anus, aus dem ein dünnes Stimmchen ertönte. Ich konnte mir beim besten Willen nicht vorstellen, wie er singen würde. Immer, wenn ich ihn sah, musste ich zu Boden blicken, da sich sein Mund in einen anderen Körperteil verwandelt hatte, ein sprechendes Poloch.

Die Schauspieler sahen am normalsten und am langweiligsten aus. Leider waren es nur ältere Kollegen. Am meisten Neugierde erweckten die Tänzer in mir. Sie kamen aus den unterschiedlichsten Ländern und sprachen Englisch miteinander. Sie saßen dicht zusammengedrängt und ihre körperliche Vertrautheit erfüllte mich augenblicklich mit Neid. Arme wurden umeinandergelegt oder unter dem Nebenmann durchgeflochten, Köpfe in die Halsbeugen des Sitznachbarn vergraben. Sie hörten kaum zu, benahmen sich wie Kinder, flüsterten und lachten. Unter dem Tisch, das sah ich, als ich meinen heruntergefallenen Kugelschreiber aufhob, dehnten und streckten und verhakten sie ihre Beine. Das oberste Gebot ihrer Kleidung schien wärmende Bequemlichkeit zu sein. Sie trugen mehrere Schichten von zum Teil arg ramponierten Sweatshirts übereinander, dazu Stulpen, Pulswärmer und Schals. Gerollt, gewickelt, geschlungen, geknotet. Lauter Lieblingskleidungsstücke. Es ging eine unbeschwerte Gelassenheit von den

Tänzern und Tänzerinnen aus, die aber eher eine Gelassenheit der Muskeln und Sehnen war als eine der Gedanken. Eine Tänzerin gefiel mir besonders. Sie war größer als die anderen Frauen der Truppe und trug als einzige ihre sehr langen und sehr schwarzen Haare offen. Sie sah südländisch aus, und es kam mir so vor, als ob sie etwas außerhalb der Geschlossenheit ihrer Mittänzer stand.

Nach der Konzeptionsprobe hatte ich gleich meine erste Gesangsstunde. Ich hatte dem Intendanten mit aller Offenherzigkeit klargemacht, dass es um mein sängerisches Talent nicht zum Besten stand. Er hatte dies mit dem Argument beiseitegewischt, dass es in einem Musical nur gut sei, wenn nicht alle perfekt singen würden. Das sei ja genau die Idee, schwärmte er, neben Opernsängern und Musicaldarstellern auch singende Schauspieler auf die Bühne zu bringen. Ich hatte mich damit abgefunden und auch deshalb die Konzeptionsprobe mit solcher Aufmerksamkeit verfolgt, da ich sicher war, nach der ersten Stunde mit dem Korrepetitor aus der Produktion genommen zu werden.

Dieser Korrepetitor war ein enthusiastischer Amerikaner, der ganz neu am Theater war und sich vorgenommen hatte, selbst norddeutsche Findlinge zum Singen zu bringen. Er rief: »Hey man, come on! Jeder kann singen. Singen ist wie die Atmen und … wie sagt man … wie die Pupsen. Let's do it.« Noch nie war ich so viel gelobt worden wie von ihm. Ein wahres Trommelfeuer überschwänglicher Ermutigungen prasselte auf mich nieder. Hier wurde nicht in Kilometern pro Stunde gemessen, sondern in Lob pro Minute. Im Schnitt waren wir mit circa dreißig lo/m unterwegs, steigerten uns auf der Zielgeraden auf bis zu fünfzig lo/m. Auch am Beginn der Stunde gab es keine lange Aufwärmphase und er beschleunigte mich mit acht Belobigungen auf zehn Sekunden. Ich hatte ein eigenes Lied, ein Duett und mehrere Choreinsätze. Er rief, brüllte und säuselte: »Great! Unbelievable! Awesome! Jesus Christ, you hit that shit right on the head!« Seine Animationssalven durchlöcherten meinen gesunden Menschenverstand, durchsiebten jegliche realistische Selbsteinschätzung, und nach drei Stunden Dauerbeschuss hielt ich mich für einen der besten Musicaldarsteller ever. Er begrüßte mich mit »Here comes my man!« und verabschiedete mich mit »Genius, take care. Danke für deine Geduld mit mir!« Ich fühlte mich nicht nur gebauchpinselt, nein, er hatte mich von oben bis unten gepinselt, mir einen komplett neuen Anstrich verpasst. Er sprach Deutsch und Englisch durcheinander, und hin und wieder war es durchaus kränkend, da er die im Amerikanischen verbreitete Angewohnheit, mit den schlimmsten Schimpfworten zu loben, ins Deutsche übertrug. Wenn er von seinem Hocker aufsprang, mich umarmte und rief »I knew it! I knew it. Dirty Motherfucker, you can do this«, konnte ich das durchaus als Lob annehmen, aber wenn er rief »Du toller Ficker! Scheiße, super, was du singst!«, kamen die Bedenken zurück, mich in einen fatalen Selbstbetrug verstrickt zu haben.

Wochen vergingen so, und wenn es auf den Proben inmitten der Sänger, Tänzer und anderen Darsteller zu meinem Duett kam, legte sich über die Szene eine eigentümliche Ruhe. Der Korrepetitor versuchte mich augenrollend über die Töne zu wuchten. Er arbeitete schwer hinter seinem Klavier. Sein ganzer Körper knetete die Melodie durch, und mit enormem pantomimischem Aufwand tat er alles ihm Mögliche, mir die Stimmbänder zu justieren. Wenn mich auf der Bühne der Blick der anderen traf, meinte ich, eine tiefe Betroffenheit zu erkennen, ein genervtes Mitgefühl, dessen Strapazierfähigkeit deutliche Grenzen aufwies. Doch durch das wochenlange Dauergepudere meines Egos war ich druckimprägniert gegen Selbstzweifel. Ich sang so laut ich konnte und fühlte mich prächtig.

Doch dann, vier Tage vor der Premiere, gab es die erste Orchesterprobe mit dem Dirigenten. Plötzlich musste ich vollkommen alleingelassen im weit aufgefächerten Instrumentenklang meine Töne heraushören. Bis jetzt war ich vom Korrepetitor im Melodierollstuhl die Partitur hoch- und runtergeschoben worden. Im vollen Orchesterklang allerdings verloren meine Ohren jegliche Orientierung. Der Dirigent gab mir ein Zeichen, offenbar hatte ich einen ersten Einsatz bereits verpasst, denn als ich ihn ansah, stocherte er wie wild mit seinem Taktstock in meine Richtung. Ich sang los, extralaut, um auch noch die letzten Zweifler niederzuschmettern. Je lauter, dachte ich, desto weniger falsch kann es sein. Wohl selten zuvor hat sich ein Orchester so sehr vor einem Sänger erschrocken. Zig Augenpaare hüpften von den Notenblättern hoch und aus dem Orchestergraben heraus. Ich war schon oft in meinem Leben fassungslos angesehen worden, aber das hatte eine neue Qualität. So als wäre meine Gesangskunst ein Klebstoff, der auf und in die Instrumente tropfte, verstummte eines nach dem anderen. Tasten blockierten, Saiten verschmierten. Da hörte ich noch das schrille Fiepen einer geschockten Querflöte, dort noch den letzten quietschenden Atemzug einer verendenden Geige. Stille legte sich über das Orchester und auch die unsäglich kitschig verkleideten Schtetlbewohner standen da, als hätte jedem Einzelnen von ihnen der Oberrabbi mit der Thorarolle auf den Kopf gehauen. Die festgesteckten Schläfenlocken der Tänzer, von denen einige aus dem asiatischen, andere aus dem schwarzafrikanischen Raum kamen, hingen schlaff unter den abgewetzten Hüten hervor, und die falschen Bärte sahen plötzlich hundertmal unechter aus als in Bewegung. Meine Vollbremsung hatte die Illusion zerstört.

Alle sahen mich an und es war kaum vorstellbar, dass so viele Blicke auf ein und derselben Person überhaupt Platz fanden. Ich hatte mit meinem Lied an die sechzig Mitwirkende zerbröselt. Der Dirigent war wie bei einem Ratespiel in einer seinen Berufsstand anschaulich repräsentierenden Haltung erstarrt, ließ nun aber den Taktstock sinken, als wäre ihm der federleichte Stab zu schwer geworden. Ich drehte den Kopf einmal nach links, so weit ich konnte, und einmal nach rechts. Das Entsetzen schloss mich ganz ein. Ich war der Mittelpunkt eines großformatig paralysierten Rundpanoramas. Besonders konsterniert sah mich der Tenor an, und sein anusmuskulöses Mündchen war elementar beleidigt zusammengeschrumpft. Obwohl es nur ein, zwei Sekunden her war, dass ich gesungen hatte, schien sich die Zeit durch eine Art außer Kontrolle geratene Zellteilung zu vertausendfachen. Ich dachte nicht mehr linear von Punkt zu Punkt, vielmehr gingen von meinem Gehirn kreisrunde Wellen aus, die sich raumgreifend ausbreiteten, als wäre mein Kopf ein in die Stille der Peinlichkeit hineingeworfener Stein. Die Blicke der anderen Schauspieler waren von Genugtuung wie poliert, glasklare Gehässigkeitsaugäpfel. Das war der Augenblick, als ich begriff, dass es, egal wie empathiebegabt, egal wie liebevoll, egal wie erfolgreich, egal wie kollegial Kollegen auch sein mögen, für einen Schauspieler nichts Befriedigenderes gibt, als einen anderen Schauspieler scheitern zu sehen. Dieser zu einem hohen Prozentsatz auf Ängsten beruhende Beruf braucht die Demontage, ja Zerstörung anderer als Trost für die tagtäglich erlittenen Selbstzweifel.

Der Intendant kam zu mir auf die Bühne, bahnte sich den Weg wie durch einen Skulpturenpark. So, dass es alle hören konnten, stellte er mich mit einem kurzen Satz zur Rede, dessen Inhalt sich mir nicht gleich erschließen sollte. Er fragte: »War das Absicht?« Als meine Antwort nicht etwa aus Trotz, sondern aus lupenreinem Unverständnis ausblieb, setzte er hinzu: »Wenn das Absicht war, dann hast du ein richtiges Problem. Geh jetzt in deine Garderobe. Ich versuche hier deinen kleinen Arsch zu retten.« Mein Weg über die Bühne war von überraschender Schwerelosigkeit. Über einhundert Augen schoben mich hinaus, und niemand schien etwas dagegen zu haben, dass ich gehen musste. Kurz vor der Seitenbühne kam ich an der Tänzerin vorbei, die mir schon auf der ersten Probe gefallen hatte, deren unfassbare Beine ich als länger als meine eigenen schätzte und die, das hatte ich herausbekommen, in Bukarest ausgebildet worden war und Franka hieß. Ich schob mich an ihr vorbei. Sie war unfassbar schön, und ein Wort schoss mir durch den Kopf, das ich niemals in meinem Wortschatz vermutet hatte: rassig. Das graue Kopftuch, das grobe Kleid, das großmaschige geklöppelte Schultertuch, die klobigen Schuhe wirkten alles andere als ärmlich an ihr, ließen sie vielmehr wie ein Model aussehen, das in einer bäuerliche Stilelemente ironisierenden Modenschau auftrat. So nahe war ich ihr zuvor noch nicht gekommen, und als wir uns ansahen, gab es einen grellen vielfarbigen Adrenalintusch in meinem Kopf. Ihr Blick war gänzlich ohne Häme.

In der Garderobe warf ich mich auf das Sofa und dachte an die kryptischen Worte des Intendanten. Warum hatte er mich gefragt, ob es Absicht gewesen wäre? Was denn überhaupt? Sehr gemächlich kam von weit her – aus dem Dunst meiner gesanglichen Hybris – der Zweifel herangetrottet. Zehn Minuten später war mir klar, dass ich mich bis auf die Knochen blamiert hatte. Eigentlich hatte mich der Intendant gelobt, bog ich mir den Satz in für mich typischer Manier zurecht, denn wenn er es für möglich hielt, dass ich absichtlich falsch gesungen hatte, musste er es auch für möglich halten, dass ich absichtlich richtig singen konnte. Durch die verschlossene Garderobentür hörte ich, dass auf der Bühne wieder musiziert wurde. Doch obwohl ich noch zwei Auftritte hatte, wurde ich nicht mehr eingerufen. Ich lungerte im Halbschatten hinter der Bühne herum und lief die durch meterhohe Moltonbahnen abgehängten Seitenbühnen entlang. Horchte. Doch hinaus ins Licht durfte ich nicht mehr.

Am nächsten Tag hatte ich eine letzte Probe beim Korrepetitor. »Man!!! Jesus Christ! You really broke my neck. Holy shit. Wie das konnte passieren?« Ich gab die ehrliche Antwort: »Das Orchester hat mich irritiert. Ich wusste ja gar nicht, dass da plötzlich so viele Leute durcheinanderdudeln.« Er wiederholte mehrmals fragend das Wort »dudeln«, welches ihm nicht bekannt zu sein schien, dessen Klang aber ausreichte, ihn zu verärgern. »Dudeln?« Ich sah zu Boden. »Dudeln?« Geräuschvoll klappte er das Klavier auf, spielte meine Melodie an, gab mir mit dem Kinn den Einsatz und ich sang:

»Jetzt habe ich etwas, wofür ich sterben würde,
und auch jemanden, für den ich leben möchte.
Ja!
Nun habe ich alles!
Nicht nur alles,
ich habe sogar noch etwas mehr!«

Ich mochte die Zeilen. So als hätte der Schrecken des vorherigen Tages neue Resonanzräume freigesprengt, klang meine Stimme an diesem Morgen warm und rund, lässiges Frank-Sinatra-Timbre. Ich driftete ein wenig ab, und der Optimismus der Zeilen, ihre schlichte Tiefe rührten mich. Da traf mich ein Schuss. Ich war so schwer getroffen, dass ich zu Boden ging und mir schützend die Handflächen an den Kopf schlug. Mit aller Gewalt hatte der Korrepetitor den Deckel des Klaviers zugeknallt und mich zur Strecke gebracht. Er sprang auf, drückte seinen Rücken durch und sah an die niedrige Decke des Probenraumes. Kurz stand er so da und dann brüllte er los: »Neiiiiiiiiiin! Fuuuuuuuck!« Man hätte ihn, so, wie er war, gut in einen Vietnamfilm hineinmontieren können: letzter Überlebender der letzten Einheit im Dschungel, vom letzten Hubschrauber übersehen. »Stop it. I can't make it mit dir. Du singst schön, aber immer die falsch. Du triffst keine die Ton. Ich dachte, du bist great, aber du bist nicht great, du bist eine Desaster. The song hates you. Fuck man, we stop it right here. Bye!«

Aus Zeitmangel wurde ich zu meiner und zur Verwunderung aller nicht ersetzt. Nur neunzig Minuten später wurden meine sämtlichen musikalischen Einsätze in einer zügig anberaumten Notoperation vom Dirigenten höchstpersönlich wie Schrapnellsplitter aus dem Musical herausgeschnitten. Mein Part im Duett wurde in eine Sprechrolle umgewandelt, was der Geringschätzung der Sängerin mir gegenüber den letzten Schliff verlieh. Im Stück hieß sie Hodel, in Wahrheit Heike, und sie hatte mir von vornherein nicht sonderlich gefallen. Ihre Stimme war genauso spitz wie ihre Nase, und voller Ehrgeiz bohrte sie ihr verhärmtes Gesicht in die Musik hinein, als wäre die

Melodie ein Sturm, dem es zu trotzen galt. Es fiel mir schwer, sie anzugucken. Daraus, dass sie meine Bemühungen für obsolet hielt, hatte sie keinen Hehl gemacht. Sie sagte nie ein böses Wort zu mir, aber die Aufmerksamkeit, mit der sie mich bedachte, war nichts weiter als eiskalte Professionalität. Doch etwas höchst Seltsames geschah. Von dem Augenblick an, da ich nicht mehr singen durfte, war ich ihr überlegen. Ich stand einfach da und ließ mich schrill beschallen, und wenn ich an der Reihe war, sprach ich meinen Text in aller Seelenruhe, ja Seelengemütlichkeit, in die Musik hinein. Das klang gut. Ich badete meine Stimme in sonoren Rezitativen. Mit einem Schlag war es viel mehr als nur ein kitschig dahingeträllertes Duett. Es war das Ringen zweier Menschen um ihre Liebe mit diametralen Mitteln. Kann ein Paar, bei dem die eine singt und der andere spricht, überhaupt glücklich werden? Ich, der sprechende Lehrer, schien plötzlich für eine modernere, aufgeschlossenere Welt zu stehen.

Als wir uns wenige Tage später in der rappelvollen Premiere zum Ende des Duetts in die Arme fielen und küssten, ich meine Lippen auf ihren zugekniffenen, brezelharten Mund presste, jubelten die Zuschauer. Ich war irritiert, denn natürlich war ich mir im Augenblick meiner Degradierung sicher gewesen, mich zur Witzfigur der Aufführung zu machen. Doch das Gegenteil war eingetreten. Um mich herum wurde getanzt, gesungen, musiziert, und ich stand mehr oder weniger bewegungslos im Zentrum herum. Ich wurde zum Beobachter der Geschichte, zu einem Teil des Publikums, einem direkten Abgesandten der Zuschauer. Alle außer mir waren in ihren Rollen gefangen. Wenn ein ganzer Chor singt und verstummt und ein Einzelner zu ihm sagt »Gut, kommt jetzt bitte«, gibt das dem normal Sprechenden einen gewissen Intelligenzvorsprung.

Beim Schlussapplaus wurde ich frenetisch beklatscht, und dass mich die Blicke meiner Mitspieler, wie den heiligen Sebastian, mit Hunderten von Pfeilen durchbohrten, war mir egal. Ich hatte mich gerettet, hatte mich an die letzten Planken meines Selbstvertrauens geklammert und überlebt.

Auf der Premierenfeier suchte ich mir einen Sessel in der Nähe der Tänzer, die entspannt wie ein Rudel Raubkatzen nach dem Mahl eine größere Sitzgruppe belagerten. Franka lag tief in einem Sofa, und es schien nur eine Frage von Minuten zu sein, bis die Weichheit der Kissen sie verschlingen würde. Ihr Haar fiel schwer über die breite Lehne, vinylschwarz wucherte und rankte es, schien sich gewächsartig weiter auszubreiten. Sie trug ein grünes kurzes Kleid, und mein Blick auf ihre Beine brauchte viele Zentimeter, bis er unten bei den hochhackigen Schuhen angekommen war. Franka hatte beide Füße in extremen Winkeln abgebogen, wodurch die Absätze seitlich ins Leere wiesen. Es sah aus, als wäre sie entsetzlich umgeknickt, als hätte sie sich beide Knöchel gebrochen.

Eine leichte Hand legte sich mir auf die Schulter, blieb liegen und duftete. »Gut gemacht«, lobte mich der Intendant, »da sind wir ja noch mal knapp der Katastrophe entronnen. Die Leute mochten dich.« Gerne hätte ich ihn zur Rede gestellt und nachgefragt, ob er es für angemessen hielt, vor versammelter Mannschaft von meinem kleinen Arsch zu sprechen. Doch ich nickte subaltern und dachte, wie ungerecht es ist, dass manche Menschen allein aufgrund des Wohlklangs ihrer Stimme und eines wie allein für sie ausgeklügelten Dufts unangreifbar werden. Gepflegtheit als Kompetenz. Seine Eleganz machte mich mundtot. Erst jetzt fiel mir auf, dass er eine Brille trug. So ein randloses Zaubergestell hatte ich noch nie gesehen. Sogar die Bügel waren aus Glas. Einzig in den durchsichtigen Bügelgelenken entdeckte ich zwei winzige Schräubchen, die in der Luft neben seinen Schläfen zu schweben schienen. So würde es also aussehen, wenn man zwei Schrauben locker hat.

Hin und wieder räkelten sich einige der Tänzer in die Höhe, kicherten und verschwanden gemeinsam auf der Behindertentoilette. Ich fragte mich, was sie dort taten. Was wusste ich denn schon, wie es bei Tänzern zugeht? Was wusste ich denn schon von den internationalen Gepflogenheiten extrem biegsamer Menschen? Was wusste ich überhaupt? Ging es um Sex oder Drogen? Oder waren das nur meiner eigenen Sehnsucht geschuldete Fantasien? Vielleicht gingen Tänzer gerne gemeinsam auf die Toilette, vielleicht trugen sie Unterwäsche oder Suspensorien, die sich nur partnerschaftlich aufhaken ließen, oder vielleicht hatte sich die gesamte Tanzkompanie im Anatevka-Schtetl einen Magen-Darm-Virus zugezogen. Diesen Eindruck machten sie allerdings eher weniger. Prächtig gelaunt und aufgekratzt kamen die Kloausflügler zurück. Ich trank Bier, lag wie ein geduldiger Ornithologe auf der Lauer und wartete darauf, dass Frankas Blick aufflattern und zu mir herüberfliegen würde. Ein DJ in erstaunlich hohem Alter – meist waren das unkündbare Tontechniker – bezog seinen Posten hinter dem Tisch mit den Mischpulten und Plattenspielern. Mit dem Einsetzen der Musik kam Bewegung in die Tänzer. Marionettengleich ließen sie sich vom Beat aus den Sesseln und Sofas in die Höhe ziehen. Sie konnten nicht anders. Noch nie hatte ich Tänzer privat tanzen gesehen. Zwischen den sich ebenfalls auf die Tanzfläche drängenden Zuschauern bildeten sie einen pulsierenden Pulk. Blitzschnelle Schrittfolgen, Choreografiesplitter, Körperdrehungen. Sie sahen sich gegenseitig zu, imitierten und übertrafen sich. Zwei Männer rieben ihre Hüften aneinander, schoben sich in Tangoposen auf engstem Kreis herum und lachten los. So brav sie all das getanzt hatten, was in Anatevka von ihnen gefordert worden war, so sehr schlugen ihre Körper nun über die Stränge. Nur Franka blieb hingegossen in ihrem Sofa liegen. Sie trank aus einem Sektglas. Nach jedem Schluck lutschte sie genüsslich auf etwas herum, und erst nach Minuten begriff ich, dass es Eiswürfel sein mussten. Dass der Farbton ihres kunstrasengrünen Kleides etwas billig wirkte, genauso wie die zu vielen Riemchen der Schuhe, gefiel mir besonders gut. Schon viel zu lange hatte ich mich durch eine mir seit jeher eingeimpfte Geschmackssicherheit von vielem ausgeschlossen gefühlt. Die einflussreichsten Förderer dieser permanenten Selbstregulierung waren natürlich meine geliebten Großeltern gewesen, die mich während der drei Jahre meiner Schauspielausbildung mit einem höchst selbstverständlichen Dünkel infizierten. Sosehr ich ihre Stilsicherheit und ihren kultivierten Lebenswandel auch genossen hatte, sosehr blockierte er mich, da ich blitzschnell darin geworden war, Leute zu kategorisieren und aufgrund von Nebensächlichkeiten abzustempeln. Auch Hanna hatte ihren Teil dazu beigetragen, mein Schnöseltum weiter zu verfestigen. Dass ich nun aber den Blick nicht von Franka im Sofa abwenden konnte, lag genau darin begründet, dass sie nicht meiner Welt mit all ihren eingravierten Kriterien entstammte. Warum tanzte sie nicht? Ich hätte ihr gerne dabei zugesehen. Je bewegungsloser sie dalag und nichts weiter tat, als gedankenverloren Eiswürfel zu lutschen, desto mehr versetzte mein Begehren ihr Bild in Bewegung. Ihre abgeknickten Beine, ihr Haar, die langen Arme, der gestreckte Hals. Ich saß nicht nah genug, um erkennen zu können, was genau mit ihren Augen los war. Unter halb geschlossenen Lidern mäanderte ihr Blick umher, blieb nirgends länger haften und glitt über mich hinweg, als wäre ich nicht die kleinste Pupillenpause wert. War sie müde, betrunken, zugedröhnt oder träumte sie einfach ein wenig vor sich hin? Konnte das sein, fragte ich mich, dass sie nicht um ihre Wirkung wusste? Entweder war das die totale Naivität oder perfide Durchtriebenheit. Als ich mich umsah, entdeckte ich, dass ich bei Weitem nicht der Einzige war, dessen Blicke über Franka hinwegglitten und an ihren Beinen klebten. Überall standen Männer herum und glotzten unverhohlen auf ihre Schienbeine, ihre Knie und Schenkel, so als wären diese mit Honig beschmierte Blickfänger. Mir gab diese Erkenntnis einen Stich, denn der Gesichtsausdruck der Franka angaffenden Männer war mit Sicherheit meinem eigenen begehrlichen Blick nicht unähnlich. Ich selbst, wurde mir klar, war ein ebenso dreister glotzäugiger Typ wie die anderen.

Ich stand auf und ging vor die Tür. So als wäre die frische Luft dasselbe wie ein Gedanke an Hanna, überwältigte mich die Sehnsucht nach ihr. Ich lief in die Garderobe, packte meine Sachen zusammen und machte mich auf den Weg nach Hause, doch schon nach wenigen Metern drehte ich um und lief in die entgegengesetzte Richtung. Schnellen Schrittes eilte ich zum Bahnhof. In zwei Stunden und zehn Minuten würde der erste Zug nach Bielefeld gehen. Ich kaufte mir eine Fahrkarte, krümmte mich in der Kälte in einem windgeschützten Glashäuschen auf zwei Sitzen zusammen, zog den Kragen eng um meinen Hals und döste. Ich rauchte mit geschlossenen Augen im Liegen und kümmerte mich zum Zeichen meiner Geworfenheit nicht um die Asche. Als der Zug früher als erhofft bereitgestellt wurde, konnte ich mein Glück kaum fassen. Ohne Kontraste begreift man ja eigentlich so gut wie gar nichts, dachte ich, als ich mich auf drei herausgezogenen Sitzflächen in der Wärme des Abteils ausstreckte. Der Stoff unter meiner Nase roch ekelhaft nach tausendfach mit menschlicher Gesäßwärme durchdrungenen Fasern. Kurz hob ich die Wange, doch dann ließ ich sie wieder hinabsinken, hinein in den Duft meiner Artgenossen, und dämmerte weg. Der Schaffner, der mich kontrollierte, war selbst noch so müde, dass er sich für den kurzen Moment des Entwertens zu mir auf die Sitze setzte und die zentnerschwere Abstempelzange kaum zur Fahrkarte hochbekam.

In Bielefeld schleppte ich mich durch die Straßen, die Müdigkeit wie ein eichenschweres Joch im Genick, schloss meine Tür auf, denn Hanna war nun ganz in meine Wohnung gezogen, trat mir die Schuhe an den Hacken von den Füßen und schlich zum Bett. Ich zog mich nackt aus und kroch zu ihr unter die Decke. Die Wärme ihres Körpers umfing mich auf schmerzliche Weise. Behutsam senkte ich meinen Kopf neben sie auf dem Kissen ab. Rauchgeruch und das Kitzeln ihrer fusseligen Haarspitzen. Das Ablegen meines schweren Schädels, das Hineinsinken in die Daunen durchströmte mich wie ein starkes Medikament. Ich drückte mich an sie. Hanna schlief weiter. Wie eigentlich immer vor dem Einschlafen dachte ich an die Menschen, die ich verloren hatte. Hier bei ihr zu liegen, wurde mir klar, ist das genaue Gegenteil davon, tot zu sein, allein in einem Sarg zu verfaulen und von nasser Erde erdrückt und verschluckt zu werden. Wenn ich nicht bei ihr war, schwammen meine Gedanken weiter fort, würde ich immer ein wenig tot sein. Nur hier in diesem Bett, an ihrem Rücken, ragte kein Fühler in den Abgrund.

Als ich am Morgen wach wurde, sah Hanna mich bereits mit großen Augen an. Es war das einzige Mal, soweit ich weiß, dass sie mich schlafen sah. Die Wange aufgestützt auf die Hand, sah es so aus, als hätte sie mich schon längere Zeit betrachtet. Sie freute sich sichtlich und sagte auf Hessisch: »Ey, Prinzessin, wer hat dich denn hierhergezaubert?«

14.

Die Anatevka-Vorstellungen machten mir Freude. Ich hatte nicht geahnt, dass man, ohne sich sonderlich anzustrengen, so viel Aufmerksamkeit erregen konnte. Franka und ich hatten einen gemeinsamen Moment hinter der Bühne, während wir auf unseren nächsten Auftritt warteten. Wir lachten sehr über den sogenannten Hochzeitstanz der Männer, bei dem sie Flaschen auf dem Kopf balancierten. Da es offenbar unmöglich gewesen war, die Tanzschritte mit den Flaschen auf dem Kopf zu machen, waren diese schließlich auf den Hüten festgepappt worden. Zu Klarinetten- und Geigenmusik tanzten die Darsteller ihre Hochzeitsschritte und spielten grottenschlecht das Balancieren der Flaschen. Die Hüte verrutschten, sie stampften im Takt, der Chor rief »Huuuu« und »Ahhh« und die Flaschen standen schief von den Köpfen ab, aber keine einzige fiel zu Boden. Es war eine Bankrotterklärung an jegliche Illusion und ein so offensichtliches Eingeständnis darstellerischer Unfähigkeit, dass Franka und ich es jedes Mal aufs Neue genossen. Fassungslos und erheitert. Ich flüsterte »Mein Gott, ist das schlecht!«, und Franka versetzte mir einen winzigen Stoß mit dem Ellenbogen, um mich daran zu erinnern, dass wir leise sein mussten. Am Ende des Tanzes rissen die Hochzeitsanwärter sich die Flaschen von den Klettverschlüssen. Dabei mussten sie ihre Hüte festhalten. Bis in die letzte Zuschauerreihe hörte man das rupfende Geräusch.

Jedes Mal, wenn ich im Schummerlicht der Seitenbühne neben Franka stand, war ich erstaunt über ihre Größe. Für mich hatte Kommunikation mit Frauen immer bedeutet, nach unten zu gucken. Knick im Genick. Doch mit Franka konnte ich horizontal, wie eine Eule, meinen Kopf drehen und ihr direkt ins Ohr flüstern. Sie hatte einen ganz leichten osteuropäischen Akzent, eine kaum hörbare Färbung bestimmter Worte, und wenn sie sprach, hallte etwas nach, eine Herkunft, die sie selbst lange hinter sich gelassen hatte, ja, wahrscheinlich nicht einmal kannte.

Während einer Anatevkavorstellung fragte ich sie: »Hast du vielleicht Lust, mit mir nächste Woche zu einer Veranstaltung zu gehen? Ich hab einen Auftritt. Keine Ahnung, was das wird.« »Ja.« Mehr sagte sie nicht. Einfach nur Ja, aber es klang entschieden und verheißungsvoll, wie vor dem Traualtar.

In Dortmund gibt es das Harenbergcenter, den Sitz des Harenbergverlags. In diesem Hochhaus gibt es die Harenberglounge, einen Veranstaltungsort, an dem Herr Harenberg den Dortmunder Kulturinteressierten ein vielfältiges Programm bietet. Hier sah ich den greisen Will Quadflieg, wie er zwei Stunden lang auswendig Hölderlin sprach. Er schlief während eines Gedichts ein. Wurde leiser und leiser, nickte ein. Fünfhundert Leute sahen Will Quadflieg beim Schlafen zu. Herr Harenberg selbst schlich auf die Bühne und zupfte ihn am Ärmel: »Herr Quadflieg! Herr Quadflieg.« Er wachte auf, sah sich um, wusste nicht, wo er war. Doch als er die Zuschauer erblickte, wurde sein altes Gesicht noch älter, fiel in sich zusammen wie ein Zelt, in dem die Stangen wegknicken, und er seufzte leise, aber so, dass es alle hören konnten: »Wo bin ich?« Herr Harenberg flüsterte: »Bei mir. In Dortmund.« Quadflieg machte eine müde Pause und fragte: »Wo war ich?« Doch Herr Harenberg wusste es auch nicht. »Na, egal.« Und dann rezitierte er einfach weiter. Ein Hölderlin-Gedicht nach dem anderen.

Dortmunder Schauspieler verdienten sich hier gerne etwas dazu oder traten an Abenden auf, die sich thematisch an Produktionen des Dortmunder Theaters anlehnten. Ich war zu einem Zyklus eingeladen worden, der auch Anatevka umfasste, und sollte nach einem Konzert – eine ungarische Komponistin hatte die Todesfuge von Paul Celan vertont – ebendieses Gedicht vortragen. Hanna hatte mich eindringlich gewarnt. »Du weißt schon, dass die Todesfuge ein Heiligtum ist, oder? Es ist vielleicht das einzige poetische Werk, das Adornos Diktum, es könne nach dem Holocaust kein Gedicht mehr geschrieben werden, etwas entgegenzusetzen vermag.«

Die Harenberglounge hoch über Dortmund war wie immer voll. Die Komponistin hielt zunächst einen Vortrag. Erst nach einer ganzen Weile, in der ich mich gefragt hatte, wie man derart selbstverständlich davon ausgehen könne, dass alle Dortmunder Ungarisch sprachen, begriff ich, dass sie Deutsch sprach. Das Stück war für ein Geigenquartett. Und dann ging es los. Eine ganze Stunde lang schrubbten die Geiger auf ihren Instrumenten herum. Es war die Hölle, und das sollte es ja auch sein. Erst gefiel es mir noch ganz gut, aber je länger es dauerte, desto unerträglicher wurde es. Es nahm kein Ende. Die Geiger schwitzten und zersägten mit ihren Bögen die Gutwilligkeit der Zuhörer. Doch wer gedacht hatte, dass es nicht noch schlimmer kommen konnte, hatte sich getäuscht. Die Geiger mussten hin und wieder laut schreien. Kurze spitze Schreie oder lang gezogenes Brüllen. In der ersten Reihe thronte Franka in einem atemberaubenden Kleid mit Stola. Sie sah zu Boden. Langweilte sie sich etwa? Das Geigengekreische war jäh zu Ende, und es wurde nur noch geschrien, aber nach Noten.

Die verschwitzten Geiger lasen konzentriert ihre Noten, blätterten synchron um und brüllten. Dann ein langer gemeinsamer Todesschrei und Stille. Das war mein Zeichen. Ich saß hinter den Geigern am Rand der Bühne und stand auf. Die Zuhörer waren erschöpft. Franka in der ersten Reihe saß da, vornübergebeugt, mit hängendem Kopf, ihre Haarspitzen touchierten den Marmorboden.

Ich hatte das Gedicht auswendig gelernt und viel geübt, die Stimme meiner Großmutter im Ohr, die mir Celans Zeilen oft eindringlich vorgetragen hatte. Die erste Strophe gelang mir noch gut. Franka hob den Kopf, richtete sich auf. Ihr Haar fiel durch diese Aufwärtsbewegung nach hinten und enthüllte die schönen Schultern. Deutlich wölbten sich unter der Haut ihre markanten Schlüsselbeine. Himmlische Henkel. Wie um sich zu dehnen, drückte sie den Rücken durch. Ihr Hals streckte sich, wurde länger und länger. Um sie herum wurde kunstbeflissen gekauert. Unter Trockenhaubenfrisuren wurde Interesse geheuchelt und schuppenberieselten Jackettmännern klappten die ermüdeten Augen auf und zu. Neugierig ruhte Frankas dunkler Blick auf mir. Was machte sie denn da mit dem rechten Zeigefinger? Ihr Handrücken lag locker auf dem Oberschenkel, aber ihr Finger schien mir ein Zeichen zu geben, krümmte sich lockend. Konnte das sein?

Und dann die Katastrophe: Ich versprach mich.

Ich sagte »Schwarze Milch der Kühe«. Reflexartig korrigierte ich mich, wusste dann aber nicht mehr, wie es richtig hieß, verbesserte mich abermals und schließlich ein drittes Mal. »Schwarze Milch der Kühe, äh Frühe, Quatsch Kühe, FRÜHE.« Ich geriet durch diesen Vierfach-Versprecher auf dem Seil der unerlässlichen Ernsthaftigkeit in arge Schräglage, sprach noch zwei Zeilen, kompletten Unsinn: »Was gibt es zu trinken, zu trinken, zu trinken? Wir trinken am Mittag und morgens, wir trinken auch nachts.« Ich wankte, verlor die Balance, stürzte in die Tiefe und lachte los. Ein Lachen, das in mir platzte wie eine Wasserbombe auf dem Asphalt. Mein Gelächter spritzte in alle Richtungen. Es war ein Lachen, wie man es nur lacht, wenn man nicht lachen darf, ein Lachen, das seine gesamte Energie aus dem im Raum massiv präsenten totalen Lachverbot zieht. Doch wenn Gelächter hinauswill, gibt es keinen Wall, kein Gesetz, kein Tabu, das es davon abhalten kann. Ich lachte los, versuchte mich mit einem Gesichtskrampf gegen mein Lachen zu wehren. Umsonst. Ich lachte und lachte und konnte nicht mehr aufhören. Ich zerlachte die Todesfuge von Paul Celan. Während ich lachte, dachte ich immerzu: Das ist das Ende. Das darf nicht passieren. Etwas Schlimmeres, als die Todesfuge von Paul Celan zu zerlachen, gibt es für einen deutschen Schauspieler nicht. Ich wandte mich ab, beherrschte mich. Drehte mich wieder um, sah die

Zuschauer an. »Schwarze Milch der …« Ich wusste nicht mehr, was richtig oder falsch war. Kühe!, ich dachte immer nur Kühe! Ich rief: »Ich will was zu trinken! Was Schwarzes!« Wie von einer verrückten Hexe geschüttelt, stand ich vor den Zuschauern, grimassierte und schrie vor Lachen. Mehrmals rief ich laut: »Hahhh!« Die Zuschauer zuckten zusammen. Mit sich überschlagender Kastratenstimme rief ich »Entschuldigung« und hoppelte in gebückter Kicherhaltung zurück auf meinen Platz.

Ich habe die Todesfuge nicht bis zum Ende geschafft. Auch Franka hatte einen Lachkrampf bekommen. Ich hatte sie einfach mitgerissen. Mehrmals hatte sie, um ihr Lachen zu bezwingen, die Hacken ihrer sehr hohen Lederstiefel auf den Steinboden geknallt. Die Stola war wie ein chinesischer Drache durch die Luft gezuckt. Die ungarische Komponistin sprang auf und eilte den Mittelgang, die eine Hand wie ein Fallbeil erhoben, davon.

Das Konzert war zu Ende. Herr Harenberg sah mich strafend an und schüttelte sein großzügiges Mäzenatenhaupt. Das Harenbergcenter als zusätzliche Geldquelle war für immer versiegt. Ich flüchtete in den Fahrstuhl. Unten angekommen, versteckte ich mich hinter einer monströsen Stahlskulptur und wartete auf Franka. Ich dachte an Hanna, übermorgen würde ich wieder nach Bielefeld fahren. Aber ich wollte, ja musste Franka sehen. Ich observierte den

Lift. Drei ältere Damen. Einer der erschöpften Geiger. Und dann sie. Toller Auftritt. Die Fahrstuhltür schob sich auf und präsentierte Franka zigfach vervielfältigt in den Spiegeln. Von vorne, von hinten und selbst über ihren Haaren stand noch eine Franka im Kopfstand, wuchs durch den Deckenspiegel ihr Körper in die Höhe. Ich schlenderte um die Stahlskulptur herum auf sie zu. »Mein Gott«, sagte ich, »das war ja eine Vollkatastrophe. Ich hab es so dermaßen versaut.« »Sag mal, das mit den Geigern und dem Geschrei, war das ernst gemeint?« Ich nickte und hakte mich bei ihr ein. »Ich brauch was zu trinken.«

Wir gingen in eine Bar. Sie bestellte sich einen Sekt auf Eis. Das hatte ich noch nie getrunken. Ich trank immer nur widerwillig Bier wie alle in Dortmund. Auch ich bestellte ein Glas und dann noch mehrere meinen tiefen Schreck lindernde, meinen vom Lachen verkrampften Kiefer lockernde Sekt auf Eis. Wir gingen tanzen – ich war schon so lange nicht mehr tanzen gewesen – und fuhren mit dem Taxi zu mir nach Hause. Angetrunken lachten und knutschten wir uns die Treppe zur Wohnungstür hinauf. Ich schloss auf, rupfte im Vorbeigehen ein Foto von Hanna beim Spargelschälen im Bielefelder Garten von der Scheibe des Küchenbuffets und tat dann so, als würde ich den Lichtschalter nicht finden, lief voraus, ertastete im Dunkel ein weiteres Hannafoto auf meinem Schreibtisch und warf es in den Papierkorb. »Mach das Licht an. Ich mag es gerne hell.« Dieser Satz traf mich wie ein goldener Tomahawk in den Rücken.

Es wurde so aufregend mit ihr, wie ich es noch nie erlebt, wie ich es niemals für möglich gehalten hatte.

Als ich aufwachte, lagen Franka und ich kreuz und quer auf der Matratze, das Bettlaken heruntergerissen, Nachttisch umgekippt, Kissen und Bettdecke, ihre Stiefel, meine Schuhe, Hose, Socken, Rock, Unterhose, Jacke, Mantel, T-Shirt, Hemdchen so verstreut, als hätte ein eifersüchtiger Riese die Wohnung geschüttelt. Im Liegen schien Franka noch größer zu sein. Mein Fuß klemmte unter ihrem Schienbein, während mein Kopf leicht verschraubt an ihrer Schulter ruhte. So vorsichtig wie möglich schob ich ihren Arm von meinem, zog meine Hand unter ihrem Rücken durch, löste meinen Oberschenkel von ihrem Po. Körpermikado für Frühaufsteher.

Ich ging aufs Klo. Ein mir erst suspektes, dann aber höchst erfreuliches Gefühl von Männlichkeit überkam mich beim Pinkeln. Gesund, jung und irgendwie bullig stand ich da, und zufrieden plätscherte der Strahl in die Schüssel. Diese Kreatur hatte unbestreitbar eine extrem erfolgreiche Nacht hinter sich.

Als ich wieder ins Zimmer kam, blieb ich gebremst von ihrem Anblick vor dem Bett stehen. Bilder der letzten Nacht knipsten in rascher Folge durch meine

Gedanken. Körperpanoramen und Nahaufnahmen, viel oben, viel unten und ständig in Bewegung. Franka krümmte die Fingerspitzen und streckte einen Fuß. Sie hatte kniehohe Strümpfe an, und ich erinnerte mich daran, wie sie meine Hand weggedrückt hatte bei dem Versuch, ihr die Strümpfe herunterzurollen. Nur allein dadurch, dass sie die Zehen aufbog, lief ihr ein muskulöser Schauer durch die Wade bis in den Oberschenkel zum Po hinauf. Ich stand nackt da und beobachtete sie ohne jedes Schamgefühl. Schon während der Nacht war ich erstaunt gewesen, wie unterschiedlich ich sie gespürt hatte. Erst war es ihre weiche und doch ganz fest gespannte Haut gewesen, die mich verrückt gemacht hatte. Dann ihre Muskeln und Sehnen, die zogen, zitterten und sich spannten und lösten. Und schließlich ihre Knochen, die sich an mich drückten und ihre Festigkeit gegen meine pressten. Weichheit, Kraft und Härte. Nie zuvor hatte ich die Unterschiedlichkeiten eines Körpers, selbst die meines eigenen, so vehement empfunden. Ihre Brust zu berühren, sie zu küssen, mit ihr zu schlafen, sich zu wälzen, sich zu winden, sich aufzubäumen und zusammenzusacken – das alles war wie eine einzige Bewegung gewesen.

Franka drehte sich auf den Rücken, machte sich ganz lang, seufzte genüsslich, spannte die Bauchmuskeln an und klappte ihren Oberkörper in die Vertikale. Sie rollte die Schultern nach hinten, nach vorn. Mühelos ließ sie ihren Oberkörper vornüber auf die ausgestreckten Beine niedersinken und umfasste ihre Füße. Warum hatte sie es nicht gewollt, ihre Strümpfe auszuziehen? Ihr dunkles, fast unnatürlich tiefschwarz glänzendes Haar lag über ihren Füßen. Ich machte einen Schritt, stieg auf das Bett, kniete mich hinter sie und küsste sie vom Atlas bis zum Steiß. Einzeln und separiert wölbte sich Wirbel für Wirbel meinen Lippen entgegen. Sie drehte sich auf den Rücken, hob ein Bein und legte es um mich, dann das andere. Sie verhakte ihre Füße und zog mich zu sich. Ich blickte sie an und etwas Irritierendes geschah. Ich konnte ihr nicht in die Augen sehen, nicht in die Augen hinein. Das tief verspiegelte Schwarz der großen Pupillen war undurchdringlich. Aber ich sah etwas anderes: Mich!

Wie ein ungebetener Gast, den man durch den Türspion betrachtet, spiegelte sich verzerrt mein kahl rasierter Eierkopf in der dunklen Iris. Und ich war nicht allein. Mein unterbelichteter Zwillingsbruder war auch mitgekommen und glotzte mir aus Frankas anderem Auge entgegen.

Als ich an diesem Vormittag Stunden später die Wohnung verließ – mit leichtem Muskelkater –, grüßten mich auf der Straße wildfremde Leute, lächelten mich verschwörerisch an, und mehrere Hunde, die mir entgegenkamen, mussten von ihren

Besitzern grob an der Leine weitergerissen werden, da sie wie wild an mir rumschnüffeln wollten. Mir ging es prächtig, auch wenn ein riesiger Finger über mir zu schweben schien, der unübersehbar für alle auf denjenigen hinwies, der ein Geheimnis hatte.

Immer wieder musste ich loslachen. Ich war verzweifelt bei dem Gedanken an mein Celandebakel, und nichts Gutes ahnend, aber dennoch neugierig kaufte ich mir die WAZ, die Westdeutsche Allgemeine Zeitung, durchblätterte das Feuilleton und stieß auf eine Kurzkritik. Dort stand: »Selten war uns der Holocaust so nah wie in der Todesfugenkomposition nach Celan der hochtalentierten ungarischen Komponistin Jelena Werschien. Leider war der noch junge Schauspieler Joachim Meyerhoff der komplizierten Sprache Celans nicht ansatzweise gewachsen.«

15.

Nach der ersten mit Franka verbrachten Nacht war ich mir sicher, dass es eine einmalige Sache gewesen sein würde. Für gegenteilige Einschätzungen gab es keine Anzeichen. Als wir uns im Theater trafen und ich zwischen den anderen Tänzern hindurch komplizenhafte Blicke in ihre Richtung abfeuerte, wandte sie mir den Rücken zu, und auch in den nächsten Tagen behandelte sie mich mit einer Freundlichkeit, die nur ein Trottel als Aufmunterung hätte missverstehen können. In mir köchelte und kochte, brodelte und verdickte sich mehr und mehr die Sehnsucht nach ihr. Die Bilder jener Nacht verblassten nicht etwa, sie expandierten, wurden detaillierter, farbiger, scharfkantiger und okkupierten so ziemlich alle Hirnareale, die mir zur Verfügung standen. Was hatte ich schon zu verlieren?

Nach der nächsten Anatevka-Vorstellung fing ich sie an der Theaterpforte ab. »Wollen wir ein bisschen …?« Sie sah mich an, und ich knallte gegen das massive Schwarz ihrer Augen. Ich wusste nicht weiter, wusste nur, dass ich diesen selten dämlichen Satz irgendwie zu Ende bringen musste. Aber wie? Ich zögerte und flüsterte: »Nur ein bisschen, okay?« Kurz sah sie sich um, lachte einmal auf und zog mich vom Eingang weg. »Na klar, komm.«

Frankas unersättliches und stets ganzkörperbetontes Tempo riss mich mit und auf und davon. Nie sprachen wir über Zurückliegendes, durchfeierte Nächte hakten wir ab und stürzten uns in die nächste. Immerzu wollte sie ausgehen, trinken und tanzen. Sie kippte einen Sekt auf Eis nach dem anderen, lag zwei Stunden tief in einem Sessel, bevor sie loslegte und die Nacht Fahrt aufnahm. Ununterbrochen produzierte sie wie von einem Meisterfotografen komponierte Bilder, die sich als großformatige Plakate in meinen Gedanken aufspannten: Franka, wie sie nackt im Türrahmen lehnt und sich gleichzeitig die Haare bürstet und raucht. Franka, wie sie sich mit durchschwitztem Tanztrikot und um den Hals geschlungenem Handtuch die Haare zur ballerinatypischen Knotenkugel hochbindet, so stramm, dass sich dadurch das gesamte Gesicht straffte. Franka an der Bar, mit melodramatischem Augenaufschlag beim Herausbeißen des Fruchtfleisches der Cocktaildekoration.

Und sie tanzte in ihren Lederstiefeln, in ihren kurzen Röcken so wild, dass selbst auf dicht gedrängten Tanzflächen um sie herum ein Freiraum entstand, der nur ihr gehörte. Sah ich mir die Jungs und Männer an, die um die Tanzfläche herumstanden, gab es kaum jemanden, der nicht auf Franka starrte. Sie ließ sich von der Musik schütteln, machte nur wenige Schritte und niemals einzelne, genau zu beschreibende Tanzbewegungen. Die naheliegende Erklärung konnte nur sein, dass jemand, der sich tagein, tagaus im klassischen Ballett oder in festgelegten Choreografien bewegt, zur Abwechslung etwas Unkontrolliertes, vielleicht sogar Rohes braucht. Das Epizentrum der Eruptionen war ihr Oberkörper, dort ballten sich die harten Beats und pumpten und schlugen um sich. Es sah aus, als hätte sie ein Erdbeben verschluckt. Ihr Kopf war den Schlägen ihres Körpers willenlos ausgeliefert und flog haarverklebt von Seite zu Seite. Ich war besessen davon, wie sie tanzte. Anmut und Irrsinn. Eine epileptische Gazelle. Wenn sie müde wurde, trank sie einen doppelten Espresso oder verschwand auf dem Klo.

Vor wenigen Dingen hatte ich so große Angst wie vor Drogen. Das lag sicherlich auch daran, dass es auf dem Anstaltsgelände der Kinder- und Jugendpsychiatrie ein Therapiezentrum für Suchtkranke gegeben hatte. Dort hatte ich seit Kindheitstagen die Physiognomien der Abhängigen studiert und angesichts all der hohlwangigen Gespenstermenschen die Überzeugung gewonnen, diese Hölle sei unbedingt zu meiden. Auch hatte mir mein Vater alle Drogen verleidet. Wenn er uns Brüdern in drastischen Bildern von den Abgründen des Drogenkonsums berichtete, kam einem oft wie bestellt der besagte Abhängige gerade entgegen. Ich war schon immer umzingelt von Hunderten von Fallbeispielen. »Papa, sag mal ehrlich, ist hin und wieder ein Joint wirklich so schlimm?« »Oh ja, guck mal dahinten, siehst du den Jungen? Der hat vom Kiffen eine so schwere Psychose bekommen, dass er seine Mutter vor ein Auto gestoßen hat. Es wird immer behauptet, Kiffen sei harmlos. Aber wir wissen mittlerweile, dass die Spätfolgen grauenhaft sind. Depressionen, Schlafstörung, Impotenz.« Diese Schilderungen verfehlten ihre Wirkung nicht. Dazu hatte ich am Hamburger Hauptbahnhof die Junkies gesehen. Schlimmer konnte es im Totenreich auch nicht sein.

Rauchen hatte ich mühsam gelernt, trinken hatten mir meine Großeltern beigebracht, aber kam ich in die Nähe von Drogen, wurde ich hektisch. Mein Makel hieß seit jeher Harmlosigkeit. Als mich Franka mit auf die Toilette nehmen wollte und mir unauffällig in der Handfläche das kleine Briefchen zeigte, blieb mir nichts anderes übrig, als mich durch eine Lüge zu retten. Ich schüttelte den Kopf und sagte: »Das habe ich alles hinter mir.« »Bitte was?«, brüllte Franka in die Musik hinein. Ich trat nah an sie heran, legte ihr eine Hand um die Taille, zog sie an mich, und mit den Lippen an ihrem Ohr log ich mich um

Kopf und Kragen. »Ich bin während der Schauspielschule voll abgestürzt. Koks und noch härtere Sachen. Ich hab das einfach nicht im Griff. Wenn ich was mache, dann leider richtig. Ich bin von dem Scheiß fast draufgegangen. Also lieber nicht. Alk und Zigaretten müssen reichen. Ich bin so froh, dass ich momentan clean bin. Aber bitte, bitte lass dich von mir nicht abhalten.«

Franka küsste mich. Ihre Zunge war kräftig. Später zeigte sie mir einmal, dass sie mit der Zunge eine Plastiktüte voller Einkäufe heben konnte. Ich sah ihr auf dem Weg zum Klo nach. Das ist der Wahnsinn, wurde mir klar, dass ich derjenige bin, mit dem sie nach Hause gehen wird. Als sie sich umdrehte, warf ich ihr einen der absurdesten Blicke zu, die meine Augen je verlassen haben, einen Blick, der ihr sagte: »Hey, ich hab viel durchgemacht, bin knapp dem Drogensumpf entronnen, aber hey, wenn du dich zudröhnen musst, dann hab ich kein Problem damit, denn hey, ich weiß, was es heißt, wenn man Stoff braucht.«

Um Franka standzuhalten, nicht vor ihr zu ermüden, hatte ich mir in der Apotheke ein Medikament besorgt. »Ich schreibe gerade an meiner Doktorarbeit«, hatte ich der Dame im Kittel erklärt. »Noch eine Woche, dann habe ich es geschafft. Ich kann einfach nicht mehr so viel Kaffee trinken. Gibt es da vielleicht ein Präparat, das ich einnehmen könnte?«

Als sie mir den Namen der Tablette nannte, war ich sofort einverstanden. HALLOO WACH. Das war genau das, was ich brauchte. Halloo wach! wurde mein Leitspruch, mein Motto, mein Mantra und Dogma. Dieses von der Pharmazeutin herübergeschobene Päckchen sollte meinem Leben seinen Stempel aufdrücken. Ab jetzt wollte ich wach sein, wach werden wie nie zuvor. »Dürfte ich bitte drei Päckchen haben. Ich habe zwei Freunde. Also ich lebe in einer WG. Wir schreiben alle an unseren Doktorarbeiten.« Bei mir, der ich nie viel Kaffee getrunken und noch bis vor wenigen Wochen geglaubt hatte, zehn Stunden seien seine minimale Schlafdosis, führte HALLOO WACH dazu, dass ich stundenlang ohne einen Anflug von Müdigkeit wie ein gut geölter Roboter um Franka herumzucken konnte. Kombiniert mit Sekt auf Eis, schriller Musik, Stroboskopgewittern und Laserwirrwarr wurde HALLOO WACH zur ersten und einzigen Droge, zu der ich je Vertrauen fassen sollte.

Anfangs nahm ich nur eine halbe Tablette, aber dann war mir halbwach noch lange nicht wach genug. Mit einer Tablette war ich immerhin ganz wach. Mit zweien doppelt wach. Wie konnte es nur sein, dass ich in einem abgedimmten Halbschlaf mein Leben weggedöst hatte? Immer hatte ich gedacht, wach ist wach. Aber dass Wachheit ebenso wie Lautstärke pegelbar ist, war mir neu, und genau das tat ich jetzt:

Ich pegelte mich hoch. Allein schon der Anblick von Franka regte mich so an und auf, dass mein Blut schneller wallte und strömte. Ich war nur ein stehendes Gewässer gewesen, musste ich mir eingestehen, ein von Bäumen romantisch umstandener See, in den Trauerweiden melancholisch ihre Zweige hängen. Ein Träumer. Aber eben ohne Frischwasserzufuhr. Jetzt brachen endlich die Dämme und ich geriet in Bewegung, geriet in die Strömung und rauschte mit ihr durch die Nacht. Mein gesamtes bisheriges Dasein, wurde mir klar, war das eines gründelnden Karpfens im Halbdämmer gewesen. Eine Schlickexistenz. HALLOO WACH spülte mich zuverlässig ins lichtdurchflutete Meer und verwandelte mich in einen fliegenden Fisch, der aus seinem Element herausschießt und silberschuppig dahinsegelt. Das war das eigentliche Ereignis: aus dem zur Selbstverständlichkeit gewordenen Lebensraum herauszuschnellen. Ein Biotopwechsel.

Ich geriet in diesen Nächten mit Franka in ungeahnt lang anhaltende Flugphasen. Wenn wir morgens zu mir nach Hause kamen, waren wir betrunken, hungrig, verrückt vor Begierde und beide hellwach. Wir kochten nackt Nudeln und aßen im Bett. Es war, als hätte ich Jahre in einem Fäustling verbracht. Warm eingepackt und geborgen, aber zu nichts zu gebrauchen, wenn es darum ging, die Welt anzufassen. Ich wollte endlich meine Hände benutzen. Frankas Standardsatz, der uns immer weiter vorantrieb, war ein stets lapidar hingeworfenes »Ist doch egal!«. Das passte immer, das war ein sicheres Medikament gegen die Thrombosegefahr der Nacht. »Sollten wir nicht langsam mal nach Hause gehen? Wir haben beide morgen Probe.« »Ist doch egal.« »Willst du wirklich noch was trinken? Ich glaub, wir haben genug. Ich schwanke schon.« »Ist doch egal.« »Die Musik hier ist grauenvoll.« »Ist doch egal.«

Mir war es immer schwergefallen, mich der Dynamik durchfeierter Nächte hinzugeben, mich durch dieses Nadelöhr zwischen zwei und drei Uhr zu zwängen, hinter dem die Stunden biegsam werden und einen der Morgen unerwartet vor der Bar umfängt. Mit Franka war all das kein Problem. Sie war der exzessive Lotse, ich folgte ihr gerne und wickelte mich in ihr Schlepptau.

Der Klang der langen Reißverschlüsse ihrer Lederstiefel, die Franka stets sehr behutsam herunterzog, da sie empfindlich waren, dieses gedehnte metallene Reißverschlusssurren, das, wenn ich schon nackt auf dem Bett lag und die Augen geschlossen hatte, wie eine schnurrende Katze aus Eisen klang, machte mich fassungslos vor Glück. Jetzt kommt sie gleich zu mir, wusste ich, in zwanzig Sekunden legt sie sich in mein Bett, küsst mich mit ihrer durchtrainierten Zunge, schlingt und knotet ihre Arme und Beine um mich und pulverisiert jegliches Oben und

Unten. Ihre Haut, ihre Muskeln, ihre Knochen, jede Frankaschicht war anders. Wie man so weich und gleichzeitig so gestählt sein konnte, so biegsam und so robust, war mir unbegreiflich.

Als ich Frankas vom Tanzen zerschundene Füße sah, nachdem ich erstmals ihre Socken abstreifen durfte, konnte ich einen Anflug von Erstaunen, ja Ekel nicht unterdrücken. »Ich weiß, ich weiß, meine Füße sind der volle Horror, die sehen schlimm aus«, hatte sie gesagt und sie rasch unter der Bettdecke verborgen. Diese makellose Einmeterundachtzigfrau hatte tatsächlich Füße wie eine gichtkranke Oma. Einige der brüchigen Nägel waren blau unterlaufen, andere verkrumpelt ins Fleisch eingewachsen, und die Gelenke der Zehen waren von rot geschwollenen Hornhauthubbeln verunstaltet. Die Farbe der Füße konnte man nicht anders als leichengelb bezeichnen und die beiden kleinen Zehen sahen aus, als wären sie mehrmals gebrochen und zerquetscht worden. Nie zuvor hatte ich so hässliche Füße gesehen. Und doch wollte ich sie genauer betrachten, was Franka jedoch zu verhindern suchte. »Du bist ja pervers. Nimm deine Flossen da weg.« Mit erstaunlicher Schockverlässlichkeit erschauderte ich jedes Mal aufs Neue. Es war, als würde man in einem perfekt gepflegten Barockgarten mit getrimmten Buchsbaumheckchen, gerechten Kieswegen und blühenden Rabatten plötzlich auf zwei verstümmelte Opfer stoßen. Erst Wochen später, wir waren beide vollkommen betrunken, bettelte, alberte und wimmerte ich auf allen vieren so lange um sie herum, bis ich ihr endlich die Füße küssen durfte: ein makaberer Hochgenuss! Es war, als würde ich den Rücken eines Krokodils ablecken, das angenehm nach Kampfer roch.

Franka besaß neben einer Stola mehrere grell gefärbte Federboas. Dieses eigentlich zu hundert Prozent geschmacklose Kleidungsstück sah an ihr großartig aus. Als würde ich in meinem Bett des Nachts bunte Hühner schlachten, fand ich zu dieser Zeit morgens häufig Federn. Wenn wir in diesem Bett in Dortmund lagen, keine Probe hatten und die Balkontür offen war, konnten wir an Samstagnachmittagen im nahe gelegenen Dortmunder Westfalenstadion hören, wie achtzigtausend Menschen nach einem Tor den Namen des Torschützen brüllten. Der Stadionsprecher rief »Zwei zu eins durch: Andy?«, und das ganze Stadion rief »MÖLLER!«. Mehrmals wurden Franka und ich durch diesen Ruf geweckt. Dieser tausendfache Möller kam bei uns dumpf grollend wie skandiert von einer Armee Nazischergen an. Einer ruft: »Lars!« Achtzigtausend brüllen: »Ricken!« Ich küsste Franka auf den Rücken und sagte: »Komm frühstücken.« Wie einfach doch das Leben sein kann, wenn es sich ein wenig reimt.

Sobald ich in Dortmund freihatte, fuhr ich zu Hanna nach Bielefeld. Sobald ich in Dortmund wieder Proben oder Vorstellung hatte, fuhr ich zurück zu Franka nach Dortmund. Wie widerstandslos, ja freudig ich in diesen beidseitigen, sauber auf zwei Städte verteilten Betrug hineinrutschte, erstaunte mich. Wobei dieses Erstaunen eher einer Vorstellung von Anstand geschuldet war, als dass sich tatsächlich größere Skrupel in mir geregt hätten.

Einer der Grundpfeiler meines Lebens, entlastete ich mich großzügig selbst, war viel zu lange mein schlechtes Gewissen gewesen. Dieser Wesenskern war in mir auf den fruchtbarsten Boden gefallen, hatte gekeimt, sich vielfach verzweigt und war im Laufe der Jahre prächtig in die Höhe gewachsen. Rührte meine Freundlichkeit vielleicht nur daher, dass ich extrem unfreundliche Gedanken hegte? War mein Enthusiasmus eventuell nichts anderes als Flucht vor Phlegma? Meine Lesewut nichts anderes als Bildungsscham?

Im Kindergarten hatte ich als Hirte beim Krippenspiel in die Hose gepinkelt und mir dann absichtlich ein Glas Orangensaft über die Beine gekippt, um den Fauxpas zu kaschieren: schlechtes Gewissen. Beim Zahnarzt, der in meinen Mund sah und sagte, Is ja alles rott: schlechtes Gewissen. An Tausenden Tagen in der Schule, wegen Faulheit, nicht gemachter Hausaufgaben, legasthenischer Idiotien: schlechtes Gewissen. Auf der Schauspielschule konnte ich irgendwann nicht mehr stehen, gehen, singen, atmen: schlechtes Gewissen.

Erst vor wenigen Tagen hatte es an der Fleischtheke wieder einmal grausam zugeschlagen. »Hallo, hallo! Sie sind dran. Was kann ich für Sie tun?« Ich war erschöpft, in Gedanken und deutete durch das Glas hindurch. »Bitte von dem da. Zwanzig Scheiben Schinken.« Zum Satzende hin war mir die Artikulationskraft weggerutscht und das Wort »Schinken« hatte ich nur noch müde weggenuschelt. Ich sah von den abwechslungsreichen, von dunkelrot bis hellrosa drapierten Fleischwarenfarben auf. Die Verkäuferin trug ein adrettes, kadettenartiges Schiffchen im Haar. Während sie herumhantierte, etwas abzählte und abwog, wischte ich mir mit der Hand über die Augen und lächelte sie an. »Viel los heute, ne?« Sie reagierte kaum. »Ich bin gleich wieder da.« Sie schob eine Tür beiseite und verschwand. Hinter mir gab es kleine Unmutsbekundungen über die Wartezeit, die meine Bestellung verursachte. Sie kam mit einer Wanne zurück und grub darin herum. Ich blickte hinab auf ihre Hände und sah zu meiner Überraschung, wie sie einen Berg Schaschliks auf einem Papier aufstapelte. Dies wäre genau der Moment gewesen, nachzufragen, was das zu bedeuten hatte. Aber ich grinste nur dümmlich und nickte ihr aufmunternd zu. »So, zwanzig.« Sie faltete das Papier zusammen, und ich hob die Augenbrauen, tat so, als wäre ich stolz darauf, solche Mengen von Schaschliks verzehren zu wollen. Es war mir unmöglich, den Irrtum zu stoppen. Schlechtes Gewissen! Dafür, nicht deutlich gesprochen zu haben. Dafür, dass sie wegen mir nach hinten hatte gehen müssen. Dafür, dass ich müde war. Dafür, dass andere meinetwegen warten mussten. Dafür, selbst eine Fleischereifachverkäuferin mit Großbestellungen anzubaggern. Die Tüte, die sie mir über die Theke wuchtete, war schwer, und die Spieße, mit denen das Fleisch gepfählt worden war, piekslen durch das Plastik.

Als ich Franka von meinem Einkaufsmissgeschick berichtete, verstand sie nicht ansatzweise, wie so etwas passieren konnte. »Du hast dir zwanzig Schaschliks einpacken lassen, obwohl du Schinken wolltest?« Ich bereute bereits, es ihr überhaupt erzählt zu haben. »Ja, habe ich. Solange ich denken kann, passiert mir so was. Mein Vater war genauso. Der hat sogar mal beim Autohändler auf das falsche Auto gezeigt und ist dann zehn Jahre lang in diesem Irrtum herumgefahren.« Franka aß am Abend anderthalb Schaschliks, ich brachte es immerhin auf achteinhalb. Am nächsten Tag aß ich am Abend fünf Schaschliks, am übernächsten Tag weitere drei. Der Anblick der letzten beiden Fleischspieße, die bereits leicht schillerten, ekelte mich dermaßen, dass ich sie wegwarf. Ich empfand selbst das als herbe Niederlage, da es mir nicht gelungen war, meinen Fehler komplett aufzufressen. Nun würde er für immer in der Welt bleiben. Schlechtes Gewissen!

Ja, selbst meinen Toten gegenüber hatte ich ein schlechtes Gewissen, da ich am Leben war und nicht ununterbrochen an sie dachte. Doch mit Franka verabschiedete sich dieses wohlgenährte schlechte Gewissen ohne Krankmeldung in den Urlaub, ging auf Kur und ward nicht mehr gesehen. Ausgerechnet jetzt, da es auf den weitläufigen Ländereien meines Betrugs reichlich Futter gefunden hätte. Es schwieg. War es ganz einfach zum richtigen Zeitpunkt erschöpft von all den Jahren Schwerstarbeit verendet? Oder hatte es mein Lebenshunger vertrieben? Ich wusste genau, was ich tat, sah meiner betrügerischen Energie schonungslos in die Augen und fühlte mich sauwohl. Endlich hatte ich Probleme, die ich nur aus Büchern kannte. In vehement gedachten Selbstermutigungen schwor ich mich auf mein neues Leben ein: »Du hast jetzt das Recht auf ein wenig Skrupellosigkeit. Schau dir doch mal deine Karriere an. Das ist alles komplett schiefgegangen. Du bist ein schauspielerischer Niemand. Trittst in einem Musical auf und bist der Einzige, der weder singen noch tanzen kann. Dieser ganze Beruf wird sich für dich als tödliche Sackgasse erweisen. Wie bescheiden und ehrlich und zurückhaltend willst du denn noch werden? Wenn du so duckmäuserisch weiter dein Dasein verplemperst, werden dir zitternde Schnurrhärchen wachsen und du wirst dich durch die Welt bibbern, immer in der Angst, dass jeden Moment eine riesige Mausefalle über dir zuschnappt und deinen Schädel zertrümmert. Es langt. Du hast den Vater verloren, den Bruder, die Großeltern. Der Kummer kann nicht immer nur zu dir kommen, da muss es noch andere Anlaufstationen geben. Schlechtes Gewissen ade.«

Aber ganz so einfach war es dann natürlich doch nicht. Jede Zugfahrt – ob von Bielefeld nach Dortmund oder umgekehrt – brauchte ich dringend als Zeit der Metamorphose, denn der Bielefelder Hanna-Freund war ja ein ganz anderer als der Dortmunder Franka-Mann. Beide gefielen mir gut, und keinen von beiden wollte ich missen. Bei Hanna expandierte mein Geist, wurden meine Gedanken und Worte von ihren nicht nachlassenden Ansprüchen an mich geschliffen und geschärft. Während sie an einer hundertseitigen Abhandlung über Luhmanns Idee der Versprachlichung von Unsagbarem in maschinellen Systemen schrieb, lag ich auf dem Bett und las so lange Dostojewski, bis sich in jeder meiner Zellen, in jedem Nukleus russische Gestalten herumtrieben. Da stand ja alles, was ein Mensch je wissen kann, dachte ich. Iwan: der Schlaue, Dimitri: der Getriebene, Aljoscha: der Gute, Smerdjakov: der Verlogene. Das alles will ich sein, und zwar in ein und derselben Person. Seite für Seite strömten die Worte in mich hinein, suchten sich ihren Platz, ihre Nischen und kein einziges ließ ich wieder hinaus. So übervoll mit Sätzen war mir, als wäre in meinem Schädel ein mit Tausenden Buchstaben bestückter Setzkasten explodiert.

Oft erst um drei Uhr klappte Hanna den Computer zu und fragte: »Abendspaziergang?« Ich schloss das Buch, rieb mir energisch den stoppeligen Kopf, in dem sich die Ereignisse stauten, und sagte: »Klar, gerne.« Wenn wir miteinander schliefen, war es vertraut und vorsichtig. Ich war geduldig geworden und hatte es nicht mehr so eilig. Ich hatte einen Bielefelder und einen Dortmunder Körper bekommen. Bei Hanna wog ich weniger und war schmaler. Ging in schwarzer Kleidung ein wenig krumm an ihrer Seite und rang um Formulierungen. Wenn ich mit ihr lachte, erinnerte mich das an meine Familie, an ihren speziell gelagerten Witz. Mit Hanna konnte ich mir eine gemeinsame Zukunft vorstellen, mit Franka war es einfacher in der Gegenwart. Bei ihr war ich unkompliziert und fühlte mich älter. Wir redeten nicht viel und mein Kopf schien auch nur ein Körperteil von vielen. Ob Hintern, ob Hirn, wir hatten Spaß. In Dortmund sprach ich lauter als in Bielefeld, mochte meine Muskeln und putzte mir selten die Zähne, da Franka es auch nicht tat und wir beide so gut schmeckten: nach Zigaretten und Nacht. Mein Bielefelder Becken war schüchtern und einfühlsam, der Dortmunder Unterleib eher egoistisch und wild.

Hanna und ich schrieben Einkaufszettel, gingen auf den Wochenmarkt, schälten gemeinsam am Tisch Spargel und tranken Wein. Wir machten permanent Witze über diese ersten bürgerlichen Rituale, unterliefen sie durch Albernheit, und doch mochten wir es. Hanna kaufte einen Adventskranz und wir steckten neun Kerzen darauf, da uns plötzlich seine tannengrüne Spießigkeit anwehte. Hin und wieder lief es uns kalt den Rücken hinunter, wenn uns die ironische Distanz abhandenkam und sich in banalen Minidialogen ein ganzer Lebensabgrund vor uns auftat. Ich: »Wo ist denn die Butter?« Hanna: »Du wolltest doch Butter kaufen.« Ich: »Hanna, bitte, du hast gesagt, du besorgst die Butter.« Da standen wir dann voreinander und flüsterten gleichzeitig: »Oh Gott.«

Sobald ich mit Franka in Dortmund in die Wohnung kam, zogen wir uns aus und blieben nackt, selbst wenn wir aßen. Ihr Lieblingsessen waren selbst gebackene Schinken-Käse-Toasts. Ich hatte meinen Toaster auf die Seite gelegt, und auf zwei Etagen schoben wir die belegten Brote hinein. Sie schossen heraus, direkt auf den Teller, flogen aufeinander wie bei einem Zaubertrick. Mir gefiel, dass ich mich scheinbar fundamentalen Fragen näherte. Wie will ich in zwanzig Jahren leben? Als Wildschwein mit Haaren und Hauern im Wald oder als rosa Hausschwein mit Ringelschwänzchen im Loft?

Aus einem hinterrücks mich heimsuchenden Anfall von Ehrlichkeit versuchte ich Hanna von Franka zu erzählen. Ich begann meinen Satz mit: »Hanna, ich muss dir etwas sagen, ich habe in Dortmund …« Trocken und hart fiel sie mir ins Wort: »Verschon mich bitte mit irgendwelchen armseligen Geständnissen. Mach, was du willst. So was will ich wirklich, also ich meine WIRKLICH, nicht wissen.« Ich war mir unschlüssig, was diese Antwort Hannas für mich bedeuten sollte. War das ein Freibrief oder ein Gewissensappell? Ich entschied mich wider besseres Wissen für Freibrief.

16.

Auf meinem Weg ins Theater kam ich jeden Morgen an der großen Scheibe einer Bäckerei vorbei. Umrandet war das Glas mit verschiedenen, oft schon abgeblätterten Brot- und Brötchenaufklebern. Über dem Eingang ragte, für die Passanten gut sichtbar, eine aus den Fünfzigerjahren stammende Leuchtbrezel auf den Gehsteig hinaus. An der putzbröckeligen Fassade über der Scheibe stand in schwungvollen Buchstaben der Name *Bäckerei Kläschen*. Etwa zweihundert Meter weiter befand sich auf derselben Straßenseite eine sehr viel modernere Bäckerei mit Tischen und Stühlen, in der man auch frühstücken konnte. Der Unterschied zwischen den beiden Bäckereien war gewaltig. Die stets gut frequentierte, moderne Bäckerei hatte ein reichhaltiges Sortiment, eine große Auswahl von an die gesunde Ernährung appellierenden Vollkornbackwaren. Auch waren die Produkte in ein von Marktforschern ausgeklügeltes Zauberlicht getaucht und so drapiert, dass jedes Brot aussah, als käme es geradewegs aus einem steinernen, holzgefeuerten Backofen. Die Bäckerei Kläschen, in der die Bäckersfrau auf Kundschaft wartete, sah da ganz anders aus. Eine einzige Vitrine, deren sporadisches Brummen mein Lieblingsgeräusch werden sollte, und die wenigen Teile, die dort lagen, schwammen farblos in trübem Licht. Die Wände und der Boden waren grün gekachelt. Eine vergilbte Girlande und ein paar Fotos hingen an den Wänden. Die wie ausgestorben daliegende alteingesessene Bäckerei barg so überdeutlich das unaufhaltsame Voranschreiten der Zeit, dass ich genauer in sie hineinzuspähen versuchte. Die Bäckersfrau saß fast immer neben der Vitrine auf einem einfachen Holzstuhl. Sie trug eine bunte verwaschene Kittelschürze.

Eines Morgens blieb ich vor der Scheibe stehen, da ich sah, dass sie die Augen geschlossen hatte. Ich trat sogar noch etwas näher an die Scheibe heran als sonst. Schwer war sie. Hatte dicke Beine, das eine mit einer teefarbenen fleckigen Bandage umwickelt. Die geschwollenen Füße hatte sie aus den Sandalen gezogen. Ihr Busen war so groß, dass er ihr seitlich aus der bunten Kittelschürze quoll. Diese Kittelschürze reichte nur ein wenig über die Knie. Ich trat noch näher an die Scheibe. Formte aus meinen Händen einen Lichtschutz. Sah durch das Glas. Ihre weißweichen Schenkel hatte sie entspannt, soweit es die Kittelschürze erlaubte, auseinanderfallen lassen. Sie rauchte mit geschlossenen Augen eine Zigarette und ließ die Asche auf den grün gekachelten Boden der Bäckerei fallen, die hautfarbene Dämmerung zwischen den geöffneten Schenkeln. Ich blickte auf und sah ihr direkt in die Augen. Ich wusste nicht, wie lange sie mich schon dabei beobachtet hatte, wie ich so dastand und ihr zwischen die Beine starrte. Noch bevor ich erschrak, veränderte sich ihr Blick und sie streckte ihren Busen ein klein wenig heraus. Da ging ich schnell weiter in meine Bäckerei und bestellte mir ein großes Topfitfrühstück.

Obwohl ich auch in den nächsten Wochen die Bäckerei nicht betrat, fingen wir an, uns mit einem leichten Nicken oder minimal gehobenen Fingern zu grüßen. Sie saß groß und schwer auf ihrem Stuhl, und wenn sie mich sah, hob sie nur kurz das Kinn. Was ist weniger als ein Anflug von einem Lächeln? Der Hauch eines Anflugs? Vielleicht sogar noch weniger? Die Idee eines Hauchs eines Anflugs.

Und dann kam eines Tages genau in dem Moment, als ich grußbereit an der Eingangstür vorbeiging, eine Dame aus der Bäckerei, die meine Langsamkeit missdeutete und mir die Tür aufhielt. Ich war kurz irritiert und trat ein. Eine Welle von Gerüchen schien über mich hinweg aus der geöffneten Tür hinaus ins Freie an die frische Luft fliehen zu wollen. Es roch nach frisch gebackenem Brot. Aber nicht so wie in der anderen Bäckerei. Auch ich hatte den frischen Brot- und Brötchengeruch der modernen Bäckerei für einen köstlichen Geruch gehalten. Doch erst hier, in diesem sicher weniger intensiven Brotgeruch, begriff ich, dass der andere nur ein nachgemachter, kein tatsächlicher Geruch war. Das eine war nur ein Aroma, doch dies hier war sehr viel intensiver, ja, vielleicht roch es sogar nicht einmal rundum gut. Eine leichte Säuerlichkeit mischte sich in den Grundgeruch. Und auch die Bäckersfrau roch ich sofort. Man sah ihr an, dass sie ohne viel Mühe einen Raum von der Größe der Bäckerei mit ihrem Geruch zu füllen imstande war.

Sie stand auf, manövrierte sich hinter die Vitrine. »Na, mein Bester, was darf's denn sein?« Ich sah mir die Brote an, die hinter ihr auf einem schmalen Holzregal lagen. »Ich hätte gerne ein halbes Graubrot.« »Nee«, sagte sie zu mir und dann weiter, und zwar wörtlich, »das schmeckt scheiße!« Ich war doch etwas überrascht davon, wie sie über ihr eigenes Graubrot sprach. »Und das?«, fragte ich, auf ein sehr dunkles Kastenbrot zeigend. »Das? Das schmeckt auch scheiße. Nimm was anderes. Außerdem schneid ich das nicht durch. Dann guckt mich die andere Hälfte den Rest des Tages so traurig an. Das einzige Brot, das was taugt in dieser Bruchbude, ist dieses hier.« Es war ein Schwarzbrot. »Das schneid ich dir aber auch nicht durch. Kriegste nur ganz. Zahlst halt nur die Hälfte.« Sie wickelte das Brot in ein Papier. »Und hier. So und so. Pack ich dir noch ein paar Schweineohren ein.« Mit demonstrativer Grobheit warf sie abfällig zwei Schweineohren in eine Tüte. Die Schweineohren waren riesig und glänzten zuckrig, schwitzten. »So, der ganze Mist kostet zusammen ...« Lustloses Kopfrechnen. »Ach, weißt du was, ich schenke es dir.« Ich versuchte zu widersprechen und nahm einen Zehnmarkschein aus meinem Portemonnaie. »Willst du mich beleidigen? Los jetzt, schnapp dir deine beiden Scheißtüten und mach, dass du wegkommst. Und iss ordentlich. Bist ja ein richtiger Hungerhaken.« Und jetzt streckte sie ihren Busen ganz heraus, die Kittelschürze spannte. Ein kaum hörbares Geräusch. Das war, da war ich mir sicher, die Schleife ihrer Schürze, die sich durch das Herausstrecken des Busens hörbar enger zog. Sie strich sich mit den Händen die Haare zurück. Diese blieben am Kopf kleben, und ihr großes Gesicht glänzte plötzlich genauso wie die Schweineohren, die längst durch die Papiertüte gefettet hatten. »Mein Bester, mach, dass du wegkommst, sonst packt dir die gute Ilse noch ein paar Puddingbrezeln dazu.« Ich bedankte mich, und als ich auf dem Weg ins Theater in eines der Schweineohren biss und mir der überzuckerte Blätterteig und ein Anklang von Zitronengeschmack im Mund zergingen, wusste ich, dass ich die Bäckerei gewechselt hatte.

Am nächsten Morgen – am Abend zuvor hatte ich das beste Schwarzbrot meines Lebens nur mit Butter wie eine Delikatesse Scheibe für Scheibe fast aufgegessen – begrüßte sie mich, ohne von ihrem Stuhl aufzustehen, ja, sie ließ ihr Gesicht genau im Ventilatorenstrom. »Und, mein Gutester, hat alles geschmeckt? Ist dir nicht schlecht geworden von dem Scheißbrot?« Ich rühmte ihr Schwarzbrot und lobte ihre Schweineohren als die besten, die ich je gegessen hätte. »Na, nu brich dir mal keinen Zacken aus der Krone, Hungerhaken. Was willst du denn schon wieder hier? Hast ja wohl nicht dein ganzes Schwarzbrot aufgegessen. Pass bloß auf, da kannst du ordentlich Dünnpfiff von kriegen: Montezumas Rache.« »Nein«, sagte ich, »da ist noch was übrig. Aber ein Schweineohr hätte ich gerne.« Sie stand auf und zog sich ihre fleckige Kittelschürze zurecht. »Mann, ist das eine Hitze hier in dem Loch. Ich schwitz wie ein Schwein.« In der Vitrine surrten mehrere Wespen. Hinten an der Wand stand ein elektrischer Wespentöter. Eine neonleuchtende Röhre mit einer elektrischen Spirale in der Mitte. Unterhalb dieser Lampe befand sich eine metallene Auffangschale, in der zig verschmurgelte Wespenkörper lagen. Einige noch lebendig, mit versengten Flügeln drehten sie sich, je nachdem, welchen es erwischt hatte, rechts- oder linksherum im Kreis. »Wie kommen bloß diese Scheißviecher hier rein? Das frag ich mich. Wo kommen die her? Durch die Tür kann ja wohl kaum sein, so selten, wie die aufgeht.« »Gibt es bei Ihnen eigentlich auch eine Tasse Kaffee?«, fragte ich. Sie sah mich an, unfreundlich. »Sehe ich so aus? Schau dich mal um. Was ist das hier? Ein Kaffeehaus, oder was? Das hier ist eine Bäckerei.« »Kein Problem«, sagte ich schnell, »dann nehme ich einfach wieder eins von den Schweineohren.« Ohne noch etwas zu sagen, ging sie nach hinten, öffnete eine Tür, und ich sah die Backstube. Ein großes Rührgerät, verschiedene Öfen und mehrere Ständer mit Blechen. Sie kam mit einer Thermoskanne und einem Becher zurück. Knallte beides auf die Ablage der Vitrine und verschwand wieder. Diesmal durch eine andere Tür. Als sie zurückkam, brachte sie einen Klappstuhl und einen Teller mit. »Schweineohren gibt's heute nicht. Hier, kriegste 'ne schöne Puddingbrezel. Das Drecksding wird dir schmecken!« Mit den Fingern zog sie die Puddingbrezel auf den Teller und goss mir Kaffee ein. Klappte den Campingstuhl auseinander, stellte ihn neben ihren Stuhl vor den Ventilator. Und während ich wie eine Schlange meinen Kiefer ausrenkte, um vom Puddingmonster abzubeißen, schlug sie mir plötzlich ihre wurstfingerige Hand auf den Oberschenkel. Sie lachte. Ihr Lachen war überraschend hell und rein. »Das gefällt mir!«, rief sie und ließ ihre Hand da, wo sie mich getroffen hatte. Knetete und tätschelte mich sogar ein wenig. »Wie in einem Scheißrestaurant ist das hier. Und schmeckt es dem Herren?« Ich hatte gerade den ersten Bissen einigermaßen bewältigt. »Schmeckt großartig!« »Na, da freut sich die Ilse aber, wenn der Gast zufrieden ist.« Nach der Hälfte war ich satt, aber sie ließ mich erst aufstehen, als ich die ganze Puddingbrezel aufgegessen hatte. Als ich bezahlen wollte, zeigte sie auf die Tür: »Nee, das kommt gar nicht infrage. Mach, dass du rauskommst, Lulatsch!«

Von nun an nahm ich jeden Morgen mein Frühstück zusammen mit Ilse ein. Leise stieg ich aus dem Bett, in dem Franka, von vereinzelten Federn beklebt, mit ihren langen Beinen die Bettdecke zwischen ihren Schenkeln festhielt, zog mich an und ging frühstücken. Ilse stellte uns einen Tisch neben die Vitrine, mit einer karierten Tischdecke, und da ich immer um die gleiche Zeit Probe hatte, war der Tisch schon gedeckt, wenn ich kam. Was es zum Frühstück gab, bestimmte sie. Immer war es überdimensioniert und viel zu süß. Die Rumkugeln waren so groß wie Tennisbälle. »Da kommt der ganze Scheiß rein, der übrig bleibt. Ich weiß nicht, ob du das weißt, aber in Rumkugeln kommt alles rein, was zu süß für die Schweine ist. Und dann jede Menge echter Rum, damit man nicht den ganzen Mischmasch schmeckt. Ja, bei mir kommt da noch echter Rum rein. Strohrum. Rumkugeln gehören zu den Lebensmitteln, die man nur essen kann, wenn man nicht weiß, wie sie gemacht werden. Würdest du sehen, wie ich diese Rumkugel da mache, würdest du nie wieder eine davon anfassen.« »Machen Sie alles selbst?«, fragte ich sie. Da war sie für einen Augenblick beleidigt. »Was denkst du denn? Glaubst du, ich bestell das in der Fabrik? Glaubst du, so ein Brot wie hier gibt es in der Fabrik? Willst du mich verarschen?« »Wie viele Bäcker arbeiten denn hier?« »Sag mal, Hungerhaken, bist wohl heute mit dem falschen Bein aufgestanden. Wie viele Bäcker hier arbeiten? Was denkst du denn? Hier arbeitet überhaupt kein einziger Bäcker. Hier arbeite nur ich und sonst niemand!«

In den nächsten Tagen erzählte sie mir nach und nach die Geschichte der Bäckerei, die ihre Großeltern eröffnet hatten. Ihr Vater hatte sie Mitte der Fünfzigerjahre übernommen und modernisiert. Sie zeigte mir ein Foto, auf dem ein Paar, die Mutter mit einem moppeligen Kind auf dem Arm, stolz unter der Neonbrezel posierte. Dieses Kind war sie. Ihr Vater starb früh, und zusammen mit ihrer Mutter und mehreren Bäckern führten sie die Bäckerei weiter. Sie berichtete von riesigen Mengen Brötchen, die hier jeden Morgen für mehrere der nun schon lange geschlossenen Zechen gebacken wurden. Wie stadtbekannt die Bäckerei gewesen sei. Als ihre Mutter starb, machte sie alleine weiter. Unwillig erzählte sie von ihrem Mann. Sie nannte ihn immer nur den Schweinehubert. »Der Schweinehubert is einfach abgehauen und hat mich im Stich gelassen.« Ilses Alter war schwer zu schätzen, und ich wagte nicht, sie danach zu fragen. Aber ich war mir sicher, dass sie um einiges jünger war, als ich anfänglich gedacht hatte. Ihrem letzten Angestellten hatte sie vor zwei Jahren kündigen müssen. Seit die neue Bäckerei aufgemacht hatte, kamen nur noch die ganz alten Kunden, und auch die würden nach und nach wegsterben. »Wenn ich in der Zeitung die Todesanzeigen durchlese«, erklärte sie mir, »und sehe, dass wieder einer von meiner Kundschaft hin ist, denke ich: ›Oh Gott, das Mehrkornbrot ist tot.‹ Da kann ich dir sofort ausrechnen, was am Monatsende weniger in der Kasse ist.« Aber sie war keineswegs arm. In den guten Zeiten hatte ihr Vater das Haus gekauft. Einer der wenigen Altbauten in der Stadt, der den Krieg einigermaßen unbeschadet überstanden hatte. Die Bäckerei schließen wollte sie auf gar keinen Fall. »Was soll ich denn dann den lieben langen Tag machen? Ich hab ein einziges Mal Urlaub gemacht. Da bin ich jeden Morgen um drei aufgewacht, Bäckerschicksal, und hab auf dem Balkon gestanden, Kette geraucht, und unten hat muffig das Mittelmeer geplätschert. Das ist nichts für mich.«

Unsere Bekanntschaft machte mir Freude, da ich sie viel über Dortmund fragen konnte. Und diese in ihrer Hässlichkeit fast einmalige Stadt wurde durch ihre Erzählungen ein Ort unzähliger Geschichten.

Ruhrpott und Zechen, Fußball und Sechstagerennen, Wirtschaftsauf- und Wirtschaftsabschwungsgeschichten. Sie erzählte mir, wie ihre Eltern im Jahr 1956 zum Gewinn der ersten Meisterschaft von Borussia Dortmund 10 000 Brötchen mit Mett spendiert hätten und mehrere Spieler daraufhin in der Bäckerei aufgekreuzt waren und ihrem Vater einen Wimpel überreichten. »Schau, da hängt er noch.«

Ich probte eine Komödie, die ›Außer Kontrolle‹ hieß, und musste mit einem Toten tanzen und gegen Türen laufen. Das sollte ich ihr vorspielen. Wie man das macht. Ich stand auf und knallte gegen den Türrahmen der Backstube. Sie schüttelte nur den Kopf. »Wer fällt denn auf so was rein!« Und sie lachte erst sehr viel später, nicht darüber, wie ich gegen ihre Tür gelaufen war, sondern darüber, was ich für einen eigenartigen Beruf hatte.

17.

Sosehr ich mich auch mühte, meine sozialen Kompetenzen an den Mann zu bringen, ich blieb auch im Dortmunder Ensemble weitgehend isoliert. Natürlich saß man zusammen, natürlich gab es einen Zusammenhalt. Aber es war nicht zu leugnen, dass etwas, dessen Beschaffenheit schwer zu bestimmen war, von mir ausstrahlte und sich als Befangenheit auf die Menschen um mich herum absenkte. Vielleicht bildete ich mir das auch nur ein, aber stets meinte ich zu spüren, wie meine Präsenz die Unbefangenheit der anderen dämpfte.

Während der Proben zu Schillers Räubern entlud sich meine Frustration darüber, nirgends recht dazuzugehören, in mit Verve vorgetragenen Kantinenmonologen. Die meisten meiner Argumente waren mir selbst suspekt, aber ich wollte die Kollegen auf- und anstacheln. Ich behauptete, dass wir als Gymnasiasten viel zu harmlos wären, um eine Räuberbande darzustellen. »Keiner von uns sieht aus, als könnte er einer Fliege etwas zuleide tun.« Ich schwang missionarische Reden über das brachliegende Böse in uns und stahl, um mich zu profilieren, Hanna-Formulierungen, sprach vom hauchdünnen Firnis unserer Zivilisation und darüber, dass das Stück ›Die Räuber‹ der feuchte Traum eines Internatszöglings sei, der genauso wie wir das Leben eines behüteten Schnösels geführt habe.

Nun ergab es sich, dass genau in diesen Tagen die berühmte spanische Theatergruppe La Fura dels Baus nach Bochum kam. Ich versuchte meine Räuberkollegen für einen Besuch zu begeistern, aber sie wollten lieber zum Fußball oder fanden die Aktion schlichtweg zu anstrengend und überflüssig. Ich war empört und besorgte mir eine einzelne Karte. Es wurde zu einem für mich bahnbrechenden Theatererlebnis, einem, das eine nie mehr zu ignorierende Linie zwischen davor und danach ziehen sollte.

Es begann schon damit, dass die Aufführung nicht im Bochumer Schauspielhaus stattfand. Ich bestieg am Dortmunder Hauptbahnhof einen Shuttle und wurde in ein weit außerhalb der Stadt gelegenes Industrieviertel gebracht. Mit mir im Bus saßen zur Mehrzahl Frauen Ende vierzig, die sich lachend und sehr laut über ihre Exmänner unterhielten. Wir bogen auf einen Parkplatz ein. Das grell illuminierte Zirkuszelt schwamm auf der weiten Fläche wie ein Geisterschiff auf uns zu. Auf dem Zeltdach wehten zerfetzte Fahnen mit bösartig dreinschauenden Nagetieren darauf. Erst später erfuhr ich, dass es Frettchen waren. Meine Karte riss ein klein gewachsener spanischer Mann ab. Er hatte einen Bademantel an, war eher unfreundlich, und seine sphinxhafte Ernsthaftigkeit würdigte die Eintretenden, die ihm ihre Karten hinhielten, keines Blickes. Die nächste Überraschung war: Es gab keine Sitzplätze. Die Besucher wurden durch Käfigtunnel, wie ich sie aus dem Zirkus für Raubtiere kannte, in die hoch umzäunte Manege geleitet. Dort war es eng. Dicht an dicht standen die Zuschauer zusammengepfercht in diesem riesigen Käfig im Sägemehl. Die ersten fächelten sich bereits Luft mit den Programmheften zu und machten demonstrativ Platzangstgesichter. Lange geschah gar nichts. Die Zuschauer wurden unruhig und nervöse Wellen schwappten durch die Versammlung.

Da hoben einige die Köpfe und sahen zum Zeltdach hinauf. Weit oben griffen Hände durch die Plane und rollten sie beiseite. Durch die Öffnung blickte eine beeindruckende Anzahl kahl rasierter Männer auf uns herunter. Sie zeigten mit den Fingern in die Menge, warfen Taue hinab, deren Enden ins Sägemehl peitschten, und dann kletterten sie nackt durch die Kuppel des Zirkuszeltes. Es war eine eigenartige Mischung aus Furcht und Faszination, die mich ergriff. Wie durchtrainierte Putten hingen sie unter dem Zirkusfirmament, doch ihre Blicke waren animalisch. Immer wieder zeigten sie auf einzelne Zuschauer. Dieses andauernde Deuten hatte etwas Bedrohliches, so als würden sie ihre Opfer auswählen.

Ohrenbetäubende Musik setzte ein. Geschickt kletterten sie die Seile hinab, um deren Enden sich Freiräume gebildet hatten. Auf dem Rücken trugen einige der splitternackten Männer schwere Geräte, die ich erst, als sie näher kamen, als Kettensägen erkannte. Sobald sie unten waren, warfen sie sie an und das Sägengeschrei übertönte die Musik. Mit sturem Blick hoben sie die brüllenden Sägen in die Höhe und liefen damit durch die Menge. Trieben die Zuschauer vor sich her und zerteilten die Menschentraube. Die ersten Besucher hatten genug und rüttelten an den Käfiggittern. Als einer der sägenschwingenden Spanier nah an mir vorbeilief, entdeckte ich zu meiner Beruhigung, dass die Säge keine Kette hatte, ihr Motor ins Leere heulte. Dennoch konnte man nicht anders, als hektisch zur Seite zu springen. Nachdem die Menge zigmal tranchiert worden war, klinkten die Männer die Sägen in die Seile ein, an denen sie nach oben gezogen wurden. Nun waren sie unter uns und keiner wusste, was als Nächstes passieren würde.

Da wurde auf einem grob gezimmerten Gestell ein riesiger Glaskolben hereingerollt. Er war bis zum Rand mit schwappendem Wasser gefüllt, und in ihm schwamm und schwebte, von seinem langen Haar umrankt, ein nacktes Kind, das aber das Gesicht einer erwachsenen Frau hatte. Waren es die durch die Krümmung der Glaswände entstandenen Verzerrungen, die den Körper deformierten, oder war es die Person selbst, deren Gliedmaßen Fehlstellungen und Absonderlichkeiten aufwiesen? Das Wesen hatte die Augen geschlossen und atmete durch ein Sauerstoffgerät, das am Boden des Behälters lag. Um ihn herum tanzte mit wilden, in einer Fantasiesprache angestimmten Gesängen die Horde. Einige Zuschauer saßen weinend im Sägemehl, da ihnen die Kettensägenattacken zu weit gegangen waren. Doch die Mehrzahl umringte neugierig in einigem Sicherheitsabstand das bauchige Riesengefäß. Für das eigenartige Menschlein schien es gleichermaßen Gefängnis wie Lebensraum zu sein. Die Männer schlugen mit ihren Fäusten gegen das Glas, doch der Homunkulus blieb gelassen. Seine Langmut machte die nackten Kerle wütend. Plötzlich schrien sie aggressiv herum, gaben Schnalzlaute von sich und bewarfen sich gegenseitig mit Farbpulver. Rote und blaue und gelbe und grüne Pigmente blieben an ihren nass geschwitzten Körpern kleben und verwandelten sie nach und nach in paradiesvogelbunte Kreaturen. Die Musik änderte sich, bekam etwas Helltönendes, Hymnisches. Die Männer stellten sich auf ein Bein oder streckten ihre Arme wie Flügel nach hinten, machten Vogelgeräusche und schritten in einer staksigen Tierprozession um den Glaskolben herum.

Ich war gebannt von ihrer Wildheit, ihren durchtrainierten Körpern, ihrer selbstverständlichen Nacktheit. In dieser Manege zu stehen, war so vollkommen anders, als im Theater zu sitzen, zwischen Abonnenten eingequetscht, mit zusammengefalteten Beinen. Jegliche Erwartungshaltung hatten sie mit ihren Sägen zerlegt. Die Zuschauer um mich herum und auch ich selbst waren verunsichert und der Situation schutzlos ausgesetzt. Der auch schon von mir verinnerlichte Anspruch, sich gemütlich im Dunkel eines gesicherten Zuschauerraumes ein Urteil zu bilden und dieses dann in der Pause mit dem Sitznachbarn zu erläutern, war auf brutale Weise aus den Angeln gehoben.

Vier der Männer hatten leichte Erektionen. Farbenfroh bepudert baumelten und hüpften ihre prächtigen Schwänze zwischen den kräftigen Schenkeln herum. Einer von ihnen, wohl der Anführer, erkletterte den Glasbehälter und biss in ein großes Stück Fleisch. Durch einen undurchschaubaren Trick rannen Unmengen von Blut aus dem Fleischstück heraus und überströmten seinen Körper. Minutenlang zerrte und riss er an dem saftigen Brocken herum und badete in Blut. Andere, plötzlich bewaffnet mit langen Stangen, kletterten zu ihm hinauf und stießen mit ihnen nach dem nackten Körper im Wasser. Erst noch bedächtig, dann immer brutaler. Ich wechselte abermals die Position. Nun war ich mir sicher, es war eine kleinwüchsige Frau. Elastisch gab sie den Attacken nach und zeigte keinerlei Reaktion. Ihre allen Angriffen nachgebende Weichheit machte sie unverwundbar.

Das machte die Männer noch zorniger, und mit Blechschalen begannen sie, das Wasser abzuschöpfen und es achtlos hinter sich über die aufjohlenden Zuschauer zu spritzen. Sie streckten ihre nackten Hintern in die Höhe und beugten sich kopfüber tiefer und tiefer in den Glaskübel hinein. Zwischen den muskulösen Arschbacken hingen wie pflückreife Früchte stramm verpackt ihre Eier. Ich konnte nicht wegsehen, war wie hypnotisiert vom Hodenpendel und fiel in das Bild hinein wie Alice in den Schacht, fiel durch das Bild hindurch in eine andere Welt. In meinem Gehirn machte es Plopp. Der Anblick entkorkte lange Jahre unter Verschluss gehaltene, aber umsichtig gelagerte Erinnerungen, und glasklar sprudelten die Bilder aus der Karaffe in mein Bewusstsein hinüber. Als ich ein paar Tage später Hanna von diesem Flash erzählte, lachte sie und bemerkte, dass es schon erstaunlich sei, wie sehr sich die Zeiten geändert hätten. Was für Proust die mit spitzen Fingern in eine Tasse mit Tee getauchte Madeleine gewesen war, wären bei mir die baumelnden Eier spanischer Theateraffen. Das, so Hanna, wäre eine durchaus beachtliche Entdeckung. Eine triebgesteuerte Mnemosynevariante als Gegenbild zum manieristischen Konzept von Proust. »Du erinnerst dich anscheinend dann am besten«, schlussfolgerte sie, »wenn du versaute Sachen siehst.«

Tatsächlich war ich durch den Anblick der baumelnden Hoden ansatzlos zu einem Ausflug geraten, den ich mit meinem Vater zur NORLA, der Norddeutschen Landwirtschaftlichen Fachausstellung in Kiel, unternommen hatte. Ich war in der ersten Klasse nach nur drei Monaten wieder nach Hause geschickt worden. Die Lehrerin hatte den mir unvergesslichen Satz gesagt »Du musst noch reifen« und meinen Eltern verlogen pädagogische Blicke zugeworfen. Das hatte ich damals komplett durchschaut, dass mir da etwas schöngeredet werden sollte, was eine echte Schmach war. Monatelang hockte ich danach zu Hause und reifte vor mich hin. Mein Vater machte mir eines Morgens ein Angebot: »Ich habe heute keine Lust zu arbeiten. Wir fahren zur NORLA. Da gibt es jede Menge Tiere. Das wird dir gefallen.«

Während die nacktärschige Horde weiterhin das schwer einzuordnende Geschöpf mit Stangen drangsalierte und in dem Behälter stocherte, schoben sich die Begebenheiten dieses lange zurückliegenden Ausfluges groß wie ein Frachter in mein Blickfeld. Als würden nun nicht mehr nur von außen, sondern auch von innen Bilder auf meine Netzhaut projiziert werden. In meinem Kopf liefen zwei Filme gleichzeitig ab. Ich hörte die Schreie, sah die Zuschauer, das Zelt, die Männer, das Wassergefäß, und gleichzeitig sah ich mich und meinen Vater das Auto besteigen und zur NORLA aufbrechen. Was für eine Sensation das war, meine Brüder in der Schule und ich allein auf der Rückbank seines Opel Admirals. Er hatte eine Packung Mentos dabei und zog direkt mit den Zähnen die Kaubonbons aus der Papierrolle. Mein Vater liebte Mentos so sehr, dass er völlig vergaß, mir einen abzugeben. Wir fuhren nach Kiel, auch an der Stelle vorbei, an der nur wenige Jahre später mein mittlerer Bruder tödlich verunglücken würde. Sozusagen ein Schicksalsort der Zukunft, eine hinterhältige Hügelkuppe, die geduldig auf eine günstige Nacht voller schrecklicher Zufälle wartete.

Auf dem Ausstellungsgelände gab es mehrere große Hallen voller Tiere. Unter freiem Himmel blitzten fabrikneue Traktoren in der Sonne. Die seitlich hochgeklappten Konstruktionen waren glänzend rot gestrichen, auf den messerscharfen Pflugscharen explodierten Lichtreflexe. Die Reifen waren größer als ich und ihr Profil so grob, dass meine Kinderhand in den Gummigräben verschwand. All diese gigantischen Fahrzeuge strotzten vor Kraft, vor polierter Bereitschaft und sahen für mich eher aus wie für einen intergalaktischen Krieg als für den Acker. In den Messehallen drängten sich die Besucher um die Koben,

Ställe, Käfige und Boxen. Egal ob Hase, Schwein, Kuh, Huhn oder Pferd, jedes Tier hatte Preise gewonnen. Es gab jede Menge deutsche Meister, Europameister und sogar Weltmeister. Damit hatte ich nicht gerechnet, dass ich an diesem Vormittag lauter vierbeinige Berühmtheiten zu Gesicht bekommen würde. Jede Gattung hatte ihre Prachtexemplare entsandt. Eine Arche Noah der Superhelden.

Mein Vater unterhielt sich mit den Ausstellern, wusste mal wieder alles und weckte so die Gesprächsbereitschaft der Besitzer. Nie zuvor hatte ich Hasen gesehen mit Ohren so riesig wie von Eseln. Nie zuvor solche Schweine, rosa massive, deren schleifende Bäuche das Stroh mit sich schoben. Wir kamen zu einer Box mit einem riesigen Bullen. Ein vierbeiniger Bodybuilder namens Tristan. Er stand da und wirkte gelangweilt. Doch ich war mir sicher, dass es nur seiner guten Stimmung geschuldet war, dass er nicht durch das lächerliche Alugatter brach und uns alle mit seinem Dampframmenschädel niederwalzte. Seine Aura machte es mir unmöglich, ganz an die Umfriedung heranzutreten. An der fester gehaltenen Hand meines Vaters umrundete ich die Box. Er hob mich in die Höhe. Zwischen den Hinterbeinen des Bullen hing und leuchtete sein Hodensack. Das Fell des Tieres war dunkelbraun und glatt, nur auf der Stirn kringelten sich adrette Löckchen. Der Hodensack war rosa, teilweise weiß gepunktet, haarlos und baumelte abstrus lang hinunter. Ein schwerer Fleischtropfen, durch dessen Haut sich auf unterschiedlicher Höhe zwei tennisballgroße Kugeln drückten. Ich sah meinen Vater an, der ein belustigt anerkennendes Gesicht zog und sagte: »Mein lieber Scholli, da wird man demütig.« Ich begriff nicht, was er meinte, aber als er weitergehen wollte, bat ich ihn, noch bleiben zu dürfen. Und auch bei seinem zweiten Versuch aufzubrechen intervenierte ich nachdrücklich. »Mein Lieber, wir stehen hier jetzt schon zehn Minuten, ich kann dich nicht mehr tragen. Es gibt noch so viel zu sehen.« Er setzte mich ab. »Kurz noch, bitte, bitte, Papa, noch ganz kurz.« Er wuchtete mich auf seinen anderen Arm, und ich erinnere mich an seine liebevollen verschieden großen Augen und daran, dass er mein genaues Alter nannte. Er sagte: »Du hast vollkommen recht. Man muss sich mit sechs auch mal ein wenig Zeit nehmen, um die dicksten Eier zu studieren, die die Welt je gesehen hat.«

Vielleicht war mein Vater auch deshalb geduldig, da er sich freute, dass ich mich für eine längere Zeitspanne auf ein und dieselbe Sache konzentrierte, was sonst nicht zu meinen Stärken zählte. Bei den Pferden erwartete mich dann gleich der nächste überzüchtete Anschlag auf mein Aufmerksamkeitszentrum. Mein Vater lud mich zu einer Kutschfahrt ein. Diese war keine zwanzig Minuten lang und führte einmal um das Ausstellungsgelände herum. Das Gespann bestand aus sechs gigantischen Kaltblütern, die über den Hufen hippiemäßige Puschel trugen. Ich durfte neben dem Kutscher sitzen. In den folgenden Minuten konnte ich meine Augen nicht abwenden von den direkt vor meinen Augen gegeneinanderreibenden Pferdepobacken, von den kastanienbraunen Kontraktionen im Takt der klappernden Hufe. Wenn der Schweif zur Seite schwang, sah ich, von schwärzlicher Haut eingebettet, einen dunklen Muskelring und eine längliche Falte. Ich hatte keine Ahnung, was mich so bannte, aber es war mächtig, hatte mit Bewegung und Rhythmus zu tun, mit etwas, dessen Bedeutung für mich noch in ferner Zukunft lag, dessen Ahnung sich aber in diesem Moment ein Plätzchen in mir suchte.

Auf der Heimfahrt sagte mein Vater: »Das war doch ein großartiger Ausflug! Ein bisschen gewundert habe ich mich schon, dass du dich für die Vorderseiten der Tiere lange nicht so zu interessieren scheinst wie für ihre Hinterteile. Normalerweise wollen Kinder in deinem Alter Pferden Zuckerstückchen geben oder die Schnauze tätscheln. Aber gut. Hinten gibt's natürlich auch 'ne Menge zu entdecken.« Kurz bevor ich vom Kutschbock gesprungen war, hatte ich sogar noch gesehen, wie sich der Schweif des Pferdes ganz gehoben und sich der schwarze Hautkranz zu weiten begonnen hatte. Größer und größer war er geworden und hatte von innen etwas herausgedrückt. Das, was ich sah, hatte die Form eines Schädels, und kurz war ich mir sicher, der riesige Gaul würde direkt vor meinen Augen ein Fohlen bekommen. Ich klammerte mich an den Oberschenkel meines Vaters und zog mir ein wenig das Hosenbein vor die Aussicht. Von hoch oben schob sich braungrün ein Klumpen hinaus und fiel zu Boden, landete mit satter Schwere auf dem Pflaster. Ich blickte hinauf zum Pferdehintern, der so raumfüllend über mir thronte wie ein fellbespanntes Firmament, und beobachtete den kosmischen Stuhlgang. In rascher Folge drückte das Pferd fünf weitere sauber geformte Pferdeäpfel heraus. Zwischen den einzelnen Äpfeln blieb das Loch groß und geöffnet, und es ging dunkel hinein in das Innere des Tieres.

Die spanischen Hintern hatten mich aus dem Zirkuszelt heraus zwanzig Jahre zurück zu Bullensack und Pferdehintern geschleudert. Nun beamte mich lautes Scheppern wieder in die Manege. Einige der Männer schlugen mit den Blechgefäßen gegen das Glas. Langsam sank der Wasserpegel. Wie besessen schippten sie das Wasser heraus und kamen mir vor wie hektisch trinkende Tiere, wie ein Haufen verdurstender Hunde. Dann wieder hockten und krabbelten sie wie glatt rasierte Affen auf dem Glasrand herum. Die Musik verhakte sich in einem tiefbassigen Beat, der langsam Tempo aufnahm. Einer von ihnen rutschte in den Glaskolben hinein, wurde von den anderen an den Füßen gehalten und zog und zerrte an einem Stöpsel am Behältergrund. Ein satter Strahl schoss aus der Öffnung heraus und verwandelte das Sägemehl zu Matsch. Bisher hatte die eigenartige Frau keinerlei Reaktion gezeigt, doch jetzt, mit dem drastischen Sinken des Wasserspiegels, begann sie sich im Behälter herumzuwerfen und mit den flachen Händen gegen das Glas zu schlagen. Sie drückte sich auf den Boden und versuchte, in der letzten Pfütze durch ihre Atemmaske nach Luft zu schnappen. Das Wasser tropfte aus der Öffnung.

Nun lag die Frau, missgebildet und hilflos, wie ein vom Angelhaken gefallener Fisch auf dem Trockenen. Ich hörte, wie sie versuchte zu atmen, ihr verzweifeltes Saugen an der Sauerstoffmaske. Es klang erschütternd: ein kreatürliches Schlürfen, ein erbärmliches Ringen auf Leben und Tod. Bis jetzt hatte ich begeistert und interessiert zugesehen, doch dieses Geräusch überwältigte mich. Ich vergaß vollkommen, dass sie nicht in Gefahr war und einfach das Mundstück hätte herausnehmen können, um zu atmen. Sie aber war aus ihrem Element herausgerissen worden und drohte an der Luft zu ersticken. Ihre Fruchtblase war zerplatzt, zerstochen worden, und es sah nicht so aus, als wäre sie für eine Welt außerhalb des Behälters geschaffen. Genauso fühlte ich mich oft: wie jemand, der sich in einem anderen Aggregatzustand wohler fühlen würde, dem sein angestammter Lebensraum abhandengekommen war. Ich stellte mir vor, eine große Hand würde mich behutsam nehmen, woanders wieder absetzen, und alles wäre einfach und leicht. Die Welt sähe noch genauso aus, aber ich würde dazugehören. Ich war plötzlich in Sorge, überwältigt zu werden, so ein Mitleid mit dieser japsenden, von ununterbrochenem Gebrüll und Gerenne umgebenen Frau überkam mich. Es war ein archaisches Spektakel.

Die Frau schien mir zu zerbrechlich für diese Tortur zu sein. Ihre eben noch wie Wasserpflanzen wabernden Haare klebten ihr nun im Gesicht und den knochigen Rücken hinunter bis über den Po. Ihre langen herrlichen Haare standen im krassen Widerspruch zu der restlichen Beschaffenheit ihres Körpers, der voller verschobener und gestauchter Knochenkonstellationen war. Sie schlug um sich und zappelte wild in ihrer Todesnot. Wie von elektrischen Stromstößen durchzuckt, explodierte ihr Leib und klatschte gegen die Innenwände des Gefäßes. Die nackten Männer warfen wieder mit ihren Farbpigmenten herum, und einige gerieten in Streit und schlugen plötzlich aufeinander ein. Es war mir nicht klar, ob diese Prügelei zum Programm gehörte oder ob tatsächlich etwas außer Kontrolle geriet. Sie wurden von einem Zuschauer getrennt, der allerdings auch recht spanisch aussah.

Die bunte Horde kletterte auf das Gerüst und bohrte ihre Stangen in den verkrümmten Leib der

Frau. Sie wand sich und machte immer kläglichere Sauggeräusche. Ihre Kräfte schwanden. Es gelang den Männern, sie mit ihren Stangen an der Glaswand zu bändigen, emporzuschieben und einen ihrer Arme zu packen. Sie wehrte sich nach Leibeskräften wie ein verzweifeltes Tier, das nicht aus seinem Bau gezerrt werden möchte. Sie spuckte das Mundstück aus und fauchte, stemmte ihre schlanken Arme und Beine gegen den Glasrand. Er war jedoch zu glatt, sie rutschte ab, und schließlich zogen sie die Männer heraus. Sie krallte sich in eine der Gerüststangen und zig bunte Hände zogen an ihren Beinen. Ihr Körper wurde lang, ihre Rippen spannten, ihre Hände öffneten sich, und dann hatten sie sie. Voller Verachtung schleuderten sie die Frau in den Sägemehlmatsch, trommelten sich wie Primaten auf die Brust. Sie traten nach ihr, malträtierten sie mit den Stangen, spuckten auf sie. Späne flogen in die Höhe, während sie versuchte, sich in die Tiefe zu buddeln.

Dann kam sie auf alle viere und begann auf heisere Art zu singen. Es klang wunderschön und traurig. Die Männer trauten sich nicht mehr recht an sie heran, wahrten Distanz und stachen nur noch vereinzelt mit ihren hölzernen Lanzen nach ihr. Da verwandelte sich die Frau, durchlief singend und unter konvulsivischen Zuckungen eine Metamorphose. Innerhalb einer Minute wurde aus der deformierten Nixe, dem zappelnden Fisch eine knurrende und hechelnde Furie. Überfallartig stürzten sich erneut die Männer auf sie, und für einen Augenblick sah es so aus, als hätten sie sie mit ihren Stangen durchbohrt.

Und nun geschah etwas, das mich auf noch nie da gewesene Art ergreifen sollte. Sie stemmten die nackte, von Sägemehl wie panierte Frau in die Höhe. Ich begriff im ersten Moment überhaupt nicht, was vor sich ging. Sie hoben sie in die Luft. So hoch, dass sie am Ende der Stangen wie eine gekreuzigte Berserkerin über den Köpfen der Zuschauer schwebte. Der wummernde Beat riss ab und sie erwachte, streckte sich und schlug die Augen auf. Ihr Blick glitt leer und doch anmutig über mich hinweg. Wie in einem verlangsamten Tanz griff sie nach den Stangen und räkelte sich lasziv. Eben noch war sie so gequält worden, hatte ich um ihr Leben gefürchtet, jetzt waren wir plötzlich alle ihre Untertanen. Die nackten Männer hatten sich dicht zusammengedrängt, bildeten einen bunten Klumpen, aus dem die muskulösen Arme herausragten, und stießen die Stangen noch ein wenig höher nach oben. Vier, fünf Meter über unseren Köpfen wand sich die Frau, wie eine Schlange in einer Baumkrone, um die Stangenspitzen.

Ein großes Holzgerüst wurde hereingerollt. Es sah mittelalterlich aus, wie zum Erstürmen einer Burgmauer. Behutsam wurde sie auf der grob gezimmerten Balustrade abgesetzt. Da stand sie lange, den Kopf gesenkt. Wir Zuschauer sahen zu ihr auf wie zu einer

Herrscherin. Gebieterisch hob sie die Hände. Die Männer warfen sich auf den Boden, drückten sich flach in das Sägemehl, und für einen Moment wollte ich es ihnen gleichtun. Mich hier einfach fallen lassen und diese malträtierte Märtyrerin anbeten. Das Gesicht der Frau hatte einen herrischen, ja fratzenhaften Ausdruck angenommen. Bösartig, arrogant reckte sie das Kinn vor, die Mundwinkel übertrieben herabgezogen. Die Horde sprang auf, rannte hektisch umher, rollte dicke Feuerwehrschläuche herein und richtete die harten Wasserstrahlen auf sie. Die Wucht des Wassers war enorm, und wie eine Demonstrantin im Wasserwerferstrahl wurde sie fast von der Plattform gespült. Sie klammerte sich fest und behauptete ihre Stellung. Das Wasser drückte ihr Dellen in den Körper, verformte und reinigte sie. Als sie sauber war, wurde das Wasser abgedreht. Die Männer kletterten auf den Turm und wickelten die Frau in farbenprächtige Tücher, banden ihr einen Turban. Nun sah sie aus wie die schönste orientalische Königin, und ihre dunklen Augen glitten mit solch glühendem Stolz über uns Zuschauer hinweg, dass viele ihre Köpfe senkten. Äußerst behutsam wurde sie vom Gerüst gehoben und in einer von bombastischer Musik unterlegten Prozession auf den Schultern durch die Manege getragen. Die Männer schnappten sich die Seile, die auf ein Kommando hin aus dem Zelthimmel gefallen waren, und kletterten auf unterschiedliche Positionen, hingen wie eine Orang-Utan-Horde im Lianenwald. Die Frau stand da und hob ihre Hand majestätisch in die Höhe. Sie wurde gepackt und in die Luft gezogen. Jeder Handgriff saß. Blitzschnell wurde sie weitergereicht. Man hörte kurze, knackige Klatscher. Überall Hände, die sie ergriffen, an den Knöcheln, an den Handgelenken. Innerhalb weniger Sekunden flog sie vom Boden bis zum Zeltdach. Man sah genau, wie sie es machten, und doch war die Wirkung überwältigend. Die krabbelnden und kletternden Männer zogen die Seile nach oben, glitten hinaus, blickten ein letztes Mal durch die Öffnung über die Zuschauer hinweg, zogen ihre Köpfe ein und rollten die Plane zu. Es war vorbei.

Die Zuschauer waren erschöpft. Es wurde zaghaft geklatscht, doch niemand kam, um sich zu verbeugen. Ich hatte Herzrasen und mir war zum Heulen zumute, so großartig war es gewesen. Ein animalisches Fest. Alle Abgeklärtheit, all die eingerasteten Beurteilungskriterien waren von mir abgefallen und ich fühlte mich wie gereinigt, wie vom Harnisch meiner eigenen Ansprüche befreit. So unkompliziert und direkt, so brutal und archaisch, so frei von Sprachballast und hehrem Kunstgenuss konnte Theater sein!

Auf der Rückfahrt im Shuttle kam ich mir wie erleuchtet vor, wie bekehrt, wie frisch missioniert. Alle meine bisher gemachten Erfahrungen, mein gutbürgerlicher Gefühlshorizont, ja mein ganzes bisheriges

Dasein, wurde mir klar, hatte mich für den Schauspielerberuf untauglich gemacht. Ich sah aus dem Fenster und dachte: ›Mein Gott, wie gerne würde ich einfach nach Spanien gehen und bei denen mitmachen! Die leben in einer Art Wagenburg, mitten in der Landschaft an einem Fluss. Komplett unabhängig. Sind keine so behüteten Milchbubis, wie ich einer bin. Was mache ich bloß immer noch in diesem Stadttheater? Das hat doch mit dem wahren Leben nichts zu tun! Ich hab null Bock mehr auf Ibsen, Tschechow und Goethe und diesen ganzen Scheiß! Wie soll ich als Abiturient glaubhaft in Theaterstücken spielen, in denen es um nichts anderes als Mord und Totschlag geht? Ich habe nichts erlebt! Keinen Krieg, keine Naturkatastrophen, keine Revolution. Das Krasseste, was ich durchgemacht habe, war die Schauspielschule! Wie soll ich als Kriegsdienstverweigerer Macbeth spielen?‹

»Mann oh Mann«, hauchte eine Frau in der Sitzreihe hinter mir: »Das waren aber leckere Burschen, diese Spanier, leck mich am Arsch!«

Die Aufführung von La Fura dels Baus hatte mich mit solcher Energie infiziert, dass ich mich wie eine tickende Zeitbombe benahm und in kaum einem Satz ohne das Wort ›extrem‹ auskam. Das klang dann schon absonderlich, was ich da vor, während und nach den Räuberproben von mir gab. »Wir müssen alle viel extremer werden. Wir müssen endlich raus aus unserer Angepasstheit und rein ins Extrem. Extremere Regisseure! Extremere Bühnenbilder! Auf einer Bühne muss alles möglich sein! Hauptsache, es ist extrem! Diese Typen von La Fura dels Baus, die haben auf der Straße angefangen. Die haben total extreme Sachen durchgezogen. Sich gegenseitig geschlagen und dann geguckt, wie die Passanten reagieren.« Der beste Kumpel des Wortes ›extrem‹ war das Wort ›radikal‹ und im Doppelpack bevölkerten sie meine Statements. »Wisst ihr, ich will Romeo und Julia mal richtig extrem vögeln sehen! Ich hab die Schnauze so voll von all diesen Andeutungen.« Dass mir das, was ich sagte, als heißer Peinlichkeitsschauer über die Haut brannte, verstärkte meinen Eifer nur noch. »Und mal richtig zuschlagen!«, rief ich. »Was gibt es Lächerlicheres als so einen Schlag am Kinn vorbei und sich dabei mit der anderen Hand heimlich auf die Hose hauen! Diese ganzen Klassiker, die hat man doch schon alle hundertmal gesehen. Mit uns muss etwas Neues beginnen! Was extrem Radikales! Wollen wir wirklich so angepasste Stadttheaterfuzzis werden, die sich jeden Abend in der Kantine einen ansaufen?« Der Darsteller des Franz Moor sah mich müde und mitleidig an.

Ich hatte von Hanna gelernt, was es heißt, sich in ein Thema hineinzuschrauben, sich in Thesen zu verbeißen. »Wir könnten Theaterterroristen werden und in den Theateruntergrund gehen. Wir gründen eine Theaterterrorgruppe und stürmen mit einem eigenen Stück fremde Premieren. Wir sitzen im Zuschauerraum und dann, auf ein Kommando hin, stehen wir auf, klettern auf die Bühne und spielen unser Stück.« »Worum soll es denn in unserem Stück gehen?«, fragte mich genervt der Spiegelberg-Darsteller. Ich wurde lauter. »Das ist doch völlig wurscht, Mann. Es geht doch erst mal nur um die Zerschlagung verlogener Strukturen.« Wohlig ließ ich mich vom Morast meines abstrusen Aufbegehrens verschlingen. »Das Wichtigste ist, dass wir uns radikalisieren und aus diesem total verstaubten Theater rauskommen. Die Wirklichkeit ist doch viel, viel extremer!« Die Kollegen aber wollten einfach nur in Ruhe ihr Bier trinken und keine postpubertären Brandreden hören. Von der allgemeinen Lethargie gekränkt, sprang ich auf: »Ich habe einen Plan! Wir besorgen uns Blutkapseln und dann prügeln wir uns bei Karstadt und klatschen uns das Blut gegen die Stirn und sehen mal, wer hilft. Wetten, die Leute gehen vorbei.« »Das kannst du schön alleine machen!«, lachte Karl Moor, und auch der Rest der Räuberbande grinste gelassen und gelangweilt in den armseligen Schaum ihrer urintrüben Biere hinein. »Ihr seid alle solche Feiglinge! Ihr seid keine Schauspieler. Ihr … ihr …« – jetzt musste mal ein echter Wirkungstreffer her – »ihr seid alle nichts weiter als Beamte!« Der Schauspieler, der den Roller spielte, sah erbost von seinem Glas hoch. »Halt jetzt endlich mal die Schnauze.« Er stand auf und seine mich sonst enervierende Behäbigkeit war von kontrolliertem Zorn wie weggeblasen. »Seit Wochen gehst du uns hier allen mit deinem Quatsch auf den Sack. Könnte es vielleicht sein, dass du einfach nur Angst hast, selbst nix auf die Reihe zu kriegen? Wie wäre es, wenn du dich mal um dich selbst kümmerst? Hier schwingst du große Reden, aber auf der Bühne kommt nie was von dir. Da hockst du nur in der Ecke rum und machst einen auf sensiblen Künstler.« Wie gerne hätte ich eloquent zurückgeschlagen, wie gerne hätte ich meine Räuberbande zusammengestaucht, aber in meinem Kopf platzte nur der Kummer darüber auf, was er zu mir gesagt hatte. Mein Abgangssatz geriet kryptischer als intendiert: »Räuber sind Räuber«, fauchte ich, »und keine Schauspieler wie ihr!«

Meinen kruden Thesen nun Taten folgen zu lassen, wollte und konnte ich nicht länger aufschieben. Ich besorgte mir ein Blutkissen aus der Maske. Wunderschön lag es vor mir auf einer Parkbank. Prall gefüllte Verheißung meines rebellischen Theaterdaseins. Ich liebte den Geruch von Theaterblut, süßlich, leicht nach Himbeere. Ich plante meine Kaufhausprügelei. Mir die Sache vorzustellen, bereitete mir Freude, doch die Aussicht, tatsächlich reinzugehen, machte mir große Sorge. Aber es gab kein Zurück mehr. Wer hundertmal das Wort ›extrem‹ benutzt, hat sich jeder Rückzugsmöglichkeit beraubt.

Feierlich wie eine Hostie trug ich das Blutbeutelchen mit mir herum. Wie ein Gebet murmelte ich mehrmals täglich meinen Plan vor mich hin. »Ich betrete das Objekt. Gehe in den dritten Stock zu den Bademänteln. Warte auf einen geeigneten Kunden. Fange einen Streit an. Drei Möglichkeiten: Erstens, ich remple ihn an. Oder zweitens, ich reiße ihm etwas, das er sich ansieht, aus der Hand und sage, das hatte ich zuerst. Oder drittens, ich rufe: ›Der da, der da hat etwas gestohlen. Hier ist ein Ladendieb!‹ Sobald es zu einer Rangelei mit der Zielperson kommt, lasse ich mich zu Boden fallen und klatsche mir unauffällig das Blutkissen ins Gesicht. Andere Personen müssen involviert werden. Kunden, aber auch Personal. Ich darf die Aktion unter keinen Umständen zu früh abbrechen. Ab da Tumult. Optimales Ergebnis wäre, wenn sich eine Schlägerei zwischen anderen entwickelt und ich unbemerkt verduften könnte.«

Ich musste grinsen, wusste genau, dass es hirnverbrannter Quatsch war, was ich vorhatte. Aber ich wollte nicht immer schon vorher schlauer sein als hinterher und endlich in Sachen schauspielerischer Einsatz ein Zeichen setzen.

Nach einer weiteren belanglosen Räuberprobe schritt ich zur Tat. Als ich in den dritten Stock des Kaufhauses kam, war es gähnend leer. Ich schlenderte zwischen Kleiderstapeln und Hemdenkarussells herum und hielt Ausschau nach einem geeigneten Kunden. Doch dann zerfiel der ganze Plan durch ein lächerliches Missgeschick. Während ich mich umsah und zur äußerlichen Ruhe zwang, hielt ich das pralle Blutkissen in der geschlossenen Hand. Plötzlich rann mir etwas über die Finger und aus einem mir unerklärlichen Reflex heraus drückte ich mir das Plastikbeutelchen schützend auf den Bauch. Ich stand gekrümmt vor einem Grabbeltisch mit verwurschtelten Pullovern, die aussahen, als wären hundert bunte Kraken verendet, und in mein T-Shirt sickerte das Blut ein. Was tun? Jetzt hieß es geschickt auf Unvorhergesehenes zu reagieren. Spontaneität war doch der wichtigste Talentbaustein eines Schauspielvirtuosen. Ich musste jetzt retten, was noch zu retten war. Ein neuer Plan musste her. Ich begann zu wimmern und klammerte mich dramatisch am Gitter des Grabbeltisches fest. Auf herrliche Weise konnte ich meine Nervosität ummünzen und sie als Wagemut in die Situation werfen. Ich jammerte lauter und sah aus dem Augenwinkel eine Verkäuferin heranlaufen. »Alles in Ordnung?«, rief sie schon von Weitem. Ich gab knurrende Geräusche von mir und ging in die Knie, verzog das Gesicht und kickte das ausgepresste Blutkissen mit der Fußspitze unter einen Ständer mit Socken und Unterhosen. Die Frau erreichte mich.

»Um Gottes willen, was ist denn los?« »Oh Gott, ich … ich … aaaahhhgrrrr … aahhhhhhhhh.« Ich ließ mich fallen, riss den Metallkorb mit, strampelte unter den Pullovern herum. Auf mich sah ein Mann hinab und ich hörte ihn sagen: »Er blutet! Schnell einen Krankenwagen!« Sie beugten sich zu mir hinunter. Nun war es so weit, ich musste der Situation einen dramatischen Umschwung bescheren. Auch darum ging es doch. Nicht nur Spontaneität war gefragt, sondern auch Unberechenbarkeit. Ein echter Schauspieler musste jederzeit in der Lage sein, das Ruder herumzureißen, um für eine Überraschung zu sorgen. Mit blutigen Fingern hielt ich mir den blutüberströmten Bauch und warf mich hin und her, schlug um mich und wälzte mich in den Sonderangeboten herum. Dennoch entging mir nicht, dass sich in die Blicke der Verkäuferin und des Mannes erste zarte Fragezeichen einschlichen. »Was ist denn das hier für ein komischer Geruch?«, hörte ich sie sagen und »Er riecht nach Marmelade!«. Es war an der Zeit, den Rückzug anzutreten. Ich zog mich in die Höhe und winselte: »Nicht so schlimm. Eine alte Verletzung. Ich hab Probleme mit der Narbe!« Ich griff mir einen Pullover und presste ihn als gestreiften Blutstiller auf meinen Bauch. »Geht schon! Geht schon! Wirklich, danke. Ich komm schon durch.« Der Kreis meiner Betreuer hatte sich um einen weiteren Verkäufer und ein Paar auf fünf erhöht. Von Sorge waren auf ihren Gesichtern nur noch letzte Reste zu sehen, und selbst diese schnurrten rasant zusammen und machten allumfassender Skepsis Platz. Ich stand da mit eigenartig starr geschürzten Lippen, holte tief Luft – und dann rannte ich los. Der Verkäufer rief: »Der haut mit dem Pullover ab!« Ich sauste davon, drei Rolltreppen hinunter, drückte einen Mann zur Seite, hinterließ einen blutigen Handabdruck auf seinem Jackett. Wow, wie gut ich das konnte, wie geschickt meine Füße die eisernen Stufen fanden! Wie geschmeidig mein Körper sich der turbulenten Flucht hingab. Ich war begeistert von mir und katapultierte mich durch die Glastüren hinaus ins Freie. Ich rannte und rannte, lachte und lachte. Die Leute sahen mich entsetzt an, und ich war mir vollkommen im Klaren darüber, dass ich einen erschütternden Anblick bot. Ein blutgetränkter Kerl, der kichernd durch die Straßen peste. Ich war extrem außer und radikal bei mir im selben Moment. Genauso, dachte ich, muss Theaterspielen sein. Als ich mir sicher war, alle eventuellen Verfolger abgeschüttelt zu haben, zog ich hinter einem Baum den gestohlenen Pullover über das blutnasse T-Shirt. Er war mir zu groß und irre hässlich, weiß-braun gestreift mit vereinzelten aztekischen Verzierungen, doch in diesem Augenblick war er das schönste Kleidungsstück, das ich je besessen hatte. Diesen Pullover, beschloss ich, wird mein Räuber tragen.

Nur wenige Tage nach meiner Extremerfahrung drosselte ich meine radikalen Sehnsüchte erstaunlich ansatzlos wieder auf null herunter und wurde demütig. Denn leider hatte sich nichts verändert. Auf den Proben fühlte ich mich unwohl und unbeholfen wie eh und je, und auch der gestohlene Pullover brachte mich nicht wirklich weiter. Auch ich musste mir eingestehen: Ein Ladendieb macht noch lange keinen Räuber.

18.

Mit Hanna machte ich einen Spaziergang durch den Teutoburger Wald. Es war kalt geworden, und Hanna hatte sich herbstlich zurechtgemacht und sah bezaubernd aus. Sie trug einen dicken Norwegerpullover, einen mehrfarbigen Schal, einen Wollrock und grüne Strumpfhosen mit Zopfmuster. Sie hasste Mützen. Mit Mützen, sagte sie, sehe sie aus wie eine Lernbehinderte, und machte ein debiles Gesicht. Die Sonne leuchtete durch die bunten Blätter und ich war das einzig Dunkle weit und breit: eine schwarz gewandete Krähe im herbstlichen Farbenrausch.

Auf dieser Wanderung erzählte mir Hanna von einem Brief, den Heinrich von Kleist an seine Verlobte Wilhelmine geschrieben hatte. Ein Torbogen, so Kleist, sei ein Symbol des Trostes. Hanna schwärmte: »Er fragt in dem Brief, warum das Gewölbe nicht einfach zusammenbricht, und kommt zu dem sensationellen Schluss, dass es das nicht kann, weil alle Steine auf einmal einstürzen wollen. Das ist doch unglaublich! Er zieht daraus einen, wie er sagt, unbeschreiblich erquickenden Trost, da auch er sich auf diese Weise halten könne, wenn alles ihn sinken lässt.« Mit den Schuhspitzen trat Hanna das Laub in die Höhe. »Das ist doch eine ungeheuerliche These. Das würde ja bedeuten, dass alle Traditionen, alle kulturell tradierten Sicherheitssysteme null und nichtig sind. Stabilität durch Instabilität. Sich fallen zu lassen, kann demnach zum Verharren über dem Abgrund führen. Also, für mich klingt das verführerisch. Nur allein sollte man halt nicht sein.«

Hannas Augen griffen nach mir, sie zog mich an der Hand, die sie hielt, zu sich und küsste mich. Während dieses Kusses strömte die Luft durch meine unterschiedlich großen Nasenlöcher, wodurch das eine mehr gekühlt wurde als das andere. Sie hatte die Augen geschlossen. Durch das Ölige des Lippenstifts hindurch piksten mich wie immer winzige Hautpartikel. Auch ich schloss meine Augen und erwiderte ihren Kuss. Da sah ich Franka vor mir. Zuerst war es nur eine winzige Irritation. Nicht viel mehr als ein Kreisel, der mit seiner Spitze an ein Sandkorn stößt, aber dann geriet ich ins Trudeln. Ich versuchte das Bild zurückzudrängen und mich auf den Kuss zu konzentrieren. Vergebens. Mit bösartiger Magie sauste jeder Körperteil an seinen ihm zugedachten Platz und vervollständigte das Frankabild. Die eine Frau küssen und dabei an die andere denken, das war neu für mich. Ich nahm Hannas Kopf in die Hände und drückte ihren Mund fester auf meinen, versuchte die Franka in mir zu ersticken. Es half nichts. Franka war da, lag modiglianinackt hingegossen in meinem Kopf, die Füße ausgestreckt bis ins Großhirn, ein Arm lässig unter den Kopf geschoben auf dem Kleinhirnkissen, der andere Arm baumelte lang meine Wirbelsäule hinunter und ballte die Faust in meinem Magen. Hanna sah mich an. »Alles in Ordnung?« Ich nickte, hakte sie unter und lief weiter in die tiefer stehende Sonne hinein. »Was wäre dieser Torbogen für dich?«, fragte ich Hanna. »Hast du ein ähnliches Bild, das dich tröstet?« Sie überlegte so lange, dass ich nicht mehr mit einer Antwort rechnete. Mir war nicht gut. Als hätte ich einen möglicherweise giftigen Pilz gegessen, horchte ich in mich hinein und wartete auf erste alarmierende Symptome.

»Mir ist etwas eingefallen, aber es ist nicht ansatzweise so ergreifend wie das Bild von Kleist. Ich bekam zu meinem fünften Geburtstag eine Holzeisenbahn geschenkt, die ich sehr mochte, auch wenn es gar nicht so einfach war, die Kurven so zusammenzustecken, dass sie eine harmonische Strecke ergaben, auf der der Zug gut fahren konnte. Ich hatte eine Lokomotive und mehrere Waggons, in die ich verschiedene Tiere stellte. Ich redete leise dazu, sagte so Sachen, die man halt sagt.« Hanna verstellte die Stimme, sprach wie ein kleines Mädchen: »›Liebe Tiere, in einer Stunde erreichen wir die Brücke und dann ist es nicht mehr weit bis zu eurem neuen Zuhause.‹ Besonders liebte ich es, den Zug von der kleinen Brücke aus loszulassen. Wenn ich die Teile richtig zusammengesetzt hatte, rollte er erstaunlich weit. Wenn es allerdings einen zu holperigen Übergang gab, entgleiste er und die Tiere fielen heraus. Dieser Anblick hat mich damals fasziniert. Es war eine komprimierte Abfolge zweier diametraler Ereignisse. Eben noch sauste der Zug mit Löwe und Giraffe, Zebra und Nashorn den kurzen Abhang hinunter und nur eine Sekunde später lag alles in Trümmern, überall tote Tiere. Schwung und Stille wechselten so rasch, dass ich es mir immer und immer wieder ansehen musste. Ich stürzte sie wohl wissend ins Verderben. Einige Jahre später, da war ich sicher schon elf, fand ich sie in einer Kiste wieder und baute die Bahn erneut auf. Der Unfall hatte all seinen Zauber verloren. Jetzt waren die Tiere, die umgekippten Waggons nichts anderes als profan herumliegende Holzteile. Die Seele der Situation war entwichen. Unwiederbringlich. Ich habe diese Bahn immer noch. Sie steht bei meinen Eltern. Es funktioniert einfach nicht mehr.«

»Hanna«, sagte ich, »das ist ja eine tieftraurige Geschichte und das genaue Gegenteil von Kleists Torbogen. Da geht es um Stabilität, um Halt im Chaos. Bei deinem Zug geht es nur um Verlust, um die Vertreibung aus einer unzugänglich gewordenen Vorstellungswelt.« »Na, das eigentlich Traurige kommt ja erst noch.« Es war schon immer so gewesen, dass Hanna und ich, wenn wir uns über Schmerzliches unterhielten, in beste Stimmung gerieten. Sprachen wir zu lange über Erfreuliches, bekamen wir Lust auf Mord und Totschlag. »Letztes Jahr habe ich die Bahn wieder aufgebaut. Da bin ich auf etwas gestoßen, das ich vergessen hatte. Es gab noch etwas anderes, das mich als Kind erstaunte. Wenn man einen der Waggons aus dem Zug herausnimmt und umdreht, stößt er durch die Umpolung mit seinen Magneten sowohl den Waggon vor sich wie hinter sich ab. Man kann den Zug zwar nicht mehr mit der Lokomotive ziehen, aber ihn mit dem letzten Waggon schieben, das funktioniert immer noch. Mir kam das als Kind wie ein Wunder vor, diese zwei unsichtbaren Pufferzonen. Ein halber Zentimeter verzauberte Luft. Der Waggon war ein Bestandteil des Zuges und doch isoliert. Das ist das Bild, das mich umgehauen hat. Er steckt fest und hat doch keinen Kontakt. Während ich die Bahn hin und her schob, kam mir dieser Zustand sehr vertraut vor. Etwas schiebt mich, quetscht mich ein, aber wirklich in Berührung komme ich nicht damit.« Hanna hob eine Kastanie auf, schob sich wie eine Oma die Lippen über die riesigen Zähne und krächzte: »Gut gegen Gicht. Junger Mann, nehmen Sie sich auch eine«, und fuhr mit normaler Stimme fort. »So, mein Lieber, jetzt bist du dran. Schenk mir eine schöne Allegorie über dein Dasein.«

»Das wird nicht einfach«, sagte ich, »ich finde, Hanna und Heinrich haben gut vorgelegt. Aber ich hab etwas. Es ist nicht sonderlich kompliziert und heißt: Fliege im Flugzeug.« Hanna lachte ihr schönstes Hannalachen, zuckte zusammen und griff in eine Tasche ihres Rocks, um aus einem kleinen Döschen mit dem Zeigefinger Lippenbalsam herauszuwischen, das für mich nach Skifahren roch, und es sich in die gefährdeten Mundwinkel zu reiben. »Na dann, viel Glück«, wünschte sie mir und drückte meine Hand. »Also: Ich bin mal mit einem Flugzeug geflogen, und in der Kabine brummte eine Fliege herum und nervte die Reisenden. Sie setzte sich auf mein Bein, und ich nahm einen Plastikbecher, näherte mich ihr seitlich mit der Hand und stülpte den Becher über das Insekt. Während der restlichen Flugzeit hielt ich sie dort gefangen und beobachtete sie. Es fiel mir schwer, die Komponenten dieser Versuchsanordnung in einen sinnvollen Zusammenhang zu bringen. Eine Fliege sitzt unter einem Plastikbecher und möchte gerne hinaus in das Flugzeug, das durch die Luft fliegt, in dem ich sitze, der nicht fliegen kann und die Fliege gefangen hält.« »Ah, ich ahne schon die Richtung. Höhlengleichnis oben im Himmel. Bin mir nicht ganz sicher, ob das hinhaut.« Ich hatte keine Ahnung, wovon sie sprach. »Ich hab mich gefragt: Was weiß die Fliege, was ich nicht weiß? Und was weiß ich, was die Fliege nicht weiß? Und was wissen wir beide nicht, was jemand weiß, von dem wir nichts wissen?« Hanna sagte trocken: »Ich hoffe, dir ist auf die Frage Was-weiß-ich-was-die-Fliege-nicht-weiß was eingefallen.« Ich ignorierte sie und schwankte weiter in meine These hinein. »Es kam mir plötzlich so unglaublich vor, dass ich in dieser Blechwurst durch den Himmel rase, was ja eigentlich das Element der Fliege wäre. Die Fliege wiederum krabbelte auf meinem Bein rum, auf zehn Quadratzentimetern Jeansstoff, und hatte keine Ahnung, wo sie sich befand.« Hanna ließ meine Hand los und rieb ihr Gesicht, walkte es regelrecht durch, als hätte ihr mein primitives Beispiel die Gesichtshaut verklebt. »Verstanden, verstanden«, rief sie, »wir können nicht wissen, was außerhalb von dem ist, was wir für die Welt halten. Eh klar. Und wir alle warten nur darauf, dass jemand kommt und uns aus dem Plastikbecher lässt. Und wenn der Jemand uns rauslässt, dann sind wir wieder in der nächsten Bewusstseins-Schachtel gefangen.« Da verstand ich etwas, das ich zu Beginn meiner Geschichte nicht im Geringsten anvisiert hatte. »Genau das ist mir mit dir passiert«, sagte ich und sah die Lösung des Rätsels. »Klar sind da noch hundert Becher über mir und Flugzeugkabinen um mich rum. Aber durch dich, Hanna, komm ich mir immerhin nicht ganz so reglementiert vor wie früher, bevor ich dich getroffen habe.« Sie riss die Augen auf: »Echt? Ich habe die Fliege erlöst?« Ich nickte, wir gingen weiter, und eine schweigende Festlichkeit gesellte sich zu uns. »Wo sind wir eigentlich?«, fragte ich. Hanna sah sich um und lächelte ein vollkommen entspanntes Lächeln, eines, das ich so noch nie an ihr gesehen hatte. Ein Lächeln frei von Angst und voller Zuversicht. Sie blickte den Weg hinunter, die Hänge hinauf, sah mich an und dann in den Himmel und sagte: »Ich hab nicht die leiseste Ahnung. Gott sei Dank, wir haben uns verlaufen. Das ist ein gutes Zeichen. Nur die, die sich nichts zu sagen haben, wissen immer genau, wo sie sind.«

Kurz darauf fragte mich Hanna: »Apropos Fliege im Plastikbecher, hast du eigentlich inzwischen ›Die Glasglocke‹ gelesen?« Ich schüttelte den Kopf, woraufhin sie mich regelrecht abkanzelte, weil ich ihren Lieblings- und Lebensroman noch immer nicht kannte. »Warum vertraust du mir nicht? Es gibt ein Leben vor der Glasglocke und eines danach.« »Und welches ist das bessere?«, fragte ich ohne jedes Kalkül. Hanna wollte schnell antworten, hatte schon eingeatmet, doch dann verkomplizierten sich ihre Gedanken und sie hielt inne. »Gar nicht so schlecht, die Frage.« Noch nie hatte ich einen Menschen getroffen, der sich durch intensives Denken mehr verwandelte als Hanna. Schwere schoss ihr in den Kopf, während sich der restliche Körper eigenartig entleerte. Plötzlich schien es eine heftige Anstrengung zu sein, diesen aufschwellenden Schädel auf dem destabilisiert schmächtigen Körper durch den Herbst zu balancieren. Ihr Blick stierte ins Nichts und das sonst zu blitzartigen Mimikwechseln neigende Gesicht wurde fester, geradezu hölzern. »Ich glaube …«, begann sie vorsichtig, die Worte genau wägend, »dieses Buch hat alles für mich verändert. Es ist wie der Verlust eines geliebten Menschen. Niemals kann man sich einen solchen Schmerz wünschen, aber dann muss man erkennen, dass es genau dieser Verlust ist, der einem die Möglichkeit gibt, ein anderer zu werden.« Ich hörte ihr zu und war verwirrt. Sprach sie über die Glasglocke oder über mich, über meine Gestorbenen? Hannas Kopf pulsierte. »Dieses Buch war für mich wie ein Schicksalsschlag. Ich habe es nicht gelesen, es hat mich ereilt, gelöscht, wie sagt man doch so treffend, in meinen Grundfesten erschüttert. Und ja, wahrscheinlich hast du recht, ich war vor der Lektüre ein glücklicherer Mensch, ein stabilerer ganz sicher. Aber mit diesem oberflächlichen Glück war ich nie glücklich. Erst im beschädigten Glück hab ich meinen Platz gefunden.«

Schon am nächsten Morgen kaufte ich mir also ein eigenes Exemplar der Glasglocke, ›The Bell Jar‹, wie sie im Englischen heißt. Hanna behielt natürlich recht. Es war ein Buch, von welchem es mir, nachdem ich es gelesen hatte, unvorstellbar war, es nicht gekannt zu haben. Vielleicht hatte mich sogar noch nie zuvor ein Buch so sehr in seinen bitteren Bann geschlagen. Kann man sich in die Protagonisten eines Romans verlieben? Allerdings! Esther Greenwoods Geschichte bohrte sich auch mir ins Herz, und oft musste ich das Buch zuklappen, die Augen schließen und in Gedanken mit ihr reden. Ich sehnte mich nach dieser hochbegabten jungen Frau, die trotz all ihrer Brillanz, ihrer Stipendien, ihres blendend aussehenden und heiratswilligen Freundes tiefer und tiefer ins Dunkle gerät, die Elektroschocks bekommt, versucht sich umzubringen und schlussendlich für mehrere Monate in einer psychiatrischen Einrichtung landet. Ich hatte – was für eine abstruse Anmaßung! – das sichere Gefühl, ich könnte sie retten. Als ich ›Die Glasglocke‹ fertig gelesen hatte, fühlte ich mich wie im Stich gelassen von der Geschichte. Da begann ich, mich mit Sylvia Plath selbst zu befassen, und meine Liebe sprang von der Romanfigur auf die Schriftstellerin über. Immer tiefer sank ich hinein in ihr Leben. Las die Gedichte, die Erzählungen, die Briefe und dann, um ihr noch näherzukommen, die Tagebücher. Hanna sah meine Plathinfektion anfänglich noch mit Wohlwollen, wurde aber zunehmend ungehalten, als ich zu überhaupt nichts anderem mehr zu gebrauchen war. »Komm, wir gehen ins Kino. Genug gelesen für heute!« »Ich kann nicht. Ich kann jetzt einfach nicht aufhören.« »Mensch, leg die blöde Plath weg und komm!« »Du hast mir gesagt, ich soll das lesen, also mache ich das jetzt auch.« »Du willst also den Abend lieber mit Frau Plath als mit mir verbringen?« Ich nickte, Hanna knallte die Tür zu und ich war heilfroh, wieder allein mit Sylvia zu sein.

Eine Eifersuchtsszene, ausgelöst durch eine längst verstorbene Schriftstellerin! Das gefiel mir, das lappte angenehm ins Irrationale. Erregt hatte ich über ihre Begegnung mit Ted Hughes gelesen und unendlich bekümmert von ihrem Selbstmord 1963 mit nur dreißig Jahren in London. Das Schreckliche zog mich an und doch war auch so viel Heiterkeit in ihren Texten, so ein eloquenter Zynismus, der mich oft lachen ließ. Eine Entdeckung verwirrte mich. Ich legte die Briefe und die Tagebücher nebeneinander und fand heraus, dass sie an ein und demselben Tag völlig unterschiedliche Dinge über sich erzählt. Ihrer Mutter schreibt sie einen beschwichtigenden Brief, wie großartig es ihr im Studium gehe und mit welcher Zuversicht sie in die Zukunft schaue, ihrem Freund einen kindlichen Brief, in dem sie sich kleinmacht, ihrer neuen Liebe Ted einen wilden Brief voller Anspielungen und Unvorsichtigkeiten und schließlich notiert sie in ihrem Tagebuch, wie sie gegen ihren übermächtigen Dämon kämpft, den sie Johnny Panic nennt. Alles innerhalb von vierundzwanzig Stunden, alle gleich datiert, und keiner der Briefe ist gelogen. Diese diametralen Befindlichkeiten schienen, ohne sich gegenseitig auszuschließen, simultan und dicht gedrängt nebeneinander Platz in ihr zu finden. Der Mutterbrief war der einer Tochter, der Liebesbrief der einer entflammten Frau, der Brief an den Zukünftigen der eines sehr amerikanischen Mädchens, und der Tagebucheintrag war der einer um Ausdruck ringenden Schriftstellerin. Mich irritierte das schwer. Es war mir unheimlich, wie sehr ihr Leben nach meinem griff und wie viele Wahrheiten zeitgleich in ein und denselben Menschen hineinpassen.

Ein kleiner Zwischenfall hatte mich während meiner Plath-Obsession in meinem ganz realen Leben mit Freude erfüllt. Der zauberhafte Vermieter hatte mir eine Flasche Wein vor die Tür gestellt. An den Flaschenhals war ein Kuvert geklebt mit einem in Schönschrift verfassten Brief an mich:

Lieber Herr Meyerhoff,
gestern war ich im Theater und habe mir Anatevka angesehen. Sie waren toll! Sie haben den jungen Lehrer Perchik sehr glaubhaft und sympathisch verkörpert. Sie hatten mir ja erzählt, dass es keine einfachen Proben waren und dass man Ihnen Ihr Lied weggenommen hat. Ich war froh, dass es auch jemanden gab, der normal gesprochen hat. Tausend Dank für den gelungenen Theaterabend. Ich hoffe wirklich von Herzen, dass Sie sich schon gut eingelebt haben und Ihnen

die Wohnung auch weiterhin zusagt. Wenn Sie etwas brauchen sollten, rufen Sie mich einfach an. Meine Nummer haben Sie ja.

Eine kleine Bitte habe ich noch. Es gab mehrere Beschwerden aus dem Vorderhaus, dass – wie soll ich es sagen – Ihr Liebesleben zu der ein oder anderen Ruhestörung geführt hat. Ich zitiere: »Die schreien so laut, als würden sie abgestochen.« Ich freue mich von Herzen, dass Sie sich wohlfühlen, aber achten Sie doch darauf, die Fenster wenn möglich geschlossen zu halten. Es sind ja ganz neue mit Isolierverglasung und Schallschutz. Verzeihen Sie bitte diese Bitte, aber natürlich liegt mir als Eigentümer das Wohl aller Bewohner am Herzen.

Es grüßt Sie voller Vorfreude auf die Räuber-Premiere hochachtungsvoll

Ihr Vermieter

Diese Zeilen empfand ich als eine Beförderung in doppelter Hinsicht. Sowohl in der Schauspielerei als auch in Angelegenheiten der Ausschweifung schien es aufwärtszugehen. Tatsächlich gerieten Franka und ich in zunehmend heftigere Beischlafszenarien. Mich ihr hinzugeben, rührte an etwas, das ich bisher noch nie erlebt hatte. Für Stunden versank die Außenwelt in Bedeutungslosigkeit und es gab nur sie und mich und – endlich, endlich, endlich – die verschwitzte

Unsterblichkeit ließ meine Toten verstummen. So, als wäre ich zu lebendig für die Verblichenen, trauten sie sich nicht an mich heran. Mit Hanna hörte mein Hirn niemals auf zu rattern, selbst Höhepunkte wurden von Reflexionen und Einschätzungen, Bewertungen und Sorgen belagert. Mit Franka hingegen war es schlichtweg zu intensiv, um noch einen klaren oder sonst wie komplexeren Gedanken fassen zu können. Die Gehirnströme wurden vom Begehren gekappt und verabschiedeten sich ins Vegetative. Und so, wie ich nach Hannas hundertprozentigem Anspruch an mich, meinen Kopf auf Hochtouren laufen zu lassen, süchtig war, so war ich bei Franka süchtig nach einer allumfassenden inneren Leere, in der nur die Körper sich wanden und rangen und dann dalagen und trockneten.

19.

Die Figur, die ich in den Räubern spielte, hieß Ratzmann, der Jüngste in Karl Moors Räuberbande. Da ›Ratze‹ Ratte bedeutet, konnte ich mir seinen Namen nur damit erklären, dass er Ratten mochte, sich für eine hielt oder selbst eine besaß. Der Regisseur war ein Totalausfall aus der Schweiz. Er bekam eine Allergie auf den rot gefärbten Rindenmulch, mit dem der gesamte Bühnenboden bedeckt war, und rief mit verquollenen Augen seine Anweisungen durch die nur fingerbreit geöffnete Tür in den Probenraum hinein. Wochenlang inszenierte er durch den Türspalt, entlang verengter Sichtlinien. Vielleicht, dachte ich damals, wird das die erste Aufführung der Theatergeschichte, die nur von einem einzigen Platz aus ihre gesamte Schönheit entfaltet. Siebenhundertneunundachtzig Leute werden denken, was soll der Quatsch, aber einer wird vor Verzückung weinen. Wenn die Besorgnis, ihm entgleite die Inszenierung, überhandnahm, kam er durch die Tür auf die Probebühne gerannt. So, als würde er nicht in Dortmund, sondern in Tschernobyl inszenieren und eine verstrahlte Theatergruppe leiten, flipperte er zwischen uns Darstellern herum und gab Anweisungen, ohne einzuatmen. Spätestens sechzig Sekunden später hatte er das kontaminierte Sperrgebiet schon wieder geräumt und uns mit höchst diffusen Vorschlägen zurückgelassen.

Ich fühlte mich unterfordert. Mein Ausflug zu La Fura dels Baus hatte mich ratlos gemacht. Um sich zu entfalten, erklärte uns der Histaminhirni, bräuchten Schillers fantastische Verse ein ungebrochenes Pathos. Da war ich ganz an seiner Seite, nur die Körper von uns Schauspielern waren vom Hals abwärts gelähmt. Oben wurde gebrüllt, unten gefaulenzt. Wir alle haben keinen Körper mehr, dachte ich, während ich mich umsah, und spielen Theater wie wild jaulende Martinshörner auf fahruntüchtigen Krankenwagen. Zungen aus Gold und Füße aus Blei. Während der Erstürmung des Klosters, bei der sich laut Text schlimmste Grausamkeiten ereignen, schlugen wir mit Eisenketten gegen das Portal. Es war erbärmlich.

Karl Moor war eine krasse Fehlbesetzung. Alles Heldische ging ihm vollkommen ab. Er war klapperdürr und hatte die Körperspannung einer ins Wasser gefallenen Salzstange. Auch er war unglücklich über den Verlauf der Proben und haderte mit seiner Partnerin. »Wie soll ich spielen, dass ich dieses Trampeltier liebe? Die hat Mundgeruch und sieht aus wie ein Elch!« Ein erster Versuch, sie sich sympathisch zu machen, bestand darin, ihr Kostüm heimlich vor der Probe mit dem Parfüm seiner Freundin einzusprühen, die ihn erst vor wenigen Wochen verlassen hatte. Der Duft hieß Chloé und war so penetrant, als würde man gegen eine süße Mauer knallen. »Hauptsache, ich empfinde mal irgendwas, wenn ich die sehe.« Doch die Kollegin beschwerte sich nach der Probe über ihn und fragte, warum er immer, sobald er mit ihr spiele, die Augen geschlossen halten würde. Die beiden waren ein hanebüchenes Paar. Ihr Kopf war doppelt so groß wie seiner und ihre Oberarme kräftiger als seine Oberschenkel. Sie war nicht dick, aber stark. Angeblich war sie jahrelang Kajak gefahren. Der Regisseur rief durch den Türspalt, wie großartig er es fände, wenn sie ihn viel herumtragen würde. Von nun an wurde der federleichte Karl Moor von der bärenstarken Amalie bei jeder Gelegenheit geschnappt und irgendwo hingebracht und abgestellt. Das ging dem Darsteller mehr und mehr auf die Nerven, und nach einem weiteren niederschmetternden Probentag zog er mich unerwartet ins Vertrauen und sagte zu mir in der Garderobe: »Weißt du was? Du hattest vollkommen recht mit allem, was du gesagt hast. Wir sind nichts weiter als harmlose Knallchargen. So geht das nicht weiter. Was soll denn das bitte für ein Räuberhauptmann sein, der andauernd von seiner Alten rumgetragen wird? Wer soll mich da ernst nehmen? Ich habe eine Idee. Kommst du mit?«

»Klar.«

Keine fünf Minuten später liefen wir durch die Dortmunder Innenstadt, verließen die Einkaufsstraße und kamen zu einem Waffengeschäft. Mein Kollege ging direkt zum Tresen und sagte: »Ich brauche eine Schreckschusspistole. Aber eine, die richtig nach was aussieht.« Der Typ hinter dem Tresen war jung und redete über Waffen wie ein Gärtner über Blumentöpfe. »Na, da schau ich mal, was ich für dich habe. Alles ohne Waffenschein, stimmt's?« Karl Moor nickte. »Sorry, ich muss das fragen. Also, hier haben wir drei Modelle, die allesamt Originalnachbildungen von berühmten Revolvern sind. Eine Walther, eine Heckler und Koch und eine besonders detailgenaue Smith and Wesson.« »Es wäre gut, wenn sie nicht zu modern aussehen würde. Also ein klassischer Trommelrevolver wäre das Beste.« »Wie wäre es damit? Das Ding hat richtig Gewicht, liegt gut in der Hand, und der Rückschlag kann sich durchaus sehen lassen.« »Ist er laut?« »Ob der laut ist? Der haut dir richtig eins auf die Ohren.« Karl Moor wiegte die Waffe in der Hand und sah von Minute zu Minute verwegener aus. Er streckte den Arm, probierte ein paar Revolverhaltungen durch, wie auch ich sie aus dem Fernsehen kannte. »Wie teuer?« »Zweihundertzwanzig mit Munition.« »Nehm ich.« Mit einem

Blick, den ich ihm niemals zugetraut hätte, klaubte er Scheine aus seiner Geldbörse. Er sah aus wie ein verhärmter Mafioso, einer von den lebenslang Zukurzgekommenen, die keine Gnade kennen und ihre wahre Erfüllung im Sadismus finden. Während der Verkäufer die Waffe verpackte, leierte er ein paar Sicherheitshinweise runter. »Nie damit in geschlossenen Räumen schießen. Der Mindestabstand zu lebenden Objekten beträgt zehn Meter. Vorsicht mit Hunden. Die sollten wirklich nicht in der Nähe sein. Tschüss.«

Wir fuhren mit der S-Bahn aus Dortmund heraus. Selbst unausgepackt im Karton, im Rucksack, verlor der Revolver nichts von seiner Präsenz. Er war das Gegenteil von ›Aus den Augen, aus dem Sinn‹. Unsere Aufregung kompensierten wir durch ein Übermaß an Gelassenheit, sahen hinaus und wussten doch genau, dass der andere auch nur an die schwere Wumme denken konnte. Am Fenster zog verhuscht die zersiedelte Landschaft vorbei. Dieses Deutschland, dachte ich, sieht eigentlich nur deshalb so unverkennbar nach Deutschland aus, da es nach nichts anderem aussieht, es einen an kein anderes Land erinnert. Kaum Menschen, dafür aber viel Hässliches sehr ordentlich. Unspezifisch bis zur Kenntlichkeit.

Karl Moor gab mir ein Zeichen und wir stiegen aus. »Kennst du dich hier aus?«, fragte ich besorgt. »Nö, aber ich hab aus dem Fenster einen Wald gesehen. Kann nicht so weit sein.« Hundert Meter weiter war die Neubausiedlung bereits zu Ende und wir gingen über Felder. Eigenartigerweise schien man den Äckern anzumerken, dass sie sich bereits damit abgefunden hatten, bald zu Bauland umgewidmet zu werden, so halbherzig und enttäuscht von ihrem Furchendasein lagen sie vor uns. »Hübsche Gegend hier«, sagte ich, doch es kam keine Antwort. Auch der Wald, in den wir kamen, machte einen deprimierten Eindruck auf mich. Letztlich waren solche symmetrisch angelegten Schonungen auch nichts anderes als auf der Fensterbank gezüchtete Kresse. Ich hatte von Wäldern gehört und gelesen, die mich mit ihren Geheimnissen umfangen hatten. Der Spessart, der Sherwood Forest, der Ardenner Wald. Wo war das nur alles hin? Wir wanderten den Weg entlang. Ich folgte Karl Moor, der sich mehrmals zu mir umwandte und Texte aus dem Stück sprach. Es war überraschend, wie sehr die Worte an der frischen Luft an Sinn gewannen. Das waren keine Gedanken für Käfighaltung. Er sagte: »Sei mir gegrüßt, Vaterlandserde«, kniete nieder und küsste den Boden, »und Fluren und Hügel und Ströme und Wälder. Seid alle, alle mir herzlich gegrüßt. Wie strömt balsamische Wonne aus euch dem armen Flüchtling entgegen.« Ich erwiderte: »Oh mein Hauptmann, du vortrefflicher Mann.« Das gefiel uns.

Wir bogen in einen von schweren Fahrzeugen

zerwühlten Seitenweg ab, hüpften über das in den Reifenspuren stehende Wasser. »So, ich glaube, hier ist es gut.« Karl Moor schwang den Rucksack von der Schulter, nahm die Packung heraus, klappte den Pappdeckel auf und nahm die Waffe aus ihrem Styroporbett. »Darf ich sie auch mal halten?«, bat ich meinen Räuberhauptmann. »Na klar.« Warum nur hatten auf der Bühne Handlungen nicht ansatzweise den Spannungsgehalt wie in diesem Augenblick unsere konspirative Waffenübergabe? Ich hatte mich nie für jemanden gehalten, den eine Waffe erregen könnte. Doch mir lief tatsächlich ein schöner altdeutscher Sturm-und-Drang-Schauer durch die Glieder. Mit sakralem Feingefühl wurde die Waffe geladen, glitten die Patronen in die Trommel. Karl Moor hob den Revolver und schwenkte ihn langsam herum. »Moor, sei ein Mann!« Hinter seinem Rücken nahm ich ein paar Schritte Abstand. Er drückte ab. Aus der Mündung züngelte eine gelbe Feuerkrone heraus. Ein Schall hallte durch den Wald, der so irrwitzig laut war, dass ich höllisch erschrak und gleich darauf loslachen musste. In mehreren Stoßwellen war der Knall durch meinen Körper gepulst. Warum war ich plötzlich so froh? Die trockene Härte des Knalls war von unleugbarer, ja unverschämter Selbstsicherheit gewesen. Wir standen bewegungslos da. In der feuchten Luft des Waldes hing pathetisch die Stille, als wäre sie eine ausschließlich an uns gerichtete Aufforderung, nun Großes zu vollbringen. Die Fichten schienen strammzustehen und rührten sich nicht. Es war so unfassbar ruhig, als hätte Karl Moor die Stille selbst erschossen. Groß wie ein niedergestreckter Goliath war sie ins Moos vornübergekippt. Die Vögel hielten den Atem an und selbst der Wind war in der Luft stehen geblieben. Kein Blättchen regte sich mehr. Karl Moor hatte die Waffe noch immer erhoben und drehte sich mit Killergrinsen zu mir um.

Später versuchte ich mir zu erklären, warum mich der Schuss dermaßen beseelt hatte. Vielleicht lag es daran, dachte ich, dass eine Waffe nur eine einzige Sache kann, nur für eine einzige Sache zuständig ist. Sie kann nicht viel, aber das, was sie kann, kann sie wenigstens richtig. Ich dagegen will hundert Sachen können, aber keine einzige davon knallt so vernehmlich in die Welt wie ein Schuss. Das eine ist Metall und Knall, das andere Körper und Bedenken.

Mit gewachsenem Respekt verpackten wir den Revolver und wanderten zurück. »Du willst das Ding echt auf die abfeuern?« Karl Moor nickte. »Allerdings.« »Ich weiß nicht, ob das so eine gute Idee ist. Was, wenn uns auf der Probebühne allen die Trommelfelle platzen.« »Egal. Ich lass mich nicht länger von der rumtragen und in die Ecke stellen. Ich muss jetzt endlich mal in die Puschen kommen.«

Als ich abends Hanna am Telefon von unserem Ausflug vorschwärmte, gab sie gehässige Kommentare von sich. »Ach, ihr seid ja niedlich! Habt ihr euch gefreut, dass es laut Bumm gemacht hat?« »In diesem Wald«, schwärmte ich unbeeindruckt, »hab ich zum ersten Mal etwas von der Erregung, von der Gefahr begriffen, von dem, was es heißt, ein Räuber zu sein. Der Schuss hatte etwas so herrlich Reales.« Ich hörte Hanna höhnisch durch die Muschel kichern. »Ein Räuber? Du hast dich wie ein Räuber gefühlt?« »Ja, schon ein bisschen.« »Du vergisst aber etwas. Und das ist wie immer das Entscheidende.« »Und das wäre?« Ich ahnte, dass ihre Antwort ein analytischer Volltreffer werden würde, volley genommen und durch die Telefonleitung von Bielefeld nach Dortmund in den Torwinkel meiner Naivität gedroschen. »Ein richtiger Räuber freut sich darüber, dass er einen Reichen umlegt oder sich einen Hirsch geschossen hat. Aber ganz sicher nicht über den Knall seiner Waffe. Das ist ja wie im Kindergarten. Euer Schreckschussrevolver ist ein Spielzeug, eine zahnlose Drohgebärde, nichts weiter. Ein impotentes Imitat.« Hanna hatte vollkommen recht, und doch, das, was sich am nächsten Morgen auf der Probe ereignen würde, war alles andere als harmlos und in diesem Ausmaß nie und nimmer vorhersehbar gewesen.

Mir war während der Nacht klar geworden, dass es meine Aufgabe sein würde, den Karl-Moor-Darsteller vor einer großen Dummheit zu bewahren. Während wir unsere Springerstiefel zuschnürten, flüsterte ich ihm zu: »Wir dürfen das nicht machen, die erschreckt sich zu Tode und flippt voll aus.« Mit energischer Kraft zog er an seinen Schnürbändern. »Bist du dabei? Ja oder nein?« »Ich weiß nicht.« »Wer hat denn immer große Reden geschwungen, dass wir uns radikalisieren müssen, dass wir Schlappschwänze sind, dass sie in Berlin so hammerkrasses Theater machen? Heute geht es darum, der Welt zu zeigen, dass wir auch in Dortmund mutig sind.« Ich ließ nicht locker: »Sag mal, wie redest du denn? Hör mal auf mit dem Schwulst.« Seine Augen machten mir Sorgen. Herablassend stierten sie an mir vorbei in hirngewaschene Leere. Voller Selbstergriffenheit sagte Karl Moor: »Lebt wohl, ihr Vaterlandstäler! Einst saht ihr den Knaben Karl, und der Knabe Karl war ein glücklicher Knabe – jetzt seht ihr den Mann, und er war in Verzweiflung.« Er band sich seltsam genau die Schleifen zu, sagte »Amalie! Dein Karl naht!«, stand auf und verließ die Garderobe.

Der Regisseur hielt sich ein Tuch vor die Nase. »Wir wollen heute mal durch den dritten Akt kommen. Ich nehme jetzt Kortison, hochdosiert, und bleib bei euch.« Karl Moor nickte und stolzierte zu seiner Position. Nicht nur mir fiel auf, dass etwas mit ihm nicht stimmte. So aufrecht und zielstrebig bewegte er sich sonst nie. Sein Vorhaben schien ihn Wirbel für Wirbel in die Verantwortung genommen zu haben. Die Räuberbande umlagerte ihn.

Die Schauspielerin der Amalie betrat die Bühne und grüßte in unsere Richtung, kam näher und sagte zu Karl Moor: »Ich schnapp dich dann an der vereinbarten Stelle. Aber ich hab mir gedacht, es ist besser, ich trag dich nach hinten und stell dich bei den Säulen ab. Weil du bist dann ja eh länger nicht vorne an der Rampe.« Er sah sie an und raunte: »Mach, was du für richtig hältst.« Was sollte ich nur tun? Die anderen Kollegen ins Vertrauen ziehen, den Regisseur warnen oder gar Amalie selbst einweihen? Doch etwas hielt mich zurück. Ich wollte kein Verräter sein.

Die Szene schleppte sich eher unmotiviert dahin. Spiegelberg hielt einen Monolog. Ich fand den Schauspieler eine Zumutung. Nach jedem Satz riss er den Mund auf und grinste mit Kiefersperre in die Runde. Während er sprach, trank er aus einer Flasche, geriet zunehmend in Rage, schluckte ungestüm und wischte sich rabaukenmäßig mit dem Unterarm über den Mund. Zum Abschluss leerte er den Rest des Wassers, das Schnaps sein sollte, über seinem Kopf aus und schüttelte seine Haare. Er platzte fast vor Stolz darauf, nass zu sein. Die Räuber legten sich schlafen. Da ertönten von weit her Amalies wehklagende Rufe: »Karl! Karl!« Sie trabte kreuz und quer durch den Rindenmulch, blieb in der hintersten Ecke stehen und spielte, dass sie uns entdeckte. »Oh, mein Karl!« Sie rannte los. Mit weit ausgebreiteten Armen stürmte sie auf ihren im Wald verloren gegangenen

Geliebten zu. Karl Moor zog die Waffe unter dem Hemd hervor, zielte in ihre Richtung und wartete. Ich geriet in Panik. Warum schoss er nicht? Jetzt war sie noch weit genug weg. Laut rief ich: »Schieß! Mensch, jetzt schieß schon!« Es knallte. Meine Mitspieler schraken aus dem gespielten Schlaf auf und ein Fingerschnippen lang entgleisten alle Gesichter. Nur eine Person im Raum hatte der Schuss nicht im Geringsten beeindruckt. Amalie galoppierte weiter auf ihren Karl zu. So, als hätte der Knall ihre Entschlossenheit auf die Spitze getrieben, ihre letzte Zündstufe in Brand gesetzt, walzte sie heran. Ihr Gesicht flog auf uns zu, ein Komet entfesselter Liebesglut. Sie schrie: »Kaaaaarl!« Ein zweiter Schuss erschütterte die Probebühne. Entsetzt registrierte sie den auf sie gerichteten Revolver. Doch wer so groß und schnell ist, der braucht ein paar Meter, bis sich der Entschluss zu bremsen im Körper verteilt hat. Sie hatte es fast geschafft, war so gut wie bei Karl Moor, als ein dritter Schuss fiel.

Was nun geschah, war so unerwartet und ungelenk, dass es sich kein Regisseur der Welt hätte ausdenken können. Amalie blieb stehen und ging in die Knie. Doch wie ein Tropfen Wachs auf dem Weg die Kerze hinunter fest wird, so blieb auch Amalie in der Mitte ihres Hinabsinkens in der Luft stecken. Es sah aus, als hätte sie auf einem unsichtbaren Hocker Platz genommen. Man muss mit der Schwerkraft schon wirklich eng befreundet sein, versuchte ich mir das Wunder später zu erklären, um sich so halten zu können. Lange hockte sie in der Luft. Der Regisseur war hinter seinem Schreibtisch in Deckung gegangen und hatte in einem Anfall von nie mehr wieder abzuleugnender Feigheit die Regieassistentin vor sich gerissen und als unterbezahlten Schutzschild missbraucht. Der eine Teil der Räuberbande beobachtete Karl Moor, in dessen Hand die Waffe zitterte, als hätte sie Schüttelfrost bekommen, der andere Teil sah zu Amalie hinüber, auf deren Gesicht sich Besorgniserregendes ereignete. Aus zig winzigen Punkten trat Blut aus, sammelte und wölbte sich zu stecknadelkopfwinzigen Perlen. Sie wurden praller und praller, das Blut wollte hinaus, so wie es ja immer hinaus ins Freie will, sobald sich eine Gelegenheit bietet. Die Kügelchen platzten, und in dünnen Rinnsalen floss es ihr über Stirn und Wangen. Wir standen erschüttert da, und mir klickten diaportioniert sakrale Bilder durch den Kopf. Märtyrerinnen voller Wundmale und Jesus unter der Dornenkrone. Da zog Amalie eine höhere Kraft den unsichtbaren Stuhl unter dem Hintern weg und sie brach zusammen.

Jetzt kam Bewegung in die Bande. Entsetzen machte sich breit, ob Karl Moor tatsächlich eine scharfe Waffe abgefeuert hatte. Er wurde überwältigt und saß keine zwei Sekunden später bibbernd und heulend im allergenen Rindenmulch. Der Kopf des

Regisseurs erschien über der umgestürzten Tischplatte. Er sah aus wie ein verstrubbelter Soldat, der die große Schlacht verschlafen hat und am Morgen aus dem Schützengraben herauslinst. Der Schock hatte ihn, fand ich, um Jahre jünger gemacht. Ich lief zu Amalie. Sie lag lang hingestreckt auf dem Rücken und machte auf mich einen geradezu erleuchteten Eindruck. Das Blut hatte sie seltsam symmetrisch gemasert und war auch in die Augenwinkel geronnen. Wir knieten um sie herum. Mit kleiner, aber fester Stimme sagte sie: »Ich kann euch sehen. Ich kann euch alle sehen.« Was das genau bedeuten sollte, war mir nicht klar, aber was geschehen war, begriff ich allmählich. Amalie hatte unzählige Schwarzpulverpartikel abbekommen, glühend waren sie in ihre Haut eingedrungen. Jemand wischte ihr das Blut vom Gesicht, jemand anderes griff ihr unter Kopf und Schultern und richtete sie auf. Währenddessen untermalte ein klägliches Wimmern die bewegende Szene. Karl Moor weinte und weinte still und verrotzt vor sich hin. Ich versuchte ihn zu trösten und sagte: »Ist doch noch mal gut gegangen. Sie hat nichts. Jedenfalls nichts Schlimmes.«

Für Amalie wurden lauter kleine Pflaster zurechtgeschnitten und von allen Seiten liebevoll von den Räubern in ihr Gesicht geklebt. Das sah eher wie Schneewittchen mit ihren sieben Zwergen aus. Noch mehrmals wiederholte sie ihren Satz: »Ich kann sehen. Ich sehe euch. Ich kann noch alles sehen.« Der Regisseur hatte sich zu uns gesellt und erkundigte sich in seinem Schweizer Unverfänglichkeits-Singsang, was sie denn damit meine. Es dauerte eine Weile, bis sie zu begreifen begann, dass niemand ihren Satz verstanden hatte. Sie sah von einem zum anderen und sagte: »Ich bin doch auf einem Auge blind.« Hinter uns heulte Karl Moor schluchzend auf, klappte zusammen und wälzte sich. Tatsächlich sah ich nun, was mir nie zuvor aufgefallen war, dass ihr das linke Auge starr von gläserner Kälte im Kopf steckte. Ich lief zum Fenster, riss die Verdunkelung beiseite und öffnete es. In verrutschter Tonlage rief der Regisseur: »Wir machen zehn Minuten Pause und dann müssen wir mal überlegen, was das Ganze für unsere Produktion bedeutet.«

Karl Moor war untröstlich, und in der langen Historie von Räuberhauptmännern mit Nervenzusammenbrüchen war dieser sicherlich einer der markerschütterndsten. Erst als Amalie sich zu ihm setzte und ihm Absolution erteilte, hörte sein schlechtes Gewissen auf, ihn zu würgen. Wie ich die beiden da so sitzen sah, gefielen sie mir richtig gut und ich konnte nicht anders, als zu denken, dass es doch gelingen müsste, etwas von dieser Durchgerütteltheit in die Inszenierung hinüberzuretten. Wir setzten uns um den Tisch herum, und das Stück, das wir probten, hätte nicht länger ›Die Räuber‹ heißen sollen, ›Die geprügelten Hunde‹ hätte es eher getroffen. Franz Moor kam zur für ihn später angesetzten Probe durch die Tür hereingerauscht, und sein unbeschwerter Auftritt versetzte uns allen einen Hieb. »Was ist denn hier los?«, rief er und warf seine mit Kuhfell bespannte Tasche auf einen freien Stuhl. »Setz dich bitte«, bat ihn der Regisseur, »wir sind hier gerade knapp einer Katastrophe entronnen«, und versuchte, in einer erstaunlich mitreißenden Rede die Produktion zu retten. »Ich hoffe, allen hier ist eines klar: Wenn das eben Vorgefallene diesen Raum verlässt, dann war es das für uns in dieser Konstellation.« Er sah zu Karl Moor hinüber. »Du wirst eine Anzeige bekommen und umbesetzt werden. Und wenn rauskommt, dass hier irgendjemand von der Sache wusste, wird derjenige ebenfalls gehen müssen.« Zehn Augenpaare schwenkten kurz zu mir und machten ein Häkchen hinter meinem Namen. Ich sah beschämt auf die Tischplatte. »Wir müssen uns jetzt zusammenraufen. Ich glaube an uns und unser Projekt, und vielleicht war ja das genau der Schreck, den wir alle gebraucht haben. Die letzten Wochen waren schlimm. Weiß ich doch selbst. Meine Scheißallergie auf den Rindenmulch. Wollen wir das Ding zusammenhalten oder auseinanderfliegen lassen? Ich möchte gerne weiter mit euch arbeiten, und zwar genau in dieser Besetzung.« Die kleinteilig zugepflasterte Amalie hob die Hand und räusperte sich: »Ich finde ganz schrecklich, was sich hier heute ereignet hat. Ich dachte für einen Moment, ich bin blind. Ich habe ja nur noch ein Auge. Ich weiß natürlich auch, dass mich hier einige für einen unsensiblen Trampel halten. Aber als ich da vor euch im Dreck lag, hatte ich plötzlich ein ganz, ganz tiefes Glücksgefühl. Ich hab mich so schwach gefühlt und gleichzeitig ganz frei.« Karl Moor war noch immer geknickt, aber ich sah es an seinen Schultern, an seinem Kopf, der ein wenig störrischer gesenkt war als noch zu Beginn der ›Oh Captain, mein Captain‹-Sitzung, dass er bereits wieder schwer genervt von ihr war. Seine devote Mea-culpa-Haltung wurde zum Trutzwall gegen sensible Bekenntnisse. »Was ist denn überhaupt passiert?«, wollte Franz Moor wissen, und Amalies Antwort war kurz und fokussierte sich auf das Wesentliche. »Er hat versucht, mich zu erschießen.« »So ein Quatsch!«, fuhr ihr Karl Moor ruppig in die Parade. »Ja, was denn dann? Du hast ja extra gewartet, bis ich nah bei dir bin. Ich hätte blind sein können. Ich hab nur ein Auge.« »Mann, das hab ich jetzt auch langsam mal kapiert, dass du nur ein Auge hast. Es ist ein Schreckschussrevolver. Mein Gott! Wärst du wie jeder vernünftige Mensch rechtzeitig stehen geblieben, gäbe es die ganze Aufregung nicht.« Der Regisseur mischte sich ein und versuchte mit gesenkter Stimme, eine Schranke zwischen den beiden herunterzulassen. Doch sie stritten weiter über die verbale

Absperrung hinweg. »Mir geht das unfassbar auf die Nerven, wenn du mich hochhebst und irgendwo hinträgst. Ich bin ein Räuberhauptmann in dem Stück.« »Dann benimm dich auch mal wie einer!«, schlug sie eine unerwartet harte Rechte zurück. »Genug jetzt!«, der Regisseur hatte sich erhoben, »ich beende diese Probe genau jetzt und bis morgen überlegt sich jeder, ob und was er anders machen kann. Jeder von euch ist jetzt dazu aufgerufen, diese Produktion aufblühen zu lassen. Ich meine wirklich jeden Einzelnen. Lasst euch etwas einfallen.«

20.

Noch am selben Nachmittag kaufte ich mir in einem Tiergeschäft eine Ratte.

Der Verkäufer war der erste unfreundliche Mensch, der mir in Dortmund begegnete. Seine Laune war genauso wie der Zoohandlungsgeruch: schlecht. Es roch nach Tiernahrung und scharfen Putzmitteln, nach Angst und Achselschweiß, von welchem Lebewesen auch immer. »Guten Tag, ich bin auf der Suche nach einer Ratte.« »Aha« war alles, was er sagte. »Haben Sie Ratten?« »Kommt drauf an.« »Auf was?« »Ob du eine Käfigratte oder eine Futterratte suchst.« »Was ist denn der Unterschied?« »Wie der Name schon sagt, Käfigratten werden im Käfig gehalten und Futterratten verfüttert.« »An wen denn?« »An die, die Hunger haben. Schlangen.« »Ich hätte gerne eine Käfigratte.« »Die sind ausverkauft.« »Und die Futterratten?« »Die sind dahinten im Käfig.« »Was machen die Futterratten im Käfig?« »Darauf warten, dass sie verfüttert werden.« Seine Unlust, mit mir zu reden, vervielfachte sich mit jeder meiner Fragen.

»Gibt es denn einen Unterschied zwischen Käfig- und Futterratten?« »Das hab ich doch schon gesagt.« »Nein, ich meine, ist es dieselbe Art?« So, als hätte ich eine Riesendummheit von mir gegeben, spuckte er das Wort zurück. »Art?« »Ja, wie nennt man das denn?« Er hatte keine Lust mehr und drehte sich den Aquarien zu. Ich schoss ihm mehrere Bezeichnungen in den Rücken: »Dieselbe Sorte? Gattung? Rasse?« »Die einen sind geimpft, die anderen nicht.« »Dann nehme ich eine Futterratte.« »Die darf ich nicht verkaufen.« Meine Freude an der Unterhaltung wuchs mit jeder Runde. Das Ganze irrlichterte schön ins Surreale. »Warum dürfen Sie mir denn keine Futterratte verkaufen?« »Weil du sie als Käfigratte halten willst.« Mit wachsendem Zorn gewann sein bis dato fest in der Durchschnittlichkeit verankertes Gesicht Markanz. Wenn ich den noch ein bisschen weiter ärgere, dachte ich, könnte das hier eine durchaus erinnerungswürdige Begegnung werden. »Sie haben also keine Käfigratten mehr?« Er nickte. »Die Futterratten halten Sie aber im Käfig. Davon dürfen Sie mir keine verkaufen, sagen Sie, weil ich sie nicht verfüttern möchte.« Erneutes Nicken. »Also gut: Ich möchte eine Futterratte für meine Schlange.« Er schien abzuwägen, was das Einfachste wäre, um mich loszuwerden. »Gut, such dir eine aus.« Ich ging zum Käfig hinüber, in dem an die zwanzig winzige Ratten herumwuselten. Ob nun das knallige Rot der Augen ihr

Fell so weiß erscheinen ließ oder umgekehrt, war mir nicht ganz klar. Sie stiegen einander über die Köpfe, krabbelten sich unter die Bäuche. Der Verkäufer stellte sich neben mich. »Welche soll es denn sein?« Ich sah in den Käfig, und es gab kein einziges Kriterium, das es mir ermöglicht hätte, mich für eine spezielle Ratte zu entscheiden. »Die sehen ja alle gleich aus«, versuchte ich meine Unentschiedenheit zu erklären, woraufhin der Mann den, wie ich es empfand, rattenverachtenden Satz sprach: »Die sind ja auch alle gleich.« Ich starrte in das rotäugige Gewusel auf der Suche nach irgendeiner Besonderheit, irgendeiner Normabweichung. Da sah ich, dass eine in der Ecke vor sich hin schnüffelnde Ratte am hinteren Oberschenkel einen braunen Tupfer im Fell hatte. »Die da will ich. Die mit der schönen Maserung.« Mit schneller Hand schnappte er sich das überraschte Tier, der Rattenfänger von Dortmund, und ließ es aus der leicht geöffneten Faust in eine Pappbox schlüpfen. Schon eigenartig, dachte ich, dass ich in einem Akt der Willkür ausgerechnet diese Ratte davor bewahrt hatte, von einer Schlange runtergewürgt zu werden. Eine in der Box, neunzehn auf dem Gewissen. »Das macht zehn Mark!« »Auf dem Schild am Käfig steht drei Mark.« Er wurde lauter und die Wellensittiche rückten auf ihren Stangen hin und her. »Futterratten kosten drei Mark. Käfigratten zehn.« »Ganz genau. Und ich will eine Futterratte. Zehn ist mir zu teuer.«

Da hatte er eine Idee. »Dann hab ich was anderes für dich, wenn dir das zu teuer ist. Komm mal mit.« Ich folgte ihm an den Spinnen vorbei zu mehreren großen Tiefkühltruhen. Er öffnete den festgesaugten Deckel, und wie im Horrorfilm dampfte es aus dem eisigen Geviert heraus. Ich sah hinein. Dicht an dicht lagen in Plastiktüten abgepackt und portioniert Hunderte von tiefgefrorenen Nagetieren im Frostnebel. Ich wollte laut sprechen, flüsterte aber bestürzt: »Was ist das denn?« »Das ist genau das Richtige für dich, wenn du knapp bei Kasse bist: Frostratten. Da wird sich deine Schlange freuen.« Er nahm einen Beutel, der in seiner Hand wie frischer Schnee knirschte, heraus. »Die sind wirkliche Leckerbissen, und die hier sind noch billiger, sogenannte Specky-Mäuse. Was Besseres gibt es nicht. Da kosten fünf Stück nur fünf Mark. Was für 'ne Schlange hast du denn?« Nun hatte er mich. »'ne lange«, sagte ich und war schachmatt.

Ich kannte Gefriertruhen voller toter Tiere, da mein ältester Bruder jahrelang Fische vom Angeln mit nach Hause gebracht hatte, die kein Mensch hatte essen wollen und die für Jahre im Keller in den Permafrost gewandert waren. Aber der Anblick der Ratten war um ein Vielfaches irritierender. Gefrorene Füßchen, gefrorene Öhrchen. Alle Tiere exakt in derselben kralligen Totenstarre. Ein Massengrab in der Antarktis. Wer hatte die bloß alle umgebracht? Und wie? Ich wandte mich ab und gab klein bei. »Ich nehme die Ratte für zehn. Danke.« »Sehr gerne. Viel Freude damit. Und impfen nicht vergessen.« Mit dem kleinen Karton in beiden Händen verließ ich den Laden, schlug die vom Tieratem beschlagene Eingangstür hinter mir zu. Im Inneren der Box kratzten die Krallen über den Boden. Auf dem Weg nach Hause flüsterte ich gegen die Pappe: »Na, Kleiner, hab ich dich gerettet? Du heißt Ratzmann. Du darfst mit mir Theater spielen.«

Endlich hatte ich eine Aufgabe gefunden. Auf der Suche nach einem geeigneten Käfig lief ich mit einem Requisiteur durch den Keller des Theaters. Als ich ein Puppenhaus sah, kam mir die Idee, die fehlende vierte Wand mit einer Scheibe zu verschließen und die Ratte darin wohnen zu lassen. Das habe ich schon immer an Theatern gemocht, dass sich wie in der heimatlichen Psychiatrie die unterschiedlichsten Handwerksbetriebe unter einem Dach versammeln. Mir wurde eine perfekt zugeschnittene Kunststoffplatte gefertigt, die mit mehreren Schrauben vor das dreistöckige Puppenhaus montiert wurde. In das Dach kam eine Luke mit einem kleinen Riegel. Das Futter konnte ich direkt durch den Kamin in das Erdgeschoss streuen.

Die ganze Aktion erinnerte mich stark an meinen mittleren Bruder, der mit ungefähr fünfzehn Jahren in unserem Keller wie ein irre gewordener Doktor Frankenstein Meerschweinchen gezüchtet und unseren Hobbykeller für mehrere Monate in ein Horrorlaboratorium verwandelt hatte. Es hatte damit begonnen, dass er sich zwei Meerschweinchen gekauft hatte, ein sogenanntes Glattes und eine sogenannte Rosette. Angeblich zwei Männchen. Die beiden Männchen bekamen nach einem Monat vier Junge. Zwei Glatte, zwei Rosetten. Die Farben der Eltern, das Glatte war weiß, die Rosette braun, hatten zu folgendem Bild geführt: eine Rosette braun, ein Glattes weiß, zwei gescheckt. Mein Bruder war so fasziniert von den Gesetzmäßigkeiten dieser Merkmalsvererbung, dass er sie in einem Buch notierte. Ein paar Wochen später gab es wieder Meerschweinchennachwuchs. Die Eltern bekamen diesmal sechs Junge. Ein paar Wochen später bekamen die ersten Jungen Junge. Mein Bruder notierte auch das ganz genau. Wenn er aus der Schule kam, zog er sich gleich nach dem Mittagessen einen ausrangierten Arztkittel meines Vaters an und verschwand im Keller. Bestimmte Paare wurden nach genau ausgeklügelten Kriterien separiert. Käfige wurden in der psychiatrieeigenen Tischlerei für ihn gebaut. Eine Stadt entstand. Der Tischlermeister mochte meinen Bruder und sägte, klebte, verschraubte, bemalte die Käfige wie Sehenswürdigkeiten unserer Kleinstadt. Es gab den Dom, Schloss Gottorf und sogar unser Gymnasium. Natürlich auch mehrere miniaturgetreue

Nachbildungen der wichtigsten Psychiatriegebäude. Besonders schön war die moderne Klinik geworden. Wenn man das Dach herunternahm, war jetzt sogar das Büro meines Vaters liebevoll eingerichtet mit Schreibtisch und Untersuchungsliege, auf der allerdings gemütlich ein Meerschweinchen schlief. Immer mehr fellige Bewohner rannten in unserem großen Kellerraum durch ihre Meerschweinchenstadt. Die Tischtennisplatte wurde zusammengeklappt und verschwand im Wäschekeller. Doch mit wachsender Meerschweinchenpopulation wuchsen auch die inzuchtbedingten Schädigungen. Manche Meerschweinchen humpelten, andere kamen blind zur Welt. Auch das wurde gewissenhaft notiert. So ein Eintrag konnte dann lauten: ›Rotbraune Halbrosette der vierten Generation gepaart mit weißbrauner, hinten links humpelnder Halbglatten der dritten Generation.‹

Die Behinderungen wurden immer schlimmer. Niemand außer meinem Bruder selbst durfte mehr den Keller betreten. Es kam so weit, dass mein völlig im wissenschaftlichen Wahn versunkener, hemmungslos experimentierender Bruder verkrüppelten Meerschweinchen bei der Paarung half. Die Meerschweinchenmetropole wurde zur Albtraumstadt. Eines Abends beim Pfannkuchenessen weinte er plötzlich los und stammelte einzelne Sätze, die addiert ein höchst beunruhigendes Szenario ergaben.

Er sagte Dinge wie »Es sind einfach zu viele« und »Es ist außer Kontrolle geraten« und »Bitte helft mir, ich glaub, im Schloss Gottorf liegen mehrere Totgeburten«. Leider durfte ich nicht mit in den Keller, aber als meine Eltern die Treppe wieder hochkamen, sahen sie aus, als hätten sie eine vollgestopfte Katakombe besichtigt. Sie zogen sich knallgrüne Putzhandschuhe über und verschwanden wieder. Es klingelte an der Haustür. Trotz vorgerückter Stunde war die Tierärztin gekommen. Auch sie verschwand im Keller. Ich leistete meinem Bruder Gesellschaft. »Was hast du denn gemacht?«, wollte ich wissen. Er antwortete nicht. »Was ist denn mit den Meerschweinchen los?«, insistierte ich. Obwohl mein mittlerer Bruder nie um eine Antwort verlegen war und schon immer die Neigung zu exaltierten Formulierungen gehabt hatte, wodurch er leicht blasiert wirken konnte, blieb er diesmal stumm. Er sah mich durch seine dicken Brillengläser hindurch an und schwieg. Die Tierärztin trug eine gruselig schwere Plastiktüte und vierundvierzig noch lebende Meerschweinchen in Schachteln zu ihrem Auto – bis auf eines, das sich in einer Telefonzelle versteckt hatte. Der einzige Überlebende. Mein Bruder nannte ihn Primo Levi. Ich weiß noch, wie mein Vater ihn anbrüllte, ob er denn überhaupt wisse, wer Primo Levi sei. Selten zuvor hatte ich meinen Vater so in Rage gesehen. »Das ist wirklich die größte Geschmacklosigkeit, die mir je untergekommen ist! Das ist absolut nicht lustig!« Mein Bruder wusste genau, wer Primo Levi war, was die Sache aber nicht weniger schlimm machte. Ich erinnere mich an seine wortgewandte Verteidigung, dass man sein ursprünglich durchaus vorhandenes Interesse am Faschismus durch ein alle Schulfächer in Beschlag nehmendes Überangebot zum völligen Erliegen gebracht hätte. »In Deutsch lesen wir das ›Tagebuch der Anne Frank‹, in Englisch Erinnerungen Churchills, in Geschichte diskutieren wir über die Zerstörung Dresdens, in Kunst malen wir entartete Kunst nach, in Biologie befassen wir uns mit Selektion und Eugenik, in Erdkunde geht's seit Wochen um den Zwei-Fronten-Krieg, fehlt nur noch, dass wir in Sport die Olympischen Spiele von 1936 nachstellen.« Da musste selbst mein Vater lachen. Primo Levi wollte er trotzdem nie wieder hören. Dort, wo sich eben noch blinde, auf einem Bein vorwärtskriechende Meerschweinchen vom Dom ins städtische Gymnasium geschleppt hatten, herrschte jetzt gähnende Leere. Inzuchthausen wurde von meiner Mutter noch in derselben Nacht komplett abgebaut. Tagelang wurde gelüftet und dann endlich die Tischtennisplatte wieder aufgeklappt. Primo Levi wurde umgetauft, hieß fortan James Last, lebte in einem winzigen Käfig und wurde uralt.

Meiner kleinen Babyratte sollte es da besser ergehen. Ihr Puppenhaus war groß und selbst die Treppen waren so breit, dass sie es bequem von Ebene zu Ebene schaffte. Franka bestand darauf, dass für die Dauer ihrer Anwesenheit ein Tuch über das Rattendomizil gebreitet wurde. Während wir miteinander schliefen, gab die Ratte keinen Mucks von sich, kein Rascheln, kein Scharren war zu hören. Sie war ganz offensichtlich beeindruckt durch – vielleicht auch neidisch auf – die Geräusche, die wir produzierten. Tagsüber trug ich das wendige Tier mit mir herum. Es vergingen keine fünf Minuten und die bewegliche rosa Schnauze schnüffelte mit zitternden Schnurrhärchen aus meiner Jackentasche hervor. Die Nase war viel schneller als der Rest des Körpers und der birnenförmige Leib kam kaum hinterher, wenn das neugierige Schnäuzchen abrupt die Richtung wechselte.

Auf den Proben fassten sich seit dem verhängnisvollen Schuss alle nur noch mit Samthandschuhen an. Karl Moor ließ sich sogar einmal durch den Wald tragen und küsste während des Transports die verheilte Stirn seiner Liebsten. So, als hätten alle tonnenweise Kreide gefressen, zirpten die Vorschläge hin und her: »Du, ist das für dich in Ordnung, wenn ich dich in deinem Monolog nach hinten trage und hinter die Säule stelle?« »Klar, das finde ich super. Was soll ich denn da vorne? Wäre es denn für dich in Ordnung, wenn ich dir den Arm auf den Rücken drehe und an deinen Haaren ziehe?« »Aber klar. Da kannst du ruhig richtig an mir zerren, das soll ja nach was aussehen.« »Klar, mach ich. Wenn es zu dolle ist, gibst du mir einfach ein Zeichen.« »Klar, mach ich. Wollen wir noch mal?« »Klar, gerne.«

Während dieser versäuselten Proben beschäftigte ich mich mit meiner Ratte. Ich brachte ihr Kunststücke bei. Wenn ich mit den Fingern einen bestimmten Rhythmus auf den Boden trommelte, rannte sie herbei und bekam einen Kürbis- oder Sonnenblumenkern. Sie krabbelte mir in die Hosenbeine hinein und im gestohlenen Räuberpullover herum. Der Regisseur mochte meine Idee, und es muss ihm ehrlicherweise zugestanden werden, dass es sein Einfall war, die Ratte am Ende des Stückes sterben zu lassen. Ich bekam ein rattenförmiges haariges Säckchen genäht, das ich in einem furiosen Schlussbild betrauern konnte.

Die Premiere rückte näher und stellte mich vor ein massives Problem. Hanna und Franka wollten beide kommen. Unbedingt. Je mehr ich in den nachmittäglichen Telefonaten nach Bielefeld versuchte, Hanna die Aufführung madig zu machen, desto mehr steigerte dies ihr Interesse. Ich beschwor sie: »Bitte, bitte, komm nicht. Das ist mir peinlich. Ich bin so unfassbar schlecht. Erspar dir das bitte.« Hanna lachte. »Wenn ich es schlimm finde, kann ich ja in der Pause gehen, und dann kommst du nach der Aufführung schnell nach Hause und wir machen es uns gemütlich.« Dass sie ein Wort wie ›gemütlich‹ benutzte und so liebevoll war, machte die Angelegenheit nur noch schlimmer. »Ich weiß nicht, ob das so eine gute Idee ist. Vielleicht bin ich danach total geknickt und will einfach nur alleine sein.« »Bitte, werde nicht einer von diesen Männern, die immer davon faseln, allein sein zu wollen. So schlimm wird es schon nicht werden. Außerdem will ich endlich deine Ratte kennenlernen. Du, ich hab Lust, mich mal wieder bis zur Glückseligkeit zu grausen.« Bis jetzt war es mir gelungen, sowohl Hanna aus Dortmund wie Franka aus Bielefeld fernzuhalten. Ich versuchte Zeit zu gewinnen: »Na, warten wir die Woche mal ab, vielleicht findet die Premiere ja auch gar nicht statt.«

Franka davon abzubringen, sich die Premiere anzusehen, war völlig unmöglich. Wir arbeiteten am selben Theater, sie schlief fast jede Nacht bei mir und überlegte bereits, was sie anziehen sollte. Schon am frühen Morgen, wenn ich bei Ilse in der Bäckerei frühstückte, konnte ich an nichts anderes mehr denken. »Wichtig ist«, beschwor ich mich, »dass du es genießt, das Ding zu organisieren. Dass es eine gute Lösung gibt, ist doch klar. Du musst das eiskalt durchziehen. Kalkül ist dein Schlüssel zum Glück. Werde der beste Liebeslogistiker aller Zeiten!« Offenen Auges sah ich das Unglück auf mich zukommen.

Hanna und Franka im Zuschauerraum und ich mit Ratzmann auf der Bühne. Drei Tage vor der Premiere hatte ich immer noch keine Lösung gefunden. An Ampeln liebäugelte ich mit der Idee, einen unbedachten Schritt auf die Straße zu machen, mich ein wenig anfahren zu lassen und ins Krankenhaus zu verabschieden. Ich würde aus dem Koma aufwachen, stellte ich mir vor, Franka würde links auf meiner Bettkannte sitzen, Hanna rechts, und beide würden gleichzeitig sagen: »Alles gut, es gibt kein Problem.« Es war ja eigentlich ganz einfach: Mit Hanna wollte ich leben, mit Franka zusammen sein.

Am Tag vor der Premiere rief mich Hanna frühmorgens an. »Ich kann morgen nicht kommen. Hier ist eine Peter-Szondi-Tagung. Da ist jemand krank geworden und jetzt muss ich zwei Professoren dolmetschen. Mist!« Eine Sekunde lang stülpte ich meine kalte Hand über die Muschel und atmete tief ein und aus. Gerettet. Und wie es sich für einen in der Lüge erfahrenen Betrüger gehört, schaltete ich blitzschnell um auf Bedauern. »Echt? Ich hab mich so gefreut, dass du kommst. Aber ich fahre dann gleich am Morgen mit dem ersten Zug zu dir.« Ich dachte, ›Wer immer du auch sein magst, Peter Szondi, ich danke dir‹, und sagte: »Ich hasse Peter Szondi.«

Die Aufführung wurde nur ein mäßiger Erfolg. Aber immerhin wurde in der Kritik der Kummer um meinen Nagetierpartner explizit gewürdigt. Beim

Schlussapplaus verbeugte ich mich zusammen mit der Ratte, hielt sie auf der Handfläche den Zuschauern entgegen. Die Leute waren überglücklich, dass sie noch am Leben war, und sie bekam – was mich dann doch ein wenig wurmte – größeren Applaus als ich.

Ratzmann durfte mittlerweile im Theater schlafen. Er war handtellergroß geworden und insbesondere in der Nacht hochaktiv. Ich hatte ihm einen Zweitwohnsitz in der Requisite eingerichtet, wo sich alle an seiner Schlauheit erfreuten und ihn mit Resten von in Aufführungen nicht verzehrten Lebensmitteln verwöhnten.

Franka und ich hatten es bis zu diesem Abend vermieden, uns in der Öffentlichkeit zu vertraut miteinander zu zeigen. Doch dann trank sie zu viel und hängte sich an meinen Hals, küsste mich und zog mich auf die Tanzfläche. Karl Moor warf mir fragende Blicke zu. Ich genoss das Gefühl, die Dinge laufen zu lassen, die Kontrolle aus der Hand zu geben, nahm zwei HALLOO WACH und tanzte mit der mit Abstand schönsten Frau der Feier, deren lange Beine mehr und mehr an Statik einbüßten. Gegen zwei übergab sich Franka auf der Toilette. Nächte mit ihr endeten immer häufiger mit kaltem Schweiß, Kloszenen auf allen vieren, Mund ausspülen und breit gefächerten Hilflosigkeiten. Ich zog ihr den Mantel an und brachte sie zu mir nach Hause. Da hatte sie sich schon wieder so weit erholt, dass sie mich zu sich zog. Und während die vollgekotzte Stola im Waschbecken einweichte und ihr Paradiesvogelblau ins Wasser abfärbte, überwältigte mich Franka und ich hatte, was ich sehr mochte, ihre Knie neben den Ohren.

Ich stand auf, um das Fenster wieder zu öffnen, und als ich zurück zum Bett kam, atmete sie bereits ganz ruhig. Doch ich war wach, hellwach, doppeltwach. Ich suchte meine verstreuten Anziehsachen zusammen, entknüllte Hose und Unterhose, fischte die Socken aus den Hosenbeinen und wurschtelte T-Shirt und Pullover von links auf rechts. Ich zog mich an, löschte das Licht, verließ die Wohnung und machte mich auf den Weg zurück zur Premierenfeier. Ich kam an der Bäckerei vorbei. Hinten in der Backstube brannte Licht. Ich klopfte an die Tür. Ich hörte Musik. Deutsche Schlager. Ich klopfte stärker. Ilse kam um die Ecke. Winkte. Verschwand und kam mit dem Schlüssel wieder. »Na, mein Bester. Das ist ja mal ein schöner Besuch. Und wie war's?« Sie lief leichtfüßig zurück in die Backstube. Sie trug eine kurze weiße Hose und ein einfaches, durchgeschwitztes weißes T-Shirt. Ihre fettigen Haare hatte sie sich zu einem Zopf zusammengebunden. »Komm, das feiern wir! Du kriegst jetzt erst mal einen Schnaps von Ilse.« Es war heiß in der Bäckerei. Zwischen ihren großen Brüsten war der Stoff dunkel, und mit ihren mehligen Händen kam sie mit einer

Flasche ohne Etikett und zwei Schnapsgläsern zurück. Und dann tranken wir Schnaps, während sie mit sicheren, ja anmutigen, hundertfach erprobten Bewegungen in der Backstube herumhantierte. Ich sah, wie die Schweineohren geformt wurden und die Puddingbrezeln erst gerollt, dann in der Luft wie durch ein Wunder zu Brezeln geschleudert wurden. Die Musik im Radio gefiel mir viel besser als die sogenannte angesagte Musik auf der Premierenfeier. Sie buk und fluchte, knetete und bestäubte, knallte die leeren Bleche in die Ständer, dass das weiche Fleisch ihrer Oberarme nachzitterte. Wenn mein Glas leer war, schenkte sie mir sofort nach. »Komm, mein Bester, das hast du dir verdient.« Und dann bekam ich ein warmes Schweineohr direkt aus dem Ofen. »Hier, du Räuber, das ist für dich!« Den Geschmack von ein paar Dingen, den vergisst man nie wieder. Der erste Bissen Schwarzbrot nach einem Jahr Amerika. Die scharf gebratene türkische Wurst mit Spiegeleiern nach kargen Tagen im anatolischen Hochland. Und ebendieses heiße Schweineohr in der Backstube mit der durchgeschwitzten, angetrunkenen und mittlerweile fast schon tanzenden Bäckersfrau in Dortmund. »Eins versprech ich dir«, rief sie über den Lärm des elektrischen Schneebesens hinweg, »wenn du hier jemals mit deiner Ratte auftauchst, schlag ich sie tot.« Um fünf Uhr war das meiste geschafft und in den Öfen. Sie setzte sich neben mich und steckte sich eine Zigarette an. »Weißt du, dass das richtig gefährlich ist, was ich hier gerade mache? In der Backstube rauchen. Das ist absolut tabu. Mehlverpuffung. Schon mal gehört?« Ich schüttelte den Kopf, und die Backstube pendelte schwerfällig meinen Augen hinterher. »Da geht hier der ganze Scheiß einfach in die Luft. Das wäre mal 'ne Schlagzeile: Dürrer Schauspieler zusammen mit fetter Bäckersfrau explodiert!« Wir lachten so, wie nur Angetrunkene lachen. Etwas zu lang, dabei den Grund des Lachens hinter uns lassend. »Oh!«, schrie sie plötzlich. »Nicht dieses Scheißlied!« Im Radio lief ein langsamer Schlager, den ich nicht kannte. »Da hab ich oft zu getanzt. Mit dem Schweinehubert. Hoffentlich liegt der irgendwo in der Gosse und die Hunde scheißen auf ihn.« Sie wurde schlagartig traurig. Doch dann zog sie sich das Gummiband vom Zopf, schüttelte sich. Schüttelte sich sehr stark. Wie ein großer Hund, der aus dem Wasser kommt. Eine Schüttelbewegung vom Kopf durch die Schultern über den Busen durch den Po bis in die geschwollenen Beine hinein, und sie war Schweinehubert wieder los. Sie stellte sich mitten in die Backstube, und während ich hinter ihr im Ofenfenster sah, wie die Sesambrötchen aufgingen, schleuderte sie ihre Gesundheitssandalen in den Ständer mit den Backblechen, stand barfuß im Mehl und begann, sich mit der Zigarette zwischen den Fingern sanft in den Hüften zu wiegen. Ein neuer Schlager setzte ein, Udo Jürgens. Sie streckte eine Hand nach mir aus und lockte mich mit dem Zeigefinger zu sich. Ich ging zu ihr, und sie legte mir ihre Arme um den Hals. Heiß drückte ihr Busen gegen meine Brust. Sie ließ die Hände sinken und verschränkte sie hinter meinem Rücken, lehnte sich an mich, ihren Kopf auf meine Schulter. Sie öffnete die Hände und legte sie mir links und rechts auf die Hüften, die Fingerspitzen schon auf meinem Po. Sie sah kurz auf und sagte: »Mein Gott, was du für ein Gerippe bist. Ist ja gar nichts dran an dir. Bist ja dünner als ein Salatblatt.« Wir tanzten in kleinen Schritten durch die Backstube, mit kreisenden Hüftschwüngen. Sie hielt mich an sich gedrückt. Ich spürte sie überall. Ihre weiche Fülle schloss auch die kleinste Lücke zwischen uns. Das war völlig anders als mit Franka, mit der ich noch vor wenigen Stunden auf der Premierenfeier zu The Doors getanzt hatte. Wollte man da etwas mehr Beinkontakt, verlor man etwas von der Hüfte, und suchte man mehr Nähe zu den kleinen festen Brüsten, klaffte schon ein Spalt zwischen den Bäuchen. Doch hier mit Ilse verschwanden alle Zwischenräume. Alles nah und nassgeschwitzt und meine kantigen Rippen und sperrigen Hüftknochen sicher eingebettet in ihr warmes wogendes Fleisch. Unsere Schritte und Drehungen malten ein Bild ins Mehl am Boden. Wir tanzten und tanzten.

Da brüllte sie plötzlich: »Oh nee, das Weißbrot!«,

und stieß mich von sich. Und während sie mit zwei irreal großen Handschuhen das Blech aus dem Ofen zog, fühlte ich noch immer der Länge nach ihre feuchte Wärme auf mir. Kurz stellte ich mir vor, wie ich sie packen und auf die breite Holzablage werfen, sie mit Mehl bestäuben und durchkneten würde. Von oben bis unten. Ja, das konnte ich mir in diesem Moment gut vorstellen. Sie sah so appetitlich aus wie eine ihrer Puddingbrezeln. Ich hätte sie gerne gewalkt und ausgerollt, ihr einen Hefezopf geflochten und ihre dicken Kuchenteigarme und Strudelbeine zwischen meinen Fingern hindurchquellen gespürt. Sie mit Staubzucker bepudert, der Länge nach in bunten Bröseln gewälzt oder mit Marmelade gefüllt. Heiß und fettig eskalierte meine Fantasie. Ich wollte sie portionieren, backen und noch ofenwarm verschlingen. Sie gefiel mir so gut mit den gerade noch geretteten Weißbroten und diesen lächerlichen Handschuhpranken und ihrem speckglänzenden drallen Gesicht. »Na, das hätte gerade noch gefehlt«, schrie sie, »dass das Scheiß-Weißbrot verbrennt. Das kommt davon, wenn man bei der Arbeit dummes Zeug macht. Jetzt aber los. Pack mit an, die anderen Brote müssen auch mal raus!« Auch ich bekam ein paar Riesenhandschuhe und half. Sie öffnete ein Fenster, und es war schon taghell. Ein großer Innenhof. Völlig beschattet von einer Kastanie in der Mitte. Um den Baum herum Brennnesseln und zum Teil hoch aufgeschossenes Unkraut. Ich stellte mich ans Fenster. Mir war heiß, und die frische Morgenluft tat mir gut. »So«, sagte sie, »Ilse geht jetzt duschen. Mein Gott, wie ich immer schwitze. Das ist doch nicht normal. Ich muss duschen, sonst kipp ich um.«

Jetzt sah meine Woche so aus: Montag bis Freitag feiern mit Franka in Dortmund, zwischen zwei und drei Uhr nachts nach Hause und ab mit uns ins Bett, dann aufgrund vorgeschobener innerer Unruhe gegen vier Uhr wieder los zu Ilse in die Backstube. Am Wochenende zu Hanna nach Bielefeld. Wir telefonierten täglich. Und nicht zu vergessen: Proben und Vorstellungen. Wenn's gut lief, konnte ich nach dem Frühstück mit Ilse, bevor die Probe begann, noch ein Stündchen in der Garderobe schlafen. Durch die Dynamik der Ereignisse und die andauernden Weltenwechsel geriet ich in einen fortwährenden Ausnahmezustand. Ich raste, meine Gedanken rasten, die Zeit raste. Liebe und Logistik rund um die Uhr.

Nie hätte ich es für möglich gehalten, dass so viel Leben in so wenig Zeit passte. Natürlich konnte man ein einzelnes Leben wie ein sauber gebügeltes, akkurat zusammengefaltetes Hemd in den Koffer legen. Dazu eine frische Hose und Unterwäsche zum Wechseln. Na klar! Man konnte mit dem sogenannten Nötigsten auskommen. Aber man konnte diesen Koffer eben auch vollstopfen und ihn mit allem, was man hatte, zum Platzen bringen. Ich hatte Zeit immer als etwas Lineares empfunden, als eine Lebenslinie, auf der es zu balancieren galt. Ein Ereignis folgt auf das nächste und alles Schreckliche und Schöne wird von der Zeit sauber aufgefädelt. Chronologie als Lebensmaxime. Doch genau mit dieser Kontinuität wollte und musste ich brechen. Ich genoss es, über jeden einzelnen Tag, jede einzelne Nacht Benzin zu gießen und Stunde um Stunde lichterloh abzufackeln.

HALLOO WACH. Finally.

21.

1978 reisten meine Mutter, meine Brüder und ich gemeinsam mit meinen Großeltern nach Italien. Auf dieser Reise hatte ich mein erstes bahnbrechendes nudistisches Erlebnis, und Nacktheit wurde zu einer mich fortan erregenden Herzensangelegenheit. Auch Jahre später auf der Bühne gab es kaum ein Stück, in dem es mir nicht gelang, früher oder später entblößt herumzusausen. Selbst bei Proben zum Weihnachtsmärchen ließ ich alle Hüllen fallen und segelte als nackter Kalif Storch im Fluggurt am Bühnenhimmel. Die Flugeigenschaften gewisser Körperteile kann ich nicht anders als erhebend preisen. Vogelfreiheit im Schritt. Leider wurde ich dann doch noch zu einer Unterhose aus Federn verdonnert. Aber immerhin, ich hatte meinen Ikarus-Moment gehabt.

Mein Großvater hatte für vier Wochen eine herrschaftliche Villa inmitten von Pinien auf Elba gemietet. Von der Terrasse aus sah man weit über das Meer, und wir hatten jeder unser eigenes Zimmer. Die Villa gehörte, hatte mir meine Großmutter anvertraut, einem Millionär, der einer der Eigentümer von Shell war. Bis heute habe ich durch diese Reise eine innige Beziehung zu Shell-Tankstellen und denke jedes Mal, wenn ich die Muschel sehe, ich habe im Haus vom Besitzer gelebt. Meine Mutter und meine Großmutter waren schnell gebräunt und von südländischer Schönheit. Mein Großvater arbeitete jeden zweiten Tag und kam erst um sechs auf die Terrasse zum Whisky heraus. In sehr heller Kleidung und mit weißem Haar.

Gleich unser erster Ausflug machte mich zum Napoleonfan. Da wir zu sechst waren, verbrachte ich alle Autofahrten auf dem Schoß meiner Mutter. Mein Großvater dozierte über die Völkerschlacht von Leipzig und darüber, dass Elba zu Frankreich gehört hatte. Ich hielt meine Hand aus dem Fenster in den warmen Wind und war überrascht von der Bläue des Meeres. So einen blauen Filzstift, dachte ich, den gibt es ja gar nicht, um dieses Wasser zu malen. Doch dann sagte mein Großvater das Wort ›Verbannung‹, und sofort war ich gefesselt von seinen Schilderungen. Napoleon war nach Elba ›verbannt‹ worden. Wir bogen von der Straße ab und durchfuhren ein eisernes Tor voller schmiedeeiserner Spitzen, darauf mehrere goldfarbene Adler mit ausgebreiteten Schwingen. Seit ich davon erfahren hatte, dass Napoleon verbannt worden war, hatte ich auf ein düsteres Gefängnis gehofft, aber das, was sich in mein Blickfeld schob, war ein Palast. Wir besichtigten die kühlen Gemächer. Meine Großmutter setzte sich in einen Sessel und sah augenblicklich aus, als wäre sie die Schlossherrin. »Das sind Räume ganz nach meinem Geschmack.« Ich war fassungslos. Wie konnte es sein, dass jemand, der in Verbannung war, weiter wie ein Kaiser residierte. Nahm man dagegen das Schloss Gottorf in Schleswig, hatte es Napoleon in der Verbannung hundertmal besser, dachte ich, als die nicht verbannten Adeligen in diesem grobschlächtigen Klotz im Norden. »Wusstest du«, fragte mich mein mittlerer Bruder, »dass Napoleon ein Zwerg war?« »Der war doch kein Zwerg«, rief ich empört, »der war doch Kaiser!« »War er ja auch«, gab er mir recht, »aber der war ungefähr so klein wie du.« Diese Größenverwandtschaft setzte meiner Begeisterung die Krone auf. Konnte das wahr sein? Ich war so groß wie Napoleon!

Nach unserer Besichtigung setzten wir uns in das Museumscafé vor dem Schloss. Aus mir nicht ersichtlichen Gründen waren alle leicht gereizt. Meine Mutter fragte im Auftrag meiner Großeltern den Kellner auf Italienisch, ob sie vielleicht einen Champagner bekommen könnten. Nach einigen hin- und hersprudelnden Wortkaskaden teilte er ihnen mit, dass sie einen einheimischen Spumante oder einen korsischen Frizzante haben könnten. Meine Großmutter durchzuckte bei dem Wort Spumante ein Ekelschauer, und mein Großvater orderte zwei Gläser Frizzante und bemerkte trocken: »Hoffentlich ist der nicht zu süß.« Meine Brüder und ich alberten halb motiviert herum. Die Hitze kroch unter den Sonnenschirm und der Kies strahlte so hell, dass die Augen brannten. Mein mittlerer Bruder trug, sein ganzer Stolz, eine komplett verspiegelte Sonnenbrille, mein ältester Bruder kauerte groß und gebeugt am Tisch und performte perfekt die Lethargie eines Sechzehnjährigen. Seine langen Haare hatten ihm schon mehrere Kommentare meiner Großeltern beschert. Mein Großvater hatte gesagt: »Du siehst aus wie ein Demonstrant.« Und meine Großmutter war noch unverblümter: »Junge, es wird von Tag zu Tag unmöglicher, dich zu übersehen!« Doch er war mit Hormonen imprägniert und strafte sie mit Desinteresse. Wir bekamen jeder eine Limonade, in der winzige Stückchen schwammen, was es meinen Fanta-sozialisierten Brüdern und mir unmöglich machte, am Strohhalm zu saugen. Meine Mutter sah uns genervt dabei zu, wie wir angeekelt in unseren Getränken herumrührten. »Ach Jungs, bitte, das kann nicht euer Ernst sein. Das ist echte Aranciata, die gab es schon, als ich in Rom gelebt habe. Die schmeckt köstlich.« Mein mittlerer Bruder hielt die Flasche gegen das Licht: »Die ist schlecht.« »Das ist das Fruchtfleisch. Bitte, bitte, stellt euch nicht so an und trinkt was.« Mein ältester Bruder raunte mehr, als dass er sprach: »Ich trinke nichts, was man kauen muss.« Meine Mutter schnaufte. Der mit süffisanter Freundlichkeit nur ein wenig geschüttelte Kopf der Großmutter reichte bereits aus, um sie aufspringen und über den Platz davonknirschen zu lassen. Mit hocherhobenen Armen rief meine Großmutter: »Mooaaahhh! Immer ist irgendwas. Aber was? Das weiß keiner!« Sie nahm einen tiefen Schluck aus ihrem Glas, verzog das Gesicht, beugte sich zur Seite und spuckte die Flüssigkeit in den Kies. Meine Brüder und ich, auch mein Großvater, konnten kaum glauben, was wir da gerade gesehen hatten. »Dieses Gesöff ist eine Zumutung. Diese ganze Reise ist eine einzige Zumutung.« Mein Großvater dachte kurz nach und sagte mit der für ihn typischen unumstößlichen Befehlsruhe: »Halbe Stunde Auszeit für alle, dann einstündige Wanderung in ein Tal voller Esskastanienbäume und um ein Uhr geht es weiter nach Capoliveri zum Mittagessen.« Meine Brüder und ich standen auf, ließen die drei unangetasteten Fläschchen stehen und gingen um den Palast herum. Ungläubig sahen wir in die Krone eines Baumes, in dem Zitronen hingen. Ich war begeistert. »Zitronen!«, rief ich. »Guckt euch das an. Ein Baum voller Zitronen.« Wir liefen an der Schatten spendenden Mauer entlang. Eidechsen huschten herum, schossen grünlich in Nischen, und mein mittlerer Bruder stellte mir ein Rätsel, dessen Lösung mir schleierhaft blieb: »Was ist der Unterschied zwischen dir und einer Eidechse?«

»Keine Ahnung.« »Dein Schwanz wächst nicht nach.« Mein ältester Bruder kicherte ein eigentümliches Kinderlachen, griff mir mit der Hand in die Lockenpracht und schüttelte etwas zu grob meinen Kopf hin und her. Wir umrundeten den ganzen Palast. Am Haupteingang stand ein Wärter, der so alt war, als hätte er Napoleon noch persönlich gegrüßt. Er war im Stehen eingenickt. Mir kam es vor, als hätte er seinen Körper durch jahrzehntelanges Training so ausbalanciert, dass er trotz Tiefschlafs in der Vertikalen nicht umfallen konnte. Ein Schlafstatiker. Wir schlichen uns an ihm vorbei und gingen wieder hinein. »Ich muss mal Strulli-strulli machen«, flüsterte mein mittlerer Bruder, »kommt, wir suchen das Klo.« Ich mochte den fremden Duft auf der Toilette, das weiß ich noch, zitrusbissige Frische. Mein ältester Bruder kämmte sich vor dem Spiegel, er hatte tatsächlich immer einen Kamm dabei, während mein mittlerer Bruder seine Sonnenbrille mit Toilettenpapier polierte. Ich pinkelte auf den Chlorstein. Wir wollten das Gebäude schon wieder verlassen, als ich vorschlug: »Los, kommt, wir gehen noch mal alleine durch Napoleons Zimmer.« Ohne die Erwachsenen waren die Gemächer um einiges interessanter. Wir kamen in das prunkvolle Schlafgemach. Kein Wächter weit und breit. Die Bettdecke war aus schwerem Brokat und bestickt mit denselben flügelschwingenden Adlern, wie sie auf dem Eingangstor prangten. Die Bettpfosten waren voller golden-wulstiger Ornamente, mächtig gedrechselter Schlangen, und über dem Kopfende thronte ein lila Baldachin verziert mit Schnüren und allerlei Quasten. Zu dritt standen wir vor der schweren Absperrkordel. Da sagte mein mittlerer Bruder in die herrschaftliche Stille hinein: »Wenn du dich in Napoleons Bett legst, darfst du für den Rest des Tages meine Sonnenbrille tragen.« Meine Brüder waren ein eingespieltes Team und es dauerte keine Sekunde, bis der andere den Einsatz erhöhte: »Wenn du es machst, Bruderherz, geh ich mit dir angeln.« Das waren zwei mörderisch verlockende Preise für eine doch eigentlich harmlose Aktion. Endlich hatten wir etwas gefunden, das uns elektrisierte, und augenblicklich wucherten unsere Gedanken los. »Ich mach's!«, willigte ich ein. »Aber nur, wenn ich die Angel selbst halten darf und nur wenn ich heute Abend eure Marzipanstücke bekomme.« Dies war schon zu einem Elbaritual geworden, dass wir in der Dämmerung auf der Terrasse von meinem Großvater mit Marzipan beglückt wurden. So akribisch, als verteilte Lear höchstpersönlich sein Königreich an seine drei Töchter, ritzte, markierte und schnitt der Großvater das bitterschokoladendunkle Lübecker Marzipanbrot in gerechte Scheiben. Meine Brüder sahen sich kurz an, nickten und sagten vollkommen synchron: »Okay! Du musst aber so lange liegen bleiben, bis wir bis drei gezählt haben.« Ich blickte nach links und rechts in die anderen Gemächer hinein, trat erneut vor die Kordel, hielt eine Hand ein wenig hinüber und hinein in die verbotene Luft. Vielleicht, durchfuhr mich eine luntenbrennende Angst, würde jeden Augenblick, so wie ich das aus Filmen kannte, eine Alarmanlage losschrillen, eine bisher nicht entdeckte Sirene mit ihrem Schrei die Wachmannschaften in einem Kabuff aufschrecken und losspurten lassen. Ich streckte meinen Arm aus. Wie konnte es nur sein, dass Luft in ein und demselben Raum eine derart unterschiedliche Konsistenz hatte. Oder war das schon die Aura von Napoleons Bett, die die Nerven in meinem Arm vibrieren ließ? »Na los, jetzt mach mal.« Ich bückte mich tief hinunter, steckte den Kopf unter der Kordel durch, wollte sie unter keinen Umständen berühren, drückte den Rücken nach unten, schob mich wie unter einem Elektrozaun weiter vorwärts auf die andere Seite und richtete mich wieder auf. Fünf Schritte und ich hatte das Bett erreicht. Ich setzte mich mit dem Po auf die sehr hohe Matratze, schob meinen kleinen, in einer kurzen Hose steckenden Hintern weiter hinauf. Der Stoff war rau und die Flügel der Adler piksten in meine Unterschenkel. Wie aus Draht war dieser Bezug geflochten. Ich hob die Beine in die Höhe, schwenkte sie über die Liegefläche und ließ sie samt Sandalen niedersinken. Lauschend senkte ich meinen Lockenkopf auf das lamettadurchwirkte und bretthharte Kissen ab. Ich bin so groß wie er, dachte ich, ich darf das, und weiter: Seltsam, da hat einer so ein Schloss, aber das Kissen ist so ungemütlich wie ein Stein. Vielleicht war ja das die eigentliche Strafe, malte ich mir geschwind aus, man hatte Napoleon sein weiches Kissen weggenommen und ihn dazu verurteilt, auf Elba auf diesem Ding zu schlafen. Ich sah hinauf in den Baldachin und machte mich lang. Tatsächlich! Das Bett war genau richtig für mich. Auch ich wollte verbannt sein. Tiefe Wesensverwandtschaft mit dem klein gewachsenen Imperator pumperte durch meine Zellen. Meine Brüder zählten »Eins!« und machten eine Pause, deren Gedehntheit mich peinigte, mich peinigen sollte. »Und zwei! Und die letzte Zahl heißt …« Da hörte ich Schritte auf dem Steinfußboden heranhallen. In einem Tempo, von dem Napoleon selbst nicht zu träumen gewagt hätte, schoss ich vom Prunkbett herunter und warf mich rutschend wie ein Bobfahrer auf dem Marmor unter der Grenzkordel hindurch. Hätte Napoleon in diesem Tempo Europa erobert, wäre er in einer halben Stunde wieder zurück in Paris gewesen. Ohne auf meine Brüder zu achten, sauste ich davon, durchfegte die Räume und katapultierte mich die Stufen hinunter ins Freie.

Die Großmutter saß abseits elegisch im Schatten und fächerte sich mit dem Baedeker Luft zu. Die Mutter kniete in einem der Beete und zupfte Unkraut. Höchstwahrscheinlich, um sich zu beruhigen. Was aber doch ein befremdlicher Anblick war im

Garten Napoleons. Mein Großvater hatte sich seinen Albert-Schweitzer-Riesenhut aufgesetzt und wandelte im Kies auf und ab. Meine Brüder kamen aus der Residenz gestürzt und schnappten mich, drückten mich, kitzelten mich. Ich lachte und sie flüsterten nah an meinem Ohr: »Leider, leider verloren, du kleiner Feigling!« Ich trat nach ihnen, wurde zornig, entwand mich ihren vertrauten Fixiergriffen. »Ihr seid solche Verräter, lasst mich los, so langsam zu zählen.« Kurz darauf saßen wir alle wieder zusammengepfercht im Auto und nahmen Kurs auf den Kastanienwald. »Wenn wir Glück haben«, versuchte uns unsere Mutter zu animieren, »sehen wir ein Wildschwein.« »Und wenn wir Pech haben«, konterte mein mittlerer Bruder, »werden wir für welche gehalten und umgenietet.« Ich hockte eingequetscht auf der Rückbank, auf dem Schoß meiner Mutter, und fühlte mich ungewohnt mächtig. Ich ließ meinen Blick über die Buchten und Hügel schweifen und dachte: Das gehört jetzt alles mir. Natürlich war es ein Spiel, aber etwas war anders. Eine hübsche Dosis Größenwahn war aus Napoleons Matratze in mich hineingeströmt, und während es in großväterlichem Schneckentempo die Serpentinen hinabging, nahm ich mir fest vor, mich dieser Erwähltheit würdig zu erweisen. Ich fasste einen Entschluss: Ich wollte mutige, ja, riskante Ferien verbringen.

Die nächste Draufgängersituation führte bereits

am folgenden Tag zu einem Beinaheunfall von schrecklichem Ausmaß. Ich hatte meinen mittleren Bruder überredet, eine der Felswände zu erklimmen, die sich unmittelbar neben dem Strand erhoben. Die ersten Meter ging es leicht und gut in die Höhe. Geschickt arbeiteten wir uns hinauf. Wir fanden eine fußbreite Kante, die horizontal im Gestein verlief, und trippelten seitlich auf Sandalenspitzen um den Felsen herum. Der Wind frischte auf und unter uns hörten wir die Brandung. Gischt wehte uns an die Beine. Ich fand es großartig. Wir kletterten noch etwas höher, da es aufgrund der Übersprünge nur weiter hinaufging, und kamen zu einer weniger steilen Stelle. Hier war der Fels porös, und als ich hinüberkletterte, lösten sich kleine Steinchen. Mein Bruder folgte mir, und plötzlich, mitten in diesem keine zwei Meter breiten gerölligen Abschnitt, konnte er weder vor noch zurück. Er presste sich an den Abhang. Machte er einen seiner Witze? Mir kam die Panik, die ihn ergriff, komplett übertrieben vor. Er braucht ja nur, dachte ich, so wie ich es selbst getan hatte, das eine Bein weit hinüberzubeugen und schon würde er wieder festen Stein unter dem Fuß haben. Aber er steckte fest und bekam eine Heidenangst. Er weinte und sah mich verzweifelt an. Seine Wange presste er gegen die Steinchen, und mit zitternden Fingern suchte er Halt. Er wimmerte »Mama, Mama, Mama, Mama, Mama …«. Wiederholte es zigmal, so als wäre mit der kleinsten Unterbrechung sein Absturz besiegelt. »Hier, nimm meine Hand.« »Ich kann nicht, ich kann nicht, ich kann nicht. Mama, Mama, Mama …« Ich hatte meinen mittleren Bruder noch nie so schutzlos, so aufgelöst gesehen. Ich suchte mir einen guten Halt und beugte mich weit zu ihm. »Komm ganz langsam rüber, ich halt dich fest.« »Meine Füße, meine Füße, die rutschen, Mama, Mama, Mama, die rutschen.« Und da war ich plötzlich erwachsen, meine Stimme glitt hinüber in ein anderes Register. »Martin, ist doch alles gut. Halt meine Hand fest. Gut. Genau. Jetzt erst den einen Fuß. So, jetzt den anderen. Komm langsam rüber. Ich hab dich gut. Es kann nichts passieren. Hier, halt dich fest. So, und jetzt hab ich dich gleich.« Mit einem kleinen Ruck zog ich ihn zu mir. »Komm hier rüber, da kannst du gut sitzen.« Er schlug sich die Armbeuge vor die Augen und schluchzte auf. »So ein Scheiß. Was für ’ne beschissene Idee.« Gute vier Meter unter uns wogte das blauklare Wasser auf und ab, und wenn es sich senkte, tauchten glänzend dunkle Felsen auf. Es blubberte und zischte, als würden sie Atem schöpfen. Da kamen auch mir die Tränen. Es dauerte, bis sich unser beider Schluchzen beruhigte und wir genug Mut fanden weiterzuklettern. Zurück ging es nicht. Aber wir fanden einen Weg hinunter und schwammen in unserer Kleidung samt Sandalen zurück in die Bucht. Ich erinnere mich an das Wegklappen der Sohlen vom Fuß beim Schwimmen und wie sich die durchsichtige Dunkelheit unter mir im Magen zusammenballte. In klatschnassen T-Shirts und Hosen stiegen wir zwischen den anderen Badenden aus dem Wasser und rannten gleich weiter durch den grünen, von Grillengezirpe beschallten Waldwegtunnel hinauf zum Haus. Mein Bruder hatte es so eilig, dass ich ihm kaum folgen konnte. Alles in allem kein guter Tag für Napoleon.

Die Bucht unterhalb der Shell-Villa war schwer zugänglich. Den steil abfallenden Trampelpfad kannte außer den Anwohnern kaum jemand. Doch jeden Morgen glitten gegen zehn Uhr Boote um die Felsen herum, ankerten und setzten mit kleinen Bei- oder Schlauchbooten zum Strand über. Ich war mehr als angetan vom Anblick der imposanten Jachten. Immer wieder hatte ich mir das Fernglas des Großvaters geborgt, um sie genauer inspizieren zu können. Der eigentliche Grund, warum ich das Fernglas häufig benutzte, war jedoch ein anderer. Die Bucht war durch eine imaginäre Linie in zwei Abschnitte unterteilt. In eine Hälfte, in der wir am äußersten Rand tagtäglich unsere Lager aufschlugen, Badetücher ausbreiteten, die Großeltern ihre Klappsessel und die Kühltasche mit dem Weißwein postierten, und die andere, etwas kleinere Strandseite, in der die Nackten lagen. Diese Trennung des Strandes schien, obwohl unsichtbar, um einiges massiver zu sein, als es die rote Kordel vor Napoleons Bett gewesen war. Mein Interesse an unbedeckter Haut hatte in der südländisch sommerlichen Inselatmosphäre noch mal einen ordentlichen Sprung nach vorn gemacht. Der erste Schluck Rotwein, den ich hatte kosten dürfen, die brütende Wärme des Nachts, die Kraft meiner Arme und Beine, die ich beim Schwimmen spürte, das Sich-Hinräkeln im Sand, all das trieb mich an und um. Etwas in mir pochte und gärte, und doch war ich entspannter, ließ mich von meinen Brüdern nicht mehr ganz so naiv in die Gefahrenzonen meiner Wut locken, schnappte nicht mehr reflexhaft nach jedem hingeworfenen Zornleckerli. Ich aß riesige Portionen Nudeln, solche Mengen, dass meine Großeltern es als Affront gegen sich und ihre Miniportionen empfanden. »Mein Gott, Junge, du isst, als ob du einen Bandwurm hättest.« Ich blickte durch das Fernglas des Großvaters und drehte es so unauffällig wie möglich vom Meer zum Strand hinüber. Am Tag vorher war ich so in meine Beobachtungen versunken gewesen, dass ich nicht einmal mitbekommen hatte, wie sich mein mittlerer Bruder an mich herangeschlichen und plötzlich »Buh!« in mein Ohr gerufen hatte. Ich gab einen ertappten Schreckensschrei von mir. Anzüglich grinsend und mit gelupfter Augenbraue triumphierte er: »Erwischt!« »Vollidiot!« Ich sprang auf, rannte ins Meer und tauchte die Scham weg. Ich war besessen vom Anblick der nackt hingeworfenen, von allen Seiten nahtlos goldbraun gebackenen Frauen. Die unbekleideten Männer kamen mir auf eine nicht ganz verständliche Weise unbeholfen, ja, unfreiwillig komisch vor, die Frauen dagegen göttlich. Sie verdrehten die Körper beim Rückeneinölen und ihre Schulterblätter drückten sich durch die Haut wie versteckte Flügel, sie lasen seitlich aufgestützt in Büchern und ihre Brüste störten beim Umblättern oder hüpften mit Pobacken so rund und glatt wie Avocadokerne über winzige Wellenkämme. Oder aber, und das war mein Fantasiefavorit, sie lagen einfach nur da, mit einer allumfassenden Hingabe, die nicht nur der Sonne gelten konnte. Was genau ich von ihnen wollte, konnte ich nicht sagen. Reden eher nicht. Vielleicht toben. Still und unauffällig wie eine Muschel neben ihnen im Sand zu liegen, schien mir das Größte. Oder der Sand selbst sein, auf dem sie lagen, in den hinein sie mit Hüftschwüngen ihre Körperformen ruckelten, den sie sich als Kopfstützen unter die Handtücher schaufelten oder beiläufig durch die Hände rieseln ließen. Wenn ich aus dem Wasser zurück an den Strand lief, gelang es mir durch kalkulierte Irrtümer, die nassen Locken schüttelnd, ein, zwei Meter in das Hoheitsgebiet der Sonnenanbeterinnen einzudringen. Da drehte ich dann eine scheue Ellipse und trudelte zurück ins Reich der züchtig Bedeckten. Meine Großmutter und mein Großvater setzten sich stets so, dass sie den FKK-Bereich im Rücken hatten, meine Mutter war selten am Strand, viel lieber machte sie lange Wanderungen über die Insel, und meinen Brüdern schien es egal zu sein, wobei mein ältester Bruder sehr gerne auf einem Felsvorsprung angelte, der beste Ausblicke bot. Von Tag zu Tag wuchs ein Vorhaben in mir, das so kühn war, dass es allen Brüdern und Müttern dieser Welt, allen Großeltern die Sprache verschlagen würde. Und selbst Napoleon hatte meines Wissens keine solche Heldentat vollbracht.

Es muss Mitte der dritten Woche unseres Urlaubs gewesen sein, als ich eines Nachmittags, die Sonne senkte sich schon Richtung der Horizontlinie und überzog das Meer mit silbernen Schuppen, plötzlich – die Taucherbrille über den Augen – mit großer Entschlossenheit aufsprang, an die unsichtbare Linie herantrat, mir mit ruppiger Präzision die Badehose bis zu den Füßen hinabstreifte und aus ihr heraustrat. Meine Brüder bissen vor Lachen in ihre bunten Handtücher und warfen sich im aufstiebenden Sand hin und her. Meine Großmutter rief: »Herrschaftszeiten, Junge, was tust du da?« Der Blick meines Großvaters dagegen war etwas gläsern und interessiert. Ich ging los. Dreißig Meter, wie auf einem Leitstrahl, und warf mich mitten unter den Nackten der Länge nach in den Sand. Ich lag da, vollkommen und nackt, vom Scheitel bis zur Sohle auf dem Rücken im heißen Sand, der mir mit einer satt bollernden Wärme in den Körper strahlte. Diese Wärme, so kam es mir vor, loderte mir direkt aus dem Glutkern des Erdinneren entgegen. Auf der Stirn, der Brust, dem Bauch, zwischen den Beinen und auf den Schenkeln und Füßen die Sonne und am Hintern wohltemperierte Lava. Ich drehte die schlierige Taucherbrille nach links, und keine drei Meter weiter lag eine schlafende Frau. Ich sah sie mir an. Als nicht ganz so spektakulär wie erhofft empfand ich ihre Nähe. Ich drehte den Kopf zur anderen Seite und sah zwei sehr junge Frauen beim Essen. Die eine schnitt nackt Tomaten, die andere schnitt nackt etwas, das ich nicht kannte. Sie redeten leiernd auf Italienisch miteinander, dehnten enerviert über irgendein Thema die Vokale. Einerseits beschlug immer wieder das Glas der Taucherbrille und ich versuchte, nur durch den Mund zu atmen, andererseits war ich froh, da ich hinter dem behauchten Oval den Blicken nicht vollkommen schutzlos ausgesetzt war. Vielleicht würde es mein Stieren und Fixieren in ein milchigeres Licht tauchen. Doch niemand nahm Notiz von mir. Ich lag im Sand wie eine kollabierte Eule, drehte den Kopf mal dahin, mal dorthin und war selig gefangen im erotischen Nebel der Leiber um mich herum. Die Sonne sank, und ich hörte unseren sogenannten Familienpfiff herüberschallen. Ich setzte mich aufrecht hin und war einen Augenblick erschrocken über das

Weiß der Haut unterhalb meines Bauches, das wie eine krasse Pigmentstörung in Form meiner Badehose aussah. Ich hatte das Wort ›Erektion‹ noch nie gehört, aber daran, dass es für das, was sich gerade ereignete, irgendein Wort geben musste, konnte kein Zweifel bestehen. Fasziniert sah ich an mir herab, drückte mich hoch und ging zum Wasser hinunter, stand einen eigenwillig genau getimten Moment lang da, kurz und lange zugleich, und breitete die Arme aus. Ein silberner Lichtstreif führte von mir über das Wasser bis zum Horizont. Ephebenschweben.

Dann schritt ich zurück, stieg wieder in meine Badehose und machte mich auf den Weg zu meiner in Reih und Glied aufgestellten und mich beobachtenden Familie. Etwas war komplett anders, seitdem ich sie verlassen hatte. Nicht mit ihnen. Sie waren auf geradezu standbildhafte Weise unverändert. Aber mit mir war etwas vorgegangen, das sich gut und richtungweisend anfühlte.

Mein ältester Bruder kam mir entgegen und fragte: »Bist du dir eigentlich sicher, dass du noch ganz richtig in der Birne bist?« Und mein mittlerer Bruder diagnostizierte: »Sag mal, wie irre willst du eigentlich noch werden? Nur mit Taucherbrille und Ständer zwischen den Nackedeis rumlungern, geht's noch?« Ich zuckte mit den Schultern und ließ sie stehen. Meine Mutter strahlte mich an. »Na, mein Lieber, wolltest du mal bei den Nackten schwimmen gehen? Das kann ich gut verstehen. Ich liebe das auch, hin und wieder ohne alles. Morgen komm ich mit.« Meine Großmutter verzog so sehr das Gesicht, dass ihr die Sonnenbrille verrutschte. Dann lachte sie ihr Fanfarenlachen, das immer nach Theater klang, und wir machten uns auf den Heimweg.

Natürlich musste ich mir in den nächsten Tagen ununterbrochen die Kommentare der Brüder anhören. Sie nannten mich nur noch ›den Nudisten‹ oder auch, was mir bis heute rätselhaft geblieben, ist, ›Pulpo‹. Keine Stunde verging, ohne dass einer von ihnen Sätze wie »Ich finde es wirklich toll von dir, Pulpo, dass du heute im Restaurant etwas anhattest« sagte. Sobald ich meine Jacke auszog, rannten sie weg und riefen: »Hilfe! Zu Hilfe! Es geht wieder los! Pulpo macht Ernst.« Doch es tangierte mich nicht sonderlich.

Und plötzlich, während der nächsten Tage, bröckelten die tief in jedem von uns verankerten charakterlichen Zuschreibungen, das Festgefügte löste sich und die jeweils drei Jahre Altersunterschied zwischen meinen Brüdern und mir wurden obsolet. Wir gingen zu dritt schwimmen, lagen zu dritt in einem Bett, gingen zu dritt angeln. Meine Mutter sah mit Staunen, wie wir ganze Stunden nah beieinanderhockten und uns unterhielten. Doch am Tag unserer Abreise gab es einen jener fürchterlichen Eklats zwischen mir und meinem mittleren Bruder, die sich durch ihre Heftigkeit und Handgreiflichkeiten aus der Masse der gewohnten Streitereien heraushoben. Wir hatten uns den ganzen Morgen über gut verstanden, gemeinsam gepackt und herumgealbert. Doch dann stritten wir plötzlich vehement miteinander, er machte sich über mich lustig, weil ich mit nasser Badehose ins Auto steigen wollte. Er bombardierte mich mit blitzgescheiten Gemeinheiten durch seine dicke Brille hindurch. »Hauptsache, Pulpo, das Gerät wird gekühlt.« Da reichte es mir. Ich sprang auf ihn zu, schlug seine zur Abwehr hochgeworfenen Arme beiseite und nahm ihn geschickt in den Schwitzkasten. Meine eine Hand schnappte mein Handgelenk, rastete ein, und so presste ich ihn in einer Armbeuge aus Eisen an meine Seite. Noch nie hatte ich es geschafft, ihn in dieser Position zu fixieren. Mein braun gebrannter Bizeps war klein und zäh und wild entschlossen. Er zappelte, boxte mich in den Rücken, versuchte sich aufzurichten, mich einfach vom Boden in die Höhe zu stemmen und abzuschütteln. Aber ich hatte ihn. Minutenlang hielt ich ihn wie ein ausgeflipptes Kälbchen im Klammergriff. Erst als meine Mutter uns trennte, gab ich ihn japsend und rot angelaufen wieder frei. Er schrie mich an. Auch ich rang nach Luft und mein Herz schlug wild, aber ohne Panik. Sosehr er sich auch aufregte, ich hatte gewonnen. Daran konnte kein Zweifel bestehen. Ich würde Elba als Sieger verlassen.

Zwei Stunden später fuhr das Auto in den metallisch hallenden Riesenbauch einer Fähre hinein und Napoleon nahm Abschied von seiner Insel. Er kehrte als ein anderer aus der Verbannung zurück und war nun bereit, die Welt zu erobern.

22.

Wenn Hanna las, geriet sie in Lebensgefahr. Ich erinnere mich, wie sie ein Buch in einem einzigen autistischen Rutsch vom ersten bis zum letzten Buchstaben verschlang. Sie hatte es direkt nach dem allmorgendlichen Schreck des Erwachens aufgeschlagen und sollte es erst am Abend wieder schließen. Sie hielt das Buch beim Zähneputzen in den Händen, und beim Frühstück bat sie mich, ihr das Marmeladenbrot zu schmieren. Sie wechselte die buchhaltende Hand von links nach rechts und wieder zurück, als sie in ihren Trenchcoat schlüpfte, und vorsichtshalber führte ich sie die Stufen im Treppenhaus hinunter. »Bitte, Hanna, sei vorsichtig auf der Straße.« Sie nickte das Buch an und trödelte desorientiert den Bürgersteig entlang. Das konnte nicht gut gehen. Ich rannte ihr hinterher. »Hanna, wenn du nicht aufhören kannst zu lesen, dann bringt es doch auch nichts, in die Uni zu gehen.« »Doch, doch, ich muss.« Sie klang, als würde sie im Schlaf sprechen. Sie hängte sich bei mir ein und las einfach weiter. »Komm, ich bring dich wieder zurück.« Ich redete mit ihr wie mit einem abgängigen Demenzdeserteur. »Ich muss in die Uni. Bring mich hin.« »Ist das dein Ernst?« »Na klar. Bitte, bitte führe mich.« Halb war es ein Witz, halb tiefer Ernst. Wie ein Blindenhund lenkte ich sie um Hindernisse herum, an Passanten vorbei, und half ihr in den Bus. Um zu testen, wie versunken sie tatsächlich war, schlug ich falsche Wege ein oder lief auf dem Campus ein paar sinnlose Kreise und Achten. Hanna bekam nichts mehr mit, setzte einen Fuß vor den anderen und sauste mit den Augen über die Zeilen. »Was hast du denn für eine Vorlesung?« Am leiernden Tonfall ihrer Antwort hörte ich, dass sie sogar weiterlas, während sie sprach. »Grobianismus in der europäischen Literatur.« Ich lachte. »Ernsthaft?« Keine Antwort. »Wo ist denn deine Vorlesung?« Mit Roboterstimme schnarrte sie: »X-E0-001.« Es klang wie ein letzter Funkkontakt vor ihrem endgültigen Eintritt in noch nie zuvor erkundete Galaxien. Hannas Finger hielten das Buch, perfekt konstruierte Greifinstrumente, wie geschaffen zum Klammern und Blättern. Ihre Arme waren abgewinkelte Buchstützen, und mir kam es so vor, als hätten sie genau in diesem Moment den Zenit der Evolution erklommen. Ihr leicht beschleunigter Atem versorgte verlässlich ihren Organismus mit Sauerstoff, und vegetativ wurde ohne Aufmerksamkeitseintrübungen das Gröbste und das Feinste erledigt. So also sahen Raumschiffe für die gewagtesten Reisen in Paralleluniversen aus. In diesem Augenblick eskalierte meine Zuneigung zu ihr. Hanna war meilenweit weg und doch ganz in meiner Nähe.

Ich versuchte, mich in den weitläufigen Fluren der Universität zurechtzufinden, und stand aufgeschmissen vor riesigen Plänen. Der gesuchte Raum schien sich aktiv von uns wegzubewegen. »Hanna, wo müssen wir hin?« Sie blätterte um, blitzschnell wischte ihr Zeigefinger Seite für Seite hinweg, denn die Sätze durften nicht reißen. Gab es da irgendetwas, das mit dem Sog dieser Geschichte konkurrieren, das diese abhandengekommene Frau an meiner Seite aus ihrer Versunkenheit herausreißen konnte? Wir bahnten uns unseren Weg durch die Studenten. »Hanna, du musst mir helfen. Wir haben uns verirrt.« Hypnotisiert klebte ihr Blick im Buch fest. Laut übertönte ich das lärmende Gemurmel der Studenten. »Hanna! Haallllooo!« Keine Reaktion. Ich beugte mich zu ihrem Ohr hinunter und flüsterte: »Ich liebe dich über alles.« Heftig fuhr ihr ein störrischer Blitz durch die Muskulatur und ihr Nacken versteifte sich. Wie auf einem Altar blieb das Buch in ihren Händen starr in der Luft hängen, und sie wandte sich mir zu, sah mich ernst an, stand an irgendeinem Scheideweg, den ich nicht kannte, ließ das Buch sinken und fiel mir um den Hals. »Ich dich auch. Ich dich auch. Ich liebe dich auch. Für immer und ewig.« Sie sah sich um. »Wo sind wir denn hier?« »Keine Ahnung.« Sie küsste mich vehement. Wir mussten in ein völlig anderes Gebäude, waren viel zu spät dran und Hanna schlüpfte leise in den Hörsaal hinein, winkte mir verschwörerisch zu und verschwand.

Als sie am Abend nach Hause kam, hatte sie das Buch immer noch in der Hand. Viele Seiten waren es nicht mehr. »Ich riech nicht gut, verzeih, ich muss duschen.« Und die folgerichtige Idee, diesen Tag mit einer kruden Aktion zu krönen, kam prompt. »Würdest du mir das Buch beim Duschen halten?« »Na sicher.« Hanna stand im warmen Regen, und ich drückte das Buch gegen die Duschwand. Ein kurzer Nicker, und ich blätterte um. Sie wusch sich die Haare, stand da mit Irokesenschaumkamm und las und las. Ich sah, wie tief bewegt sie war. Geistesabwesend glitt ihre Hand mit der Seife über die Haut. Nur die Pupillen, die rasten von links nach rechts, von links nach rechts. Ich durfte sie abtrocknen und ihr das Handtuch als Turban um den Kopf winden. Die letzte Seite las sie auf dem Klodeckel sitzend. Sie schlug das Buch zu, wischte sich Tränen von den Wangen und sagte: »Jetzt ist wieder alles anders.«

23.

Eines war mir vollkommen klar, früher oder später würde es eine Katastrophe geben. Auf Dauer war es unmöglich, alle Zufälle zu bedenken, jede noch so winzige Spur zu beseitigen und Unwägbarkeiten ausnahmslos bereits im Vorhinein zu erkennen und zu entschärfen. Wer rund um die Uhr zwischen Tretminen herumtanzt, ahnt, dass die Wahrscheinlichkeitsrechnung auch bei ihm kein Auge zudrücken wird. Immer öfter unterliefen mir Missgeschicke und eine Schicht für Schicht tiefer eindringende Müdigkeit erhöhte die Crashgefahr. Anfänglich waren nur die Muskeln gerädert gewesen, doch mittlerweile gähnte das Mark in den Knochen. Ich wäre so gerne ein souveräner Casanova mit Cognacschwenker im Cabrio gewesen, der entspannt, mit einer Hand am Steuer, durch seine Lügen kurvt, mutierte aber zunehmend zum windigen Kleinkriminellen in einem Kleinlaster voller Unwahrheiten, der sich ständig beobachtet fühlt und hektisch den Handschweiß an der fleckigen Hose abwischt.

Ich versuchte mich zu konzentrieren, doch der König von Elba war in die Sackgasse geraten und drohte vom Thron zu rutschen. Vier Begebenheiten dieser Regentschaft sollen hier stellvertretend berichtet werden. Wahrlich keine Ruhmesblätter.

Die Stringkatastrophe

Einer von Frankas Stringtangas hatte sich durch seine Winzigkeit der Spurensuche entzogen und war auf geradezu heimtückische Weise in eines der Handtücher gekrochen, die schmutzig im Wäschekorb lagen. Allein schon die Tatsache, dass ich jemanden kannte, der nicht nur ausschließlich Stringtangas trug, sondern das Wort ›Stringtanga‹ mit größter Selbstverständlichkeit aussprach, freute mich. An alles hatte ich gedacht: an die Frankahaare im Abfluss und die schminkschwarzen Wattepads im Müll. An die Haarspülung und an das Löschen des Anrufbeantworters. Das Bett war frisch bezogen und ein wenig eingelegen, die Raumluft durch eine Stunde Durchzug, inklusive geöffneter Wohnungstür, komplett ausgetauscht und der Hausmüll entsorgt. Abfall in all seinen Zusammensetzungen war stets eine große Gefahr, ein unberechenbarer Hinweisgeber. Man meint, alle Indizien getilgt, jeden Lippenstift vom

Tassenrand poliert, alle DNA-Spuren weggesaugt zu haben, und dann drückt sich einen Tag später beim gemeinsamen Beutel-nach-unten-Bringen die zerknüllte Zigarettenpackung einer unbekannten Marke durch den durchscheinenden Kunststoff. »Sag mal, seit wann rauchst du denn Lord Menthol …« Hanna ging duschen. Ich saß auf dem Klo, sie plauderte und plätscherte entspannt vor sich hin und schnappte sich, da sie kein anderes Handtuch fand, das oberste dreckige aus dem Korb. Ich begann einen Satz: »Warte doch, ich hol dir ein fri…!«, da warf sie es sich bereits um die Schultern und schleuderte Frankas Stringtanga durch die Luft. Im ersten Moment dachte ich, es würde ein riesiges buntes Insekt herausflattern. Doch dann entfaltete sich der Stoff, das pink und mit Rüschen bordierte Dreieck blähte sich fallschirmartig auf, verlangsamte den Flug und segelte zu Boden. Mit einem Schrei stürzte ich vom Klodeckel hoch, sprang an ihr vorbei, schnappte mir das winzige Höschen und verbarg es zwischen meinen Händen, hielt es gefangen wie ein paar Würfel. »Was ist denn los? Was hast du denn da?« »Keine Ahnung.« Kurze Pause, Panik schneller als Licht. »Ich weiß auch nicht, was es ist.« »Wo kommt das denn her?« »Es war im Handtuch.« Hanna hüpfte zurück in die Enge der Duschwanne. Hatte sie Angst vor Spinnen? Nein. Hatte sie Angst vor Mäusen? Nein. Aber sie hatte sichtbar Angst vor dem Unbekannten. »Bewegt es sich?«, fragte sie nun schon grinsend. »Du verarschst mich doch! Los, mach schon die Hände auf.« Hanna war immer noch nackt und nass und sie gefiel mir gut, wie sie so aufgeregt in der Duschwanne ihre großen Augen machte. Sie hob ein Bein, kam heraus und machte einen Schritt auf mich zu. Ich rief: »Es hat sich bewegt!« Sie sprang zurück. »Quatsch! Idiot. Jetzt hör auf. Du hast nichts.« »Doch, ich glaube, es leckt meine Handflächen ab.« Ich hielt mir den Handhohlraum ans Ohr. »Ich höre ein leises Schmatzen.« Jetzt war sie sich sicher, dass ich sie nur hatte erschrecken wollen. Entschlossen kam sie auf mich zu. Da öffnete ich blitzschnell das Klo, schirmte meine Beute mit dem Rücken ab und warf sie hinein, knallte den Deckel zu, setzte mich drauf und zog die Spülung. »Was für 'ne miese Nummer war das denn?«, rief Hanna fröhlich. Ich saß angelehnt am gluckernden Spülkasten und atmete durch. »Es war so ekelhaft. Es hatte ganz trockene Flügel, wie eine Libelle, und wirklich, es hat an mir geknabbert.« Doch ganz sicher konnte ich noch nicht sein, ob die zu Störungen beim Wasserlassen neigende Spülung den String auf Nimmerwiedersehen in die Kanalisation hinabgestrudelt hatte. Hanna war aus dem Bad gegangen, um sich anzuziehen. Ich hob den Deckel, und tatsächlich blinzelte aus dem Kloabfluss ein Tangazipfel ins gekrümmte Wasser, sah wie ein pinkfarbenes Fischlein neugierig aus seiner Höhle heraus.

Ich rollte Klopapier von der Rolle, viel, warf es in die Schüssel und zog erneut. Geschafft, endlich war das Wasser wieder rein und klar, und bei Hanna hatte ich noch obendrein als Spinner gepunktet.

Die Zugkatastrophe

Hanna brachte mich in Bielefeld zum Zug und stand auf dem Gleis an der offenen Tür. Es gab die Durchsage ›Vorsicht bei der Abfahrt!‹, und im letzten Moment sprang sie die zwei Gitterstufen hoch zu mir in den Gang. Sie umarmte mich stürmisch, hielt sich an mir fest. »Ich kann nicht ohne dich sein. Ich komm mit.« Ich war gerührt von dieser anfallartigen Zuneigung, doch stellte sie mich vor ein riesiges Problem, denn in Dortmund würde Franka auf mich warten, und zwar nicht etwa in meiner Wohnung, nein, direkt am Gleis. Eine Stunde blieb mir, das Drama abzuwenden. Hanna saß neben mir, den Kopf an meiner Schulter. »Ich arbeite so viel, ich muss einfach mal raus aus dieser Stadt. Seitdem du in Dortmund bist, hat sich Bielefeld für mich in ein Horrornest verwandelt. Und dieses Thema, das ich mir da ausgesucht habe, bekomm ich einfach nicht in den Griff.« »Woran arbeitest du denn gerade?« Blitzartig ruckte sie den Kopf von meiner Schulter und sah mich herausfordernd an. »Sag mal, hörst du mir überhaupt noch zu? Hab ich dir doch gestern alles genau erzählt!« Ich hatte keine Ahnung, wovon sie sprach. Prüfend sah sie mich an. »Los, du sagst mir jetzt, woran ich gerade schreibe. Das ist ja die totale Bankrotterklärung, dass du dich daran nicht erinnerst.« »Ich weiß es doch!«, log ich und versuchte, Satzfragmente aus unseren Gesprächen der letzten vierundzwanzig Stunden zusammenzupuzzeln. »Dann sag es mir. Wirklich, ich bete zu Gott, dass du das weißt.« »Na klar weiß ich das. Aber warum soll ich es sagen?« »Aus einem ganz einfachen Grund. Als Beweis dafür, dass ich nicht mit einem demenzkranken Zombie meine Zeit verschwende. Los, sag es. Was ist das Thema meiner Hausarbeit?« Doch über den letzten Tag, den letzten Abend war eine trübe Käseglocke gestülpt. Ich erinnerte mich sehr wohl an den Küchentisch, an dem wir lange gesessen hatten, an die Flasche Wein, an den bröckeligen, mir zu deftigen Parmesan, an Hannas kauenden und engagiert argumentierenden Mund. Aber die Worte waren aus dem Erinnerungsfilm verschwunden. Das Visuelle war da, doch die Tonspur gelöscht. Wo war nur der Lautstärkeregler, wo war nur die Buchse für die Kontakte der Boxen? Ich wusste, ich bräuchte nur ein winziges Erinnerungsteilchen, und alle Mosaiksteine würden wieder an ihren Platz fliegen und ein Gesamtbild ergeben. Der Zug und die Zeit ratterten auf Dortmund zu. Ich warf das Netz aus, fischte mein Gehirn ab, aber es verfingen sich nur Nebensächlichkeiten, ungenießbarer Beifang voller Gräten darin. Meine Maschen waren einfach nicht eng genug, und Hanna sah enttäuscht aus dem Fenster. Ich musste sie trösten und gleichzeitig verhindern, dass wir gemeinsam Dortmund erreichten. Oder sollte ich einfach einen ekelhaft irrationalen Streit heraufbeschwören? War das die Lösung? Durch einen geplatzten Kragen die Situation gleich mit in die Luft jagen? Sie so zu kränken, dass sie gar nicht anders könnte, als beim nächsten Halt den Zug und mich zu verlassen? Die richtigen Sätze würden mir schon einfallen. ›Weißt du eigentlich, Hanna, wie sehr mich deine blödsinnigen Hausarbeiten ankotzen? Ich interessiere mich einen Dreck für den Scheiß, den du da schreibst!‹ Aber waren solche Sätze überhaupt je wiedergutzumachen? Ich wurde hektisch und dennoch immer müder. Vielleicht wäre das ja das Beste: einfach einschlafen und das ganze Drama wegpennen. Vollkommen scharf sah ich uns voreinander am Küchentisch sitzen, aber leider ohne Ton. Da machte es Plopp, und mit einer fiependen Rückkopplung schoss der Sound zu den Bildern. Hanna hatte von irgendeiner Pseudowissenschaft gesprochen, von Goethe und Esoterik. Was war das für ein Wort gewesen? Genau, es ging um Magnetismus. Wie hieß der Typ, der das entdeckt hatte? So, als hätte mein Erinnerungsvermögen eine Adrenalinspritze bekommen, schwirrten und sirrten die Bilder heran. Alles war wieder da: Mesmerismus. Sie schrieb an einer Arbeit über animalischen Magnetismus, entdeckt von Franz Anton Mesmer. Sie hatte wunderschöne Wortketten aufgezogen, von Fluidum und Lebensfeuer gesprochen, es war die Rede von einer Glasmundharmonika und tellurischer Urkraft gewesen. »Wetten, ich weiß genau, worüber wir gesprochen haben.« »Glaub ich nicht.« »Um was wetten wir?« »Verschon mich bitte mit diesem behämmerten ›Um was wetten wir‹! So weit kommt es noch, dass ich mich darüber freuen soll, so eine Wette zu gewinnen. Nur um das noch mal klarzustellen: Dass du dich erinnerst, ist eine Selbstverständlichkeit und alles andere eine Demütigung der Extraklasse.« »Soll ich es jetzt sagen oder nicht?« Sie zuckte mit den Schultern ihr Spiegelbild im Zugfenster an. »Du schreibst an einer Hausarbeit über den animalischen Magnetismus nach Fritz Anton Mesmer, dem Begründer des Mesmerismus.« Sie unterbrach mich. »Quatsch!« »Das ist kein Quatsch. Genau darum ging es.« »Der heißt doch nicht Fritz. Franz ist sein Name. Franz Anton Mesmer!« »Na gut. Ob Franz, ob Fritz, er war wichtig für Kleist. Und du versuchst herauszufinden, welchen Einfluss der auf seine Stücke hatte.« »Nicht nur die Stücke! Es geht um sein ganzes Werk.« »So hab ich dich verstanden. Ob sich die Trennung zwischen Naturwissenschaften und Esoterik mit oder erst nach Goethe vollzogen hat.« Hanna boxte dreimal in ihre Armlehne. »Ja, verdammt, das ist die Frage, genau das ist die Frage. Was ist der Preis dafür, dass Informationen nicht mehr frei oszillieren können? Esoterik, Glaube, Wissenschaft, Poesie haben durch ihre Abgrenzung Assoziationsräume verloren, die meiner Meinung nach universelle Einsichten ermöglicht haben.« Daraufhin schloss sie nahtlos an unsere Unterhaltung vom Vorabend an. Wieder ging es um Faust Zwei, darum, dass in allen Dingen eine Kraft waltet, die unsere Leben bestimmt. Und während ich glaubhaft meinen Wiedereinstieg in das Thema mimte, musste ich bereits erste Späher von der Konzentration abziehen und mich dem eigentlichen Problem dieser Zugfahrt widmen. Wohin nur mit der wiedererlangten Harmonie? Fünfundzwanzig Minuten blieben mir noch. Entweder musste Hanna aus diesem Zug oder ich! Prozent für Prozent senkte ich die Hanna zuteilwerdende Aufmerksamkeit. Ich brauchte mehr Kapazitäten, um an der Lösung zu arbeiten, durfte aber unter keinen Umständen den Faden verlieren, da es jederzeit möglich war, dass Hanna mir Fragen stellte. Bei fünfundzwanzig Prozent zum Pläneschmieden und fünfundsiebzig Prozent Mesmerismus-Interesse fühlte ich mich noch einigermaßen sicher. Aber es reichte einfach nicht. Ich zweigte weitere Gedanken ab, drosselte die Hanna-Aufmerksamkeit. Leider gab es erst bei halbe-halbe einigermaßen nachvollziehbare Lösungsansätze. Ich hatte keine Wahl, ich musste es riskieren. Was hatte ich für Möglichkeiten? Und während Hanna über die Unterschiede zwischen Elektrizität und animalischem Magnetismus theoretisierte, rang ich um sehr praktische Dinge. Sollte ich die Notbremse ziehen? Einen Asthmaanfall performen? Beim nächsten und vielleicht schon letzten Halt aus dem Zug stürzen und behaupten, ich hätte meinen Wohnungsschlüssel in Bielefeld vergessen?

Eine Sache hatte ich ja bereits in meiner Kindheit begriffen: Lügen mussten mutig sein. Wer zu spät kommt und betreten den Lehrer mit ›Mein Wecker hat nicht geklingelt‹ anmurmelt, der braucht sich über Ungnade nicht zu wundern. Wer aber zweimal das Treppenhaus hoch- und runterprescht, außer Atem das Klassenzimmer stürmt und brüllt ›Bei uns zu Hause gab es einen Rohrbruch. Der ganze Keller steht unter Wasser und unser Hund ist fast ertrunken‹, ist per se schon mal ganz anders abgesichert, durch die Wallung der Behauptung. Aber mir fiel nichts ein. Hanna sprach inzwischen vollkommen kryptisch daher. Es ging um das siderische Pendel und Somnambulismus. Und da schoss sie mich wieder ab: »Du hörst doch schon wieder nicht zu. Du hast glasige Augen, ey, Forelle blau! Wo bist du nur mit deinen Gedanken?« »Was? Natürlich höre ich zu.« Der Zug hielt und fuhr wieder los, und da kam die tödliche Nachricht direkt über mir aus der Decke: »Unser nächster Halt ist Dortmund. Wir erreichen Dortmund Hauptbahnhof in fünfzehn Minuten.« Leise, aber leider laut genug, dass es Hanna hören konnte, flüsterte ich: »Bitte, bitte nicht.« »Langsam fang ich an, mir ein bisschen Sorgen um dich zu machen. Wisperst und zappelst da rum wie ein aschfahler Vampir, der Angst vor dem ersten Sonnenstrahl hat.« Am Zugfenster zogen Dortmunder Vororte vorbei. Ich küsste Hanna. »Wie geht's den Mundwinkeln zurzeit?« »Danke der Nachfrage. Links Bombe, rechts blutig.« Abermals küsste ich sie, nahm ihren Kopf zwischen meine Hände, klackerte meine Zähne an ihre. In den letzten Wochen hatte eine überraschende Lustumlagerung zurück zu Hanna stattgefunden. Ihre komplizierte Leidenschaft erreichte und bewegte mich oft tiefer als Frankas zur Leere neigende Wildheit. Eine Welle der Zuneigung bibberte mir durch die Nerven. »So schön, dass du zu mir in den Zug gesprungen bist.« Seitlich verdreht umarmte ich sie im Sitz und zog sie nah an mich. »Ich weiß, Hanna, dass du es hasst, solche Sätze zu hören, aber bitte halt es aus. Ich will dir etwas sagen.« Ihre Finger in meinem Nacken wurden schlaff. »Sei aber vorsichtig, bitte. Ich bin einfach nicht gemacht für große Momente.« Der Zug hielt an. »Dortmund Hauptbahnhof!«, die Anschlusszüge wurden verkündet und ich zog Hanna zärtlich ihren Hals küssend weg vom Fenster und ließ uns beide tiefer rutschen. »Ich bin so glücklich mit dir!« Hanna flatterte angestrengt mit den Lippen, strich mir dann aber mit dem Handrücken über die Wange, die Fassung ihres scharfkantigen Rings ritzte mich ein wenig, und sah mir in die Augen. Der Zug stand und stand, machte plötzlich auf mich den Eindruck eines nie wieder flottzubekommenden havarierten Schrotthaufens, und durch die Metallwände hindurch spürte ich Frankas Blicke, die wie Suchscheinwerfer den Bahnsteig observierten. Sie würde sich auf die Zehenspitzen stellen, sich noch größer machen, über die Köpfe der Reisenden hinweg nach mir suchen. Ich küsste Hanna tiefer in den Sitz. Sie machte sich los. »Sag mal, müssen wir nicht aussteigen?« »Egal, komm, küss mich. Hör nie mehr auf mich zu küssen. Ich will hier einfach sitzen bleiben mit dir.« Da schlang mir Hanna mit überraschender Emphase, ungestüm und ungelenk, die Arme um den Oberkörper. Unsere Stirnen rumsten gegeneinander. ›Fahr endlich ab, du verfluchter Zug!‹, dachte ich und rieb mir den Stoppelkopf. Etwas kam näher und näher, etwas Unsichtbares, das ich aber gut kannte, ein gelenkiger Körper, ein Hunderte Male erwiderter Blick, gebündelte Vertrautheit pirschte den Dortmunder Bahnsteig auf und ab. Ich zog meine Jacke aus und warf sie uns über die Köpfe. Wir lachten in der Höhle und schoben die Silhouetten unserer Schatten ineinander. Da durchfuhr mich ein Schreck, der sich aber schon im selben Moment als Erlösung entpuppte. Kurz hatte ich geglaubt, jemand würde erbost an die Scheibe klopfen, doch es war der Ruck, mit dem der Zug anfuhr und mich aus der Gefahrenzone brachte. Unter dem zweiärmeligen Stoffdach wurde der Sauerstoff dünn und das Kohlenmonoxyd warm, Hanna begann bereits übertrieben zu japsen und wollte zurück an die Luft, ich aber küsste und klammerte weiter, bis die Zugräder ebenmäßiger sirrten und der Bahnhof samt Franka-Blicken in meiner Vorstellung zu zerstieben begann.

Es wurde einer der innigsten Tage, die Hanna und ich je verlebten. Wir landeten in Essen, das wir beide nicht kannten. Hanna und ich liefen so lange herum, bis uns eiskalt war, wärmten uns in einem Buchladen auf und lasen uns gegenseitig Gedichte vor. Hanna hatte sich einen Band mit ihrer – und inzwischen längst auch meiner – geliebten Sylvia Plath genommen, ich einen Band mit Brechts Liebeslyrik. Sie sagte: »Hör dir mal diese Zeile an: *Dying is an art like everything else. I can do it exceptionally well.* Sterben ist eine Kunst. Ich kann es besonders gut. Wie einfach das ist! Wahnsinn. So ein Satz und man ist unsterblich.« Wir lachten und freuten uns am offensichtlichen Widersinn dieser Bemerkung. Ich fand ein Gedicht von Gottfried Benn über eine Rattenfamilie und las es ihr vor: *In einer Laube unter dem*

Zwerchfell fand man ein Nest von jungen Ratten./ Ein kleines Schwesterchen lag tot.« Sie sagte: »Schon hart, aber toll.« »Und wie findest du dieses Gedicht von Brecht? *War eine Wolke, die ich lange sah./ Sie war sehr weiß und ungeheuer oben/ und als ich aufsah, war sie nimmer da.* Toll, oder?« »Na ja, bisschen kitschig, aber heute geht eh alles so angenehm dahin, da schau ich mir auch diese Wolke an.« Wir lasen, jeder in sein Buch vertieft und doch einander ganz nah.

Spät am Abend nahmen wir den Zug. Ich stieg in Dortmund aus, Hanna fuhr zu ihrer Hausarbeit nach Bielefeld.

Jahre später stieß ich auf Briefe des von meinem Vater so verehrten Gottfried Benn, der während der Nazizeit nicht etwa emigriert war, sondern zurückgezogen als Militärarzt in Hannover arbeitete. Frauenbesuche bekam er wohlorganisiert aus Berlin. Als ich eine bestimmte Passage las, verfiel ich in ungläubiges Kopfschütteln. *Eine irdische und eine himmlische Liebe. Seit 5 res. 6 Jahren und beide wissen nichts voneinander. Gute Regie ist besser als Treue.* Diesen Satz kannte ich gut von meinem Vater. Wir waren uns näher, als mir lieb war.

In meiner Wohnung wartete bereits Franka. »Sag mal, wo warst du denn?« »Katastrophe im Theater. Ein Techniker hatte einen Bühnenunfall. Wir konnten erst am Nachmittag proben. Aber das Bein wird wohl gerettet werden.« »Massierst du mich?«

Franka zog sich aus, griff den String mit ihren blau gequetschten Zehen, warf ihn mir zu und legte sich bäuchlings auf die Bettdecke. »Zwischen meinen Schulterblättern ist es bretthart.« Ich dachte nur, zwischen meinen Schläfen auch, setzte mich auf ihre Unterschenkel, vor mir ihre nackten Pobacken, muskulöser Marmor, rund und fest wie gemeißelt, und es endete wie immer.

Der Klassiker

Franka lag mit Wärmflasche im Bett und döste. Ich stand in der Küche und wartete darauf, dass das Nudelwasser endlich kochte. Ich war in Gedanken, an was oder wen weiß ich nicht mehr. Mitten hinein in die Stille unserer häuslichen Zweisamkeit rief ich: »HANNA.« Laut und deutlich schleuderten meine Stimmbänder den falschen Namen heraus. Ich erstarrte. Es war mir, als könnte ich die fünf Buchstaben sehen, wie sie als verhängnisvolles Geschwader aus der Küche heraus durch den Flur auf Frankas Ohr zuflogen. Das H vorweg, gefolgt vom A, die beiden Ns gleichauf, dicht auf den Fersen das andere A. Jetzt, dachte ich mit geschlossenen Augen, erreichen sie das Wohnzimmer, orten Franka im Bett, und im Sturzflug schießen die Buchstaben in ihre

Gehörgänge hinein. Treffen leicht versetzt die Trommelfelle, hauen mit dem Hammer auf den Amboss und schwingen sich in die Steigbügel, preschen vor ins Innenohr. Jetzt sickern sie ins Gehirn ein, werden zusammengesetzt, und es gibt – weil nicht sein kann, was nicht sein darf – eine kleine Verzögerung, dann aber schwirren Tausende angespitzte Fragezeichen auf und davon, bohren ihre Widerhaken in die Gehirnzellen. Ich lauschte schicksalsergeben in die blockierte Stille hinein. Das war, als würde man in einer Felswand einen Stein lostreten, sich festklammern und darauf warten, ob von unten ein Schrei ertönen und einer der Seilschaft – vom tödlichen Fehler getroffen – hinabstürzen würde. Mit einem Klang, als wäre ihre Luftröhre kein organischer Schlauch, sondern ein eckiger Schacht, hallte Frankas Stimme zu mir. Zwei Worte wie Würfel aus Metall, hingeschleudert auf einen Glastisch. »Was bitte?« Doch einmal ausgesprochene Worte können nicht ungeschehen gemacht werden. Gesagt ist gesagt. Da gibt es kein Lasso, das sie wieder einfangen könnte, kein schwarzes Loch, das sie gnädig verschluckte. Ich hörte die Matratze knarzen und nahende Schritte. Noch vier Sekunden, noch drei, zwei, eins. Franka sah um die Ecke. »Was hast du gesagt?« Es gibt wenige Dinge, die erbärmlicher sind, als zu lügen und genau zu wissen, dass einem nicht geglaubt werden kann. Die Lüge steht nackt da und will doch bemäntelt und weiter aufrechterhalten werden, will sich selbsttätig weiter fortlügen. In diesem Moment durchbrach ich eine weitere Skrupelschicht auf meiner Mutation zum Lügenbaron. Das Unleugbare zu leugnen, war eindeutig etwas für Fortgeschrittene. Man wird auf frischer Tat ertappt, hat beispielsweise einen kapitalen Hirsch gewildert, als des Försters Ruf erschallt: »Jetzt haben wir dich endlich, du Mistkerl!« Man hält das bluttropfende Geweih in der Hand, der dampfende Kadaver liegt vor den eigenen Füßen, bleibt aber seelenruhig und ruft: »Es ist nicht das, wonach es aussieht.« Die Wahrscheinlichkeit, dass dem Förster vor Fassungslosigkeit die Flinte aus der Hand fällt, ist enorm und wird auf der Flucht für den rettenden Vorsprung den Ausschlag geben. Dreistigkeit kann die Realität aus den Angeln heben und neue Fluchtwege eröffnen. Den anderen mit der eigenen Unverfrorenheit zu beschämen und dadurch mundtot zu machen, war auch mir neu. Man konnte also tatsächlich unter das eigene Niveau abtauchen und dadurch unsichtbar werden.

Franka musterte mich. »Was hast du gesagt?« »Nichts.« »Wie, nichts?« Franka lächelte. »Du hast doch nach jemandem gerufen.« Da sie mich weiter ansah, wiederholte ich mit Nachdruck meine Behauptung: »Ich hab nichts gesagt.« Eine deprimierende Pause wuchs übel riechend in die Stille hinein, und meine Unschuldsmiene war so eiskalt wie eine

Totenmaske. »Du hast nichts gesagt?« »Nein, ich habe nichts gesagt.«

Die Enttäuschung in ihrem Blick, die trotz der immer gleichen Schwärze ihrer Augen unermesslich schien, löste in mir ein reflexartiges Schulterzucken aus. Ich hielt meine geöffneten Handflächen in die dünne Luft und grinste so, als würde auch ich vor einem großen Rätsel stehen. Franka wandte sich ab, hielt kurz inne und sagte kaum hörbar: »Egal.«

Die Weihnachtskatastrophe

Weihnachten stand vor drei Türen. Leider war es bereits der Vierundzwanzigste und mir blieben nur noch wenige Stunden. Schon immer hatte mich das Besorgen von Geschenken in Ausnahmezustände versetzt, und die Formulierung ›auf den letzten Drücker‹ war alljährlich mein festliches Credo am Morgen des Heiligen Abends.

Ich erinnere mich an ein Weihnachten, da ich vierzehn gewesen sein muss, an dem ich auf der Suche nach Geschenken erst am Nachmittag mit dem Rucksack durch meine heimatliche Kleinstadt radelte. Mir blieben noch drei Stunden, bis das Bescherungsglöckchen läuten würde. Also los. Für meine Mutter fand ich eine beim Fällen eines mächtigen Baumes herausgesägte Baumscheibe. Schnell nach Hause. Ich zählte und beschriftete die Jahresringe, trug das jeweilige Datum der Geburtstage meiner Brüder und meines eigenen ein, das meiner Mutter und des Vaters und sogar das des Hundes. Die Großeltern waren leider zu alt, dennoch malte ich sie in das dunkle Zentrum der Ringe, als wären sie unser aller zeitlicher Ursprung. Die jeweiligen Jahresringe malte ich in verschiedenen Farben an und nannte das Geschenk *Zeit aus Holz.* Meine Mutter packte es aus und weinte. Treffer, versenkt. Als hätte sie die Himmelsscheibe von Nebra aus dem Boden geborgen, hielt sie mein Geschenk in die Höhe. Meine Brüder rollten mit den Augen. Mein Vater bekam einen meiner bewährten Gutscheine. Zehnmal Halbschuhe putzen und polieren. Die Zettelchen hatte ich sorgsam mit einem Tacker auf einem stibitzten Küchenbrettchen befestigt, als Deckblatt ein paar Schuhe aus einem Werbeprospekt ausgeschnitten und aufgeklebt. »Danke, mein Lieber, da freu ich mich sehr.« Mein ältester Bruder bekam ein geknacktes Fahrradschloss, dessen Zahlencode ich herausgefunden hatte. »Wo hast du das her?« »Vom Flohmarkt.« »Wer's glaubt, wird selig!« »Brauchst es ja nicht nehmen.« »Klar nehm ich das. Danke, du süßer Spacko.« Etwas für meinen mittleren Bruder zu finden, war stets das Schwierigste. Seine Ansprüche waren hoch und seine Kommentare bissig. Ich war mit meinem Bonanzarad durch die Stadt gesaust, vorbei an den Weihnachtsbäumen und den zig Wohnzimmerfenstern voller Festlichkeit. Beim Finanzamt vorbei, die steile Allee hinunter und in die Ladenstraße hinein. Meine Augen hatten die Gegend nach möglichen Geschenken sondiert. Ich bremste scharf an einer Kreuzung, wollte schon wieder stehend mein Gewicht in die Pedale stoßen, als mein Blick am Stoppschild hängen blieb. Ich stellte mein Rad an die Stange, erkletterte den extralänglichen Sattel, sprang wieder hinunter und fummelte den Knochen aus der kleinen Werkzeugtasche heraus. Tatsächlich, eine der sechseckigen Aussparungen passte wundervoll auf die Stoppschildschrauben. Wie ein ausgebüxtes Weihnachtsäffchen kletterte ich an der Stange herum, schraubte geschwind und blickte mich hektisch um. Meine Geschicklichkeit spornte mich weiter an. Als Scheinwerfer auf dem Asphalt heranstrahlten, klammerte ich mich an die abgewandte Seite des Schildes, machte mich klein und verbarg mich. Das Auto hielt kurz und brummte dann weiter, seltsamerweise so, wie nur Autos an Heiligabend klingen können, als würden selbst die Motoren von andächtiger Freude erfüllt. Ich löste die letzte Schraube, und mit Donnerkrach schepperte das achteckige Metall auf den Boden. Ich sah mich kurz um wie ein Einbrecher, nachdem er das Fenster mit dem Ellenbogen eingeschlagen hat, klemmte mir das Stoppschild unter den Arm und strampelte einhändig, die Polizei weit umfahrend, nach Hause. Bei Einfahrt in das Psychiatriegelände grüßte ich den leicht verdutzten Pförtner, sauste an den hell erleuchteten und mit Kunstschnee besprühten Fenstern der Stationen vorbei, hinter denen Patienten wippten oder ihre Stirnen an das Glas gelegt hatten. Ich wickelte das Schild in Zeitungspapier ein. Mein Bruder war sprachlos. »Ein Stoppschild? Wie cool ist das denn!« »Ja, für deine Tür. Du willst doch nie, dass ich reinkomme. Und das ist nun wirklich nicht zu übersehen. Das könnte mich abhalten.« »Das ist das tollste Geschenk aller Zeiten! Danke.«

Aber was sollte ich nur Hanna, Franka und Ilse schenken? Ich trottete durch Dortmund und war ratlos. Ich wollte Geschenke, die ins Herz trafen, die so besonders waren, dass sich die Beschenkte kurz erschrecken und von mir tief verstanden fühlen würde. Ich wollte keine kleinen Aufmerksamkeiten, ich wollte Überwältigendes.

Die Minuten tickten ganz unchristlich auf den Geschäftsschluss zu. Handtücher? Drei verschiedene Handtücher? Mit den drei Namen? Für Hanna, Für Franka, Für Ilse. In Schwarz, in Pink, in Weiß? Doch das war zu einfach, zu banal. Aber etwas einsticken war immer gut. Da schnipste die rettende Idee in meinem Kopf mit den Fingern. Ich rannte zu Karstadt, in dessen Untergeschoss ein Schlüsseldienst war, der auch Schilder gravierte. Ich suchte mir drei verschiedene Formate aus, mit abziehbarer Folie zum späteren Aufkleben. In letzter Zeit hatte ich mit Hanna viel über Shakespeares Sonette gesprochen. Wir hatten Übersetzungen verglichen, und sie hatte mir erregt von der sagenumwobenen Dark Lady erzählt. Ich schrieb die letzten beiden Zeilen unseres Lieblingssonetts auf einen Zettel und reichte sie dem Mann hinüber, der mir einen eher unwirschen Eindruck zu machen schien, da er nun kurz vor Dienstschluss noch ordentlich zu tun bekam.

Von dir erfüllt und blind für alles Neue
Verlier ich treugesinnt der Sinne Treue

Auch für Ilse war mir etwas eingefallen. Jeden Morgen hatten wir, während die Brote im Ofen waren, Schnaps getrunken und dazu eine Zigarette geraucht, und allmorgendlich hatte sich Ilse darüber amüsiert und gesagt: »In der Backstube rauchen, das ist wirklich der Wahnsinn.«

Ich schob dem Mann den nächsten Zettel hinüber:

Vorsicht Verpuffungsgefahr!
Rauchen erlaubt.

Mit Frankas Gravur war ich nicht sonderlich zufrieden, aber dennoch war ich mir sicher, dass sie sich freuen würde:

Mehrmals musste ich die Schilder wieder aus ihren identischen Verpackungen herausreißen, da mich Paranoia überkam und ich mir zu hundert Prozent sicher war, dass ich der falschen Frau das falsche Weihnachtsgeschenk überreichen würde. Hanna mit einem pinkfarbenen Schild, auf dem »Tanzen ist Träumen mit den Beinen« stand, zu überraschen, hätte ihr Wohlwollen mir gegenüber ruckzuck vernichtet. Ihr Urteil wäre unerbittlich gewesen. Sicherlich hätte sie etwas gesagt wie: »Was soll das bitte sein? Spinnst du? Das ist der mieseste Spruch, den ich je gehört habe. Wie wäre es mit ›Reihern ist Malen mit dem Magen‹ oder gleich mit ›Sterben ist Stretching für die Seele‹.« Aber auch bei Franka würde es zu kaum wieder ausbügelbarem Unverständnis kommen. »He? Rauchen erlaubt? Verpuffungsgefahr? Ich rauch doch eh immer und überall, wann ich will. Bist du sicher, dass das für mich ist?« Für Ilse sprach, dass sie sich über alle drei Geschenke gleichermaßen gefreut hätte. Bei Hannas Schild hätte sie gelächelt und gesagt: »Oh, das klingt aber kompliziert und schön!«, und auch Frankas Tanzspruch hätte sie ohne Umschweife auf sich bezogen: »Wie süß von dir! Ich tanze aber wirklich saugerne.« Andauernd riss ich die Verpackungen trotz der überdeutlichen mit Edding plump etikettierten Namen wieder auf.

Ich schenkte meiner Wahrnehmung keinen Glauben mehr, war mir sicher, böse Mächte würden den Fehler unvermeidlich machen. Aber es klappte, wobei ich, als Hanna ihr Geschenk aufriss, noch mehrmals laut »Nein! Nein! Bitte lass es doch lieber zu!« rief. Ob dick, ob schlau, ob biegsam, alle drei waren sehr gerührt und dankten mir überschwänglich für meinen Einfallsreichtum und die Mühe, die ich mir gemacht hatte.

Ilse sorgte dann allerdings für ein Desaster der besonderen Art. Sie wusste weder etwas von Hanna noch von Franka. Aus welchen Gründen auch immer hatte es mir gefallen, mich als einsamen Wolf zu glorifizieren und mich in der Bäckerei einzunisten. Ein Puddingbrezelparasit. Es war ein Refugium mit eigenen Gesetzen, und keine der beiden Frauen hätte in diese Welt gepasst. Oder richtiger, jede von ihnen hätte das Ilsebiotop bedroht, hätte die fragile, aber eben auch groteske Zweisamkeit zwischen mir und ihr kontaminiert. »Wie kommt es eigentlich, dass so ein appetitliches junges Kerlchen wie du keine Freundin hat?«, hatte mich Ilse gefragt. »Keine Ahnung. Ich langweile mich immer so schnell. Außerdem bin ich gerne allein. Ich glaube, dass mein Beruf gar nicht anders funktionieren kann als aus einer tief empfundenen Einsamkeit heraus.« Da lachte Ilse und sah mich aus ihren schönen blauen Augen an, die fest und froh in ihrem rundrosa Schädel steckten. Sie machte ein herrlich pfiffiges Gesicht, die Pausbacken schoben die Augen zu, Ilse in Aspik, und säuselte: »Ich jedenfalls freu mich sehr, nicht andauernd so scheißalleine zu sein. Mann oh Mann, das ist hier schon 'ne knallharte Veranstaltung, Tag für Tag diese Bäckerei zu wuppen. Trotzdem wundere ich mich, dass du dich überhaupt mit mir abgibst. Ein Schauspieler.« Dass sie gleich noch etwas sagen würde, etwas Besonderes, sah ich an ihren vor Stolz schnell zwinkernden Augenlidern. »So ein gelungener Heini wie du!« »Was bin ich?« Sie nahm meine Hand und tätschelte sie. »Ein einmalig gut gelungener Heini.« Dieser Titel gefiel mir, und von da an nannte sie mich Heini oder Heinchen. Wie hätte ich das jemals Hanna erklären können? Dass es eine Bäckersfrau gab, mit der ich Schnaps trank, Schlagermusik hörte, die um einiges mehr wog als ich und mich mit »Na, mein Heinilein, wie wär's mit einem Schweineohr?« begrüßte.

Doch dann geschah etwas, das sich weder durch Kapriolen noch durch Hakenschlagen ins Harmlose wenden ließ. Ich spielte Bleichenwang in ›Was ihr wollt‹. Die Aufführung ist mir auch dadurch in Erinnerung geblieben, dass fast alle Schauspieler im wirklichen Leben Tiernamen hatten. Der Einruf, der aus dem Lautsprecher drang, klang eher nach Dr. Dolittle als nach Shakespeare: »Die Herren Fuchs und Vogel, die Damen Maus und Wolf, bitte zur Bühne kommen. Herr Bär, bitte bereithalten.« Ich mochte die Inszenierung, da ich in einem Ganzkörperstrickanzug und einem kleinen Hütchen herumhüpfen durfte und mich drei Stunden lang blöd stellte. Eine dankbare Aufgabe, die mir zu liegen schien.

Schon während meines ersten Auftritts hatte ich in der Mitte der vorderen Reihe eine Frau im Halbschatten wahrgenommen, die schwer in ihrem Sitz feststeckte und breit grinste. Während einer langen Szene, in der ich aus einem Pappmaschee-Kürbis heraus einen Kollegen beim Lesen eines gefälschten Briefes beobachten sollte, sah ich mir die erste Zuschauerreihe genauer an. Als ich Ilse erkannte, als ich erkennen musste, dass das füllige Gesicht unter der kleinlockigen Dauerwelle tatsächlich ihres war, seufzte ich in meinen Kürbis hinein. »Oh mein Gott! Was macht die denn hier? Die hat jetzt gerade noch gefehlt.« Ich linste durch die Kürbisaugen zu ihr hinüber. Sie trug ein abenteuerliches Kleid, einen zeltartigen Überwurf in Rot, dessen eine Schulter mit glitzernden Applikationen überzogen war. Sie war heftig geschminkt, das Rouge zwei kreisrunde Flächen auf ihren Pausbacken. Sie sah aus wie eine monströse, in einem Fantasy-Müllsack steckende Käthe-Kruse-Puppe, der ein böswilliges Kind die Haare abgeschnitten hatte. Ihre beiden wuchtig aus dem Umhang herausschauenden Unterarme ruhten auf den Lehnen, und die Hände hatte sie unter den mächtigen Brüsten verschränkt, die sich massiv Richtung Bühne drängend gegen den Stoff stemmten. Duale Dampfnudelattacke. Die Zuschauer links und rechts von ihr saßen schräg beiseitegedrückt in ihren Sitzen, sichtlich genervt von Ilses matronenhafter Verdrängung. Sah sie mich etwa an? Ich war mir nicht sicher. Grinste sie aus ihren Schweinsäuglein meinen Kürbiskopf an?

Im weiteren Verlauf der Aufführung gelang es mir kaum noch, mich zu konzentrieren. Wann immer ich zu Ilse hinunter in die Reihe sah, erwiderte sie meinen Blick, nickte und hob aufmunternd die Augenbrauen.

Nach einer Szene, in der ich in meinem hautengen Kostüm tanzte, hörte ich sie lachen. Ich machte Luftsprünge und drehte Pirouetten. Da applaudierte sie laut mitten in meine Nummer hinein, klatschte ihre Fleischpranken saftig ineinander, dass es klang, als würde jemand ein nasses Schwein verprügeln.

Kurz vor Schluss – ich stand am Bühnenrand und sah dem großen Versöhnungsreigen der Protagonisten zu – winkte sie mir ganz unverblümt zu, spitzte die Lippen zu einem freudigen ›Huhu‹ und gab mir Zeichen, dass sie draußen auf mich warten würde. Auf dem Weg in die Garderobe fragten mich zwei Kollegen, Bär und Fuchs, was denn die Dicke in der ersten Reihe von mir wolle. »Was ist denn das für eine Wuchtbrumme? Kennst du die etwa?« Ich war stinksauer auf Ilse, antwortete »Keine Ahnung. Hab die noch nie gesehen«, riss mir das Kostüm herunter, ging weder unter die Dusche noch in die Maske zum Abschminken und eilte vor allen anderen Schauspielern aus dem Theater hinaus. Ich rauschte am Portier vorbei und ging mit Riesenschritten die Straße entlang. Da hörte ich sie meinen Namen rufen. Sehr laut und bestimmt. Dass sie so schnell sein würde, hatte ich nicht für möglich gehalten. Ich blieb stehen, ohne mich umzudrehen. Die Absätze von Schuhen stöckelten heran. »Warte doch mal«, rief sie schon sehr außer Atem, »wo willst du denn hin?« Ich drehte mich um. In voller Größe sah Ilse noch befremdlicher aus. Viereckig und schwankend wallte sie heran. Sie stand vor mir und wirkte so viel älter als in der Bäckerei: eine aufgetakelte übergewichtige Mittvierzigerin aus Dortmund, mit schlimmer Frisur und Schweiß auf der Stirn. »Warum rennst du denn vor mir weg?« Ich sah zu Boden und hörte ihre Walrossschnaufer, die als schaler Windhauch bei mir ankamen. »Das war toll, das Stück. Du hast mir sehr gut gefallen.« Ich konnte sie nicht angucken. Ich wollte einfach nur weg. »Du freust dich ja gar nicht, mich zu sehen. Guck mal. Ich war extra beim Friseur. Mensch, jetzt guck mich doch mal an. Ilse hat sich extra schön gemacht.« »Du siehst toll aus«, sagte ich Richtung Gullydeckel, zwang mich, den Kopf zu heben, und fand nichts von all dem wieder, was ich so sehr an ihr mochte. Sie sah einfach nur grauenvoll aus. Die Nähe zu ihr, die ich ja trotz ihrer Verkleidung spürte, kollabierte, und doch gelang mir ein verrutschtes Lächeln, das sie dankbar aufsog und erwiderte. »Wir sehen uns morgen früh um vier in der Backstube, okay?« Ich nickte, und sie flüsterte: »Ich freu mich auf dich. Danke für den schönen Abend.« Dann hob sie die Hand, und eh ich begriff, was sie vorhatte, strich sie mir über die Wange und machte einen großen Schritt auf mich zu. Ihr Busen war mir ganz nah, ihr Gesicht noch relativ weit weg. Ich wandte mich ab und eilte, die Passanten wie Slalomstangen am Steilhang umkurvend, davon.

24.

Auch wenn ich geglaubt hatte, auf der Skala der Intensität schon recht weit oben mitzumischen, stieg die Temperatur weiter an. Müdigkeit wurde ein immer größeres Problem und mein HALLOO-WACH-Konsum nahm bedenkliche Formen an. Ich hatte kaum noch Appetit, rauchte immer professioneller und wurde dünner und dünner. Die Schatten um meine Augen führten dazu, dass sich immer öfter Kollegen nach meinem Wohlbefinden erkundigten. Mir gefiel mein Aussehen dagegen ausgezeichnet. Endlich sah auch ich mal fertig aus, nach durchzechten Nächten, nach Exzessen und künstlerischer Getriebenheit. Hätte mich Ilse in der Bäckerei nicht tagtäglich mit Puddingmonstern und Rumkugeln gepäppelt, ich wäre schon wesentlich früher zusammengeklappt. Ihr Theaterbesuch hatte nur zu einer kurzen Irritation geführt. Ein paar Tage lang hatte ich die Bäckerei gemieden, doch dann eine Nachricht von ihr an der Theaterpforte ausgehändigt bekommen: *Bitte komm doch wieder. Es gibt viel zu tun. Deine Ilse.*

Mein schlechtes Gewissen löste sich durch diese Zeilen in Luft auf, in frische, sehnsuchtsvolle Luft. Noch in derselben Nacht klopfte ich an ihre Tür. Als sie mir öffnete, umarmten wir uns lange, die Wärme der Backstube umfing mich, und auch wenn ich äußerlich gelassen blieb: Ich hatte sie schrecklich vermisst. Kaum dass ich sie wieder in der Backstube herumwuseln sah, war ich ihr zugetan wie eh und je. Ilse wurde meine Insel. Die Verlässlichkeit der Handgriffe und die allmorgendlich genau zu wiederholenden Arbeitsschritte, die mir auch noch mit zehn Sekt auf Eis und drei Schnäpsen intus traumwandlerisch gelangen, gaben mir Halt. Diese Morgenstunden im durchgeschwitzten T-Shirt, vom Zigarettenqualm der Bars und Diskotheken geräuchert, in der Hitze der Öfen waren mein Anker. Ilses herzliche, immer zupackende, aber niemals plumpe Liebenswürdigkeit justierte die Wippe zwischen Hanna und Franka und hielt mich in der Schwebe. Ich fand ihre Offenheit entwaffnend, und die Gespräche, die wir führten, während wir auf das Schrillen der Zeitschaltuhren warteten, waren schlichtweg wunderbar. Hinzu kam ihre immer aus der abstrus knappen Kittelschürze und der grotesk engen Hose herauswollende Üppigkeit.

Ich selbst war zu einem schwarz gewandeten, klapprigen, kettenrauchenden Rabenjüngling mutiert, mit Nietengürtel und Angeberstiefeln, während sie rosig und proper durch den Mehlstaub fegte. Eine gigantische Kumuluswolke in zu knapper Kleidung. Ich duschte bei Ilse in einem hinteren Raum, wo noch die mit Namensschildern beklebten Spinde der ehemaligen Bäcker standen. Dort gab es auch eine Pritsche, über der das Centerfold eines Playboybunnys prangte. Noch bevor ich ganz lag, noch bevor mein Kopf das Kissen berührte, schlief ich schon ein. Ilse drapierte die warmen Brote auf den schrägen Holzablagen und bestückte die Vitrine. Dann ging auch sie in ihre hinter der Backstube gelegene Wohnung, die ich niemals betreten durfte, durch deren Tür sie sich stets hineinzwängte wie in ein Geheimnis. »Da hast du nix verloren. Das ist Ilses Reich.« Auf den Proben schlief ich, sobald ich Pausen hatte, ebenfalls in Sekundenschnelle ein und lag dann schnarchend zwischen Kostümteilen, irgendeine Pumphose über den ausgelaugten Augen.

So unberechenbar jede einzelne Minute mit Hanna blieb, so geradezu beschaulich entwickelte sich mein Leben mit Franka. Wir feierten verlässlich, tranken verlässlich, schliefen verlässlich wild miteinander, und ich massierte sie verlässlich. Kein Tag verging mit Franka, an dem ich sie nicht Minimum zwei Stunden lang massieren durfte. Ich hatte mich während meiner Ausbildung an der Schauspielschule als ein überdurchschnittlich talentierter Masseur entpuppt. Mir dies einzugestehen, fiel mir schwer, da es mit der Schauspielerei eher wenig zu tun hatte. War Marlon Brando als einfühlsamer Masseur bekannt? Eher nicht. Ich konnte etwas gut, was mir nichts bedeutete. Aber es war an der Zeit, dieser bitteren Wahrheit ins hämische Angesicht zu sehen. Das Allereinzige, was ich auf der Schauspielschule gelernt, was nachhaltig gefruchtet hatte, war das Durchkneten anderer Leiber. Franka zu massieren, war ein Genuss, erregte mich maßlos, immer wieder aufs Neue. Meine Finger wurden zu einer Spezialeinheit, zu zehn topmotivierten Suchhunden, die in ihrem Nacken, ihren Schultern, ihrem Rücken jede noch so gut versteckte Verspannung aufspürten. Ich drückte, presste, strich auf ihr herum, verschob die Haut und entzifferte die Knötchen in ihren Muskeln wie Blindenschrift. Sie lag da, lang und länger hingestreckt, nackt, und gab, wenn ich einen knorpeligen Gewebekrümel zerdrückte, einverstandene Seufzer von sich, immer genau auf der Grenze zwischen Wohlgefühl und Schmerz. Den Moment, in dem sie sich auf den Rücken drehte, mich mit ihren Beinen umschlang und zu sich zog, bestimmte nur sie. Ich war geduldig, doch immer öfter zu müde. Wie auf einem einschläfernden Floß saß ich auf ihr, rittlings unterhalb ihres fantastischen Pos, dümpelte durch das trübe Hinterhoflicht meiner Wohnung und versuchte, nicht nach vorne überzukippen. »Bleib wach«, feuerte ich mich matter werdend an, »schau dir diesen Hintern an. Das ist der schönste Po auf Erden.« Was mich allerdings irritierte, war die Tatsache, dass der Übergang dieser Massagen in begehrliche Umarmungen mehr und mehr verschwamm. Auch während wir miteinander schliefen, wollte Franka eine locker knetende Hand im Nacken, einen spitzen Ellenbogen in einem Knorpelgewächs am Schulterblatt. Immer häufiger dehnte sie sich die Waden oder ließ die Füße kreisen, streckte den Rücken durch, wenn sie auf mir saß. War ihr Hüftkreisen Gymnastik oder Lust? Das wird hier mehr und mehr zur Physiotherapie, dachte ich, und auch wenn mein Becken noch Pläne hatte, nickte ich obenherum schon wieder ein. Doch immer genau dann, wenn ich aufgeben und abtauchen wollte, regte sich in Franka die Lust, und Kuss für Kuss wanderten ihre Lippen auf meinem Bauch nach unten. »Warte, Süße«, murmelte mein Mund, »ich nehme noch schnell ein HALLOO WACH, sonst verpass ich noch was. Bin gleich wieder bei dir.« Sie ›Süße‹ zu nennen, mochte ich. Vieles, was bei Hanna unmöglich war, machte mir dadurch bei Franka umso mehr Freude. Zu Hanna ›Süße‹ zu sagen, hätte schnurstracks in die Apokalypse geführt.

Mit dem Theater und mir wurde es schlimmer und schlimmer. Im wirklichen Leben ging ich mehr und mehr in meinen Rollen auf, auf der Bühne hingegen glaubte ich mir nach wie vor kein Wort. Ich muss, dachte ich, etwas finden, das es nicht schon tausendmal gab. Endlich Schluss machen mit diesen bis auf die Knochen abgenagten Dialogen in den ewig gleichen wiedergekäuten Stücken! All dieses sogenannte ›psychologische Spiel‹ kam mir so verlogen, so harmlos, so selbstgefällig vor. Wie ich zwei Jahre zuvor den Werther gespielt hatte, fand ich inzwischen süßlichen Kitsch.

Dann las ich in der Zeitung die Rezension des Romans eines polnischen Schriftstellers. Er hieß Andrzej Zaniewski und sein Roman hatte den Titel ›Die Ratte‹. Ich bekam Sehnsucht und holte Ratzmann heim. Wochenlang hatte er in der Requisite gewohnt und sich zum allseits geliebten Theatermaskottchen hochgeschmust. Mit dem Taxi fuhr ich ihn in seinem Puppenhaus zu mir nach Hause. Dann kaufte ich mir das Buch, las es am Küchentisch ohne Unterbrechung durch und wusste schon nach Seite drei: Das will ich machen. Das will ich spielen. Der Roman erzählt den gehetzten Lebensweg einer Ratte von der Geburt bis zum Tod. Es geht um nichts anderes als Flucht, Fressen, Paarung, Angst und Überlebenskampf. Nichts Reflektiertes, keine selbstquälerischen Sprachgirlanden, sondern stets getrieben von Moment zu Moment. Ja, ich wollte und konnte, auch wenn das wahrlich nicht in greifbarer Nähe lag, keine klassische Theaterfigur mehr sein, kein Tasso, kein Hamlet, kein Romeo, ich musste eine Ratte werden. Ich wollte eine Perspektive töten, die ich gar nicht hatte. Wieder war ich wie berauscht von meiner Erkenntnis. Monatelang war ich in einen gedanklichen Winterschlaf gefallen, doch nun schüttelte mich meine neue Idee wach, gab mir ein paar Ohrfeigen und brüllte mich an: ›Fang endlich an zu arbeiten! Es gibt so viel zu tun.‹ Nicht der Kampf mit den Dämonen der Entfremdung würde mich fortan retten – das war postpubertärer Kitsch gewesen –, nein, meine künftige Erlösung lag im Archaischen, im Vegetativen, ja, im Animalischen. Paarung statt Liebe, Laute statt Sprache, Instinkte statt Reflexion, Reflexe statt Gesten. Weg von den domestizierten, idealisierten, wohlig zersplitterten Schöngeistidentitäten, die sich in sich selbst zu Tode spiegeln, hin zu den wilden, triebgesteuerten Körperexistenzen. Im Tier, in der Darstellung einer sterbenden Ratte, würde ich, so hoffte ich, der Essenz des Lebens begegnen. Und auch der des Todes! Das würde das befreiende Kerngehäuse meiner neuen theatralischen Bewusstseinsstufe werden. Sterben in Reinheit, unverwässert durch Gebete und Kultur, ohne seitenlange Schlussmonologe, ohne letzte Worte. Schluss mit dem Dahinscheiden in Daunenbetten, dem Abschiednehmen im Kreis der Lieben, dem morphiumumnebelten Entschlafen und der ewigen Ruhe! Ich wollte verrecken und krepieren, in irgendeinem stinkenden Loch einfach abkratzen. Und noch etwas kam erleichternd dazu: Ratten weinen nicht! Ratten weinen und lachen nicht! Was konnte da noch schiefgehen?

Mit nicht abzuweisender Emphase überwältigte ich den Dortmunder Intendanten mit meiner Inszenierungsidee und wurde zum professionellen Rattenfanatiker. Ich lag auf dem Boden vorm Puppenhauskäfig, in dem Ratzmann gerade schnuppernd an der Tapete nagte, und las in zig verschiedenen Büchern alles über Ratten, was ich finden konnte. Vom ›Rattenfänger von Hameln‹, vom Schwarzen Tod und dass es in jeder Stadt mindestens so viele Ratten wie Einwohner gebe. Dass im sechzehnten Jahrhundert in einem bestimmten Gebiet in Rumänien Rattenrudel sich darauf spezialisierten, zu Hunderten über Säuglinge herzufallen, und nichts zurückließen als die blutverschmierten Wiegen. Staunend las ich vom ›Rattenkönig‹. Es kann vorkommen, sehr selten, dass ein ganzer Wurf Ratten aus bis zu acht, neun Tieren am Schwanz zusammengewachsen ist. Dieses Rattenknäuel würde sterben, hätten Ratten nicht so ein hoch entwickeltes Gemeinschaftswesen. Die zusammengewachsenen Ratten werden von den anderen gefüttert und von Schnauze zu Schnauze mit Flüssigkeit versorgt. Dieses kleine aneinandergekettete Kollektiv ist der ›Rattenkönig‹. Es wurden Rattenkönige beobachtet, die zehn Jahre so gepflegt wurden, und da sich der Rattenkönig nicht von der Stelle rührt, sind die Ratten fett, träge und verwöhnt. Stirbt eine der Ratten, stirbt der ganze Rattenkönig, da das Leichengift der toten Ratte über die miteinander verwachsenen Schwänze in die Geschwister strömt und sie vergiftet.

Nach jeder Probe eilte ich nach Hause, um mich meinem großen Projekt zu widmen. Es gab so viel zu tun. Ich erstellte eine Textfassung. Entwarf eine Bühne. Machte mir Gedanken über mein Kostüm. Mit Schwanz oder ohne? Und jeden Tag holte ich Ratzmann durch das Dach aus seinem Käfig und ließ ihn die Wohnung erkunden. Ich begann bestimmte Bewegungen möglichst naturgetreu nachzuahmen. Wenn ich ihm den Rücken kraulte, gab er ein genussvolles Fiepen von sich. Die Requisiteure im Theater hatten ihm Kunststücke beigebracht, auf den Hinterbeinen gehen oder einen Tischtennisball tragen. Als Belohnung bekam er meistens eine Haselnuss oder ein Stück Käse. Lustig fand ich auch, dass er immer weiter wuchs.

Und dann wäre das ganze Theaterprojekt fast noch gescheitert. Ich hatte mich für ein Kostüm mit Schwanz entschieden. Mit einem an die Hose geknoteten Bademantelgürtel hatte ich zu Hause einige Schwanzversuche gemacht und sofort gespürt, wie unverzichtbar der Schwanz für eine Ratte ist. Ich maß Ratzmanns Schwanzlänge, dann seine Körperlänge, und errechnete das Verhältnis. Das Ergebnis übertrug ich auf mich. Ich kam bei meiner Körpergröße auf eine Schwanzlänge von zwei Meter achtzig. In der Theaterschneiderei suchte ich mir aus einem Lederkatalog unter den unzähligen kleinen Mustervierecken – es gab Glattleder, Wildleder, Nappaleder – ein herrlich weiches graues Leder aus. Der Schneider nickte und ließ sich die Schwanzmaße geben. Wir besprachen die Füllung und dass es sicher gut wäre, ein Seil ins Innere zu betten, um so dem Schwanz mehr Halt zu geben. Des Weiteren ein mit dem Schwanz fest vernähter gepolsterter Gürtel und ein Loch hinten in der Anzughose. Das klang alles gut und realisierbar. Aber eines Tages stand der Intendant vor mir. »Mit dir hab ich auch noch ein Hühnchen zu rupfen. Du spinnst wohl! Morgen um zehn in meinem Büro!« Spätnachts kam ich nach Hause, setzte mich vor Ratzmanns Glasscheibe. Er hatte es sich im ehemaligen Badezimmer gemütlich gemacht. »Hast du eine Ahnung, was der von mir will?« Ratzmann kam an die Scheibe und schaute mich an. Seine rosigen Ohren, in denen man das Blut rot durch Äderchen pulsieren sehen konnte, stellten sich auf. Er rümpfte die Nase. Die Schnurrhärchen zitterten. »Ich hab doch nichts gemacht. So ein Quatsch. Schlaf gut, Ratzmann. Bis morgen.«

Über eine Stunde ließ der Intendant mich warten. Die Sekretärin flüsterte: »Mit dem ist heute nicht gut Kirschen essen.« Ich flüsterte zurück: »Ich komm auch nicht zum Kirschenessen, sondern zum Hühnchenrupfen.« Als ich endlich reindurfte, winkte er mich zu seinem Schreibtisch und knallte ein Blatt Papier auf die Tischplatte: »So, kannst du mir das hier mal erklären?« Ich nahm das Blatt. Es war eine Rechnung über zweitausendfünfhundert Mark. »Was ist das?« »Was das ist? Na, was ist das wohl? Das ist eine Rechnung! Und weißt du, wo die herkommt?« »Nein, woher?« »Aus Griechenland!« Ich verstand nichts, absolut nichts. Griechenland? Was hatte ich mit Griechenland zu schaffen? »Es tut mir leid«, sagte ich, »aber ich weiß wirklich nicht, worum es geht.« »Na, dann werde ich dir mal erklären, worum es hier geht. Gestern ist in der Schneiderei ein Paket angekommen. Aus Griechenland. Und da ist Leder drin. Griechisches Ziegenleder. Fünf Felle. Und jedes dieser Felle kostet fünfhundert Mark!« Ich fühlte, wie im weit offen stehenden Mund meine Zunge herumlag. »Und weißt du, was die mir in der Schneiderei gesagt haben, wofür das Leder bestellt wurde? Na, weißt du es? Für einen Rattenschwanz. Du kannst doch nicht einfach da reinmarschieren, irgendein Leder aussuchen und dir den teuersten Rattenschwanz der Weltgeschichte nähen lassen.« Ich holte Luft, ohne zu wissen, was ich sagen wollte, was ich sagen würde, und trotzdem sagte ich etwas. Es gibt wenige Momente in meinem Leben, in denen ich ein Anliegen so knapp und klar formuliert habe. Ich sagte: »Ich brauche den Schwanz!« Der Intendant sah mich durch seine von der schlechten Auslastung immer leicht geröteten Augen fragend an. »Wie bitte?« Ich wiederholte meine Forderung klipp und klar. »Ich brauche den Schwanz!« Er sah aus dem Fenster, schwieg und verströmte eine milde Melancholie.

Ich mochte diesen Mann, mochte seine feingliedrige Empfindsamkeit, seine traurigen Augen hinter den schwebenden Brillengläsern. Eine Mimose mitten in Dortmund, ein zittriges exotisches Gewächs, verpflanzt in eine prollige Bier- und Fußballstadt. Hin und wieder bekam ich von ihm, wenn er ein Festessen gegeben hatte, Reste an die Pforte gelegt, Kaninchen mit Weintrauben und Couscous, und zu einer Feier war ich sogar selbst geladen gewesen und wurde vom Chauffeur von zu Hause abgeholt. Ohne Übertreibung kann ich versichern, dass dieser Abend einer der bizarrsten war, die ich je erlebt habe. Das Essen wurde von zwei polnischen Jünglingen serviert und abgetragen, die vom Intendanten mit ›Orest‹ und ›Pylades‹ herbeigerufen wurden. Neben ihm saß, wie eben erst einem Boliden entstiegen, ein wunderschöner Japaner, der einen mit Fantasieaufnähern gepflasterten gelben Rennfahreranzug trug. Er warf sein schwarzes Haar nach hinten und legte beim Lachen seinen Kopf auf die Schulter des Intendanten. Nach dem köstlichen Essen gab es aus einer Flasche, die so von der Zeit überkrustet war wie eine versunkene Amphore, einen fünfundfünfzig Jahre alten Sherry. »Sherry …«, säuselte der Intendant, »sollte immer älter sein als man selbst.« Er hob sein Gläschen und sagte: »Das war knapp.« Nach dem Dessert wurden wir in einen großen Raum im ersten Stock gebracht, in dem Orest und Pylades mit langen Streichhölzern elegant Kerzen entzündeten. Ich sah ihnen, tief in einem Sofa sitzend und von den teuren Flüssigkeiten erwärmt, dabei zu, wie sie die Dochte antippten, und dachte, sie bestäuben die Kerzen mit Feuer. Auf einem Altar thronte eine perfekt ausgeleuchtete schwarze Madonna, vor ihr in zwei goldenen Vasen riesige Sträuße blutroter Lilien. Aus einem wandfüllenden Regal wurde eine CD herausgesucht und in eine chromglänzende Musikanlage eingelegt. Der Klang, der den Raum erfüllte, war von solcher Klarheit und Nähe, wie ich es noch nie erlebt hatte. Das Cello ertönte so unmittelbar, als wäre ich ein Zwerg mit sauguten Ohren, der im Instrument selbst, im hölzernen Resonanzraum, wohnte. Die Gäste, zwei groß gewachsene Baritone aus England, ein kleingesichtiger Bühnenbildner, ein angeblich weltberühmter Designer und ich, lagen in den Sofas und lauschten der Oper, die von allen Seiten direkt aus den Wänden zu erklingen schien. Der Intendant hatte sich lang ausgestreckt und kraulte den Nacken seines japanischen Rennfahrers. Ewig lagen wir so da und hörten Musik.

»Also gut. Zurückschicken können wir die Felle ja eh nicht mehr. Die haben schon mit dem Zuschneiden begonnen.« Da wusste ich, dass ich gerettet war. Ich musste allerdings fünfhundert Mark dazubezahlen und beim Bühnenbild sparen.

Als ich den fertigen Rattenschwanz umschnallte, kamen mir die Tränen, so schön war er. Ich hätte ihn am liebsten in den Händen getragen und nicht hinter mir hergezogen. Er war perfekt und viel zu edel, um durch den Staub geschleift zu werden. Wenn ich um die Ecken sauste, schlängelte er sich hinter mir her, und nach einigem Üben konnte ich ihn durch eine blitzschnelle Bewegung mit meinem Hintern wie eine Peitsche knallen lassen. Ich vertiefte meine Rattenstudien. Nahm den Schwanz mit nach Hause, holte Ratzmann aus seinem Haus und rannte hinter ihm her. Ich lernte von ihm, wie man sich mit den Vorderpfoten die Ohren und die Schnauze putzt, wie man mit beiden Vorderpfoten die Hinterpfote festhält und anknabbert, und vor allem, wie man seinen Schwanz benutzt. Dass er zum Beispiel bei Sprüngen vom Bett oder Schrank während des Flugs eine vorzüglich stabilisierende Wirkung hat. Nach nur einer Woche Schwanztraining war ich fast so schnell wie Ratzmann und jagte hinter ihm her über Bett und Sofa. Wenn ich den Schwanz abschnallte, fühlte ich mich unsicher, destabilisiert.

Mit großer Hingabe verinnerlichte ich auch Ratzmanns Mienenspiel. Und während ich vor ihm kauerte und versuchte, möglichst naturgetreu mit den Vorderzähnen an einem Stück Käse zu knabbern, sah er mich mit seinen knallroten Augen an. Was dachte er über mich? Da war etwas in diesen Augen, das mich erstaunt, wenn nicht sogar leicht belustigt beobachtete. Vielleicht dachte er ja ›So groß möchte ich auch mal werden‹. Mit der Ratte im Roman hatte Ratzmann vom ersten Tag an nicht das Geringste gemein. Er war weder bösartig noch gehetzt. Entspannt war er, freundlich, anhänglich und etwas einsam. Aber er wuchs weiter und weiter, kam in seinem Puppenhaus kaum noch durch die Türen und blieb im Treppenhaus stecken. Ich war viel im Theater und kümmerte mich zu wenig um ihn.

Die Premiere rückte näher. Durch all die Rattenstudien, Filme und Bücher, durch die Selbstversuche in der Kanalisation mischte sich in meine Neugierde ein leichtes Unwohlsein. Ich hatte tatsächlich drei Ausflüge in Dortmunds Abwassersystem unternommen und gemeinsam mit einem Herrn vom Seuchendezernat einer Massenvergiftung beigewohnt. Ratten haben Vorkoster, und ein gutes Rattengift wirkt erst Stunden später, damit sich das Rudel nicht gegenseitig vor dem Tod warnen kann. Sie bekommen Krämpfe, verkriechen sich in dunklen Winkeln und sterben elendig an inneren Blutungen. So ein Sterbelager zeigte mir der Herr vom Seuchendezernat. Mit der Taschenlampe leuchtete er in einen tiefen Schacht und ließ den Lichtkegel über die brüchige Backsteinmauer gleiten. Zwischen schon toten Ratten krümmten sich in den Nischen die Sterbenden, hatten Blut an der Schnauze und knirschten mit den Zähnen. Nach all diesen Eindrücken wuchs in mir, zu meiner völligen Überraschung, ein immer stärkerer Rattenekel heran.

Am Tag der Premiere war ich so angewidert von diesen Tieren, dass ich nur unter größter Überwindung meinen Rattenschwanz umschnallen und die Vorstellung beginnen konnte. Der Zuschauerraum war nur halb gefüllt. Es begann mit meiner Rattengeburt. Mit umgeschnalltem Ziegenlederschwanz, babynackt und blind lag ich auf dem Bühnenboden und nahm erste Witterung auf. Dann folgte atemlos Szene auf Szene. Ich wuchs, schlüpfte in einen grauen Filzanzug, tötete durch spitze Hochfrequenzschreie imaginierte Rattenfeinde, paarte mich zigmal ruckartig zuckend, durchschwamm Flüsse, biss und kratzte in die Luft, ließ meinen Schwanz knallen und rannte und kletterte zwei Stunden um mein Leben. Dann kam meine große Sterbeszene.

»Sie schieben das Messer durch die Käfigstäbe auf meinen Kopf zu. Sie wollen meine Augen. Ich verrenke den Hals. Deshalb zwängen sie jetzt das Messer von unten durch, sodass die Klinge, die mir an der Kehle

liegt, meinen Kopf festhält. Sie ziehen einen dünnen rot glühenden Draht aus dem Ofen. Er kommt näher. Das Auge fühlt die wachsende Wärme. Glut.

Grelle, Furcht. Sie bohren mir den Draht in die Pupille. Der Schmerz sprengt mir den Schädel. Ich quietsche aus letzter, allerletzter Kraft. Nun berührt der glühende Stab das andere Auge. Dringt ein. Alles ist Finsternis. Schmerz, Blut, Schrei.«

Ich klatschte mir zwei Blutkissen auf die Augen und riss mir im Todeskampf die Kostümteile vom Körper. Nackt krümmte ich mich zusammen, zuckte konvulsivisch herum und krallte meine Finger dramatisch ins Nichts. Der Ziegenlederschwanz peitschte herum. Doch nach und nach wurden seine Ausschläge schwächer. Darauf hatte ich viel Zeit verwandt. Ich wollte unbedingt, dass das letzte Lebenszeichen der Ratte ein Zucken der Schwanzspitze war. Mit für die Zuschauer nicht mehr sichtbaren Minierschütterungen meines Beckens schickte ich letzte Vibrationen durchs sterbende Leder. Meine Stimme senkte ich ab: *»Sie lassen mich frei, kippen mich auf den Hofplatz. Dunkel, dunkel wie nach der Geburt. Ich rieche nichts, das Blut aus meinen Augenhöhlen hat mir die Nase verstopft. Ich finde eine kleine Öffnung, schlüpfe hinein, rolle, falle hinab. Ich will ins Nest. Doch du hast keine Augen, bist eine geblendete Ratte, die zwischen feuchten, bröckeligen Ziegeln verendet. Du drehst dich um, fast fällst du hinunter in den brausenden Abwas-*

serstrom. Du bist müde, furchtbar erschöpft, wie nach einer langen, schlaflosen Reise.«

Während der folgenden Zeilen begann ich den Ganzkörperkrampf zu lösen, die Finger zu strecken, die Arme zu senken, die Muskeln zu entspannen. Dann der Augenblick, den ich für eine Jahrhundertidee hielt: Ich setzte mich auf, jetzt schon mehr Mensch als Ratte, und schnallte mir den Schwanz ab. Langsam richtete ich mich auf, stand da, groß, dünn und nackt. Vor mir auf dem Boden mein lebloser Schwanz. Genau das war das Bild, das ich wollte. Mit den letzten Zeilen sprach ich den Schwanz an: *»Er bettete sich so bequem er konnte, zwischen Papierfetzen und trockenem Laub.*

Die Lider umschlossen die leeren Augenhöhlen, und er empfand keinen Schmerz mehr, keine Steife, kein Stechen. Zum ersten Mal in seinem ganzen Leben fühlte er sich sicher, nicht bedroht, ruhig. Welch herrlicher Augenblick, welch herrlicher Augenblick, welch …« Dann wurde es dunkel.

Während der gesamten Szene erfüllte ein hochfrequentes Signal die Luft, ein Fiepen, so penetrant, dass es in den Zähnen zog und das Trommelfell peinigte. Ich hatte mich auch nach eindringlichen Bitten nicht von diesem Todeston abbringen lassen. Ich wollte etwas, das den Schmerz der Ratte auch für den Zuschauer erfahrbar macht. Während ich zuckend verendete, sah ich aus dem Augenwinkel, wie sich immer mehr Premierengäste die Ohren zuhielten und verquälte Gesichter schnitten. Der Applaus war freundlich, sehr erleichtert und eindeutig durch Aversion gedämpft. Es gab wohl niemanden unter den Besuchern, der nicht heilfroh war, dass es vorbei und ich endlich mause-, ach was!, rattentot war. Während des Applauses zog ich mir den Schwanz wieder an. Auch das war mir immens wichtig. Ich wollte mich als Ratte verbeugen, nicht als Mensch. Allerdings im Bademantel, da ich von Hanna gelernt hatte, dass es auch als Eitelkeit missverstanden werden könnte, sich nackt zu zeigen. Also Ratte im Bademantel.

Der Intendant kam danach in meine Garderobe, sein Gesicht gezeichnet vom gerade Erlebten. Er sagte einen vollkommen undeutbaren Satz mit völlig undeutbarem Ausdruck: »Danke für diesen eigenwilligen Abend.« Beim Hinausgehen trat er auf meine Schwanzspitze, und auch wenn ich es selbst kaum glauben konnte, ein Schmerz durchfuhr mich, jagte mir durch die griechischen Nervenfasern schockschnell hinter die Augen. Ich rief »Aua!« und »Ahhh!« und krümmte mich zusammen. Der Intendant sah mich ungläubig an. »Wirklich, bitte, Vorsicht mit meinem Schwanz!« Mit großer, beleidigter Geste zog ich ihn wie eine Schleppe unter seiner Fußspitze weg. Er schwankte und verließ kopfschüttelnd die Garderobe. Es gab keinerlei Premierenfeier. Franka hatte selbst Vorstellung im Opernhaus und Hanna schrieb an einer Arbeit über Kafkas Strafkolonie.

Als ich spätnachts nach Hause kam und mir die Zähne putzte – meine Schneidezähne kamen mir seit einigen Tagen merkwürdig groß vor –, hörte ich leises, aber vehementes Scharren. Ratzmanns Puppenhaus war leer. Ich rief ihn, trommelte mit dem Finger auf den Boden. Da kam er eigentlich immer. Ich suchte in meinem Schlafzimmer, ging den Flur entlang, kam in die Küche. Plötzlich sprang er, riesig und fett geworden, aus dem Mülleimer und raste über den Küchenboden auf mich zu. Doch da ich in der Tür stand, wusste Ratzmann nicht, wohin. Blitzgescheit und bösartig sah er mich an, jagte mit einem Satz zwischen meinen Beinen hindurch und verschwand. Als ich zu seinem Käfig kam, lag er lauernd im ersten Stock und knabberte an etwas Ekligem. Ich klappte die Dachluke zu und schob den Riegel vor. Ich kniete mich vor die Glasscheibe und sah ihn mir an. Angewidert. Ich kam ein wenig näher. Da sprang Ratzmann auf mein Gesicht zu. Mit scharfen Rattenzähnen im aufgerissenen Maul und vorgestreckten Krallen knallte er gegen das Glas. Ich erschrak so sehr, dass ich mich nach hinten warf und auf den Rücken fiel. Ratzmann drehte völlig durch, bekam einen Tobsuchtsanfall im Puppeninterieur, pisste an die Scheibe, randalierte und tobte minutenlang durch alle Stockwerke. Mehrmals wurde ich in dieser Nacht von knabbernden, unheimlichen, huschenden Geräuschen geweckt. Ich träumte haarsträubendes Zeug von mir als Ratte.

Um vier Uhr klingelte der Wecker, und ich machte mich auf den Weg zu Ilse in die Bäckerei. Meine einst knallengen Jeans schlabberten an den Oberschenkeln, ja selbst meine Stiefel waren mir zu groß geworden. Auch roch ich seit ein paar Tagen eigenartig, verströmte einen mir rätselhaften Gestank, der sich weder abduschen noch übertönen ließ. Immer wieder roch ich an meinen Handflächen. Und dann begriff ich schlagartig, was die Ursache war: HALLOO WACH hatte sich in jeder Pore festgesetzt. Ich roch nach Koffein, bitter und schal, wie ein Kaffeefilter aus dem Müll.

Als Ilse mich an der Backstubentür empfing, nahm sie mein Gesicht zwischen ihre warmen Wurstfinger und sah mich genau an. »Du siehst ja aus wie durchgekaut und ausgekotzt. Du brauchst einen Schnaps. Wir haben viel zu tun.« Auf der Ein-Mann-Premierenfeier der ›Ratte‹ hatte ich drei Bier in meiner Garderobe getrunken, die ich immer noch spürte, die in meinem müden Körper nicht wussten, wohin. Der erste Schnaps tat mir noch gut, aber bereits der zweite brachte meine Orientierung zum Einsturz. Ich schwankte durch die Backstube und verwog und verknetete mich in einem fort. Die Brezeln, die ich in dieser Nacht auf das Backblech schlenzte und später aus einer Spritztüte mit gelbem Pudding befüllte, sahen aus wie bei Orkan in einer Schiffskombüse gebacken. Ilse bekam einen Anfall, als sie das Blech sah, brüllte mich an und beruhigte sich rasch wieder. »Du bist ja komplett neben der Spur. Komm, trink noch einen.« Ich hatte mehr und mehr das Gefühl, dass nicht nur eine Ilse, sondern mindestens drei hinter mir, vor mir und an mir vorbeihuschten. Ich versuchte meine Augen mit Daumen und Zeigefinger festzuhalten und auf eine Stelle zu richten. Aber das Hirnkarussell war nicht mehr zu stoppen und drehte sich unter der Schädeldecke schneller und schneller. Die Rumkugeln, die ich zwischen den Handflächen rollte, wurden zu Rumwürsten und sahen kakaopulverbestreut aus wie Hundekot. Ilse manschte alles wieder zusammen und ermahnte mich: »Menschenskind, jetzt reiß dich mal zusammen, Heinilein!« Sie drehte das Radio lauter und begann wellig zu tanzen, dabei aber weiterzuarbeiten. Sie fegte und knallte im Rhythmus der Melodie die Bleche zusammen, viereckige Becken, und schepperte sie in den Ständer. Ich kicherte, konnte nicht aufhören zu grinsen, ackerte und eierte herum und versuchte ebenfalls zu tanzen, aber es war mehr ein Schlenkern und Schleudern der Glieder, ein Rudern im Brei der sich auflösenden Schwerkraft. Der Versuch einer heftigen Headbanging-Einlage gab meiner Koordination den Gnadenstoß. Ich rumste gegen irgendeinen Hebel und sackte zusammen. Und dann eine sensationelle Wahrnehmungsstörung, die ich niemals wieder vergessen werde: Ich lag da und sah nach oben. Wie ein riesiger Deckel schraubte sich die Decke der Backstube über mir zu. Endgültig und kraftvoll verschloss sich das geweißelte Gewölbe. Wow, dachte ich, jetzt bin ich in Sicherheit, vakuumverpackt, hier komm ich nie wieder raus.

Da hoben mich zwei Arme vom Boden, mit einer Kraft, als wäre ich ein schlafendes Kind. Ganz einfach ging das. Es war mehr ein Weggeweht- als ein Weggetragenwerden. Direkt vor meinen durchs Trübe tauchenden Augen ging Ilses glänzendes Gesicht auf. Ein pausbäckiger Mond in buttergelbem Licht. Sie legte mich auf eine weiche Matte, und es war mir, als würde ich gesät werden, abgesenkt in einen fruchtbaren Untergrund, der wie geschaffen war für meine Müdigkeit. In diesem Moment ergossen sich Wünsche und Wahrnehmungen, Traumhaftes und Erinnertes in einen Hohlraum in meinem Inneren, von dem ich nicht mehr genau sagen konnte, ob es mein Kopf war. Etwas flutete die Backstube, etwas rollte sich auf und stülpte sich über mich. Schwer und warm versank ich in einem warmen Brei. War ich eine Ratte? Hatte ich meinen Schwanz dabei? Ich öffnete den Mund, weil etwas hineinwollte. Ich war umfangen von Wärme, die überall war, sich punktuell zu Hitze verdichtete und schwer auf meine Brust niederließ. Da begann es zu schwappen, und wie in einer tranigen Dünung aus geschmolzenem Wachs wogte ich hin und her, wogte etwas auf mir hin und her. Und dieses Etwas war schwer und groß und herrlich unentrinnbar. Eine kosmische Peristaltik massierte mich, machte sich an mir zu schaffen und pumpte mich durch den Grießberg direkt ins Schlaraffenland. Milch und Honig. Ich stöhnte vor mich hin. Warum, war mir nicht wichtig. Etwas hechelte in mein Ohr. War das die Lüftung der Öfen? Jemand erfüllte die mit Brotduft getränkte Watte um mich herum mit einem lang gezogenen Seufzer. Die Stimme kam mir bekannt vor, und nach einer Weile erkannte ich sie als meine eigene. Ich öffnete die Augen, und da war Ilses eingefettetes Gesicht direkt über mir. Der Mond war auf der Erde gelandet.

In den nächsten Tagen bohrte sich Ratzmann tiefer und tiefer in mein Unterbewusstsein. Ich bekam Albträume, und seine bösartige albinospitze Rattenphysiognomie durchhuschte unaufhörlich meine Gedanken. Ich hatte genug von ihm. Ich legte einen alten Schal in einen Schuhkarton, kippte das Puppenhaus um, schraubte die Glasscheibe ab, griff mir den wild strampelnden Ratzmann mit einem Handtuch, bugsierte ihn in die Schachtel und umwickelte Karton und Deckel so lange mit Klebeband, bis die Rolle alle war. Bei leichtem Regen fuhr ich mit der S-Bahn nach Dortmund-Hörde, den geknebelten Karton auf dem Schoß. Durch eines der Luftlöcher steckte Ratzmann seine Nasenspitze, nackt und rosig. Ein Kind kam zu meinem Sitzplatz: »Machst du einen Ausflug mit deiner Maus?« »Genau«, antwortete ich, »ganz genau! Mit meiner lieben süßen Maus.« Ich lief eine halbe Stunde, bis ich die letzten trostlosen Einfamilienhäuser hinter mir gelassen hatte und zu einem dumpfen Wäldchen kam. Da ich das Klebeband nicht herunterbekam, benutzte ich meinen Hausschlüssel und sägte eine Öffnung ins Pappdach. Ich klappte den Deckel auf wie bei einer Konservendose und trat zurück. Nichts geschah. Ich trat mit der Fußspitze gegen die Schachtel. Ratzmann reckte den Kopf aus der Öffnung, duckte sich ein wenig im unbekannten Nieselregen und sah fragend in den grauen Himmel. Mit einem schwerfälligen Hüpfer bugsierte er seinen massigen, von zu viel Käse und Einsamkeit trägen Körper aus der Schachtel und saß zitternd auf dem Weg. Es regnete stärker. Er sah mich an. Starr, eigenartig lange. Mein Gott, hatte er etwa Tränen in den blutroten Augen? Er schüttelte sich und fassungslos, voller Menschenverachtung wandte er den Blick ab und hoppelte leicht buckelig in das feuchte, morsche Wäldchen davon.

Meine Rattenvorstellung habe ich nur siebenmal gespielt, dann wurde die Produktion mangels Nachfrage vom Spielplan genommen. Franka aber hatte die Aufführung gefallen. »Toller Schwanz!«, rief sie und lachte sich schlapp. Als Hanna die Vorstellung sah, war ich überrascht, da ich mir sicher gewesen war, sie würde es schauderhaft und geschmacklos finden. Aber sie versuchte ganz ernsthaft etwas dazu zu sagen. »Ich fand das am Ende richtig schlimm, wie du da gelegen bist: nackt, mit diesen abgespreizten Krallen. Ich hätte fast losgeheult. Ich fand dich so eklig und gleichzeitig rührend. Schön ernst und präzise. Dieser hohe Ton am Schluss, der war schon schwer auszuhalten, aber auch richtig. Ich fand es toll.« »Es oder mich?« »Dich.« »Wirklich?« »Klar, wirklich. Würd ich doch sonst nicht sagen.«

25.

Hanna und ich machten einen Ausflug nach Hamburg. Sie wollte dort unbedingt ein Stück sehen, ›Kasimir und Karoline‹ von Ödön von Horváth. Es war so gut, so lustig, so traurig, dass ich, während ich den großartigen Schauspielern zusah, über meine eigene Situation am Dortmunder Theater immer unglücklicher wurde. Es gab einen Moment von so überwältigender Schönheit, dass ich mit bibbernden Lippen in meinem Theatersessel saß und minutenlang damit beschäftigt war, meine Ergriffenheit unter Kontrolle zu bekommen. Auf der Bühne stand eine eindrucksvolle Holzkonstruktion, rund und verziert. Ins Innere hatten die Schauspieler immer wieder durch kleine Gucklöcher hineingesehen. Minutenlang hatten sie zu melancholischer Musik schauend verharrt und etwas bestaunt, dessen Anblick den Zuschauern vorenthalten wurde. Doch dann, nach der Pause, öffnete sich das Panoptikum, und heraus schritten allerlei skurrile Gestalten, die mich augenblicklich an mein Zuhause auf dem Psychiatriegelände erinnerten. Ein Riese, eine Schlangenfrau, siamesische Zwillinge in Frack und Zylinder. Aus dem Pulk löste sich ein Zwerg mit einem knielangen Bart und schlaffen weißen Haaren. Er trat an die Rampe und begann mit einer hohen Stimme zu singen, deren Reinheit sich mir wie ein eigens für mich gebündelter Lichtstrahl in eine stecknadelkopfgroße Stelle im Gehirn bohrte. Er stand auf einem Rost, aus dem ihn von unten ein erst leichter, dann auffrischender Wind anblies. Im ersten Augenblick begriff ich gar nicht, warum der Gnom plötzlich zu schweben schien. Der Windhauch ergriff seinen Bart und flatterte sanft an ihm herum. Da wurde mir klar, dass der Zwerg ein verkleidetes Mädchen war, und doch tat diese Erkenntnis dem bannenden Eindruck keinerlei Abbruch, sondern verstärkte ihn sogar. Die Metamorphose von der ältlichen Kauzigkeit des Wichtes hin zum anmutig singenden Mädchen peinigte mich. Doch ich war nicht allein. Der gesamte Zuschauerraum war in eine still schniefende Ergriffenheit verfallen. Überall im Dunkeln sah ich mattweiße Taschentücher wie blasse Mäuse über und in die Gesichter huschen und in die Nasen beißen.

Nach der Aufführung sagte Hanna begeistert: »Das ist so wichtig für mich, mal was Gutes zu sehen. Immer, wenn ich in Bielefeld oder Dortmund ins Theater gehe und dich und deine Kollegen sehe, denke ich, dass ich das Theater grundsätzlich nicht mehr mag. Aber wenn ich dann so wie heute Abend etwas Grandioses sehe, bin ich auch deshalb so glücklich, weil meine Liebe zum Theater eben doch noch nicht tot ist, sondern immer nur enttäuscht wird.« Auf der großen Anzeigetafel im Hamburger Hauptbahnhof sahen wir, dass in zehn Minuten ein Zug nach Amsterdam abfuhr. Hanna sagte: »Ich war noch nie in Amsterdam.« »Dann lass uns hinfahren.« Sie war unsicher. »Ich muss morgen die Arbeit über Asta Nielsen fertig kriegen.« »Komm, lass uns wegfahren! Wir sehen uns so selten, bitte!« »Na gut. Schaffen wir denn das überhaupt noch?« Ich rannte zum Geldautomaten, sie kaufte eine Flasche Rotwein. Der Zug war schon da. Wir stiegen ein, hatten ein Abteil für uns, klappten alle Sitze runter und legten uns hin. Wir kauften Fahrkarten beim Schaffner. Ich drückte den Korken in die Flasche und wir tranken. Hanna riss das Fenster auf, eiskalter Wind, wir streckten unsere Köpfe hinaus, und sie brüllte: »Ich will in Fahrtrichtung leben!« Wir schliefen unter unseren Jacken nah beieinander. Einmal wurde ich wach, draußen fremde Wiesen mit etwas anderen Kühen. Ich sah Hanna schlafen. Ich liebe sie so sehr, dachte ich, ihr übermüdetes, blasses Gesicht, das selbst im Schlaf so voller Sehnsucht war.

Ein Schaffner weckte uns auf Holländisch. Wir waren da. Wechselten Geld und frühstückten süße, unbekannte Brötchen. Wir spazierten durch die Stadt, über die Brücken, Hand in Hand. Plötzlich riss sich Hanna los, und ich dachte sofort ›Nein, bitte nicht. Was ist denn jetzt schon wieder?‹. Sie lief über die Straße in eine Apotheke und kam mit einem Päckchen zurück. Einem Schwangerschaftstest. Sie hielt eine Broschüre in der Hand, auf der stand ›Zwanger wat nu?‹. Ich fragte sie, ob sie glaubte, schwanger zu sein. Sie grinste. »Vielleicht!« Wir setzten uns in ein Lokal, und sie ging aufs Klo. Vom Tresen nahm sie einen der eckigen Aluaschenbecher mit. Als sie zurückkam, stellte sie den Aschenbecher mit etwas gelblicher Flüssigkeit vor uns auf den Tisch. Wir lasen die Testanweisungen. Hanna legte den Streifen in den Aschenbecher, und wir warteten. Und ja, tatsächlich, sie war schwanger. Der Streifen hatte sich eindeutig verfärbt. Sie sah mich an und machte ihre großen Augen. Ich nahm den Beipackzettel, zog den Streifen heraus, ließ ihn abtropfen und legte ihn auf das Papier direkt neben die Abbildung des positiven Ergebnisses. Mehrmals sah ich hin und her. Zwei Linien dort, zwei Linien da. Wie nennt man das Gegenteil einer Todesnachricht? Eine Lebensnachricht?

Wir gingen ins Museum und Hanna sah viele Bilder, die sie kannte, aber noch nie gesehen hatte. Im Van Gogh Museum, vor dem Bild mit den Krähen über dem Feld, das angeblich sein letztes Gemälde gewesen sein soll, bevor er sich umbrachte, hatte sie Tränen in den Augen. »Hast du die Briefe an seinen

Bruder Theo gelesen?« »Nein.« »Die sind wunderbar. Alle tun immer so, als wäre van Gogh ein armer Irrer, der durch die Landschaft gestolpert ist und im Wahn seine Farben auf die Leinwand geklatscht hat. Dabei hat er alles gewusst über seine Krankheit. Der hatte Frau und Kind und versuchte, die irgendwie zu ernähren. Die Briefe sind alles andere als die eines Wahnsinnigen. Der hat sich nicht umgebracht, weil er verrückt war, sondern weil er Angst davor hatte, wieder verrückt zu werden. Ich glaube, die Angst vor dem Wahnsinn ist viel schlimmer als der Wahnsinn selbst.«

Hanna suchte die Toiletten und verschwand für mehr als eine halbe Stunde. Ich ging draußen auf und ab, aber schließlich öffnete ich die Tür der Damentoilette einen Spalt und rief mehrmals ihren Namen. »Hanna, Hanna!« Sie kam heraus, und ich küsste sie auf die Stirn, die wie gefroren war vom vielen kalten Wasser. Hinter dem Museum standen riesige Platanen. Wir setzten uns auf eine Bank. Hanna legte ihren Kopf in meinen Schoß. Sie sah hinauf in die Wipfel der mächtigen Bäume. Ich sah zu ihr hinunter. Sah die Blätter gespiegelt in ihren Augen. Ich wusste nicht, wohin mit meiner Hand, und legte sie auf ihren Bauch. Ich tat es gedankenlos, und erst als meine Hand dort lag, wurde mir die neue Bedeutung, die diese Berührung hatte, bewusst. Hanna sah weiter hinauf in die Baumkrone. Ich wollte meine Hand zurückziehen. Da legte sie ihre kühlen Hände über meine und schloss die Augen.

Am späten Nachmittag nahmen wir einen Zug zurück nach Dortmund, wo wir nach stundenlanger wortkarger Fahrt todmüde ankamen. Über den Test hatten wir nicht gesprochen. Kein Wort. Aber sie war schwanger, wirklich schwanger. Noch nie hatte ich an ein Kind gedacht. Was für ein Geschenk aus heiterem Himmel! Eine Verkündigung. Diese Nachricht, dachte ich, kann es in ihrer Unfassbarkeit eventuell mit meinen Verlusten aufnehmen. Beim Versuch zu begreifen hatte ich für die unterschiedlichen Tode der mir nahen Menschen nach Metaphern gesucht. Der Unfalltod des Bruders war wie eine Guillotine in mein Leben gefallen. Aus heiterem Himmel hatte das Fallbeil dieser Todesnachricht mich getroffen. Der Krankheitstod des Vaters hingegen war ein Martyrium gewesen, eine perfide ausgedehnte Folter, die gemächlich in alle Zellen hineinwucherte. Die Großeltern wiederum waren nach und nach verblasst und von Tag zu Tag weniger geworden, Gramm für Gramm waren sie verschwunden. Ich sah das sehr genau vor mir: der junge, kerngesunde Körper des Bruders, den ein furchtbarer Aufprall im Schlaf auf der Rückbank eines Autos tötet. Der korpulente, kranke Körper des Vaters, den über Monate der Schmerz verzehrt. Und die greisenhaften

Gliedmaßen der Großeltern, die sich in ihrer ritualisierten Welt durch Tage und Nächte tasten. Der Bruder Anfang zwanzig, der Vater Anfang sechzig, die Großeltern Anfang neunzig. Und jetzt also ein Baby? Welches Alter, überlegte ich, hat es? Wie rechnet man das? Dies Alter vor dem Anfang? Ich spürte, dass es lebte. Eigentlich müsste doch ein Kind drei Monate nach seiner Geburt seinen ersten Zeugungstag feiern, dachte ich. Wie einfallslos das ist, einen Menschen erst dann lebendig zu nennen, wenn man ihn sieht. Ich versuchte zu verstehen, was ein Kind für Hanna und mich bedeuten könnte. Es war eigenartig, fast unheimlich. Unser Kind konnte ich nicht sehen, aber es war lebendig. Meinen Bruder, den Vater, die Großeltern sah ich auch nicht. Sie alle wohnten in meiner Vorstellung. Da ich mich ununterbrochen, fast schon störrisch weigerte, meine Toten ruhen zu lassen, sie mir andauernd vor Augen führte und zur Seite stellte, war es mir auch ein Leichtes, dieses ungeborene Kind zu ihnen zu gesellen. Das Ungeborene und die Gestorbenen bewohnten denselben Illusionsraum.

Ich ahnte, dass mir Hanna in diese Gedankengänge hinein kaum mehr folgen würde. Mehr Zukunft als diese winzige Ansammlung von Zellen konnte man nicht haben. Ich verfiel in merkwürdige Vorstellungen. Das noch Unsichtbare, noch Verschwundene war bereits am Leben, genauso wie die Toten nicht tot waren. Auch die Toten hatten eine Zukunft. Ich wollte dieses Kind so sehr. Es trug in sich das Unfassbare und war genau dadurch der größte Trost. So wie die Tode mein Leben gegen meinen Willen gelenkt und bestimmt hatten, so würde dieses hereingeschneite Kind mein Leben aus dem Klammergriff der Verstorbenen befreien. Ein Kind würde mir all das zurückgeben, was ich verloren hatte, seine Geburt würde die Toten begraben helfen. Allein schon durch die Hinwendung, die ein Kind einfordert, würde das Zeitmaß meiner Todesgedanken reduziert. Ich pendelte und taumelte zwischen Bielefeld und Dortmund hin und her und fantasierte mich zunehmend euphorisch in Vaterschaftsszenarien hinein.

Hanna rief mich an einem Nachmittag an. Weckte mich, denn der Nachmittag war meine einzige Schlafmöglichkeit. Leise teilte sie mir ihre Entscheidung mit. »Ich möchte kein Kind. Es geht nicht. Ich will nie mehr darüber reden.« Ich besuchte sie am Wochenende, und es war ein hoffnungsvoll schimmernder Frühlingstag. Ich erinnere mich übergenau an das Licht an diesem Tag. Es war mutig und fordernd, strahlte und rammte seine leuchtenden Hörner in Fassaden und Gesichter. An den Bäumen hingen noch knittrig, kaum entrollt, Hunderte Blättchen, von der Sonne durchleuchtet, wie giftgrüne Raupen, bereit sich zu entfalten. Alles schien mir möglich. Wir gingen über eine Brücke und sahen hinab auf die vorbeirasenden Autos, spuckten auf sie.

»Bitte«, sagte ich zu ihr, »lass uns dieses Kind …« Da rannte sie schon weg. Drehte sich aber noch einmal um und brüllte: »Was geht dich das überhaupt an? Hör auf, mich damit zu quälen! Hör endlich auf, mich zu quälen!«

Als ich später in die Wohnung kam, saß sie am Schreibtisch und arbeitete. Ich war mir so sicher, dass alles gut werden würde. Ich umarmte sie. Sie ließ es über sich ergehen, starr, ohne Erwiderung. Ich sagte: »Hanna, ich weiß, dass wir alles zusammen schaffen können, alles, was wir wollen. Vertrau mir doch.« So hatte sie mich noch nie angesehen, so hochmütig und voller Verachtung: »Vertrauen? Ich soll dir vertrauen? Dir kann man nicht vertrauen. Und das weißt du auch ganz genau!«

Nur zwei Wochen später bewarb Hanna sich für ein Fulbright-Stipendium in Cambridge. Und ich? Trotz erster kleiner Erfolge hasste ich meinen Beruf noch immer. Ich kam, sosehr ich mich auch bemühte, oder gerade weil ich mich so bemühte, der Idee, die ich von mir als Schauspieler hatte, nicht näher. Ich war voll und ganz bereit, etwas Unvernünftiges zu tun. Warum sollten wir nicht gemeinsam nach Cambridge gehen? Ich würde auf Spielplätzen oder Parkbänken sitzen, mit einer Hand den Kinderwagen schaukelnd, mit der anderen lesend. Ich würde Hanna das Baby zum Stillen in die efeubewachsenen schlossähnlichen Gebäude bringen und nachts Texte schreiben. Sie würde sich in einen verwirrten, verstrubbelten Literaturprofessor verlieben und sich dann doch für unser kleines Glück entscheiden. Warum eigentlich nicht? War das wirklich so abwegig? Doch Hanna verweigerte jedes weitere Gespräch. Sie litt und hielt ihren Selbstzweifeln durch ununterbrochenes Arbeiten den Mund zu. Sie sah bemitleidenswert aus, tat pragmatisch und ging durch die Hölle. Das, was Hanna und mich verband, war vom ersten Moment an von einer gemeinsam gehegten tiefen Aversion gegen jede Form von geschwätzigen Beziehungsgesprächen geprägt gewesen. Nichts schien uns spießiger. Hin und wieder spielten wir auf unseren nächtlichen Spaziergängen problembelastete Paare, und Hanna traf den Ton solcher Unterhaltungen mit ätzender Authentizität. Sie sagte dann Sätze wie: »Früher hast du mich groß gemacht, jetzt machst du mich klein.« Und weiter mit verlogenem Einfühlungsvermögen: »Weißt du, ich hab das Gefühl, du überträgst den Hass auf deine Mutter auf mich. Du hast riesige Probleme, von denen du nichts weißt. Bitte, dreh nicht gleich durch, aber du bist krank, du brauchst professionelle Hilfe.« Dann lachte sie los und tat so, als würde sie sich auf den Bürgersteig übergeben. Darüber, dass es schrecklich sei zu reden, redeten wir aber sehr wohl. »Mein Gott, ich weiß doch, was für ein ängstlicher, verlorener, haarsträubend nervtötender Mensch ich bin! Ich würde es keine Stunde mit mir aushalten!«, rief Hanna. »Auch wenn du es nicht wahrhaben willst, aber du und ich, wir werden unsere Einsamkeit nie loswerden. Da bringt es auch nichts, den anderen so lange zu bearbeiten und zu verformen, bis er passt. Wozu reden? Es gibt eine Million Themen, und über jedes einzelne von ihnen unterhalte ich mich gerne mit dir: über den neuen Don DeLillo, immer gerne, darüber, wer mehr Schuld auf sich geladen hat, Ted oder Sylvia, jederzeit. Wochenlang streite ich mich aus tiefster Überzeugung mit dir, ob Tolstoi oder Dostojewski der bedeutendere Autor ist. Gerne erkläre ich dir zum hunderttausendsten Mal den Unterschied zwischen Signifikant und Signifikat und natürlich rede ich auch von Herzen gerne mit dir darüber, ob Pfeffersalami mit abgepultem Pfefferrand besser schmeckt als gewöhnliche Salami. Über alles können wir reden, quatschen und diskutieren bis zum Jüngsten Gericht. Aber nicht über mich und dich. Ich werde mit dir niemals auch nur ein einziges Wort über meine Person wechseln. Entweder man hat Nachsicht mit den Unzulänglichkeiten des anderen, oder man sollte schleunigst das Weite suchen. So ritualisiertes Befindlichkeitsgelaber bringt mich um. Man weiß doch eh alles!« Dabei sah sie mich vieldeutig an, direkt in die Augen, bis ich beschämt meinen Blick senkte.

Doch jetzt machte uns unsere idealisierte Stummheit mundtot, und ich fand keine Worte, keine Schneise, um zu Hanna vorzudringen. Wir lebten einfach weiter, etwas wuchs weiter und Hanna verabredete einen Termin.

Ich konnte mich nicht abfinden mit Hannas Entscheidung und unternahm einen letzten Versuch, dessen Perfidie mir vollauf bewusst war. Wir lagen nah beieinander im Bett, und ich wartete genau den Moment ab, da sich Hannas Atem zu beruhigen begann, und flüsterte: »Ich fände Bente einen schönen Namen.« Sie rührte sich nicht. Ich sprach vorsichtig weiter. »Bente können Mädchen und Jungen heißen. In Dänemark ist es ein Männername, bei uns eher ein Frauenname.« Hanna atmete ruhig weiter. Ich küsste ihren Hinterkopf. Hatte sie mich nicht gehört? »Hanna?« Ich war mir sicher, dass sie nicht schlief, lauschte und starrte in die nächtlichen Umrisse des Zimmers. Alles hätte in diesem Augenblick geschehen können. Hanna hätte sich zu mir drehen und flüstern können: »Gut, wir bekommen das Kind.« Oder sie hätte aufspringen können, um wutentbrannt für immer davonzurennen. Wir lagen da wie begraben, als wäre die Dunkelheit selbst durch einen fürchterlichen Erdstoß eingestürzt und über uns zusammengebrochen. Bis heute weiß ich nicht, ob Hanna mich damals gehört hat.

Als es so weit war – Hanna hatte sich geweigert, mich mitzunehmen, und war eine Woche lang bei ihren Eltern –, saß ich in Bielefeld an einer Bushaltestelle, rauchte und sah auf die Uhr. Jetzt bringen sie es um, dachte ich, als der Zeiger auf die Vier ruckte, jetzt wird es ermordet. Genau jetzt. Von allen Toden, die mir bis zu diesem Tag begegnet waren, war dieser der abstrakteste. Wie leicht das war, wie unsichtbar, wie perfide hinter medizinischer Sachlichkeit versteckt. Ich saß da und konnte es mir genau vorstellen, aber nichts dabei empfinden. Ich fand kein Gegenüber, kein Bild. Eine winzige Ansammlung zellenartiger Dunkelheit, die im Finsteren pulsierte, wurde gelöscht. Ich versuchte, meine Gedanken zu bündeln, ihnen eine Richtung zu geben, doch sie blieben extrem bitter und konfus. Auch machte ich mir schreckliche Sorgen um Hanna. Sie, die sich ähnlich wie ich ununterbrochen mit Gestorbenen umgab und toten Dichterinnen huldigte, was würde dieser Tod in ihr für sie, für uns bedeuten? Und war das denn überhaupt die Wahrheit, fragte ich mich, dass ich dieses Kind wollte? War mein Wunsch vielleicht einer, den ich allein dadurch mit Festigkeit hegen konnte, da ich auf Hannas Halsstarrigkeit vertraute? War das alles nur Gewäsch gewesen meinerseits, eine Rolle, die ich pathetisch angenommen hatte? Was wäre gewesen, wenn sie das Kind gewollt hätte? Wäre dann ich derjenige gewesen, der Panik bekommen hätte? Nein, nein, nein, insistierte ich, nein und nochmals nein, ich hätte es gewagt, ich hätte genau das gebraucht. Oder doch nicht? War ich erleichtert oder erschüttert?

Der Bus hielt und der Busfahrer öffnete die Tür und sah mich an. Ich schüttelte den Kopf. Was machte ich nur hier in diesem trostlosen halben Bushäuschen? Müsste ich nicht genau jetzt den Krankenhausgang hinunterrennen und mich in den Eingriff werfen? Sie retten, mich retten, unser Kind retten? Sekundenweise sank ich tief hinab in erschütternd reale Vorstellungen voller Blut und Qual, sah metallische Instrumente und Hannas gespreizte Beine, dann wieder schlossen sich diese Vorstellungsräume und wurden versiegelt von schaler Sachlichkeit. Zwei Stunden und zig Busse später stand ich auf und ging nach Hause. Hannas Mutter hatte mir schon auf den Anrufbeantworter gesprochen. »Alles ist gut gegangen. Hanna ist noch sehr müde, aber sie liegt mir hier gegenüber und liest schon wieder. Ich soll dir ausrichten, dass sie sich freuen würde, wenn du noch anrufst.« Ich war erleichtert und doch auch gekränkt. Warum hatte sie mich nicht selbst angerufen? Warum hatte ich jetzt ihre Mutter auf dem Anrufbeantworter? Warum tat sie andauernd Dinge, die ich nicht begriff?

Ich rief nicht zurück. Diese an der Bushaltestelle verbrachten Stunden, dachte ich später am Abend, waren die Fusion von Trivialität und Grauen. Ungreifbar waren die Toten, ungreifbar die Lebenden.

Noch am selben Abend fuhr ich mit dem Zug zu Franka nach Dortmund, schlich mich auf die Beleuchtungsloge und sah ihr aus der Vogelperspektive beim Tanzen zu. Sie freute sich sehr über den Überraschungsbesuch. Wir küssten uns gierig und gingen tanzen.

26.

Es kam mir so vor, als wäre ich von einem Tag auf den anderen kurzsichtig geworden. Dass dies nicht der Fall sein konnte, war mir klar, aber die Verschwommenheit der Welt kam nicht wie ein schleichender Prozess über mich, sondern rückte mit einem Schlag, mit einem einzelnen, aus dem Nichts kommenden, die Netzhaut ablösenden Hieb während einer Probe in mein Bewusstsein. Ich war in den letzten Monaten so sehr mit anderen Dingen beschäftigt gewesen, dass ich nicht auch noch auf meine Sehschärfe hatte achten können. Ich hatte Vorstellung und kein einziges Detail um mich herum war mehr klar erkennbar. So, als hätte ich ölige Augentropfen bekommen, verwischten die Dinge und waberten aus ihren Umrissen heraus. Die mit einem floralen Blumenmuster beklebten Dekorationswände waren zu Farbflächen verschwommen und die Gesichter der Kollegen allesamt milchig und zu Phantombildern ihrer selbst verwaschen. Dieser Effekt allerdings war eine herrliche Entlastung, und ich fragte mich augenblicklich, ob vielleicht meine neu erwachte Lust an den Proben mit dem Diffuserwerden der ungeliebten Ensemblemitglieder zu tun haben könnte.

Gleich am nächsten Morgen suchte ich einen Optiker auf, um einen Sehtest zu machen. Ich wurde von einer streng frisierten Optikerin mit extravaganter Brille, deren Bügel goldene Blitze bildeten, die in ihre Ohren einschlugen, blütenweißem Kittel und bizarren, sicherlich angeklebten, gleichfalls goldenen Fingernägelkrallen in ein abgedunkeltes Hinterzimmer gebeten. Mir schossen sogleich allerlei obszöne Bilder durch den Kopf, sprudelten und gluckerten als Fantasiewogen durch die Gehirnlappen und fluteten den Hypothalamus. Sie bat mich in den Untersuchungssessel und drehte mir die Kinnhalterung in eine angenehme Höhe. Ein erstes Dia mit großen, dann kleiner werdenden Buchstaben und Zahlenreihen wurde eingeblendet. Auch wenn ich die ersten beiden Reihen einigermaßen erkennen konnte, sah ich doch bereits, dass es Zeile für Zeile rasant undeutlicher wurde. Die letzten drei Reihen waren nichts weiter als kryptische Kleckse, und ob unter diesen noch eine weitere war, konnte ich nicht mit Sicherheit sagen. Die fliegendreckgroßen Pünktchen schienen sich zu bewegen, wurden aber immer wieder vom Licht der Projektion verschluckt. Die Optikerin fragte mich die erste Reihe ab. Ich gab ein Das-ist-doch-wohl-ein-Witz-Lachen von mir und ratterte die Zeile runter.

Plötzlich ergriff mich ein seltsamer Ehrgeiz, das Ergebnis zu verfälschen. Ich wollte kein sehbehinderter Maulwurf sein, sondern als Adlerauge punkten. Die nächste Reihe schien noch kein Problem zu sein. »A M 6 N K 4.« »Danke, sehr gut. Nächste Zeile.« »B D M 9 1 Q.« »Aha, bitte noch mal.« »B D M, also die Neun könnte auch 'ne Acht sein.« »Die Neun ist eine Sieben«, sagte sie ohne irgendwelche deutbaren Emotionen. »Nächste Zeile bitte.« »Ich sitze so komisch. Irgendwas stimmt da nicht.« Ich stand auf, streckte mich und lief mit hinter dem Kopf verschränkten Armen auf und ab, atmete schwer. »Alles in Ordnung?« »Tut mir leid. Ich hab Muskelkater. Zu viel Hanteltraining. Geht gleich wieder.« Ich lockerte mich, hüpfte windmühlenflügelarmkreisend in Richtung der Projektion und versuchte mir so viele Zahlen wie möglich einzuprägen. Wie eine Telefonnummer, die man wiederholt und durch die Straßen zum nächsten Apparat transportiert, brachte ich die Zeichenreihen zurück in meinen Brillenstuhl. Noch eh ich ganz saß, ratterte ich das memorierte Zahlen- und Buchstabenband heraus. »Sehr gut. Das ging ja jetzt flott. Dann mache ich jetzt noch ein paar Tests.« Sie stand näher bei mir und ich roch, dass sie Raucherin war, sich sicherlich in den Pausen Zigaretten mit ihren Nägeln aus einer Schachtel herauszwicken würde. Diese gebogenen Goldkrallen hatten es mir angetan. Da war sicherlich einiges möglich, was ich ganz und gar nicht kannte.

Abwechselnd wurden mir verschieden stark geschliffene Gläser vor die Augen geschoben. »Ist es so besser oder so?« »So.« »War es eben besser oder ist es jetzt besser?« »Eben.« »Ist es so gut oder so?« Ich schloss die Augen und gab mich der Schönheit des Dialoges hin. »Ist es so schärfer oder so?« »So.« »Und was ist jetzt schärfer?« »Kommen mir alle beide gleich scharf vor.« »Und jetzt? Wird es noch schärfer?« »Und ob.« »Oder war es vorher schärfer?« »Bisschen.« »So müsste es jetzt richtig scharf sein.« »Absolut. So scharf war es noch nie.« »Gut. Dann lesen Sie bitte jetzt noch mal die Reihe.« Ich hing mit geschlossenen Augen in der nachtsichtgerätartigen Apparatur und betete irgendwelche Buchstaben herunter: »S M 6 9 K O.«

»Wie bitte?« Ich schreckte hoch und sah durch die Gläser. Ein gemeiner Schmerz zuckte mir durch die Sehnerven direkt in den Magen. Mir wurde schlagartig übel. Die Perspektive des einen Glases war vielfach zersplittert. Wie in einem Kaleidoskop war die Zahl Sieben zigfach zu sehen und flog kreuz und quer durch das Sichtfeld. Das andere hingegen sah nur noch weißen Schnee, als wäre ich offenen Auges in einer Lawine begraben. »Was sehen Sie?« »Nix.« Erschrocken zog ich den Kopf von der Kinnstütze weg und rieb mir die Augen. Sie trug etwas auf einem Bogen ein, und es hörte sich an, als würde sie die Feststellung meiner Blindheit mit ihren Fingernägeln in das Papier kratzen. »Mit Ihren Augen stimmt was nicht. Sie müssen zum Augenarzt. Fortgeschrittene Formen von Hornhautverkrümmung oder gar Netzhautablösung können wir hier nicht diagnostizieren. Wie Sie allerdings ohne Brille zurechtkommen, ist mir ein Rätsel.« Mir fiel nichts Besseres ein, als »Mir auch« zu sagen. Tastend erhob ich mich vom Stuhl und verließ als schwer sehbehinderter Mann das Brillengeschäft. Nur drei Straßen weiter machte ich eine Viertelstunde später den nächsten Sehtest. Es kam zu keinerlei die Untersuchungsergebnisse verfälschenden Einflüssen, der Optiker stellte eine beidseitige Kurzsichtigkeit von 2,25 Dioptrien fest. »Ihre Augen machen einen sehr müden Eindruck auf mich, sind gerötet und der Pupillenreflex ist verlangsamt. Schlafen Sie sich mal aus und dann kommen Sie wieder. Eine Brille werden Sie sicherlich brauchen, aber mehr als 1,5 scheint mir das nicht zu sein.«

Zwei Wochen später stand ich in meinem Badezimmer vor dem Spiegel und musterte mich ausdauernd. Es gab keinen Zweifel, die Zeit hatte auch mich im Visier. Das große schwarze Brillenmodell hing mir fremd und schwer im Gesicht. Zwei ovale Fenster, durch die hindurch meine Jugend in ein anderes Lebensalter sprang, und die Stirn wurde höher. Sehen konnte ich allerdings wieder alles. Jede Sommersprosse auf Hannas platter Nase, jede noch so mikroskopische Stimmungseintrübung in ihren Augen, ich sah die heruntergefallenen Rosinen auf dem Boden der Bäckerei und Frankas hässliche Mütze aus hundert Meter Entfernung über den Köpfen in der Fußgängerzone auf mich zuhüpfen. Ich sah wieder alles und jeden, aber einfacher wurde es dadurch nicht.

Viele Dinge, mit denen ich mich bisher nur beiläufig beschäftigt hatte, spielten plötzlich eine große Rolle und rückten geradezu übermächtig in den Fokus meiner bebrillten Aufmerksamkeit. Da sowohl Hanna als auch Franka intensiv und unverkennbar parfümiert waren, roch ich permanent an meiner Kleidung. Ich besorgte mir einen herben Herrenduft, der die Luft verdickte, um eventuelle Geruchsspuren zu überlagern. Hanna war angewidert. »Du stinkst ja wie ein Moschusochse in der Brunft.« Franka dagegen mochte den Duft und nannte ihn männlich. Genauso wie Siegfried in Drachenblut badete ich tagtäglich in Lagerfeld-Parfüm. Diese Duftnotenauslöschung hatte, wie mir klar wurde, einen durchaus symbolischen Charakter. Ich übertünchte alle möglichen Fragen an mich durch immer abenteuerlichere Geschichten. Je schillernder die Lügen waren, desto unverwundbarer machten sie mich. Doch daran, dass mir das Lindenblatt unbemerkt zwischen die Schulterblätter geschwebt war, zweifelte ich nicht.

Bei Ilse in der Bäckerei hatte ich einen der Spinde

mit Wechselwäsche bestückt. Am Morgen einer weiteren durchfeierten Nacht und nach Ende der Backschicht wusch ich mir den Zigaretten- und Tanzschweißgestank, den säuerlichen Teiggeruch im blau gekachelten Bad der Backstube herunter. So lange, bis der Boiler alle war, stand ich unter dem kümmerlichen Wasserstrahl, dessen laue Wärme mir die Augen zudrückte, mich wie ein Narkoseregen wegzuspülen drohte. Ich warf meine stinkende Wäsche in eine Plastikwanne. Frisch geduscht und angezogen bekam ich einen starken Kaffee von Ilse und machte mich auf zum Zug nach Bielefeld.

In größte Aufregung geriet ich, wenn Hanna übers Wochenende ins Frankaland zu Besuch kam. Dann schoben sich meine Leben wie eng beschriebene Klarsichtfolien übereinander. Überall und immer war ich mir sicher, Franka zu begegnen, der ich gesagt hatte, dass ich entweder in Bielefeld sei oder irgendwelche Gastspiele hätte. Ich lag bei herrlichem Frühlingswetter in der von mir wie von einem psychopathischen Meisterkiller von Frankaspuren gereinigten Wohnung und weigerte mich, an die Luft zu gehen. »Das kann nicht dein Ernst sein«, bearbeitete mich Hanna, »dass du unser ganzes Wochenende wie ein Grottenolm hier drinnen hocken willst.« »Ich fühl mich nicht gut. Bin neben der Spur.« »Ach, Unsinn. Du siehst blendend aus.« »Ich muss über meine Rolle nachdenken.« »Du kannst auch draußen über deine

Rolle nachdenken!« »Ich hasse diese Stadt. Dortmund und Depression sind Synonyme.« »Rede nicht so ein Blech. Mensch, der Flieder blüht.« Sie versuchte es freundlich: »Bitte, bitte komm!«, versuchte es ironisch: »Ich trag dich auch, wenn du nicht mehr kannst!«, versuchte es zornig: »Komm jetzt, oder ich nehm den nächsten Zug zurück nach Bielefeld.« Doch ich traute mich nicht, da ich mir sicher war, Franka würde genau jetzt den Park ansteuern, den auch wir anvisieren würden. Allein schon der Aufwand, den es kostete, mit Hanna großräumig Ilses Bäckerei zu umgehen, lähmte mich. Warum ich die Vorstellung unerträglich fand, dass sie sich begegneten, war mir nicht ganz klar. Aber es waren eben meine Welten und ich wollte sie nicht teilen. Wenn ich dann doch mit Hanna durch Dortmund lief, kam ich mir vor wie eine verängstigte Taube, auf die jede Sekunde ein Turmfalke niederschießen wird. Ich versuchte ausgelassen zu schlendern, und gleichzeitig blickte ich, Ausschau nach Franka haltend, weit die Straßen hinunter. Wachmann und Flaneur, immer auf der Hut. Was ich alles mit meinem Telefon veranstaltete, war eine Wissenschaft für sich. Steckkontakt rein, Steckkontakt raus. Wenn ich Vorstellung hatte, waren die Unabwägbarkeiten kaum noch zu kontrollieren. Knutscherei mit Franka in der Garderobe, dann simulierter Asthmaanfall. »Ich hab mein Spray zu Hause, bin gleich wieder da.« Wie von Hornissen gejagt zum Bühneneingang, um Hanna in die Arme zu fallen und schleunigst das Weite zu suchen. Jeder noch so kleine Moment musste in logistische Watte verpackt werden. Observation und Erleben mussten wie im Ausguck eines Dreimasters permanent synchronisiert werden. Es war selbst verschuldet, gewollt und unfassbar anstrengend. Für Selbstmitleid allerdings blieben noch jede Menge Restkapazitäten. Das ständige Wechseln der Bettwäsche, das Haarewegzupfen, das Knutschfleckenverstecken, die Rückenkratzerkontrolle im Spiegel, das Träumeausdenken als Erklärung für nächtliches Zähneknirschen, das Von-der-Bildfläche-Verschwinden, das Versäumen ganzer Satzstrecken, und am mühsamsten: die Überkonzentration darauf, die Ereignisse richtig zuzuordnen und nicht plötzlich am falschen Ort in falschen Erinnerungen zu schwelgen. Es war die Hölle – und dennoch! Und dennoch und dennoch, ich mochte es.

27.

Im Grunde wusste ich nichts über Franka, genauso wie sie nichts über mich wusste. Tageweise verschwand sie und war nicht erreichbar. Über nichts und niemanden wollte sie sprechen, und ihre ewige Antwort blieb: Ist doch egal. »Wo wohnen denn deine Eltern?« »Ist doch egal.« »War deine Mutter auch Tänzerin?« »Ist doch egal.« »Wolltest du jemals etwas anderes werden?« »Egal.«

Ihre Wohnung habe ich nie zu Gesicht bekommen. Doch ein einziges Mal gab es einen Riss, und etwas vollkommen Unerwartetes trat zutage. Wir machten einen Spaziergang an der Emscher entlang. Unter allen Flüssen, an denen ich je entlanggewandert bin, ist dieser sicher der trostloseste. Ein Fluss ohne Bewegung, der es längst aufgegeben hat, sich für eine Fließrichtung zu entscheiden, ein totes Gewässer, ein knietiefer, begradigter Abwasserkanal, den die Dortmunder als Amazonas preisen. Wir waren beide matt von der letzten Nacht und ich haderte mal wieder aus dem Augenwinkel mit Frankas geschmacklichen

Verirrungen. Sie trug Mützen, die so hässlich waren, dass sich selbst die Emscher schämte. Heute: pinker Vliesstoff mit mehreren mit Bänzeln verzierten Zipfeln. Dazu ein weißer Anorak mit Hunderten von Druckknöpfen und Zierreißverschlüssen. Ich war inzwischen so verkorkst, dass ich mich bei ihrem Anblick nicht nur für mich, sondern auch für Hanna genierte. Ich hatte Hannas alles und jeden schonungslos analysierenden Blick verinnerlicht. Würden wir einer Frau mit so einer Mütze in so einem Anorak begegnen, würde sie todsicher einen bissigen Kommentar abfeuern. Franka und ich liefen an der Emscher entlang, die kaum je eine Kurve machte. Ich sprach ausgiebig über Kafkas Brief an den Vater und tat dabei so, als wären es meine eigenen Gedanken, obwohl ich zum Teil identische Satzelemente von Hanna benutzte, die mir das Thema nur einen Tag vorher in einem enthusiastischen Dreistundenvortrag um die Ohren gehauen hatte. Eigentlich mochte ich es, dass Franka und ich nicht das Bedürfnis hatten, Wurzeln in die Vergangenheit zu schlagen oder Fühler in die Zukunft zu strecken. Aber auf diesem Spaziergang war die Umgebung zu trostlos, der Gestank des Emscherwassers zu widerlich, als dass man den Moment hätte feiern können. »Erzähl doch mal was von dir«, forderte ich sie auf. »Gibt nichts zu erzählen.« »Klar. Es gibt immer was zu erzählen. Sag einfach mal was, das ich nie und nimmer für möglich halten würde.«

Sie sah mich genervt an. Die Mütze war eng, doch unter dem Rand wucherten ihre fantastisch dunklen Haare hervor und schnörkelten in dicken Spiralen über die weißen Anorakschultern. »Okay, ich verrate dir etwas über mich. Aber nur unter einer Bedingung.« »Die wäre?« »Dass wir nicht drüber reden und du mir keine weiteren Fragen stellst.« »Abgemacht.« Wir liefen noch ein paar Schritte, dann blieb Franka stehen, sah von mir weg und sagte: »Ich bin verheiratet.«

Dieser Satz warf mein Gehirn in eine Pfanne mit heißem Öl, es brutzelte los, spritzte nach allen Seiten. Ich stolperte und fiel fast die kümmerliche Böschung hinab Richtung Emscher. »Du bist was?« Franka legte sich den Zeigefinger auf den Mund und sagte für den Rest des Ausflugs kein Wort mehr.

Zwischen mir und Hanna wurde es von Tag zu Tag, von Telefonat zu Telefonat komplizierter. Oft lag ich mit dem Telefonhörer am Ohr in Dortmund und Hanna in Bielefeld auf dem Fußboden und wir schwiegen beide, hörten uns beim sprachlosen Atmen zu. Nie wollte sie auflegen. Wir hingen an der Telefonleitung wie am Tropf, und die Minuten verstrichen ohne ein Wort. »Bitte leg noch nicht auf.« »Hanna, ich …« »Bitte, bitte nicht. Noch ganz kurz.« Ich nahm mir ein Buch und blätterte die Seiten so behutsam um, als würde ich in einem Schützengraben liegen und mich beim leisesten Geräusch Hunderte Schüsse durchsieben. »Was raschelt denn da?« »Wie, was meinst du?« »Ich hab dich doch gerade rascheln gehört?« »Ich hab nichts gehört.« »Was machst du?« »Nichts, Hanna, nichts. Ich liege hier und mache absolut nichts.« »Du liest was! Stimmt's? Während wir telefonieren, liest du was.« »Nein, vielleicht hat irgendwas in der Leitung geknackt.« »Ich bin doch nicht bescheuert. Ich hab es doch genau gehört. Während ich hier liege und nicht mehr weiterweiß, blätterst du da gemütlich in irgendeinem Buch rum.« »Hanna, ich leg jetzt auf.« »Bitte, bitte nicht. Alles gut. Alles gut. Noch ganz kurz. Ich höre dich so gerne atmen.« »Gut, noch ganz kurz.« »Kannst du nicht jetzt noch zu mir kommen?« »Ich hab doch morgen Probe.« »Früher bist du immer einfach zu mir gekommen und dann mit dem ersten Zug wieder los. Für ein paar Stunden beieinanderliegen. Bitte komm.« »Ich kann nicht. Ich hab ganz früh schon Anprobe.« »Du hattest gestern auch schon Anprobe.« »Ich muss jetzt auflegen und noch Text lernen.« »Bitte, bitte noch ganz kurz. Erzähl mir noch eine Geschichte.« »Ich kann nicht.« »Warum nicht?« »Ich kann einfach nicht. Gute Nacht.« Nach einer langen Pause: »Gute Nacht.« »Leg du zuerst auf. Okay.« »Nein, du.« »Du.« »Du.« »Warte, bitte, bitte.« So konnte das ewig gehen.

Und doch waren Hanna und ich trotz allem oft glücklich. Einmal hatte sie zu mir gesagt: »Nie hätte ich das für möglich gehalten, aber wir beide gehören wohl tatsächlich zusammen.« Doch in mir hatte sich etwas verhärtet. Früher waren die Worte blitzschnell zwischen uns hin- und hergeflogen. Oft hatten sich unsere Gespräche überschlagen und wir drohten in unserem gemeinsamen Redefluss, ja Redestrom zu ertrinken. Jetzt wägte ich ununterbrochen alles ab und landete in einer kaum zu ertragenden Wortkargheit. Es hatte schon immer viel Stille zwischen uns gegeben, aber trotz aller Schwierigkeiten eine Stille der Nähe, eine warme Stille. Hanna warf mir nun immer abstrusere Dinge vor. Wir hatten uns in der weihnachtlich überfüllten Bielefelder Fußgängerzone verloren. Über eine halbe Stunde suchte ich nach ihr. Da tippte mir jemand energisch auf die Schulter. Sie fauchte mich an: »Seit zehn Minuten gehe ich hinter dir her, direkt hinter dir, und du merkst es nicht! Wie kannst du behaupten, mich zu mögen, wenn du nicht mal mehr merkst, dass ich direkt hinter dir bin.« Ich schwieg.

Ende des Winters, es war die Zeit, in der unser Kind auf die Welt gekommen wäre, bekam Hanna den ersehnten Platz für ihr Fulbright-Stipendium in Cambridge. Sie war außer sich vor Freude, einer Freude mit immenser Sprengkraft, in deren Druckwelle alle Bedenken und Bedrückungen aus der Sicht geschleudert wurden.

Sechs Monate lang sahen Hanna und ich uns nur ein einziges Mal. Ich besuchte sie für drei Tage, in denen sie knapp fünf Minuten Zeit für mich hatte. Ich lief zwischen den Studenten herum, die mich verunsicherten, sah an einem Bächlein einem Eisvogel zu und reiste zurück. Hanna geriet in England in zunehmend besorgniserregende Zustände, während ich in Dortmund seltsam emotionslos in Frankaumschlingungen vor mich hin stöhnte. Hanna hatte sich viel zu viele Kurse zugemutet, litt unter ihren sprachlichen Defiziten und verfluchte sich permanent für ihre, wie sie es nannte, zum Himmel schreiende Dummheit. Jeden Tag verkündete sie mir am Telefon, alles hinschmeißen zu wollen. Sie weinte: »Das ist die Strafe dafür, dass ich unser Kind nicht bekommen habe.« Mir fehlte die Kraft, aber auch die Überzeugung, die permanenten Selbstanklagen und Selbstbezichtigungen aus Hunderten Kilometern Entfernung zu entkräften. Ich kannte Hanna inzwischen gut und wusste nur zu genau, dass sie es nicht anders wollte. Sie war süchtig nach diesem fiebrigen Zustand zwischen Verzweiflung und Produktivität, zwischen tausend Tassen Tee und vier Stunden Tiefschlaf bis zum nächsten Weckeralarm. Sie hatte das selbst schon mehrmals mir gegenüber beschrieben und den unvergesslichen Satz gesagt: »Ohne Panik kein Paradies.« Es war ein selbstzerstörerischer, die Gehirnzellen in helle Aufregung versetzender Ausnahmezustand, den Hanna brauchte, um an die Brillanz heranzukommen, die sie von sich erwartete, die zu unterschreiten das noch größere, vielleicht sogar das größte Unglück bedeutet hätte. Hadern war ihr Schlüssel zum Glück, und sie bestand darauf, dass ihre Selbstzweifel ein Schutzschild gegen die in ihr gierig lauernde Banalität wären.

Als Hanna aus England zurückkehrte, hatte ich eine gebrochene Frau erwartet. Aber sie war putzmunter, wohlgenährt und voller Erlebnisse. Das kränkte mich, denn ich hatte sie ja ernst genommen und fühlte mich um meine Sorge um sie betrogen.

Und dennoch. Mit niemandem sprach und stritt ich mich so gerne wie mit ihr. Wenn Hannas Gedanken flogen, Ballast abwarfen und höher und höher stiegen, sie sich aus allen möglichen Themenfeldern bediente, wild herumassoziierte, verfiel ich ihr jedes Mal aufs Neue. Doch jetzt fehlte ihr oft die Kraft, diese zehrende Betriebstemperatur zu erlangen. Mit tief liegenden Augen, schmal und ausgezehrt wie Eltern von Fünflingen hockten wir voreinander und sehnten uns nach einer Zeit zurück, da wir noch kaum etwas über uns gewusst hatten.

Franka ohne Hanna war kaum auszuhalten gewesen. Andauernd war ich ohne Grund nach Bielefeld gefahren, hatte in meiner leeren Wohnung herumgelegen und laut »Hanna, würdest du jetzt bitte zur Tür reinkommen« gesagt. Die Hanna-Franka-Balance, dieses schäbige Gleichgewicht, war aus dem Lot und ich stand schräg und unangenehm in der Gegend herum. Immer wieder griff die Vorstellung des weg- und ausradierten Kindes nach mir. Ich hätte es so gerne kennengelernt. Es hätte mich auf ewig, ob im Guten oder Schlechten, mit Hanna verbunden. Noch heute denke ich oft an dieses Kind. Es gibt einen Trotz in mir, seine Unsichtbarkeit zu akzeptieren, und ich weiß genau, wie es aussehen würde mit seiner platten Nase, den riesigen Augen, den fisseligen Haaren und dem zu großen Mund. Und ganz sicher hätte es auch Hannas zauberhafte Getrieben- und Gereiztheit. Immer wieder aufs Neue und geradezu zwanghaft fixiere ich diese winzige Spanne Lebendigkeit und versuche sie in meinen Erinnerungen zu vertäuen. Mein Kind. Ich errechne mir sein Alter und staune maßlos, denke: »Heute wärst du zweiundzwanzig.«

28.

Genau in diese Zeit fiel ein Anruf, der mich mit einer traurigen Nachricht überraschte. Das Dortmunder Telefon klingelte, ich zuckte zusammen, da Franka bei mir war und ich vergessen hatte, den Telefonstecker halb aus der Buchse herauszuruckeln. Der von mir behauptete Wackelkontakt war schon längst zum Ritual geworden. Doch hin und wieder vergaß ich es und musste dann mit abgenommenem Hörer, an dem ich Hanna »Hallo« sagen hörte, so tun, als wäre die Leitung tot. So war ich mir auch diesmal sicher, dass sie es war, die mich anrief. Ich sprintete zum Hörer, hielt ihn ans Ohr, und eine vertraute, aber lange nicht gehörte und dadurch nicht zuzuordnende Stimme sagte: »Joachim.« »Wer ist denn da?« »Ole.« »Ole? Wie schön.« »Deine Mutter hat mir deine Telefonnummer gegeben.« »Ich freu mich so, dass du anrufst. Du studierst Medizin in Kiel, oder?« »Genau.« Da hörte ich bereits an seiner Tonlage, dass sich etwas ereignet hatte und ihm nicht zum Plaudern zumute war. »Ich muss dir leider was erzählen.« Es war bereits einige Jahre her, dass mir mein Vater am Telefon während meines Austauschjahres in Wyoming mitgeteilt hatte, dass mein Bruder verunglückt sei. Genau diese unverwechselbare Todesnachrichtenstille drang nun wieder durch den Hörer in mich ein. »Ist was passiert?«, fragte ich vorsichtig. »Ja.« Noch einmal verdichtete sich die Stille, als wäre das Telefonkabel zwischen meinem und seinem Ohr von totaler Dunkelheit erfüllt. Durch die Schwärze krochen die Worte heran. Franka sah mich fragend an und setzte sich. »Wencke ist letzte Nacht tödlich verunglückt. In Stuttgart.« Seine Sätze wurden kürzer, vereinzelten sich. »Bei Regen …mit dem Motorrad … kam einer entgegen … besoffen …war nicht ihr Fehler … sie war sofort tot.« Ich wollte etwas sagen, aber es gelang mir nicht. Ole nahm meine Fassungslosigkeit als Aufforderung, weitere Sätze zu sprechen. »Ich hab sie auch schon lange nicht mehr gesehen. Ihr Bruder hat mich angerufen. Ich fand es wichtig, dass du es weißt. Ihr wart euch ja mal sehr nah.« Ich schaffte ein »Das stimmt«. Und ein kaum hörbares »Danke dir so sehr, dass du mich angerufen hast«. »Auf bald. Ich melde mich dann noch mal, wenn ich weiß, wann die Beerdigung sein wird. Soll wohl in Schleswig sein.« »Was hat sie denn da in Stuttgart gemacht?« »Keine Ahnung. Sie ist ja Erzieherin geworden. Wahrscheinlich gearbeitet. Bis dann.« »Bis dann.«

Franka kam zu mir und umarmte mich, und ich

dachte an Wencke. An Wencke, die meine erste Freundin war. Nun auch tot. Wie konnte das nur sein? Franka und ich standen da, sie drückte mich fester an sich. »Was ist denn passiert?« In diesem Augenblick ereilte mich ein emotionaler Kälteschock. Es war mir, als würde meinen Organen schlagartig alle Wärme entzogen. Insbesondere in meinem Kopf klirrte etwas eisig und erstarrte. Blitzeis im gesamten Nervenkostüm. Ich hätte gerne geweint, mich von Franka trösten lassen, aber mein Wesen war bereits zu sehr durchdrungen von Kalkül, alles umzuwidmen und zu etwas anderem zu machen. Ich wollte diesen Verlust nicht mit ihr teilen. Meine gesamte Lebenssituation widerte mich an.

Ich nahm meine Jacke und verließ die Wohnung, ließ Franka ohne eine Erklärung stehen. Ich lief und lief und dachte an Wencke, geradezu gewalttätig versuchte ich sie mir zu vergegenwärtigen, die Bilder, die mir durch den Kopf jagten, anzuhalten und scharf zu stellen, Wenckes Gesicht aus dem ganzen Durcheinander herauszufiltern. Doch mein Denken war von Strukturen durchdrungen, die dies aggressiv zu verhindern suchten, die ständig alles entkräften, abwerten und bagatellisieren wollten. Erst als ich die Dortmunder Innenstadt hinter mir gelassen hatte, in schlimmstille Wohngebiete geraten war, wo unendlich einsame alte Menschen mit ihren zwanghaft schnüffelnden Hündchen durch die Lichtkegel der vereinzelten Laternen schlichen, kam allmählich die Trauer über mich und das Gehirn begann zu tauen. Immer wieder sagte ich Wenckes Namen und »Wie kann das nur sein? Wie kann das nur sein?«. Ich hetzte weiter in Richtung Stadtgrenze, mit großen Schritten und tiefen Atemzügen versuchte ich, Wencke näher zu mir zu bekommen, die Distanz zu ihr zu verringern.

Und dann war sie plötzlich da. Ihr noch kindliches Gesicht, der schlabbrige Pullover, dessen Ärmelenden weit über die Hände hingen, die absichtsvoll verstrubbelten Haare. Wencke und ich hatten uns auf Oles Geburtstagsfeier getroffen. Wencke war seine Nachbarin. Sie ging auf eine andere Schule, und ich war ihr schon mehrmals begegnet. Es war ein Kindergeburtstag mit Spielen, für die ich mich kaum noch interessierte. Ich war bereits auf Elba gewesen, ich hatte unter Nackten am Strand gelegen, hatte Napoleon kennengelernt und sogar schon meinen ersten Kuss geküsst. Eben nicht nur bekommen, sondern tatsächlich aktiv selbst gestaltet. Ich wollte an Wencke denken, und doch eilten die Bilder schon wieder weg von ihr, hinunter in unseren Partykeller.

Diesen ersten Kuss hatte ich dort einer der Freundinnen meines mittleren Bruders gegeben. Sie war die Tochter des stadtbekannten Feinkosthändlers und in meiner Erinnerung eine echte Schönheit mit trägem Charakter. Mein Vater hatte sie ›Die schönste Schlaftablette Schleswigs‹ getauft. Bis zu einer in langen Verhandlungen herausgeschundenen Uhrzeit durfte ich im Partykeller an der Geburtstagsfeier meines mittleren Bruders teilnehmen. Er wurde sechzehn. Die Zahl hatte er mit einem Freund groß an eine Wand gemalt. Ich durfte bis zwölf mit dabei sein und war begeistert von der Wucht, mit der die Musik den Raum beballerte. Es war die Anlage eines Freundes, die für die nötige Lautstärke sorgte. Dieser Freund hatte auch eine Lichtorgel installiert und die Neonröhren mit roter Folie abgeklebt. Auf dem Boden lagen Matratzen und auf einem Tapeziertisch standen jede Menge Schalen voller Chips und Erdnussflips und ein riesiger Metalltopf mit Gulaschsuppe aus der Psychiatrieküche. Ich tanzte gerne und ließ mich auch nicht von den belustigten Gesichtern der Freunde meines Bruders davon abhalten. Einer rief ihm zu: »Wow, dein kleiner Bruder ist ja ein Partyanimal.« Als ich das hörte, machte ich meine besten Moves und bekam ein paar anerkennende Juchzer. Überrascht war ich allerdings, als ich selbst beim Flaschendrehen nicht hinausgeschickt wurde. Zu ungefähr fünfzehnt saßen wir im Kreis, während der Rest aß, rauchte oder herumalberte. Bereits nach zwei harmlosen Runden wurden die ersten Kussaufgaben gestellt. Es wurde sehr cool getan, viel hysterisch gelacht und lautstark auf die Erfüllung der

Aufgaben bestanden. Alle, das war offensichtlich, taten nur so, als fänden sie es albern, Flaschendrehen zu spielen. Immer wieder ließen sich Einzelne nach hinten wegkippen und schrien auf, wenn der Flaschenhals auf sie zeigte. Eine Aufgabe lautete: Auf wen die Flasche zeigt, der muss mit Svenja neunzig Sekunden knutschen. Ich saß im Kreis und versuchte konstant mitzulachen, verfiel aber immer wieder in Phasen totaler Gebanntheit, wenn ein Paar, Mund auf Mund, die Aufgabe erfüllte. Mit der Stoppuhr in der Hand wurden die Knutschenden umlagert. Ein Mädchen hatte den Jungen sogar nach Ablauf der Zeit weitergeküsst, seinen Kopf mit der Hand an sich gedrückt. Da brüllten alle vor Glück und sprangen wie Rumpelstilzchen auf den Matratzen herum, so wild, dass die Glut von ihren Zigaretten fiel und hektisch ausgetreten werden musste. Als dann nach zig Runden der Flaschenhals auf mich deutete, gab es Applaus. Die Aufgabe lautete nun: dreißig Sekunden mit Zunge. Die Feinkosttochter lag da und machte ihrer legendären Lethargie alle Ehre. »Alter, da komm ich in den Knast. Ich knutsch hier doch nicht mit dem Zwerg rum.« Mein Bruder stand ihr bei. »Wir brauchen für ihn eine andere Aufgabe. Auf einem Bein ein Lied singen. So was.« »Warum denn, vielleicht will er ja.« Alle sahen mich an. Das rote Licht ließ die Gesichter heiß aussehen, als würden wir alle glühen. Dass sich Panik und Neugierde so ähnlich anfühlen konnten, war mir neu. Jemand hatte die Musik ausgedreht, alle blickten zu mir herüber, regungslos, und selbst die rotschweren Zigarettenqualmschwaden sahen plötzlich aus wie für die Ewigkeit unter die Decke des Partykellers gehängt. Schüchtern sah ich zu dem Mädchen hinüber, an deren Namen ich mich nicht erinnere. Sie trug sogenannte Biberunterwäsche. Es war damals Mode, die zu großen Sweatshirts verkehrt herum mit der flauschigen Seite nach außen zu tragen. Sie räkelte sich unwillig, grinste dabei und rief: »Okay, ich mach's.« Sie rieb sich den Bauch. »Aber ohne Zunge, das ist ja pervers.« Fünfzig Teenageraugen in zum Teil krass verpickelten Gesichtern glotzten mich an. »Na, was ist? Willst du?«, fragte jemand. Ich nickte. »Ich mach's. Aber nicht hier drin.« »Ja, wo denn dann bitte?« »Nebenan, wo die Wäsche hängt.« Es gab ein riesiges Gelächter. Wir standen auf, und mir wurde auf die Schulter geklopft. Jemand raunte mir zu: »Wenn du in 'ner halben Stunde nicht wieder da bist, rufen wir die Polizei.« Mein Bruder grinste mich an. »Bitte benimm dich!« »Aber wer stoppt denn die Zeit, wenn die dadrin verschwinden?« Die Feinkosttochter ließ sich von zwei anderen Mädchen von ihrem Lagerplatz hochwuchten und nahm meinem Bruder die Stoppuhr aus der Hand. »Na, das werden wir schon hinkriegen.« Sie fragte mich: »Hast du alles dabei, was du brauchst?« Ich nickte, ohne zu wissen, was sie damit gemeint haben könnte. Jemand brüllte schon etwas lallig: »Zunge nicht vergessen.« Bei diesem Satz pulsierte etwas heiß in das äußerste Ende meines Rückgrats hinein. So als würde mir jemand ein Feuerzeug unter die Spitze des Steißbeines halten und eine Lunte entzünden.

Wir verließen den Partykeller. Es wurde gepfiffen und gejohlt. Ich ging voraus und öffnete elegant die Tür, sie schlurfte hinein und schon waren wir allein. Dass direkt neben uns auf der Wäscheleine die Riesenunterhosen meines Vaters zusammen mit meinen Winzhöschen auf der Leine hingen, irritierte mich. Kaum war die Tür geschlossen, sagte sie zu mir: »Sehr schlau! Jetzt können wir denen erzählen, was wir wollen.« Einen Augenblick standen wir in der feuchten Kühle des Wäschekellers. Die Feinkosttochter sah mich gar nicht an und schien auf etwas zu warten. Sie hob die Stoppuhr und drückte den geriffelten Knopf. Feines hektisches Ticken erfüllte die Stille. »Gleich können wir wieder rübergehen.« Die Chance meines Lebens zirpte an mir vorbei. »Und mein Kuss?« Ihr »Was?« und ihr Lachen kamen zeitgleich, was sehr freundlich klang. Ich wusste nicht, was ich sagen sollte, wunderte mich über meine Forderung. Da machte sie einen Schritt auf mich zu, beugte sich hinunter und küsste mich. Die Berührung ihrer Lippen nahm mir den Atem, jede meiner Bronchien schien einzeln ein wenig gewürgt zu werden. Sie küsste mich nicht lange, aber auch nicht ganz kurz. Sie hatte ihre

Augen geschlossen. Die Stoppuhr war mit sich selbst bestens beschäftigt und surrte hektisch in Richtung Unendlichkeit. Da rutschte etwas in meinen Mund und glitschte gegen meine Zunge. Ich zuckte zurück. Ein Ruck, sie hielt mich, und abermals wischte und leckte ihre Zunge in mich hinein. Sie öffnete die Augen und sah fantastisch aus. Todmüde und hellwach zugleich, Feuer im Schlafzimmerblick. Was hatte sie vor? Sie drückte die Stoppuhr, die Zeit blieb stehen, dann legte sie die Hand auf die Klinke. Mein Herz nahm Anlauf, wollte den nächsten Herzschlag tun, blieb dann aber einfach stehen, bockte und scheute, schien sich umzudrehen und in die andere Richtung davonzugaloppieren. Wollte sie die Tür zuhalten? Noch heute spüre ich diesen abgedimmten Blick aus halb geöffneten Lidern auf mir ruhen. Da nickte sie mir zu, riss die Tür auf, und wir gingen zurück ins Rotlicht. Es gab ein großes Hallo und zig Kommentare. »Wer hätte das gedacht, dass ihr noch mal auftaucht.« »Wow, die längsten dreißig Sekunden ever.« Mit Blick auf mich: »Und jetzt ’n Bier, Alter?« Ich tanzte noch ein wenig, tanzte mich auch noch mal an sie heran, um sie herum und seltsamerweise war das alles vollkommen unkompliziert. Mein Bruder strich mir durch die Haare und sagte: »So, nun geh mal ins Bett.« Ich winkte in die Runde und stieg die Kellertreppe hinauf. Als ich etwas später unter der Bettdecke lag, einen Asterix las und den Beat noch leise in den Wänden hörte, war ich selig. Ich steckte mir zwei Finger in den Mund, schob sie hin und her, um das Erlebnis zu simulieren, aber die schmeckten nach Chips oder sogar nach Hund und waren für das Heraufbeschwören von Bildern nicht zu gebrauchen.

Da schoss mir wieder Wenckes Unfall in den Kopf. Warum nur konnte ich meine Gedanken so gar nicht mehr bündeln, nicht richten? Was machte Hanna gerade? Sollte ich zum Bahnhof und zu ihr fahren? Zurück zu Franka? Ilse wecken und ihr von dem Todesanruf erzählen? Aber wo war ich überhaupt? Umzäunte Wellblechhallen mit Parkplätzen links von mir, ein Autohaus rechts, wo die Jeeps sogar auf dem Dach standen und wirkten, als käme eine unheimliche Expedition über einen Hügel auf mich zu. Wieder und wieder sagte ich Wenckes Namen. Es war, als bräuchte ich die Bewegung meiner Beine, um die Gedanken voranzutreiben. Jeder Schritt war wie ein weiterer Anstoß, sich durch die Zeit zurück zu ihr zu bewegen.

Nach der Geburtstagsfeier hatten wir nebeneinander im Auto von Oles Eltern gesessen, die uns nach Hause brachten. Wencke war nur mitgekommen, um sich neben mich zu setzen, denn sie war ja seine Nachbarin. Unsere Finger berührten sich minimal auf der Rückbank, und endlich konnte der Strom fließen, den wir mit zig Blicken während des Kindergeburtstages in uns erzeugt hatten. Finger für Finger. Dabei guckten wir unbeteiligt nach vorn und im Bauch rumorten Cola und Torte. Finger für Finger verhakten wir uns, ein heimliches Händepaar im Autodunkel. Als ich am Psychiatrietor ausstieg und meine Hand aus der ihrigen löste, gab es schon eine Sekunde später keinen anderen Wunsch mehr, als das so bald wie möglich wieder zu tun. Wir nickten uns durch die Scheibe zu und genossen unser Geheimnis, zwischen den Geburtstagskindern etwas erlebt zu haben, was in eine ganz andere Richtung wies. Schon am nächsten Tag sahen wir uns wieder. Ich hatte Wencke gleich nach der Schule angerufen und es hatte nur ein einziges Mal geklingelt, da nahm sie schon ab. Wir trafen uns in der Einkaufsstraße und gingen dann Hand in Hand zum Wasser. Wir redeten kaum etwas, Belanglosigkeiten, aber darum ging es auch nicht. Es ging einzig und allein um diese beiden Hände, die sich hielten und durch die Kleinstadt schaukelten. Als ich sie losließ, um die Pommes zu bezahlen, steckte ich das Wechselgeld nicht zurück in das Portemonnaie, sondern stopfte es mir, um keine Zeit zu verlieren, einfach in meine Hosentasche. Meine Hand wollte wieder in ihre, meine Finger in die warmen Zwischenräume ihrer Finger. Wir lachten und aßen, da wir uns nicht mehr loslassen wollten, die heißen Pommes direkt aus dem Pappschälchen im Gehen. Eine ganze Woche verbrachten wir gemeinsam mit unseren verschlungenen Händen, dann küssten wir uns. So vorsichtig, als wären unsere Lippen geschliffen und könnten den anderen verletzen. Nur darum ging es. Tagelang, wochenlang, sich immer näherzukommen. Und dann der Wahnsinn, alleine bei ihr im Zimmer zu sein, sich hinzulegen, nah zueinander, und als Geräuschkulisse das Knacken irgendeiner Platte, die sich in der letzten Rille verhakte. Ich schob meine Fingerspitzen bis zu den Mittelknöcheln unter den Saum ihrer engen Jeans und unter den Fingerkuppen wölbte sich Wenckes Po. Von solchen Eroberungen zehrte ich tagelang. Doch es war nur der Anfang.

Ein erstes Wochenende, zwei mal zehn Stunden, und ich hatte ihren Rücken erobert, ein zweites Wochenende, zwei mal zehn Stunden, und endlich hatte sie meinen Jeansknopf auf. Wir waren so oft es ging bei Wencke zu Hause, da meine Brüder eine gnadenlose Plage waren und plötzlich laut an die Tür hämmerten und blöde Sachen riefen wie »Lebt ihr noch?« oder »Habt ihr noch schmutzige Wäsche?«. Außerdem waren ihr die Schreie der Patienten nicht ganz geheuer, die Tag und Nacht unser Haus umtosten. Wir küssten uns so ausgiebig, als wäre das eine autonome Daseinsform, unsere einzige und ausschließliche Bestimmung. Saugende Seegurken, dösende Eidechsen, Schlangen bei der Verdauung. Nichts hetzte uns. Eine immense Umwidmung des

Körpers setzten diese Dunkelstunden in Gang. Nach Tausenden Legos endlich Haut. Mein Rücken war mir immer vollkommen egal gewesen. Jetzt plötzlich wurde er von Wenckes Händen in lauter verschieden empfindsame Zonen geteilt. Dass mein Bauch jemals eine solch wichtige Basisstation sein könnte, von der Wenckes Finger in die unterschiedlichsten Richtungen aufbrachen, war eine echte Überraschung für mich. Jede Stelle unserer Körper rief nach einer anderen Stelle, und als ich nach Wochen mit der Kuppe meines Zeigefingers ein mutiges Stückchen unterhalb ihres Nabels an ein gekräuseltes Haar stieß, musste ich aufspringen, die Vorhänge aufreißen, das Fenster öffnen und so tief Luft holen, vier-, fünfmal, den Brustkorb sprengend einatmen, als hätte ich gerade im Ausguck eines Schiffes Amerika entdeckt. Ich hatte nicht mehr die geringste Lust, in die Schule oder zum Schwimmtraining zu gehen, ich wollte immer weiter forschen und mich erforschen lassen.

Und jetzt war Wencke tot? Genau dieser Körper nicht mehr lebendig? Auf einem Motorrad im Großraum Stuttgart von einem Auto überrollt und getötet worden? Ich setzte mich auf den Gehsteig, dann legte ich mich der Länge nach hin, sah in den grau nächtlich verriegelten Himmel.

Auf einem Spaziergang im Wald hatten wir den Weg verlassen und uns hinter einen umgestürzten Baum auf unsere Jacken gesetzt. Ich hatte Wenckes

Hals geküsst und sie dann, ihre Schenkel umfassend, zu mir und auf mich gezogen. Mit ihrem ganzen Gewicht saß sie auf mir und wir pressten die Oberkörper bis hinab zu den Reißverschlüssen unserer Jeans aneinander. Später, nach zwei Stunden schieben, rutschen und nachfassen, brachen wir uns mehrere tellergroße Baumpilze von der morsch daliegenden Baumleiche ab. Wir schleppten sie in Wenckes Zimmer und befestigten sie dilettantisch mit großen Nägeln an verschiedene Positionen an der Wand. Wir umarmten und küssten uns, lachten. Es sah großartig aus. Wir stellten mehrere Teelichte auf die braunflachen Oberseiten und löschten das Licht. Es roch pilzig nach feuchtem Wald und die Schatten tanzten an der Decke. Wir zogen uns aus, noch lange nicht ganz, und machten da weiter, wo wir im Laub aufgehört hatten.

Jetzt, irgendwo in Dortmund auf einem Gehweg liegend, musste ich plötzlich laut lachen, lachte todtraurig in die völlig desinteressierte Nacht hinein. Zwischen mir und Wencke waren die Zärtlichkeiten unaufhaltsam vorangeschritten. Und ohne es auszusprechen, warteten wir nur noch auf den einen entscheidenden Nachmittag, da uns bei ihr daheim niemand stören würde. Gute vier Stunden hatte es gedauert, bis wir endlich nackt nebeneinander unter der Bettdecke lagen. Jedes wechselseitig abgestreifte Kleidungsstück, die stetige Verringerung der bedeckten Flächen, das stetige Anwachsen der Hautpartien überwältigte mich. Reptilien waren nackt, Fische und Seehunde. Aber Primaten behaart. Die Armen. Wie gut, dachte ich, dass ich kein Affe bin. Das war die absolute Nähe. Als ich Wencke vollkommen entblößt im Arm hielt und ihr mit meiner Hand vom Kopf über den Nacken, den Rücken, den Po, die Schenkel bis zu den Kniekehlen strich und kein einziger BH-Riemen, kein Hosen- oder Unterhosenbund mehr das Hinabgleiten behinderte, fing ich zu zittern an. »Ist dir kalt?« »Nein, nein. Alles gut.« Da sackte erst etwas und dann alles in mir zusammen. Wencke lag hingestreckt im Baumpilzlicht und ich schämte mich. »Ich bin gleich wieder da.« Ich rannte ins Bad und dokterte unbeholfen an mir herum. Je mehr ich versuchte, für Stabilität zu sorgen, desto aussichtsloser wurde es. Ich rannte zurück in Wenckes Zimmer und zog mich hastig an. »Wo willst du denn hin?« »Ich muss einfach raus hier.« »Komm doch zu mir.« »Tut mir leid. Tschüss.« Ich fuhr mit dem Fahrrad nach Hause, trat im Stehen in die Pedale, warf mich auf mein Bett und dachte an Wencke. Ich sah sie genauso daliegen wie in dem Moment, als ich ihr Zimmer verlassen hatte. Augenblicklich pulsierte das Blut wieder los, verteilte sich prächtig, und eh ich mich versah, war ich bestens präpariert. Ich zog mich hastig an, rannte zurück zum Fahrrad, dessen Sattel noch warm war, durch mein Gewicht wurde die

Restwärme aus dem Schaumstoff gedrückt, ließ vorsorglich eine Hand im Schritt und fuhr, den Hosenstoff leicht rubbelnd und klopfend, einhändig quer durch die ganze Stadt zurück zu Wencke. Die Frage, wie transportfähig eine Erektion ist, wurde an diesem Abend noch auf eine harte Probe gestellt. Denn als ich an Wenckes Tür klingen wollte, hatte mich schon wieder die Weichheit übermannt. Eine zweite Schlappe wollte ich nicht riskieren. Ich fluchte vor mich hin und radelte abermals zurück nach Hause, knallte meine Kinderzimmertür zu und warf mich Kopf nach unten ins Kissen. Keine fünf Minuten dauerte es und ich wurde sturmflutartig von Wenckebildern weggerissen, sah ihre Brüste, den Bauch, die Schenkel, sah, wie entspannt sie dalag, und schon gab es wieder eindrucksvolle Pegelstände zu verzeichnen. Als wäre ich das Spielzeug eines Irren mit Fernsteuerung, sprang ich erneut auf und rannte zum warmen Fahrradsattel. Also wieder los. Ich fuhr langsamer, nahm die Kurven vorsichtig, schaukelte meine fragile Erregung durch die Stadt, streichelte sie und lieferte meinen Ständer wie ein Tablett mit zwanzig verschwenderisch gefüllten Gläsern Champagner direkt vor Wenckes Haustür ab. Als ich klingelte, war noch alles in fester, bester Ordnung. Ich hörte sie auf der Treppe. »Wer ist denn da?« »Ich bin es. Mach schnell auf.« Sie trug eine Trainingshose und einen grauen Wollpulli, der mit mehreren von ihr selbst gehäkelten Flicken repariert worden war. Ich sauste an ihr vorbei die Treppe hoch in ihr Zimmer. Sie kam mir nach, und als sie mich nackt auf dem Bett liegen sah, ahnte sie, dass ein wenig Eile nicht die schlechteste Idee wäre. Sie zog sich aus und setzte sich auf mich. Ich schlang meine Arme um sie, sog den Baumpilzgeruch ein und hoffte, dass mir eine innere Stimme den Weg weisen würde.

Doch Wenckes und mein Glück war nur von kurzer Dauer. Ihre Mutter wurde schwer krank und die geschockte Familie rückte so nah zusammen, dass ich sie nur noch selten treffen konnte. Ich brachte sie zum Krankenhaus und wartete draußen. Die zig Fenster hatten alle unterschiedliche Vorhänge, wodurch die Gebäudefront wie ein großer Adventskalender mit hundert erleuchteten Türchen aussah. Ich stand vor dem illuminierten Kasten und wartete. Als sie durch die Schiebetür ins Freie trat, waren ihre Augen verquollen, sie sagte kein Wort, und schweigend brachte ich sie nach Hause. Wir küssten uns nur noch selten und unsere Begierde löste sich rasch auf, wurde zersetzt von Sorge und Hilflosigkeit. Als ihre Mutter starb, hatten wir uns schon mehrere Wochen nicht mehr gesehen. Später traf ich sie hin und wieder zufällig, wenn ich Ole besuchte. Sie kaufte sich ein Mofa, dann eine sogenannte Achtziger, dann eine sogenannte Enduro. Dieses gefährlich aussehende Motorrad stand vor der Einfahrt, und Wencke winkte mir und Ole zu, in schwarzer Lederjacke mit schwarzem Helm.

Auf meiner Flucht vor dieser Todesnachricht hatte ich mich heillos verlaufen. Ich sah mich um. Einen unwirklicheren Ort konnte ich mir in diesem Augenblick kaum vorstellen. »Was ist das bloß alles für ein Wahnsinn?«, hörte ich mich mehrmals sagen. Ich rollte mich seitlich auf einem Dortmunder Bürgersteig zusammen, schloss die Augen, drückte sie mir übertrieben fest mit den Handballen zu und weinte um Wencke.

29.

Zum endgültigen Bruch mit Franka kam es in einer Woche, die mit einer Zahnarztoperation am Montagmorgen begann, in der Schmerz und Betäubung, Hilflosigkeit und Erlösung zu einem meine Gesamtsituation versinnbildlichenden Eingriff verschmolzen. Schon seit Wochen hatte der Zahn geschmerzt, dann hatte sich direkt unterhalb des Backenzahnes eine eitrige Tasche gebildet, aus der ich mehrmals am Tag den Eiter herausstrich. Als die Schmerzen nicht mehr auszuhalten waren, sagte ich meine Probe ab und suchte einen Zahnarzt auf, der dem Theater, wie es hieß, sehr verbunden war. Es wurde eine Röntgenaufnahme gemacht und –was für eine Überraschung! – eine eitrige Entzündung der Zahnwurzel festgestellt. »Wir können versuchen, den Zahn zu retten. Eigentlich müsste er raus, aber da Ihnen daneben auch schon einer fehlt, würde ich versuchen, ihn zu erhalten. Sie brauchen dahinten ja irgendeine Substanz, an der man später eine Brücke festmachen könnte.« Für mich klang das fürchterlich, nach Alter und Abgesängen. So weit war es also schon mit mir gekommen, dass ich bald mit Brücke und Brille und Halbglatze durch Dortmund tattern würde. »Ich schlage Ihnen eine Wurzelresektion vor. Ich mache einen kleinen Einschnitt von der Seite durchs Zahnfleisch, damit der Eiter abfließen kann, und dann durchtrenne ich die Nerven des Zahns direkt im Kiefer. Dadurch bleibt der Zahn äußerlich unbeschadet und kann noch ewig halten.« »Aber er ist dann tot, oder?« »Absolut. Aber dadurch, dass er tot ist, kann er auch nicht mehr wehtun. In diesem Falle lautet also unsere Devise: Nur ein toter Zahn ist ein guter Zahn.« »Ist das denn nicht seltsam, jahrelang einen toten Zahn mit sich rumzutragen?« »Wie man's nimmt. Ich gebe Ihnen jetzt eine ordentliche Betäubung und dann geht's los.« Als das Mittel wirkte, schien nicht nur der Zahnschmerz zu verschwinden, auch alle anderen Körperirritationen mochten das Medikament und entspannten sich. Ein großer, lange nicht mehr da gewesener Friede durchwehte mich. Der Grad meiner Getriebenheit wurde mir durch ihr Nachlassen überhaupt erst bewusst. Ich war zittrig und legte mich ohne jeglichen Widerstand in den Behandlungsstuhl. Die in zig Glaseckchen verschachtelte Lampe warf mit vielfarbigen Prismen nach mir. Die Latexhandschuhe des Arztes quietschten an meinen Zähnen vorbei, eine Helferin saugte den Speichel ab und cremte mir zärtlich die Lippen ein. Obwohl ich alles mitbekam, den Schnitt ins Fleisch, das Sägen in den Kiefer, das Herumgestochere unter dem Zahn, waren die Empfindungen weit von mir abgerückt. Seltsamerweise ähnelte dieses Gefühl demjenigen, das ich immer auf der Bühne hatte. Alles real und irreal gleichzeitig. Dann schien es ein Problem zu geben. Ich schmeckte Blut, und der Sauger schlürfte durstig im Zungengrund herum. Die Handschuhe des Arztes wurden röter und röter, doch er sprach mit sanft somnambuler Stimme. »So, gleich haben wir es. Muss jetzt nur noch genäht werden.« Weit wurde mir der Mund aufgerissen und mit einer langen krummen Nadel die Wunde verschlossen. Um mich turnten die Köpfe der Zahnarzthelferin und ihres Chefs herum. »So, geschafft. Sie haben jetzt doch einiges an Blut verloren. Bitte ruhen Sie sich gut aus. Wir schreiben Ihnen ein recht starkes Schmerzmittel auf, damit Sie schlafen können.« Als sie mich mit einer kleinen Fernbedienung im Zahnarztstuhl hochfuhren, wurde mir schwindelig. Ich spülte den Mund aus und wollte das Wasser ins Keramikrund spucken, doch durch die Betäubung sabberte ich mich voll, Blutwasser rann mir übers Kinn den Hals hinunter. Ich beugte mich vor. Schon sah der weiße Napf so aus, als hätte ich gerade einen Boxkampf absolviert und nicht gewonnen. Geronnenes Blut, frisches Blut, Fadenstückchen und irgendwelche Fetzen. Mir wurde flau, und ich legte mich zurück. »Geht gleich.« »Sie können sich noch einen Moment raussetzen, wenn Sie mögen. Wir müssen jetzt leider weitermachen.« »Klar, danke für die schnelle Hilfe.« Da im Wartezimmer kein Platz frei war und ich auch das unbestimmte Gefühl hatte, mich bei den Wartenden durch die Dauer meiner Behandlung unbeliebt gemacht zu haben, nahm ich meine Jacke und verließ die Praxis. Mir war nicht gut, ganz und gar nicht gut. Trotz meiner Brille zogen die vorbeidröhnenden Autos Kometenschweife aus farbigen Umrissen hinter sich her. Die ganze Welt ein Aquarell voller verlaufender Farben. Mit Mühe fand ich eine Apotheke und bekam das Medikament. Den Hinweisen des Verkäufers konnte ich nicht folgen. Ich bat um ein Glas Wasser und nahm zur Sicherheit zwei Tabletten ein. Auf der Straße verlor ich die Orientierung, nahm Kurs auf ein paar Bäume in der Hoffnung, irgendeine Sitzgelegenheit zu finden und mich ein wenig auszuruhen. Ich weiß noch, wie sehr ich mich freute, wie unverhältnismäßig glücklich ich war, eine in einem winzigen Park unter einem Baum einladend nur auf mich wartende Bank zu entdecken. Ich nahm mein Halstuch ab, faltete daraus ein lächerlich kleines Kissen und legte mich hin, bettete mich so weich ich konnte. Links hinten unten rumorte es im aufgesägten Kieferknochen. So war also mein Mund zum Sarg für einen toten Zahn geworden und ich zum Leichenträger eines durch Vernachlässigung Frühverstorbenen. Ich war so müde wie nie zuvor.

Oder war das Traurigkeit? Ich konnte es nicht mehr unterscheiden.

Als ich aufwachte, war es dunkel, das Halstuch unter meiner Wange blutig und feucht, meine Mundwinkel brannten und ich hatte keine Ahnung, wo ich mich befand. Herausgestanzt aus allen Zusammenhängen lag ich da, geborgen in angenehmer Amnesie. Ich erinnere mich an diesen Moment als einen der völligen Biografielosigkeit. Die Gedanken hatten keinerlei Richtung, ich konnte weder zurück noch nach vorne denken, weder nach links noch nach rechts. So eng hatten sich das Räumliche und Zeitliche nie zuvor an und um mich geschmiegt.

Da piksten die Enden der Wundfäden in die längst schon zur Besinnung gekommene Wangenhaut. Als würde mir eine große Kiste mit Legosteinen in den Kopf gekippt, wurde mit einem Schlag alles wieder laut und bunt und gewann an Struktur. Innerhalb von Sekunden bauten sich die Bausteine wie von Zauberhand zusammen, alles flog an seinen Platz, und ich wusste schlagartig wieder, wer ich war und was sich ereignet hatte. Ich sprang auf und rannte aus der Grünanlage heraus. Kaum noch ein Auto war unterwegs. Und da sah ich in den Himmel, an dem sich ein schüchternes Rosa durch die rissige Dunkelheit schob. Ich fasste mir an die Wange, die geschwollen und eiskalt war, und merkte erst, wie durchgefroren ich war. Ich versuchte in parkenden Autos die Uhrzeit abzulesen, doch ich fand kein einziges Zifferblatt in den Armaturen. War ich überhaupt in Richtung nach Hause unterwegs? Für einen Moment überfiel mich Panik, meine Vorstellung verpasst zu haben. Was war denn überhaupt für ein Tag? Wie lange hatte ich geschlafen? War es Abend oder Morgen?

Da sah ich einen Müllwagen und rannte los, spurtete in das gelb blinkende Licht hinein, das an den Häuserfassaden wie Theaterfeuer auf und ab flackerte. »Wie viel Uhr ist es bitte?« Der Müllmann hüpfte von seiner kleinen Plattform und zog mit geschicktem Griff vier Tonnen gleichzeitig zum Maul des Wagens. »Na, wird wohl gleich sechse sein.« »Morgens oder abends?« Er rief zum Fahrer nach vorne: »Sach mal, haben wir Morgen oder Abend?« Der drehte sich über seinen orangenen Ärmel zu uns um und rief: »Das kommt auf die Uhrzeit an!« »Bitte, bitte sagen Sie es mir doch einfach.« »Also, zum Zubettgehen ist es nie zu spät.« Er hakte die erste Tonne ein und drückte einen Knopf. Wie ein prähistorisches Tier mit riesigem Hunger hob es sich den Behälter an den Schlund und kippte sich den Müll rein. Bestialischer Gestank verschob mir den Magen. »Es ist Abend, oder?« Wieder rief er seinem Kollegen zu: »Der junge Herr hier hat mir gerade mitgeteilt, dass Abend ist.« Die Antwort kam prompt aus dem Führerhaus: »Na, dann aber nichts wie ab in die Falle. Ich muss morgen früh raus.« Ich versuchte die Farben des Himmels zu lesen. War das Abend- oder Morgendämmerung? Versuchte, das Tempo der Autos zu deuten. War das Abend- oder Morgenverkehr? Fragte mich, kommt die Müllabfuhr am Abend oder am Morgen? Und da wusste ich es. »Es ist morgens, stimmt's?« Ich war erlöst. »Wir haben Morgen.« »So ein Quatsch«, rief der eine in den kauenden Lärm hinein, »wir haben heute!« Da lachten sie beide und der andere rollte die leeren Tonnen zurück vor den Hauseingang. Er kam zum Müllwagen zurück. »Du siehst ganz schön mitgenommen aus, Freundchen. Hast du dich geprügelt? Deine Backe, die ist ja ordentlich dick und blau. Und du müffelst auch ziemlich. Durchgemacht, wa? Ich würd mal sagen, ab nach Hause.« Dass mir ein Müllmann inmitten der ekelhaftesten Abfallwolke erklärte, ich würde müffeln, gefiel mir. »Wo ist denn die Innenstadt?« Er gab mir einen Wink in die Richtung, die ich genau für die falsche gehalten hatte, hüpfte auf die schmale Plattform, schlug mit der Handfläche an den Metallbauch, und weiter ging es zur nächsten Futterstation.

Als ich endlich zu Hause ankam, wurde ich schon wieder müde. Ich rief im Theater an, sagte auch die nächste Probe ab und ging schnurstracks ins Bett. Entscheidungen standen an, daran konnte es keinen Zweifel geben. So ging es nicht weiter.

Zwei Tage später gestand ich Franka, dass ich seit über drei Jahren eine Freundin in Bielefeld hatte, die schwanger gewesen war. Sie stand auf und streckte sich, dehnte ihren Kopf zur einen, dann zur anderen Schulter. Wie zu sich selbst sagte sie »Ist doch egal« und ging duschen. Ich lag im Bett und sah im Flurspiegel ihren von den milchigen Plastikwänden der Duschkabine verschwommenen langen Körper. Franka wusch sich langsam die Beine. Die Arme. Ließ die Seife auf dem Bauch kreisen. Dann blieb sie stehen, den Kopf im Nacken, und ließ sich das heiße Wasser auf die Stirn regnen. Sehr lange stand sie so da. Plötzlich trat sie mit dem Fuß gegen die Plastikwand der Duschkabine. Schlug mit dem nackten Fuß nach hinten aus wie ein langbeiniges Pferd. Doch sie war mit der Wirkung ihres Trittes nicht zufrieden. Sie suchte mit den Händen einen besseren Halt, hielt sich an der Duschstange fest und trat wieder aus. Mit aller Kraft. Ihr Fuß durchschlug die Kabinentür und Plastiksplitter schossen durch die Küche. Immer und immer wieder trat Franka mit aller Kraft gegen die Wände der Dusche. Bis zu meinem Bett flogen Plastikteile. Im immer noch heißen Wasserstrahl wechselte sie sogar den ermüdeten Fuß und trat mit dem anderen weiter. Sie zerlegte meine Dusche komplett. Nackt, nass und stolz stieg sie aus der Duschwanne. Für die blutenden Schnitte an ihren Beinen schien sie sich nicht zu interessieren. Ohne sich abzutrocknen, zog sie sich an. Die Reißverschlüsse ihrer Stiefel sirrten bösartig nach oben. Sie warf sich die Stola um, und ohne mich noch eines einzigen Blickes zu würdigen, ging sie. Sie ließ die Haustür einfach offen, und ihre Absätze verhallten im Treppenhaus.

Als ich ihr am nächsten Tag im Theater auf dem Flur begegnete, würdigte sie mich keines Blickes, ging zwischen zwei anderen Tänzerinnen an mir vorbei, als wäre ich Harvey, der unsichtbare Hase. Niemals wieder sah mich Franka an. Das Musical Anatevka hatte sich zum Dauerbrenner entwickelt und Franka und ich hatten zig Rituale entwickelt, die uns durch die Vorstellung trugen. Da ein kurzer Kuss hinter dem Lehrerhäuschen, da ein langer Kuss im Dunkel der Hinterbühne. Ständig sahen wir uns an und tauschten stumme Kommentare über das Geschehen aus. Doch jetzt hatte Franka alle Verbindungen gekappt, und auch das gesamte Tanzensemble hatte mich zur Persona non grata erklärt. Ich wurde angetanzt, angerempelt, fand mich plötzlich eingekeilt zwischen den gestählten Körpern und zack, hatte mich wieder ein Ellenbogen getroffen. Dass mich Franka nicht mehr ansah, faszinierte mich, denn ich fühlte mich dadurch schwer gedemütigt. Es war so, als ob ich nicht nur für sie nicht mehr existierte, sondern tatsächlich unsichtbar geworden wäre. Auch die Stadt sah mich weniger an, ganz Dortmund schien mich zu ignorieren. Wie ein Vampir, der darüber erschrickt, dass ihm sein Ebenbild nicht aus dem Spiegel entgegenblickt, erschrak ich darüber, dass durch Frankas Missachtung ein Teil von mir gelöscht wurde. Und, daran konnte kein Zweifel bestehen, es beeindruckte mich sehr, sie machte das wirklich gut, selbstbewusst und überheblich. Sie warf ihre Haare, streckte sich, rammte ihre Stiefel lauter auf den Boden, ein Meter achtzig purer Stolz, und rauschte an mir vorbei. Ich wurde zornig vor Verlangen und stellte mich ihr in den Weg. »Franka, das ist doch lächerlich. Bitte, lass uns reden!« Tonlos und geschmeidig umkurvte sie mich. Von Tag zu Tag wurde Franka schöner, und mein Begehren nach ihr durchlief alle nur möglichen Ausprägungen. Von gnadenloser Härte meinerseits bis nervösem Hinterherhecheln war alles dabei. Mich trieb das zu abstrusen Aktionen. Ich sprang ihr in die Sicht, tippte ihr von hinten auf die Schulter, umtanzte sie wie ein Idiot in unseren Lieblingsdiskotheken, verfolgte sie in der Stadt und sprach sie mit verstellter Stimme an. Nichts funktionierte. Franka hatte mich von ihrer Netzhaut radiert, aus ihren Gedanken retuschiert und mich auf Nimmerwiedersehen in ihrem blinden Fleck verscharrt.

30.

Als ich den Carport sah, knallte mir die Hauptsicherung raus und ich flippte so explosiv und inbrünstig aus wie schon lange nicht mehr. Zorn war seit jeher einer meiner treuesten Begleiter, Zorn hatte mir in meiner Kindheit den Beinamen ›Die blonde Bombe‹ verschafft, Zorn war mein Magma, meine Ursuppe, mein Glutkern. Ich war nach dem Mittagessen mit Hanna in unseren Garten geschlendert, in dem ich jeden Strauch kannte, jeden Fleck, an dem die Narzissen die Wiese durchbrechen würden, jede Astgabel der Birken, als ich den aus geflochtenen Palisaden und dicken Balken gezimmerten Carport entdeckte. Eigentlich wurde jede Veränderung auf diesem Grundstück von meiner Mutter und mir mit großer Hingabe in ausufernden Telefonaten oder vor Ort besprochen. Dieser Garten, dieses Haus hoch im Norden bedeuteten und bedeuten mir alles.

Meine Mutter hatte nach dem Tod meines Vaters die Dienstvilla auf dem Gelände der Psychiatrie räumen müssen und war ganz aufs Land gezogen. Dort hatte sich nicht lange Zeit nach ihrem Einzug eine Begegnung ereignet, die man nicht anders als romantisch bezeichnen kann. Meine Mutter hatte beschlossen, ihrem ewigen Frieren und Schlottern ein Ende zu bereiten und sich einen Ofen setzen zu lassen. Ich hatte interveniert und gesagt: »Mama, diese Metallöfen sind so langweilig und brauchen so viel Holz. Die meiste Hitze fliegt zum Kamin raus. Da gibt es sicherlich bessere Möglichkeiten.« Kurze Zeit später rief sie mich an: »Du, ich hab was gefunden, das wird dir gefallen. Es gibt da einen pensionierten Architekten, der baut dänische Speicheröfen. Die werden gemauert, genau dem Zimmer angepasst. Man kann da wohl alles selbst bestimmen und sich auch so ein warmes Bänkchen bauen lassen.« Ich war begeistert. »Das klingt ja fantastisch.« Sie setzte sich mit dem Ofenbauer in Verbindung, und ich bekam einen Umschlag mit einigen in anderen Häusern von ihm gemauerten Öfen. Sie waren wirklich eindrucksvoll. Groß, rundlich und weiß gestrichen harmonierten sie mit den Räumen. »Sollen wir das machen? Es ist teuer, aber Robert …« »Wer ist Robert?« »Der Mann, der den Ofen baut. Er hat gesagt, es würde sich wirklich lohnen. Mit einem Arm Holz kann man den ganzen Tag heizen. Wir müssen nur noch die Größe bestimmen. Je mehr Kammern er bekommt, desto länger hält er die Wärme.« In den folgenden Wochen wurde in zig Telefonaten und hin- und hergeschickten Zeichnungen die Form des Ofens bestimmt. Warum war es mir so wichtig, in alle Details einbezogen zu sein? Warum war ich, was dieses Ferienhaus betraf, das zum Hauptwohnsitz befördert werden sollte, derart überempfindlich? Warum war ich ein solch beinhart um Form und Zentimeter feilschender Kontrollfreak? Der Hauptgrund wird wohl gewesen sein, dass ich dieses Haus mit seinem Garten und dem Land drum herum als einzige Konstante in meinem Leben begriff, die mir Stabilität gewährte. Nirgends bekomme ich besser Luft, nirgends ist das Licht so geschliffen, nirgends leuchtet das Grün jedes einzelnen Blättchens derart scharf wie dort. Bielefeld? Dortmund? Was waren denn das für Städte? Es hatte mich dorthin verschlagen, wie es mich an jeden anderen x-beliebigen Ort hätte verschlagen können. Aber dort, hoch im Norden, hatte ich Hunderte Wochenenden meiner Kindheit mit meinen Brüdern und Eltern verbracht. Hier hielten wir Schafe und Hühner und unser Hund tauchte in der Ostsee, hier hatte ich einen Meiler gebaut, Möbel gezimmert und mich mit den Brüdern in symmetrischen Maisfeldern verirrt. Mein Leben war gehörig aus den Fugen geraten, aber dort sollte alles unverändert bleiben. Und zum Gralshüter der Vergangenheit hatte ich meine Mutter erkoren.

Ich schlug Hanna eine kleine Reise vor. »Ich finde, es ist an der Zeit, dass du meine Mutter kennenlernst.

Ich möchte dir gerne dieses Haus zeigen, das mir so viel bedeutet. Ich will auch unbedingt den Ofen sehen!« Hanna rollte geisterbahnmäßig mit den Augen. »Du kannst dir doch deine Arbeit mitnehmen. Wir fahren mit dem Zug. Bitte.« »Ich weiß nicht, ob das so eine gute Idee ist.« »Wir könnten doch erst hoch in den Norden fahren und dann deine Eltern in Braunschweig besuchen. Die hab ich auch noch nie getroffen.« Hanna grinste. »Sag mal, wie bist du denn drauf? Ich finde das ehrlich gesagt total angenehm, dass wir so für uns stehen.« Doch ich insistierte und bearbeitete Hanna so lange, bis sie trotz aller Zweifel einwilligte. Hannas mutmachende Reisewarnung lautete: »Es wird ein Desaster geben. Zu hundert Prozent wird das ein Horrortrip.«

Das Märchen vom Ofenbauer mit den Schamottesteinen und den vier heißen Kammern hatte zu Herzflimmern geführt und das noch von der Trauer um meinen Vater grundierte Leben der Mutter rasch mit heiteren Farben übermalt. Der Ofenbauer hatte eine weite Anfahrt, und nachdem er in der ersten Woche den Sockel gemauert hatte und jeden Abend heim- und morgens wieder hingefahren war, nahm er das Angebot meiner Mutter dankbar an, das Gästezimmer zu beziehen. Schon bald gab es, nachdem die Kellen und Ofenbauerhände gereinigt waren, einen großen Whisky. Die Gespräche wurden intensiver, und nachdem die ersten beiden Kammern fertig gemauert waren, plädierte Robert nachdrücklich für eine Erweiterung des Wärmelabyrinthes. Meine Mutter informierte mich mehr, als dass sie mich fragte. »Wir haben beschlossen, das Kammersystem auf vier zu erhöhen. Der Raum wird dann wirklich kuchenwarm und selbst in den Nächten soll sie sich halten.« »Wer soll sich halten?« »Na, die Wärme.« »Wird das Ding dann nicht viel zu groß?« »Nein, nein, das geht schon.« Robert arbeitete immer langsamer, die ursprünglich anvisierte Ofensetzdauer hatte sich von zwei bis drei Wochen auf sieben bis acht Wochen erhöht, den Whisky gab es immer früher und sogar eine fünfte Kammer wurde in Betracht gezogen, die ich dann aber energisch unterband. Die Mutter und der Robert fuhren gemeinsam weit hinauf nach Dänemark, um die maßgefertigte schmiedeeiserne Ofenplatte zu holen, und verbanden den Ausflug mit einer mehrstündigen Wanderung am Meer. Der Ofen war fertig und meine Mutter wochenlang kaum mehr erreichbar.

Zwei Tage bevor ich mit Hanna gen Norden aufbrechen würde, rief mich meine Mutter in Dortmund an. »Na, mein Lieber!« Ihre Stimme hatte in den letzten Telefonaten eine erstaunliche Wandlung durchgemacht, hatte sich ihrer traurigen Schwingungen entledigt und hing nun voller Glöckchen. »Was gibt es, Mama?« »Ihr kommt ja übermorgen und da wollte ich dir sagen, wir freuen uns sehr.« »Wir?« »Genau. Wir. Robert und ich.« »Ich freu mich, ihn kennenzulernen.« »Ich möchte dir etwas sagen.« »Mein Gott, Mama, was ist denn los? Du klingst ja so feierlich.« »Ich möchte dir sagen, dass mir dieser Mann sehr viel bedeutet und …« Die Pause, die sie machte, war für sie angenehmer als für mich, »und er wohnt jetzt hier, seit drei Wochen.« »Bitte, was?« »Komm, Josse, jetzt reg dich bloß nicht auf.« »Ich sag doch gar nichts.« Ich kämpfte gegen den Drang an, etwas Böses zu erwidern. Dumm plumpe Sätze wie »Und was zahlt er an Miete?«, verquere Sätze wie »Du hättest mich schon erst mal fragen können, Mama« lagen mir auf der gekränkten Zunge. »Ich freu mich für dich, Mama. Wirklich sehr. Es ist großartig. Und ich freu mich auch sehr, den Ofen zu sehen. Sieht toll aus auf den Fotos. Schon sehr, sehr groß.« »Wir sehen uns dann übermorgen. Bin so gespannt auf Hanna. Bis dann, mein lieber Sohn.«

Die gemeinsame Zugfahrt verlief noch friedlich, ja herrlich, und Hanna war bestens gelaunt. Mehr und mehr zog die Weite des Himmels sie in ihren Bann. Die ersten Windräder standen rotierend im Grün und Hanna stopfte ihre Aufzeichnungen vom Tisch in die Tasche. »Bei solchen Wolken kann sich kein Mensch konzentrieren.« Meine Mutter stand am Bahnsteig, tief gebräunt, und sah sensationell aus. In ihrem Äußeren näherte sie sich mit zunehmendem Alter meiner Großmutter an. Als wäre nach dem Tod ihrer Mutter deren Schönheit auf sie übergegangen. Meine Mutter und ich umarmten uns und Hanna streckte ihr die Hand entgegen und sagte: »Freut mich.« »Mich auch. Sehr sogar.« Wir erreichten das Auto, und Hanna setzte sich wie selbstverständlich auf den Beifahrerersitz. »Oh, mein armer Sohn, musst du hinten sitzen. Geht das denn mit deinen Beinen?« »Klar, das geht schon.« Auf den wenigen Metern vom Bahnsteig bis zum Auto hatte sich Hanna bereits verdunkelt, war ihre Laune gekippt. »Ich hab so einen Hunger.« Meine Mutter rief: »Wir halten beim Bäcker und da könnt ihr euch was kaufen.« Ich saß mit mehrfach geknickten Beinen auf der winzigen Rückbank und hatte Panik. Die braun gebrannte und vor Glück strahlende Mutter lenkte mit Überschwang den Kleinwagen vom Bahnhofsvorplatz, während in Hanna der Grimm zu knistern begann. Ich beobachtete die beiden Hinterköpfe und mein Gesicht steckte als Sorgenrechteck im Rückspiegel fest. Meine Mutter hielt und ich hüpfte – »Bin gleich wieder da!« – als Gutelauneclown in die Bäckerei. Mit Backwaren kannte ich mich nun wirklich aus, und das Sortiment ließ mich erschaudern. Einzig die Rosinenbrötchen würden eventuell bei Hanna Anklang finden, und keinesfalls wollte ich Mutter und Freundin zu lange im Auto sich selbst überlassen. Ich nahm drei Stück, rannte durch die

Tür und zwängte mich zurück in den Wagen. Ich war mir sicher, dass sie nicht miteinander gesprochen hatten. Reglos saßen beide da, als wären sie in einem Diorama gefangen mit dem Thema *Mutter mit Schwiegertochter im Auto. Ende des zwanzigsten Jahrhunderts.* »Schaut mal, was ich habe. Möchtest du auch eines, Mama?« »Oh ja, gerne.« Ich reichte zwei Brötchen nach vorne. Meine Mutter lenkte einhändig, biss beherzt ab und machte: »Mmmmmh, sind die lecker!« Hanna kaute, zog eine angewiderte Grimasse, kurbelte die Scheibe hinunter, spuckte die angekaute Masse aus dem Fenster und machte »Wähhhh!«. »Was ist denn los?«, rief meine Mutter gereizt und Hanna sagte einen Satz, der den nächsten zwei Tagen ihren ganz persönlichen Stempel aufdrücken sollte. Um ihren Mund zu säubern, spuckte sie ein weiteres Mal in den Wind, drehte ihren Kopf und sprach gelassen in das Seitenprofil meiner Mutter hinein: »Das war das beschissenste Rosinenbrötchen der Welt.« Das Auto überfuhr mehrmals die Mittellinie, als hätte meine Mutter eine akute Sehstörung. Hanna warf das angebissene Gebäck lässig und ohne hinzugucken in den Fahrtwind, der es wegriss. Ich blickte mich um und sah es von der Straße in den Seitengraben hüpfen, als wäre es lebendig und auf der Flucht. Meine Mutter war durch den Hannasatz tief verstimmt. Hätte sie das Rosinenbrötchen höchstpersönlich gebacken, hätte sie nicht gekränkter sein können. Von der Rückbank aus versuchte ich durch warme Freundlichkeiten die eisige Stille zu schmelzen und rief: »Schau, Hanna, das da sind echte Wildpferde. Sogenannte Koniks.« Ich hörte Hanna nur überheblich grunzen. Oder: »Warst du denn schon im Meer, Mama? Gibt es schon Feuerquallen?« »Hier hat es noch nie Feuerquallen gegeben.« Das war allerdings eine wahnwitzige Behauptung. Ganze Sommer lang hatten wir das Meer nicht betreten können. Einzig meine Mutter war geschwommen und quaddelübersät mit den Worten »Herrlich ist das Wasser. Ihr wisst ja gar nicht, was ihr verpasst« aus den Fluten gestiegen.

Wir erreichten das in einer Sackgasse idyllisch gelegene, mit Reet gedeckte Haus. Ich hoffte, dass Hanna irgendeinen begeisterten Satz äußern würde. Ein leises »Ist das schön hier« oder »Was für ein Traum«, aber sie schwieg ostentativ. Meine Mutter ließ uns am Hofplatz aussteigen. »Nehmt eure Taschen. Ich fahr nur schnell das Auto nach hinten.« Im Nachhinein erinnere ich mich daran, wie mich dieser Hinweis kurz verwundert hatte, da wir üblicherweise seit zwanzig Jahren das Auto direkt an der Hecke abgestellt hatten. Aber ich dachte nicht weiter darüber nach und ging mit Hanna durch die Butzenscheibenhaustür hinein in das winzige Bauernhaus. Im Sessel, in dem, seit ich denken kann, mein Vater gesessen hatte, saß nun Robert. Mit freudigem Ausdruck erhob er sich und kam auf uns zu. Groß gewachsen, schmal, weißes, aber volles Haar, zerfurchte Gesichtshaut, die ihn als wettergegerbten Segler auswies. Ein wirklich gut aussehender Mann. »Wow, das ist also der Ofen? Der sieht ja fantastisch aus«, begann ich das Gespräch. Er nickte und klopfte dem weißen Riesending wie seinem Lieblingspferd auf den Rücken. »Jo, das is er. Freu mich, dich kennenzulernen. Und auch dich, Hanna. Mögt ihr was trinken?« Meine Mutter kam herein, ging zu ihm, und ihrer beider Vertrautheit war offensichtlich. Sie legte den Arm um seine Hüfte, und er säuselte: »Ich hab dich schon vermisst.« Sosehr ich meiner Mutter diese Nähe auch gönnte, sooft ich mir zur inneren Vorbereitung eingetrichtert hatte, ›Freu dich für sie! Du willst doch nicht, dass sie da alleine auf dem Land hockt!‹, so sehr befremdete mich der Anblick dieser Zärtlichkeit.

»Wir gehen mal in den Garten. Komm, Hanna.« Sie nickte. »Guck mal, bis dahinten, wo die Silberpappeln stehen, geht unser Grundstück.« Hanna nahm meinen Kopf und küsste mein Gesicht. »Ich verspreche dir, ich versuche es nicht zu vermasseln.« »Dafür wäre ich dir wirklich dankbar. Es sind doch nur zwei Tage und dann fahren wir zu deinen Eltern.« »Prächtige Perspektive. Warum machen wir das bloß?« Wir gingen um das Haus herum, und da sah ich ihn – den direkt in die Birken hineingebauten

Carport. Ich rannte zurück ins Haus und rief schon im Flur: »Mama, bitte, was ist das da im Garten?« »Hab ich dir das gar nicht erzählt? Robert hat uns einen Carport aufgestellt. Für seinen und meinen Wagen. Fantastisch, oder?« Ich stürmte aus dem Zimmer, über den Hofplatz in den Stall, schnappte mir einen Vorschlaghammer und galoppierte mit hängender Keule neandertalermäßig über den Rasen auf das Objekt meines gebündelten Hasses zu. Der erste Schlag prallte vom Balken zurück, als wäre dieser aus Gummi. Es riss mich herum und ich war total überrascht über den federnden Rückprall. Ich hob den Hammer und ließ ihn erneut mit voller Wucht gegen das Holz niedersausen. Derselbe Effekt: Mit doppeltem Tempo wurde das Eisen zurückgeworfen und traf mich fast am Kopf. Der nächste Schlag hatte mehr Erfolg. Ich drosch den Hammer in die Palisade und das splitterige Krachen ging mir lindernd und aufputschend zugleich durch Mark und Bein. Mit fünf wuchtigen Hieben hatte ich ein großes Loch in die Palisade gebrochen. Mein Schlagarm war so heiß geworden, als würde er brennen. Ich setzte ihn ab und sah mich kurz um. Hanna war in einigem Abstand hinter mir stehen geblieben und beobachtete mich wie ein gefährliches Tier. Voller Neugierde und bereit, augenblicklich den Rückzug anzutreten. Im Küchenfenster sah ich meine Mutter und Robert. Als sich unsere Blicke trafen, hob der neue Mann an der noch nicht lange frei gewordenen Seite meiner Mutter seine Hand und vernichtete mich endgültig mit einer mehrfach in meine Richtung ausgeführten Scheibenwischerbewegung vor seinem Kopf. Das gab mir den Rest. Ich hob den Hammer und zerlegte die nächste Palisade. Die Splitter schossen gegen die Windschutzscheiben der beiden in provozierender Eintracht nebeneinanderstehenden Autos. Wieder versuchte ich einen der Balken zu fällen, aber sie waren zu stabil für mich, waren, wie ich später erfuhr, überaus professionell sechzig Zentimeter tief einbetoniert worden. Doch einer der Querbalken gab den Schlägen nach, und mit mehreren präzisen Treffern gelang es mir, ihn aus den mehrfach verschraubten Winkeleisen herauszuprügeln. Langsam kamen mir erste Bedenken, ob ich hier zielführend unterwegs war. Weinte meine Mutter etwa? Oder hatte sie sich nur abgewandt? Kurzzeitig brandete in mir der unwiderstehliche Wunsch auf, den Hammer durch eines der Palisadenlöcher in die Windschutzscheibe von Roberts Auto zu schleudern. Aber den Gedanken gehabt zu haben, war bereits seine eigene Vereitelung. Es hätte nur aus der Besinnungslosigkeit des Furors heraus funktioniert. Ich ließ den Hammer sinken und ins Gras gleiten. Doch der Zornstausee war noch nicht leer, noch hatte sich nicht alle Energie durch die geborstene Staumauer ins Tal ergossen. Eine kleine stinkig-schwefelige Grolllache brodelte noch in mir, und diese galt es jetzt durch einen krönenden Schlussakkord verdampfen zu lassen. In Ermangelung von echten Gegnern rannte ich los, nahm Anlauf und schoss gute dreißig Meter wie eine Adrenalinrakete durch den Garten auf unsere große Sumpfeiche zu und sprang mit beiden Füßen voran gegen den Stamm. Kurz kam es mir so vor, als könnte ich die Schwerkraft besiegen und horizontal auf ewig stehen bleiben. Das wäre ein wahrer Triumph gewesen, wie ein riesiger Nagel im Holz zu stecken. Da plumpste ich aus der Luft in die Wiese. Meine Attacke hatte beim Baum zu keinerlei Reaktion geführt. Nicht das kleinste Beben war durch seine Jahresringe hinauf in die Spitze gezittert. Durch die Blätter strahlte der blaue Himmel, und träge und majestätisch nahmen die Kumulusgebirge ihre permanenten Deformationen hin. Egal wie viele Bäume ich hier anspringen würde, egal wie viele Blasen ich mir durch ländlichen Vandalismus noch zufügen würde, es hatte keinen Zweck, zu ändern war nichts mehr.

Hanna kam zu mir und legte sich neben mich in das Gras. Nach einer noch von den Ereignissen beseelten Stille begann sie erst leise und dann lauter zu kichern. Sie vergrub ihren Mund in meiner Halsbeuge, presste mir mit ihren Lippen die Halsschlagader zu und lachte sich schlapp. Ich roch ihren rauchigen Duft, von dem ich noch immer nicht wusste, woher er eigentlich kam, warum diese Frau immer so duftete, als käme sie geradewegs aus dem Feuer. »Los, küss mich mal«, sagte sie direkt in mein Ohr, und ihre fisseligen Haare kitzelten mich in den Augen. »Los, küss mich, du Irrer!« Unsere Lippen schlossen sich zielsicher zusammen, unsere Zähne klickerten wie Murmeln gegeneinander, unsere Zungen fanden sich und kannten sich gut aus im anderen Mund.

Ich hörte die Haustür, ein leise geführtes Gespräch zwischen Robert und meiner Mutter und dann, dass ein Auto wegfuhr. Ich stand auf und lief zum demolierten Carport, wo meine Mutter mit vorwurfsvoller Gelassenheit Brettchenteile in einen Korb sammelte. Sie sah mich kommen und stellte den Korb ab. Nur kurz gelang es ihr, mich wütend anzugucken, dann musste auch sie lachen. »Du hast ja wirklich nicht mehr alle Tassen im Schrank, mein lieber Sohn.« Ich umarmte und drückte sie an mich, holte die verpasste Begrüßung nach. »Ist er weggefahren?« Sie nickte, und ihre Augen machten sich bereit für erste Tränen. »Ja, er ist zum Meer gefahren und kommt aber vielleicht zum Abendessen wieder.« »Es tut mir so leid, Mama. Aber schau dir dieses Ding doch mal an. Unser schöner Garten. Da kann man doch keinen Carport reinbauen.« Sie weinte. Ich war so viel größer als sie. Riesig wie ein Kuckuckskind. »Den Ofen finde ich wirklich wunderschön.« »Bitte, bitte, vertreib ihn nicht.« »Was?« »Bitte, bitte, vertreib ihn nicht. Ich bin gerade so glücklich. Eigentlich ...«, sie zögerte, sprach leiser weiter, wie zu sich, »eigentlich zum ersten Mal in meinen Leben.« Bewegt von dieser Feststellung, versuchte ich ebenso leise zu antworten, was mir aber nicht gelang, da das Überwinden des Knotens im Hals einen gewissen Stimmschub erfordert hätte. Zu laut platzte es aus mir heraus und ich klang gekränkt. »Es tut mir so leid.« »Versprichst du es?« »Ja.« »Versprichst du mir, dass du ihn nicht vertreibst?« »Klar, Mama, ich verspreche es.« »Schon gut. Komm, ich hab einen Käsekuchen gebacken. Vielleicht hab ich ja Glück und er schmeckt Hanna.« »Weißt du was, Mama, wenn ihr der Kuchen nicht schmecken sollte, dann ist das auch nicht so schlimm. Mir schmeckt er und das ist die Hauptsache.« Sie nickte und wischte sich die Tränen ab.

Robert kam zum Abendessen, und als er und meine Mutter sich gegen elf ins elterliche Schlafzimmer verabschiedeten, grinste mich Hanna breit an und raunte mir zu: »Soll ich dir den Hammer holen?« Das nachmittägliche Drama hatte uns alle milde gestimmt, und doch musste ich mir beim Einschlafen eingestehen, das glücklichere Paar lag ein Zimmer weiter.

Am nächsten Tag durfte ich unter der nachsichtigen Kompetenz des Neuen – ja, wie nennt man ihn denn: Freund? Partner? Lebensgefährte? Vaterverdränger? Vaterohrensesselzecke? – zum Abtragen meiner Schuld dabei helfen, den verhassten Carport zu reparieren. Frondienst im Namen des familiären Friedens. Robert war ein eigenartiger Mann. Wortkarg, freundlich, eitel, aber auch unnahbar in seinem norddeutschen Pragmatismus. Er töpferte, malte, mauerte und mähte. Ein Hauptgewinn. Die nächsten Monate würden Haus und Grundstück gnadenlos verändern. Gemeinsam mit meiner Mutter stellte er Staffeleien in die Landschaft, ihre Produktivität kannte keine Grenzen, und der Ofen zum Brennen der Artefakte wurde kaum mehr kalt. Schon nach kürzester Zeit stand die Landschaft voller Skulpturen und landartmäßiger Arrangements. Ein Kreis aus fünfzig drei Meter hohen Bambushalmen etwa oder in die Bäume hineingehängte, von Robert geschmolzene Glasflaschen. Die Wände der Reetdachkate wurden gepflastert mit Birkenrapsmeerhortensiengemälden. Mein Versprechen allerdings und die Verliebtheit meiner Mutter halfen mir zügig über die Umgestaltung meiner Dreihektarheimat hinweg. Das Wüten dieses zweiten Frühlings, wurde mir klar, ging mich nicht das Geringste an.

Hanna und meine Mutter gaben sich Mühe, aber keine Stunde verging ohne Spitzen und Speere. Meine Mutter las *Joseph und seine Brüder* und Hanna tackerte sie mit einer einstündigen Analyse des Textes an die Stallwand. Beim Anblick unserer geliebten Ostsee sagte Hanna: »Und in dem Teich kann man baden? Ich war mal an der Nordsee, das ist schon eindrucksvoller.« Ostseebashing war ein Tabu. Meine Mutter schlug pikiert vor: »Na, dann fahrt doch an die Nordsee. Ihr könnt gerne mein Auto haben. Ist ja nur ’ne Stunde.«

Ich war froh, als wir die zwei Tage hinter uns hatten und endlich im Zug saßen. Draußen stand das junge alte Glück auf dem Bahnsteig und meine Mutter leuchtete vor Erleichterung, uns los zu sein. Immer wieder sagte sie Sätze zu Robert. Sie lachte und winkte uns zu und simultan sprach sie mit ihrem neuen Mann. Als wir aus dem Bahnhof in die mir so vertraute Pampa fuhren, fragte Hanna: »Und du bist sicher, dass du jetzt zu meinen Eltern möchtest? Also, ich für meinen Teil hab eigentlich genug erlebt.« »Nee, nix da«, rief ich aufgekratzt, »das ziehen wir durch. Jetzt will ich die volle Dröhnung.«

Gegen das hinter uns liegende, nicht sonderlich schwer zu analysierende Mutterwochenende – Sohnemann hüpft gegen Baum, denn Mami hat neuen Partner – sollten sich die zwei Tage bei Hannas Eltern wesentlich komplexer gestalten. Das Kränkungsgeflecht war feinstofflicher, die Dynamiken ausgeklügelter. Ich war begeistert von Hannas Eltern. Beide waren oder wirkten so jung, dass kein nennenswerter Altersunterschied zwischen ihnen und ihrer Tochter und mir zu spüren war. Hannas Ähnlichkeit mit ihrer

Mutter grenzte ans Groteske. Auch diese trug Blusen und Bundfaltenröcke, dazu Strumpfhosen und nostalgische Halbschuhe. Sie hatten die gleiche Frisur, die gleiche platte Nase, die riesigen Augen, die angriffslustige flache Stirn. Wahrscheinlich lag schon allein in der Ähnlichkeit, in dieser Herausgeschnittenheit aus dem Muttergesicht, eine Lebensbürde von nicht zu überblickendem Ausmaß. Es wurden zwei heiter entspannte Tage voller eloquenter Diskussionen über Literatur, Kunst und Politik. Ununterbrochen hallten französische Chansons durch die hohen Räume des Architektenhauses. Die Ungezwungenheit von Hannas Eltern stand in krassem Kontrast zur Kargheit des modernen Baus. Als würden sie ihren offensichtlichen Reichtum durch Lockerheit ironisieren. Trotz dieser offenherzigen Atmosphäre verdüsterte sich etwas in Hanna. Es begann mit gräulichen Schatten in den Augenwinkeln und im Millimeterbereich verzogenen Schultern. Als wir nach dem ersten Abend ordentlich angetrunken im schmalen Bett ihres Kinderzimmers lagen, flüsterte sie: »Ich hasse dieses Theater.« Ich schwieg und hatte nicht die Kraft, auch nicht die Lust, mehr zu erfahren. Es dauerte, bis Hanna einschlief, ruhig zu atmen begann und ich endlich Zeit hatte, meine Gedanken abfliegen zu lassen. Wie ich das brauchte und mochte: dazuliegen und Worte und Bilder wie ein Myzel in die Dunkelheit wuchern zu lassen.

Als ich am nächsten Morgen aufwachte, lag ich alleine und ohne Bettdecke da. Ich sah mich um, auf den Boden, und konnte sie nirgends entdecken. So banal das Fehlen der Bettdecke war, so eigenartig war es doch. Wer zieht einem Gast die Bettdecke vom schlafenden Körper? Ich ging die frei schwebende Treppe hinunter in die Küche. Hanna stand am Fenster und sah in den Garten. Ich trat hinter sie und wollte sie gerade auf den Nacken küssen, meine Hände um ihre Hüften legen, als sie sich umdrehte. »Oh, Entschuldigung, ich dachte …« Ich hüpfte einen Schritt zurück. Hannas Mutter stand vor mir und lächelte mich an. »Guten Morgen. Gut geschlafen?« »Ja, sehr gut.« »Wie wäre es mit einem Kaffee?« »Ja, gerne.« »Wo ist denn Hanna?« »Sie hat sich meine Laufschuhe genommen und ist wortlos davongerannt.« »Euer Haus liegt wirklich sehr schön.« »Mir ist es oft zu einsam hier. Ich würde gerne weg. Es ist nichts Halbes und nichts Ganzes. Weder richtig auf dem Land noch in der Stadt.« In jeder ihrer Bewegungen bewegte sich Hanna mit und sogar die charmante leichte Ungeschicklichkeit war dieselbe. Mich stürzte die Wesensverwandtschaft zunehmend in Verwirrung, da mir die Mutter immer mehr gefiel. Etwas in ihr schien weniger angestrengt zu sein. So, als hätte eine gewisse Desillusionierung zur Entspannung geführt. All das, was in Hanna noch brodelte und sie umtrieb, schien in ihrer Mutter gedämpft und die Panik bereits sesshaft geworden zu sein. Sie war wie eine Hannadoppelgängerin, aber ohne aktiven Dämon. Wir frühstückten gemeinsam und ich war fröhlich gestimmt durch den Zeitsprung, den mir die ähnliche Mutter bescherte. Es war mir, als würde ich sie gut kennen, als wäre es mir gelungen, mit Hanna viele Jahre als Paar gelebt zu haben. Als dann die echte Hanna rotgesichtig und schnaubend in die Küche kam, rief sie: »Stellt euch vor, ich habe ein Wildschwein gesehen. Es stand direkt auf dem Weg und hat mich angeglotzt.« »Die werden hier langsam zur Plage. Wenn die als Rotte in einen Garten einfallen, dann sieht das so aus, als wäre da eine Bombe explodiert.« »Mama, sei mir nicht böse, aber wir fahren schon am Mittag. Ich hab eine Sache vergessen, die ich bis morgen für die Uni machen muss.« »Aber dann siehst du ja deinen Vater gar nicht mehr.« »Ja blöd, aber es geht nicht anders.« »Na klar, wenn du meinst. Schade. Ich wollte heute Abend Muscheln machen.« Hanna wischte sich ruckartig, ja unwirsch mit dem Handrücken über die Stirn. »Schon gut, schon gut, meine Kleine. Ich bring euch gerne zum Zug.«

Als wir unsere Sachen zusammenpackten, sagte ich zu Hanna: »Ich wäre wirklich gerne noch geblieben.« »Kannst du auch gerne machen.« Ich sah sie ungläubig an. »Nee, wirklich. Ich meine das vollkommen ernst. Bleib. Sie würden sich sicherlich freuen.« Ihr Vorschlag ärgerte mich, und die Gereiztheit in meinem Tonfall kam auch für mich überraschend. »So ein Blödsinn, Hanna! Was ist das für ein Quatsch? Als ob ich ohne dich bei deinen Eltern bleiben würde.« »Wieso? Wirklich, mach es! Geht in die Sauna, esst köstliche Muscheln und macht es euch gemütlich.« »Hör auf!« »Ich jedenfalls halte dieses Schmierentheater keine Sekunde länger aus. Merkst du nicht, wie die beiden sich hassen? Ich muss raus aus dieser Hölle.« Und da vergriff ich mich leider komplett im Waffenarsenal. Ich wollte mich wehren, aber eh ich wusste, was ich tat, hatte ich mir die Kalaschnikow geschnappt und mähte Hanna mit einer Salve um. »Du bist die Hölle, Hanna, nicht deine Eltern. Die geben sich so eine Mühe und du führst dich hier auf wie ein verzogenes Kleinkind. Immer siehst du überall Gespenster, wo keine sind. Immer musst du dich wehren, obwohl dir niemand etwas Böses will. Wenn das hier die Hölle sein soll, dann beneide ich dich drum.« Hanna sah mich an, sah weg, ihre Bewegungen verlangsamten sich, in Zeitlupe fuhr sie sich durch die Haare, etwas in ihr kam komplett zum Erliegen und regungslos blieb sie stehen. Dann nahm sie ihre Tasche und verließ das Zimmer.

Auf der Fahrt zum Bahnhof plauderte sie ausgelassen mit ihrer Mutter und erzählte wortreich von ihrer Begegnung mit dem Wildschwein. Die Situation war vierfach, fünffach verdreht. Ich hockte hinten und vorne amüsierten sich die doppelten Lottchen.

Es wurde sich heiter verabschiedet, umarmt, und ich bekam von der Mutter einen dreifach französischen Abschiedskuss auf die Wangen. Sobald wir im Abteil saßen, begann Hanna mit ihrer Abrechnung. »Und, wie hat dir die Autofahrt gerade gefallen? War nett, nicht wahr?« »Was meinst du?« »Na, eben mit meiner Mutter. Das freundliche Gerede, dieser penetrante Stolz darauf, Konversation zu betreiben, die Heiterkeit. Ich kann das nämlich auch. So tun, als ob. Und weißt du, von wem ich gelernt habe, mich zu verstellen?« Ihre Frage war nicht rhetorisch, sie wollte eine Antwort, aber ich machte irgendeine ratlose Geste und sie sagte: »Von dir.«

Das Verkorkste war nun permanent spürbar. Wir gaben uns Mühe, haderten, verhakten uns ständig und fanden dennoch kein Ende. Der Überbau war zerstört, das wussten wir, daran hatten wir keinerlei Zweifel mehr, aber in den Alltäglichkeiten hatte sich so viel Vertrauen eingenistet, dass wir immer wieder nach diesen Gemeinsamkeiten griffen und sogar glücklich waren. In einzelnen Momenten hielt sich die Zuneigung versteckt, doch das Große und Ganze war bereits vom Unglück zersetzt. Der offensichtlichste Indikator für unseren Liebeszerfall war das Wegbrechen der Worte. Ich konnte mich kaum noch aufraffen, Hanna in ihre nach wie vor brillanten Sprachgefilde zu folgen. Sie monologisierte, ich saß da wie eine eingefettete Ente und die Buchstaben perlten an mir ab, kullerten ins Nichts. Hanna und ich hatten immer weniger Kraft, den nicht wiedergutzumachenden Sätzen zu widerstehen. Wir kannten uns bestens und der Giftschrank mit Gemeinheiten war reichlich gefüllt.

Hanna rief mich an. »Ich bin die Treppe runtergefallen.« »Was? Schlimm?« »Ja.« »Wo bist du denn jetzt?« »Schon wieder zu Hause.« »Was ist passiert?« »Ich war spät dran und dann …« In schnellem Rhythmus atmete sie den hochsteigenden Kummer in den Telefonhörer. Für Sekunden klang es wie ein Telefoninterview mit einem hechelnden Hund. »Und dann bin ich … ich bin auf den Kopf gefallen … und hab mir die Hand gebrochen.« »Mein Gott, Hanna, gebrochen?« »Ja. Kommst du?« »Ich kann nicht. Ich hab gleich Vorstellung.« »Sag ab.« »Das geht doch nicht.« »Bitte komm.« »Es geht nicht.« »Wenn ich mir das Genick gebrochen hätte, würdest du dann auch sagen: ›Sorry, ich hab Vorstellung‹?« »Hanna, bitte. Was ist mit deinem Kopf?« »Den musste ich im Krankenhaus lassen.«

Ich lachte leise, komischerweise eher als Aufmunterung für sie denn für mich, ein kurzes hingekichertes Trostpflaster. »Ja, der muss eingeschickt werden für weitere Untersuchungen. Ich bekomme ihn Ende der Woche zurück. Vielleicht hab ich Glück und sie verwechseln ihn und ich bekomm einen anderen.« »Ich komme gleich morgen früh mit dem ersten Zug.« »So wie früher?« »Ja.« Uns fehlten die Worte. Du musst weiterreden, dachte ich, sonst landet ihr gleich in der Stille, aus der es kein Türchen heraus gibt. »Wie ist das genau passiert?« »Es war so voll auf der Treppe, da hab ich das Geländer verpasst und dann bin ich über irgendeinen Fuß gestolpert. Es war vollkommen irre. Ich bin über die Stufen gerutscht und gerollt und hab Leute mitgerissen und umgekegelt. Es gab ein Riesengeschrei, und als ich mich fast schon wieder gefangen hatte, mich gerade aufzurappeln versuchte, da bekam ich einen Stoß in den Rücken und bin abgeflogen.« »Das klingt ja furchtbar.« »Allerdings. Und dann gab es die Kopfnuss des Jahrhunderts. Die Treppe soll übrigens auch kaputt sein.« »Du Arme.« »Apropos Arme. Als ich durch die Luft geflogen bin, wurde mir natürlich klar, dass die Landung keine einfache werden würde. Ich sah die Stufen näher kommen und hab mich im Flug gedreht. Und weißt du, warum? Ich wollte auf gar keinen Fall auf meinen rechten Arm fallen. Der hat so viel zu tun!« »Hanna, das kann nicht stimmen.« »Doch, doch, das war genau so. Es war kein wirklicher Gedanke, eher ein Reflex. Alles darfst du dir brechen, nur nicht deinen rechten Arm. Ich bin voll auf meine linke Hand gekracht.« »Das klingt so furchtbar, Hanna.« »Aber ich kann jetzt weiterarbeiten, das ist die Hauptsache.

Stell dir vor, ich säße jetzt hier mit einer gebrochenen rechten Hand, dann müsste ich mit einem Finger tippen. Da wäre das Semester gelaufen.« »Vielleicht hättest du dann mal Pause gemacht. Ich muss jetzt los ins Theater.« »So früh?« »Ja. Wir sehen uns morgen.« »Ich hab doch noch gar nicht alles erzählt.« »Erzähl es mir morgen.« »Ich war echt durcheinander und wollte mit blutendem Kopf und gebrochenem Flügel ins Seminar gehen. Irgendein Professor von der Mediävistik hat mich in sein Büro gesetzt und sich fast übergeben, als er meine seltsam abgeknickte Hand gesehen hat. Das ist doch schon merkwürdig, dass jemandem, der sich mit Hexenverbrennung, Folter und Pest beschäftigt, übel beim Anblick einer lächerlichen Knickhand wird.« »Ich mach mir Sorgen um dich, Hanna, aber ich muss jetzt los.« »Warte, warte, warte, das Beste kommt noch. Ich hab im Krankenwagen gelesen. Mein Schädel hat so gebrummt, als würde da mit Presslufthämmern Kohle drin abgebaut, aber ich hab mir vom Sanitäter meine Tasche geben lassen und mein Buch rausgeholt. So möchte ich in Zukunft verreisen, liegend und lesend mit Blaulicht. Hast du gehört! Mit Blaulicht haben die mich ins Krankenhaus gebracht.« »Bis gleich.« Das war eines unserer Rituale, auch wenn wir uns erst in Tagen sehen würden, sagten wir am Telefon zum Abschied ›Bis gleich‹. »Und du kommst ganz sicher morgen früh?« »Na klar.« »Wirklich?

Ich meine, WIRKLICH?« »Wirklich.« »Dann bis gleich.«

Wir legten auf und ich war kreuzunglücklich über meine Eiseskälte, die ich während des Gespräches nicht abzuschütteln vermocht hatte. Am nächsten Morgen eilte ich aus der Backstube zum Zug, aß einen noch warmen Pflaumenkuchen, den mir Ilse mit den Worten »Dünnpfiff garantiert!« eingepackt hatte, und sah in die von der Geschwindigkeit zerfledderte Landschaft. Hanna saß bereits am Schreibtisch. Ich hatte eine schwer Verwundete erwartet, mit Kopfverband und Gipsarm in der Schlinge, aber außer einem Pflaster auf der Stirn und einer kleinen einbandagierten Schiene am Handgelenk schien sie unversehrt. Sie rannte mich fast um und umarmte mich. Verdutzt fragte ich: »Wie geht es dir?« »So gut wie lange nicht mehr. Als hätte der Sturz mein Gehirn zurechtgeschüttelt. Machst du mir einen Kaffee? Ich schreib noch schnell das Kapitel über Beauvoir zu Ende.« Ich setzte mich in die Küche und wunderte mich, wie gleichgültig mir die einst so geliebte Bielefelder Wohnung geworden war. Ich gehörte hier eindeutig nicht mehr hin. Auch in der Dortmunder Wohnung hatte ich mich seit Frankas dramatischem Duschkabinenabgang fremd und fremder gefühlt. Die Lügen der letzten Monate hatten die Möbel, Wände und Gegenstände mit einer Schmierschicht überzogen. Doch fürs Großreinemachen fehlte mir die Kraft.

Zwei Stunden war alles friedlich, dann aber sagte Hanna mit einem Gesichtsausdruck, als würde sie Harfe spielen: »Ist nicht böse gemeint, aber es ist deine Schuld, dass ich die Treppe hinuntergefallen bin. Ich hab an dich gedacht, und das hat mir das Genick gebrochen.« Mir kam es so vor, als würde diese Unterstellung mit Gewalt an einem Seil in meinem Kopf reißen und aufheulend einen Motor in mir anwerfen. Ohne Aufwärmphase brüllte ich los: »Du spinnst ja! Wie kannst du so etwas sagen! Es langt mir. Ich hab keine Lust mehr, mir solche Sachen sagen zu lassen. Irgendwann ist es mal genug.« »Es ist schon lange genug!«, schrie Hanna dazwischen. »Wer wüsste das besser als du!« Ich raffte meine Sachen zusammen, knallte die Tür zu, und wie ein wutentbrannter Schmied auf den Amboss hämmerte ich meine mit frischen Eisen beschlagenen Stiefel auf den Asphalt. Keine Stunde später fuhr ich zurück nach Dortmund.

Ob sich Hanna von mir trennte oder ich mich von ihr, kann ich nicht genau sagen.

Nach zwei Wochen Funkstille rief ich sie aus einem Sorgenimpuls heraus an. »Warum meldest du dich nicht?« »Hab zu tun.« Woher kam nur dieser Brandbeschleuniger in uns, der alles Wohlwollen innerhalb von nur zwanzig Sekunden explodieren ließ? Wir gerieten in schonungslose Analysen unserer Tätigkeiten. Ich versuchte Hanna klarzumachen, dass sie ihr Ehrgeiz noch zerstören würde, und Hanna resümierte, dass bei mir selbst Ehrgeiz nichts bringen würde. Plötzlich sagte Hanna mit verändertem Tonfall: »Komm, lass uns aufhören. Es ist so schrecklich, wie wir miteinander reden.« Ich schwieg und drückte das Hysterische aus meiner Stimme, versuchte, den Adrenalinpegel zu senken. »Du hast recht. Es tut mir leid.« »Es ist so unfassbar traurig.« »Das ist es.« »Ich mag dich doch so.« »Ich dich auch, Hanna. So sehr.« »Lass uns nicht so miteinander reden. Eine Frage hab ich aber noch.« Eine seltsame Pause entstand. Kein Engel, sondern ein Teufel schwebte durch den Raum. »Was für eine Frage ist das, Hanna?« »Hast du heute eigentlich schon deine Tanzmaus gefickt?« Wie eine Handgranate, deren Zünder Hanna gezogen hatte, warf ich den Hörer durch das Zimmer.

Solange Franka noch ein Teil meines Lebens war, hatte mich mein permanent schlechtes Gewissen dazu gezwungen, mir mit Hanna alle Mühe der Welt zu geben. Ich mochte mich zwar nicht sonderlich dafür, aber es fühlte sich schal an, nun ausschließlich mit Hanna Richtung Zukunft unterwegs zu sein. Plötzlich war alles, was ich tat, genau das, was stattfand, und wurde nicht länger durch einen verlogenen Innenraum vergoldet. In Sachen Ehrlichkeit hatte ich einen großen Schritt in die moralisch richtige Richtung getan, in Sachen Erlebnisfülle allerdings fühlte es sich nach einem erheblichen Rückschritt an. Das Hochgefühl, alles im Griff zu haben – die Hybris des Beziehungsjongleurs, drei Bälle in der Luft zu halten –, war weg, und es geschah etwas Befremdliches: Ohne meine Geheimnisse kam ich mir geheimnislos vor, und dieser Verlust an Intensität blieb auch Hanna nicht verborgen. Ständig ermunterte ich mich: »Jetzt bist du ausschließlich für Hanna da!« »Ab jetzt bist du nicht mehr länger mit den Gedanken woanders.« »Jetzt kann endlich alles gut werden!« Aber das Gegenteil trat ein. Hanna begann sich mit mir zu langweilen. Sie vermisste etwas in mir, und dass das ausgerechnet Franka war, gab dem Ganzen eine geradezu bizarre Note. Die Unwahrheit zu sagen, war mir zur Selbstverständlichkeit geworden, und selbst in Momenten, da es nicht den geringsten Sinn ergab, zog ich die Lüge den Tatsachen vor. Wenn Hanna mich nach der Uhrzeit fragte, war es mir unmöglich, sie ihr unverfälscht mitzuteilen. Um antworten zu können, musste ich mindestens zehn Minuten draufschlagen oder abziehen. Gewissheiten enttäuschten mich. Eine Uhrzeit konnte doch nicht infrage gestellt werden. Warum eigentlich nicht? Ich sagte 9:45 Uhr statt 9:20 Uhr und schon rief Hanna »Oh mein Gott«, schnappte sich ihre Tasche und schoss aus der Haustür. Das war Zaubern auf engstem Raum.

Hannas Hass galt der Welt, obwohl sie eine solche

Sehnsucht nach ihr hatte, und ich tat so, als würde ich alles und jeden lieben, und wurmte sie mit meinem unerschütterlichen Optimismus. Ihre Unglücksattacken häuften sich. Mal musste sie ein Restaurant fluchtartig verlassen, da sie plötzlich ein unüberwindbarer Ekel vor den Gesichtern der Menschen befiel. »Schau dir diese ganzen Monster an. Augen, Nase, Mund. Ich muss raus hier. Menschenmatsch, der sich vollfrisst. Los, komm!« Mal wurde ich nachts von Weinen geweckt und sie saß am Schreibtisch. Mit zehn wutentbrannten Fingerkuppen malträtierte sie die Tastatur und redete mit dem Bildschirm. Unsere Telefonate glichen zunehmend Liveschaltungen zwischen zwei Beerdigungen. Tiefes Schweigen und dann Absonderlichkeiten. Hanna lachte ohne ersichtlichen Grund, und in ihrer Stimme schwangen befremdliche Obertöne mit. Da splitterte und knirschte es gewaltig. Einmal lag ich auf dem Bett und las Zeitung. Plötzlich zerriss das Papier vor meinen Augen, und wie durch einen Theatervorhang hindurch schoss Hannas Gesicht auf mich zu. Ich erschrak mich fast zu Tode und zerknüllte die Zeitung um ihren Kopf herum. Im ersten Augenblick noch aus einem Reflex der Selbstverteidigung heraus, dann aber umso fester aus Zorn über die Attacke. Voller Wut drückte ich ihr das Papier ins Gesicht. Auch wenn es eigenartig klingen mag, aber ich missbrauchte die Schrecksekunde als Rachemoment. Hanna riss sich die Zeitung vom Kopf, die wie eine derangierte elisabethanische Halskrause hängen geblieben war, sah mich fragend an und zeigte mir einen Vogel. Dass diese infantile Geste derart mit Geringschätzung geladen sein konnte, kränkte mich. Auch mir passierte es, dass sich in die Albernheiten, die ich mir für Hanna ausdachte, heftige Aggressionen einschlichen. In der Küche buk ich Pfannkuchen für Hanna. Sie kam herein und ich warf mit der Pfanne den Fladen hoch in die Luft, er machte einen halben Salto und landete perfekt gewendet wieder in der heißen Butter. Hanna lachte mich an und ohne Hintergedanken, aber eben doch von gestauter Bösartigkeit getrieben, schleuderte ich den Pfannkuchen in ihre Richtung. Er klatschte ihr auf die Bluse und stürzte dann wie ein sehr flacher in der Luft erschossener Vogel auf den Boden. Ich rief »Oh Gott, verzeih! Verzeih! Ich Idiot!« und sprang zu ihr und drückte sie an mich, viel zu fest.

Auf einem Spaziergang wurde Hannas Hand in meiner schlaffer und schlaffer. Ihre Augen hielt sie die ganze Zeit über gesenkt. Wie ich das kannte, diese Trauerkloßausflüge, und natürlich war es an mir, sie zu fragen: »Hanna, was ist denn?« Aber ich wollte nicht fragen. Ich zwang mich dazu, ihren Zustand zu ignorieren, sie wie depressiven Ballast einfach an der Hand herumzuschleppen und an etwas anderes mich Erregendes oder wenigstens Ablenkendes zu denken. Doch Hannas Schweigsamkeitsterror schüchterte die Landschaft ein und knebelte meine Vorstellungskraft. Als ich schließlich mit vom langen Schweigen belegter Stimme fragte »Hanna, was ist denn nur?«, schüttelte sie den Kopf. Sie forderte meine Hartnäckigkeit ein, wollte erobert werden, selbst im Kummer. »Sag mal, was ist? Du machst keinen sehr glücklichen Eindruck auf mich.« Ihre Antworten befremdeten mich mehr und mehr. »Es ist so schrecklich, Joachim.« Ihre Worte klangen so matt, als würde sie etwas ungeliebt Memoriertes zum zigsten Mal vortragen. »Eine totale Feindseligkeit hat sich in mein Leben eingeschlichen. Permanent ist da diese Abneigung gegen mich selbst. So als wären meine Gedanken bösartige Gewächse, die alles überwuchern und meinen Körper ersticken wollen. Ich bin so geschafft von diesen Kämpfen nach innen und …«, sie sah auf, »und nach außen.« Zunehmend hielt ich mich nicht mehr für den Richtigen, ihr helfen zu können. Meine Bemühungen wurden seltsam kraftlos. Zu diesem Zeitpunkt ahnte ich bereits, dass wir uns niemals im Guten würden trennen können, dass wir einmal in den Abgrund hinabmussten, um uns auseinanderzusprengen. Zusammen geschlafen hatten wir schon seit Wochen nicht mehr. Ich wurde einen Gedanken nicht mehr los und gleichzeitig nährte ich diesen Gedanken auch, da mich seine dramatische Wallung durchdrungen hatte. Unser Kind, das Hanna nicht gewollt hatte, schob sich, sobald ich versuchte, mich ihr hinzugeben, zwischen uns. In unsere Zärtlichkeiten schlich sich etwas ein, das gestorben war. Es kam mir so vor, als wäre dieser Tod tief in Hannas Körper hinabgesunken.

»Ich bring mich jetzt um«, sagte Hanna trocken, ja, knochentrocken, eines Abends zu mir am Telefon und legte gleich wieder auf. Es war der letzte Satz, den sie zu mir sagte, das letzte Mal, dass ich ihre Stimme hörte.

Die Dramatik des Satzes nervte mich und mit einem eruptiven »Oh Mann, ey, was soll das jetzt schon wieder!« versuchte ich Hannas Worte abzuschütteln. Ich knallte das tragbare Telefon in seine Ladestation und ging im Zimmer auf und ab. Ich glaubte ihr nicht, wollte ihr nicht glauben. Den Gefallen würde ich ihr nicht tun! Diesen maximal deftigen Sorgenköder würde ich nicht schlucken. Wenn ich ihr jetzt glaube, wurde mir klar, dann hat sie mich, dann bin ich auf ewig der Sklave ihrer Ängste. Ich warf mich aufs Bett und fing laut zu reden an. »Nie und nimmer! Nie und nimmer! Nie und nimmer! Alles nur Getue. Idiotische Machtspiele.«

Ich ging in die Küche und bereitete mir eine von mir hochgeschätzte Fünfminutenterrine zu. Kochendes Wasser auf eigenartig leichte Erbsen, Nudeln und in Würfel gepresstes Hühnerfleisch. Gewichtsneutralisierte Lebensmittelstatisten. Ich rollte den Alufoliendeckel über den Dampf und begann zu warten. Fünf Minuten. Sosehr ich mich auch wehrte, mit aller Macht drängten Bilder von Hanna durch meine Selbstbeschwichtigungen hindurch. Wie eine elementare Kraft erfasste mich die Sorge. In Sekundenschnelle steigerte sie sich vom Sorgenanflug zum Sorgenverdacht, vom Sorgengerüst zur Sorgenlawine. Es gab kein Zurück mehr.

Ich drehte durch vor Sorge. Eben noch war ich mir zu hundert Prozent sicher gewesen, dass sich Hanna niemals umbringen würde, jetzt jedoch war ich mir zu hundert Prozent sicher, dass sie es genau in diesem Augenblick tat. Lauter Schnappschüsse der letzten Wochen bauten sich mit Lichtgeschwindigkeit zu Indizien um: zu unleugbaren Beweisen ihrer Absicht, deren Missverstehen sich im Nachhinein als monströse unterlassene Hilfeleistung enttarnte. Das mit einem Grinsen einige Zentimeter hochgeschwungene Bein Richtung Brückengeländerkante oder das spielerische Einwerfen von zwanzig Tic Tacs auf einmal mit anschließendem Taumelspiel. Was war zu tun? Jeder Sorgendominostein kippte den nächsten und in einer unaufhaltsamen Kettenreaktion verzweigten und vervielfachten sich die Sorgenstränge, wisperten mir die stürzenden Steine tödliche Gewissheiten zu. Wie meine Mutter, dachte ich, du bist ja schon genau wie deine Mutter. Diese hatte seit dem Tod meines Bruders eine Neigung zu Sorgenattacken entwickelt, die auch mich dazu gebracht hatten, bestimmte Dinge zu vermeiden. Autofahrten bei Nacht zum Beispiel oder jedwede Verspätung bei fest verabredeten Telefonterminen. »Hanna, Hanna, Hanna.« Ich rannte von Wand zu Wand, zwang mich zur Ruhe, setzte mich an den Tisch und aß von der kochenden Fünfminutenterrine, die mir die Zunge verbrannte. Die Nudeln waren noch knusprig und ich dachte, das kann doch nicht sein, dass noch keine fünf Minuten vergangen sind. Ich sprang wieder auf. »Hanna, Hanna, Hanna.« Hatte sie nicht neulich irgendwelche Tabletten in der Apotheke gekauft und dann – was ich nicht ansatzweise verstanden hatte, jetzt aber genau verstand – das winzige Plastiktütchen mit der gewundenen Schlange geküsst. Hastig aß ich von der Suppe, kippte den Kopf von links nach rechts, um die kochend heiße Flüssigkeit in den Backentaschen zu kühlen. Verpasste ich gerade aus Starrsinn, ihr das Leben zu retten? Ich wählte die Nummer der Polizei. »Notruf. Polizei Dortmund. Was kann ich für Sie tun?« »Ich … also ich … ich bin so in Sorge um meine Freundin. Wir haben eben telefoniert und dann … dann hat sie gesagt, dass …, ja, dass … sie sich umbringen will, und dann hat sie aufgelegt.« »Wo lebt Ihre Freundin?« »In Bielefeld.« »Wissen Sie, von wo aus sie angerufen hat?« »Ja sicher. Also aus meiner …. jetzt ihrer Wohnung. Also glaube ich.« »Haben Sie noch mal versucht, sie zu erreichen?« »Was? Ach so … äh nein.« »Warum nicht?« »Das war ja gerade eben erst. Das ist ja noch keine fünf Minuten her.« »Trauen Sie es ihr zu?« Diese Frage, so pragmatisch gestellt, ließ mich aufstöhnen. »Was bitte?« »Trauen Sie es ihr zu?« Würde ich, wenn ich »Nein« sagte, lügen, würde ich, wenn ich »Ja« sagte, die Wahrscheinlichkeit erhöhen? Ich hielt mir mit der freien Hand die Augen zu. »Antworten Sie bitte. Wir sollten hier nicht zu viel Zeit verlieren.« »Ja. Ja, ich traue es ihr zu.« »Sie geben mir jetzt die Telefonnummer und die Adresse der Wohnung in Bielefeld und Ihre Telefonnummer brauche ich auch.« »Ja gut.« Ich betete die Zahlenreihe herunter, die ich in den letzten Jahren mehrmals täglich gewählt hatte. »Und den Namen Ihrer Freundin.« Ich sagte ihn und er klang schrecklich. So, als hätte er nichts mit ihr zu tun, so als wäre ihr Name eine belanglose Floskel, die sie niemals würde beschützen können. »Wir schicken sofort jemanden dahin. Ich brauche noch Ihren Namen.« Als ich Vor- und Nachnamen genannt hatte, bat er mich, erreichbar zu bleiben und eventuell noch andere Orte zu nennen, wo sie sich aufhalten könnte. Sobald ich aufgelegt hatte, wählte ich die Bielefelder Nummer. Es tutete ewig, stoisch ins Nichts. Ich aß von der Suppe, doch die Sorge um Hanna produzierte hochtourig weitere Schreckensszenarien. Ich sah sie bewusstlos im Bett liegen, sah ihr erloschenes Gesicht, sah Blut über ihre Unterarme rinnen, sah das alles in einer Plastizität, die Zweifel unmöglich machte. Es war zu spät. Ich war schuld. Ich kontrollierte den Telefonstecker, der von den ständigen Raus- und wieder Reinruckelaktionen während meiner Betrugsvorkehrungen einen Wackelkontakt bekommen hatte. Da wusste ich plötzlich, wo Hanna war. Auf unserer Lichtung. Ganz deutlich sah ich sie vor mir, zusammengekrümmt und winzig klein, in der Dunkelheit im Gras, mitten auf unserer Lichtung liegen. Ich sah sie vor mir, als würde ich über ihr schweben, wie aus einem Hubschrauber heraus, und doch war es vollkommen still. Hanna hatte sich zusammengerollt, hielt die angewinkelten Beine mit den Armen fest umschlungen. Das Telefon klingelte. »Ja, bitte.« »Polizei Bielefeld. Sie hatten uns wegen einer Selbstgefährdung alarmiert.« »Das stimmt.« »Wir haben die Tür aufgebrochen. Doch hier ist niemand. Wir haben auch keinen Abschiedsbrief gefunden.« Ich erinnere mich an meine massive Abneigung gegen den Klang des Wortes Abschiedsbrief, da mit jedem dieser Ausdrücke ein weiterer Hoffnungsfunke in mir zu verglimmen schien. Das bloße Aussprechen manifestierte die Unumstößlichkeit. »Sind Sie nach wie vor der Meinung, dass sie in Gefahr ist, sich etwas anzutun?« »Ja.« »Wo könnte sich Ihre Freundin aufhalten?« »Ich glaube, ich weiß, wo sie ist. Es gibt da eine Lichtung im Wald, wo wir oft waren. Oberhalb von Bielefeld.« Keine Antwort. »Sie ist auf demselben Höhenzug, auf dem auch das Hermannsdenkmal ist.« Schweigen. »Ich bin mir sicher, da ist sie. Ich glaube, sie hat Tabletten dabei. Neulich hat sie sich irgendwelche Tabletten besorgt.« »Kann man da mit dem Auto hochfahren?« »Nein.« Lange Pause. »Das tut mir leid. Aber das ist zu vage. Ich kann nicht mitten in der Nacht jemanden zu Fuß in den Wald schicken ohne genauere Ortsangaben.« »Aber da ist sie. Ich bin mir sicher.« »Es tut mir leid. Wir warten die Nacht ab. Wann könnten Sie morgen da sein?« »Das ist doch Wahnsinn. Sie müssen da jetzt hin. Wir können doch nicht warten.« »Ich muss das noch mal besprechen. Wissen Sie, wir haben da auch unsere Erfahrungen. Sie werden gleich von jemandem kontaktiert, der sich um Sie kümmert. Bleiben Sie bitte in der Nähe des Telefons.« Wenn ich jetzt mit irgendeinem Seelsorger oder Polizeipsychologen spreche, dachte ich, dann ist Hannas Schicksal besiegelt. Warum fahren die da nicht hin? Warum schicken die da keinen Hubschrauber los? In mir expandierte etwas, von dem ich nicht genau sagen konnte, ob es als Zorn, Verzweiflung, Schuld oder Panik detonieren würde. Da dachte ich an Hannas Eltern. Hätte ich sie nicht längst anrufen müssen? Ich wählte die Nummer. Obwohl es mitten in der Nacht war, wurde nach dem zweiten Klingeln abgehoben. »Ja.« »Ich bin es. Ich bin in schrecklicher Sorge um Hanna.« Die Mutter zögerte kurz und fragte »Wieso?«. Es kostete mich alle Kraft, die ich hatte, den Satz auszusprechen. Seltsam, ich empfand ihn wie eine Niederlage. »Sie hat gedroht, sich etwas anzutun.« Ich hörte sie leise lachen. »Was bitte? Die sitzt mir hier doch gegenüber und liest.« Nach einer kurzen Pause, in der alle Worte dieser Welt ausgelöscht zu sein schienen, flüsterte ich: »Das kann nicht wahr sein.« »Und ob das wahr ist.« »Ich würde sie gerne sprechen.« Ich hörte, wie die Mutter zu Hanna sagte »Möchtest du?« und dann zu mir: »Sie schüttelt den Kopf.« »Bitte!« »Nein, sie will wirklich nicht.« Ich legte auf und wusste augenblicklich: Nie wieder würde ich ein Wort mit Hanna sprechen.

Doch gesehen habe ich sie noch ein einziges Mal, Jahre später in Hamburg während einer Theateraufführung. Ich war spät dran und während der Saal dunkel wurde, hatte ich mich durch die Reihen zu meinem Platz gezwängt. Die Vorstellung begann und der Vorhang wischte zur Seite. Die Bühne war vollkommen leer, und um mich herum seufzten enttäuscht vereinzelt die Zuschauer. Ich sah über die Hinterköpfe der Reihen hinweg und plötzlich versetzte mir etwas einen derartigen Schlag, dass ich mich in meinem Sessel zurückwarf. Blitzartig hatte ich mich wie unter einem heranfliegenden Messer weggeduckt. Ich begriff überhaupt nicht, was los war, woher der Angriff kam. Meine Lunge pumpte los, und immense Hitze ballte sich implosionsartig in meinem Kopf zusammen. Ein Feuerball in Reihe sechzehn. Nur wenige Plätze nach rechts versetzt saß Hanna. Es waren weder ihre Frisur noch der Kragen der altmodischen Bluse, woran ich sie erkannt hatte, nein, es war das Zusammenspiel ihrer Kopfhaltung, ihres gespannten Halses und der minimal nach oben gezogenen Schultern. Und selbst das war nicht der Glutkern meines Erkennens. Es war etwas anderes: Meine Atome wurden von Hannaneuronen durchsiebt. Mein Gehirn war durch den Schock wie durch eine Falltür direkt in den Magen abgestürzt. Und dann roch ich Rauch. Es kratzte in der Kehle, als würde das Theater brennen. »Entschuldigung bitte. Bitte!«, flüsterte ich und stand auf, quetschte mich durch die Reihe. »Verzeihung, bitte, mir ist nicht gut.« Ich kam mir vor wie frisch geköpft. Wie Störtebeker persönlich balancierte ich mein abgeschlagenes Haupt an den missmutig ihre Beine beiseiteschiebenden Abonnenten vorbei ins Foyer hinaus und dann gleich weiter durch die große Schwingtür in die abendliche Luft hinein.

31.

Doch es gab einen Ort, an dem ich mich so wohl, so geborgen fühlte wie sonst nirgends. Die Bäckerei. Sobald ich durch die Tür ging, das helle Glöckchen bimmelte, machte sich ein tiefer Friede in mir breit. Ich bekam meinen Kaffee und meine Puddingbrezel und die schlichtschönen Gespräche ähnelten einander so sehr, dass es keine bösen Überraschungen gab.

Eines Tages drückte Ilse mir eine Sense in die eine und einen Rechen in die andere Hand und bat mich, den verwilderten Innenhof freizuschneiden. Das ganze Wochenende schuftete ich, und als alles abgeschnitten und zusammengeharkt war, waren wir beide überrascht, wie herrlich dieser großzügig zwischen roten Backsteinmauern liegende Innenhof war. Die prächtige Kastanie spendete angenehm Schatten. Die verwitterten Steine der Mauern gaben dem Hinterhof sogar mediterranes Flair. Ohne dass sie mir auch nur ein Wort gesagt hätte, hing eines Morgens ein Schild unter der Leuchtbrezel, auf dem ›Gastgarten geöffnet‹ stand. Ich stürmte in die Bäckerei. Ilse stand mit einer schneeweißen Schürze hinterm Tresen und strahlte mich an. Aus dem Hinterhof hörte ich leises Gemurmel. Ich trat ins Freie. Da saßen an ein paar gedeckten Tischen Gäste und tranken Kaffee und aßen Kuchen. Ilse hantierte ungeschickt, aber betont gekonnt an einem riesigen chromglänzenden Kaffeeautomaten herum. Sie sagte zu mir: »Geh raus und setz dich! Ich komm gleich und frag dich, was du willst.« Ich ging zurück, sah mir alles genau an. Fünf Tische waren es, mit Tischdecken und in Plastik eingeschweißten Speisekarten. Es war nur noch ein Tisch frei. Ich setzte mich, und da sah ich etwas Wunderbares. Auf dem Tisch lag ein ebenfalls in Plastik eingeschweißtes Kärtchen, auf dem in großen, mahnenden Druckbuchstaben stand:

Täglich reserviert von acht bis zwölf
für einen Mitarbeiter

Ich las mir die Speisekarte durch. Ilse kam zu mir. Sie versuchte ernst zu bleiben. »Haben Sie schon gewählt?« »Ja«, sagte ich, »ich nehme einen Kaffee und eine Puddingbrezel!« Sie beugte sich zu mir herunter, sah belustigt über ihre Gäste hinweg und flüsterte: »Nimm lieber ein Schweineohr, die Brezeln schmecken heute scheiße!«

Am nächsten Morgen besuchte ich den Intendanten. Ich betrat das Vorzimmer, rief »Guten Morgen« und marschierte, ohne eine Antwort abzuwarten, in sein Büro hinein. Wie immer stand er an einem der großen Fenster und ließ seinen melancholischen Blick über die trostlose Stadt schweifen. Er zuckte übersensibel zusammen und drehte sich zu mir. »Was ist denn mit dir los?« »Ich kündige.« »Aha.« »Ich möchte nie wieder Theater spielen. Natürlich bleibe ich noch bis zum Sommer und werde meine Vorstellungen spielen.« Er schloss die Tür. »Wie großzügig von dir. Komm, setz dich mal.« »Nein, danke!« Nie und nimmer würde ich mich in eine seiner tiefen Couchen setzen, deren Weichheit einem das Rückgrat brechen konnte. Das waren bösartige Zaubersofas, die einen durch ihre Bequemlichkeit, ihre Gediegenheit mundtot machten und allen Widerstand atomisierten. Ich hatte in einem dieser Komfortsärge mit der Forderung nach einer Gehaltserhöhung um fünfhundert Mark begonnen und war zufrieden mit hundert Mark mehr vom Bezug gekrabbelt. »Was ist vorgefallen?«, begann der Intendant, doch ich hatte keine Lust auf Erklärungen. Zu viele Sätze, das ahnte ich, würden den Entschluss aufweichen und verwässern. »Nichts ist vorgefallen. Ich will mit dem Theater nichts mehr zu tun haben. Ich will mit dieser Stadt nichts mehr zu tun haben. Ich muss hier raus.« Da geschah etwas Unerwartetes. Der Intendant bekam ein vollkommen anderes Gesicht. Kindliche Freude vertrieb seine chronische Bedrücktheit, oder war das eine zutiefst zynische Maskerade? Er kam zu mir und umarmte mich, drückte mich ruppig an sich. »Du … he …du … dududu. Du hast vollkommen recht. Du passt nicht hierher. Du wirst deinen Weg finden. Ich bin mir sicher. Du, he? Hier, da verdorrt man. In dieser Stadt zu leben, ist eine Farce. Ich lasse noch heute deinen Vertrag für die nächste Spielzeit wieder auflösen. Alles Gute.«

Noch ehe ich mich äußern konnte, hatte er mich bereits aus der Tür zurück in das Vorzimmer geschoben und seine Tür geschlossen. Das war jetzt aber eine freundliche Exekution, dachte ich im Fahrstuhl vom Schafott. Würde mir, wenn ich nicke, der Kopf vom Rumpf purzeln? Hatte ich mein Haupt gerade verloren oder erhoben? Ich wusste es nicht.

Meine Zeit in Dortmund neigte sich, die Spielzeit ging auf ihr Ende zu, ich hatte keine Proben mehr und zum ersten Mal in meinem Leben keinerlei Ziel vor Augen. Fünfmal pro Tag dachte ich »Du kannst alles tun, alles was dir gefällt, und überall hingehen« und zehnmal pro Nacht »Was soll ich nur machen und wo soll ich nur hin?«.

Ich half Ilse in der Backstube, und wenn es ihr nicht gut ging, was sich häufte – eine bedenkliche Kurzatmigkeit machte ihr zu schaffen und die Adern, die sich als dicke lila Würmer durch die Waden wanden, wurden praller und praller –, sorgte ich dafür, dass die Bäckerei und der gerade erst in Schwung gekommene Gastgartenbetrieb nicht zusammenbrachen. Das waren frühe Morgen und lange Tage, doch, da der Rest meines Lebens kollabiert war, leicht zu bewältigen. Ich stand um halb fünf auf, lief zur Bäckerei, klopfte an Ilses Wohnungstür, rief »Aufstehen!« und zog mir meine Bäckerhose und ein weißes T-Shirt an. Wenn ich Glück hatte, kam Ilse bald und half mir. Brote backen konnte ich nicht, aber verschiedene Brötchen und Brezeln lagen um acht frisch in den Körben. Zwischen sechs und acht, je nach Wettervorhersage, deckte ich die Tische im Gastgarten ein. Oft war so viel los, dass ich zwischen Kundschaft im Geschäft und an den Tischen hin und her hetzen musste. Aber ich mochte die Betriebsamkeit, und es kam mir in diesen besonderen Wochen hundertmal sinnvoller vor, als irgendeinen Heini aus der Weltliteratur zu mimen. Hin und wieder hatte ich noch Vorstellungen, die ich routiniert und kaltherzig runterspielte. Gemeinerweise war ich in diesen Aufführungen besser denn je. Je weniger Gedanken ich mir machte, desto seltener stand ich neben mir. Ein gewisser Zynismus schien durchaus förderlich.

Ich mochte es, nach Geschäftsschluss das Geld aus der Kasse und der riesigen Geldbörse zu zählen. Ich stapelte es auf einen der Gastgartentische zu lauter Türmchen, steckte die Scheine unter die Klemmen, mit denen auch die Tischdecken befestigt waren.

An einem der letzten Abende saß ich da, rauchte und das dichte Blätterdach der Kastanie verschachtelte die Schatten. Wie unfertige Puzzleteile lagen die Licht- und Dunkelflecken auf den Tischdecken. Die Mauern hatten den langen heißen Tag über die Sonnenstrahlen gespeichert. Ich setzte mich an meinen Lieblingsplatz mit dem Rücken an eine der Steinwände, und ihre Wärme war perfekt, drang kompakt und gebündelt durch mein T-Shirt. Ich liebte diesen Hinterhof, der sich wie eine viereckige Oase in der hässlichen Stadt versteckte. Ich zog an meiner Zigarette und dachte: »Das muss ich jetzt auch mal langsam wieder sein lassen.« Der Wahnsinn der letzten Wochen hatte eigentümliche Vibrationen hinterlassen. Ich fühlte mich durchgeschüttelt, wachgerüttelt und sehr erleichtert. Bereute ich irgendetwas? Nö. Wollte ich das Chaos zurück? Ebenfalls nö. Vermisste ich Hanna? Immerzu. Vermisste ich Franka? Hin und wieder wie irr. Dachte ich an das Kind? Schon seltener. Ich hörte Ilse in der Backstube. Mit einem unverwechselbaren Schnappgeräusch setzte sie den sauberen Schneebesen in die Rührmaschine ein, bereitete lautstark die Geräte für den nächsten Morgen vor, räumte die sauberen Bleche aus dem Spüler und warf sie mit blechernem Donner in den Ständer. Sie war die Göttin des Backstubengewitters und jedes Geräusch verband sich in meiner Vorstellung mit einem ihrer oberarmdurchzitterten Handgriffe. Ich saß an der warmen Mauer, atmete die kühler werdende Abendluft, und da wurde meine Haut dünner und dünner. Etwas erst noch Diffuses nahm Gestalt an, und Bilder, die ich nicht erkennen, nicht zu halten vermochte, gewannen an Substanz. Meine Körpertemperatur, die Lufttemperatur, die Mauertemperatur, ja selbst die Kastanienstamm- und Blättertemperatur und sogar die Temperatur der Schatten glichen sich einander an. Ich saß unbeweglich da und war gleichermaßen betäubt wie fasziniert von diesem Ein- und Gleichklang. In den warmen Steinen in meinem Rücken spürte ich ein Herz schlagen. Konnte das sein? Träge pumpte mein Blut durch die Mauer. Mein Kreislauf verästelte und erweiterte sich, die Nervenbahnen schlängelten sich aus mir heraus, und wenn ich Luft holte, bewegten sich unauffällig, aber doch unbestreitbar sachte die Blätter der Kastanie im Atemtakt.

Ich hatte die Augen geöffnet. Der Gastgarten schob sich in mein Innerstes, drei Millionen Poren wurden weit und ließen ihn ein. Wie im lauwarm salzigen Wasser des Toten Meers schwebte ich ohne Kraftanstrengung zwischen den Elementen. Etwas in mir wurde lose, gelöster, wühlte herum und wollte herauf und hinaus. Da kam jemand in den Gastgarten, und ohne auch nur den Hauch eines Erstaunens erkannte ich meinen toten Bruder. Er trug eine Bundfaltenhose, ein rot-weiß kariertes Hemd und – warum auch immer – einen Janker. Seine Popperfrisur wippte beim Gehen, und als er sich setzte, schlug er die Beine übereinander und hakte den einen Fuß hinter die Wade des anderen Beines, wie das schon als kleiner Junge seine Eigenart gewesen war. Er fuhr sich mit den Fingern durch die Tolle, saß einfach da und tat nichts. Ich konnte ihn mir in aller Ruhe ansehen. Gut, dachte ich, dass du da bist. Aber so allein wollte ich ihn da nicht sitzen lassen. Die Zusammensetzung der Luft und des Lichts, meine gleichermaßen fragile wie stabile Gemütslage, die vertrauten Hintergrundgeräusche – das alles war perfekt aufeinander abgestimmt, um die Toten anzulocken. Ich musste schmunzeln, denn kaum hatte ich an meinen Vater gedacht, saß er auch schon am Tisch, stopfte sich eine Puddingbrezel in den Mund und las in zwei Zeitungen gleichzeitig. Was passierte hier eigentlich, fragte ich mich. Konnte man bei vollem Bewusstsein eine Vision haben? Konnte man sich eine Fata Morgana als selbst gestaltete Tapete über den Horizont kleben? Konnte man Tag- und Albträume vermischen? Ich hatte keine Ahnung, wer da gerade am Steuer meiner Einbildungskraft saß. Ich oder es oder sie? Und dann großer Auftritt mit Seidenschal, im rosa Hosenanzug und Duftwolke: Meine Großmutter setzte sich aus Hunderten Schatten zusammen und so, als wäre ihr diese Inkarnation selbst ein wenig zu dramatisch, riss sie den Arm in die Höhe und rief »Moooaahhhh«. Ich hörte es ganz deutlich. Mein Großvater kam sommerlich gekleidet zwischen den Tischen hindurchgetrippelt, bog kurz vor mir ab und setzte sich. Sie tranken Champagner. Jeder für sich. Unser Hund schnüffelte am Boden herum und legte sich zu Füßen meines Bruders. Wer fehlte noch? Wencke. Sie suchte sich einen Platz und hängte einen völlig zerdellten und mittig aufgeplatzten Helm an ihren Stuhl. So jung, so unfassbar jung. Der Glöckner kam ganz von allein. Trotz des milden Abends trug er seinen versifften Parka und stellte die beiden Glocken vor sich auf den Tisch. Er war so riesig, dass seine Knie über die Tischplatte ragten. Sein Gesicht hatte ich schon lange nicht mehr in solch Furcht einflößender Plastizität gesehen. Waren wir vollzählig? Nein, noch nicht. Ich dachte an das unsichtbare Kind. Wie etwas heraufbeschwören, dem kein Gesicht gewährt wurde? Dieses Kind war sogar zum Verdrängen zu winzig gewesen und spurlos verschwunden. Tatsächlich: Ohne eine Spur zu hinterlassen, war es nach nur wenigen unsichtbaren Wochen sang- und klanglos wieder zu nichts zerstäubt worden. Mehr als einen grauen in sich zusammengekrümmten Klumpen, der auf dem Boden lag, brachte meine Imaginationskraft nicht zustande. Die maximale Lebensspanne der Großeltern und die minimale des Kindes erstaunten mich. Weniger und mehr gingen nicht.

Da saßen sie alle versammelt. Meine Toten.

Unglücklich sahen sie nicht aus, aber doch unendlich einsam, wie sie da saßen an ihren Tischen, jeder für sich. Mein Vater sah zuerst zu mir herüber und dann folgten die Blicke der anderen. Sogar der Glöckner und der Hund schienen mit starr auf mich gerichteten Augen auf etwas zu warten.

Das wird hier langsam etwas unheimlich, dachte ich mir. Ich war ja durchaus daran gewöhnt, meine Gestorbenen heraufzubeschwören und mit ihnen Zeit zu verbringen. Aber alle auf einmal und dazu noch in Farbe? Diese Séance musste dringend beendet werden. Vielleicht war es genau das, was sie von mir wollten? Waren sie meiner Zuwendung müde? War das der tiefere Grund ihres Herkommens? Wollten sie endlich in Frieden gelassen werden von mir und sich ausruhen?

Ich legte beide Zeigefinger vor mir auf das Tischchen. Und dann begann ich leise zu trommeln, wie ich es seit ewigen Zeiten nicht mehr getan hatte. Ich sah meinen mittleren Bruder an, sein fein geschnittenes Gesicht, trommelte schneller und schneller, um dann die beiden Finger parallel in die Höhe fliegen zu lassen, weit hinauf bis über meinen Kopf. Tatsächlich war die Stille nach dem Trommelwirbel größer als das Geräusch, das die Finger erzeugt hatten. Diese Ruhe hatte eine Richtung, wies weit von mir weg. Mein Bruder war verschwunden. Gut, lieber

Großvater, jetzt bist du dran. Und dann du, Großmutter. Ich trommelte lange und sah sie mir genau an, wohl wissend, dass ich sie so umfassend lebendig niemals mehr wieder würde heraufbeschwören können. Mit dem Aufstieben der Finger lösten sie sich auf und waren verschwunden. So. Ich sah meinen Vater an. Er nickte. Ich zögerte. Er nickte abermals. Ich trommelte, hob die Finger. Und weg war er. Da begann sich der graue leblos daliegende Klumpen zu bewegen. Ich trommelte und trommelte und riss die Finger hoch und, ja, er verschwand, die Luft klärte sich wieder und die Wärme der Mauer strömte beruhigend in meinen Rücken. Dann ließ ich Wencke frei. Nun saß nur noch der Glöckner an seinem Tisch. Genug, dachte ich, genug, nun ist es genug. Verschwinde, du Unhold! Ich setzte an zum großen Trommelwirbel, ließ die Zeigefinger so lange auf das Tischchen hämmern, bis sie schmerzten, immer schneller, immer härter. Die gestapelten Geldtürmchen rutschten seitlich weg, die Münzen begannen auf der Fläche zu hüpfen, Fünfer und Zehner tanzten durcheinander. Ich streckte meine beiden Zeigefinger ein letztes Mal in die Luft, machte die Arme lang und rief: »Alle Toten fliegen hoch.«

MIX
Papier | Fördert gute Waldnutzung
FSC® C083411

4. Auflage 2025

Bahnhofsvorplatz 1, 50667 Köln

Covergestaltung: Barbara Thoben, Köln,
nach dem Originalumschlag von Rudolf Linn, Köln
Covermotiv: © privat
Gesetzt aus der Minion
Satz: Dörlemann Satz, Lemförde
Druck und Bindung: CPI books GmbH, Leck
ISBN 978-3-462-00281-2

Kontaktadresse nach EU-Produktsicherheitsverordnung:
produktsicherheit@kiwi-verlag.de